D1324175

MARINA BELLEZZA

SILVIA AVALLONE BIJ UITGEVERIJ DE BEZIGE BIJ

Staal

SILVIA AVALLONE

MARINA
BELLEZZA

Vertaald door Manon Smits

2014
DE BEZIGE BIJ
AMSTERDAM

De vertaler ontving voor deze vertaling een werkbeurs
van het Nederlands Letterenfonds.

N ederlands
letterenfonds
dutch foundation
for literature

Voor Sara, mijn moeder

DEEL EEN

Het Wilde Westen

1

Een vaag schijnsel flakkerde ergens midden in de bossen, op een kilometer of tien van de provinciale weg SP100, die ligt ingeklemd tussen twee gigantische zwarte bergen. Het was het enige teken dat er nog wel een vorm van leven bestond in deze vallei aan de woeste, vergeten grens van de provincie.

Door de voorruit zagen ze het opdoemen, als knipperend lokaas in de diepte. Toen, bij de volgende bocht, verloren ze het uit het oog.

Ze minderden vaart voor een kruising omringd door het niets, bij wat er over was van een restaurant. Twee getraliede ramen en een bord waarop een vervaagd VAST MENU en andere inmiddels onleesbare woorden stonden. Een van hen herinnerde zich dat hij daar zijn eerste communie had gevierd. Twintig jaar later restten voornamelijk nog het dak en de tralies. Twintig jaar later was alles voorbij.

Ze reden door, nu weer sneller. Er waren geen straatlantaarns langs deze weg, er was geen stalen net om hen te beschermen tegen de dreigend uitstekende rotspunten. De koplampen beschenen stukken steile rots begroeid met doornstruiken, af en toe een vervallen boerderij. Zelfs de bewegwijzering ging verloren daarboven, in de lege avond.

Ze waren de enigen die onderweg waren op de SP100, tussen

het dal en de verlatenheid. In een oude Volvo stationcar slingerden ze omhoog langs de afgronden, over die haarspeldbochten die ze hun leven al als hun broekzak kenden. Naarmate ze hoger kwamen werden de breedbladige bomen steeds spookachtiger. De wanden van de vallei daalden loodrecht af naar het riviertje, en door de geopende raampjes klonk alleen het monotoon schurende water.

Daar verscheen het schijnsel weer, zwak, half verscholen achter een bergrug. Ze keken er opnieuw naar, maar zeiden niets.

Ze kwamen in Andorno aan. De oranje verkeerslichten knipperden met regelmatige tussenpozen, en de Volvo scheurde met negentig per uur door zonder acht te slaan op stopborden of voorrangsregels.

Na de begraafplaats, na wat er over was van het trapveldje waar ze waren opgegroeid, zagen ze daar het vervallen silhouet van Bar Sirena, die hen opwachtte met gedoofde neonbak. Ze parkeerden, stapten uit. Eentje was lang, eentje klein en eentje had twee ogen nog zwarter dan olie. Ze liepen naar de deur; binnen klonk geen enkel geluid. Evengoed probeerden ze de deur te openen.

'Ze zijn gesloten.'

Sebastiano, de lange, bleef als verstijfd voor de ingang staan. Hij keek nijdig naar die deur, gaf er een trap tegenaan, en toen nog een. De terrastafeltjes waren opgestapeld en met een touw vastgebonden, alsof er iemand op het idee zou komen om ze te jatten. Op de grond lagen verfrommelde sigarettenpakjes.

Luca, de kleine, liep om het gebouw heen en inspecteerde de achterkant.

'Niks, ze zijn echt gesloten.'

'Kom, we gaan,' zei Andrea.

Hij was kalm. Zijn ogen waren onverstoorbaar en doorboorden de duisternis.

'Waarnaartoe?'

De vraag werd meteen weer opgeslokt door het donker.

Sebastiano was nerveus, hij keek Andrea uitdagend aan, alsof hij een antwoord van hem verwachtte. Luca haalde zijn mobiel uit zijn zak en begon de namen in zijn contactenlijst door te nemen.

'Weet ik het,' zei Andrea. Hij trok de kraag van zijn overhemd recht, stak een Lucky Strike op. Hij was een echte dorpsjongen, hij voelde zich nooit op zijn gemak in de cafés van de grote stad. Dan liever deze bergstreek die al decennia lang steeds verder ontvolkt raakte, hier voelde hij zich tenminste geen buitenstaander.

Hij draaide zich om en keek omhoog naar dat schijnsel dat nog steeds tussen de Valle Cervo en de Valle Mosso te zien was, vervagend in de vochtige avondlucht. Met een knikje wees hij ernaar. De anderen staarden hem weifelend aan, toen stapten ze weer in de auto.

Sebastiano startte en reed terug door Andorno. Deze keer nam hij een andere weg, de SP105 richting San Giuseppe di Casto. Het schijnsel was nu duidelijker. Het leek dichterbij. Ze zeiden niets, maar ze besloten het licht te volgen. Misschien was het alleen maar een brand, maar ze besloten het evengoed te volgen.

In San Giuseppe bevonden zich een krantenkiosk, een kruidenier, een kerk. Een paar kilometer, toen verdween het weer in de achteruitkijkspiegel. Zo waren alle dorpjes daar in de omgeving: uitgestorven, met gesloten luiken en gedoofde neonborden. Maar zij hadden nooit overwogen er weg te gaan, integendeel: hun emoties, hun oriëntatiegevoel werden gedicteerd door deze wegen, door deze bergen.

En op sommige avonden, zoals vandaag, spraken ze nauwelijks een woord. Andrea leunde met zijn slaap tegen de rand van het raam en keek naar buiten. Sebastiano reed en genoot van zijn vrijheid, die hij net had teruggekregen na negen maanden elektronisch huisarrest. Heel even maar vroeg hij zich af wat zijn zoontje later als hij groot was van hem zou denken.

Gehucht Golzio. De autoradio was kapot en ze zeiden nog steeds niets. Door het veelvuldige contact met de bossen en de rotsen hadden ze de gewoonte van het zwijgen overgenomen. Luca was nog steeds zijn contactenlijst aan het doornemen, op zoek naar een meisje dat hij kon bellen – een vriendin, wie dan ook –, maar hij kon niet beslissen.

'Ik vraag me af waar we naartoe gaan,' zei hij.

Geen reactie. De bossen waren donkere massa's waar de takken in elkaar verstrikt zaten. Sebastiano vroeg zich nog steeds af of Mathias later zijn verhaal zou geloven, of dat van die trut van een moeder van hem. Andrea dacht intussen aan zijn vader, hij bezwoer zichzelf dat hij nu volwassen genoeg was om hem onverschrokken het hoofd te bieden. Allemaal staarden ze naar de afgronden begraven in het donker, een niemandsland. Kleine dorpjes verschanst tussen de rotsen. Honderd, tweehonderd inwoners.

Ze bleven dat licht daarboven najagen dat geen enkele belofte inhield, inmiddels zo klein dat het net een kaarsvlam leek.

Ze bleven piekeren, en over die verlaten weg rijden, en zich laten opslokken door die kloof van naaldbomen en doornstruiken zonder te weten hoe ze ooit een biljarttafel moesten vinden, een café dat open was, hoe ze iets konden laten gebeuren in die stilte.

Toen, in de fractie van een seconde dat Sebastiano zich omdraaide naar de achterbank om aan Andrea te vragen of hij een sigaret voor hem wilde opsteken, toen Luca zich ook omdraaide om de aansteker op te rapen die Andrea had laten vallen, net in die fractie van een seconde, toen gebeurde er daadwerkelijk iets.

Het sprong razendsnel tevoorschijn uit het struikgewas. Het verscheen ineens op de weg. Maar in plaats van over te steken bleef het stilstaan. Het leefde. Het was enorm. En het verroerde zich niet. Het bleef daar staan, alsof het door een geheimzinnige kracht was versteend.

Twee gele rondjes lichtten op in het donker, weerkaatsten het licht van de koplampen als spiegels, alleen zagen de jongens die niet. En voordat ze het doorhadden, voordat Sebastiano zich eindelijk omdraaide en instinctief op de rem trapte, knalde de Volvo er vol tegenaan.

De klap was enorm. De wrede botsing van een blikken lichaam tegen een ander, nog harder lichaam. De motor sloeg af, de koplampen gingen uit. Luca zat met zijn gezicht tegen de voorruit en het hart in zijn keel, Andrea zat knel tussen de twee voorstoelen. De stilte was nu onmetelijk, als de inktzwarte duisternis waarin ze waren beland. Sebastiano klemde nog steeds het stuur in zijn handen.

Even was er alleen maar paniek en zaten ze alle drie met hun ogen wijd open te hijgen, zonder dat ze tot iets anders in staat waren. Toen beseften ze dat de Volvo daar midden op de weg was gestrand.

'Godskolere!' schreeuwde Sebastiano. En hij zocht de anderen met zijn blik.

Ze waren rood aangelopen en hadden zulke hartkloppingen dat het leek alsof ze elkaars hart konden horen bonzen. Ze leefden nog.

'Wat was dat?' vroeg Luca.

'Wat het ook was,' zei Andrea, 'het is nog steeds daarbuiten.'

Die simpele constatering was genoeg om te zorgen dat ze doodstil op hun stoel bleven zitten.

'Denk je dat we iemand hebben doodgereden?'

'*Iemand*?'

Ze verstomden, als verlamd bij het idee van de consequenties.

Toen kwam Sebastiano weer bij zijn positieven, hij sloeg met zijn vuist tegen het stuur.

'Wat lul je nou? Ik ga echt niet nog een keer de bak in.' Hij probeerde te starten: 'Hij doet niks...'

Hij boog zich naar voren en tuurde door de voorruit, bezaaid met dode vliegjes en regendruppels. Hij zag dat de motorkap helemaal in de kreukels zat. Pisnijdig zwaaide hij zijn portier open.

De andere twee stapten ook uit. Het donker wapperde in de wind, tussen de steile hellingen, tussen de bossen, als een levend wezen. Aan de linkerkant was de motorkap onherstelbaar in elkaar gedrukt. Een van de koplampen was kapot. Maar het was lastig te onderscheiden; er was daarboven geen ander licht dan de zwakke maneschijn.

Ze gingen kijken, ook al hoopten ze dat er niets te zien was. Maar er was wel degelijk iets te zien: een paar meter verderop lag midden op de doorgetrokken streep op het asfalt een donkere vlek, die bewoog.

Sebastiano liep er als eerste naartoe, de anderen bleven op afstand. Hij boog zich een stukje voorover en deinsde toen achteruit.

'Kolere!'

'Wat is het?'

De weg was verlaten, hun mobiele telefoons hadden geen bereik.

'Gauw, doe de lichten aan!' schreeuwde Sebastiano overstuur.

Andrea keek zwijgend toe, als verstijfd door deze nachtelijke scène die volslagen onzinnig was, maar die toch echt gebeurde.

Sebastiano zette steeds een stapje dichterbij en dan weer achteruit, alsof hij maar niet de moed kon vatten om te kijken. Met het zweet in zijn handen draaide Luca de sleutel om in het contact, maar de motor startte niet.

Andrea liep langs Sebastiano heen naar die donkere, logge gestalte daar midden op de provinciale weg. Hij ging op zijn knieën zitten om eens goed kijken, om te ontdekken wie of wat het was, en op dat moment wist Luca de motor aan de praat te krijgen zodat de rechterkoplamp oplichtte, en Andrea even werd verblind.

Op sommige momenten denk je aan niets, weet je niets en ben je niemand.

16

Op sommige momenten kun je, als je zevenentwintig bent, maar één ding ervaren, het allerbelangrijkste, het echtste van alles. Angst.

Toen Andrea zijn ogen weer opendeed, zag hij onder zich een ontzagwekkende massa, donkerbruin, bloedend. En toen hij uit zijn evenwicht raakte en er per ongeluk met zijn voet tegenaan stootte, slaakte die massa een ijzingwekkende kreet, onmenselijk en menselijk tegelijk, en begon het hele lijf te sidderen.

'Hij leeft nog...'

Het meisje dat in haar eentje tussen de rijstvelden door reed in een Peugeot 206 cabrio, en dat nu vaart minderde voor de kruising bij Carisio, goed rondkijkend, was op zoek naar een motel waar ze nooit eerder was geweest.

Het zou hier ergens moeten zijn, driehonderd meter voor de tolhokjes van de snelweg, maar het enige wat ze zag was een huis in aanbouw en een rijtje roestige containers.

Ze keerde bij een tankstation, probeerde een zijweg. Het was zo donker dat zelfs iemand die hier vandaan kwam gedesoriënteerd zou raken, laat staan zij, die hier nog maar zelden was geweest om de snelweg te nemen.

Toen zag ze een knipperende pijl die iets aanwees in de nacht, met daaronder het woord NEVADA waaraan twee letters ontbraken. Nu kon het niet meer misgaan. Ze gaf gas en voelde de banden over het wegdek slippen, maar ze had te veel haast om voorzichtig te rijden.

Nevada bevond zich aan de andere kant van de oceaan, het was de staat van de neonlichten en de casino's die ze op tv had gezien. Hier daarentegen, langs de bestuurlijke grens tussen de provincies Biella en Vercelli, was Nevada een eenzaam gebouwtje van vier verdiepingen met alle rolluiken omlaag. En verder niets.

Ze reed het parkeerterrein op. Zwermen vliegjes botsten tegen de zwakke lampen van de lantaarnpalen. Ze parkeerde en zette de radio uit, waar net op dat moment 'Someone Like You' van Adele uit klonk. Haar favoriete nummer, het nummer dat ze ooit in een live-uitzending voor miljoenen tv-kijkers zou opdragen aan hem, en aan hem alleen.

Toen ze uitstapte merkte ze dat ze het koud had. Ze had niet veel kleren aan. Ze probeerde wat sneller te lopen, maar haar hoge hakken zakten weg in het grind, ze kon zo echt niet rennen.

Hopelijk was hij niet alweer weggegaan. Ze zag op haar horloge dat het al acht uur was geweest. Hopelijk had hij wel op haar gewacht, en dan nog had ze niet veel tijd om hem over te halen, of beter gezegd hem te dwingen om met haar mee te gaan.

Over minder dan een uur begon het Pop Gala, veertig kilometer hiervandaan, en ze wilde per se dat hij voor het podium zou staan om voor haar te applaudisseren. Vanavond in elk geval wel.

Ze gooide de deur open en liep de hal in. Van achter de receptie stonden de bewaker en twee buitenlanders haar verbluft aan te staren, alsof ze een geestverschijning was. Maar zij keek niemand aan, stelde geen vragen. Ze liep instinctief de gang aan de linkerkant in. De vloerbedekking was versleten en vuil, het behang verschoten.

Ze daalde een paar treetjes af, er hing een bedompte geur van schimmel, van vuil wasgoed, en ze weigerde zich af te vragen wat voor man zijn toevlucht zou nemen tot een motel waar je voor een uur een kamer kon nemen, vlak bij de oprit naar de snelweg. Toen kwam ze uit in een zwakverlicht zaaltje, en haar hart sloeg over.

Alle tafels waren leeg, op eentje na. En daar zat hij.

Hij was in gezelschap van een vrouw naar wie ze niet eens wilde kijken. Hij nipte aan een drankje en zat glimlachend te fluisteren. Glad geschoren, goed gekleed in zijn antracietkleurige pak, knapper dan wie ook.

Ook al zag hij er niet uit alsof hij reikhalzend op iemand zat te wachten, ook al had hij haar nog niet opgemerkt terwijl ze daar op de onderste tree van het trapje naar hem stond te kijken, en ook al hield hij de hand vast van dat meisje dat wel twintig jaar jonger was dan hij, zij werd evengoed overspoeld door een plotselinge, schaamteloze blijdschap.

Ze rende het zaaltje door, terwijl haar tas tegen de stoelen en de tafels knalde. Ze wierp zich om zijn hals, klom bijna in hem.

Het was al meer dan zes maanden geleden dat ze hem gezien had.

'Papa!' riep ze.

En Raimondo Bellezza glimlachte, hij klemde haar in zijn brede armen. 'Schat, je hebt het gered...'

Zijn metgezellin stak haar hand uit en stelde zich voor. Maar zij nam haar hand niet aan, keurde haar geen blik waardig.

'Hoe lang blijf je?' vroeg ze hem meteen.

'O, zo'n twintig, vijfentwintig minuten...'

'Wat, hoezo?! Je komt toch wel naar me luisteren als ik moet zingen? Het begint om negen uur... Alsjeblieft!'

Raimondo trok de knoop van zijn zijden stropdas recht. Hij droeg een gouden ring om zijn linkerpink met in het midden een topaas.

'Je weet dat ik niet kan, we moeten meteen weer door... Maar we hebben wel op je gewacht, goed hè?'

Ze duwde haar gezicht in de vouwen van zijn jasje, verschanste zich tegen zijn borst. Ze was net als toen ze klein was bij hem op schoot gekropen en ze maakte geen aanstalten om zich van hem los te maken; intussen aaide hij haar lachend over haar bol, vrolijk, beminnelijk, als een man die alleen de mooie kant van het leven kent.

'Wat wil jij?' vroeg hij om haar af te leiden. 'Een prosecco, heb je daar zin in?'

Zijn vriendin, die misschien nog jonger was dan zijzelf en die heel lange, scherpe, in fuchsiakleur gelakte nagels had, zat zwijgend toe te kijken, zichtbaar geïrriteerd.

'Een Negroni dan? Wat wil je? Doe nou niet zo flauw, kom op...' drong haar vader aan. 'Champagne? Wil je champagne?'

'Ja...' mompelde ze.

'Ik wist het wel.' Raimondo knipoogde naar zijn vriendin. 'Mijn dochter heeft altijd een dure smaak gehad, wat dacht je? Dat heeft ze van mij... Pardon! Drie glazen Dom Pérignon, alstublieft!' riep hij naar de ober die net binnenkwam.

'We hebben geen Dom Pérignon.'

'Doe dan maar wat anders, als het maar Frans is.'

Raimondo bleef het hoofd van zijn dochter aaien.

'Je komt nooit naar mijn concerten...' mopperde ze, en ze keek pruilend naar hem op. Ze wilde hem een schuldgevoel bezorgen, maar dat lukte niet.

'Schat, je weet toch dat papa het altijd heel druk heeft...'

Ze stond op van zijn schoot en ging tegenover hem zitten. 'Het is zondagavond! Wat heb je nu dan te doen?'

Raimondo Bellezza rook naar sigaar en eau de toilette. Hij had net zulke blauwe ogen als Paul Newman en dezelfde gelaatstrekken als zijn dochter.

'Je wordt steeds mooier, weet je dat?'

'Dat weet ik. Zeg op, waar moet je vanavond naartoe?'

Raimondo's nieuwe vlam had zich inmiddels volledig teruggetrokken en was verdiept in een spelletje op haar mobiel, dat allerlei geluidjes maakte.

'We moeten voor elf uur in Monte Carlo zijn, dat is nog driehonderd kilometer. Maar de volgende keer...'

Er zou geen volgende keer komen, dat wist ze maar al te goed.

Ze keek haar vader aan, en in dat gezicht zag ze de wereld weerspiegeld die zij al van kinds af aan najoeg, sinds de tijd dat hij dagen- of soms wel wekenlang weg was, en zij moest huilen omdat ze met hem mee wilde. Ze zag het leven waarover ze fantaseerde, het leven dat altijd alleen maar elders kon zijn, een elders dat nu eens de plaatsnaam Campione d'Italia had, dan weer Saint-Vincent of Monte Carlo.

Sinds Raimondo definitief het huis had verlaten en haar daar had laten zitten met haar moeder, was ze altijd blijven verlangen naar dat leven dat ze zich voorstelde als een aaneenschakeling van merkkleding, nachten zonder sluitingstijd en luxehotels. En ook al had hij er altijd stipt voor gezorgd dat ze haar maandtoelage kreeg, en bloemen voor Valentijnsdag, gelukwensen voor Internationale Vrouwendag, en honderden ansichtkaarten uit al die plaatsen aan de Rivièra en de Côte d'Azur waar hij kwam, hij had haar altijd in de steek gelaten.

In gedachten scandeerde ze langzaam de plaatsnaam Monte-Car-lo. Die naam stond voor alles wat haar was ontzegd, alles wat hij van haar had afgepakt: de verjaardagen met hem, de uitstapjes, zijn applaus bij concerten. En haar haat tegen hem laaide weer op.

'Maar ik heb wel speciaal een omweg gemaakt om jou te kunnen zien, hè?'

Ze staarde hem onbewogen aan.

'Ik snap niet hoe jij het hier volhoudt, *liefje*, het is maar goed dat je binnenkort werk krijgt... trouwens, wanneer begint dat programma? Elke keer dat ik weer eens hier in de buurt kom is het nog erger, hè, Nadia? Het lijkt wel een niemandsland, het lijkt potdomme wel het Wilde Westen!' En hij lachte.

Die prachtige, stralende zakenmanslach. Zijn krijtstreeppak, zijn blauwe overhemd, zijn das van paarse zijde.

'Waarom neem je mij de volgende keer niet mee naar Monte Carlo? Waarom kom je me niet ophalen en neem je *mij* niet mee in plaats van de zoveelste kuthoer?'

Raimondo zette grote ogen op en Nadia wilde net haar mond opendoen om haar leeftijdgenote van repliek te dienen: *Wat, wie noem jij hier een kuthoer?*, maar toen kwam de ober eraan met zijn dienblad.

De stilte was om te snijden, Raimondo zag dat zijn dochter hem vol wrok aankeek, maar hij wist zich er altijd weer uit te redden, hij wist problemen altijd meesterlijk te omzeilen.

'Proost!' riep hij terwijl hij een plastic champagneflûte ophief. 'Op het komende succes van mijn dochter! Want jij gaat het maken, schat, jij wordt de ster van...' hij kuchte omdat hij niet op de naam kon komen, 'dat programma. En dan ben jij degene die mij mee op sleeptouw neemt!' Hij knipoogde. 'Laat zien wie je bent, wees slimmer dan de rest. En denk erom, altijd lef hebben.'

Ze proostten. Hij behandelde haar als een kind, en zij deed er alles aan om zo behandeld te worden. Op haar tweeëntwintigste probeerde ze nog genoegdoening te krijgen voor wat ze in haar kindertijd tekort was gekomen.

Ze begon een heel verhaal. Ze probeerde te vertellen over het programma waaraan ze ging deelnemen, waarbij ze de verwachte kijkcijfers zo veel mogelijk opblies, namen van gasten verzon, ze haalde zelfs de beroemde tv-presentatoren Piero Chiambretti en Simona Ventura erbij om indruk te maken op haar vader, om hem ervan te overtuigen dat zij nu echt in zijn voetspoor trad. En hij luisterde naar haar, hij aaide haar, hij keek stiekem op zijn horloge en wierp veelbetekenende blikken naar die stomme griet van hem, die nu weer *Bubble Gun* zat te spelen.

'Lef, denk erom. Altijd lef hebben! Ik sla niet één uitzending over, voor geen goud, dat garandeer ik je... en als je raad nodig hebt, een advies, ik sta dag en nacht voor je klaar.'

Toen, nog voordat zij haar flûte leeg had, stonden haar vader en die indringster ineens op met de mededeling dat de tijd begon te dringen. Zij omhelsde hem keer op keer, bedelend om die twintig, dertig tellen extra om hem nog een kusje te kunnen geven.

Het was geen vergelijk tussen haar moeder en haar vader, dat snapte ze best. Ze wist waarom hij hen op die manier had gedumpt, ook al wilde ze er niet aan terugdenken. Ze wist dat haar moeder een loser was, en hij juist niet. Hij had haar op de belangrijke momenten altijd aan haar lot overgelaten, en daarom haatte ze hem, verachtte ze hem, maar tegelijkertijd hield ze krankzinnig veel van hem. Misschien zou ze hem nooit vergeven, maar nu zou ze haar ziel willen verkopen om nog tien minuutjes bij hem te kunnen zijn, en hem over te halen naar haar te komen kijken, voor haar te komen klappen bij het Pop Gala, en dan na afloop met haar uit eten te gaan. Alleen zij met z'n tweetjes.

Maar in plaats daarvan liep haar vader nu weg met die Nadia, en zij volgde hen tegen haar zin naar het parkeerterrein. Ze zag hen in de auto stappen, de portieren dichtslaan. Terwijl hij optrok, zei hij door het raampje nog iets wat ze niet verstond. Ze zag hen wegrijden. In een schitterende zwarte Maserati waarvan zij nooit had kunnen bedenken dat het een huurauto was. En ook al had iemand dat tegen haar gezegd: *Hoor eens, je vader huurt die auto's alleen maar als hij indruk wil maken*, dan had ze het niet geloofd.

'Bel me, oké?' riep ze. 'Stuur even een berichtje als je daar bent!'

Maar hij was al ver weg, hij kon haar niet horen. En die blonde meid van een meter vijfenzeventig, met de woeste schoonheid van een orkaan waardoor alle mannen aan haar voeten lagen, die stond daar nu met tranen in haar ogen en haar armen slap langs haar lichaam op een parkeerterrein van grind.

Terneergeslagen liep ze naar haar tweedehands Peugeot 206. Ze deed het portier open en bleef besluiteloos staan, haar blik verloren in de duisternis tussen de lichtvlekken van de lantaarnpalen.

Het kon haar nu niets meer schelen of ze te laat zou komen bij het Pop Gala. Ze konden toch niet zonder haar beginnen. Ze staarde naar de tolhokjes in de verte. Ze zag hoe de slagboom omhoogging, de Maserati doorliet en meteen weer zakte.

Daarachter lag de vlakte en verspreidden zich de grote aderen van asfalt naar Milaan, naar Rome, naar elke plek op de wereld die de moeite waard was om naartoe te gaan.

En aan deze kant was het niets. Het niemandsland. Een trosje straatlantaarns, een zwak schijnsel ergens in het noordwesten. En daar achter de provinciehoofdstad verrezen de bergen.

Vanaf deze plek kon ze in het donker het silhouet van de bergruggen zien. Dat was Oropa met het heiligdom, daar was Piedicavallo, en daar, meer naar rechts, had je Camandona; daar moest zij naartoe, het was niet meer dan een puntje midden in de bossen.

Een muur van graniet, zonder toekomst, zonder geschiedenis. Vanaf motel Nevada kon ze de hele bergketen in één blik vangen. Dat was de rand, de grens.

Alleen lag daarachter niets.

Overal lag bloed. Bloed op het asfalt, bloed op de buik, bloed op de snuit, zelfs bloedsporen op het gewei.

Andrea boog zich over die reusachtige massa heen die weerloos lag te spartelen, met zijn poten trapte, alsof hij wilde opstaan en wegrennen.

Luca kwam erbij, sloeg een hand voor zijn mond. Nee, het was geen mens, maar het sperde zijn ogen open alsof het wel een mens was. En zijn blik zonder taal was er een van pure doodsangst.

Sebastiano was op zijn knieën op het asfalt blijven zitten en langzaam begon het tot hem door te dringen. Toen gaf hij zichzelf een klap in zijn gezicht.

'Beseffen jullie het eigenlijk wel?' schreeuwde hij, en hij kwam overeind.

Hij staarde naar de gedeukte motorkap verderop en daarna weer naar het kermende beest.

'Fuck man, die bak is het enige wat ik heb!'

Hij schopte tegen het beest aan, dat ervan schokte.

De motor van de Volvo sputterde klaaglijk, maar slaagde er niet in het onophoudelijke, doffe gereutel van het dier te overstemmen.

'Zet die motor af,' riep Sebastiano tegen Luca.

Luca liep verdwaasd terug naar de auto. Al dat bloed versufte hem: het had een meedogenloze geur, net als die van metaal of vuur.

Andrea bleef maar gebogen zitten over dat stuiptrekkende lijf dat nog leefde en radeloos was, en bloed verloor uit de bek. Hij boog zich over dat opengesperde oog, dat niet dood wilde. Hij zag zichzelf weerkaatst in dat oog dat niets zei, dat niets kon zeggen, en hij voelde zich als verlamd.

'Ga dood!' schreeuwde Sebastiano. Hij gaf het dier een trap tegen de borst.

Het hert boog zijn kop, probeerde ineen te krimpen.

'Hou op,' zei Andrea.

Sebastiano brieste van woede, hij gaf het dier weer een schop tegen zijn snuit.

'Ga dood, klotebeest!'

Maar het hert ging niet dood.

'Wat zullen we doen?' kwam Luca tussenbeide.

Andrea keek nog steeds naar zijn weerkaatsing in het donkerbruine oog van het dier, en nu was hij ervan overtuigd dat het dier ook naar hem keek. Hij kon de fysieke pijn van dat beest gewoon voelen. Hij had het gevoel dat hij deel uitmaakte van die pijn.

Vanuit de donkere massa van de bossen kwam enkel een grote, dichte stilte, oorverdovend.

'We kunnen hem hier niet achterlaten,' zei hij.

'Ja, maar we kunnen ook niet gaan zitten wachten tot hij dood is,' protesteerde Luca. De woede was aan het omslaan in angst, en de angst in agressie. 'Er kan elk moment iemand aankomen, we staan in een bocht...'

Dat was ook zo, ze stonden stil in een bocht, midden in de nacht, met een zieltogend hert en een vernielde Volvo. Het kon er alleen nog maar slechter op worden.

'We moeten hem verplaatsen,' zei Sebastiano.

'Waarheen?'

Het licht van de overgebleven koplamp projecteerde een kegel midden op de weg, en op die weg bevonden zich drie mensen, een hert, het niets.

'Weet ik het!' tierde Sebastiano. 'Laten we hem daar dumpen, achter de vangrail!'

Ze gingen allebei kijken wat er daar was: een afgrond. Ze liepen om de auto heen, rondkijkend, scheldend op hun familie, op zichzelf, op alles.

Andrea bleef intussen zitten waar hij zat, onbeweeglijk naast het hert.

Hij wilde zijn hand op die buik leggen. Een zinloos gebaar, maar hij kon zich niet bedwingen. Op een paar centimeter afstand, zonder hem aan te raken, voelde hij de warmte al, de ruwe vacht, dat woest knokkende leven.

En hij zat erbij en probeerde hem te aaien.

Het dier had een enorm gewei, het was al oud. Een groot volwassen mannetje. Een bestaan dat een en al instinct, gevaar, schrik was.

'Ik ga hem helemaal nergens dumpen,' zei Andrea op een gegeven moment.

Sebastiano draaide zich pisnijdig naar hem toe: 'Ben je niet goed wijs?'

Andrea beantwoordde zijn blik, nog altijd met zijn hand op de buik van het hert, alsof hij het wilde beschermen.

'Wat nou? Wil je hem nu ineens mee naar huis nemen?'

'Ja, ik wil hem mee naar huis nemen.'

Luca stond met uitpuilende ogen naar hen te kijken. Dat ontbrak er nog maar aan, dat ze ruzie kregen, daar zaten ze net op te wachten.

Maar tegen alle verwachtingen in klaarde Sebastiano's gezicht op.

'Oké, Andre, jij je zin.' Hij begon te lachen. 'Pak jij hem aan de ene kant beet, dan grijp ik de andere kant.' En terwijl hij aan kwam lopen priemde hij zijn vinger naar het hert en zei: 'Je bent gewaarschuwd, jongen. Dit is een ontvoering.'

Daarop moest ook Luca lachen. Ze lachten allebei als gekken, maar misschien kwam het puur door de ontzetting. De angst dat het helemaal uit de hand zou lopen, zoals nu eigenlijk al gebeurde.

Andrea lachte niet.

Ze raakten het dier eerst even aan, toen verzamelden ze al hun moed, grepen het vast en probeerden het op te tillen aan zijn poten. Maar het was loodzwaar, het kronkelde en spartelde tegen. Het bloedde nog steeds, en liet nog steeds dat ongearticuleerde gekerm van hem horen, dat geen hulpkreet was en ook geen protest.

Andrea had zijn voorpoten vast, Sebastiano de achterpoten en Luca het gewei, maar het hert gaf zich niet gewonnen en schudde doodsbang met zijn kop.

Misschien kwam het daardoor; misschien was het de angst van dat beest waardoor ze op tilt sloegen.

Luca en Sebastiano begonnen woest aan het beest te rukken. Toen lieten ze hem op de grond vallen. En ze begonnen ertegen te trappen.

Andrea kon nu niet reageren, hij voelde zich machteloos. Hij had het gevoel dat zijn armen en benen bevroren. Hij zag een nieuwe uitdrukking op het gezicht van zijn vrienden, hij kende ze nauwelijks terug. Ze lachten als gekken, terwijl ze tegen dat dier aan ramden.

'Hou op!' schreeuwde hij getergd.

Even was het stil. En toen beseften ze waar ze mee bezig waren.

Ze sleepten ermee naar de auto. Ze deden de bagageruimte open, die enorm groot was, en schoven het erin. Maar om het er goed in te krijgen moesten ze er met z'n drieën keihard tegenaan duwen, en zijn kop ombuigen door zijn nek te verdraaien. Met een koelbloedigheid waarvan ze niet hadden gedacht dat ze die in zich hadden, probeerden ze met blote handen de gewrichten van zijn voorpoten te breken, maar dat lukte niet. Ze duwden de achterklep naar beneden, maar die ging niet dicht. Ze knalden hem een paar keer achter elkaar omlaag. Steeds klonk datzelfde doffe geluid, van de klep die tegen het gewei aan knalde. Tot de laatste klap, de kwaadste. En de bagageruimte zat dicht.

Hijgend stapten ze weer in de Volvo, badend in het zweet.

'Man, nou rijden we rond met een hert in de kofferbak,' zei Sebastiano terwijl hij startte. 'Dit vergeten we nooit meer!'

Wonderbaarlijk genoeg sloeg de Volvo meteen aan. Andrea legde een oor tegen de achterbank; hij hoorde het hert nog steeds reutelen. Hij kende de taal van de dieren, die had hij van zijn opa geleerd toen hij klein was. Hij wist dat die woordeloze taal samenvalt met de naakte kern van de dingen.

'Oké, we hebben de zaakjes met Kadaffi afgehandeld, dus zeg maar wat we vanavond gaan doen.'

Het licht dat ze aanvankelijk gevolgd hadden was nu helemaal verdwenen.

'Kadaffi...' herhaalde Luca lachend, 'hij lijkt echt op Kadaffi, ja!'

Ook de maan was inmiddels bijna verdwenen.

Andrea rook aan zijn vingertoppen, een geur van wild en ijzer.

'Hoe lang zou het duren voor hij dood is?' vroeg hij hardop.

'Het punt is niet hoe lang het duurt voor hij dood is, maar hoe lang het duurt voor ik het geld bij elkaar heb voor de uitdeuker.'

Ze reden door de gehuchten Callabiana en Nelva. Sebastiano trapte het gaspedaal diep in, hoewel de Volvo, gehavend en zwaarbeladen alsof ze een berg meesleepten, een heel wankele wegligging had. Er naderde een haarspeldbocht die door hun ene koplamp maar gedeeltelijk werd verlicht en die je met deze snelheid onmogelijk kon nemen.

Sebastiano vloog er evengoed doorheen, zonder af te remmen. Andrea bedacht dat ze zich te pletter zouden rijden en deed niets om het te voorkomen. Het gebrom van de motor was te horen, en het nog doffere gebrom achter in de bagageruimte.

Ze slipten naar rechts, toen naar links.

Daar tussen twee rotsblokken, op de SP105 ter hoogte van Camandona, ontplofte plotseling dat schijnsel dat ze niet meer hadden gevolgd. Het ontplofte als een rotje of een vuurpijl en ineens trok de duisternis zich terug, samen met alle gevaren en alle verlatenheid.

Daarginds, in dat afgelegen gehucht in de vallei, verschenen lange rijen auto's die aan beide kanten van de weg stonden geparkeerd. Hele gezinnen liepen als een zwerm naar hetzelfde punt, aangetrokken door dat ene licht dat nu heel dichtbij bleek te zijn.

De jongens staken ongelovig en met bonzend hart hun hoofd naar buiten, terwijl de menigte te voet langs de provinciale weg omlaag liep. Een tweetal schijnwerpers torende boven de beukenbossen uit en wierp een fel licht op een schuine open plek waaruit een steeds harder geroezemoes opsteeg en verre muziek, misschien een mazurka.

De Volvo werd dubbel geparkeerd.

Ze keken elkaar aan: ze waren gered.

Sebastiano en Luca hadden geen tijd te verliezen: ze gooiden hun portier open en stormden euforisch bij de auto vandaan. Alsof er niets was gebeurd. Ze verdwenen tussen de oma's met hun kleinkinderen aan de hand, volgden een groepje scouts in de tienerleeftijd.

Andrea bleef achter, hij deed er wat langer over om uit te stappen. Hij probeerde zijn ontzetting weg te duwen. Hij legde een hand op de achterbak, waar geen enkel geluid uit kwam, en moest zich bedwingen om hem niet open te maken. Toen keek hij recht voor zich, waar een slinger van de toeristische vrijwilligersorganisatie Pro Loco hing, en hij besefte dat hij hier vaker was geweest.

Als kind met zijn ouders en zijn broer. En toen hij ouder was met vrienden. En ten slotte de laatste keer, de keer waar hij eigenlijk helemaal niet aan wilde terugdenken.

Hij dacht weer aan *haar*. Hij dacht weer aan het verlamde oog van het hert.

Nu liep ook hij tussen de bomen door, omlaag over de treden van aangestampte aarde die naar het dorpsfeest van Camandona voerden. Hij stak een sigaret op en er ontglipte hem een treurig lachje toen hij dezelfde eetkraampjes herkende, dezelfde tent annex danszaal, en zelfs dezelfde vloer van houten planken waar ze toen samen op hadden gedanst, met hun handen verstrengeld om elkaars middel.

Precies hier, waar hij vanavond naartoe was geleid door een schijnsel in de verte.

2

Blijf niet te lang bij een zangeres,
anders bezwijk je voor haar verleidingen. [...]
De schoonheid van een vrouw doet velen dwalen
en ontvlamt het vuur van de liefde.

SIRACH 9, 4-9

Andrea had geen gemakkelijke band met zijn verleden. Het grootste deel van zijn leven wilde hij zich liever niet herinneren. Maar nu was hij op het feest van Camandona en daar hing die typische geur van dorpsfeesten: gegrild vlees en chemische toiletten achter tentdoeken.

Hij bleef op de onderste traptrede een paar minuten staan roken. Van bovenaf bekeek hij de open plek waar het feest was georganiseerd, net als destijds: met slingers, rozetten en livemuziek. Nog steeds was er de braderie met kraampjes vol ambachtswerk en streekproducten. Aan de rechterkant, tegen een berkenbosje aan, speelde het orkest ballroommuziek onder de gebruikelijke tent die tot danszaal was gebombardeerd. En als een eiland van licht werd het geheel omgeven door het duister als door een kalme, maar vijandige zee.

De grote witte tent, de tent met de bar, het restaurant en de rechthoekige tafels waar de gezinnen met volle dienbladen aankwamen en elkaar verdrongen om een plekje, zag er nog havelozer uit dan in zijn herinnering. Ook het podium daarginds, waar de belangrijke gebeurtenissen plaatsvonden, leek wel van karton. Alsof de tijd alles kleiner had gemaakt en alles had ontdaan van het indrukwekkende dat het voor hem als kind had gehad.

Hij trapte zijn peuk uit. Terwijl hij van de tree af stapte stootte hij tegen een zoenend stelletje aan. Daarna liep hij tussen twee rijen kraampjes door en begaf zich onder het publiek.

Hij zag de kinderen die hun hand uitstaken naar brokken amandelpraline en lolly's, en de vrouwen die hen foeterend meetrokken zoals zijn moeder ook altijd had gedaan. Op de achtergrond van al het geroezemoes werd voortdurend dezelfde melodie herhaald. Hij kende dat nummer, dat wist hij zeker, maar hij kon niet op de titel komen.

Al duwend baande hij zich een weg. Hij kwam bijna niet vooruit in het gedrang, het leek wel alsof alle inwoners van de hele provincie Biella hiernaartoe waren gevlucht om te ontkomen aan een ramp. Hij had geen haast om de anderen terug te vinden; hij had het gewoon misselijkmakend gevonden om te zien hoe Sebastiano tekeerging met dat hert, en hoe Luca hem nadeed.

Hij zag een soort loterij met een hok propvol konijnen, en hij wendde meteen zijn blik af. Hij zag een groepje gepensioneerde veehoeders die van thuis een klapstoel hadden meegenomen en hier zwijgend op een rijtje zaten toe te kijken, aan de rand van het hele gebeuren, met hun pet over hun voorhoofd getrokken. Ineens voelde hij een steek van weemoed naar zijn opa. Toen zag hij de schiettent.

Diezelfde schiettent. En daar op de plank met de prijzen, precies in het midden, een grote pluchen koala. Het was niet zomaar een knuffel, hij kon bewegen. Hij zwaaide met zijn kop en zijn poten op muziek: dat deuntje van daarnet, dat hij zich niet wilde herinneren. De soundtrack van de derde *Rocky*-film, 'Eye of the Tiger'.

Het was dezelfde; hij had dezelfde wit met grijze vacht, dezelfde droevige, glazen ogen. Hij had die knuffel jarenlang op de plank boven zijn bed bewaard, als een trofee, als het hoogste doel dat je kon bereiken. Want hij had hem zelf gewonnen, voor de neus van zijn broer weggekaapt: het scheelde maar één luchtdrukkogeltje. En even had hij zich een kampioen gevoeld.

Hij draaide zich om en wilde weglopen tussen twee kaaskramen door. Op dat moment zag hij de poster die op de paal van een schijnwerper was geplakt, een geel bord waarop in grote letters werd verkondigd: POP GALA, ZONDAG 16 SEPTEMBER 21.00 UUR.

Maar het was allang negen uur geweest en hij schonk er verder geen aandacht aan.

Het podium was leeg, de meeste mensen stonden nog in de rij voor de kassa, en hij pikte dat signaal niet op. De vrijwilligers stonden intussen in enorme aluminium pannen te roeren. Ze droegen allemaal dezelfde T-shirts met PRO LOCO CAMANDONA erop. De plaatsnaam Camandona betekent 'verlaten huis' in het Piemontees: *cà bandunà*.

Andrea dwaalde doelloos rond, totdat hij een meter of twintig verderop Sebastiano en Luca ontwaarde. Ze stonden in de rij en lazen het menu dat met een stift op een laken was geschreven. Hij was nog steeds ontdaan, maar hij kon ook weer niet al te lang boos op hen blijven. Terwijl hij naar hen toe liep dacht hij terug aan de manier waarop zijn vader hen weleens minachtend omschreef, als 'die twee desperado's'.

'Hé, waar was jij gebleven?' riep Luca hem toe.

Andrea sloeg zijn arm om zijn hals en kromde zijn elleboog, alsof hij hem wilde wurgen. Luca was stevig, niet langer dan een meter zestig, en hij miste een tand. Hij had het idee dat een namaak Dolce & Gabbana-polo volstond om de meiden aan te trekken.

'Nou, wat zullen we eten?' vroeg Sebastiano.

Ze stonden in het volle licht, midden in de drukte, en nu hadden ze honger. Maar ze merkten dat er een groepje vanuit de verte naar hen stond te wijzen, en keken nog eens goed naar hun spijkerbroek, hun shirt, hun schoenen. En ze beseften dat ze alle drie onder het bloed zaten.

'Zou hij nu dood zijn?' vroeg Luca.

Andrea had meteen geen honger meer.

'We kunnen wel even gaan kijken?' opperde hij.

'Schei toch uit!' riep Sebastiano. 'Kadaffi zal heus niet ontsnappen!'

De rij werd korter.

'Andrea, wat wil jij?'

'Alleen maar een biertje.'

'Oké, ga jij dan maar vast een tafel zoeken.'

Er stonden zo'n dertig tafels van een meter of vijf, zes lang, zoals je vroeger op bruiloften zag. De mensen zaten dicht bij elkaar, de vrouwen hielden hun kinderen op schoot. Andrea vond een plekje tussen twee groepen in, hij haalde de achtergebleven plastic bordjes weg en ging zitten.

Kalm bekeek hij deze plek, die ineens was verrezen uit de tijd.

Een rafelig, groezelig spandoek dat hem niet eerder was opgevallen wapperde boven het podium in het briesje dat afkomstig was van de toppen van de Monte Casto en de Bo. Ook daarop de tekst: POP GALA.

Het orkest speelde een polka, en er dansten een paar bejaarde echtparen, wang aan wang. Terwijl ze elkaar stevig vasthielden, alsof ze bang waren om te vallen, draaiden ze rondjes over de dansvloer.

Dat laatste jaar dat ze hier geweest waren hadden zij ook gedanst. De moeders met de vaders, zijn broer met zijn nichtje, hij met Marina, en op min of meer dezelfde muziek. Marina... het deed hem wel wat nu die naam weer in hem opkwam.

Die avond droeg ze een strak blauw jurkje, het verbaasde hem dat hij dat nog zo goed wist.

Toen arriveerden de anderen met hun dienbladen en kwamen bij hem zitten.

Hij had al drie jaar niets meer van haar vernomen, sinds die ene avond dat hij haar voor de zoveelste keer koppig had staan opwachten voor de sportschool, tevergeefs, op kerstavond 2009.

Met zijn aansteker trok hij zijn biertje open en nam een teug uit de fles.

Misschien kwam het door het dorpsfeest, of misschien kwam het om de een of andere duistere reden door dat hert dat hij nu weer aan haar moest denken. Maar het deed er allang niet meer toe.

'Wanneer ben je van plan om die boerderij te vragen aan je vader?'

Andrea zag een aantal vrijwilligers die een oude versterker optilden en op het podium probeerden te krijgen. Hij keek naar Sebastiano.

'Morgen,' antwoordde hij.

'En denk je dat je hem krijgt? Weet je het zeker? We hebben het hier wel over jouw vader.'

Zijn vader was advocaat Caucino, strafpleiter en tevens ex-burgemeester van Biella; iemand die zich alleen verwaardigde tot een bezoek aan een dorpsfeest wanneer er een verkiezings-campagne gaande was.

'Ik zeg gewoon dat het hem helemaal niks kost. Hij heeft er toch een hekel aan.'

Sebastiano en Luca aten met hun handen, ze praatten met volle mond en zaten intussen te fantaseren wat ze daarboven al-lemaal zouden kunnen doen, in die boerenhoeve boven op de Monte Cucco, zonder stroom en zonder riool.

'Het zou te gek zijn, hè,' zei Luca. 'Als dat zou lukken.'

Andrea dronk zijn biertje op en knikte.

'Maar het zou ook kunnen...' zei Sebastiano peinzend, 'dat hij van plan is om dat huis te verbouwen voor je broer, zodat die wat vaker thuiskomt.'

Andrea's gezicht betrok op slag. Zijn grote zwarte ogen werden hard, het leken wel twee stukken steenkool.

'Mijn broer heeft al genoeg gekregen. En trouwens, die komt voorlopig toch niet terug.'

Nu ging Sebastiano de andere kant op zitten kijken, hij had er spijt van dat hij zich die opmerking had laten ontvallen. Luca haalde een klein pakketje van zilverpapier tevoorschijn en begon de hasj zachter te maken met het vlammetje van zijn aansteker. Hij wierp een blik op zijn mobiel en zei teleurgesteld: 'Die Daniela heeft ook al niks laten horen...'

Het was weer net zo'n avond geworden als talloze andere.

'Trouwens, hebben jullie die griet daar gezien?'

'Waar?'

'Die achter de bar.'

Andrea wierp een blik in de tent, zag een meisje met aan één kant kortgeschoren groen haar, dat achter de biertap stond. Nu dacht hij aan de boerderij in Riabella, hoe die was in de tijd dat zijn opa het vee voor de zomer naar de bergweiden bracht, van mei tot september, en hoe die er nu bij lag: overgeleverd aan de doornstruiken.

Dat huis kwam hem rechtmatig toe, het was het enige wat hem nog restte van zijn opa. Toen dacht hij weer aan het hert, aan het doffe geluid van de bagageklep die tegen het gewei aan knalde. Ze waren niet opgehouden, ze waren erop los blijven beuken.

Ze stonden op en lieten de restanten van hun eten liggen. Ze liepen naar de bar, waar het punky barmeisje met het t-shirt van Pro Loco hen met een sceptische blik ontving.

Ze bestelden drie Negroni-cocktails.

Andrea hoorde Sebastiano tegen haar zeggen: 'Hé, schoonheid, waar kom je vandaan?'

Feit was dat het hem treurig stemde om hier te zijn. De laatste keer dat hij hier was, was op zijn achttiende geweest, nu was hij zevenentwintig. En hij had nog helemaal niets waargemaakt van wat hij zich toen had voorgenomen.

De laatste keer was geweest toen ze samen hadden gedanst, voor hetzelfde orkestje dat hier nu weer zat te spelen; totdat zij ineens was gestopt met dansen en een beetje schalks, maar ook met een brutaal gezicht had gevraagd of hij even meeliep, want ze moest plassen en durfde niet alleen te gaan.

En hij was met haar meegelopen. Naar het berkenbosje, achter een omgevallen boomstam. Ze had haar onderbroek omlaag gedaan, was neergehurkt. En het was allemaal zo ver weg en gênant om die scène terug te zien met de ogen van nu.

Toen riep Luca hen, hij stootte hen aan.

'Hé, moet je daar kijken...'

Rechts op het podium, waar schermen waren opgezet, stond nu een rijtje vrouwen, meiden en zelfs een paar meisjes van de basisschool aan de hand van hun moeder, elk met een genummerde rozet op de borst.

Sommigen, met wat agressievere decolletés en minirokjes, stonden in groepjes te giebelen. Anderen, die iets minder jong waren, keken wat verloren om zich heen, ze rookten of gaven een zakspiegeltje aan elkaar door om hun haar goed te doen.

Andrea, Sebastiano en Luca bleven ongelovig naar hen staan kijken. Ze hadden nog nooit zo veel vrouwen bij elkaar gezien daar, en dan ook nog zo opvallend gekleed.

Ineens liep er een meisje langs de schermen heen zonder zich iets aan te trekken van de rij. Twee moeders protesteerden hevig, andere deelneemsters begonnen nu ook voor te dringen. Een klein meisje barstte in huilen uit. Een vrouw van een jaar of veertig kreeg een ladder in haar panty en vloekte waar iedereen bij was.

'Man, er zit niet één fatsoenlijke bij,' merkte Sebastiano op, die zijn prooi inmiddels gekozen had. Ze heette Mirella.

'Niet waar, die derde van rechts kan er best mee door,' zei Luca.

Het werd steeds drukker. Een van de organisatoren schreeuwde dat ze drie kwartier achterliepen op schema, dat *de ster* van de avond nog niet was gearriveerd, en: 'Zo kan een mens toch niet werken!' Er verscheen een stevige jongen met een koptelefoon op, die achter de mengtafel plaatsnam, en er werden twee stoelen neergezet waarop A4'tjes met de tekst JURY waren geplakt.

Luca bleef doorgaan mijn zijn selectieproces van de jongere meiden, hij wees ze aan Andrea aan, maar het enige wat Andrea trof van het hele tafereel was de miserabele poging om hier in Camandona de sfeer op te roepen van de flitsende tv-shows op Canale 5.

De stoelen van de jury werden nu bezet door een man die misschien de tabakshandelaar van Andorno was en een vrouw behangen met sieraden en met vuurrood haar, die hij meende te kennen omdat ze weleens in de bibliotheek kwam.

Vervolgens verscheen er een groepje journalisten van de *Eco di Biella* en van de *Nuova Provincia di Biella*, en een camera met een sticker van het *Regionaal Journaal*. Toen veranderde er iets in de gezichten van de deelneemsters, ze keken een stuk ernstiger. De vrijwilligers kregen nog meer haast, ze verplaatsten de laatste kabels bijna rennend, het publiek bij het podium ging zachter praten en wees elkaar op de aanwezigheid van de camera. Ineens sprongen er twee jochies voor de lens. Ze riepen: 'Forza Milan! Weg met Juve!' en maakten obscene gebaren.

Nu klom er iemand op het podium om de microfoon te testen, een man met een spijkerbroek en tennisschoenen en daarboven een jasje met paarse pailletten. Hij leek op iemand, hij was iemands dubbelganger, maar van wie ook alweer?

Luca kon niet op de naam komen: 'Hè, is-ie het nou, ja of nee?'

'Ik vind hem net Danny DeVito...' zei Sebastiano lachend.

De open plek kreeg steeds meer van een dichte, zweterige, on-doordringbare mensenmassa. De kinderen speelden nog steeds tafelvoetbal en darts. De oude mannen keken toe zonder een spier te vertrekken, gezeten op hun kampeerstoel. En boven alles uit torenden de zwarte, dreigende gestaltes van de bergen met hun vaste, onbedaarlijke stilte.

Toen de schijnwerpers plotseling doofden, floepte er op het podium een rij gekleurde neonlampen aan, als een slinger kerst-lichtjes. Er klonk een mager applausje vanuit de keuken en vanaf de dansvloer, waar nu nog maar drie paren stonden met de armen om elkaar heen, zonder muziek.

De presentator sprong naar het midden van het toneel en kuchte in de ruisende microfoon. Hij krabde op zijn hoofd en verklaarde de wedstrijd ter verkiezing van *de muzikale belofte van de provincie Biella* voor geopend.

'Volgens mij is het tijd om te vertrekken,' zei Andrea.

'Volgens mij,' antwoordde Sebastiano, 'moeten we genieten van dit feest van de treurigheid.'

Er werd een dankwoord uitgesproken voor de gemeente, de provincie, de bakker, de delicatessenzaak en de andere spon-sors, want *in deze tijden, door de crisis...* Er werd een speciaal applaus gevraagd voor het Regionaal Journaal, dat helemaal vanuit Turijn hierheen was gekomen om *het neusje van de zalm van onze omgeving* te filmen. Ten slotte werd de eerste deel-neemster op het podium uitgenodigd. En vanuit het donker waarin het publiek was gehuld doken nu de blauwige schijnsels van mobieltjes op, waarmee filmpjes en foto's werden gemaakt.

Een mollig meisje met een beugel, lippenstift en sproetjes pak-te de microfoon aan. Ze zei: 'Goedenavond, ik kom uit Occhiep-po Superiore.' Onder de enthousiaste aansporingen van haar ouders kondigde ze aan dat ze 'La solitudine' van Laura Pausini ging zingen.

Andrea bestelde nog een Negroni.

'De laatste, en dan ben ik hier weg.'

'Goed zo, ga jij maar even kijken hoe Kadaffi ervoor staat...' antwoordde Sebastiano. 'Doe hem de groeten van me als hij nog leeft!'

Het meisje zong uit volle borst. Andrea keerde haar de rug toe en dronk. Hij hoorde de bezeten kreten van haar ouders, de ondraaglijke valse tonen van die schelle stem, en dat was meer dan genoeg.

Hij keek naar zijn vrienden: soms kon hij ze gewoon echt niet volgen. Sebastiano stond tussen de klanten door zijn hele levensverhaal aan die Mirella te vertellen. Op een gegeven moment had hij zelfs de foto van Mathias uit zijn portemonnee gehaald om hem aan haar te laten zien. Luca werd nog steeds in beslag genomen door die ene deelneemster, het meisje dat hij in het begin had opgemerkt en waar hij wel mee naar bed zou willen als de avond voorbij was.

Maar intussen kon Andrea zijn ontzetting niet onderdrukken. Hij bedacht dat hij even zou gaan kijken bij het hert; hij bedacht dat het misschien nog niet te laat zou zijn als hij nu meteen omlaagreed naar Biella en een veearts zocht. Ja, hij raakte er steeds meer van overtuigd: hij kon het beest nog redden.

Toen was 'La solitudine' afgelopen, er klonk gefluit en applaus. De dubbelganger van Danny DeVito kwam weer op het podium, hij zei dat het nu de beurt was aan een heel speciaal meisje. Dat hij graag even de aandacht wilde, *alstublieft*!

Andrea wilde net weglopen, hij zette zijn lege beker neer, legde een hand op Sebastiano's schouder: 'Mag ik de autosleutels, ik rij even naar Biella, dan kom ik jullie daarna weer opha...' Hij kon zijn zin niet afmaken, want ineens leek het of de bergen om hen heen instortten, toen de naam van deelneemster nummer twee werd aangekondigd.

Op dat moment stolde zijn bloed.

Marina. *Marina Bellezza.*

Het werd in de nog steeds ruisende microfoon geschreeuwd door die presentator die leek te zijn opgestaan uit de jaren tachtig, ruim na tien uur op deze onzinnige avond op het feest van Camandona.

Andrea's adem stokte.

Dit kon niet; het kon niet dat zij het echt was.

Ja, jongens, ik weet dat jullie je haar allemaal herinneren als dat kleine ding in die laatste tv-reclame van meubelfabriek Aiazzone uit Biella...

Gelach.

Dat was in 1994, toen was ze vier jaar oud en al echt een talentje... Maar nu is ze groot, ze heeft het ver geschopt, en... mag ik het zeggen?

Hij wendde zich naar iemand in de coulissen.

Mag ik het zeggen, ja of nee?

Spanning.

In oktober kunnen we haar op primetime zien op BiellaTV 2000!

Het was niet te geloven.

Andrea was wit weggetrokken, zijn ogen stonden wijd open, zijn mond was kurkdroog en hij had plotseling hartkloppingen die hij door zijn hele lijf voelde.

Dat had hij niet verwacht. Dat had hij nooit verwacht. Hij voelde het bloed met geweld door zijn lendenen stuwen, door zijn maag, door zijn slapen.

Kanaal 19 op Digitelevisie! Allemaal kijken!

Hij was er niet op voorbereid. Hij had het aangekund, hij had zich een houding weten te geven, misschien, als hij haar in een café was tegengekomen, bij de supermarkt, als het eerder een keer was gebeurd...

Alleen niet nu, en niet hier.

Marina, neergehurkt om te plassen in het berkenbosje daarginds, met haar onderbroek strakgespannen tussen haar knieen, Marina die opkijkt en zegt: 'Andre', heb je een papieren zakdoekje?' Witte sokken in roze gymschoenen, klein spleetje tussen de voortanden, schaafplek op haar knie. 'Ik heb vanmorgen over jou geschreven in mijn dagboek.'

Zij was dertien die avond, en hij achttien. Het was in 2002, of misschien in 2003. En haar blauwe jurkje van licht katoen was in zijn geheugen geprent blijven zitten.

Haar glimlach, helder en stralend: als het riviertje de Elvo, als de goudschilfers die je daar met een zeef uit haalde en bewaarde in zo'n flesje voor urinemonsters. Marina Bellezza, zei hij bij zichzelf. Hoe lang was hij al niet meer in staat haar naam volledig uit te spreken?

Ze heeft ons de eer bewezen om vanavond bij ons te zijn. Is de versterker bijna klaar? Om naast de anderen mee te dingen, ook al, nou ja... we weten allemaal dat het een hele opgave zal zijn om haar te verslaan!

Andrea draaide zich met een ruk om naar Mirella, keerde zijn rug naar het podium toe en deed zijn best om zijn op hol geslagen hart tot bedaren te brengen. Hij onderbrak Sebastiano, die nog steeds druk over zichzelf stond te vertellen – met weglating van zijn arrestatie, zijn veroordeling, zijn behoorlijke strafblad –, en bestelde nog een Negroni.

Hij hoorde het geschreeuw van het publiek, de haastige voetstappen op het podium om de versterker te installeren, en hij was bang. Bang om haar te zien. Bang om haar terug te zien. Een waanzinnige angst schoot door hem heen. Er was drie jaar verstreken; drie jaar is een eeuwigheid, goddomme.

Maar zijn lichaam loog niet.

Dan is nu het moment gekomen om haar op het podium te roepen... Ja, of eh... nee! Ik krijg door dat ze nog niet klaar is!

Andrea had geen gevoel meer in zijn benen. Zijn geheugen begon te overstromen en de dammen die hij zo moeizaam had opgeworpen bleken totaal nutteloos te zijn. Ineens zag hij het weer voor zich, zo duidelijk alsof hij ervoor stond, dat gebouw van twee verdiepingen met de krakende deur en de donkere hal waar je je zo gemakkelijk kon verstoppen, haar tegen de muur aan kon duwen en haar zoenen. Hij had haar zien opgroeien. Hij had haar naar school zien gaan met haar rugzakje om. En vervolgens had hij haar zien losbreken, van de ene op de andere dag. Zien veranderen in een meisje dat zich bewust was van haar schoonheid, van het fatale effect dat ze op hem kon hebben door hem het randje van haar onderbroek te laten zien: hier in Camandona, negen jaar geleden, toen hij haar voor het eerst had opgemerkt.

Vooruit, mensen, niet zo zuinig... Geef haar een daverend applaus!

Andrea's geheugen bleef maar lukraak fragmenten ophalen, terwijl daarbuiten niemand meer was, geen datum meer, geen plek meer, behalve de kolossale stilte van de bergen. Alleen die rode bobslee die de helling af joeg over het uitgestrekte, besneeuwde weiland Prato delle Oche, langs het heiligdom van Oropa, en zij met z'n tweetjes erin, met hun dikke skipakken aan, pijlsnel gelanceerd over een tapijt van witte kristallen. Ze hadden een smak gemaakt. Aan het eind van de afdaling was hun slee omgekieperd. En die keer had hij zich niet weten te bedwingen. Want het was koud, de hemel was wit en laag, en zij waren bezweet, ze waren alleen.

Ladies and gentlemen... Haha... Ouders en kinderen... Oma's en opa's!

Ze begonnen afspraakjes te maken, stiekem. Ze begonnen samen dingen te doen, naar de film in Candelo, in het donker. En midden op de dag naar de oever van de rivier de Cervo, tussen de varens. Hij had zich ingeschreven aan de universiteit van Turijn, maar hij kwam elk weekend thuis. 's Zaterdags wachtte hij haar om twaalf uur 's middags op voor het lyceum. En Marina liet hem zijn gang gaan, maar tot op zekere hoogte. Hij was de jongen van de villa aan de overkant, de jongen met geld, de zoon van de burgemeester. En zij was het meisje dat 's zomers nooit op vakantie ging, dat castings bezocht om in de catalogi van de Biellese textielfabrikanten te belanden... Ze verweet het hem dat hij rijk was. Toen had ze op een avond besloten dat ze geen maagd meer wilde zijn.

Ach, dat vergat ik bijna, er worden opnames gemaakt door het Regionaal Journaal!

Terwijl de spanning om haar komst steeg, terwijl die vervloekte dubbelganger van Danny DeVito voortdurend onzin uitkraamde, bleef Andrea met zijn rug naar het podium staan, zijn ogen op de bar gericht, en hij dacht terug aan hun eerste keer. Hoog in de bergen, op de belvedère. Ze hadden de hele nacht liggen vrijen op de achterbank, in december, met de raampjes beslagen en de verwarming op de hoogste stand. Totdat de accu van zijn Punto leeg was. En toen wilde de auto niet meer starten. Hij had om zes uur 's ochtends naar huis moeten bellen om zich te laten ophalen. Hij zag het gezicht van zijn moeder weer voor zich, haar uitdrukking toen ze het portier had geopend, toen Marina met ongekende brutaliteit had gezegd: 'Goedemorgen. Hopelijk heb ik u geen oma gemaakt.'

En nu een groot applaus, mensen! Laten we haar met open armen ontvangen, want dat heeft onze mooie Bellezza wel verdiend... Ze is door de voorrondes gekomen bij Cinderella Rock!

Maar er moest ooit een eind aan komen, het was logisch dat er een eind aan kwam. Ze hadden elkaar zes jaar lang liefgehad, bedreigd, gehaat, gekust. Toen, in 2009, was er gebeurd wat er was gebeurd. En daarna hadden ze elkaar niet meer gezien.

Cinderella Rock, *de talentenjacht die op zoek gaat naar de nieuwe vrouwelijke ster van het Italiaanse lied... Het belangrijkste programma van BiellaTV 2000! Het is crisis, jongens, over drie maanden krijgen we misschien het einde van de wereld, maar... wij willen blijven dromen!*

Andrea dronk zijn cocktail in één teug leeg en bestelde weer een nieuwe.

Al die mensen die met hun handen in de lucht stonden te juichen...

Wat wisten die nou helemaal van Marina af?

De eetkraampjes gingen dicht, de bezwete vrijwilligers lieten de pannen en de vuilniszakken in de steek.

Hij had heel wat vrouwen gehad, maar zij was echt iets anders. Zij was zoiets waarvan je gaat denken dat je misschien ooit met haar zou kunnen trouwen om samen oud te worden.

Er hebben tweeduizend vrouwen auditie gedaan en zij is geselecteerd! Kanaal 19 op Digitelevisie! Cinderella Rock, de nieuwe show die niet alleen in Piemonte zal worden uitgezonden, maar ook in Veneto en in Lombardije!

Draai je om, zei Andrea tegen zichzelf, kom op nou.

Hij klemde zich vast aan zijn plastic beker, zijn handen trilden.

Uit alle macht probeerde hij zich moed in te praten.

Intussen stonden alle toeschouwers zichzelf te verdringen om dichter bij het podium te komen. Ze klapten, ze riepen haar naam. Allemaal maakten ze filmpjes met hun mobiel.

Draai je om en kijk naar haar, alsjeblieft.

Angst. Angst is de oorsprong van alle dingen.

Daar is ze dan, in al haar schoonheid... Haar achternaam zegt het al!

Draai je om en kijk naar haar, godsamme.

Marinaaa Bellezzaaa!

De lampen gingen op slag uit.

Gedurende een handvol eindeloze ogenblikken was er het niets.

Er viel een oceanische duisternis over die kleine kloof tussen de Valle Cervo en de Valle Mosso, een eeuwige stilte, waarin op de bodem de staart van een eekhoorn, de hoef van een reebok bewoog. Waarin op de bodem het lijden van het aangereden hert zich voortsleepte.

Andrea draaide zich langzaam om, bijna tegen zijn wil. Hij begon het effect van de alcohol te voelen, en zijn hart dat onbesuisd voortraasde.

Hij kon nog net slikken toen er een bundel licht uiteenspatte, zo wit dat het wel een sneeuwkanon leek – de zoetgeurende sneeuw op het Prato delle Oche. Dat licht wiste al het andere uit. De honderden wachtende mensen werden weggevaagd door die ene ophanden zijnde aanwezigheid, door dat ene wezen dat zou verschijnen over tien seconden, vijf, *nu!*

3

Marina Bellezza stapte in de cirkel van licht die op het podium viel. Ze verscheen als een etherisch wezen, als de krans van een neonreclame in de duisternis.

Ze was het mooiste schepsel van deze aarde. Zoals denkbeeldige vrouwen dat zijn, die je in feite niet ziet. De vrouwen waarover je alleen maar kunt fantaseren terwijl je een roman van Tolstoj of Flaubert leest.

Andrea hield zijn adem in. En hij merkte dat ook zijn vrienden niet meer ademden en praatten. Het was alsof die hele menigte plotseling verstomde bij het zien van de lichtende verschijning die daarboven, afstekend tegen de bergen, bijna iets weg had van de Madonna.

Andrea zat nog op dezelfde barkruk als een halfuur eerder, met zijn lauwe Negroni in de hand en zijn verstand op nul. Hij was alleen nog maar een bundel levende vezels, meer niet. En zij stond daar, levensecht, vervormd door het felle licht waarin haar blonde haar opvlamde.

Ze liep naar de microfoon en zei: 'Goedenavond allemaal.'

Er barstte een langdurig applaus los, nog harder dan het vorige. Luca, Sebastiano en Mirella klapten ook, hier en daar hoorde je een *Wauw, tjongejonge*.

Andrea kwam weer bij zijn positieven, stelde zijn blik op scherp.

Nu pas realiseerde hij zich hoeveel ze veranderd was.

Hij had het idee dat ze nog was gegroeid, ze leek langer, of misschien kwam het alleen door die torenhoge hakken. Ook op haar dertiende gebruikte ze al make-up, laat staan nu ze tweeëntwintig was; daar ging het niet om. Maar dat ultrakorte broekje, dat strakke, diep uitgesneden shirtje... Ze was praktisch naakt, en ze stond daar maar grapjes te maken met die simpele presentator. Met gespreide armen groette ze het publiek, ze gedroeg zich als de grote diva.

Andrea sloeg de laatste slok van zijn cocktail achterover. Hij zweette, hij zat onder het bloed, en hij had op zijn lege maag een biertje en vier Negroni-cocktails gedronken. Hij staarde naar haar opgerichte gestalte, verlicht als een icoon daar midden op het podium, en probeerde te begrijpen wat er in die drie jaar was gebeurd.

Ze was niet meer het meisje dat hij had meegenomen naar het nachtcafé Nido del Falco in het gehucht Balma, om zich voor het eerst te bezatten. En ook niet meer het meisje dat met de slappe lach naast hem in de auto zat nadat ze een hijs van een joint had genomen. Ze was nu een vrouw. En ze stond daar het applaus in ontvangst te nemen als een ster die voor het succes was geboren. Op het Pop Gala. Gekleed als een stripteasedanseres, als het tegenovergestelde van wat ze had moeten worden...

Toen, vlak voordat de orkestband werd gestart, een duizendste seconde voordat haar stem zich via de microfoon verspreidde naar de tafels, de kraampjes, helemaal tot aan de bossen met bergesdoorns en berken, en nog hoger, tot aan de kale, verlaten top van de Monte Bo, toonde ze nogmaals haar glimlach. Vertederend, zoals een geitje of een kalfje je kan aankijken met opgeheven snuit.

Dat was het waardoor hij zijn lege beker neerzette en overeind moest komen van zijn kruk. Terwijl hij er dichter naartoe liep, zich een weg baande door het gedrang, herkende Andrea daar boven op dat treurige, kitscherige podium, in al dat kabaal, gehuld in showkleren met te felle lippenstift op, de enige vrouw van wie hij echt hoteldebotel was geweest, en haar verdwaasde, schalkse gezicht zoals wanneer ze zich losmaakte uit zijn omhelzing. *Zijn* Marina.

Er werd een riff gestart, een intro die hij goed kende. En ze begon. Ze zette de microfoon goed, opende haar mond.

Hij was altijd meegegaan als ze ergens moest zingen, hij had altijd in het publiek voor haar staan klappen, in de overtuiging dat ze er wel een keertje genoeg van zou krijgen om de ster uit te hangen. Maar nee.

'*Oh, my life is changing everyday. In every possible way.*'

Ze zong 'Dreams' van de Cranberries. Een nummer dat hij haar een eeuw geleden had laten horen. Het was dat nummer, maar ze zong het op een totaal nieuwe manier, waardoor hij als aan de grond genageld stond, volkomen verbluft. Er was niets overgebleven van de naïviteit waarmee ze in 2003 had geprobeerd Dolores O'Riordan te imiteren, op het balkon bij haar thuis. Nu had ze een zelfverzekerde, volle stem. En dat wist ze zelf maar al te goed: ze gebruikte haar stem als een sabel, waarbij ze zich op een berekenende, verleidelijke manier bewoog en een intens, geconcentreerd gezicht trok. Ze had inmiddels zelfs de uitspraak van het Engels onder de knie.

Blijkbaar had ze erg haar best gedaan de afgelopen drie jaar. Blijkbaar had ze zich gerealiseerd dat zangtalent alleen niet genoeg was als je zangeres wilde worden. Ze was erin geslaagd haar rancune te kanaliseren, haar wraaklust te benutten. Ze had hard gewerkt, ze had haar beperkingen aangepakt en zichzelf gedwongen haar karakter in het gareel te houden. Andrea stond versteld van deze metamorfose: van het grietje dat een hekel aan zangoefeningen had en voor de spiegel stond te repeteren, had ze zich ontpopt tot een echte professional.

Het was inderdaad 'Dreams'. Het was: *You have my heart, so don't hurt me.*

Haar stem was niet langer een klank, maar een uitweg. Het was een opening, er was iets ontdooid. Het was Marina die niet langer voor zichzelf zong, maar voor de wereld.

Andrea was helemaal van de kaart.

Hij voelde dat er iemand aan zijn schouder trok. Sebastiano schreeuwde in zijn oor: 'Kom, we gaan! Mirella is klaar met haar werk en ik wil haar mee naar huis nemen.'

'Nee, wacht effe...' zei hij, zonder dat hij zelf besefte dat hij het echt zei. 'Laten we nog tien minuutjes blijven.'

Maar wat kon hij doen? Het was absurd om serieus te overwegen haar op te wachten, naar haar toe te gaan... en dan? Wat kon hij haar dan vragen? *Hé, hallo, ken je me nog?* Geen denken aan.

'Hoezo, nog tien minuten?! En net wou je hier zelf nog weg!'

Andrea gaf geen antwoord. Hij liet Sebastiano het verder regelen met Luca, hij moest maar met hem uitzoeken hoe ze Mirella zover kregen dat ze meeging. Hij hoorde Luca die protesteerde: 'En als dat hert nou nog leeft?' en Sebastiano die tegenwierp: 'Fuck, man, dat kan toch nooit, dat dat nog leeft!' Toen begon hij te twijfelen: 'Ga jij anders gauw effe kijken!' en de ander pissig: 'Nee, godsamme! Ga zelf maar!'

De tijd verstreek. En Andrea kon maar geen besluit nemen.

Hij was sprakeloos door de manier waarop Marina zich bewoog, door de manier waarop ze erbij liep, door de manier waarop ze zich aan het publiek vertoonde. Hij was verbluft, verward en geïrriteerd. Ze had nu ze ouder was moeten luisteren naar bands als Rancid en Lagwagon. Ze had wijde spijkerbroeken moeten dragen en een vormloos geruit overhemd. En gymschoenen, desnoods roze.

O ja. Andrea herinnerde zich vaag – zoals je je de dingen herinnert waar je liever niet meer aan denkt – die ene middag in november 2009, de politieauto van de carabinieri die er op een gegeven moment bij waren gekomen, omdat de hevig bezorgde buren de ramen open hadden gegooid en 112 hadden gebeld.

De hysterische scène van haar moeder midden op straat. Haar moeder die zich in een schort en op pantoffels probeerde los te worstelen uit de greep van de carabinieri, en Marina huilend in de deuropening. Ze huilde op zo'n manier dat hij zich machteloos had gevoeld.

Toen Sebastiano zei dat ze naar huis gingen om spaghetti te maken, antwoordde Andrea: 'Oké, ik ga mee.'

Na die bewuste middag waren zij en haar moeder verdwenen. Ze waren ergens in Biella gaan wonen. Andrea herinnerde zich het hartverscheurende wachten voor haar school, elke dag weer, maandenlang. Zijn pogingen om haar nieuwe adres te achterhalen, haar nieuwe mobiele nummer; hoe hij op de parkeerplaats van de sportschool postte.

Allemaal vergeefs. Er zijn dingen waar niets meer aan te doen is. Dingen die het leven in tweeën splijten, en dan kun je niet meer terug. Die dag in november had voor hen allebei hun leven gespleten. Er waren drie jaar verstreken en nu stond ze daar op dat podium, en wat kon hij doen? Niets.

Hij drong zich achter de anderen aan door de mensenmassa heen, door een haag van gezinnen en kinderen. Andrea hoorde iedereen met een totaal ongegronde blijdschap juichen. Hij zag hoe Sebastiano een hand in de kontzak van Mirella's spijkerbroek stak. Hij probeerde niet om te kijken naar dat verlichte punt waar zij lachend 'Bedankt, bedankt...' stond te zeggen, lichtjaren ver weg, op een afstand die hij niet kon overbruggen.

Toen ze bij de auto aankwamen bleef Mirella verbijsterd staan en riep: 'Jeetje, wat hebben jullie gedaan?'

De motorkap zag er inderdaad schrikbarend uit. Sebastiano verzon gauw het smoesje dat hij de vorige avond was vergeten de handrem aan te trekken, wierp een veelzeggende blik op zijn vrienden en veranderde van onderwerp.

Ze stapten in de Volvo. Andrea plofte op de achterbank neer en luisterde of er soms vanuit de kofferbak een geluid klonk. Maar alles zweeg.

51

Luca ging naast hem zitten, Mirella voorin naast Sebastiano. Luca gaf hem een klapje op zijn wang: 'We hebben nogal wat gedronken vanavond, hè?'

Hij was van zijn leven nog nooit zo helder geweest.

Eenmaal in Pralungo, in het tweekamerappartement van Sebastiano, zette Luca de tv aan en begon te zappen. De heer des huizes haalde de *sciumba* tevoorschijn, een soort ambachtelijk gemaakte waterpijp, en trof de nodige voorbereidingen aan de keukentafel, die bezaaid was met lege flessen, geopende dvd- en cd-doosjes, een deodorant zonder dop en een zwart geworden halve appel.

Mirella bleef maar om zich heen kijken, misschien had ze spijt dat ze de uitnodiging had aangenomen. Het appartement van Sebastiano verried in alle opzichten de chaos van een verkeerd leven, en zij was volwassen genoeg om bepaalde signalen te kunnen ontcijferen.

'Je kunt het me nu wel gewoon vertellen,' zei ze op een gegeven moment, 'wat jullie hebben uitgevreten, waarom jullie er zo bij lopen...' Ze wees naar hun spijkerbroeken, hun schoenen. Dat verhaal van die handrem had ze kennelijk toch niet geslikt.

'Goed dan. Wil je de waarheid horen?' Sebastiano deed alsof hij moest lachen. 'We hebben een Libiër ontvoerd, en in stukken gehakt in de kofferbak gedumpt.'

Mirella lachte gegeneerd, net als Luca. Maar Andrea vond er niets grappigs aan en hield zich zwijgend afzijdig. Toen begon Sebastiano de waterpijp te stoppen. De stilte verspreidde zich door de kamer. Buiten kon je een speld horen vallen, er klonk geen enkele auto op straat. Het was een dichte, lege nacht, en van hieruit gezien was de wereld heel ver verwijderd.

Andrea keek op, hij zou tegen Mirella willen zeggen dat ze niet bang hoefde te zijn, dat Sebastiano wel een puinhoop had gemaakt van zijn leven, maar dat hij een goeie jongen was. En ook Luca, al zou je het niet zeggen als je hem zo zag. Hij had de beste vrienden uitgekozen, degenen met wie zijn ouders niet wilden dat hij omging.

Iedereen rookte de waterpijp, behalve hij. Hij bleef op afstand, zittend in een fauteuil, met zijn handen gekruist op zijn knieën en zijn blik strak op de grond gericht.

De anderen zaten te lachen, ze begonnen langzaam in te storten. Dit was hun manier om de leegte op te vullen, om de spanningen en herinneringen te verlichten. Het was in deze omgeving een goede manier om de zondag door te komen. Alleen was de zondag nu bijna voorbij en het was niet gezegd dat er nog eens zo een kwam.

Bij dat idee sprong Andrea overeind. Hij liep naar de keuken, trok een gammel bovenkastje van spaanplaat open – misschien een overblijfsel uit het tijdperk van meubelfabriek Aiazzone – en begon er verwoed in te rommelen. Hij vond een fles Jack Daniel's. Op het afdruiprek vond hij een schoon glas. Hij dronk achter elkaar twee halve glazen whisky leeg.

Toen liep hij terug naar die multifunctionele woonkamer waar Sebastiano gewoonlijk op een matras op de grond sliep, en vroeg aan de heer des huizes, met de blik van een moordenaar vlak voordat hij iemand afmaakt: 'Hé Seba, mag ik effe je auto lenen?'

Zijn vriend schrok op uit de loomheid waarin hij was weggezakt, zijn hoofd op Mirella's schouder, en staarde hem suffig, verbluft aan.

'Hoezo, waar moet je dan naartoe?' stamelde hij. 'Het is nog geeneens middernacht...'

'Precies. Ik ben zo weer terug.'

Sebastiano krabbelde op van het tapijt. Luca en Mirella waren zo versuft dat ze pas in slow motion doorkregen dat Andrea wegging, en ze zwaaiden hem na.

'Zorg dat je niet wordt aangehouden, hè,' adviseerde die goede ouwe Seba hem wankelend, 'want als ze in de kofferbak kijken, godweet...'

'Komt goed,' antwoordde Andrea met zijn ogen star op de drempel gericht.

Hij trok de deur dicht en stortte zich als een tijger in de verlaten nacht van de vallei.

Van Pralungo naar Camandona is het 14,4 kilometer aan haarspeldbochten. Hij vloog er met tachtig per uur overheen, zonder krimp. De schoonheid van die contreien is verschrikkelijk, want verwaarloosd, woest en bij iedereen onbekend.

Marina had eigenlijk altijd zo moeten blijven als deze vallei, een privéschouwspel, alleen voor zijn ogen bestemd. Zoals dat spontane bosje met witte sparren boven op de top van de Alpe Cusogna: ontoegankelijk, en ongerept.

Maar ze had te veel bullshit in haar hoofd, al toen ze klein was. Te veel gezeik en te veel vrijheid in dat rampzalige gezin dat op zestig vierkante meter samenhokte. Andrea herinnerde het zich nog heel goed, het geschreeuw dat bij hen uit het raam schalde en dat door de hele straat te horen was. De hysterische scènes tussen haar ouders, haar moeder die met afgepast geld boodschappen deed, en haar vader die altijd overkwam als de aardigste vent van de wereld.

Maar daar wilde hij nu allemaal niet aan denken.

Op haar vierde was ze uitverkoren om de reclameslogan van meubelfabriek Aiazzone te zingen: *Kom, kom, kom naar Aiazzone, je zult er geen spijt van krijgen, vrind!* Sindsdien had ze altijd van een televisiecarrière gedroomd. Ze deed elke middag zangoefeningen, ze ging drie keer per week naar de sportschool. Op haar zestiende had ze een portfolio met foto's laten maken en was ze door enkele plaatselijke bedrijven geselecteerd als advertentiemodel. Vervolgens kon ze als assistente aan de slag bij een sportprogramma op de digitale tv-zender Teleritmo en bleef ze steeds vaker weg van school.

Maar daar moest hij niet aan denken.

Hij moest nergens aan denken.

De gevoelens en gedachten die door hem heen gingen waren zo vers dat het verre verleden aanvoelde als de dag van gisteren, het leek alsof hij Marina pas nog had gezien. Alsof ze nog steeds goed met elkaar omgingen en alsof alles wat haar leven betrof ook en vooral zijn zaak was.

Alsof...

Hij was te dronken om logisch te kunnen redeneren. Te uitgehongerd.

Er kwamen te veel *alsen* bij kijken.

Als hij in de tussentijd een andere vrouw had leren kennen door wie hij Marina had kunnen vergeten, had hij nu nooit het risico genomen om zich dood te rijden op de SP105 tussen Andorno en San Giuseppe. Als hij zijn studie had afgemaakt. Als zijn broer niet naar de VS was vertrokken. Als zijn vader hem niet altijd als de mislukte zoon had behandeld. Misschien had hij nu dan wel beseft dat hij een enorme vergissing beging.

Maar Andrea was op dit moment buiten zinnen. Volkomen buiten zinnen.

Hij stuurde de gedeukte Volvo met piepende banden door de bochten en scheurde omhoog over de weg tussen die bergen die hen samen hadden zien opgroeien.

Terug bij het dorpsfeest liet hij de auto midden op straat achter. De mensen waren al aan het vertrekken. Overal lagen platgetrapte blikjes en andere troep. Hij begon te rennen zo hard hij kon, tegen de huiswaarts kerende mensenstroom in. Hij bleef alleen even staan om rond te kijken of hij haar zag.

Zo te zien was het nog maar net afgelopen, ze moest hier nog ergens zijn...

Dit had geen zin. Hij kon het niet.

Hij zag haar.

Ze kwam tevoorschijn van het achtertoneel, dat al werd afgebroken.

Hij zag hoe ze tussen twee balken door opdook en van het

laatste groepje mensen dat er nog stond wegliep naar een rijtje dichtbebladerde essenbomen, met haar mobiel in de hand.

Soms is Jack Daniel's je beste vriend. Andrea baadde in het zweet. Maar hij mocht niet nadenken, hij mocht niet wachten tot er nog een seconde verstreek. Hij stortte zich de helling af: zonder vaart te minderen, zonder zichzelf in bescherming te nemen. De open plek was bijna verlaten, het stonk er naar vuilnis en verval. Het was een schitterend rennen, het was kamikaze. De zwaartekracht sleurde hem precies naar dat steile punt waar Marina zich had teruggetrokken om te bellen. Hij zag haar van achteren, zoekend naar een plek waar ze bereik had, en ze was het, zonder enige twijfel. Haar schouderbladen. Haar blonde haren.

Andrea knalde tegen haar aan, zodat ze bijna omviel. Hij ging voor haar staan en merkte dat hij geen woord kon uitbrengen.

Marina deinsde geschrokken achteruit. Ze fronste haar voorhoofd en haar wenkbrauwen. Een strenge uitdrukking van geërgerde verbijstering, die hij nooit eerder gezien had. Er volgde een moment van onbegrip bij haar, en van ademloosheid bij hem. Een moment waarvoor Andrea zich dood zou hebben gegeneerd als hij niet zo dronken was geweest, smerig als hij was, niet in staat iets anders te voelen dan zijn overmatige blijdschap om haar na al die jaren weer voor zich te zien, op vijf centimeter van hem af, om zich eindelijk weer eens weerspiegeld te zien in haar ogen.

Ineens ontspande Marina's gezicht. Ze toverde een glimlach tevoorschijn vol verwondering, vol kinderlijke, fatale genegenheid.

Ze wilde iets zeggen. Maar Andrea was haar voor.

Ze raakten elkaar niet aan, zelfs niet terloops.

'Morgen,' zei hij. 'In het Burcinapark.'

De glimlach verdampte van haar gezicht. Ze sloot zich af.

'Nee, morgen kan ik niet.'

Ze zette een stap naar achteren, verjoeg iets wat boven haar schouder vloog. Maar Andrea gaf niet op, hij staarde haar geschokt aan. Koppig. Zij was hier, en ze was honderden kilometers ver weg.

Toen voegde Marina er vlug aan toe: 'Laten we zeggen woensdag. Om drie uur.'

Ze draaide zich abrupt om zonder hem gedag te zeggen, alsof ze er nu al spijt van had.

En ze liep weg zoals ze was verschenen, in het zachte schijnsel van een wit licht tussen de bomen.

Toen Andrea bij de auto aankwam ging zijn hart enorm tekeer, en het zweet parelde op zijn voorhoofd. Hij wilde instappen, maar bleef toen staan. Hij liep naar de kofferbak.

Hij deed de klep open, schoof het zeildoek dat ze over het hert heen hadden gelegd opzij. De donkere massa van het dier leek roerloos, begraven in de schaduw. Maar toen hij een hand op zijn buik legde merkte hij dat het nog steeds ademde.

Andrea bleef zo staan, met zijn hoofd in de kofferbak die geurde naar wild en ijzer. Het dier deed zijn grote donkerbruine oog open, dat inmiddels verstard was en bijna gemummificeerd leek onder een wittige laag.

'Toe maar,' fluisterde Andrea terwijl hij het dier streelde, 'toe maar...'

Als hij een geweer had gehad, zou hij het ter plekke hebben doodgeschoten. Maar hij kon niets anders doen dan toekijken hoe het hert lag te sterven, en hopen dat het zou opschieten. Hij streelde zijn snuit, als om het moment voor het dier draaglijker te maken. Zijn hart ging steeds harder bonzen naarmate dat van het hert vertraagde en uiteindelijk tot stilstand kwam onder die stugge vacht, onder dat donkerbruine oog, dat nu geen enkel beeld meer weerspiegelde.

4

Aan de rand van de verrezen wereld

De ochtend brak langzaam aan boven de vlakte, verlichtte eerst de hoofdstad aan het begin van de vallei, vervolgens de bochten van de SP100 loodrecht boven het riviertje de Cervo. De verweerde geraamtes van de textielfabrieken, al jaren werkeloos, stonden kilometers lang aan de oevers, tot waar de bossen begonnen. Vrijwel niets was gebleven.

Enkele bejaarden die van achter de gordijnen de miniemste beweging beneden op straat in de gaten hielden: een wegvluchtende kat, een tractor die hotsend voorbijreed. De verlaten huizen aan de rand van de provinciale weg lieten zich aantasten door sneeuw en regenbuien, door mossen en klimplanten. De vroegere winkels – melkboer Rubino, bakker Sangiorgi – hadden hun rolluiken allang neergelaten en waren naar elders vertrokken. Bijna alle scholen waren gesloten, en veel postkantoren ook.

Het was een bitter schouwspel, dat van de tijd die zich terugtrok en de dorpjes, de wegen liet barsten. Wat bleef was de aanhoudende activiteit van de doornstruiken, en de onvermoeibare eroderende werking van het riviertje. De koppigheid waarmee de planten standhielden en zich vernieuwden.

Elsa zat in haar pyjama te roken bij het raam. De *Gevangenisgeschriften* van Antonio Gramsci opengeslagen op de keukentafel, naast het lege koffiekopje en de suikerpot. Ze stond elke dag om halfzeven op; tegen negen uur nam ze dan even pauze om te ontbijten.

Het licht filterde door de spleten van de donkere, nauwe vallei, waar de meeste tussen de rotsen verspreid liggende dorpjes de hele dag in de schaduw bleven. Het was een stervende plek, ontoegankelijk en vijandig vanwege de vochtigheid, de slingerplanten, de penetrante geur van de grotten die als open wonden in de bergruggen staken. Het was de ideale plek om je te concentreren, om aan je proefschrift te beginnen en te vergeten dat ergens, daarginds, voorbij de provinciehoofdstad en de rijstvelden, de geschiedenis doorging. Of beter gezegd: ten einde kwam.

Elsa Buratti was opgegroeid in deze vallei. Ze had er haar kindertijd en haar vroege tienerjaren doorgebracht, toen haar ouders haar op de middagen dat zij naar kantoor moesten bij haar opa en oma brachten. Deze plek was in haar bloed gaan zitten. Zozeer dat ze er vaak terugkeerde, steeds vaker tijdens haar studie, tot ze het drastische besluit had genomen om daarboven een woning te huren. Op haar zevenentwintigste.

Door het raam van het laatste huis van het laatste dorpje voor de grens keek ze hoe het licht zich over de bergruggen van de Mucrone en de Cresto stortte. Een vergeten muur, waar eenzame veehoeders met hun kuddes langs liepen, een en al weiland en beukenbossen, en rotswanden waarvan werd beweerd dat ze een geheimzinnige substantie uitstraalden.

Toen ze had besloten hier in Piedicavallo te gaan wonen hadden ze haar aanvankelijk voor gek verklaard, zowel haar ouders als haar medepromovendi. Sommigen vertrokken naar Parijs of Berlijn om hun dromen te realiseren, anderen wilden het gevoel hebben dat ze zich midden in het kloppende hart van de wereld bevonden, en dan had je nog mensen zoals zij, zij die zich terugtrok in de streek van haar roots, in haar verlaten provincie, op een plekje zo ver naar het noordwesten, zo slecht bereikbaar met het openbaar vervoer en de communicatiediensten dat het wel een onontdekt grensgebied leek.

En dat was het ook geweest: een land van steenhouwers, van goudzoekers, van landverhuizers. Een omgekeerd grensgebied, een dat je niet verovert, maar de rug toekeert. In de negentiende tot halverwege de twintigste eeuw vertrokken de mannen naar Amerika, naar Australië. Dat was een beproefd recept: eerst trouwden ze, en de dag na hun huwelijk gingen ze aan boord van een oceaanstomer, op zoek naar een fortuin dat altijd alleen maar op verre continenten glinsterde.

De vrouwen daarentegen niet. De vrouwen kwamen nooit van hun plek, zij waren als de diepe wortels van kastanjebomen, als knollen en keien. Zij wachtten. Tot hun man even terugkwam om hen zwanger te maken, tot hun kinderen groot waren, tot hun man in de vallei terugkeerde om te sterven. Elsa had het gevoel dat zij iets van die vrouwen had. Iets waar ze wel tegen zou willen vechten, maar het instinct om zich eraan over te geven was te sterk.

Plus, niet onbelangrijk: de woonlasten, de absurd lage huurprijzen. Misschien was het een excuus, maar het telde wel degelijk mee. En niet alleen voor haar.

Sinds een paar jaar was de vallei heel geleidelijk aan het herbevolken geslagen, stiekem, zonder dat iemand het in de gaten had, bijna op de tenen, terwijl de weinige middenstanders en de laatste overlevende bejaarden verdwenen.

Net als zij waren er meer leeftijdgenoten van haar zonder werk of woning een voor een binnengedrongen in die oude huizen die vroeger van hun grootouders waren geweest, met een kachel in plaats van centrale verwarming, met een houtopslag voor de winter en met de zolder vol voorwerpen die geen nut en geen naam meer hadden.

Ze renoveerden de huizen, of ze huurden ze voor honderd, tweehonderd euro per maand. Dezelfde huizen die hun ouders in de jaren zestig en zeventig hadden verlaten, gingen zij in 2012 weer bewonen.

Gek was dat. In sommige opzichten was het zelfs heel alternatief: je Vodafone had de ene keer wel en dan weer geen bereik, je had maar op één punt in huis internet, je kweekte tomaten in de moestuin, je legde vijftien kilometer af om een fax te versturen of een kopietje te maken. In wezen was haar generatie er ten slotte een die van alles buitengesloten was in dit land, op het verkeerde moment op de verkeerde plek geboren. En dus kon je je net zo goed terugtrekken naar de grens. De weg terug nemen, niet meer meedoen.

Ze hoorde geluiden op de bovenverdieping. Marina was blijkbaar wakker geworden. Vreemd, bedacht Elsa, dat ze nu al wakker is terwijl ze het vannacht zo laat heeft gemaakt.

Elsa drukte haar peuk uit en ging de caffettiera omspoelen om nieuwe koffie te zetten.

Af en toe gedroeg ze zich als een oudere zus tegenover die onhandelbare meid, die in alles haar tegengestelde was en met wie ze sinds april dit grote huis van drie verdiepingen in de piepkleine gemeente Piedicavallo deelde.

Dat de gezamenlijke huishouding functioneerde kwam alleen doordat zij een eindeloos geduld had en heen en weer reisde naar Turijn: daardoor hoefde ze Marina tenminste niet elke dag te zien.

Ze hoorde haar de trap af denderen. Ze zag haar in de keuken verschijnen met een schoen in haar hand en de andere half aan haar voet. Haren in de war, de make-up van de vorige avond nog rond haar ogen.

'Wil je koffie?'

'Nee.'

Marina was slaperig en versuft, maar ook opgewonden. Ze rommelde met twee handen in haar tas.

'Of ja, doe toch maar,' veranderde ze van idee.

Elsa stak het gas aan, zette de caffettiera op het vuur.

'Is er iets gebeurd?'

De ander bleef maar in haar tas zoeken en probeerde intussen de versleten, modderige tennisschoenen aan te krijgen die ze altijd met hardlopen droeg.

'Heb je mijn moeder gisteren gezien? Is ze misschien *heel toevallig* hier langs geweest?'

Elsa wist niet eens hoe Marina's moeder eruitzag.

'Nee, er is niemand geweest.'

Elsa vroeg verder niets, ze wachtte tot de koffie begon te pruttelen. Toen schonk ze hem in twee kopjes, keerde weer terug naar Gramsci en probeerde zich te concentreren, hoewel die griet als een gek doorging met laatjes opentrekken en snuisterijen aan de kant schuiven, waarschijnlijk op zoek naar haar autosleutels.

Af en toe werkte Marina echt op haar zenuwen. Zoals ze hun gemeenschappelijke ruimtes in bezit nam, zoals ze de badkamerkastjes inpikte door ze vol te proppen met haar spullen. Zoals ze hele middagen voor MTV kon liggen lummelen met het volume op z'n hardst. En hoe ze op sommige ochtenden juist jachtig rondrende, meubels van de ene naar de andere verdieping sleepte, een grote schoonmaak buiten het seizoen improviseerde, en de ene na de andere was draaide met dekbedhoezen, lakens en een hoop vuile sportkleren die ze wekenlang had opgespaard.

Alles draaide om haar. Het kon haar geen bal schelen of jij moest studeren, of je vrienden mee naar huis nam. Zij stormde binnen, schreeuwde, kleedde zich uit, ging in de keuken haar teennagels zitten lakken zonder er zich iets van aan te trekken dat jij net een schaal lasagne uit de oven haalde voor je medepromovendi die helemaal vanuit Turijn hierheen waren gekomen.

'Godsamme, waar heb ik m'n sleutels nou gelaten?'

Het interesseerde haar niet wat er om haar heen gebeurde. Ze was in 1990 geboren, ze had geen idee hoe de wereld was geweest in de tijd vóór Berlusconi en sms'jes.

'Shit, ik weet zeker dat ik ze hier had neergelegd!'

Maar andere keren, als Marina een goede bui had – niet deze ochtend dus –, dan wist ze haar te verrassen. Dat viel haar telkens weer op. Die twee of drie keer per maand dat Marina ineens Elsa's bloesjes stond te strijken, Elsa's boeken afstofte, en dat ze samen boodschappen gingen doen bij de supermarkt in Biella.

Nu hield ze haar ongemerkt in de gaten, steels opkijkend van de *Gevangenisgeschriften*. Elsa bezat nog geen tiende van Marina's schoonheid. Zij had andere gaven natuurlijk, die duurzamer waren, serieuzer, betrouwbaarder en verdienstelijker. Alleen niet *die*.

Ze zag hoe Marina haastig haar koffie opdronk, een sjekkie draaide en drukte bleef maken totdat ze een hand in haar broekzak stak en de sleutels daar aantrof. Toen zag ze haar zonder te groeten het huis uit rennen.

Er woedde een razernij in Marina's binnenste waardoor ze onmogelijk stil kon blijven zitten. Elsa hoorde de auto starten en verdwijnen in de kalme zee van zongevlekte beukenbossen.

Bar Sirena dook op aan het eind van de weg, waar het café altijd was geweest en waar het altijd zou blijven. Vier wanden opgetrokken in het niets, met een verbleekt zonnescherm aan de voorkant, een kaal trapveldje aan de rechterkant en de begraafplaats aan de linkerkant. Het was de laatste toevlucht.

Ze zette de auto tegen de stoep aan, stapte uit en smeet het portier dicht. Haar moeder had al een week niets van zich laten horen. Ze had niet gebeld, ze was niet bij haar langs geweest en ze was niet komen opdagen in Camandona.

En ze had het haar nog wel zo vaak gezegd – *het is op 16 september, mama, denk erom, volgende week zondag* –, hoe had ze het dan in godsnaam kunnen vergeten! Maar misschien was het niet zoals zij dacht, misschien was haar moeder echt iets overkomen.

Op de veranda zaten allemaal groepjes mannen te kaarten. Marina liep als een speer tussen de tafeltjes door. Ze had nu eens geen zin om het gebruikelijke *olalaa!* en *wauw!* en *halekkerding* aan te moeten horen. Ze was er niet voor in de stemming. Ze was doodsbang dat ze haar moeder niet zou aantreffen, of doodsbang dat ze haar wel zou aantreffen.

Ze zwiepte het kralengordijn aan de kant dat in het zomerseizoen als deur fungeerde, en stormde naar binnen in een rechthoekige, donkere ruimte, stinkend van de rook, met schrikbarende stofnesten op de vloer, en peuken, en bonnetjes en tientallen verfrommelde krasloten overal verspreid, onder het biljart, rondom de gokkasten, tussen een lege barkruk en twee krukken die wel bezet waren – en daarop zaten met de rug naar haar toe een schriel ventje met overduidelijk geverfd haar en een blonde vrouw in mannenkleren.

'Mama!'

De vrouw draaide zich om. Niet met een ruk, zoals Marina had gewild, maar heel traag. Alsof dat woord, die roep, die stem vol verwijt, liefde en wanhoop haar maar heel zijdelings aanging.

Haar moeder draaide zich om met een uitdrukking alsof ze net weer op aarde was beland uit een droom. Het glas wijn stevig in de hand, de grote, suffe ogen van tamme beesten op de oosterse steppen, een ingevallen gezicht, bleek als een vaatdoek.

Het was tien uur 's ochtends. Het was maandag. Het was 17 september.

Marina werd woest. Ze smeet haar tas op de grond en spreidde haar armen alsof ze wilde zeggen: *Nee hè, godsamme, alweer!* En ze stond al op het punt in het bijzijn van de barman en iedereen een enorme scène te trappen, toen ze dwars door haar woede heen de werkelijkheid van haar moeder wist te vatten.

De werkelijke uitdrukking op dat doorleefde, verwoeste gezicht.

Paola zat haar met gefronste wenkbrauwen en met open mond aan te staren, zoals een kind dat na een gemene val eerst stomverbaasd om zich heen kijkt, met verblufte blik de volwassenen zoekt, en zonder een kik te geven vraagt of het waar is, of het werkelijk mogelijk is om je zo te bezeren.

Op die manier keek zij naar haar dochter, verwonderd en met glanzende ogen.

Van streek, ja, en zonder enige twijfel schuldbewust. Maar ook zo weerloos en verward dat ze bijna onschuldig leek.

'Als je zelf geen nieuwe mobiel koopt, dan ga ik morgen wel naar de Euronics om er een te halen.'

Paola zette haar glas weg en deed een poging om overeind te komen van haar kruk. 'Mari, schat, hoe is het met je?' vroeg ze, en terwijl Marina dichterbij kwam deed ze een poging om haar te omhelzen.

Ze deed altijd allerlei *pogingen* – om overeind te blijven, om te omhelzen, om te stoppen met drinken, om te werken – maar uiteindelijk lukte het nooit. 'Ach, die wordt toch altijd gejat, een mobiel... en ik kan er niet mee omgaan, sms'jes, daar snap ik toch allemaal niks van. Ik heb hem ook eigenlijk nergens voor nodig.'

'Je hebt hem nodig om met mij te bellen, mama.'

Met haar laatste krachten en een behoorlijke stinkadem pakte Paola haar uiteindelijk vast: haar dochter, haar trots, over wie ze van 's ochtends vroeg tot 's avonds laat zat op te scheppen tegen iedereen die het café binnenkwam, tegen eenieder die haar nog een parttimebaantje wist aan te bieden. Haar ongelooflijke, supersonische meisje dat in oktober op TELEVISIE zou komen!

En dan vergat ze haar te bellen.

'Ga zitten,' zei ze, terwijl ze haar ogen droog veegde. Ze had haar gevoelens niet meer in de hand, elke emotie overviel haar onvoorbereid.

'Kom hier tussen mij en d'n Giangi in zitten.'

D'n Giangi was sinds drie maanden haar partner. Een man van wie Marina nog niet goed hoogte had gekregen, maar die ze tot nu toe, alleen al vanwege het feit dat hij zijn haar geverfd had en naast haar moeder in een bar zat – en dan zo'n soort bar –, bij voorbaat verafschuwde.

Hij gaf geen krimp, knikte alleen maar bij wijze van groet. Hij wilde niet tussen moeder en dochter in komen. Maar hij observeerde het tafereel, woog de woorden met een intelligente blik in zijn oogjes, ondanks het nevelachtige waas van de drank.

'Je was er niet gisteren.'

Paola was weer op haar kruk gaan zitten, maar durfde haar wijn niet aan te raken.

'Waar was ik niet?' Ze keek onthutst om zich heen. 'Wanneer gisteren?'

Marina staarde haar onbeweeglijk aan. Als haar moeder zo deed kon ze haar wel wurgen. Dan zou ze haar het liefst in haar gezicht schreeuwen dat ze stonk, dat ze ziekelijk geel zag, en dat zij de vorige avond haar vader nog had gezien. Ja, Paola's ex-man: in het gezelschap van een beeldschone vrouw en in een Maserati op weg naar Monte Carlo.

Ze stak haar hand uit, pakte haar moeders glas en boog zich over de toog om het in de gootsteen leeg te gooien.

'In Camandona, mama. Op het Pop Gala. Ik heb je wel honderd keer gezegd dat ik graag wilde dat je kwam.'

Paola sloeg een hand voor haar mond. Haar ogen begonnen te trillen. Kastanjebruine, waterige ogen, met geel omringd. Haar vergeetachtigheid was zorgwekkend, zelfs de dokter had tegen haar gezegd: *Mevrouw, zo maakt u uzelf kapot.*

Ze wilde sorry zeggen, maar één woord was niet genoeg. De blik van haar dochter zei: *Je stelt me altijd teleur.*

Marina ging haar tas van de grond rapen en haalde er een krant uit. Die spreidde ze voor haar moeders neus uit en wees iets aan.

'Hier, lees zelf maar wat je gemist hebt.'

Ze stond op de voorpagina. De voorpagina van de *Eco di Biella*, rechts onderaan. 'Marina Bellezza laat iedereen ver achter zich op het Pop Gala van Biella.'

'Jeetjemina!' gilde Paola enthousiast, maar wel nog steeds met die hand voor haar mond, alsof ze zich wilde verschuilen of beschutting zocht tegen de strenge, meedogenloze blik van Marina. Precies dezelfde uitdrukking die ze op haar achtste al had wanneer haar iets werd afgepakt; en op haar negentiende toen haar vader voorgoed uit huis was vertrokken.

'Onze jonge streekgenote doet ons telkens weer eer aan en is een geweldige promotie voor onze provincie. In afwachting van de eerste aflevering van *Cinderella Rock*, de nieuwe talentenshow van BiellaTV 2000, die heel wat belooft voor... *Vervolg op p. 25.*'

'Zozo!' zei d'n Giangi terwijl hij zich over de grote pagina boog waarop het artikel stond met een kleurenfoto en een vetgedrukte kop. 'We worden hier steeds *beroemder!*'

Marina keurde hem geen blik waardig. Ze hield haar grote kobaltblauwe irissen strak gericht op de vrouw die niet eens de energie had om te lezen, en die erbij liep als een houthakker, met bergschoenen aan en een geruit overhemd zoals de veehoeders hier altijd droegen.

Maar haar moeder was niet altijd zo geweest. Natuurlijk, ze was altijd al wel een beetje dromerig en labiel. Ze was iemand die zich nooit had kunnen verweren; en van jongs af aan had Marina de taak gehad om haar in het gareel te houden en haar aan te sporen voor zichzelf te zorgen: 'Mama, ga nu alsjeblieft eens naar de kapper!'

Toch was er ook een tijd geweest, voordat haar vader zich had laten betrappen met zijn minnares, waarin Paola zich best leuk kleedde, en hele middagen bezig was met wassen en strijken. Toen ze melkbroodjes met salami klaarmaakte voor haar en haar vriendinnetjes, en een normale moeder was. Toen was ze lief. Ze had nog nooit van drank gehoord. Ze had een gezonde kleur. En wanneer ze zich opmaakte, in de badkamer samen met Marina, die haar op de rand van het bad aanwijzingen gaf, met mascara en paarse oogschaduw waardoor haar ogen oplichtten, dan was ze echt mooi.

Het tegenovergestelde van deze vrouw die op maandagochtend om tien uur al nauwelijks meer op haar benen kon staan.

'Je mag die krant wel houden.'

Het was moeilijk te accepteren dat deze vrouw haar moeder was.

'Als je maar een mobiel koopt en af en toe wat van je laat horen.'

Het was iets waar ze razend van werd.

Paola knikte. Ze zat nu ingespannen te lezen. Ze was verrukt door het feit dat er in de krant werd geschreven over haar dochter. Jeetjemina, die deed het echt goed...

Alle artikelen in de kranten die Marina haar bracht, knipte ze uit, berichten uit de *Eco*, uit de *Biellese*, uit de *Nuova Provincia*, en soms zelfs uit het landelijke dagblad *La Stampa*, en ze hing ze vervolgens ingelijst op haar slaapkamer. Aanvankelijk waren het alleen maar kleine berichtjes. Later waren de artikelen steeds langer geworden. Soms stonden er zelfs foto's bij. 'Het wonderkind' noemden ze haar, en 'La Bellezza'. Deze journalist hier schreef daarentegen over 'een heldere, indringende stem, zoals onze hoogste bergen'. En als ze sommige van die berichten las had Paola weleens heel even het gevoel dat daarmee alles werd goedgemaakt.

Het bedrog. De leugens. De eenzaamheid die 's nachts, met een klein kind, veranderde in een gevangenis vol angst en spoken. De armoede. De schaamte om een blikje tonijn bij de kassa achter te moeten laten en nog eens haar geld te moeten tellen. En nooit iemand die haar hielp. De vernedering om te merken dat ze werd nagewezen bij het postkantoor. Een leven als een hel.

Maar in die hel had ze Marina gekregen: ze had haar gebaard, gevoed, gewassen en gekleed; ze had haar meegenomen naar de audities van Teleritmo, naar de winkel om een nieuwe school-agenda uit te zoeken, naar fotosessies voor de najaars/winter-catalogus van Lana Gatto-wol; ze had het ontbijt, de lunch en het avondeten voor haar klaargemaakt, ze had telkens weer nieuwe smoesjes bedacht om haar vaders afwezigheid te recht-vaardigen, zodat Marina hem niet zou gaan haten; ze had haar spijkerbroeken en haar truien gestreken, haar haren geborsteld en haar veters gestrikt, net zolang tot ze groot was geworden.

Nu stond Marina, net zo knap als haar vader – dat viel niet te ontkennen – in de deuropening, op het punt te vertrekken.

'Wanneer kom je bij me lunchen?' vroeg ze aan haar moeder.

Ze hadden elkaar nog steeds nodig.

Marina had haar nog steeds nodig, maar ze wilde d'n Giangi niet bij haar thuis uitnodigen.

'Mari, het is geweldig...' zei Paola terwijl ze de krant opvouw-de. 'Echt waar, je hebt geen idee hoe erg ik het vind dat ik niet...' ze deed haar best om de juiste woorden te vinden. 'Maar gister-avond, verdorie... Giangi, waar waren we gisteravond? In Ivrea? Of in Gattinara? Ik vind het zo rot...'

Marina keek haar vernietigend aan.

'Mama, ik vroeg wanneer we samen lunchen.'

Bij het kruispunt voor Sagliano stond het verkeerslicht op rood. In plaats van te wachten tot het groen werd en de sp100 omhoog te rijden naar huis maakte Marina zonder nadenken rechtsom-keert en reed terug. Ze kwam opnieuw langs Bar Sirena, langs het trapveldje, langs de begraafplaats.

Ze reed het half verlaten dorpscentrum binnen, telde de win-kels die de afgelopen jaren waren dichtgegaan. Het kon haar geen bal schelen, daar niet van. Ze werd er niet warm of koud van om haar vallei te zien aftakelen en sterven. Het leven verplaatste zich gewoon naar een andere plek. Ze ergerde zich alleen aan de leegte.

Ze reed langs haar lagere school, langs de bibliotheek waar ze nooit een voet over de drempel had gezet. Ze stopte de nieuwste cd van Lady Gaga in de stereo, zette het volume op z'n hardst, liet de raampjes zakken en reed een rondje door het dorp.

In het begin, meteen na het schandaal – de carabinieri, de gruwende blikken van de buren –, had haar moeder besloten weg te gaan. Ze kon niet tegen de roddels, de opmerkingen. Ze schaamde zich. En nu, drie jaar later, dacht Marina, nu trok ze zich al van niemand meer iets aan: ze kwam zich gewoon hier in Andorno bezatten, voor de ogen van dezelfde dorpsgenoten die haar hadden zwartgemaakt en veroordeeld. En dat deden ze nog steeds, dat wist Marina zeker.

Er werd nog steeds geroddeld over haar moeder, over haar familie. Marina was in staat de eerste de beste die ze daarop betrapte een paar flinke meppen te verkopen, waar iedereen bij was. Zij was Marina Bellezza, uit meer dan tweeduizend kandidaten geselecteerd om deel te nemen aan *Cinderella Rock*. De favoriet, de mooiste stem van allemaal. Dus ze zou die klootzakken weleens een poepie laten ruiken. Het was nog maar een kwestie van weken, of nee, van dagen. Dan zou er in de hele provincie niemand meer een kik durven geven.

En dit was nog maar het begin, een springplank. Zij zou het ver schoppen in het leven, haar droom was een programma op Rai Uno op primetime. Ze was net als haar vader, ze had zijn DNA. Ze wilde de hele wereld veroveren en dat zou haar lukken. Koste wat het kost.

Ze begon bij BiellaTV 2000, oké. Maar ze deinsde er niet voor terug om zich omhoog te werken. Ze gaf gas door de straatjes met kinderkopjes, liet haar blik over de weinige geopende luiken glijden. Ja, ja, lach maar, dacht ze. Maar op 13 oktober zitten jullie wel allemaal aan de buis gekluisterd, en dan zeggen jullie *godsamme, die dochter van Paola is wel goed, hoor.* Dan barsten jullie van jaloezie.

Toen ze het telefoontje had gekregen met het verlossende *Ja, je zit in de uitzending,* had ze aan de telefoon geschreeuwd: 'Fuck, fuck, fuck!' Maar eigenlijk had ze het altijd al geweten.

Zij was geboren voor dit moment. Zingen interesseerde haar ook geen bal. Het enige wat haar interesseerde was triomferen. Als eerste eindigen. *Cinderella Rock* winnen, die prijs van 25.000 euro opstrijken en dan regelrecht naar de Rai-studio's aan de Via Teulada in Rome, of naar Mediaset, dat was haar om het even. Anderhalf miljoen likes hebben op Facebook, op straat gefotografeerd worden, zo zichtbaar en beroemd zijn dat je alle andere mensen wegvaagde.

Misschien dat ze dan, op dat moment, genoegdoening zou krijgen voor 'de dochter van Raimondo en Paola', het kleine meisje in het Walt Disney-joggingpakje dat zong van: *Kom, kom, kom naar Aiazzone, waar je zo veel meubels vindt...* Het meisje dat zij ooit was geweest.

Bijna zonder het te beseffen reed ze de Via Dante in en trapte toen hard op de rem.

Ze zette de radio zachter.

Ze herkende het haveloze huis waar ze was opgegroeid en daartegenover, aan de overkant van de weg, de heg die de tuin en de villa waar Andrea was opgegroeid tegen nieuwsgierige blikken moest beschermen.

Ze had haar bestemming bereikt. Ze had vijf rondjes door het dorp gereden om uiteindelijk hier tot stilstand te komen, met draaiende motor en de knipperlichten aan.

Toen hij de vorige avond ineens voor haar neus had gestaan, zomaar zonder waarschuwing, had ze hem aanvankelijk niet eens herkend. Hij was dronken, smerig, met een baard van minstens drie dagen. Maar hij was het.

En het eerste wat zij tegen hem gezegd had, als een idioot, was: 'Morgen kan ik niet, laten we zeggen woensdag.' Maar het was natuurlijk helemaal niet waar dat ze niet kon. Het sloeg gewoon nergens op. *Woensdag?* Daar kon ze zich natuurlijk niet echt aan houden.

Ik verzin wel een smoesje, zei ze bij zichzelf, ik heb niet eens zijn mobiele nummer meer. En trouwens, wat is het Burcinapark nou voor een plek om af te spreken? Daar heb je niet eens een cafeetje waar je kunt gaan zitten om wat te drinken!

Maar intussen stond ze wel langs de stoep voor zijn huis en probeerde ze met haar blik over de heg heen te klauteren.

Sinds haar vertrek uit het dorp was ze nooit meer in deze straat geweest, zelfs niet voor de grap, ze was er altijd met een grote boog omheen gereden. Het verleden was een afgesloten hoofdstuk en ze was echt niet van plan om dat weer te openen. Na hem was er geen andere jongen meer geweest, afgezien van figuranten, louter vormen van tijdverdrijf. Na hem was er het besluit geweest: nu ga je ervoor, Mari, nu moet je er echt in geloven. Er mag nergens een bar, een kantoor, een strand zijn waar ze niet tot vervelens toe jouw liedjes draaien.

De kerkklokken sloegen halfeen en zij zat daar nog steeds te kijken. De heg keurig bijgehouden, het raam van de bovenste verdieping dat boven het hek uit piepte. Wie weet of Andrea daar nog steeds woonde, in die witte villa met de pergola vol jasmijn, waar zij altijd een hekel aan had gehad. Ooit zou zij er een bouwen die drie keer zo groot was. Ze zou de advocaat en zijn vrouw in hun gezicht spugen. Wie zijn jullie wel? Wie denk je wel dat je bent dat je mijn vader en moeder veroordeelt? Een stelletje walgelijke provinciaalse boeren, dat zijn jullie.

Zij zou vroeg of laat in Rome terechtkomen en dan zou ze door presentatrice Mara Venier worden geïnterviewd in het middagprogramma *La Vita in diretta*. Ik ben bij nul begonnen, zou ze als eerste zeggen, of eigenlijk bij min één. Hoe ik zover gekomen ben? Nou, ik heb me van kinds af aan uit de naad gewerkt.

Sympathiek, relaxed, maar al met al normaal. Niet overdreven aanstellerig, niet gekunsteld, maar met een verhaal te vertellen.

Ze had zich voorbereid. Ze had tientallen interviews geoefend, in haar eentje voor de spiegel. Tegenwoordig wist iedereen wat je wel of niet moest zeggen, hoe je moest kijken en welke kleren je moest kiezen om door te breken op tv. Alleen was zij veel vastberadener dan de rest. Zij had stalen ballen en zou niemand, NIEMAND, toestaan haar voorbij te streven.

Ze dacht terug aan het heiligdom van Oropa dat afstak tegen de bergen en de lage hemel, zwanger van sneeuw. Daar hadden ze zich een keer in de bobslee omlaaggestort. Ze waren boven op elkaar terechtgekomen en zij had hem zo dicht tegen zich aan gevoeld, zijn stugge baardhaar prikte in haar wangen. Ze dacht terug aan de beslagen ruitjes van de Fiat Punto, aan de ongemakkelijke autostoelen en aan de tegels in de plees van de bioscoop van Candelo, waar ze zich telkens als er iemand binnenkwam muisstil hielden.

Toen zag ze het automatische hek van de villa opengaan, het licht begon te knipperen, en zij trapte het gaspedaal in, schakelde en maakte dat ze wegkwam, terwijl er over de Via Dante in volle vaart een andere auto – dezelfde auto waar ze net nog aan moest denken – aan kwam rijden, ter hoogte van nummer 21 abrupt afremde en het door onberispelijke bloemperken omzoomde grindpad op reed.

5

De 'presidentiële familie', zoals zijn vader hun gezin vroeger placht te noemen, bestond uit vier elementen: de hoofdpersoon, dat was natuurlijk zijn vader zelf, en verder zijn vrouw, zijn geslaagde zoon en zijn mislukte zoon. Die laatste had op zijn veertiende, op het hoogtepunt van zijn eerste revolutionaire periode, de vestiging van zijn vaders rechtse Alleanza Nazionale met stenen bekogeld, waarbij er een ruit aan diggelen was gegaan. Een onderneming die pagina 5 van de *Eco di Biella* had gehaald, compleet met foto van een woedende burgemeester, wat hem op een flink pak slaag was komen te staan en de gedenkwaardige uitspraak: 'Jij bent niet mijn zoon.'

Daar was Andrea zelf ook van overtuigd. Ook nu nog, terwijl hij over het visgraatparket liep waarop hij als kind nooit mocht spelen, was hij ervan overtuigd dat advocaat Caucino die dag de waarheid had gezegd.

Zijn moeder was naar boven gegaan om iets te zoeken. Ze had er verder niets bij gezegd, maar hij hoopte dat het in elk geval niet om *dat ene* ging. Zijn vader daarentegen moest zoals gewoonlijk nog een paar telefoontjes plegen.

De woonkamer was een groot, zonnig vertrek, met satijnen behang en een kristallen salontafel in het midden. Andrea bleef staan treuzelen voor de open haard. Op de marmeren schoorsteenmantel, mooi in het zicht en gevat in een sierlijke zilveren lijst, prijkte een foto van Ermanno als veertienjarige, keurig in jasje-dasje, terwijl hij met die eeuwige zelfverzekerde lach van hem de eerste prijs van de Wiskunde Olympiade vasthield.

Andrea bekeek de foto aandachtig: zelfs toen ze nog jong waren leken ze niet op elkaar.

Toen bestudeerde hij de foto ernaast, de buluitreiking in Cambridge waar hij had gestudeerd – niet hij, zijn broer. Van die dag herinnerde Andrea zich het enorme drankgelag waar hij zich in had gestort, in zijn eentje, in de straten van die onbekende stad, na een heftige ruzie met de rest van zijn familie.

Hij die vervuld van wrok rondzwierf, terwijl de 'presidentiëlen' het afstuderen vierden in een restaurant aan de rivier.

Toen pas zag hij dat er nog een foto bij was gezet, een van recenter datum, in een paarlemoeren lijstje, en deze keer kon hij geen enkele persoonlijke herinnering aan het beeld verbinden.

Hij pakte de foto op en stond er een hele tijd mee in zijn handen.

Het was de bruiloft. In Tucson, Arizona. Ermanno keek door zijn brillenglazen recht in de camera, met de onaantastbare zekerheid dat het succes slechts een kwestie van inzet was, en van zorgen dat je op het juiste moment op de juiste plaats was, terwijl zijn bruid in witte jurk – een Amerikaans meisje, atletisch gevormd, met een sneeuwwitte huid – hem kuste in een wolk van rijst bij de uitgang van een moderne, spuuglelijke kerk in de Grand Canyon State.

'Oké, ik heb ze gevonden,' zei Clelia terwijl ze de woonkamer binnenkwam.

Andrea zette het fotolijstje snel terug, alsof hij bang was om betrapt te worden. Terwijl hij zich naar haar omdraaide, bedacht hij onwillekeurig dat het nooit bij zijn moeder was opgekomen om naast de gouden momenten uit Ermanno's leven ook *om het even welk* moment uit zíjn leven toe te voegen.

'Waarom ga je niet zitten?' vroeg ze, wijzend naar de bank. Ze gaf hem een rood mapje. 'Alsjeblieft, dit zijn de vluchtgegevens.'

Bij het woord 'vluchtgegevens' voelde Andrea een rilling over zijn rug gaan. Maar hij probeerde zich in te houden. Hij ging op het puntje van een stoel zitten, een stukje van zijn moeder af. Hij maakte het mapje open en las: *AZ 7618, Milano Malpensa 9.50 – Atlanta Hartsfield 14.40*, en daaronder: *Atlanta Hartsfield 19.05 – Tucson 20.05, maandag 22 oktober, vliegtijd 19 uur en 15 minuten, retourprijs 9930 euro.*

'Hè, hebben jullie ook voor mij geboekt?'

'Natuurlijk.'

Andrea las het volgende blaadje, keek toen op naar zijn moeder: 'En jullie hebben de terugreis gepland voor de 31e? Tien dagen...' hij verhief zijn stem, 'zonder mij iets te vragen?'

'Ik heb het je wel gevraagd, Andrea, weet je dat dan niet meer...'

'Nee, je hebt het me niet gevraagd. En ik heb geen tien dagen de tijd.'

Clelia zat tegen de leren rugleuning van de bank, ze geurde naar de kapper. Ze was iemand die er altijd tot in de puntjes verzorgd uitzag, ook aan het ontbijt, ook die keer dat ze hen om zes uur 's ochtends was komen ophalen op het parkeerterrein van Oropa.

'Iedereen kan wel tien daagjes vrij nemen, kom op, zeg...' Haar stem die gewend was om alles te bagatelliseren. 'Dan lever je toch een paar dagen kerstvakantie in.'

'Als je een tijdelijk contract op projectbasis hebt, krijg je geen vakantiedagen, mama, ook niet met kerst.'

'Doe niet zo mal.'

'Ik wil helemaal niet mal doen. Ik zeg je gewoon hoe het is. Ik moet mijn scriptie inleveren, ik heb het hartstikke druk en ik kan niet mee.'

'Je scriptie...' Clelia glimlachte bitter. 'Je neefje kan elk moment geboren worden, ik weet niet of je dat wel beseft, en dan kom jij aanzetten met een scriptie waar je nu al drie jaar mee bezig bent?' Haar heldere, oppervlakkige toon begon een beetje te breken. 'Je hebt niet eens het fatsoen gehad om naar de bruiloft van je broer te komen, en nu wil je ook nog wegblijven als zijn kind geboren wordt? Alsjeblieft zeg... Schaam jij je niet af en toe?'

Andrea gaf geen krimp. Hij legde het mapje van Alitalia op de kristallen salontafel en zei: 'Ik ben hier niet om het over Ermanno te hebben.'

'Nou, jij durft nogal.'

Andrea wendde zijn blik af van zijn moeder, haar mantelpakje, haar rimpels die zich vermenigvuldigden op haar gezicht. Hij wendde zijn blik van haar af omdat hij het vaak niet kon opbrengen van haar te houden, ook al was hij volwassen, ook al deed hij nog zo zijn best om begrip voor haar te hebben. En het feit dat ze ouder werd, en dat ze nog steeds als twee vreemden met elkaar praatten, daar leed hij nog het meest onder. Maar hij kon zich nu niet laten meeslepen door zijn schuldgevoel, hij moest beginnen over de reden waarom hij hier was.

'Wat zijn de plannen met de boerderij in Riabella?'

'Die wordt verkocht, hopelijk.'

Clelia was niet van houding veranderd, en evenmin van uitdrukking. Haar gezicht, opgemaakt, gepoederd, maar niet meer zo onberispelijk als vroeger, verried teleurstelling en wrok.

'Waarom wil je dat weten?'

'Maak je daar maar niet druk om.'

Ze was niet slecht, integendeel. Maar ze was een onverschillige vrouw, zo een die altijd partij kiest voor haar man, omdat ze nu eenmaal geen eigen mening heeft.

'Wat wil je met die bouwval?'

'Ik heb een plan.'

'Er is niet eens elektriciteit, kom nou toch...' De manier waarop ze elk initiatief, elk idee, elk verlangen van hem de grond in boorde. 'Hij is je broer. Je moet meekomen, je moet absoluut vrij vragen... en als ze je geen vrij willen geven, dan laat ik je vader wel even bellen.'

Boven klonken voetstappen, en vervolgens op de trap. Andrea verstijfde, maar hij bleef zitten waar hij zat. Deze keer was hij absoluut niet van plan om het hierbij te laten. Hij was vastbesloten. Het zweet stond in zijn handen.

Zijn moeder stond op van de bank en zei luid: 'Maurizio, je zoon zegt dat hij niet mee kan naar Tucson!'

Andrea sloeg zijn blik neer om zich te concentreren. Hij staarde naar het tapijt en naar een koperen poot van de kristallen salontafel. Hij had zin om te roken, maar dat was hier in huis niet toegestaan. Hij voelde de adrenaline toenemen in zijn bloed, maar hij hield alles in bedwang.

Zijn vader kwam eraan. Andrea hoefde hem niet eens aan te kijken. Hij hoorde zijn schoenen piepen over het parket, zijn gewicht, zijn zware adem, en hij kende elke mogelijke uitdrukking van dat gezicht uit zijn hoofd.

'Als hij niet mee wil, blijft hij maar hier.'

Derde persoon enkelvoud, zoals altijd.

De enige fout die Andrea's opa in zijn hele leven had begaan, was dat hij genoeg geld had gespaard om zijn zoon te laten studeren, dat hij werkelijk had gedacht dat zijn enige zoon als advocaat een beter leven zou krijgen. Maar hij had zich vergist. Hij had zich een heleboel opofferingen getroost en in ruil daarvoor had zijn zoon meteen na zijn dood alles van de hand gedaan: de koeien, de melkmachine, zelfs de koperen ketel voor kaas. Meteen na de begrafenis, diezelfde middag nog, had Andrea's vader alle sporen uitgewist en zijn uiterste best gedaan om te zorgen dat iedereen zou vergeten dat hij, de burgemeester, eigenlijk de zoon van een veehoeder was.

Alleen de boerderij was overgebleven. En daarvoor was Andrea nu hier.

Zijn vader stond midden in de kamer te wachten.

Andrea keek op en staarde hem recht aan. 'Ik wilde je vragen wat je van plan bent met de boerderij in Riabella.'

De man bleef stokstijf midden in de kamer staan. Maar hij was geen man. Hij was een muur. En dat Andrea over Riabella was begonnen, had hem zeker niet milder gestemd.

Zijn gezicht veranderde niet, hij gaf geen kik. Hij streek alleen maar over de punten van zijn snor.

'Ik heb een plan, en om dat uit te voeren heb ik die boerderij nodig.'

'Heb je een plan?' vroeg zijn vader.

Zijn moeder keek zwijgend toe.

'Wat houdt het in?'

Maurizio's stem klonk afstandelijk, ritmisch, op het eerste gehoor neutraal. Maar alleen op het eerste gehoor.

'Dat zul je nog wel zien.'

Zijn vader glimlachte. 'Dat moet dan wel een fantastisch project zijn, want die boerderij staat op instorten en ligt zo achteraf dat je er niet eens met een tractor kunt komen. Ik neem aan dat je het geld hebt om zo'n onderneming op te zetten, want van mij krijg je geen cent. En ik neem aan dat je de voor- en nadelen al tegen elkaar hebt afgewogen, en inlichtingen hebt ingewonnen over vergunningen, wat het ook voor vaag idee is dat je in gedachten hebt.' Pauze. '...En bovendien neem ik aan dat je begrijpt wat het wil zeggen dat je het laat afweten bij de geboorte van je neefje.'

Andrea stond op.

Als hij nu een kogel op zijn vader afvuurde, zou hij gewoon afketsen. Dat wist hij zeker. Maar hij vond het nu wel een prettig idee om zich voor te stellen dat hij erdoor werd doorboord.

Hij had tenminste wel verbeelding. Maar die gedrongen man met zijn dikke nek en zijn dunne lippen, die omhooggevallen veehoederszoon die was verworden tot een fascistische burgemeester en een opgeblazen bal, die was absoluut niet in staat iets voor zich te zien wat buiten zijn rechtlijnige begrip van het leven en zijn zelfbeeld viel.

Andrea zei niets. Hij had nog nooit een menselijke uitdrukking gezien op dat granieten gezicht, behalve bij het afstuderen van Ermanno, toen hij zijn vader in zijn ogen had zien wrijven. En behalve een keertje heel lang geleden, in de garage, toen hij als kind bezig was met een rode driewieler.

'De boerderij staat te koop,' zei zijn vader. 'Als je hem koopt, is-ie van jou. Bij Makelaardij Mucrone kun je inlichtingen inwinnen als je interesse hebt.'

Niet één, maar duizend kogels die zich in elke centimeter van dat lichaam boorden.

'Het is nergens voor nodig om me de grond in te stampen,' zei Andrea.

Zijn moeder deed haar mond open om iets te zeggen, maar ze durfde niet. Ze stond naast de bank van de een naar de ander te kijken, met een verdwaasde blik en diepe groeven rond haar strakgetrokken mond.

'Niemand wil je de grond in stampen... Maar jezus, je weet toch wel dat het crisis is? Dat alles hier dichtgaat en dat je over een paar jaar ofwel miljoenen op de bank hebt staan, ofwel op straat belandt? Lees je geen kranten? Griekenland is er niks bij! En wat doe jij? Eerst begin je aan zo'n nutteloze studie... Pff, filosofie! Daar stikt het van de losers, dat weet iedereen. Daar stap je dan uit en dan begin je met landbouwkunde. Nou vraag ik je, uit alle faculteiten die er zijn kies jij uitgerekend LANDBOUWKUNDE?!' Zijn halsaderen bolden op. 'En nu ben je nog steeds niet klaar met die primitieve studie! Je bent nog steeds met je scriptie bezig! En nu kom je hier ineens aanzetten en vraag je mij om een boerderij midden op een berg? Wat moet *ik* in godsnaam van *jou* denken?'

'Het is nergens voor nodig om zo hufterig te doen.'

Voor het eerst sinds hij in de woonkamer was verschenen, keek advocaat Caucino zijn zoon aan. Het dreigde vreselijk uit de hand te lopen.

'Vertel me goddomme wat je van plan bent met die boerderij!' bulderde hij.

Andrea balde zijn vuisten, maar gaf geen antwoord. Die lol zou hij hem niet gunnen. Zijn plan was te goed, te waardevol om zomaar ten prooi te vallen aan die klootzak. Het was zijn levensproject, zijn hoogstpersoonlijke revolutie. Zijn antwoord op de kwetsbare, aangetaste wereld die zo ijverig was uitgebuit, vervuild en verarmd door zijn vader en al die types zoals hij, die zich niets aantrok van degenen die na hen zouden komen.

Clelia stond als verlamd met een hand op de armleuning van de bank, alsof ze zich overeind moest houden, en hoofdschuddend herhaalde ze zachtjes, bijna onhoorbaar: 'Nee, nee, nee, alsjeblieft, maak nou geen ruzie...'

'Mooi trouwens, die woonkamer hier,' zei Andrea nu op een andere toon, 'ik zie dat jullie er steeds nieuwe foto's bij zetten.'

Maurizio stond nog steeds midden in de kamer en staarde naar zijn zoon zoals je kijkt naar iets op de verkeerde plek. Het was niet gemakkelijk geweest om zo tekeer te gaan tegen Andrea. Ook al zou de advocaat het nooit toegeven, het was behoorlijk pijnlijk voor hem om zijn zoon zo te zien, de zeldzame keren dat hij zich verwaardigde om bij hen langs te komen, steeds havelozer, een en al vijandigheid en dwaze ideeën.

'Ik merk dat jullie nog altijd met evenveel interesse volgen waar ik mee bezig ben...' vervolgde Andrea sarcastisch. 'Het is echt boffen als je een familie hebt die je steunt. Bedankt!' schreeuwde hij. 'Ik zal de makelaar bellen, en ik ben je dankbaar, pa, dat je me net zo behandelt als elke andere koper. Geef me vooral geen korting, hoor. Krik de prijs maar zo ver mogelijk omhoog, ik betaal graag het dubbele voor die boerderij van jou. Het dubbele van wat je Ermanno ervoor had laten betalen! Ach nee, dat is waar ook, hij had die boerderij voor niks gekregen...'

Op dat moment kreeg hij een klap. Zo snel en hard dat hij het in eerste instantie niet eens doorhad. Hij besefte het pas toen de pijn begon. Toen zag hij ook dat zijn moeder naar de keuken was verdwenen.

Hij voelde aan zijn gloeiende wang. De stilte was loodzwaar. Zijn vader was onbeweeglijk blijven staan, als het standbeeld van de negentiende-eeuwse politicus Quintino Sella op het markt-plein, dat inmiddels altijd vol stond met geparkeerde auto's.

Andrea grijnsde. Hij zette een stap naar achteren, alsof hij in het theater op het toneel stond. Hij maakte een buiging en be-gon te klappen. Hij applaudisseerde steeds harder. Daarop ver-trok zijn vaders gezicht pas echt. Zijn ondoordringbare masker begon te scheuren op het steeds snellere ritme van dat applaus.

'Bravo!' schreeuwde Andrea. 'Goed gedaan!'

Toen zweeg hij. Hij staarde zijn vader aan met pure haat in zijn diepzwarte ogen.

'Oké, ik ga een bank overvallen en dan zien we elkaar bij de notaris.'

Hij vertrok zonder nog om te kijken. Hij vertrok en smeet de deur achter zich dicht, terwijl hij zichzelf bezwoer dat hij dat geld bij elkaar zou krijgen, hoe dan ook. Hij stapte in de auto, draaide de sleutel om in het contactslot. En toen dacht hij gedu-rende een fractie van een seconde aan Marina. Hij bedacht dat hij haar over nog geen twee dagen zou terugzien.

Hij zag het balkon waar hij haar jarenlang met een mengeling van verbazing en tederheid had zien optreden, terwijl zij zich met liedjes van Whitney Houston uitsloofde voor een denk-beeldig publiek, met de karaoke-microfoon in haar hand en een zonnebril op; nu waren de luiken voor de balkondeuren geslo-ten en hing er een vergeeld plakkaat met de tekst TE HUUR. Hij herinnerde zich alle keren dat ze met z'n tweeën waren geweest en hadden besproken wat ze later wilden worden.

Daarnet wist hij het nog niet precies, maar nu was het hem duidelijk: hij zou nooit van zijn leven een stap zetten in Tucson. Ook al was Arizona de enige droom geweest die zijn broer en hij gemeen hadden, sinds ze als kinderen cowboy-en-indiaantje speelden en nog echt dol op elkaar waren.

Met piepende banden reed hij door het hek en sloeg de provinciale weg in, zonder enig idee hoe hij de middag zou doorbrengen, en al die andere tijd die hem nog scheidde van Marina. Als hij op dat moment een controlepost was tegengekomen, was hij doorgereden. Als hij een kat had zien oversteken, had hij die platgereden. Hij had een plan; hij had zo'n woede in zijn lijf dat hij een oorlog zou kunnen ontketenen.

6

De diva uit de provincie

Op winterse middagen, waar daar in het laatste dorp van de vallei nooit een eind aan leek te komen, wanneer het buiten sneeuwde en de mensen hele dagen in huis zaten opgesloten, ging Paola in de keuken staan strijken, bij de enige radiator die ze liet branden, en af en toe kon je zien dat ze moe was. In sommige periodes kreeg ze ingevallen wangen en trillende handen van de zorgen. En Marina herkende die signalen. Klein als ze was, voelde ze aan dat het niet meevalt om als moeder in je eentje een kind groot te brengen, dat dat uitputtend is. Maar niettemin bleef ze haar aandacht vragen.

Ze klom op tafel, vertoonde haar agressiefste grijns en riep: 'Goedemiddag, mevrouw! Waar belt u vandaan?' waarbij ze de stem van de jonge presentatrice Ambra Angiolini imiteerde. En haar moeder, die misschien net een huilbui had gehad, deed evengoed opgewekt mee. Met een geforceerde glimlach antwoordde ze: 'Uit Caltanissetta.' 'Aha, mooi zo! Vertel eens hoe u heet!' Misschien had haar man haar net aan de telefoon toegeschreeuwd dat ze in de stront kon zakken, zij met al haar angsten. Misschien stond ze te piekeren hoe ze aan een baantje moest zien te komen, en wie er dan op haar dochtertje kon passen. Maar Paola was er altijd voor haar, altijd bereid om mee te doen met het telefoonspelletje uit de tv-show *Non è la Rai*, om de mysteri-

84

euze inhoud van de rugzak te raden: 'Wat daar vandaag in zit is volgens mij... een puntenslijper.'

Nu, terwijl Marina in de Euronics voor de vitrine MOBIELE TELEFONIE stond, weifelend tussen een model van 39,90 en een van 300 euro, dacht ze terug aan die middagen, aan de geur van pasta in bouillon en aan de stoom van het strijkijzer die altijd in de keuken hingen. Hoe zij er telkens in slaagde het verdriet te bedekken met haar voortdurende 'Goedemiddag, mevrouw!', ook al bespeurde ze het maar al te goed, en hoe geduldig haar moeder was. Hoezeer ze één waren tijdens die lange winters. Eén, en toch alleen.

De jonge verkoper die haar hielp kon daar natuurlijk allemaal niets aan doen. Hij hield zijn blik omlaag gericht, geïntimideerd door haar schoonheid, en hij stond al een kwartier te wachten tot zij de knoop zou doorhakken: 'Weet u, die twee zijn gewoon niet met elkaar te vergelijken...' Marina legde hem met haar blik het zwijgen op. Ze deed haar tas open, zocht haar portemonnee. Ze voelde het haast als een soort genoegdoening voor haarzelf, en voor wat er van Paola was geworden.

Zo kortaf en onvriendelijk als ze kon zei ze: 'Ik neem de Samsung. Inpakken als cadeau.' Ze zei geen bedankt, geen goedenavond. Ze haalde driehonderd euro contant tevoorschijn – het geld dat ze op het Pop Gala had gewonnen – en smeet het op de toonbank.

De mensen keken naar haar, zowel de mannen als de vrouwen. Ze vroegen zich af wat zo'n meisje, met die adembenemende benen, gehuld in een ultrakort mantelpakje van zwart fluweel waaronder de kanten rand van haar hold-upkousen zichtbaar was, in een elektronicazaak deed.

Ze was een verschijning, en daarvan was ze zich bewust. Ze vond het fijn om haar macht uit te oefenen, hele hordes huisvaders met open mond achter te laten terwijl ze met een klein lachje langs hen heen liep om zo haar frustratie af te reageren op volslagen onbekenden. De aandacht van haar eigen vader had ze namelijk nooit weten te vangen.

Het motregende. Marina liep naar buiten en rende zonder uit te kijken de straat over om niet nat te worden. Ze had nu al spijt dat ze deze omweg had gemaakt, dat ze al haar inkomsten van de afgelopen week had weggegooid, en nu was ze ook nog een halfuur te laat. Toen ze in de auto stapte was ze woedend. Op zichzelf. Op haar moeder. En ook, het meest van al, op die klootzak van een vader van haar.

Maar die woede deed haar goed, het was pure brandstof voor haar vastberadenheid. Ze deed de soundtrack van *Scarface* in de cd-speler, zette de vijfde track op repeat en dompelde zich onder in de stroom auto's die op dat tijdstip de Corso Europa overspoelde.

De studio's van BiellaTV 2000 lagen aan de rijksweg Trossi, in een buitenwijk van de provinciehoofdstad, het stadsdeel dat zich in zuidelijke richting uitstrekte en vervolgens uitdunde in verlaten industriegebieden met vervallen, door klimplanten overwoekerde fabrieken en half voltooide winkelcentra.

Marina keek strak voor zich uit, laadde zich op terwijl ze naar de soundtrack van haar favoriete film luisterde. Ze dacht terug aan die onvergetelijke scène waarin Tony Montana omhoogkijkt naar de hemel en op een zeppelin de lichttekst 'The World Is Yours' voorbij ziet glijden. Dat was het: ze wilde dat de wereld van haar was.

Ze reed langs de supermarkt Mercatone Uno en de McDonald's, de plek waar vroeger meubelfabriek Aiazzone stond. Ze was nog maar een kind van vier toen ze die reclame had opgenomen, maar toen al was het duidelijk dat ze voor succes geboren was. En hoe ver had ze het sindsdien niet geschopt? Eindeloos ver. Ze had nog een vhs-band van haar eerste tv-optreden, in haar Walt Disney-joggingpakje en met staartjes in het haar, maar om de een of andere reden had ze nooit de moed gevonden om die nog eens te bekijken.

Nu, achttien jaar later, reed ze over de grote provinciale weg die van de stad naar de vlakte voerde; ze moest telkens afremmen in het drukke verkeer, wat haar op haar zenuwen werkte. Nu was ze er klaar voor. En opgeladen genoeg om die belangrijke drempel over te gaan, al haar tegenstanders met de grond gelijk te maken en de hele wereld te laten zien dat zij echt *iemand was*.

De hemel hing laag, een stoffig licht lag grijs over de vallei. Hortend en stotend reed Marina tussen de onafgebroken reeks outlets aan weerszijden van de weg, en de betonnen resten van twintig jaar Berlusconi. Een tijdperk dat begin jaren negentig was aangevangen, waarin de provincies geleidelijk aan waren ontvolkt en jongeren vol vertrouwen in groten getale naar de stad waren getrokken. Het tijdperk van het 'economische wonder', van het *Rad van Fortuin* en van de rode pop Gabibbo, de mascotte van de commerciële zender Canale 5; het tijdperk waarin het vanzelfsprekend leek dat je alles kon verkopen: een politiek project, een paar benen, een stuk spaanplaat dat werd aangeprezen als massief hout, en dat nu dood en begraven was onder de plakkaten met ALLES MOET WEG en ONDERNEMING OPGEHEVEN.

Het kon Marina hoegenaamd niets schelen hoe het met Italië zou aflopen. Als ze haar zouden vragen hoe de huidige president van de republiek heette, had ze geen naam kunnen noemen. Zij zou dat kleine beetje pakken wat er nog te pakken viel, en verder kon alles en iedereen het bekijken.

Daarna zou ze een hoge vlucht nemen.

Want die lui van de Rai hielden bepaalde programma's goed in de gaten, ook die op regionale zenders. En ook die van de commerciële zender Mediaset waren altijd op zoek naar nieuwe talenten. Want al zou de staat, de economie of zelfs heel Europa instorten, de televisie zou altijd blijven bestaan. En zij was niet zomaar een van de velen, niet een van die meiden die niets kunnen en die massaal op audities afkomen. Zij had echt een gouden stem, in een tijd waarin iedereen dacht dat hij kon zingen. Zij had een streepje voor, en dat wist ze. Ze kon dansen. En voor de tv-camera's werd ze op slag heel oprecht.

Wat zou Andrea wel niet gedacht hebben toen hij haar ineens op het podium zag? Wie weet had hij haar de afgelopen jaren weleens gegoogeld, had hij de honderden commentaren gelezen die haar eerste fans al voor haar achterlieten op YouTube en Facebook. Daar moest ze niet aan denken, niet nu. Ze moest met beide benen op de grond blijven staan en zich concentreren op haar doel: Rome. Of Milaan. Een contract met Sony of met Universal. De radio's van heel Italië die op alle uren van de dag en de nacht haar stem uitzonden.

Ze zou niet naar die afspraak in het Burcinapark gaan, klaar uit. Andrea had niets te maken met haar carrière, met haar roem, met haar woede. Hij zou alleen maar een complicatie, een extra obstakel vormen.

Daar verscheen eindelijk het gebouwtje van BiellaTV 2000, afgetekend tegen een horizon van rijstvelden en bergen. Het verscheen als de zeppelin uit *Scarface* aan die bewolkte septemberhemel, geflankeerd door een bowlingcentrum en een autowasserij, in de desolate vlakte van haar provincie.

Marina remde abrupt af, terwijl ze het stuur nog steviger omklemde.

Het was een vierkant gebouw van drie verdiepingen, slordig overgeschilderd, vol vochtplekken. Er was niet meer van te maken, maar dat deed er niet toe. Dit was haar begin, dit was haar droom die langzaam maar zeker werkelijkheid werd.

Op de huizenhoge reclameposter over de hele gevel stond de tekst: CINDERELLA ROCK – ZET JE SCHRAP. In haar hoofd stond er: *Marina Bellezza – jij gaat de wereld veroveren.*

Toen ze het parkeerterrein opreed trilde ze helemaal, en haar hart bonsde van de adrenaline. Nadat ze de motor had uitgezet, zakte ze even tegen de rugleuning aan. Ze staarde naar de grote schotelantenne op het dak, de glazen ingang en de eindeloze rij reclameposters. CINDERELLA ROCK – LAAT DE UITDAGING BE-GINNEN. Ze haalde diep adem en zei bij zichzelf: oké, Mari, dit is een oorlog. Dit is jouw oorlog. Ze stapte uit de auto en gooide het portier dicht.

Op haar torenhoge hakken. In haar hold-upnetkousen. Met haar prachtige tweeëntwintig jaar en een dodelijke lading wrok.

Kijk, hier ben ik dan. Dat zei ze niet, maar dat liet ze over-duidelijk blijken toen ze met haar ellebogen op de balie van de receptie leunde.

De beveiligingsbeambte keek op en bestudeerde haar luste-loos.

'Naam, alstublieft.'

'Marina.' Ze sprak de lettergrepen duidelijk uit. 'Marina Bel-lezza.'

'Legitimatie.'

Binnenkort zou dat niet meer nodig zijn: dan zou iedereen daarbinnen haar meteen herkennen, van de poetsvrouw die op haar knieën de hal zat te dweilen tot en met de directeur van BiellaTV 2000.

De man maakte een kopietje van haar ID-kaart en gaf haar een pasje: 'Rechts de gang in. Studio B.'

Het was dinsdag 18 september 2012, 15.30 uur. Een historische datum. Haar eerste stap in de tv-studio's van die nieuwe lokale zender die al sinds de oprichting, tweeënhalf jaar eerder, onver-wachte successen boekte. En ook al was Marina nu helemaal al-leen, ook al was er niemand bij haar om als getuige te dienen, dit was niettemin een triomfantelijke entree.

Het was een stijlvol ingerichte hal, van marmer uit Carrara, met leren bankjes en overal schermen aan de wanden waarop beelden werden vertoond van de programma's die op dat mo-ment werden uitgezonden op de voornaamste lokale en landelij-ke zenders. Talloze werknemers, onder wie redacteuren, studiopersoneel en verslaggevers, liepen door de gangen die allemaal in het midden uitkwamen. Druk bezig, glimlachend, samenzweerderig in een wereld waar de meeste mensen thuis alleen maar over konden fantaseren.

Aan de donkere kant van het scherm. De kant waar alles niet één keer gebeurt, maar talloze keren in talloze kamers in de ogen van honderden, duizenden, miljoenen kijkers.

Marina staarde even naar de volmaakte glimlach van presentatrice Simona Ventura in close-up op de zender Sky. Ze zei: 'Ha, vroeg of laat zullen wij elkaar kennen. Ik ben beter dan jij, weet je?' Ze stak haar badge in de magnetische lezer, het lichtgevende pijltje werd groen en het poortje ging open.

Zo, nu was ze binnen.

Nu hoorde ze bij de andere kant van de wereld.

Catalina Foothills, Rita Ranch, Star Valley. Ze verschenen een voor een op een groen-gouden en bruin-okergele ondergrond. Langzaam doken ze op, naarmate de kaart verder werd geladen, als een clair-obscur van woorden dat tot wording kwam.

Voor Andrea waren het echter geen woorden, maar werelden. Klankkasten voor zijn verlangens. Het clair-obscur veranderde langzaam maar zeker in bergtoppen, rotshellingen, verschroeide vlaktes zover het oog reikte. En in het midden, als laatste, in een rechthoekig raster van avenues en streets, van lage gebouwen, keurig en identiek, vertoonde Google Earth de stad. Tucson.

Andrea zoomde links onderaan in en de satelliet stortte omlaag tot in het dorre hart van de Sonorawoestijn, aan de Mexicaanse grens. Een grijsgroene vlakte bevolkt door coyotes en reptielen, bezaaid met cactussen, precies zoals de landschappen in de films van Sergio Leone, die hij vanbuiten kende. Nog een beweging en de satelliet steeg weer op. Hij verplaatste zich naar het noordoosten, naar de grens met Utah. Andrea hield de muis in zijn handpalm, hij klampte zich er bijna aan vast, terwijl op het scherm het grote, gloeiende plateau van Monument Valley verscheen.

Een maanlandschap, vol steile rotsformaties die in de loop van miljoenen jaren door erosie waren gevormd. Ze hadden vroeger een adembenemend panorama hiervan in hun slaapkamer hangen, aan de muur tegenover hun identieke bedden. Toen ze nog bij elkaar op de kamer sliepen en er zich nog geen 'incidentjes' hadden voorgedaan, in de tijd voordat hun ouders hadden besloten hen voor eens en voor altijd uit elkaar te halen.

Het waren reusachtige formaties, bloedrood in de zonsondergang. Stof, een begroeiing van dorre struiken. En in het midden één weg, Highway 163. Een rechte streep asfalt dwars door die eindeloze, duizelingwekkende vrijheid.

Andrea vroeg zich af hoe het zou zijn om die woestijn echt te doorkruisen, in een jeep die onder het zand zat. Af en toe het silhouet van een lynx te bespeuren tussen de rotsen; wilde beesten, uitgehongerd en beeldschoon. Bij het John Ford's Point aankomen en overweldigd worden door al die hemel.

Wanneer ze vroeger cowboy-en-indiaantje speelden, wilde Ermanno altijd de cowboy zijn. Buiten, in de tuin rond hun villa, zaten ze in galop achter elkaar aan op denkbeeldige paarden, veinzend dat ze in een western speelden, en als ze elkaar bij de rug of bij een arm vastgrepen, eindigde het altijd in een vechtpartij.

Ze droomden er allebei van om pionier te worden. Ook al had Ermanno een bril, was hij tenger gebouwd en ging hij er boven in de bergen bij hun opa, in Riabella, altijd meteen vandoor als hij een nerveuze koe zag die een andere koe met de hoorns begon te stoten. Andrea juist niet: hij kon ze zelfs met de lasso vangen, de gevlekte koeien van hun opa. Als hij eraan terugdacht, schoot hij in de lach.

Maar het was een lach vermengd met gal.

Want intussen was Ermanno daadwerkelijk daarheen vertrokken, naar het land van de cowboys en indianen, op 457 mijl van Monument Valley en op 124 mijl van het Chiricahua National Monument waar Geronimo zelf zich had verschanst voor de blanken. En Ermanno was er getrouwd, hij was in dienst bij de NASA, en nu had hij ook nog een kind op komst. Terwijl hijzelf – de tweede zoon, 'niet de succesvolle, die andere' – in Andorno was gebleven, in een verlatenheid zonder NASA, zonder tufsteenformaties, zonder vrouw, werkzaam als parttimemedewerker van de enig overgebleven bibliotheek in de hele vallei.

In plaats van de boeken te herschikken in de schappen zoals eigenlijk de bedoeling was, opende hij een nieuw venster en probeerde de afstand tussen Andorno Micca en Tucson te berekenen: hemelsbreed 9409 kilometer. Twee continenten en een oceaan, een kwart van de aardbol. Sinds wanneer had hij zijn broer al niet meer gesproken? Sinds wanneer schreven ze elkaar nooit meer een woord?

De 22e oktober was over een maand en vier dagen. Andrea staarde naar het scherm, naar die negenduizend kilometer die hen scheidden, terwijl hij onbeweeglijk achter de uitleenbalie zat. Met het gilet van de bibliotheek aan, het naamkaartje van de gemeente aan zijn borstzak, een baard van een paar dagen en een afwezige blik, in het halfduister van de bieb waar op dat tijdstip van de middag geen sterveling kwam.

Stel dat Marina met hem mee zou willen; met haar zou hij die reis wel willen maken. Stel dat ze samen in het vliegtuig zouden stappen... Ze zouden een Cadillac huren, overnachten in de motels langs de weg. Niets anders bij zich dan een schoon shirt en een tandenborstel. Halfnaakt en vervuild in de schitterende uitgestrektheid van de Grand Canyon.

Het was een absurde gedachte. Maar toch speelde hij met het idee, op die zoveelste middag van zijn leven als tijdelijke arbeidskracht en overjarige student. Waarvan hij hoopte dat het de laatste of op-een-na-laatste middag zou zijn, want hij had de revolutie allang in zijn hoofd. En hij hoefde niet te wachten tot hij was afgestudeerd, hij hoefde nergens op te wachten. Hij hoefde morgen alleen maar naar Marina te gaan en alles te zeggen wat hij de afgelopen drie jaar in zichzelf had gerepeteerd, wanneer hij van de universiteit van Turijn terugreisde in een regionale trein die opging in de mist; in de eenzaamheid van het lepeltje dat bij het ontbijt tegen zijn koffiekopje tikte, in zijn zolderkamer van dertig vierkante meter.

Hij hoorde iemand binnenkomen, maar hij keek niet op.

Hij hield zijn blik aan de computer gekluisterd, aan die schaal-afbeelding van Arizona. Zij was elke ochtend het eerste geweest waar hij aan dacht. Haar geest was altijd op de passagiersstoel met hem meegereisd, over elke weg, naar elke afgelegen, haveloze kroeg, naar de duistere, lege diepte van elk drankgelag; en hij had die geest uitgescholden, en gehaat, en vragen gesteld, en gesmeekt om terug te komen. Hij had zichzelf gedwongen die geest in bedwang te houden. Tot gisteren.

Maar nu was ze terug. Ze had tegen hem gezegd: 'Morgen kan ik niet, laten we zeggen woensdag', ze was weer verschenen. En nu zag hij meteen alweer voor zich hoe ze samen in een motel in Arizona zouden zitten. Hij kwelde zich tijdens het afwachten met die gruwelijke twijfel: stel dat ze morgen niet komt opdagen? Ze zou ertoe in staat zijn.

Hij hoorde voetstappen op de balie afkomen, maar hij mocht zich niet laten afleiden. Het was vier uur geweest, hun afspraakje was over minder dan 24 uur. Hij staarde naar het woord Tucson midden op het scherm, staarde ernaar alsof hij het wilde verslinden. Toen werd de stilte ineens verbroken door een stem die overliep van verbazing.

'Andrea? Ben jij het?'

Het beeld van Marina, naakt, languit op de achterbank van een Cadillac, langzaam gestreeld door zijn handen, was op slag verdwenen.

Hij keek op en probeerde de contouren scherp te krijgen van de vrouw die voor hem stond, en die hem nu ietwat gegeneerd toelachte.

Ze kwam hem bekend voor, alleen was hij op dit moment een beetje in de war. Hij kon zich nog maar moeilijk losmaken van Marina's zachte dijen, van haar stralend witte tanden. Hij kon nu even niet op de naam komen.

'Ik ben Elsa, Elsa Buratti...'

Andrea zette grote ogen op van verbazing. Hij bekeek haar van top tot teen. Ach, natuurlijk, hoe was het mogelijk dat hij haar niet herkend had?

'Ha, Elsa...' Lusteloos leunde hij achterover tegen de rugleuning van zijn stoel. Hij sloot de pagina van Google Earth en keek haar weer aan. 'Wat doe jij hier in de buurt?'

'Ik ben weer in de vallei komen wonen,' glimlachte ze. 'Sinds vijf maanden.'

Toen zweeg ze en keek verdwaasd om zich heen. 'Ik ben er vandaag pas toevallig achter gekomen dat deze bibliotheek nog wel geopend was, dus ik zei bij mezelf: waarom zou je helemaal naar Turijn of Biella gaan? Laten we in elk geval een poging wagen.'

Ze leek blij om hem te zien. Ze had nog altijd dezelfde sproetjes in haar gezicht, hetzelfde felrode pagekopje en dezelfde ontwapenende verlegenheid als toen ze op hun elfde op de middenschool bij elkaar in de klas kwamen.

'Ik wist niet dat jij hier werkte, anders was ik wel eerder langsgekomen...'

Andrea probeerde haar glimlach te beantwoorden, al lukte dat maar half.

Hij bleef zwijgen en begon met een balpen te spelen.

'Ik neem aan dat je inmiddels bent afgestudeerd,' zei ze.

Andrea sloeg zijn blik neer, krabbelde wat op een blaadje.

'Nee.'

'O.' Ze klonk verbaasd. 'Maar je hebt in elk geval wel een baan gevonden, dat is een heel geluk... Het lijkt me heerlijk om de hele dag tussen al die boeken te zitten, in zo'n klein dorp, waar je de mensen kunt aanraden wat ze moeten lezen...'

'Niet echt,' antwoordde hij kortaf. 'En het is trouwens ook maar voor tijdelijk. En jij?' vroeg hij op zijn beurt. 'Ben jij afgestudeerd?'

'Ik heb een onderzoeksdoctoraat toegewezen gekregen in geschiedfilosofie.'

'Jeetje, je bent een van die drie op de miljoen die het gered hebben.'

Zijn woorden dropen van het sarcasme. Elsa merkte het en haar uitdrukking veranderde.

Ze keek ernstiger, bukte zich en deed alsof ze iets zocht in haar tas.

'Je moet niet denken dat het gemakkelijk is. Ik heb voor drie jaar een plek aan de universiteit, ik ga elke maand op en neer naar Turijn. En als ik dan klaar ben, kan ik een schop onder mijn kont krijgen en zeggen ze dat ik maar beter kan emigreren.'

Andrea had helemaal geen zin in dit gesprek, totaal niet. Het kostte hem moeite om zijn mislukking te tonen aan een vroeger klasgenootje dat hoe dan ook wel iets bereikt had, ondanks haar valse bescheidenheid.

'Welk boek zoek je?' vroeg hij plompverloren.

Elsa verstijfde, ze legde haar handen op de rand van de balie.

Aan haar uitdrukking kon Andrea aflezen dat ze liever nog wat langer had willen praten, hem meer had willen vertellen over haar doctoraat. Maar hij kon niet weten hoe Elsa Buratti veel van haar middagen doorbracht: in stilte. Hij had geen idee hoe zwaar de eenzaamheid haar soms viel in dat grote huis in Piedicavallo.

'Ik was op zoek naar de *Essays over Gramsci*,' zei ze, 'van Norberto Bobbio.'

Andrea barstte in lachen uit: 'En jij denkt dat wij hier in Andorno het complete werk van Bobbio in huis hebben?'

Er verscheen een blos op haar wangen.

'We hebben wel iets, maar zeker weten niet de *Essays over Gramsci*. Ik kan je als alternatief wel Calvino aanbieden, en Enzo Biagi of Elsa Morante. Ik heb ook de gedichten van Catullus voor je, of Stephen King, als je dat aandurft...' Misschien maakte hij een grapje. 'Maar we zitten hier wel midden in de bergen...'

'Nou ja, ik heb het tenminste geprobeerd,' zei Elsa schouderophalend. Ze aarzelde even en gaf het toen op. 'Evengoed bedankt, je hebt je best gedaan.'

'Je hebt te veel vertrouwen in deze streek,' antwoordde Andrea zonder nadenken.

Elsa, die al bijna was weggelopen, draaide zich weer om. 'Denk je?'

Andrea keek haar nu voor het eerst in de ogen: 'Dat denk ik.'

Ze was een terughoudend meisje, soms zelfs schuw. Ze was zo'n meisje dat zich nauwelijks een verzetje gunt, dat nooit uit de band springt, dat zich liever afzijdig houdt om na te denken en te observeren. Zo'n meisje van wie je nooit een gedurfde actie of een duistere bodem zou verwachten.

'Als ik eerlijk moet zijn', ze bleef midden in de ruimte staan, weifelend of ze haar zin zou afmaken of niet, 'dan wil ik liever niet hoeven verhuizen later. Niet naar Turijn, en ook niet ergens anders heen. Jij bent hier altijd blijven wonen, dus misschien klinkt dat voor jou stom of onzinnig.' Ze stond met haar leren studententas strak tegen haar zij aan, ballerina's aan haar voeten, een trui van ruwe wol over de schouders: in zekere zin zag ze er echt uit als een *valìt*, een valleibewoonster. 'Maar ik geloof dat ik graag hier zou willen blijven.'

'Waar hier?'

'Hier', zei Elsa, 'in de Valle Cervo.'

De bibliotheek bestond uit een grote ruimte met notenhouten leestafels en groenfluwelen stoelen, waar de lucht doordrongen was van hout en papier, van versleten boekbanden en die klassieke geur van een jarenlang begraven stilte. Het was een magische plek van een weemoedige schoonheid, net als alles eromheen. Een vertrouwde, ingetogen plek, bezocht door een handvol hardnekkige lezers, met oude prenten aan de muur. Een ervan was een afbeelding van vrouwen die voorovergebogen wol zaten te spinnen, met stilzwijgende gratie; op een andere stond een rondtrekkende herder met een lange baard aan het hoofd van een honderdtal schapen, hoog op de bergpas Bocchetto Sessera. Door de ramen was te zien dat de middag langzaam uitdoofde. Het miezerde nog steeds, de lucht was donkerder geworden, en zij tweeën waren daar in die afgelegen bibliotheek in de bergen: alleen.

'Ik wens je succes,' zei Andrea, om maar wat te zeggen.

Hij hoopte dat Elsa nu weg zou gaan.

Hij snapte zelf ook niet waarom. Ze hadden samen op de middenschool en op het lyceum gezeten. Ze waren allebei filosofie gaan studeren aan de universiteit. Ze hadden het voor elkaar gekregen om jarenlang een paar tafeltjes van elkaar af te zitten en toch nooit meer dan 'hallo' tegen elkaar te zeggen. Daarna was Andrea overgestapt op landbouwkunde en waren ze elkaar uit het oog verloren. En nu ze allebei volwassen waren kon hij met de beste wil van de wereld geen zinnig woord bedenken om tegen haar te zeggen.

'Ik bedoel, het hangt ervan af wat voor leven je hebt gekozen... of je carrière wilt maken, of dat je iets anders zoekt.' Hij boog zijn hoofd en begon op het uiteinde van de balpen te kauwen.

Elsa knikte alleen maar. Blijkbaar had ze inmiddels wel door dat haar tijd verstreken was, dat het een hele opgave zou zijn om nog een woord uit hem los te krijgen, maar toch bleef ze onbeweeglijk staan.

'Tja,' zei ze, 'misschien kun je me nog een mooi boek aanraden om te lezen... dan heb ik toch niet de hele reis voor niks gemaakt.'

Een beetje geïrriteerd legde Andrea de balpen neer. Hij stond op, liep naar een plank en begon wat boeken op te ruimen die niet op hun plek stonden.

'Hou je van Mandelstam?' vroeg hij.

'Die ken ik niet, eerlijk gezegd.'

'Mooi zo,' zei hij terwijl hij een boek op de balie legde, samen met een registratieformulier. 'Dan ga je nu met hem kennismaken.'

Hij had geen idee wat hij verder nog zou moeten zeggen, wat hij verder nog zou moeten doen. Hij was een beer, gewend aan stilte. En zij ook.

Er volgde een moment van tastbaar ongemak voor hen allebei. Een moment van zinloosheid, zoals een ontmoeting tussen vroegere klasgenoten altijd voelt. Elsa had vaak naar hem zitten gluren tijdens de lange ochtenden in de klas, steels, tussen twee volgepende blaadjes door. Er zijn dingen die zich decennialang in stilte voortslepen zonder dat iemand ook maar enig vermoeden heeft van het bestaan ervan.

Ze boog zich over de balie, ondertekende het formulier en pakte de dichtbundel, terwijl hij alweer iets zat te tikken op de computer.

'Oké, ik ga het lezen en dan laat ik je wel weten wat ik ervan vind.'

'Oké,' antwoordde Andrea afwezig en hij opende opnieuw de pagina van Google Earth. 'Als ik hier nog ben wanneer je terugkomt, dan hoor ik het graag.'

Andrea had het niet in de gaten, hij hoorde haar niet eens weggaan en de deur achter zich dichtdoen, maar er was een schittering in haar ogen verschenen.

'Kijk in de camera, Mari. Kijk nu! Nee, dat is driekwart, ik wil je en profil. Ja, dat is 'm! Zo ben je perfect. Kunnen we beginnen? Oké, we starten de opname. We kunnen het zo vaak overdoen als je wilt.'

Marina zat overdreven opgemaakt, overdreven blond in een roodleren stoel en staarde met een soort kalme extase in de lens.

'We doen ze allebei. Eerst de korte promo voor de publiciteit. En dan de langere, die we online zetten en dan tijdens het programma uitzenden. Oké? Alles duidelijk?'

Marina knikte. Natuurlijk was alles duidelijk... Waar zagen ze haar voor aan? Ze zat half onderuit in die fauteuil, met haar benen over elkaar en haar gezicht over haar schouder gedraaid, volkomen op haar gemak in die werveling van voorbereidingen voor de opnames. Alsof ze in haar eentje thuis op de bank lag.

'Oké, je begint als ik het teken geef!' riep de regisseur. 'Ik wil het hele leven van Marina Bellezza in drie minuten!'

Het teken kwam. De spot bestookte haar met een verblindend vuur.

En op slag kwam zij tot leven.

De hele productie van *Cinderella Rock* was in de ban van haar stilte. De rij concurrenten die op hun beurt stonden te wachten was wanhopig in de ban van haar stilte. Marina glimlachte, neergevlijd op haar troon. Ze glimlachte naar het donkerste, verste punt achter in de lens.

Ze liet de verwachting toenemen. Even speelde ze met haar armband: gewoon, alleen om de spanning nog wat verder op te drijven. En pas toen ze honderd procent zeker wist dat alleen zij nog bestond, dat ze hen allemaal, zonder uitzondering in haar greep had, toen pas deed ze haar mond open en begon te vertellen.

'Toen ik klein was, werd ik altijd gepest op school. Omdat ik dik was. Ze scholden me uit voor *dikkie...*' Ze snoof, blies een haarlok weg uit haar gezicht. 'Niemand wist wat er in me omging, hoe erg ik het vond. Want ik speelde altijd alleen, ik stond in een hoekje van het schoolplein, verstopt achter de heg, en keek vanuit de verte naar de anderen... en ik voelde me in de steek gelaten. Ik luisterde naar de zingende vogeltjes, ik luisterde naar het geluid van de wind en daar, in die eindeloze eenzaamheid, in dat lichaam dat me verstikte als een gevangenis, daar begon ik te dromen van mijn heel eigen muziek...'

Er was natuurlijk niks van waar. Er schuilde geen kruimel waarheid in al die woorden, die door de makers zorgvuldig voor haar waren afgewogen en herschreven. Ze was nooit dik geweest, nooit tijdens het speelkwartier aan haar lot overgelaten. Maar nu, terwijl ze voor de draaiende camera haar bekentenis deed, geloofde ze er zelf heilig in.

'Alleen mijn vader begreep me, hij was de enige die mijn verlangen op de juiste manier wist op te vatten...' en hoe meer ze loog, hoe eerlijker ze werd.

'Want, nou ja, het is moeilijk uit te leggen... Maar voordat hij naar de Verenigde Staten vertrok...' en op dit punt liet ze een gloeiendhete traan van emotie vallen, die ze met moeite had ingehouden. 'Ja, want hij moest voor zijn werk naar New York verhuizen en mij achterlaten... Nou, dus voordat hij wegging zei hij tegen me: "Mar, jij bent geboren met deze stem, deze stem is van jou, daarin ligt je ziel, je echte lichaam, en die moet je volgen." Toen nam ik een besluit. En dit is het besluit dat ik heb genomen. Op mijn negende heb ik ervoor gekozen om voortaan *mijn stem* te zijn.'

Pauze. Het waanzinnige effect van de pauze.

'Mijn vader is nooit teruggekomen uit de Verenigde Staten.'

Terwijl ze praatte, heerste er een totale stilte.

Een volle stilte, volledig gevuld met haarzelf.

'Nooit meer.'

Ze voelde de roerloze aanwezigheid van de omstanders die

met ingehouden adem toekeken, als betoverd door haar wraak-lust, haar openhartige wreedheid, door de kracht waarmee ze kon vertellen, kon toneelspelen en ontroerd raken door een meisje dat nooit had bestaan buiten dat hartverscheurende ver-haal waar elke tv-kijker naar zou willen luisteren. Ze hadden wel iets gemeen, zij en haar dubbelgangster. Niet hun gewicht natuurlijk, en ook niet de Verenigde Staten. Maar de seconden tikten weg op de timer, en ze moest afsluiten. Nu. Groots afslui-ten.

'Ik ben hierheen gekomen om te winnen. Ik ben twintig kilo afgevallen en ik wil winnen. Dat ben ik verplicht aan het meisje dat in haar eentje achter die heg speelde... en bovenal ben ik het verplicht aan hem, aan mijn vader.'

'Stop!'

De spot ging uit, het omliggende donker loste op. De studio-lampen verlichtten nu weer de enthousiaste, ontroerde, verruk-te gezichten van de aanwezigen.

'Je was fantastisch, Mari!'

De producent liep naar haar toe om haar een hand te geven.

'Echt fantastisch,' herhaalde een van de makers, terwijl hij dichterbij kwam.

Marina verrees uit de stoel. Ze liep door die stroom van lach-jes, complimentjes, applausjes die iedereen over haar uitstortte en die voor haar gewoon het minste waren waar ze recht op had. Ze passeerde de andere deelneemsters die in de rij stonden. Ze keek hen een voor een aan, terwijl ze hen achteloos voorbijliep. In hun ogen las ze duidelijk de spanning, de afgunst, de angst.

En daar genoot ze enorm van.

7

Andrea keek voor de zoveelste keer op zijn horloge. Het was kwart voor negen 's avonds, het was nog maar één nachtje slapen. Maar in plaats van pijnloos te verstrijken leek de tijd te vertragen, zich uit te rekken tot hij bijna uitdoofde, waardoor de kwelling van het wachten overmatig werd versterkt.

Hij draaide zich om naar de anderen. Luca zat ineengedoken op het geraamte van een fauteuil te kijken hoe de deelnemer uit Calabrië en de presentator bezig waren met koffertje nummer zes. 'Ik ga ook een keer meedoen,' zei Luca. 'Ik zal eens bellen, kijken of ik word aangenomen.' Er klonk een luide kreet uit het tv-toestel: *Neeeee! De vijfhonderdduizend euro is eruit!* Sebastiano zat over zijn laptop gebogen, zoals altijd aan Facebook gekluisterd. Af en toe nam hij een slok uit de fles ratafia.

Als Andrea die middag Marina had gezien terwijl ze haar promo voor *Cinderella Rock* opnam, als hij haar zo volkomen achteloos al die leugens had horen vertellen en als hij had geweten wat haar eigenlijke doel was... Maar daar had hij geen flauw idee van, nog niet. En dus stond hij daar maar, leunend tegen de vensterbank bij het raam, terwijl hij elk trekje van haar gezicht ophemelde en in gedachten streelde. De tijd weigerde op normale snelheid voorbij te gaan, en hij keek naar buiten, stak een Lucky Strike op, keek weer naar de anderen. Hij drentelde als een dolende ziel heen en weer, niet in staat iets anders te doen dan wachten.

De tafel was nog niet afgeruimd. Overal bierflessen, lege, volle, halfvolle. De keuken van zijn piepkleine zolderverdieping was één grote puinhoop, smerig en stinkend, zoals altijd.

Al jarenlang sleepten ze zich voort in deze troep, ze aten om beurten bij een van hen, gebruikten om beurten hun auto om te besparen op benzinekosten, om te besparen op boodschappen, op gas en water. Waar bespaarden ze eigenlijk niet op?

'Die boerderij, die krijg ik niet van mijn vader,' zei Andrea op een gegeven moment.

Sebastiano zat grinnikend te chatten. Met een ruk keek hij op van de computer: 'Wat?'

Luca kwam overeind uit de stoel, zette het geluid van *Miljoenenjacht* zachter.

'Ik heb vijfenveertigduizend euro nodig,' zei Andrea.

'Een geintje zeker?'

'Nee. Ik kon contact opnemen met een makelaar van Mucrone,' zei hij met een cynisch lachje.

'En wat ben je nu van plan?'

Andrea ging aan tafel zitten, trok een nieuw biertje open. 'Ik weet het niet. Ik weet alleen dat ik dat geld bij elkaar moet zien te krijgen.'

'Maar hij is je vader... Dat slaat toch nergens op?'

Inderdaad, dacht Andrea, het sloeg ook nergens op, helemaal nergens. Net zomin als de vraag of hij nu wel of niet naar Tucson ging, of het feit dat hij voor vierhonderdvijftig euro per maand in de bibliotheek werkte, of die verdomde scriptie schreef die hij al drie jaar niet schreef – sinds zijn broer was vertrokken, sinds Marina het had uitgemaakt sloeg het allemaal nergens op, niks, alleen het feit dat hij haar over veertien uur weer zou zien.

'Jezus, dat is toch een gigantisch bedrag!' zei Sebastiano nadenkend. 'Daarvoor moet je een bank beroven.'

Andrea begon te lachen: 'Dat zei ik ook al tegen mijn pa en ma.'

'Man, dan ben je toch echt een klootzak! Wat je pa ook is, met alle respect. Ik weet nog goed wat voor bullshit hij allemaal uit-kraamde toen hij burgemeester was en ik in de bak zat... Hij zei dit, hij zei dat. Dat hij alles beter zou maken, dat we minstens één plee per vier gedetineerden zouden krijgen, maar intussen mochten we nog geeneens een boek hebben in de cel...'

Hij was getekend door de gevangenis, dat kon hij niet ont-kennen. Ook het elektronische huisarrest daarna was niet echt een lolletje geweest, met Andrea en Luca die om de beurt bood-schappen voor hem gingen doen, films en games voor hem gingen huren, en de hele tijd naar hem toe moesten komen; de godganse dag opgesloten, zonder dat die trut van een ex van hem ook maar één keer de moeite had genomen om met zijn zoontje bij hem langs te gaan.

'Wat moet hij met die bouwval? Hou toch op! Ze gunnen ons de restjes nog niet eens... Maar intussen vinden ze wel dat we moeten studeren, dat we moeten werken, dat we geld moeten verdienen, carrière moeten maken... Rot toch op!'

Andrea nam een slok, telde de broodkruimels op het tafel-kleed. Hij zei niets terug, want er viel niets terug te zeggen. Ze zaten met z'n drieën opgesloten in die keuken, hele avonden lang, zonder dat het ook maar enige zin had.

'Aan wie denk je dat hij die boerderij kwijt zal raken?' kwam Luca tussenbeide. 'Denk eens na: wie gaat die nou kopen, behal-ve jij? Anders kun je je altijd nog aanmelden bij *Miljoenenjacht* en meedoen aan de voorrondes voor Piemonte...'

Andrea dronk zijn flesje leeg en liet een harde boer.

'Ik meen het, wie kan er volgens jou nou geïnteresseerd zijn in een afgelegen boerderij boven op een berg? Ik bedoel, er is hier toch helemaal geen toerisme!'

'Er is hier geen ene flikker,' besloot Sebastiano.

Hij keek weer naar het scherm van zijn laptop. Hij klikte iets aan en zijn gezicht klaarde op. Hij begon te lachen. 'Hé! Kom eens kijken!' riep hij opgetogen. 'Moet je zien wat voor foto Mirella op Facebook heeft gezet!'

Luca en Andrea kwamen lusteloos overeind en gingen naast hem zitten op de bank van het grofvuil. Andrea bedacht dat hij bij geen enkele bank ooit een lening zou krijgen zonder de handtekening van zijn vader, dat niemand hem ooit ook maar een cent zou geven, en dat hij zich nog liever van kant maakte dan dat hij zijn broer om hulp vroeg.

Er was geen uitweg, er was geen oplossing. Hij boog zich naar voren om te kijken, zag het kiekje van Mirella in badpak, liggend op een rotsblok in het riviertje de Cervo. En toen pas kreeg hij ineens een ingeving.

'Seba,' zei hij, 'kijk eens even voor me?'

Hij stak zijn hand uit om de laptop naar zich toe te trekken.

Andrea zat niet op Facebook, hij wilde door niemand worden gevonden. Hij gebruikte internet alleen maar om Google Earth te bekijken, en de prijzen en veilingen van spullen die hem interesseerden. Voor de *rest*, ook al had hij haar altijd bewust niet gegoogeld, ook al had hij zich altijd ingehouden... maar vandaag had het geen zin meer om zich in te houden.

'Zoek even een naam voor me op, ja? Even zoeken op *Marina Bellezza.*'

Sebastiano begon te lachen: '*Bellezza*, schoonheid? Wat is dat nou weer voor een achternaam?!'

Toen bedacht hij zich: 'Dat is toch zeker niet de dochter van...'

'Kop dicht. Gewoon opzoeken, hupsakee.'

'Man, wat heb jij ineens?'

Sebastiano tikte de naam in en klikte op het vergrootglas. En in minder dan een seconde vulde het scherm zich met allerlei verschillende Marina Bellezza's. Volslagen onbekenden, gezichten die hem geen reet konden schelen. Er was er eentje uit Roccaraso, eentje die bij de Bennet-supermarkt werkte, eentje die fan was van de Facebook-pagina 'Geen flikker uitvoeren'. Ze hadden allemaal niets te maken met de enige echte Marina Bellezza die voor hem het recht had om op deze wereld te bestaan.

Samen met Sebastiano en Luca bekeek Andrea de profielen van die naamgenoten – zeven stuks! – en hij werd overspoeld door een hevig ongeduld, een kolkende teleurstelling, totdat hij meende haar te zien. Hij boog zich naar voren om nog beter te kijken, sperde zijn ogen wijd open. Met een schok herkende hij toen in dat kleine vierkantje linksboven, in dat fotootje genomen met een mobiel, tegen de achtergrond van een gebloemde bank de knipogende, wat verfomfaaide verschijning van zijn *eigen* Marina.

De Marina die op datzelfde moment in haar hemd en string op de badkamer bezig was een aantal slipjes te wassen in een teiltje met sop in de wasbak, terwijl ze luidkeels het nummer 'Call Me Maybe' van Carly Rae Japsen zong, zodat het in het hele huis te horen was.

Elsa gaf het op. Ze maakte een ezelsoor in de bladzijde en sloeg het derde deel van de *Gevangenisgeschriften* dicht. Ze zat al meer dan een halfuur naar de vorm van de woorden te staren, zonder verder te komen dan de drempel van hun naakte betekenis, en het had totaal geen zin om daarmee door te gaan.

Ze was die middag eigenlijk van plan geweest om de trein te nemen. Ze had de vertrektijden zelfs al opgezocht op internet. Ze wist dat ze in de Nationale Bibliotheek in Turijn zeker de boeken zou vinden die ze nodig had. Maar toen had ze op het laatste moment, ontmoedigd door de regen en die vervelende reis met zo'n overvol, tergend langzaam boemeltreintje, besloten dan maar naar Biella te gaan. Ze had op Google gezocht, en pas toen had ze gelezen: 'Gemeentelijke bibliotheek van Andorno Micca, Piazza Unità d'Italia 3'. Die had de ontvolking van de vallei overleefd.

Als ze er nu aan terugdacht kon ze het nog maar amper geloven. Ze was gewoon naar binnen gegaan, in gedachten verzonken, in de hoop dat ze in elk geval dat essay van Bobbio zou vinden... en toen zat hij daar ineens! Hij, Andrea Caucino. Onbeweeglijk achter de uitleenbalie, een beetje verwilderd misschien, met een baard van dagen. Maar hij was het wel, met diezelfde sombere glans in zijn ogen en diezelfde rauwe stem.

Elsa stopte het potlood dat ze gebruikte om woorden te onderstrepen in haar etui. Ze legde de blaadjes met aantekeningen netjes op een stapeltje. Onder het studeren had ze om de haverklap een afwezige blik geworpen op de dichtbundel van Mandelstam die op haar bureau lag. Terwijl ze in gedachten het gezicht van Andrea voor zich zag op het moment dat hij haar had herkend, deed ze haar oordopjes uit. Onmiddellijk sloeg er een golf idiote, ondraaglijk hard staande muziek over haar heen.

Jezus. Marina wist toch dat zij moest studeren? Het was onbegrijpelijk hoe asociaal die griet kon zijn. Elsa stond op van de tafel en ruimde al haar boeken op. Ze wierp een blik op de koekoeksklok aan de muur, een van de erfstukken van dit oude huis, en zag dat het al negen uur was geweest.

Van de bovenverdieping klonk nog steeds een hels kabaal. Elsa zette een pan water op en besloot haar ondanks alles toch maar te gaan roepen. Feit was dat ze gewoon totaal geen zin had om alleen te eten, niet vanavond. Ze moest voortdurend denken aan de paar zinnen die zij en Andrea hadden gewisseld in de bibliotheek. Ze had behoefte aan afleiding, aan iemand om mee te praten, ook al was het die onuitstaanbare huisgenote van haar.

Ze liep de trap op. Het viel sowieso al niet mee om met iemand samen te wonen, laat staan met iemand die ook nog eens totaal andere gewoontes had dan jij, en die de hele tijd op je neerkeek, en die er als vanzelfsprekend van uitging dat jij het huis poetste als zij er zelf geen zin in had, dat jij elke ochtend koffie voor haar zette, dat jij altijd weer degene was die bij het postkantoor in de rij ging staan om de rekeningen te betalen; en Marina had zelfs op een avond geprobeerd – met succes – een van haar medepromovendi te verleiden door te vragen of hij haar even kon helpen met de sluiting van haar beha.

Zoals gewoonlijk trof Elsa haar in de badkamer aan: luidkeels zingend, halfnaakt, maar wel met sokken aan, terwijl ze een slipje in een teiltje inwreef met een stuk zeep en gekke bekken trok naar de spiegel.

'Mari!' schreeuwde ze. 'Eet je mee?'

Marina kon haar niet horen, maar ze keek haar via de spiegel aan, terwijl ze onbekommerd door bleef zingen en zepen.

'Het water voor de pasta kookt bijna! Wil jij ook?'

Door al het boenen en spoelen, dansen en heupwiegen stond de vloer bijna blank.

'Ja!' antwoordde ze even later, op haar gemakje.

Stel je voor dat ze de stereo ook maar eventjes wat zachter zou zetten; dat ze zou ophouden met die aanstellerij en op z'n minst zou aanbieden de tafel te dekken. Elsa stond onwillekeurig als versteend naar haar te kijken. Want het was moeilijk om niet naar Marina te kijken. Elk deel van haar lichaam smeekte je op schaamteloze wijze: bekijk me, bewonder me en bovenal, benijd me gerust.

Vanavond leek ze nog uitbundiger dan normaal. Eigenlijk wist Elsa bijna niets van haar. Ze had alleen maar verteld dat ze zou meedoen aan een programma op een lokale tv-zender, maar voor de rest, geen idee. Marina had nooit bezoek gehad van haar ouders. Vriendinnen had ze maar heel weinig, en al helemaal geen die ze vaak sprak of zag. Jongens waren er daarentegen de afgelopen maanden meerdere bij haar in bed beland. Maar dat ging Elsa verder niet aan.

'Wil je met tomatensaus of met boter?'

Haar strakke lichaam, perfect gemodelleerd door de zes tot acht uur sportschool in de week, was een wonder van de natuur. En ja, Elsa gaf het toe: daar kon ze alleen maar jaloers op zijn. Want dat lichaam was niet alleen lang en slank, het ademde een en al wildheid, mysterieuze harmonie, vruchtbaarheid. Het was zo'n lichaam waarvoor de mannen elkaar in een primitieve, barbaarse wereld zouden hebben afgemaakt om het te kunnen bezitten. En Marina wist hoe ze het moest gebruiken: op een arrogante manier, terwijl ze zich bukte om haar ondergoed uit te spoelen en zich vervolgens uitrekte om het druipend op te hangen aan de waslijn die boven het bad was gespannen. Ze wist zelfs die handeling gracieus te verrichten. Ze wist een explosieve lading zelfverzekerdheid uit te stralen.

Elsa wachtte nog even, maar Marina gaf geen antwoord. Dus ging ze weer naar beneden en haalde het tafelkleed en het bestek uit de la terwijl Marina, toen ze de was had opgehangen, nog een laatste blik in de spiegel wierp en het refrein zong van het nummer dat op dit moment in Europa en in de vs op 1 stond.

Een jongen als Bruno Mars zou ze moeten hebben, of als Justin Timberlake. Een Amerikaan, een internationale popster. Heel wat anders dan Andrea Caucino. Kom nou, dacht Marina, daar ga ik dus echt niet naartoe. Ze zag al voor zich hoe ze op de cover van de roddelbladen zou staan, arm in arm met een hyperberoemde buitenlander, de kraag van zijn jas ter bescherming opgestoken voor zijn gezicht, op de vlucht voor hordes opgewonden paparazzi.

Maar nee, dat was het ook niet.

Marina zat er helemaal niet op te wachten om de vriendin van een ster te zijn. Ze wilde zelf de ster zijn. Zelf degene met het geld, met het succes, met de macht. Ze knipoogde naar zichzelf in de spiegel, zette de radio uit en kleedde zich aan. Ze besloot dat ze hem hoe dan ook een blauwtje zou laten lopen. Ze deed alsof ze vergeten was hoe Andrea uit zijn ogen keek, hoe zijn rauwe stem klonk, en die keer toen hij haar had meegenomen naar dat nachtcafé in Balma en ze een jointje hadden gerookt;

109

toen ze de eerste keer hadden gevreeën op het parkeerterrein bij Oropa, midden in december; en toen hij haar bij het hek van de sportschool was komen opwachten en haar arm had vastgegrepen, en had geschreeuwd dat ze zich niet zo had te gedragen, dat ze zelf niet doorhad waar ze mee bezig was, waarop zij zich met grote zelfbeheersing zwijgend had losgemaakt uit zijn greep, gewoon was doorgelopen en in haar auto gestapt.

Maar nu stond ze op het punt door te breken, dit was geen moment meer om aan het verleden te denken, juist niet. En dit was pas het begin: binnen de kortste keren zou de clip rondgaan op internet, en over een week of drie, op 6 oktober, zou ze haar eerste promotieconcert voor het programma geven, in winkelcentrum Gli Orsi, het grootste van de hele provincie, voor op z'n minst een duizendkoppig publiek. In haar hoofd stond ze nu al op dat podium, op alle podia waar ze in de toekomst zou optreden.

Ze ging boven aan de trap staan en riep naar Elsa dat ze de pasta nu wel in het water kon doen.

'Hé, dat is toch die meid die we van de week zagen optreden?'

Andrea had op dat moment geen tijd om antwoord te geven, naar haar te kijken en tegelijkertijd na te denken.

'Laat eens zien wat ze schrijft,' zei hij.

'Ik kan niet op haar tijdlijn kijken, ik ben niet met haar bevriend!'

'Vraag dan of ze vrienden wil worden!'

'Ja, ja, wacht nou!' protesteerde Sebastiano. 'Doe maar rustig... Ik wil effe haar info bekijken.'

Er verscheen een nieuwe pagina op het scherm.

MARINA BELLEZZA. GEBOORTEPLAATS: BIELLA. GEBOORTEDATUM: 15 APRIL 1990.

'In *negentig*?!' riepen Luca en Sebastiano in koor.

HUIDIGE WOONPLAATS: PIEDICAVALLO (BI).

'Niet te geloven...' stamelde Andrea.

Ze was weer hier komen wonen. In de vallei. Op zeven kilometer, niet meer dan zeven kilometer van hem af.

OPLEIDING: KUNSTLYCEUM CARAVAGGIO.

WERK: IN AFWACHTING VAN CINDERELLA ROCK EERSTE EDITIE.

In Piedicavallo... die gedachte bleef maar door Andrea's hoofd malen. Maar waarom was ze teruggekomen?

FAVORIETE MUZIEK: LADY GAGA, RIHANNA, BRITNEY SPEARS, BRUNO MARS, DAVID GUETTA, CRANBERRIES.

FAVORIETE BOEKEN: GEEN.

De andere twee hadden overal commentaar op, maar Andrea hoorde hen niet, hij wilde hen niet horen. Hij wilde alleen haar foto's zien, terwijl die waren geblokkeerd door haar privacy-instellingen. Maar zelfs zonder dat hij ze zag maakten ze hem al jaloers. Hij kon ze zo uittekenen: kiekjes van avondjes uit, in innige omhelzing met andere mensen, in bikini aan zee. Hij ergerde zich aan die hele etalage, aan het feit dat ook zij daarop was beland en dat 4751 vrienden of volslagen onbekenden dingen konden weten waar alleen hij recht op had om ze te weten. Maar terwijl hij nog eens keek naar dat 'FAVORIETE BOEKEN: GEEN' was er een vertederd lachje op zijn gezicht verschenen. Want zo was ze altijd geweest: allergisch voor boeken, voor studeren, voor alles wat geen direct resultaat opleverde. En dat betekende dat ze niet was veranderd.

POLITIEKE VOORKEUR: BOEIT ME NIET.

GELOOFSOVERTUIGING: ROOMS-KATHOLIEK.

BURGERLIJKE STAAT...

BURGERLIJKE...

Niet kijken.

STAAT.

Niet kijken.

SINGLE.

'Nou,' zei Luca, terwijl hij opstond en zijn armen over elkaar sloeg, 'kunnen we nu eindelijk eens beslissen wat we met dat hert gaan doen?'

'Fuck, man!' riep Sebastiano en hij sloeg met zijn vuist tegen zijn voorhoofd. 'Dat was ik goddomme straal vergeten!'

Andrea zat nog steeds te staren naar de lichte sporen die Marina op die site had achtergelaten, haar ietwat onscherpe foto die aan de webcam was ontfutseld op een zo te zien verveelde middag, lummelend op de bank. Hij wendde zijn blik af, zette de laptop weg.

'Het wordt tijd dat we hem een waardige begrafenis geven,' zei hij.

Ze gingen slapen met hun kleren aan. Toen liep om vier uur 's ochtends de wekker af, op die naar drank en rook stinkende zolderverdieping. Vermoeid kwamen ze alle drie overeind, de een uit het bed, de ander van het vloerkleed, de derde uit de fauteuil. Ze dronken sterke, zwarte koffie die Andrea gezet had. Ze trokken hun jas aan en gingen de deur uit zonder dat ze ook maar hun gezicht hadden gewassen.

Ze stapten in de Punto van Andrea. Eerst haalden ze in Pralungo de Volvo op, daarna gingen ze op weg over de SP100. Sebastiano en Luca reden achter Andrea aan, al hadden ze geen idee waar hij naartoe wilde; ze hadden alle raampjes opengedaan om de verrottingslucht die inmiddels in de hele auto hing te verdrijven.

De provinciale weg liep over de steile rotshelling langs het riviertje. Naarmate de hoogte toenam, werd de vallei smaller, de bergwanden kwamen steeds dichter bij elkaar, tot ze elkaar bijna raakten. Er werd gezegd dat die rotsen een mysterieuze substantie uitwasemden, een soort gif of negatieve aantrekkingskracht, waardoor je op een gegeven moment niet meer normaal kon denken, waardoor je bloed en je cellen verzadigd raakten, waardoor je werd aangespoord hoger te gaan, bij hen te komen. Er werd gezegd dat er daarom zo veel mensen van de duizelingwekkend hoge Ponte della Pistolesa af sprongen, of van een rotspunt boven de rivieren de Cervo, de Sessera of de Mosso. Het was een kwestie van zwaartekracht, van chemie, van onbedwingbare, naamloze natuurkracht.

Voor Andrea was Marina ook zo'n soort rots.

Ze reden door Balma, Campiglia Cervo, Rosazza; de verkeerslichten knipperden in de lege nacht. Piedicavallo lag daarboven, verscholen achter de laatste bocht, waar een eind kwam aan de wegen, de communicatiemogelijkheden, de elektriciteitsdraden, en waar de verweidingspaden begonnen. Het dorp heette Piedicavallo, omdat je daar nog maar twee dingen kon kiezen, net als in het werk *Of/Of* van Kierkegaard: of je ging te voet verder, *a piedi*, of te paard, *a cavallo*. Er begon daar een rotsachtige, ongerepte wereld, even vijandig als de Coyote Mountains in Pima County, Arizona. Een grens als een loodrechte muur met uitzicht op het niets.

Maar ook het niets werd bewoond: door kalkhoudende wanden, beekjes verscholen tussen de varens, mossen, wit opduikend edelweiss tussen de rotsspleten. Het was de wereld waartoe het hert van nature behoorde, waartoe Andrea wilde behoren.

Hij parkeerde aan het begin van het dorp, tegenover een familiehotelletje. Even later kwamen ook de andere twee aanrijden. Toen ze de motor afzetten, bezorgde de stilte hun de rillingen.

Ze stapten uit.

'Waarom wou je helemaal naar Piedicavallo?'

Andrea gaf geen antwoord.

Even verderop was een fonteintje van rotsblokken – het geklater verscheurde het oppervlak van de nacht – en op dat punt begon een onverhard pad omhoog langs een steile helling met beukenbossen en kastanjes.

'Die kant op,' zei Andrea, wijzend naar de spleet in het duister.

Om hen heen het slapende dorp, als een verzameling graven.

Sebastiano en Luca maakten de kofferbak open en trokken

het zeildoek weg. Er steeg een ondraaglijke stank op van uit- werpselen, wild en dood. Ze pakten het hert bij zijn poten en merkten dat het koud was, en stijf.

Ze merkten ook dat ze er onmogelijk beweging in konden krijgen.

'Jij bent gek,' zei Luca, 'kom eens voelen hoe zwaar het is.'

Andrea liep naar het dier toe. Hij zag het vreemd onbeweeg- lijk in de lichtbundel van een straatlantaarn. De dood had zijn hoornvlies aangetast. Zijn ogen waren nu droog en grauw, als vuil glas. Zijn snuit was nu enkel nog een ding: ijskoud, lang- werpig, door de afwezigheid van tijd gefixeerd in een definitieve uitdrukking van verbijstering. Maar er schuilde ook iets van overgave in die ietwat openhangende kaken, in die wijde, don- kere neusgaten; iets waardoor het een onverklaarbare schoon- heid kreeg.

Andrea zakte door zijn knieën, schoof zijn armen onder de gehavende buik van het hert, voelde de ijzige vacht, het gestolde bloed, en zei: 'Jullie trekken aan zijn poten en dan probeer ik het van hieruit omhoog te krijgen.'

Alle agressie die ze de zondag daarvoor hadden geuit, was nu uit hun handen verdwenen. De dood verlangde respect, en angst. De kou en de zwaarte van dat lijf dwongen dat af. Ze pro- beerden het beest eerst voorzichtig op te tillen, in een bijna ge- wijde stilte, maar het kostte ontzettend veel moeite, het was zo'n enorme inspanning dat ze meteen begonnen te schreeuwen en te kreunen.

Alleen al om het hert uit de kofferbak te krijgen moesten ze met z'n drieën alles op alles zetten. Het donderde als een rots- blok op het asfalt. Alsof de dood het, in plaats van het zijn be- staan te ontnemen, juist des te groter had gemaakt.

Sebastiano ging op de stoep zitten. 'En jij wou Kadaffi hele- maal daar naar boven slepen?' hijgde hij, wijzend naar het pad. 'Ik was niet van plan om dood te gaan aan een hartaanval.'

'Ik wil hem begraven,' zei Andrea, 'en wel hier.'

Hij zei het alsof het een persoonlijke kwestie was. En dat was het ook.

Luca schudde zijn hoofd en pakte het dier bij zijn gewei: 'Kom, opschieten, ik moet om zeven uur naar m'n werk.'

De paar meter naar het fonteintje kostten hun al een kwartier. Ze werden bleek, en vervolgens paars. Ze probeerden zo min mogelijk lawaai te maken om geen aandacht te trekken, maar af en toe lieten ze zich een jezuschristus of een tering ontvallen.

Toen ze op het punt stonden het ezelpad omhoog te nemen, liet Sebastiano het kadaver woedend vallen: 'Kadaffi, je kunt wat mij betreft de pot op, jij en je familie erbij!'

Andrea was kapot, doorweekt, knalrood, maar hij wilde het niet opgeven. 'Kom op,' gromde hij, 'help me!'

'Zie je dan niet hoe steil dat is? Denk toch eens na!'

Maar Andrea dacht niet na, dat was hij helemaal niet van plan.

Ze hadden geen andere keus dan het karkas weer vast te pakken en het over de grond te slepen, bergopwaarts, botsend tegen de laaghangende boomtakken. Ze drongen het bos in. Stikdonker was het er. Het was een onzinnige onderneming, ze vloekten opnieuw. Ze deden er meer dan anderhalf uur over om honderd, misschien tweehonderd meter omhoog te sjouwen met die zware last die zelfs nu hij dood was nog weerstand bood en met zijn gewei achter de rotsen bleef haken.

Ze bereikten een grote beukenboom. Andrea zei dat het daar goed was, en ze ploften alle drie hijgend op de grond neer, nat van het zweet. Ze hadden geen schop, geen schoffel. Het enige wat ze konden doen was het restant van het beest toedekken met bladeren, takken en stenen. Het was donker in het beukenbos, alleen het zwakke licht van de sterren scheen er. Af en toe scharrelde er iets door de struiken, of misschien was het alleen maar de wind.

Toen ze klaar waren, kwam de zon al bijna op. 'Vaarwel, Kadaffi,' zei Sebastiano, 'je hebt me mijn auto, mijn armen en mijn kop gekost... Maar rust nu in vrede en vergeef ons dat we je hebben doodgereden.'

Terwijl de andere twee uitgeput zaten te roken, liep Andrea naar de rand van de kloof om te kijken naar het dorp waar Marina woonde.

Hij probeerde te raden onder welk dak ze lag te slapen. De huizen waren dichtgetimmerd, de tuinen verwaarloosd. Hij hoefde haar niet eens te zoeken nu. Hij hoefde niet eens aan haar te denken, over haar te fantaseren, haar aan te raken. Hij had er genoeg aan om op dezelfde plek te bestaan als zij. Te zijn waar zij was. Zo dichtbij mogelijk. Zo stil mogelijk. Nog negen uur, nog maar negen uur.

En hij had haar dit hert gebracht, als een offer. Hij had het naar haar toe gebracht. Net als een kat die terugkeert van de jacht met een doodgebeten hagedis in zijn bek, en die dan voor je voeten neerlegt.

Er klonk een kraaiende haan ergens bij een boerderij, een geritsel van bladeren die begonnen te verkleuren en te verdorren. Het hert rustte onder een hoop aarde, zonder kruis, als een onbekende soldaat.

8

De dag van de brand

Woensdagmiddag om drie uur lag de hele bergketen in een witte, zilveren glinstering.

De Mucrone, de Barone, de tweelingtoppen van de kleine en
de grote Mologne en de Bo, de meest majestueuze van allemaal,
leken door het licht te zijn uitgehouwen. De zon hakte erin,
verbrijzelde ze. De bewolking die door de wind werd voortgestuwd, wierp bewegende, wisselvallige schaduwen tussen de
rotswanden, zwarte grotten, dieptes van naaldbossen. Als een
starre familie van steen torenden de bergen uit boven de even
stille levens die zich daarbeneden bevonden, verschanst in de
steile plooien van de vallei.

Paola zat op een barkruk bij Bar Sirena en bekeek met betraande ogen het mobieltje dat ze van haar dochter had gekregen. D'n Giangi zat erbij zonder iets te zeggen, hij keek naar haar
alsof ze het meest fragiele wezentje op aarde was, en streelde
haar zachtjes. Eveneens in Andorno, een paar straten verderop,
opgesloten in zijn werkkamer van walnoot en bruyèrehout, pijnigde advocaat Caucino zich met het idee dat zijn zoon – niet
die succesvolle, die andere – misschien werkelijk in staat was
een misdrijf te begaan; en op de verdieping onder hem vroeg
zijn vrouw zich hetzelfde af, terwijl ze de ingrediënten voor
banketbakkersroom in de kom van haar Bimby-keukenmachi-

ne deed. Nog verder in de vallei, voor het hek van basisschool San Paolo, stond Sebastiano stil te kijken met de weemoedige blik die gekken en gestoorden weleens hebben. Vanuit de verte staarde hij door de tralies naar een groepje leerlingen in blauwe schortjes dat op het veldje van de school aan het voetballen was; bij dat groepje was ook Mathias. Het net van het doel bewoog in de lichte bries, de bal knalde tegen de lat. De kreten van de kinderen bleven langdurig in de lucht hangen en weergalmden op grote afstand. En Sebastiano stond daar maar, hij zou hem willen roepen, maar zijn stem stokte in zijn keel. Luca lag languit onder een Polo in een garage tussen Oneglie en Sagliano. Geconcentreerd draaide hij de schroeven van een uitlaat los, terwijl hij via zijn koptelefoon luisterde naar het nieuwste album van Lagwagon om het gefoeter van zijn collega niet te hoeven horen. Weer ietsje hoger, in Piedicavallo, was Elsa in de tuin gaan zitten, tussen twee hortensia's, in de laatste warmte van de zomer. Ze zat op haar bankje zoals de vroegere vrouwen uit de vallei, in gedachten verzonken. Af en toe sloeg ze haar boek weer open op bladzijde 11 en las ze: '*Nutteloos is al wat men beweert./ Iemand onderwijzen is verkeerd.*' Steeds dezelfde twee regels uit hetzelfde gedicht die ze eindeloos herhaalde, urenlang, onder die eindeloos hoge, verre hemel. In een illegale goktent net voorbij Carisio – een rookruimte die niets weg had van Monte Carlo – zette Raimondo Bellezza een stapel fiches op nummer 36, zorgvuldig plaatste hij ze op het groene kleedje terwijl Nadia was teruggegaan naar het hotel nadat ze vierentwintig uur achter elkaar hadden zitten gokken.

Iedereen zweeg, in zijn eigen hoekje van de wereld. Want er viel niets te zeggen, niets te antwoorden aan het leven dat ze leidden.

Marina tilde in sportschool Pettinengo Gym, in de Via Pettinengo in Pavignano, de halter op en keek naar zichzelf in de spiegel: de gespannen beenspieren, het gewicht verdeeld over haar schouders, de kracht die haar lichaam uitstraalde bij alle moeite die het deed om in evenwicht te blijven terwijl zij eerst haar ene en vervolgens haar andere knie belastte; alleen was ze op dit moment niet blij en niet tevreden over zichzelf. Ze was nog steeds hier in een of andere loods in de provincie, tussen tientallen jaren oude apparaten, zonder publiek, zonder schijnwerpers.

En op een heel andere hoogte, op de zonnige vlakte voor het Burcinapark, stond Andrea vergeefs op haar te wachten, met het hart in de keel, turend naar de weg en dan weer naar de toppen van de Mucrone, de Barone, de twee Molognes en de Bo. In zijn hoofd herhaalde hij de namen van de bergen die zijn grootvader hem als klein jongetje voorgezegd had; dan wees hij naar de toppen en dreunde de namen als een kinderrijmpje op. Andrea smeekte de bergen om haar terug te brengen, om hem haar terug te geven, al was het maar voor een dag, al was het maar voor een uurtje.

Aan de andere kant van de oceaan, in Arizona, was het zes uur 's ochtends en zat de zon nog verstopt in het oosten, uit het zicht van de tufsteenformaties en de woestijn.

Hij snapte niet hoe ze hem zoiets kon aandoen.

Hij had zich geschoren, hij had zowel zijn spijkerbroek als zijn overhemd gestreken. Die nacht had hij geen oog dichtgedaan, en de hele ochtend in de bibliotheek had hij geen enkel boek kunnen vinden waar de mensen om kwamen vragen.

Er waren al meer dan twintig minuten verstreken; het was nu wel duidelijk dat ze niet meer zou komen. Om hem heen viel het zonlicht op stukken vlak terrein, steile wanden van kalkrots, moreneformaties of gletsjerafzettingen die in duizenden jaren waren gevormd. En nu, in deze fragiele tijdspanne, stond hij hier, onbeweeglijk voor het hek van het park; zwetend tuurde hij de verlaten weg af, keek op zijn horloge, voelde de woede in zijn bloed kolken, maar ondanks alles kon hij niet besluiten om weg te gaan.

Dat zou hij eigenlijk moeten doen: instappen en er niet meer aan denken. Net zoals het hem de afgelopen drie jaar gelukt was; net zoals hij destijds had overleefd, zou hij nu doorgaan met overleven. Met andere vrouwen, met wie hij uit puur instinct, uit pure wrok naar bed zou gaan, zonder ze ooit de dag erna nog op te bellen. Misschien zou hij ook wel een postkantoor kunnen overvallen, een van die kleintjes die nog open waren in de gehuchten boven de Sessera of de Mosso. Hij had nu toch niets meer te verliezen. Hij had zich als een sukkel laten beetnemen.

Zijn Punto stond daarbeneden, dwars geparkeerd aan het eind van het lege parkeerterrein. Andrea friemelde voortdurend aan de kraag van zijn overhemd, aan de gesp van zijn riem. Toen zij het had uitgemaakt, in 2009, had hij het niet opgegeven. Hij had zijn studie, zijn scriptie, de universiteit laten schieten, en een baantje gevonden dat niks voor hem was. Hij antwoordde niet meer op de mails van zijn broer, soms had hij ze zelfs ongelezen verwijderd. Hij was uit huis gegaan, was op zichzelf gaan wonen op een zolderkamer die niet zou misstaan in Dostojevski's *Misdaad en straf*. Hij had zijn leven verknald, maar hij had het niet opgegeven.

Hij was een man van de vallei. Zo iemand die jarenlang kan zwijgen, in volmaakte eenzaamheid, en hardnekkig op dezelfde plek kan blijven, geobsedeerd door dezelfde gedachte, met gebogen hoofd en roerloze blik, precies zoals een berg.

Zo zou hij eeuwig door kunnen gaan, daar was hij sterk genoeg voor.

Het was vijf voor halfvier. Waarom stond hij nu nog steeds op haar te wachten en greep hij zich vast aan dat iele sprankje hoop dat er ineens een auto om die bocht daar zou komen en dat zij dan achter het stuur zou zitten? Omdat hij haar trouw was gebleven.

Hij had uitentreuren gefantaseerd dat hij haar zou tegenkomen, dat hij haar bij haar arm zou pakken en zou zeggen: *Nu ga jij met mij mee, pak al je spullen, opschieten. En weet dat je daar bijna niks nodig zult hebben, waar wij naartoe gaan.*

Zij was de enige die met hem mee zou kunnen gaan in zijn plannen, de enige met wie hij ze zou willen delen. Hij kende de diepste zielenroerselen van Marina, ook de meest duistere, tenminste, dat dacht hij.

Hij was ervan overtuigd dat er onder al haar zwakheden en haar simpele dromen een stoere vrouw schuilde die in staat was een huishouden te runnen, kinderen groot te brengen, hem te helpen door voor dag en dauw op te staan en om zeven uur 's avonds te gaan slapen in een kamer zonder verwarming, die aan zijn zijde stond, naast hem ademde en hem vroeg haar opnieuw zwanger te maken.

Hij zou dat geld bij elkaar krijgen. Hij zou alles weten te trotseren, ja, ook in zijn eentje. Hij zou het van 's ochtends tot 's avonds kunnen volhouden, van mei tot september, zonder met iemand te praten, zonder haar te kunnen aanraken, starend naar de eindeloze hemel boven de top van de Monte Cucco. Zonder stroom, zonder mobiele telefoon, zonder televisie. Hij zou het redden, het zou hem hoe dan ook lukken. Maar hoe kun je op die manier leven zonder vrouw? En hij wilde niet zomaar een vrouw, hij wilde haar. Alleen haar.

Stap in die auto, zei hij tegen zichzelf, maak dat je wegkomt, alsjeblieft.

Maar hij bleef staan, zonder zich te verroeren.

Marina ging op het bankje liggen, ze begon aan haar buikspieroefeningen. Een, twee, drie, tot de twintig. Ze was uiterlijk kalm. Even rustte ze uit, en toen begon ze aan de tweede reeks.

De sportschool was bijna leeg op dit tijdstip. Af en toe liep er iemand langs haar heen, een bodybuilder van middelbare leeftijd of een strakke leeftijdgenoot in een T-shirt van Metallica. Ze waagden zich aan een complimentje, probeerden een praatje aan te knopen. Maar zij bleef teruggetrokken in haar schulp, zwijgend tot twintig tellend, druk bezig om haar derde reeks buikspieroefeningen af te maken; om er niet aan te denken wat voor dag het vandaag was.

Ze keek op naar de klok aan de muur: het was vijf voor half-vier. Het is vijf voor halfvier, dacht ze. Ze liep naar het apparaat voor de beenspieren. Ze legde haar handdoek op de zitting. Ze stak het pinnetje op zestig kilo en stopte haar losgeraakte haarlokken weer in haar paardenstaart. Het was een kwestie van consequent zijn, meer niet. Je moet je eigen beslissingen respecteren. Verplichtingen die je bent aangegaan, moet je volbrengen. Alleen zo kun je oorlogen winnen: met volharding, met opoffering. De wandhoge spiegel gaf duidelijk weer hoe alleen ze was.

Ze staarde naar de staven van tien kilo die boven op elkaar lagen, maar ze ging niet zitten. Ze begon niet aan de oefening. De gymleraar had een keer tegen haar gezegd: 'Jij bent te competitief, Bellezza, je hoeft niet altijd te winnen.' Maar ze moest wel altijd winnen. Nu gluurde ze naar haar spiegelbeeld, en vervolgens naar de secondewijzer die zijn rondje draaide. Ze nam de tijd, en de tijd verstreek. Vier voor halfvier.

Ze ging zitten en begon aan de oefeningen. Ze tilde het gewicht op door haar beenspieren aan te spannen. Ze liet het weer zakken. Dat deed ze een, twee, drie keer, terwijl ze oplette dat ze ademhaalde met haar buik, dat ze haar rug niet forceerde. Het was van essentieel belang om niet alleen beter te zijn dan de rest, maar ook mooier. En vooral ook sterker.

En hoe meer ze zich inspande, hoe meer ze haar best deed om alleen aan de oefening te denken, aan het concert van 6 oktober, aan haar doel om de winnares te worden in die tv-show en hier weg te gaan, hoe meer ze zich realiseerde dat ze het niet aankon, dat het te zwaar was, dat Andrea misschien juist op dat moment wegging. Daarop bezwoer ze zichzelf: hou op, concentreer je op de oefening, Marina. Maar de controle over haar spieren ontsnapte haar, haar gedachten ontsnapten haar. Andrea boog zich over haar heen zoals hij die eerste keer bij Oropa had gedaan, hij stak zijn hand uit om de centrale deurvergrendeling van de auto in te drukken, hij zei zachtjes: 'Ik zweer dat ik je nooit pijn zal doen.'

Bij de vierde buiging hield ze het niet meer, en het gewicht denderde met veel kabaal omlaag. Kutzooi, zei ze bij zichzelf. Ze greep haar handdoek en rende weg.

Als een wervelwind holde ze de kleedkamer binnen. Daar waren net twee vrouwen van middelbare leeftijd bezig zich aan te kleden. Marina stormde dwars tussen hen door, trok haar kleren uit en liet ze op de grond vallen. Ze sprong onder de douche. Toen ze de kraan opendraaide, was het water ijskoud, maar dat kon haar niet schelen; ze kon niet wachten tot het warm werd. Ze waste zich vlug vlug, even afspoelen en klaar.

Het was sowieso al een hopeloze onderneming, om halfvier. Vliegensvlug droogde ze zich af. Haar natte haren hingen druipend op haar rug. Zeker weten dat hij al weg was, en nu zou hij haar natuurlijk nooit meer willen zien. En zij had niet eens zijn nummer om... Om wat? Om hem te bellen? Om hem te zeggen: Wacht op me, alsjeblieft? Ze bleef midden in de kleedruimte staan, in haar blootje. Ze zei bij zichzelf: waar ben je goddomme mee bezig, Marina?

Ze trok het strakke jurkje aan dat ze had meegenomen – ja, waarom heb je dat eigenlijk meegenomen? Vertel op. Voor alle zekerheid, natuurlijk... –, ze deed niet eens haar beha aan. Ze zocht haar slipje en haar kousen. Ze trok haar pumps met torenhoge hakken aan, terwijl ze de rest bijeenraapte en in haar tas propte. Het was vijf over halfvier. Ze maakte zich op met slordige halen van haar lippenstift over haar mond, van het zwarte potlood scheef langs haar ogen. Ze besmeerde haar wimpers met mascara terwijl ze haar tas en haar jas al over haar schouder had hangen.

Het was te laat. Hij zou nooit zo lang op haar blijven wachten. Maar waarom deed ze dit dan? Ze had toch juist besloten dat ze niet zou gaan? Ze had zich vast voorgenomen dat ze absoluut niet zou bezwijken, om wat voor reden dan ook.

Met een kop als vuur verliet ze de sportschool, terwijl een van haar pumps loszat en haar sporttas onhandig om haar schouder hing. Ze stapte in haar auto, zette hem in de achteruit, raakte de bumper van de auto achter haar. Ze scheurde in de vierde versnelling de provinciale weg op zonder haar gordel om te doen en bleef intussen hardop tegen zichzelf herhalen: waar ben je mee bezig, Marina? Ze botste bijna tegen een vrachtwagen die stilstond voor het verkeerslicht, haalde hem in en reed door rood.

Ze was een kutwijf. Ze was het grootste kutwijf dat hij ooit had gekend, verwend, onvolwassen, egoïstisch en egocentrisch. En wat was ze nou eigenlijk van plan? Om zich te verkopen in dat kloteprogramma, om overal haar kont te showen? Had ze hem daarvoor laten zitten? Andrea was woest.

Hoe heette die show ook alweer, *Cinderella* nogwat? Hij bedacht weer hoe ze erbij had gelopen op het feest van Camandona, op dat aftandse podium, zich aanstellend als de Britney Spears van Biella. Het bloed steeg hem naar het hoofd. Zag ze dan niet in wat voor wereld ze leefden? Dat alles was afgelopen? Dat de mensen weer in de bergen kwamen wonen omdat er geen geld meer was, dat de benzineprijzen de pan uit rezen? Las ze dan geen kranten, zag ze dan niet de borden met TOTALE LEEGVERKOOP? Brandhout, dat hadden de mensen nodig. Een revolutie. Godweet door hoeveel kerels ze zich had laten neuken, die slet.

Ja, ze was echt afgezonken. Ze was veranderd in de zoveelste lachwekkende tv-babe van dit dode land. Hij werd misselijk als hij eraan dacht. Maar het was allemaal zijn eigen schuld. Hij was degene die haar had verheerlijkt, die haar de afgelopen jaren in zijn hoofd had omgevormd tot iemand die niet bestond. Hij was pisnijdig. Wat haatte hij haar. Hoe had hij kunnen denken dat zij in wezen ook altijd op hem had gewacht?

Het park strekte zich met een oppervlakte van zestig hectare over de hele Burcinaheuvel uit. Het was er prachtig, mysterieus, echt iets voor kinderen, ze waren er allebei meerdere keren geweest met uitstapjes van school, en daarom had hij hiervoor gekozen. Maar Marina had zo'n ongerept oord niet verdiend, ze verdiende helemaal niets. Nog niet van plan om zwakker te worden en zich terug te trekken, zette het zonlicht de omtrekken van de eeuwenoude eiken, de rode beuken, de berkenbomen die ruisten in de wind, onvermoeibaar in een vurige gloed op deze middag aan het eind van de zomer, de laatste voordat de kou inviel.

Het was kwart voor vier, en Andrea besloot dat het welletjes was.

Hij liep naar de auto, zijn gezicht stond op onweer. Hij kon zich niet herinneren dat hij haar ooit zo had gehaat. Het was haar verdiende loon om zo te eindigen: halve naaktfoto's van zichzelf makend die ze vervolgens op Facebook zette, Rihanna na-apend, kwelend als een spaghetti-wannabe op de lokale tv. Godweet met hoeveel man ze het gedaan had, door wie ze zich allemaal had laten uitkleden. Hij kon er niet aan denken zonder te kokhalzen, en daarom – alleen om zichzelf te kwellen – dacht hij er extra intensief aan. Hij zwoer zichzelf dat hij niet eens meer haar naam zou noemen, nooit meer, nog geen seconde.

Hij pakte de sleutels van de Punto, opende het portier. Dat idiote overhemd dat hij had aangetrokken, die spijkerbroek van Calvin Klein die hij twee jaar geleden met kerst van zijn moeder had gekregen en tot vandaag nooit had gedragen.

Ik zweer je dat ik er genoeg van heb, zei hij bij zichzelf, ik zweer je dat ik helemaal klaar ben met jou.

Hij stapte in, draaide de sleutel om in het contact, en op dat moment hoorde hij een auto op volle snelheid het parkeerterrein op rijden. Hij keek op. Zijn benen trilden. Het was een groene Peugeot 206 cabrio die met piepende banden over het betonnen wegdek scheurde. Hij zag de auto zo hard aan komen rijden dat hij voor hetzelfde geld vol tegen hem aan kon knallen. Maar hij remde net op tijd.

De wielen slipten nog een paar meter door. Door de voorruit werd nu haar profiel zichtbaar, wazig in het felle licht.

Marina stapte uit. Ze droeg alleen een strak zwart jurkje, dat ter hoogte van haar dijen iets was opgekropen, je kon het kant van haar hold-upkousen gewoon zien. Ze was slordig opgemaakt, ze had nat haar, misschien droeg ze geen beha. Bij de motorkap van haar Peugeot was ze blijven staan. Met een strenge uitdrukking, een uitdagende blik.

Ze was een kutwijf. Nu voelde Andrea niet alleen zijn benen trillen, maar ook zijn handen, zijn hart.

Marina verroerde zich niet. Ze stond daar als aan de grond genageld, op vijf, zes meter van hem af, en staarde hem zonder iets te zeggen aan. Andrea was niet in staat iets anders te doen dan daar te blijven zitten, in zijn auto. Hij beantwoordde haar blik, vol wrok. Drie kwartier te laat is overdreven. Hij wist nu vrijwel zeker wat hij zou moeten doen. Wat hij hoorde te doen: starten en wegrijden. Maar hij zwaaide het portier open en stapte uit.

Hij zette een paar stappen en bleef toen ook staan.

Ze hadden elkaar drie jaar niet gezien, niet gesproken, niet aangeraakt.

En nu stonden ze hier tegenover elkaar, midden op een verlaten parkeerterrein, auto's dwars neergezet, met om hen heen enkel weilanden, en sparren, en zwermen vogels in de lucht, en bergen zo hoog dat ze in de hemel leken te snijden.

Ze was veranderd, heel duidelijk. Vroeger zou ze zich nooit

zo hebben gekleed. Haar haren plakten aan haar wangen en ze bleef hardnekkig zwijgen. Ze had hem bedrogen, naar alle waarschijnlijkheid. Andrea zou haar daarvoor wel willen vermoorden. Hij zou er nooit toe in staat zijn, maar de gedachte kwam wel in hem op. Ze had de macht om een ongekende agressie bij hem op te roepen.

Maar nee, ze was het niet waard. Ga jij maar lekker je *Cinderella Rock* doen, ga maar gauw.

Andrea zei geen woord. Hij keek haar strak aan, meedogenloos. Toen draaide hij zich om, legde zijn hand op de klink, maakte aanstalten om het portier te openen en te vertrekken. Marina had zich geen centimeter verroerd en bleef naar hem staan kijken, in stilzwijgen. Een oorverdovend stilzwijgen.

Ze was toch nog gekomen. Ze was echt gekomen. Andrea opende het portier, wilde instappen. Maar in plaats daarvan sloeg hij het weer dicht.

Hij liep snel op haar af, hij rende bijna. En zij zette geen stap naar voren, maar ook niet naar achteren. Ze straalde alleen maar haar macht uit, als een granietblok in de vallei. Hij kwam bij haar. Ze stond nu zo dicht bij hem dat hij haar van alles aan zou kunnen doen. Ze droeg een heel dun niemendalletje dat elke ronding van haar lichaam prijsgaf.

Nutteloos is al wat men beweert./ Iemand onderwijzen is verkeerd. Twee dichtregels van Mandelstam die op dat moment door zijn hoofd schoten, tegelijk met talloze andere verre, overbodige gedachten, zoals naar verluidt ook gebeurt bij mensen die van de honderdtweeënvijftig meter hoge Ponte della Pistolesa af springen. Hij greep haar arm zo stevig vast dat hij haar pijn deed.

Marina stribbelde niet tegen. Ze ademde alleen maar. En ze keek hem nu aan, bijna toegeeflijk, alsof hij een koppig kind was dat ze bij de hand moest nemen. Haar gezicht ontspande, en ze schonk hem haar onschuldige, funeste glimlach. Haar ogen waren zo helder dat ze de wereld om hen heen weerspiegelden.

Hij nam haar in zijn armen. Hij voelde hoe ze zich tegen hem aan klemde. En hij zocht haar mond. Hij kuste haar met alle woede die hij in zijn lijf had. In een herhaling, alleen nog onvolwassener en gretiger van hun allereerste kus, die kus van negen jaar eerder in die besneeuwde kom van het Prato delle Oche, toen ze nog jong en onwetend waren.

Terwijl ze nu volwassen waren.

Hij schoof haar jurkje omhoog, liet al zoenend zijn hand langs haar ruggengraat glijden. Er bestond geen andere plek, geen ander lichaam. Hij zou wel kunnen huilen op dit moment. Hij zou dingen tegen haar kunnen zeggen waar heel veel waarheid in schuilde en waar hij achteraf misschien spijt van zou krijgen, als hij tenminste in staat zou zijn de stem en de woorden die hij in boeken las te gebruiken. Maar het echte leven is iets heel anders.

Hij voelde haar ademen in zijn mond, met haar handen om zijn nek, en hij was zo ontzettend dankbaar voor dit moment, zo opgewonden en vol overgave. Toen maakte zij zich los van zijn mond, ze aaide hem over zijn wang met de tederheid en de verbazing waarmee een moeder naar haar kind kijkt. Met een ondeugend gebaar duwde ze hem van zich af, alsof ze een spelletje deed.

'Hoe vond je het laatst, tijdens mijn optreden?' vroeg ze lachend. 'Niet slecht, hè? Zeg eens eerlijk.'

Ze zette een paar stappen naar achteren. Ze liet zich een paar tellen bekijken, halfnaakt in het septemberlicht. Toen trok ze een afgezakte kous op tot boven haar knie.

Die verwijdering deed hem pijn.

Maar wat hem vooral pijn deed, meer dan wat ook, was de vraag die ze had gesteld.

Hij bespeurde een brandend gevoel achter zijn oren, zo hevig dat hij een waas voor zijn ogen kreeg en het gevoel had dat hij wankelde. Dat overkwam hem altijd wanneer zijn verlangen ineens in de kiem werd gesmoord, of wanneer hij te snel boven water kwam na een hoge duik. Talloze keren had Andrea dat gevoel al gehad. De exacte benaming was *frustratie*. Als kind was het altijd traumatisch voor hem geweest wanneer hij omhoogzwom in het ijskoude water van de Cervo. Een deel van hem had het liefst voorgoed onder water willen blijven.

Marina trok haar jurkje en haar kousen recht. Heel bedaard. Met een bijna wrede traagheid, beladen met een infantiel exhibitionisme dat hem een steek in zijn hart bezorgde en hem tegelijkertijd van zijn stuk bracht. Waarom moest ze zo veel tijd nemen voor een stukje kant of een gespje aan haar pumps? Spuuglelijke pumps, bezaaid met goedkope nepdiamantjes, zo opzichtig dat het hem bijna vertederde. Dingen die je bij een marktkraam zag liggen, *made in China*, waar zijn moeder zich al voor geneerde als ze er alleen maar langs liep. En juist daarom had hij ze altijd wel mooi gevonden, mooi van kitscherigheid. Nu dus ook.

Hij slikte en zei: 'Ik bedacht dat ik je "Dreams" heb laten luisteren, de eerste keer.'

Marina boog zich over een van de zijspiegels van haar auto en veegde de lippenstift van haar kin.

'O ja?' zei ze. 'Daar weet ik niks meer van.'

Haar haren waren nog half nat, haar mascara was uitgelopen en haar woorden verpestten alles.

'Ik heb pijn aan mijn knie,' zei ze, terwijl ze over haar been wreef. 'Ik heb geloof ik iets te hard getraind.'

Hardop uitgesproken woorden, bedacht Andrea, waren nooit zoals de woorden die in stilte blijven, in een staat van louter intentie, in je hoofd. Het was alsof woorden, wanneer ze eenmaal realiteit werden, met anderen werden gedeeld, ineenstortten en een heel andere betekenis kregen, in hun tegendeel veranderden, en of hun uitgestrekte innerlijke wereld verschrompelde.

'Je hebt nog niet gezegd wat je ervan vond,' zei Marina met een glimlach. Ze werkte haar make-up bij zoals je soms in Amerikaanse films zag, waarin de hoofdrolspeelsters altijd beeldschoon zijn, ongrijpbaar en in beslag genomen door nutteloze bezigheden. 'Je hebt nog niet gezegd of je mijn optreden goed vond of niet...'

Of hij haar optreden goed vond. Dat was het enige wat haar interesseerde.

Op dat moment begreep Andrea wat daar zo brandde bij zijn slapen, en verder omlaag, bij zijn nek, bij zijn lendenen. Hij kon niet anders dan het begrijpen.

Het was een herinnering. Juni 2006.

Sporthal. Eindejaarsuitvoering.

Die middag was Ermanno er ook, hij zat op de tribune tegenover de zijne. Hij had destijds verkering met een turnkampioene, regionaal of landelijk, dat wist Andrea niet meer precies. Alle jongens uit Biella zaten op die tribunes, en ook uit de dorpen en de omliggende valleien, want er zou worden opgetreden door alle mogelijke meisjes tussen de veertien en negentien jaar, en die zag je maar zelden zo euforisch en schaars gekleed als bij de eindejaarsuitvoering.

Ze begonnen altijd met ritmische gymnastiek, en met een halfuur vertraging.

Hele hordes ouders zaten er opeengepakt de naam van hun dochter te schreeuwen en zwaaiden te midden van het gedrang met aanmoedigende spandoeken: MARTA JE BENT ONZE HELD, HEEL OCCHIEPPO IS TROTS OP JE, LUCIA 4EVER.

Op een gegeven moment was Andrea even gaan roken buiten, nog voordat de gemeenteambtenaar voor jeugdzaken zijn openingstoespraak hield. Buiten had hij een paar leeftijdgenoten getroffen, jongens uit Andorno die bij Bar Sirena bijeenkwamen om te kaarten, nog helemaal opgetogen over het doelpunt van Inzaghi in de zevenentachtigste minuut de avond ervoor.

Italië-Tsjechië, 2-0: hij herinnerde zich de uitslag nog, want het was de laatste wedstrijd die hij samen met zijn opa had kunnen kijken, terwijl hij naast hem op bed zat, voordat zijn opa ineens achteruit was gegaan en met spoed naar het ziekenhuis was gebracht. Maar dat was niet wat hij zich wilde herinneren.

Hij was met niemand blijven praten, al helemaal niet over voetbal. In plaats daarvan stond hij in zijn eentje te roken. Hij wachtte. Af en toe ging hij weer naar binnen om te kijken hoe het ervoor stond met de uitvoering: nu was het de beurt aan de danscursussen. Klassiek, jazz, hiphop. In zekere zin was het een groots collectief ritueel, een jaarlijkse bijeenkomst waarbij de hele bevolking op dezelfde plek samenkwam, telkens ongeveer op dezelfde dag aan het begin van de zomer, om de vrouwelijke jongeren in het zonnetje te zetten, met hun talenten, hun schoonheid.

Hij was een van de weinigen daar die al van de middelbare school af was, en daarom voelde hij zich ongemakkelijk. Het meisje van Ermanno was maar twee jaar jonger dan zijn broer, ze was al bij hen thuis geweest, aan de familie voorgesteld en al, en zijn moeder had haar hartelijk verwelkomd. Marina daarentegen was pas zestien en hij mocht niet eens haar naam noemen.

Maar voor haar was hij gekomen. Voor haar verdroeg hij dat roemloze ritueel dat de meisjes naar zijn idee op een onbewust niveau aanspoorde tot een onzinnige competitiedrang, die zich vervolgens ook verspreidde naar hun ouders en naar de verschillende sportverenigingen die altijd aasden op nieuwe aanmeldingen. Hij was vaak genoeg getuige geweest van hysterische taferelen van moeders die niet tevreden waren omdat hun dochter op de derde rij stond in plaats van vooraan, of van tienermeisjes die stonden te stampvoeten omdat hun vriendinnetje op de foto was gezet en zij niet.

Marina voelde zich volledig op haar gemak in dergelijke situaties. Ze was dol op competitie. Tijdens de eindejaarsuitvoering trad zij altijd als een van de laatsten op, als de zangverenigingen aan de beurt kwamen. En dat jaar was het voor de eerste keer haar beurt om de hele uitvoering af te sluiten, met haar vertolking van 'My Heart Will Go On'.

Ze had al een week geen oog dichtgedaan van opwinding. Het leek of alles afhing van dat lied en de manier waarop zij het zou zingen, de hele wereld, de dagelijkse wenteling van de planeet, het lot van de naties en het algemene en particuliere geluk van alle burgers.

Andrea was vreselijk nerveus die dag. Hij was zo onrustig alsof hij zelf moest zingen, en dat maakte hem woest. Want hij nam haar zenuwen over, de zenuwen van een zestienjarige, en hij rookte de ene sigaret na de andere. Hij liep voortdurend naar binnen en naar buiten, baande zich een weg door de menigte, en al die mensen bij elkaar bezorgden hem een duizelig, versuft gevoel.

Marina wilde triomferen op die 23e juni in 2006. Ze wilde iedereen laten zien dat zij de beste was: beter dan de dochter van de hoofdcommissaris, en die van de notaris, en die van de verschillende industriëlen in de omgeving. Ze wilde niet alleen in woorden de beste zijn, maar ook in daden, en wel ten overstaan van de burgemeester en de hele delegatie van het gemeentehuis. En boven alles wilde ze dat haar vader erbij zou zijn.

Dat was de opdracht die ze Andrea had gegeven; hij moest haar beneden in de kleedkamer komen waarschuwen zodra haar vader was gearriveerd. En dat zat Andrea behoorlijk dwars. Hij had zich zelden zo gebruikt, zo gestrest, zo opgelaten gevoeld. En Marina's vader kwam maar niet. Er verstreken minuten, halfuren, uren, maar niks. Andrea liep voortdurend heen en weer tussen de tribune, waar hij een blik wierp op de lege plek naast Marina's moeder, en de ingang vol kinderen die moesten huilen of die in hun broek hadden geplast, en grootouders die nauwelijks op hun benen konden staan, en jongelui die stonden te bekvechten of Iaquinta beter was dan Inzaghi en die telkens het stadionlied 'Popopopopopoopooo' aanhieven.

Maar van Raimondo Bellezza geen spoor te bekennen.

Toen had Marina gezongen, midden in een gedempte duisternis die haar beschermde tegen het publiek en tegen die lege stoel. En ze zong fantastisch, zoals alleen zij dat kon, alsof ze hiervoor was geboren, voor dit verlichte middelpunt van het podium. Ze had geen noot verkeerd gezongen, had zich alleen hier en daar een beetje in de uitspraak vergist. Maar dat maakte niet uit. Er was toch niemand die het in de gaten had. Ze was zo ongelooflijk mooi dat zelfs de baby's in hun kinderwagens erdoor verstomden, en de jaloerse moeders van de andere meisjes, en die klootzak van een burgemeester, alias advocaat Caucino.

Andrea was er op het laatst gewoon misselijk van: van dat lied en alles eromheen. En toen hij naar de kleedkamers was gegaan en haar daar had aangetroffen te midden van die horde losgeslagen pubers, van wie Marina nog het meest losgeslagen was met haar turquoise panty, haar padded beha en allemaal gouden en zilveren glitters op haar gezicht, was het eerste wat ze had gezegd, bijna aanvallend: 'Hoe vond je mijn optreden? Ik was goed, hè?' Ze had hem geen kus gegeven, ze had geen dankjewel gezegd, ze had hem niet eens aangekeken.

Vervolgens bleef ze maar vragen: 'En was mijn vader er ook? Was mijn vader er, weet je het zeker?' Maar nee, hoor, die klootzak was niet komen opdagen, die smeerlap, altijd de mond vol mooie praatjes, maar als het erop aankwam... En intussen lag zijn opa in het ziekenhuis op sterven.

Toen kon Andrea er niet meer tegen. Hij liep over van bitterheid en schaamte, hij verloor zijn geduld. Zonder iets te zeggen was hij weggelopen, hij liet haar daar gewoon staan schreeuwen tussen al die anderen: 'Ik was goed, hè? Vond je me goed? En mijn vader was er toch ook bij? Hij heeft toch ook voor me geklapt?'

Nu, zes jaar later, op dat verlaten parkeerterrein van het Burcinapark, bij hun eerste afspraakje als volwassenen sinds ze elkaar hadden liefgehad en gehaat en zo vaak uit elkaar waren gegaan dat ze de tel waren kwijtgeraakt, en na zesendertig maanden zonder enig contact, dacht Andrea met een schuldbewuste, laffe vertraging terug aan die dag en voelde hij de behoefte om het goed te maken.

'Je zong fantastisch,' zei hij.

En zij begon te stralen, zoals het meisje van vroeger.

Ze was zichtbaar gegroeid, veranderd, met dat jurkje aan en die opzichtige pumps, maar ergens in haar zat nog altijd het meisje dat ze was geweest.

Ze zei niets. Ze knikte alleen maar, als om het voor zichzelf te bevestigen: ja, ze was dus echt goed geweest.

Ze draaide zich om naar de ingang van het park en begon onhandig die kant op te lopen, terwijl haar hakken wegzakten in de spleten tussen de stenen. Andrea deed de autosleutels in zijn zak en liep kalm achter haar aan. Hij stak een sigaret op en zag haar wankelen op haar stelten, met haar halfblote rug, haar verkreukelde jurk, als een vrouw die in de vroege ochtend thuiskomt na een treurige nacht in de discotheek. Hij zag hoe ze bij het hek bleef staan, eindelijk die pumps uitdeed en blootsvoets verder liep, zonder ook maar één keer om te kijken, zonder op hem te wachten.

Zwijgend liepen ze het park in.

9

'Mijn dochter? *Neeee*, mijn dochter is een heel ander type... Een wereld van verschil. Ze doet nu een show op een digitale zender, een van die nieuwe shows die nu zo populair zijn. Het is nu heel anders dan tien jaar geleden. Gewone mensen hebben geen cent meer te makken, ze kunnen 's avonds de deur niet meer uit, leuke dingen doen... Dus wat doen ze? Ze blijven thuis en kijken tv!' Hij zei het alsof hij zojuist de laatste vakjes van een kruiswoordraadsel had ingevuld. 'Het is net zoiets als met ons, je moet de mensen geven wat ze willen: een illusie, een sprankje hoop.' Zijn gesprekgenoot zat tegenover hem met het zweet op zijn voorhoofd. 'De televisie is de toekomst, dat zeg ik je, nu meer dan ooit. En Marina heeft dat goed begrepen, want ze is echt goed, ze is volwassen, heel anders dan al die andere grietjes van haar leeftijd. Ik ben altijd naar haar optredens geweest als ze moest zingen, vanaf dat ze zo groot was.' Hij hield zijn hand ter hoogte van de tafel. 'Ik heb haar altijd aangemoedigd. Sinds ze die reclame van Aiazzone gedaan heeft, en ik heb Aiazzone persoonlijk gekend, de zoon, bedoel ik. We waren samen wezen eten, nou ja, dat is onder ons... maar hoe dan ook, ik ben altijd naar haar optredens geweest. Ik was de eerste die echt oog had voor haar talent.'

Het was niet zo dat hij loog. Hij was overtuigd van wat hij zei.

Alleen had je aan de ene kant het leven dat hij werkelijk leidde, en aan de andere kant het leven dat hij aan zichzelf en aan anderen vertelde.

De kalender achter de bar hing nog op de maand juni van het vorig jaar. De vaste bezoekers van deze tent droegen witte badstof sokken in nepleren mocassins, spijkerbroeken en vormloze sweaters, en ze draaiden zich geregeld om naar die twee gedistingeerde heren daar aan dat tafeltje, die pinda's, olijven en chips zaten te knabbelen bij hun tweede Negroni met een sinaasappelschijfje op de rand van het glas.

Ze hadden hun vrouwen losgelaten in de outlet van Vicolungo, met wat geld zodat ze zich helemaal konden uitleven in dat nepdorp van winkeltjes dat van de ene op de andere dag uit de grond was gestampt vlak bij de oprit van de snelweg. Zelf hadden ze een halfuur later een afspraak in het centrum van Biandrate. Een gemeente in de provincie Novara die zich in de maand september altijd in een vloeibare, plakkerige nevel hulde, wemelend van de muggen.

'Ik weet nog goed hoe het vroeger was, hoor. Mijn grootmoeder kwam helemaal uit het zuiden, uit Puglia. Die was in de jaren twintig vanuit Minervino Murge hier komen wonen, met haar hele familie. Mijn opa was geboren en getogen in Andorno, maar toen hij met haar trouwde, werd hij op staande voet ontslagen. Twee jaar lang kon hij geen baan krijgen, die arme drommel, omdat hij een vrouw uit het zuiden had genomen. En mijn vader, laten we het daar maar niet over hebben. Die heeft altijd gewerkt als een paard bij de Lancia, hij nam ons elk jaar mee op vakantie naar Riccione, tien dagen in pension Gisella, ik weet het nog goed... Eén ster! Eentje maar, goddomme. En ieder jaar weer was hij zo blij als een kind. We lagen met ons handdoekje op de grond op het strand, met een parasol die we zelf hadden meegenomen, omdat het te duur was om ligstoelen te huren. Ik weet het allemaal nog goed. Mijn vader geloofde er misschien zelf in, maar ik niet, hoor. Je kunt veel van me zeggen, maar ik ben niet dom. Mijn zus heeft gestudeerd, de lerarenopleiding. Ze woont nu in Rignano Flaminio, kun je nagaan. Die is net zo, als je haar met Ferragosto haar vrije dag in Cesenatico of aan het strand van Ostia maar niet afneemt, vindt ze verder alles best. Maar ik, nee, bekijk het maar, heb ik gezegd. Ik heb wel geprobeerd om zo'n leven te leiden, in het begin, ik heb wel mijn best gedaan... Maar toen zei ik: weet je wat? Ik ben hier weg, mensen. Vroeger zat Aiazzone hier nog, je had de fabrieken, de nachtclubs, er zat een hoop geld in Biella, dat weet jij beter dan ik... Maar ja, ik ben ook een halfbloed.' Hij pakte zijn glas Negroni en nam voldaan een slok. 'Ik ben een bastaard,' zei hij lachend, op te harde toon, 'dat heb ik mijn dochter meteen duidelijk gemaakt: het is in deze wereld net het Wilde Westen, schat, je moet je erin storten en een stuk voor jezelf bevechten. Niemand zal je ooit iets cadeau geven. Je moet er met hand en tand voor vechten.'

De man tegenover hem dronk niet en praatte niet. Hij zat alleen maar te knikken, af en toe, en hij zweette nog steeds. De wereld is verdeeld in mensen die praten en mensen die zwijgen. Alleen staat het gelijk altijd aan één kant. En in bepaalde milieus is het gelijk synoniem aan winst, aan geld. Geld dat Raimondo in zijn dikke portemonnee had zitten, die hij duidelijk in het zicht op tafel had gelegd, terwijl Piero het zijne juist goed had verstopt in zijn onderbroek.

De wereld is verdeeld in mensen die gezien worden en onzichtbare mensen. De grijze vrouw die als een bezetene op de knoppen van de pokermachine zat te drukken zonder ooit iets te winnen, was een onzichtbare. De Nigeriaan die dertien uur op het land had gezwoegd, die nu het briefje van 20 euro gladstreek dat hij zwart uitbetaald had gekregen voor zijn hele werkdag en die de slaperige barman om een kraslot vroeg, was een onzichtbare die nooit door iemand zou worden opgemerkt.

Raimondo en Piero daarentegen, die op hun gemak aan dat tafeltje zaten in hun krijtstreeppak van Armani, waren wel degelijk zichtbaar, en hoe.

'Kom mee naar de plee,' zei Piero, 'als je me even wilt helpen?'

Hij stond op en Raimondo liep achter hem aan.

Allebei gingen ze door de gammele deur met het opschrift TOILET, zonder zich er druk om te maken dat ze gezien werden. Want niemand van die armoedzaaiers daarbinnen zou zijn mond opendoen of zich ook maar hun gezicht willen herinneren.

Raimondo draaide de deur op slot. Piero deed zijn jasje uit, en vervolgens zijn overhemd. Hij trok zijn hemd over zijn hoofd voor de spiegel die boven de wasbak hing. Op zijn brede rug zat een prachtige afbeelding, tot in de puntjes afgewerkt, in de kleuren blauw, rood en goud.

Van zijn schouders tot aan zijn heiligbeen was elke centimeter van zijn huid bedekt met de zwarte Madonna van Oropa, die Raimondo aankeek met een uitdrukking van eindeloos mededogen en begrip, daar op de heren-wc van het enige café in Biandrate, een dorp waar slechts weinigen ooit van gehoord zouden hebben als het niet stond vermeld op het bord bij de afrit van de snelweg A4 Turijn-Venetië.

Piero kleedde zich verder uit, oppassend dat er nergens kreukels in kwamen.

'Hoe laat is het?'

'Kwart over vijf.'

Hij gaf zijn broek en zijn riem aan Raimondo, die ze over zijn arm hing, eveneens uitkijkend dat hij de stof niet kreukte.

'Goed. Dan hebben we nog tijd voordat de Coyote komt.'

Uit het elastiek van Piero's onderbroek staken twee dikke stapels bankbiljetten, een Zwitsers zakmes en een alarmpistool. Raimondo kon zijn ogen niet afhouden van die getatoeëerde Madonna op zijn rug, hij was net een vrome misdienaar die voor het eerst op het altaar staat.

'We moeten straks ook nog naar Cerrione, we krijgen nog geld van die eikel van de Zanzibar,' zei die grote, brede reus, terwijl hij over de wasbak hing om zijn oksels te wassen. 'Was jij je ook even, we mogen niet stinken. En ik weet ook niet wanneer we vannacht de kans krijgen om te gaan slapen.'

Raimondo staarde nog steeds naar het kruis dat de Madonna zo gracieus vasthield, en naar het kind dat ze als een fakkel de lucht in stak, net als het Vrijheidsbeeld. Hij stond er niet bij stil dat het nu al zover was dat ze zich op een openbaar toilet moesten wassen. De volgende dag zouden ze in een luxehotel overnachten, met minibar en alles erop en eraan. Zo werkte het nu eenmaal in deze branche, binnen vierentwintig uur van armoede naar rijkdom. Maar ook geld heeft zijn prijs. Het wil altijd iets van je terug: het verlangt je tijd, je inspanning, maar vooral ook een behoorlijk deel van je geweten.

Op een gegeven moment dacht hij aan zijn ex-vrouw, Paola. Hij had haar al bijna drie jaar niet gezien of gesproken, maar hij stuurde haar nog wel telkens een deel van het geld, ondanks alles, ondanks wat zij hem bijna had geflikt.

Hij was een man met verantwoordelijkheid, en met een groot hart. Dat was hij altijd geweest. Maar dat leven van toen, waarbij je op zondag als het mooi weer is aan de oever van de rivier de Sesia zit, met al die muggen en mieren en de koeltas volgepropt met broodjes ham en Coca-Cola, met je hengel die urenlang in het water hangt zonder dat je ooit iets vangt, en je vrouw die ligt bruin te bakken op een ligstoel uit de supermarkt en die klaagt over de hitte, en je dochtertje dat om de vijf minuten begint te janken omdat er mieren zitten... Jezus, en dat moet dan je zondag voorstellen?! Dat is dan de dag waarvoor je je de rest van de week uit de naad hebt gewerkt?! Nou nee, zo'n leven kon hij toch echt niet opbrengen.

Het lag niet aan hem, integendeel. Hij had het geprobeerd. Toen Paola hem gestrikt had door op haar zestiende zwanger te worden, was hij niet weggelopen voor zijn verantwoordelijkheden. Hij was ervoor gegaan. Maar later...

Tegenwoordig was het trouwens heel anders dan toen. Tegenwoordig hoefde je je niet meer af te beulen, maar lag je werkloos thuis op de bank en kon je goddomme al fluiten naar zo'n zondag, zo'n klotezondag aan de Sesia. En aan wie lag dat dan?

Een dochter bij de tv is iets wat je vervult met trots, een beroemde dochter die in de krant staat is iets wat bijna alles goedmaakt. Iets wat al je opofferingen zin geeft. Iets waardoor je het gevoel krijgt dat jouw opofferingen, en die van je vader, en die van je grootvader, en die van nog verder terug in de tijd toch niet voor niks zijn geweest. Uiteindelijk.

Piero was klaar met wassen. Hij droogde zich af met een rol wc-papier. Zodra de pokerzaaltjes in Italië gelegaliseerd werden, zou alles totaal anders zijn. Dan werd het allemaal veel gemakkelijker, en schoner. Raimondo vond het belangrijk om schone handen te houden, en Piero vond dat ook.

Dit hier was niet meer dan een noodzakelijk tussenstation. Dat alarmpistool alleen maar een kleine prijs die ze moesten betalen om van de ene naar de andere kant van de barrière te komen. Dat snapte de Madonna zelfs. Zij begreep dat er geen andere keus was, en ook al keurde ze het niet goed, ze had er evengoed begrip voor.

'Op 13 oktober begint de uitzending,' zei Raimondo hardop, zonder zijn blik af te wenden van de getatoeëerde icoon van de Heilige Maagd. 'Die wil ik voor geen goud missen.'

Als hij het helemaal goed wilde doen zou hij zelfs naar de studio moeten gaan, een plekje in het publiek moeten laten reserveren. Wat voor dag was 13 oktober, een zondag? Nee, een zaterdag... Maar goed, de volgende dag zouden ze in een vijfsterrenhotel slapen, met HD-tv en een minibar zo vol miniatuurflesjes whisky en Coca-Cola dat Nadia helemaal uit haar dak zou gaan als ze die zag.

'Laten we het geld tellen,' zei Piero, 'we moeten zorgen dat alles in orde is als de Coyote komt. Hoe ging het hondengevecht?'

'Goed.'

Raimondo trok de knoop van zijn stropdas iets losser, boog zich over de wasbak, draaide de kraan open en waste zijn gezicht met een plens ijskoud water, nog kouder dan dat van de Sesia.

Je kinderen blijven je kinderen, dat is gewoon zo. Hij was ervan overtuigd dat hij haar als kind had meegenomen naar het pretpark Gardaland, en dat hij met haar naar de audities was geweest voor die reclame van Aiazzone. Hij was ervan overtuigd dat hij nooit ook maar één eindejaarsuitvoering van haar had gemist. Maar nu hij aan die tv-uitzending dacht, en zijn eigen gezicht bekeek in de spiegel, druipend en ontegenzeglijk ouder geworden sinds de gouden jaren, moest hij zichzelf zwijgend toegeven, in een ogenblik van harde, pijnlijke helderheid: dit mag ik niet ook nog missen.

Ze liepen samen over het grindpad de heuvel op.

Het licht begon samen te trekken in het westen, het vormde stroompjes en lichtere poelen op de open plekken, in de amfitheaters van bomen, terwijl de getande silhouetten van de Bo en de Cresto geleidelijk aan steeds donkerder werden. Marina bleef zo nu en dan staan om haar beenspieren te rekken tegen de stam van een beukenboom, of ze ging aan een lage tak hangen en bungelde heen en weer.

'Wat doe je tegenwoordig?'

Andrea forceerde een lachje.

'Ik werk als bibliothecaris...' bekende hij aarzelend, 'in Andorno.'

Marina draaide zich geamuseerd naar hem toe. 'Dat meen je toch niet?'

Hij keek even naar haar. Afwezig las hij de bordjes met de La-

tijnse namen die bij de bomen in de grond waren gezet. PARRO-
TIA PERSICA, PRUNUS AUTUMNALIS. Toen keek hij opnieuw naar
haar, alsof hij zich ervan wilde vergewissen dat ze het echt was.

Als hij haar zo wist te betrappen, zo ongetemd en breekbaar als
op dit moment, zoals ze aarzelend en een beetje kinderlijk tussen
de donkere bomen langs het pad liep – eeuwenoude sequoia's,
hoge sparren met scherpe naalden –, was het alsof ze nooit uit elkaar waren geweest, alsof er nooit een breuk had plaatsgevonden,
en dan lukte het hem ook om geen angst te voelen.

'Je wilde toch dichter worden? Of nee, filosoof...' zei ze plage-
rig. 'O ja, en wat wilde je ook alweer nog meer worden? Wacht
even...' Wreed, liefhebbend. Ze verdween achter de stekelige
omtrek van een hulststruik en kwam een paar meter verderop
weer lachend tevoorschijn.

'Het is parttime. En het is ook niet voor altijd, gewoon voor
een paar maanden...' Andrea geneerde zich. 'De tijd die ik nodig
heb om alles geregeld te krijgen.'

'Om wat geregeld te krijgen?'

Ja, eigenlijk wilde hij het haar wel vertellen. In zijn fantasie-
en, en ook in zijn plannen, was zij de eerste die het te horen
moest krijgen. *Herinner je je Riabella nog, Mari? En dat veld vol
narcissen op de oostflank van de Monte Cucco? De koeien eten
geen narcissen, die lusten ze niet, omdat ze te bitter zijn...* Maar
het laatste beetje rationaliteit dat hem nog restte gebood hem te
zwijgen, het juiste moment af te wachten.

'Je moet niet iets vertellen voor het zeker is.'

Marina bungelde nog wat heen en weer aan de stevige tak
van een kersenboom. 'Oké,' zei ze, 'daar heb je gelijk in.' Met een
sprong belandde ze op het grind en bleef toen tussen de kiezels
naar iets zitten zoeken. Op haar knieën als een spelend kind;
druk bezig, in gedachten verzonken, in volmaakte harmonie
met de rest van de wereld. Zo zou hij haar het liefst altijd willen
zien: zonder getuigen, zonder taal.

Voor Andrea Caucino was het geheime, het verborgene, het niet onthulde het natuurlijke fundament van de schoonheid, en de stilte, de eenzaamheid vormden een integraal onderdeel van dat fundament. De dieren in de vrije natuur waren mooi, evenals de ronde, vochtige ogen van de koeien die hun snuit ophieven om je met stille verwondering aan te staren; evenals deze plek die bijna niemand kende, behalve de kinderen die hier in het voorjaar naartoe kwamen en dan met name in mei, wanneer de rododendrons bloeiden; en evenals Marina, met haar geladderde kous en haar jurkje scheef dichtgeknoopt, met haar doorgelopen make-up en haar glimlach zo helder als de eerste sneeuw op de uitlopers van de Mucrone.

Hij had bijna het idee dat hij haar kon vergeven, voor dat aanstellerige optreden laatst, voor het feit dat ze vanmiddag zoveel te laat was geweest, voor al die beelden van haar in bed met andere mannen die zich nu omhoogwerkten in zijn hoofd, terwijl hij ze weer probeerde weg te proppen in donkere, afgelegen berghokjes van zijn geest. Hij had het idee dat hij haar kon vergeven voor de afgelopen drie jaar van afwezigheid, voor het bedrog, als het allemaal nodig was geweest hiervoor. En dat wilde hij maar al te graag geloven: ja, het was inderdaad allemaal nodig geweest hiervoor, want ze hadden nog een heel leven voor zich.

Hij speurde naar de sporen die de tijd op haar gezicht had achtergelaten. Haar profiel was scherper geworden, haar jukbeenderen harder, haar neus meer omlijnd; en naar de sporen op haar lichaam, dat nog net zo lang en dun was als in haar tienerjaren, maar met bredere heupen en nieuwe rondingen die hij zich niet kon herinneren. Hij voelde zich een beetje als een vader die zijn dochter terugziet als volwassene, en weet dat hij enkele van haar beste jaren heeft gemist. En daarnaast voelde hij zich als een gefrustreerde minnaar die geen minuut meer kan wachten.

'We gaan tot aan de rododendrons,' zei Marina. Ze was nu

blijven staan, ze keek hem recht aan en haar stem klonk ineens anders.

'We gaan tot daar en dan lopen we terug.' Ze keek naar de grond, beet op haar lip en aarzelde even. Maar ze kon zich niet inhouden en ze flapte het er zo uit: 'Want ik moet over een half-uur weg.'

Dat was niet waar. Het was een leugen.

Ze zag Andrea's gezicht betrekken. Ze had bijna het idee dat ze zijn stilzwijgen kon zien, als een scherp, snijdend voorwerp. Dat ze er een teleurstelling in las waarvan hij wist dat hij die niet verdiende, en dat wist zij zelf ook.

Maar ze moest gewoon een uitweg openhouden voor zichzelf, ze moest die kus, en deze plek, tot de juiste proporties terugbrengen. Feit was dat hij helemaal niets veranderd was, dat een baantje als bibliothecaris naar haar idee een treurig baantje was, dat er een heel leven leek te zijn verstreken sinds de laatste keer dat ze bij elkaar waren geweest, en dat nu *Cinderella Rock* tussen hen in stond. Marina begon spijt te krijgen.

'Ik heb een repetitie van het programma, die mag ik niet missen.' Ze verzon een smoesje en ze wist donders goed dat hij daar niet in zou trappen.

'Het is echt belangrijk,' voegde ze eraan toe, 'dat programma.'

Maar Andrea zei niets terug, want hij wilde er niet eens aan denken. Want het was echt zo dat als hij zich een voorstelling maakte van Marina op een tv-scherm, in een studio van BiellaTV 2000, met een kwijlende producer die haar wilde versieren, en dat zij daar misschien wel op in zou gaan, als ze dat niet allang gedaan had, dat hij dan echt helemaal gek zou worden en zichzelf totaal niet meer in de hand zou hebben: dat programma bestond gewoon niet, klaar.

'Oké,' zei hij, 'dan lopen we tot aan het uitzichtpunt.'

Hij stak een sigaret op en liep stevig door.

Emoties kennen geen evolutie. Ze hebben niets gemeen met

kalkrotsen die door weer en wind worden aangetast en vervormd, of met levend lichaamsweefsel dat zich tot op een bepaald punt ontwikkelt en daarna begint te verouderen. Emoties kennen geen gradaties, geen beperkingen. Wij zijn zelf degenen die de behoefte hebben om er uiting aan te geven en proberen ze te vatten in een verhaal. Maar emoties hebben geen verhaal. Dat wist Andrea.

Hij wist dat ze een gemeen spelletje speelde, net als eerder die middag, toen ze zich van hem had losgemaakt en hem had weggeduwd. Ze loog. Maar hoe kun je na drie jaar tegen iemand zeggen dat ze liegt, dat ze zich afstandelijk gedraagt, na een infantiele, egoïstische en agressieve liefde waar al snel een eind aan was gekomen en waarmee niets was opgebouwd... Hoe kon hij tegen haar zeggen dat hij niet hier was om te horen hoe het met haar ging, dat hij haar daarnet niet zomaar gekust had? Dat hij nu zevenentwintig was, geen jonkie meer, en dat hij hier was om een heel belangrijke reden?

Dat kon hij niet tegen haar zeggen.

Ze bereikten het uitzichtpunt en de rododendrons zonder bloemen, waarvan de blaadjes begonnen te verkleuren en te krimpen. Daarbeneden, achter de balustrade, zagen ze het verkeer van de provinciehoofdstad, al die eendere rechthoeken van de rijstvelden en de industriële overblijfselen uit de vorige eeuw, die opgingen in de mist.

'Ik ben niet van plan om hier nog lang te blijven,' zei Marina terwijl ze zich over de balustrade boog. Ze tuurde naar de wereld die druk doende was daar in de diepte, het wegennet dat zich vertakte in afslagen, rotondes, kruispunten, de betonnen schimmen van de zeven dagen per week geopende winkelcentra aan de rand van de vlakte. 'Als dat programma is afgelopen, wil ik naar Rome, of naar Milaan. Het hangt ervan af waar ze me vragen. Ik ga hoe dan ook weg.'

Andrea stak weer een sigaret op en nam een diepe hijs.

'Het begint eindelijk allemaal een beetje op gang te komen nu,' vervolgde Marina. 'Hier heb ik al sinds mijn kindertijd op gewacht, dat weet jij ook. Eerlijk gezegd wilde ik niet hierheen komen vandaag... Het begint nu echt allemaal een beetje op gang te komen.' Ze keek omlaag, naar de mistige vlakte, alsof daarbeneden het Eldorado lonkte.

Zij zag het niet in, ze kon gewoon niet begrijpen dat het allemaal nergens op sloeg: al dat verkeer, dat koortsachtige heen en weer gereis van de fabriekshallen en kantoren naar huis, en vervolgens van de huizen naar de supermarkten, dat die verdelingen in chique wijken en volksflats, die manier van denken die zozeer een stempel had gedrukt op het landschap en die altijd als enige doel had om carrière te maken, geld te verdienen, echt helemaal nergens op sloeg. En wanneer de economie in een depressie raakt zoals nu, wanneer het tijdperk uiteenspat waar je bij staat, dan wordt die beweging alleen nog maar gedrevener en meedogenlozer, en ook de verschillen worden meedogenlozer, arm en rijk, uiterlijk vertoon en zelfkant; de industrie wordt verplaatst naar landen waar de productiekosten lager zijn, waar de verkoopprijs hoger is, want alles heeft een prijs en alles is te koop. Zo werkt het kapitaal, maar het leven werkt niet op die manier.

'Wat er hier voor mij te halen was,' zei Marina 'dat heb ik al te pakken. *Cinderella Rock* duurt twee maanden, tot Kerstmis. En ik ga winnen.'

Andrea gooide zijn peuk weg en keek de andere kant op, naar de ongerepte bergketen van de Alpen. Zonder evolutie, zonder toekomst. Zoals de emotie die hij nu voelde.

'Waarom ben je dan teruggekomen?' vroeg hij.

'Teruggekomen, hoezo?' Marina keek hem aan.

'Naar de enige plek waar geen tv-ontvangst is. En al was er wel ontvangst, dan zou er misschien toch niemand kijken.'

Zij leunde tegen de balustrade van het uitzichtpunt en staarde hem bevreemd aan, met een onmerkbare trilling in haar ogen.

'Naar Piedicavallo, Marina, waar je nu woont.'

Marina deinsde achteruit, alsof ze opnieuw de afstand tussen hen wilde benadrukken. 'Je weet het toch, hè? Je weet dat jij en ik elkaar morgen niet meer zullen zien.'

Ze maakte zich los van de balustrade en liep terug naar het pad.

'Vertel me waarom je bent teruggekomen,' herhaalde hij zonder een spier te vertrekken.

'Wat wil je van mij, Andre'? We hebben elkaar teruggezien, meer niet. We hebben elkaar niks te vertellen.' Ze bleef staan, draaide zich naar hem om. 'Ik zit anders in elkaar dan jij, ik zal nooit genoegen nemen met minder. Ik trek me van niets en niemand iets aan, ook niet van wat jij denkt. Ik wil iets bereiken, nou en? Is dat een misdaad? Ik wil zingen, ik wil een fatsoenlijk leven leiden... en nu heb ik een afspraak, dus de groeten.'

Andrea gaf geen krimp.

'Er moet toch een reden voor zijn? Ook voor het feit dat je nu hier bent...' liet hij zich met een lachje ontvallen. 'Is het toeval dat je juist Piedicavallo hebt uitgekozen?'

Marina stond voor hem en keek hem woedend aan.

'En je bent nog altijd dezelfde, Mari.' Hij verloor zijn geduld. Hij vond haar afstandelijk, hij vond haar bekrompen, en hij kon zich moeilijk meer inhouden. 'Ga dan maar. Ik ga echt niet naar dat programma kijken. Ik kan niet zeggen dat ik blij voor je ben, want dat ben ik niet.'

Marina keek hem nu vijandig aan, vol wrok. Het soort wrok van gekwetste mensen, die alleen aan de oppervlakte onbeschadigd lijken.

'En ik zal je maar niet vertellen wat ik zondagavond dacht, wat ik *echt* dacht toen ik je daar zag op dat zielige podium in Camandona... Met die sukkelige presentator, wat een treurigheid...'

'Omdat mijn moeder alcoholiste is!' schreeuwde Marina door

hem heen. 'Omdat ik er niet meer tegen kon om met haar in Biella te wonen!' Haar ogen woest, haar gezicht vertrokken van woede. 'Daarom ben ik van huis weggegaan, klootzak! Omdat de huizen in Piedicavallo geen zak kosten!' Ze pakte haar pumps, die ze op de grond had gegooid. 'Ben je nu blij?' Ze draaide zich om en wilde weglopen.

Andrea kreeg een steek in zijn hart.

Hij herinnerde zich hoe ze daar gestaan had, op die middag in november 2009, overstuur in het blauwe zwaailicht van de carabinieri. En hij had net als de andere buren door het raam naar haar staan kijken zonder iets te doen.

En toen, een week later, was Ermanno naar de Verenigde Staten vertrokken. Ze hadden een afscheidsfeest voor hem gehouden met alle vrienden en familie, en diezelfde avond waren Marina en haar moeder vertrokken zonder iemand iets te vertellen. Op hun huisdeur was het bord TE HUUR komen te hangen. Zijn hele wereld was in één keer ingestort.

Andrea voelde iets bewegen onder in zijn buik. Iets wat genegenheid was, en schuldgevoel, en woede, en tederheid, en wrok, en krankzinnige begeerte. Alleen liep Marina nu echt weg, met vlugge voetstappen, bijna rennend, over het grindpad dat naar het parkeerterrein leidde. Alleen was zij nu verdwenen en bleef hij daar maar als een sukkel staan, terwijl zijn benen aanvoelden als lood en het bloed stroperig door zijn aderen stroomde. Er was niets gebeurd. Er was niets veranderd.

Hij was een bibliothecaris met een tijdelijk contract, een mislukkeling, een loser.

Hij zette het op een rennen. Het zonlicht trok zich terug achter de Monte Rosa en zeilde op kruissnelheid in de richting van de Pyreneeën. Het zou over de oceaan glijden en aan de overkant uitkomen. Tegelijk met duizenden lijnvluchten, vrachtschepen beladen met containers en boten vol wanhopige vluchtelingen zou het de kust van Florida bereiken. En dan zou het zich uitspreiden over de hemel; de Amerikaanse hemel, weids, leeg als een doodskop. Over de vlaktes van Alabama, over de roze woestijnen van New Mexico tot aan Arizona, tot aan Tucson.

Hij haalde haar in. Ze merkte het, maar keurde hem geen blik waardig.

Hij liep te hijgen nu, niet van het rennen, maar van de inspanning om naast haar te lopen. Er was niets wat hij kon doen. Het was al afgelopen voordat het was begonnen. Het was één grote fantasie in zijn hoofd geweest, net als vroeger toen hij met zijn broer speelde en zei: 'Jij was de Bad en dan was ik de Ugly.'

'Je moeder komt er wel bovenop, ze is een sterke vrouw.'

Dat was wel het laatste wat hij tegen haar had moeten zeggen.

'Ik heb een vliegticket voor de Verenigde Staten, ik vertrek op 22 oktober. Misschien heb je zin om mee te gaan...' Hij was wanhopig. 'Wat denk je ervan?'

Marina liep haastig door, haar ogen op de grond gericht alsof hij niet bestond. Bijna waren ze bij het parkeerterrein. Bijna was alles voorbij.

'Ik heb geld opzijgezet. Het was eigenlijk voor iets anders, maar goed, ik kan een ticket voor je kopen. Misschien zijn er nog plaatsen vrij op die vlucht... Ik kan er navraag naar doen, ook naar een slaapplek. Ik kan het allemaal regelen.'

Ze kwamen bij de auto's. Marina stak de sleutel in het slot van haar Peugeot, opende het portier. Ze ging zitten en boog voorover om haar pumps dicht te gespen.

'Marina, luister naar me.'

Ze luisterde niet naar hem.

'Ik meende dat allemaal niet.'

Ze keek op, haar blik kruiste de zijne.

'Ik blijf niet mijn hele leven bibliothecaris. Ik wilde het je nog vertellen... Ik woon niet meer bij mijn ouders, al een paar jaar niet meer. Ik heb geld gespaard, niet veel, maar het is wel mijn eigen geld. Mijn vader heeft daar niets mee te maken.'

Marina keek hem onbewogen aan.

'Ik praat niet meer met hem. Ik praat met niemand van mijn familie meer. Ik heb een plan, iets groots. Dat wilde ik je vertellen...'

Zij bleef hem aanstaren, zonder enige uitdrukking.

Zonder dat ze ook maar de minste, verste emotie verried.

'Ga niet weg,' smeekte hij.

Het zonlicht scheen op de helft van haar gezicht, waardoor de scherpe, puntige rand van haar linkerjukbeen benadrukt werd. Haar donkerblauwe ogen, bijna zwart nu, glansden vol en tegelijkertijd leeg, zoals die van het hert dat ze hadden begraven.

'Ik ben blij dat jij het gemaakt hebt, echt waar.' Hij deed zijn best om te glimlachen, of om niet te huilen. 'Ik ben blij om je terug te zien.'

Marina bleef roerloos zitten op de bestuurdersstoel, het portier open, haar ene been half uit de auto en het andere erin.

'Ik snap het wel dat je moet gaan.'

Ze bleef zwijgen. En haar zwijgen was nu even groot als de berg die boven hen uittorende, even groot als zijn gevoel van verlatenheid, even groot als de tijd, die geen enkele betekenis meer had.

'Zonder wrok, oké?' Hij probeerde er een grapje van te maken. Hij vroeg zich af uit welke film die hij had gezien hij nu een rol speelde. Hij voelde zich een sukkel, een idioot, totaal kapot.

'Veel succes, Mari. Het is niet waar dat ik niet naar je ga kijken op tv, stel je voor dat ik niet zou kijken... Toe maar, je moet weg.'

Het was bijna donker. Er verscheen ineens een piepklein figuurtje achter het hekwerk. Het was de beheerder van het park, die ging sluiten.

Andrea was stokstijf op het parkeerterrein blijven staan, vastbesloten om haar tot het laatst na te kijken, om haar met piepende banden te zien wegscheuren, voorgoed, zoals het hoorde, zoals ze verdiende.

150

Het was bijna zeven uur. Marina boog zich over het dashboard, bekeek de gemiste oproepen op haar mobiel, de ongelezen berichten. Toen legde ze haar mobiel weer terug. Ze stak haar hoofd naar buiten en spuugde, veegde haar mond af met de rug van haar hand.

Ze keek hem weer aan. 'Ik heb honger.'

Ik heb honger.

Dat korte zinnetje klonk Andrea in de oren als de verzen uit een gedicht van Giuseppe Ungaretti: *Bij welk regiment horen jullie/ broeders?/ Rillend woord/ in de nacht.*

Als een reddingsboei, als een stroompje water in de woestijn. De hoop om een oorlog te overleven.

'Stap in,' zei Marina terwijl ze startte, 'neem me mee uit eten.'

Ze sloeg haar portier dicht.

Andrea liep om de auto heen en stapte aan de passagierskant in. Zonder erbij na te denken wat hij deed, als een willoze gijzelaar.

'Ik heb zin in een hamburger,' zei Marina, 'of nee, een dubbele cheeseburger.'

Andrea pakte de veiligheidsgordel. Hij had nog nooit in deze auto gezeten.

Het was een cabriolet; aan de achteruitkijkspiegel hingen een half dozijn uitgewerkte geurboompjes, een rubberen dobbelsteen en een beeldje van de zwarte Madonna die in haar ene hand het kruis en in haar andere hand het kind vasthield, terwijl ze samen met de geurboompjes en de dobbelsteen boven het dashboard bungelde.

Marina zette de handrem los en scheurde weg; terwijl ze naar de derde versnelling schakelde stuurde ze de auto agressief de rijksweg op. Ze reed als een misdadiger die zojuist de gevangenis heeft verlaten. Ze zette de radio aan en draaide de volumeknop helemaal open.

Andrea zwiepte ongelovig heen en weer op zijn stoel, het lukte hem maar nauwelijks de gordel dicht te klikken terwijl 'We Found Love' van Rihanna uit de boxen schalde.

Marina zong niet mee, ze zweeg. Ze jakkerde over de weg, de blik recht voor zich uit, telkens toeterend als iemand niet snel genoeg aan de kant ging om haar te laten passeren. En hij zat maar naar haar te kijken, onthutst en blij, terwijl hij zich vasthield aan de handgreep van het portier.

Wat er daarna gebeurde, daaraan zou Andrea in de maanden die volgden nog talloze keren terugdenken, zichzelf dwingend om orde te scheppen, een betekenis te vinden voor elke handeling, elke zin, een patroon op te leggen aan de uren, de stiltes, aan de chaotische verplaatsingen die elkaar opvolgden tijdens die avond en nacht.

Ze waren doelloos van de ene vallei naar de andere gezworven, van de buitenwijken van Biella naar een discotheek in Cerrione waar Marina haar vader had herkend, ze was hem stiekem gevolgd naar de vip-ruimte en daarna was ze in huilen uitgebarsten. Vervolgens waren ze in Andorno beland, allebei stomdronken, zonder enig besef, zonder dat er ook maar iets kon worden vastgesteld en besloten in een tijdperk waarin alles wordt vastgesteld en besloten, in die auto met kapotte stoelen, terwijl ze af en toe stopten om te pissen in de berm van de provinciale weg. Rond middernacht had Andrea ruziegemaakt met Sebastiano, en hij zou zichzelf nooit kunnen vergeven hoe hij toen gereageerd had. Het leek of het nooit meer dag zou worden, of zij tweeën, Marina en hij samen, de onbetwiste heersers over de wereld waren. Als ze werden aangehouden zou haar rijbewijs worden afgepakt. Ivano, de eigenaar van Bar Sirena, had hun vlak voor sluitingstijd een fles Dom Pérignon gegeven. Maar ook na lange tijd waren er nog leemtes die Andrea niet kon opvullen, en gebeurtenissen die hij niet kon ontcijferen. Zoals op het eind, toen ze naar zijn huis waren gegaan en uitgeput op zijn bed waren neergeploft, in de greep van een hardnekkig kinderliedje. En toen waren ze plotseling opgehouden met lachen, omdat ze beseften dat het een bed was waar ze op lagen, dat het halfzes 's ochtends was, dat ze helemaal kapot waren maar dat ze geen van beiden konden slapen.

Vier maanden later, als verdoofd voor het tv-scherm waarop op de late avond het optreden van Marina Bellezza werd uitgezonden op Italia Uno, zou Andrea aan die nacht terugdenken als de enige nacht van zijn leven, als de grootste waanzin – in vergelijking waarmee al het andere in het niet viel, zelfs die keer dat ze de vestiging van de Alleanza Nazionale met stenen hadden bekogeld, en die ochtend waarop hij naar het provinciehuis was gegaan om subsidie aan te vragen bij de Europese Unie, en die zomermiddag, heel lang geleden, waarop hij Ermanno in de ijskoude stroom van de Cervo had geduwd en hem twee, bijna drie minuten lang onder water had gehouden, terwijl de benen van zijn broer wild tegen hem aan schopten, en vervolgens steeds een beetje minder wild... Vergeef me, Ermanno, voor alles wat ik je heb aangedaan. En ook voor alles wat jij mij hebt aangedaan, want nu ben ik een stuk kwetsbaarder.

Maar elke andere herinnering verbleekte bij die nacht van 19 op 20 september. Van het jaar 2012.

10

Een man beseft zelden, als het al ooit voorkomt,
op het moment zelf dat het verhaal van zijn leven
– het enige verhaal ervan – op het punt staat te
beginnen.

RUSSELL BANKS, *Continental Drift*

Op woensdag 19 september, klokslag acht uur, exact het moment waarop de begintune van het journaal op Rai Uno klonk en vervolgens, met het commentaar van nieuwslezer Attilio Romita, de beelden en de openingstitels voorbijgleden – *Italië blijft vastzitten in de crisis; Ook de middenklasse niet voor de crisis gespaard; Consumptie sinds 1997 niet meer zo laag; Ook in 2013 voor jongeren geen enkel vooruitzicht op een baan* (die laatste titel sprak de nieuwslezer niet uit, maar het was haar allang duidelijk dat het daarop uitliep) – besefte Elsa dat Marina nog steeds niet thuis was.

Op dat moment maakte ze zich er nog niet zo druk om. Ze hadden toch ook helemaal geen verplichtingen tegenover elkaar? Er waren regels opgesteld, dat wel, huisregels waar Marina zich nooit iets van had aangetrokken. Maar verplichtingen hadden ze niet. Ze waren geen familie, ze waren geen vriendinnen.

De banden die hen verenigden liepen over een tamelijk onduidelijk spoor, vlogen geregeld uit de rails, en ze had geen enkel recht om zich gekwetst te voelen of bezorgd te zijn, en bovenal: het was pas acht uur 's avonds.

Elsa bukte zich om de oven open te doen, husselde de gekruide aardappelen door elkaar – portie voor twee personen – die ze een uurtje geleden al met zorg had bereid, en bedacht dat iedereen weleens te laat kon komen, vooral zo'n type als Marina, dat geen vaste tijden kende. Het vlees lag nog te ontdooien in de nylon zak, op een bord dat ze op de kachel had gezet. De pan was al ingevet, ze hoefde alleen maar het fornuis aan te steken. Attilio Romita somde een voor een de afgronden op waarin Italië omlaagstortte, van noord tot zuid, zonder onderscheid: fabrieken op de rand van het faillissement; tientallen arbeiders verschanst op de daken van fabrieksloodsen in Taranto, midden in het mijngebied van de Sardijnse streek Sulcis, boven op de silo's in de haven van Marghera bij Venetië, en alles ging precies zoals het niet moest gaan, terwijl de aardappelen intussen gaar waren.

Elsa zette de oven uit, ging aan tafel zitten, rangschikte opnieuw het bestek, de glazen, de borden, en wachtte nog een halfuur terwijl ze afwezig naar het nieuws luisterde en af en toe op de klok keek, terwijl ze telkens weer moest denken aan Andrea Caucino in de vijfde klas van het lyceum, de meest introverte, teruggetrokken klasgenoot van allemaal, toen hij zijn opstel over een sociaal-economisch-politiek onderwerp hardop voor de hele klas moest voorlezen. Titel: *Melkkoeien haten het kapitalisme, en gelijk hebben ze.* Cijfer: 3. De lerares Italiaans die tijdens het voorlezen hoofdschuddend luisterde en duidelijk uit was op zijn publieke vernedering, en Andrea Caucino die halverwege ophield, dat wil zeggen terwijl hij uit de doeken deed hoeveel kilo stront een volwassen koe produceert, en hoe je om mest te krijgen de stront moet mengen met *giash* – een dialectwoord voor *giaciglio*, 'slaapplaats', dat letterlijk 'tarwestro' betekent – en zij allemaal zaten te lachen, met een hand voor de mond om zich in te houden, maar zonder succes, waarop Andrea besloot dat hij er genoeg van had, dat het welletjes was: hij gooide het blaadje op zijn bank en liep de klas uit.

De jeugdwerkloosheid stijgt naar 35 procent. Geïnterviewde nummer één: *Er is meer stimulans nodig, meer belastingverlaging om de nieuwe instromers aan te nemen.* Geïnterviewde nummer twee: *Er is meer meritocratie nodig, geen vriendjespolitiek meer bij staatsfuncties.* Elsa begon honger te krijgen, en Marina was nog steeds niet komen opdagen. Geïnterviewde nummer drie: *Als mijn dochter besluit te emigreren, kan ik haar alleen maar gelijk geven.* Het vlees was allang ontdooid en lag druipend op de kachel.

Bij de afronding, *Wij wensen u nog een prettige avond*, stond Elsa op en liep naar het raam om een blik naar buiten te werpen. Geen naderende auto, Marina's parkeerplekje was en bleef leeg. De bergen hadden nu de kleur van smeedijzer en het enige geluid dat zich daarbuiten een weg baande, was het eeuwige schuren van het water langs de stenige oevers van het riviertje. Ze zal wel met iemand uit eten zijn, bedacht ze, daar is niks vreemds aan. Ze had het me kunnen laten weten, natuurlijk. Maar dat was ze niet verplicht.

Het vlees legde ze in de koelkast. Ze haalde de aardappelen tevoorschijn, die door die hele tijd in de oven helemaal *gnëch* waren geworden. Dat was het woord dat ze in haar hoofd gebruikte om de vieze substantie ervan aan te duiden, als uitgerekt elastiek, en terwijl ze de aardappelen zat te eten – rechtstreeks uit de ovenschaal – aan de voor twee gedekte tafel tegenover de lege stoel, bedacht ze dat haar dialect het idee wel goed weergaf, dat *gnëch* te maken had met *giasch*, dat ze dezelfde sfeer opriepen; en dat het wel heel treurig was wat er allemaal door je heen gaat als je zo veel tijd alleen doorbrengt, uitsluitend in het gezelschap van Gramsci en zijn aantekeningen over de politiek van Machiavelli.

De beweging van de geschiedenis vindt volgens Gramsci haar grondslag en oorsprong in de dialectische logica. Volgens Gramsci, en nog vóór hem volgens Marx, is de geschiedenis een oorlog. De menselijke aard is een historisch gegeven, dat wordt bepaald door sociale relaties, door de manier waarop het werk is georganiseerd. De menselijke aard is geen abstractie, maar bestaat in verandering. Al was het wel zo dat haar gevoelens voor Andrea – nu, gistermiddag in de bibliotheek, acht jaar geleden in de vijfde van het lyceum – totaal niet waren veranderd.

Die waren gewoon daar blijven zitten, precies op het punt waar ze waren gevormd, en ze waren niet geëvolueerd. Ze waren niet meer losgekomen uit haar buik. Als een monoliet, als een steen die ze zwijgend meesleepte, die ze probeerde samen te persen en te verbergen; zoals toen Andrea het lokaal uit was gelopen en de deur achter zich dicht had gesmeten, en de andere klasgenoten dubbel lagen van het lachen, en de lerares hem zo hard 'Idioot!' achterna had geroepen dat het drie klassen verderop nog te horen was geweest.

Maar in tegenstelling tot de anderen had zij het helemaal niet leuk gevonden. Ze was blijven zitten, vechtend tegen de drang om overeind te springen en hem achterna te rennen. Trek het je niet aan, zou ze tegen hem gezegd hebben als ze er het lef voor had gehad, je opstel was utopisch, uitdagend, en in sommige opzichten ook wel dom, maar het was hoe dan ook *mooi*.

Ze stond op om het ongebruikte serviesgoed op te ruimen. Ja, Marina had haar best eventjes kunnen bellen. Wat kostte dat nou? Een paar tellen, vijf cent? Het kwam zelden voor dat Marina buiten de deur at. Normaal gesproken kwam ze altijd rond halfacht thuis om dan laat op de avond, tegen elven, weer de deur uit te gaan. Elsa stond er zelf van te kijken dat ze zo goed op de hoogte was van Marina's dagindeling. Doordat ze al zo lang bij elkaar in huis woonden natuurlijk. Of doordat zij, afgezien van de keren dat ze naar Turijn ging om een seminar bij te wonen, alle dagen thuis in de keuken zat, met haar stoel naar de voordeur gericht, zodat ze Marina altijd zag komen en gaan. En ze groetten elkaar altijd op dezelfde manier: 'Hoi – Doei...' En ze zeiden altijd min of meer dezelfde dingen tegen elkaar. Marina: 'Heb je dat raam gerepareerd?' Elsa: 'Ja.' Marina: 'Heb je afwasmiddel gekocht?' Elsa: 'Ja.'

Of andersom. Elsa: 'Heb je de was van gisteren uit de machine gehaald?' Marina: 'Nee.' Elsa: 'Ga jij even naar het postkantoor om de gasrekening te betalen?' Marina: 'Nee.' Elsa: 'Het is jouw beurt om de badkamer te poetsen vandaag.' Marina: 'Nietes! Hoe kom je erbij, ik heb het de vorige keer gedaan!' Elsa: 'Nee, je vergist je...' Marina: 'Ik moet weg, doei...'

Verder waren er inderdaad wel af en toe bijzondere dagen: gebeurtenissen van buitengewoon belang, vergelijkbaar met een zonsverduistering of een sneeuwstorm op zee. Meestal zag Elsa die wel een paar uur van tevoren aankomen, want ze deden zich altijd voor in de buurt van Marina's depressieve buien. Dan zag ze haar hele middagen languit op de bank liggen met een dekentje over haar benen, ook al was het hartje zomer, haar haren al een week niet gewassen, een kingsize fles sinaasappelsap en haar blik verloren in de tv. Af en toe moest ze huilen. Haar favoriete programma was *Teen Mom*: verhalen over Amerikaanse meiden van zestien die zwanger waren geworden en hun baby vervolgens alleen opvoedden, vrijwel altijd gedumpt door de vermoedelijke vader van het kind. Ja, af en toe begon ze te huilen om Amber, Macy, Farrah en Catelynn. Vervolgens sprong ze ineens op de gekste tijden overeind en smeet ze de plaid op de grond. Dan riep ze: 'Elsa, we moeten de waterbak in de tuin nog insmeren met die wax voor natuursteen!' De gekste dingen kwamen in haar op. En die voerde ze dan ook echt uit: om halfelf 's avonds ging ze de waterbak behandelen, met rubberhandschoenen aan en een maskertje voor haar mond, terwijl ze met de kwast heen en weer streek zoals ze het op YouTube had zien doen.

Maar ondanks alles miste Elsa haar nu wel.

Ze was op de bank gaan zitten om een film te kijken, want ze had geen zin om te studeren of aan haar proefschrift te werken. Eigenlijk zette ze de tv alleen maar aan om stemmen op de achtergrond te horen, en niet het lege huis om haar heen. Ze had zin om te denken vanavond. Te denken aan het moment waarop ze, natuurlijk niet meteen, maar over een paar dagen, terug zou gaan naar de bibliotheek om de dichtbundel van Mandelstam weer in te leveren. Dan zouden ze elkaar weer zien.

En misschien zouden ze deze keer wel een gesprek kunnen voeren. Misschien zouden ze, nu ze allebei volwassen waren, een avondje uit kunnen plannen binnenkort. Ze zou hem vertellen dat zij het wel een goed opstel had gevonden dat hij toen in de vijfde had geschreven. Het idee van die antikapitalistische koeien was bizar, origineel. Of nee, bij nader inzien kon ze beter geen enkel voorval, geen enkele anekdote uit het verleden aanhalen.

In de vijfde had Andrea verkering gekregen. Ze had nooit geweten met wie, maar hij had een meisje, dat was zonneklaar. Zijn toch al stugge houding was zienderogen verergerd. Hij werd maand na maand chagrijniger, afwezig. In het eerste jaar aan de universiteit had ze hem zowat na elk college wel aan de telefoon horen ruziën. En het was duidelijk dat die griet dat allemaal veroorzaakte. Daarna was hij overgestapt naar landbouwkunde en waarschijnlijk was die relatie nu allang verleden tijd.

Elsa besloot dat ze deze avond op Marina zou wachten. Dan konden ze samen een kopje kruidenthee drinken voor ze naar bed gingen. Ja, dat zou leuk zijn, gezellig. Ze hoopte alleen maar dat Marina het niet al te laat zou maken.

Het was halftien toen ze dat besluit nam. Met als gevolg dat ze op de bank in slaap viel, en toen ze om vijf uur 's ochtends wakker werd was Marina's parkeerplekje nog altijd leeg. En toen ze de volgende dag om halfacht de koffie op het vuur zette, en toen ze om twaalf uur het eerste hoofdstuk van haar proefschrift af had, en toen ze die middag om twee uur klaar was met lunchen, was Marina nog steeds niet thuis.

De nacht van 19 op 20 september – zoals Andrea hem achteraf wist te reconstrueren door zijn best te doen om de gebeurtenissen in een patroon te rangschikken – begon niet al te best, zeg maar gerust rampzalig.

Marina reed zwijgend naar de provinciehoofdstad en deed haar mond pas weer open toen ze een plekje had gevonden op de gigantische parkeerplaats van winkelcentrum Gli Orsi.

'Cheeseburgers!' zei ze. En ze stapte uit.

Andrea had nog geen voet in dat oord gezet of hij verafschuwde het al. Over het algemeen had hij een gruwelijke hekel aan winkelcentra, warenhuizen, steden, verkeerslichten. Desondanks was hij, in elk geval in het begin, zo opgewonden als een kind en liep hij achter haar aan zonder haar uit het oog te verliezen tussen alle traag voortgeduwde winkelwagentjes en gezinnen die gedeprimeerd of ruziënd naar huis gingen.

Het was halfacht 's avonds. De eerste rolluiken van parfumerieën en sportzaken gingen al omlaag. Marina liep stevig door in dat labyrint, rechtstreeks naar het restaurantgedeelte dat ze blijkbaar heel goed kende.

41.000 vierkante meter: dat was geen kattenpis. Eén vierkante meter voor elke inwoner van Biella. Er waren geldautomaten, overal verlichting, glas, staal en beton. Een soort ruimtebasis te midden van het platteland en de autowasserettes. Andrea voelde zich ongemakkelijk, verdwaasd, angstig, maar hij probeerde zijn zenuwen in bedwang te houden. Hij liep achter Marina aan zoals een kleuter achter zijn moeder aan loopt, en hij hoopte vurig dat het niet al te lang zou duren.

Ze betraden het paviljoen met de restaurants. Op slag spreidde er zich een duizelingwekkende reeks mogelijkheden voor hen uit: Mishi-Mishi, Itaka Food, Giovanni Rana, Fish Cucina, Old Wild West, Befed Brew Pub, Fratelli La Bufala, Panino Giusto. Andrea bleef bij de ingang als aan de grond genageld staan, bijna benauwd van die hoeveelheid fastfoodtenten die op woensdagavond werden bestormd, met honderden tafeltjes en stoelen verspreid door de gigantische hal van het paviljoen, als een bedrijfskantine of een eetgelegenheid in Gardaland. Alles was er: Grieks, Italiaans, Amerikaans, oosters...

Maar ze waren hier niet in Phoenix of Houston. Ze waren in Biella. En het stond Andrea tegen dat er op een paar kilometer van de plek waar hij was opgegroeid, van zijn weilanden en zijn bergen, iets dergelijks was verrezen. Iets wat hij tot nu toe alleen maar in de bioscoop had gezien.

Marina draaide zich naar hem om. 'Nou? Kom je nog?' snauwde ze.

Andrea liep in slow motion naar haar toe, alsof hij zijn oriëntatievermogen kwijt was. Wat hem nog het meest verbaasde, afgezien van de indrukwekkende hoeveelheid fastfoodketens, was het aantal mensen dat daar zat te eten. Gezinnen merendeels, uitgerust met dienbladen en papieren servetjes. Kinderen die vaak te dik waren. Ouders die met hun hoofd boven hun bord zaten te eten en nauwelijks iets zeiden. Hij had haar willen meenemen naar een gezellig restaurantje, naar een trattoria met op het dagmenu polenta en hert, hij had haar overal mee naartoe willen nemen, maar niet hierheen.

Ze namen plaats bij de Old Wild West. Houten betimmering in de sfeer van de O.K. Corral, plastic cactussen, saloondeuren.

'Wat neem jij?'

Andrea zat met de menukaart in zijn handen en kon er niet toe komen er iets van te lezen.

'Hetzelfde als jij.'

'Oké. Bestel dan maar twee cheeseburgers met friet en twee dubbel bier.'

Andrea stond op en ging in de rij staan. Het was crisis, geen wonder. Het moest wel door de crisis komen dat er zo veel mensen samendromden in deze hel. Bij de Old Wild West werd countrymuziek gedraaid en even verderop, bij pastarestaurant Giovanni Rana, klonk aan één stuk door Eros Ramazzotti. Hij keek om naar Marina, die daarginds te midden van al die tafeltjes was blijven zitten. Ze was met haar mobiel bezig. Ze had over haar jurk een spijkerjasje aangedaan, ze had warrig haar en een vermoeid gezicht, en haar geladderde kous viel op in de drukte en de eenzaamheid om haar heen.

Op dat moment drong het tot Andrea door dat ze samen waren, en het maakte niet uit waar. Hij besefte dat zij daar zat, kwetsbaar en alleen, blootgesteld aan de steelse blikken van huisvaders, en dat ze op hem zat te wachten. Het was zijn taak om haar te beschermen, ja: het was zijn taak om voor haar te zorgen, want dat kon ze zelf niet. Dat begreep hij door de manier waarop ze voor haar handspiegeltje haar haren fatsoeneerde, ervan overtuigd dat er niemand naar haar keek.

Hij bestelde, betaalde en liep met de dienbladen naar haar toe.

'Kijk, zie je dat plein daar?' vroeg Marina met volle mond, nadat ze de eerste hap van haar burger had genomen. Ze wees door de grote ramen naar een betonnen plein buiten, opzichtig verlicht door gele en fuchsia lantaarns. 'Op 6 oktober bouwen ze daar een gigantisch podium voor het promotieconcert van *Cinderella Rock*, en dan treed ik ook op.'

Andrea dwong zichzelf om in die richting te kijken, om zich een voorstelling te maken van het podium, het concert en de rest. Er begon iets te barsten in zijn binnenste.

'Het wordt vet heftig geplugd, ze maken heel veel reclame... Dat wordt een enorme happening, zoiets is hier nog nooit vertoond. Ik weet alleen nog niet wat ik zal zingen... Ik heb een sterk nummer nodig, iets nieuws, iets wat niemand verwacht.

Snap je? Iets on-Italiaans, wat niet voor de hand ligt.'

Andrea ontweek haar blik. Hij was weliswaar blij dat ze het hem vertelde. Misschien wilde dat zeggen dat dit niet de laatste dag was die ze samen doorbrachten. Maar de zinspeling op dat programma vond hij pijnlijk, en die cheeseburger smaakte nergens naar, en hij deed zijn best om het nieuwtje te negeren, te ontkennen dat Marina daadwerkelijk zou meedoen aan die show. Hij zag zichzelf al in het gedrang van het publiek, weer zo heen en weer geduwd, net als laatst in Camandona, net als zes jaar geleden in de sporthal, en hij werd acuut misselijk.

'Oké, vertel me nu maar over dat project van je, bijgelovig of niet.'

Andrea schrok op uit zijn gedachten.

'Nee, laat maar,' zei hij afwerend.

'Hoezo laat maar? Je zei dat het iets groots was, dat je geld opzij hebt gezet. Brand maar los.'

Andrea liet zijn cheeseburger liggen, pakte zijn bier en dronk in één keer de helft op.

'Ik ga het je echt wel een keer vertellen. Maar nu niet, en hier niet.'

Marina snoof alleen maar. Ze veegde alles op tafel bij elkaar, inclusief het restant dat Andrea had laten liggen. Ze waren tenslotte klaar met eten en drinken en de onderwerpen die ze konden aansnijden zonder ruzie of stilzwijgen waren uitgeput.

'Wil je nog een biertje?' vroeg hij.

Hij had een smoesje nodig om op te staan en een stukje te lopen.

'Ja,' antwoordde ze.

Hij sprong op en begon te lopen, te rennen bijna, maar in plaats van naar de balie begaf hij zich naar de grote glazen schuifdeur.

Hij ging naar buiten en stak een sigaret op. Er waren nog steeds mensen die zich met een winkelwagentje voortspoedden. In de verte waren de bergen te zien, de toppen verdwenen in de nacht.

Ze kenden elkaar al hun hele leven, Marina en hij, maar toch was het nu net alsof ze elkaar nooit hadden gekend. Uitdrukkingen als 'het wordt vet heftig geplugd' of 'brand maar los' vond hij gênant, treurig. Voor het eerst moest Andrea toegeven dat het misschien allemaal nergens op sloeg.

Ze waren allebei veranderd en een totaal verschillende richting op gegaan. Er was niets wat ze konden delen, niets waarover ze konden praten.

Hij trapte zijn peuk uit op de grond en merkte dat hij zin had om naar huis te gaan. Zin om haar gedag te zeggen, om zich naar zijn auto te laten brengen die nog bij het Burcinapark stond, en om te gaan slapen, om alles te vergeten en de volgende ochtend de teugels van zijn leven weer in handen te nemen.

Hij moest die makelaar bellen, hij moest naar het provinciehuis gaan en de vestigingsaanvraag invullen: hij moest er nu maar eens serieus werk van gaan maken, formulieren tekenen, alles in gang zetten. Hij had gestudeerd, hij was zich van de dingen bewust, van het specifieke moment in de geschiedenis dat ze nu beleefden, en vooral ook van zijn streek. Hij was dol op zijn streek.

De Valle Cervo, de Monte Cresto, en het meer waaruit het riviertje ontsprong, het Lago della Vecchia. Ineens moest hij aan Elsa Buratti denken, aan wat ze de vorige dag in de bibliotheek tegen hem had gezegd. Ze was dan wel onopvallend, maar ze had wel gelijk: je moest het lef vinden om te blijven, om weer iets duurzaams op te bouwen, en wel hier. Marina was heel bijzonder, natuurlijk, ze was zijn eerste heftige liefde geweest. Misschien wel de enige. Maar zij had niets te maken met zijn toekomst. Ze was ongelooflijk mooi, het was gewoon schrikbarend hoe mooi zij was. Maar, Andrea, wees nou eens redelijk: kijk nou waar ze je mee naartoe heeft genomen, luister wat ze allemaal zegt. Denk eens na over de dingen die zij wil, over hoe ze echt is en niet over hoe jij zou willen dat ze was.

Toen hij weer naar binnen ging, voelde hij een enorme tederheid voor haar. Een gevoel dat heel diep geworteld zat, maar dat
niets met liefde te maken had. Vanuit de verte keek hij nog eens
naar haar, zoals altijd druk bezig met haar mobieltje. Wat zag
ze er ordinair uit met die lippenstift, met dat strakke minuscule
jurkje aan... Hij moest zijn beschermende instinct niet verwar-
ren met liefde; hij moest bedenken wat er allemaal zou gaan gebeuren: dat concert op 6 oktober, *Cinderella Rock*, de televisie.
Ja, hij had echt medelijden met haar, dat moest hij toegeven.
Het was een grote teleurstelling geweest om haar terug te zien.

Hij besloot dat hij die twee biertjes zou gaan halen en zich
vervolgens rustig, maar zonder al te veel vertraging op te lopen
naar zijn auto zou laten brengen en naar huis zou gaan.

'Wat duurde dat lang?!' mopperde ze, zodra ze hem zag.

'Sorry, ik was even naar buiten gegaan om te roken.'

Ze waren een tijdje stil. Ze dronken hun bier zonder elkaar
aan te kijken.

Marina kreeg om de haverklap berichtjes binnen en reageerde
dan met razendsnel getik, waarna ze haar mobiel weer op tafel
legde, een slok bier nam en even om zich heen keek, tot het ge-
luidje weer klonk. Op een gegeven moment zette ze haar mobiel
uit, goddank.

'Hoe is het met Ermanno?'

De naam alleen al deed hem pijn.

'Goed, denk ik.'

'Hoezo, hebben jullie geen contact meer?'

Andrea scheurde het papieren servet in steeds kleinere snip-
pers en gaf geen antwoord.

'Ik heb je broer altijd een leuke jongen gevonden. Hij is aardig. Ik heb nooit begrepen waarom jij zo de pik op hem had...'

Andrea bleef omlaag kijken en aan het servet plukken.

'Wat doet hij nu?'

'Hij werkt voor de NASA,' zei hij zachtjes, 'hij woont nu in Arizona.'

'O, dus daarom ga je naar de Verenigde Staten? Ga je hem opzoeken?'

Andrea streek door zijn haar en wreef in zijn ogen, alsof hij
moe was. 'Nee, eerlijk gezegd heb ik geen tijd om te gaan.' Hij
leunde achterover op zijn stoel, strekte zijn benen uit onder de
tafel. 'En ik heb er ook geen zin in.'

Hij leek verveeld, afstandelijk. Marina merkte het en vond het
vreselijk.

'En waarom vroeg je dan of ik met je meeging?'

'Ik weet niet,' zei hij zonder haar aan te kijken.

'Je vader, ja, dat is echt een smeerlap. En je moeder heb ik ook
nooit kunnen uitstaan. Maar Ermanno', haar stem kreeg een tedere klank, 'dat is echt een bijzonder iemand... Ik ben blij dat hij
naar Amerika is gegaan, daar droomde hij altijd al van... Jammer hoor, dat jullie geen contact meer hebben.'

Andrea leek volkomen afwezig nu.

'Hoor je me? Ik zei dat het jammer was!'

'Ja, ja,' zei hij geërgerd. 'Luister, ik moet morgen vroeg op...
We kunnen maar beter gaan.'

Hij stond op.

Marina keek hem verward en teleurgesteld aan, maar vooral
ook vol van die verbijstering die je alleen bij naïeve types ziet.
Mensen zonder dubbele agenda, die geen idee hebben dat ze in
een meedogenloze wereld leven. En wanneer ze dat wel beseffen, denken ze – net als kleine kinderen – dat zij toch sterker
zijn. Terwijl hij zijn portemonnee in zijn zak stopte, keek Andrea haar even aan en hij voelde zich een smeerlap. Maar goed,
zijn besluit stond inmiddels vast.

'Wil je me nu even terugbrengen naar mijn auto?'

Marina's verbijstering sloeg in minder dan een seconde om in
woede. Ze stond zo ruw op dat haar stoel achteroverviel, en tussen de tafels door benend stootte ze expres mensen aan zonder
sorry te zeggen, zo kwaad was ze, zo vernederd voelde ze zich.

Andrea zou die hysterische aftocht van haar nooit vergeten, dwars door het restaurantpaviljoen van winkelcentrum Gli Orsi. Er was zelfs iemand die zich naar haar omdraaide en zei: 'Zeg, hé! Wat zijn dat voor manieren?' waarop zij zonder omkijken antwoordde: 'Wat moet je, goddomme? Klootzak.'

Iedereen keek naar haar, dat was ook wel te verwachten; ze zag eruit als een stripteasedanseres na afloop van haar dienst. Ook al was ze lang, slank en adembenemend mooi, haar kinderlijke manier van doen was voor iedereen duidelijk. En met pijn in zijn hart liep Andrea achter haar aan. Dat gevoel van gêne, dat besef dat daarnet tot hem was doorgedrongen toen hij in zijn eentje stond te roken, dat dit geen liefde was. Het was niks.

Ze liepen over het plein waar zij op 6 oktober zou optreden, en vervolgens over de donkere, half verlaten parkeerplaats.

Het was halftien 's avonds.

'Weet je wat jij bent?' schreeuwde ze toen ze bij de auto aankwamen. 'Je bent een eikel. Echt een zoon van je vader. Je doet net of je je tegen hem afzet, of je beter bent, de intellectueel... Maar intussen ben je precies zo.'

Andrea zei niets. Hij wachtte tot ze de centrale deurvergrendeling van de Peugeot opendeed en stapte toen in op de passagiersplaats. Hij wilde haar niet meer.

Dat zei hij bij zichzelf: dat hij haar niet meer wilde. En hij kon niet wachten tot hij in zijn eigen auto zou zitten, en daarna thuis zou komen. Dan zou hij Sebastiano bellen, hij zou naar zijn vrienden toe gaan, en de volgende ochtend zou hij vroeg opstaan en zijn toekomst gaan regelen. Echt waar. Precies zoals hij zich had voorgenomen.

Alleen stapte zij niet in.

Zij liep aan de buitenkant om de auto heen en trok zijn portier open.

'Weet je wat? Ik heb een nieuwtje voor je: jij mag te voet terug naar de Burcina!'

Hij zag haar benen. Hij zag de kanten rand van haar holdupkousen en de blote huid bij haar liezen.

'Hup, uitstappen!'

Andrea stapte uit. Hij begon te lopen.

Het was het beste, het enige wat hij kon doen. Hij liep een meter of tien door. Hij voelde zich een lafaard, een rotzak. Maar hij voelde zich ook goed, bijna euforisch. Hij hoorde haar starten en wegrijden. Ze had niets gedaan om hem tegen te houden, uiteindelijk. Hij liep verder, liet de parkeerplaats achter zich. Het was zeven kilometer van hier naar de Burcina. Dat was geen probleem. Hij had zin om te wandelen. Hij haalde diep adem, vol dankbaarheid jegens zichzelf. Hij voelde zich vrij, dat was het: bevrijd van een obsessie die hem jarenlang had geblokkeerd. Nu voelde hij zich fantastisch.

Hij kwam bij de kruising met de Corso Europa. Ze was echt verdwenen.

Bij het verkeerslicht bleef hij staan wachten tot het groen werd. Prima, zei hij bij zichzelf. Alles is goed. Hij was nu een man. Volwassen, onafhankelijk. Dat was hij zojuist geworden.

Hij stak de straat over, de temperatuur was een graad of tien gezakt. Maar hij hield van de kou, daardoor voelde hij zich levend, sterk. Toen arriveerde hij aan de overkant en voelde hij zich verloren.

Zijn euforie had vijf, hooguit tien minuten geduurd.

Op slag bleef hij staan. En begon om zich heen te kijken als iemand op de vlucht.

Het weinige verkeer reed in beide richtingen van de rijksweg, om hem heen schitterde de stad, de neonlichten van de McDonald's en de megasupermarkt Mercatone Uno zweefden in de vochtige nacht. Hij voelde zich ineens naakt, radeloos. Hij was haar kwijt. Opnieuw. Wilde hij dat? Ja, natuurlijk. Het verleden afsluiten, de realiteit onder ogen zien, de moed verzamelen om van voren af aan te beginnen. Wilde hij dat? Ja.

Nou, schiet dan op, zei hij tegen zichzelf, waarom sta je nu stil? Stap de stoep op en loop door. Maar nog voordat hij dat een tweede keer tegen zichzelf kon zeggen, werd hij bijna geraakt door een auto die op het laatste moment voor hem tot stilstand kwam, dwars op de rijrichting.

Het was een groene Peugeot 206 cabrio.

Marina stapte woedend uit. Ze kwam voor hem staan en schreeuwde in zijn gezicht: 'Dacht jij nou echt dat je zomaar uit het niks kunt terugkomen in mijn leven, zonder dat iemand je daarom gevraagd heeft? En dat je me vervolgens weer kunt dumpen? Smerige klootzak dat je bent!'

Hij gaf haar niet de kans om verder te praten. Deze keer kuste hij haar meteen, en hij pakte haar gezicht vast. Hij duwde haar tegen het ijzeren hekwerk van een bouwplaats, begraven in het duister. Ze sloegen elkaar. Ze grepen zich aan elkaar vast op die stoep bij de kruising van de rijksweg met de Corso Europa, tussen de grote warenhuizen, de winkelcentra, de al jaren stilstaande bulldozers, in de donkere nacht, treurig verlicht door een handjevol straatlantaarns.

Ze stonden elkaar praktisch uit te kleden in dat stoffige hoekje van de buitenwijk, zonder enige logica, zonder reden. Marina barstte in lachen uit, ze keek hem aan en zei onder het lachen: 'Ik hou van jou.'

Ze zei het op de toon van een winnaar, van een opschepper, van een herenloze, net zoals ze tegen hem had kunnen zeggen: *Kom mee, De zon schijnt, Ik heb een ladder in mijn kous*. Alsof dat uitgemolken zinnetje geen enkele betekenis meer had. En alsof het juist daarom een nieuwe, ongekende, absolute betekenis had gekregen.

'Wat gaan we doen?'

Andrea staarde haar aan, bleek, bezweet, onnadenkend: 'Kom mee naar mij.'

Nu wilde hij haar weer. Meteen. Hij wilde haar weer, helemaal, meteen.

'O nee, vriend... Iemand zoals ik moet je verdienen.'

Lachend stapte ze weer in, als een schoolmeisje dat de grootste lol heeft. En hij volgde direct haar voorbeeld.

Ze vertrokken op een doelloze reis, zonder enig idee waar ze heen gingen. De nacht was vochtig, gezwollen, hij was voor hen de grens die ze moesten veroveren. En zij waren Bonnie en Clyde, ze waren de Bad en de Ugly, de cowboy en de indiaan; en hij raakte haar knie aan terwijl ze reed, en liet zijn hand over haar dijbeen naar haar lies glijden, tot aan het elastiek van haar slipje, en zij lachte onder het rijden. 'Hou je handen thuis, Caucino, ik ben niet gratis... *Nada es free* in deze wereld.'

Ze schakelde, trapte het gaspedaal in. Andrea wist niet eens of ze naar het noorden of het zuiden reden, naar het oosten of het westen, hij herkende de wegen niet, hij wist helemaal niets meer.

'Je moet me betalen. Mijn tarief gaat elke tien minuten omhoog en we zitten nu al op vijftig euro. Je moet me drankjes aanbieden, je moet me meenemen naar een luxehotel, vijf sterren, geen ster minder. En dan moet je morgenochtend een onoverdraagbare cheque voor me achterlaten op het nachtkastje, voor al het geld dat je op de bank hebt.'

'Alles wat je wilt, Marina Bellezza, *alles*.'

'Oké, dit zijn de afspraken. Geen regels vannacht, totale anarchie. En vanaf morgen wissen we alles uit en zien we elkaar nooit meer terug. Akkoord?'

'Akkoord.'

Een eerste stop maakten ze bij de Golden Globe Lounge Bar, aan de rijksweg ss230. Er stonden een stuk of vijf, zes auto's geparkeerd buiten, allemaal dikke sleeën: Mercedes, bmw, zelfs een Jaguar. Het was Marina's idee om daar naar binnen te gaan. 'We zullen die rijkeluiszoontjes daar, die klote-industriëlen eens een poepie laten ruiken.' Haar wraaklust was altijd onverzadigbaar, ook wanneer er helemaal geen reden voor was. 'Ach ja, dat is waar ook...' zei ze er meteen achteraan. 'Ik heb zelf de zoon van de burgemeester bij me.' In de deuropening bekeek ze Andrea van top tot teen en lachte hem toe. 'Maar jij bent meer de nepversie van *de zoon van*.'

'Ja, loop nou maar.' Andrea gaf haar een tikje op haar achterste en duwde haar naar binnen.

De ruimte was ingericht op thema: overal hingen levensgrote foto's van Hollywoodsterren. Marilyn Monroe, James Dean, Henry Fonda. Gedempt licht. Mannen in colbert en stropdas met losgemaakte knoop. Ze keken allemaal naar haar. En vervolgens keken ze naar hem zoals je kijkt naar een armoedzaaier die de klapper van zijn leven heeft gemaakt.

Ze bestelden elk drie glazen Lagavulin 16 Year zonder ijs. Gezeten op de barkrukken dronken ze die achter elkaar leeg, terwijl ze elkaar als een stel tieners zaten te zoenen en af te lebberen. Marina hing zoals gewoonlijk de exhibitioniste uit. Het leek wel of ze standaard publiek nodig had. Ze liet haar hold-upkousen en haar slipje zien, maar Andrea kon niet kwaad worden, nu niet.

Dit was hun nacht zonder regels, dat was de afspraak.

Ze verlieten het pand en vervolgden hun reis. Het effect van de drank begon hen allebei te bedwelmen. Marina reed tussen de rijstvelden door, de vloeibare, verlaten nacht in, op weg naar Carisio, de vlakte, de snelweg.

'Breng me terug naar de bergen,' zei Andrea, 'dat is het enige wat ik je vraag.'

Ze remde bruusk af, keerde en reed terug.

'Je bent wel een rare, Andrea Caucino. Er ligt een hele wereld voor je open, maar op een kilometer afstand van de Monte Mucrone krijg je het al te kwaad.'

'Je hebt me mee uit eten genomen in een winkelcentrum, en daarna heb je me meegenomen naar zo'n walgelijke tent... Dan mag ik dit toch zeker wel vragen.'

Vanuit de verte knipperden de lichtjes van de provinciehoofd-stad als een school lantaarnvissen zwevend in de diepte. Ze naderden de stad, reden erdoorheen. Om tien uur 's avonds waren de straten al verlaten in deze streek. Marina nam de provinciale weg richting Graglia. De maan bescheen het rechtlijnige silhouet van de morene Serra, die als een onneembaar nachtelijk front voor hun vooruit verrees.

'Het enige wat ik leuk vond op school,' zei Marina terwijl ze naar de morene wees, 'was toen ze samen met ons goud gingen zoeken in de Bessa, met rubberlaarzen aan en een zeef.'

Het was de grootste morene van Europa, de oudste, de minst onderzochte. Het was hun eigen Eldorado, binnen handbereik. Hele generaties arme sloebers waren daarnaartoe getrokken, naar wat tegenwoordig een natuurreservaat was, in de illusie dat ze rijk konden worden. Marina was net zo: een stenige, kale vlakte die luchtspiegelingen voortbrengt. Bezaaid met goud-spikkels, zelden met brokjes van meer dan een gram. Iets om te bewaren in zoet water, in een klein flesje, opgeborgen in een la.

'Woon je in je eentje in Piedicavallo?'

'Nee, ik heb een soort huisgenote...'

Andrea draaide zich naar haar toe en keek haar aan.

'Vertel, ik ben benieuwd.'

'Er valt niks te vertellen,' antwoordde Marina snuivend. 'Ik heb haar toevallig leren kennen op een middag bij het make-laarskantoor. We waren allebei op zoek naar een woning, en we besloten de huur en de boodschappen te delen.'

'Zomaar, zonder dat jullie elkaar kenden? Dat is wel lef heb-ben... vooral voor haar.'

'Hou je gedeisd, Caucino. Je hebt geen idee wat voor type ik in huis heb...' Ze keek hoe laat het was en glimlachte. 'Misschien heeft ze wel op me zitten te wachten met eten.'

Ze stopten in de buurt van Graglia, in de Valle dell'Elvo, in het piepkleine gehucht Salvei. Het uithangbord van een trattoria, TRE STELLE – CAFÉ MET KEUKEN, wist nauwelijks door de omringende duisternis heen te dringen.

Ze parkeerden voor de deur – de bossen wasemden daar zo veel vocht uit dat de lucht veranderde in water, de nacht was zwart en stroperig, de stilte werd doorbroken door tientallen stroompjes, beekjes en watervalletjes die zich tussen de afgronden en de rotsen door wrongen – en gingen naar binnen.

Het was een ruimte met betimmerde wanden, als een berghut, met een stuk of tien lege tafeltjes die waren gedekt met rood-wit geruite papieren servetten.

'We willen niet eten,' zei Andrea terwijl hij ging zitten, 'we willen alleen de wijnkaart.' Een oude mevrouw, graatmager en kaarsrecht, bracht hun een menukaart en trok zich terug achter de kassa, waar ze een boek ging zitten lezen.

Marina koos. De mevrouw kwam terug met een Barbera en twee beschadigde glazen.

Vanaf dat moment begonnen Andrea's herinneringen wazig te worden, begon zijn geheugen over te lopen. De fles was zo leeg. De oude mevrouw zat nog steeds te lezen. Andrea vroeg haar om welk boek het ging, en ze antwoordde dat het een roman was. Balzac, misschien *Nicht Bette*. Ze zei dat ze was begonnen te lezen toen ze weduwe was geworden. Toen was Marina in lachen uitgebarsten, luidkeels, maar toch charmant. Ze hadden het over koetjes en kalfjes gehad, hij had haar ondervraagd over die geheimzinnige huisgenote, zonder dat hij ook maar iets wijzer werd.

'Ze is filosofe...'

'Filosofe?! Neeee, zeg op, wie is het, vooruit! Misschien ken ik haar wel...'

'Nee, ik ben jaloers...' grapte Marina.

Ze zaten voortdurend te zoenen, hangend over die tafel, met verder niemand in de buurt. De oude vrouw als enige, discrete getuige.

Salvei, een gehucht behorend bij Graglia. Op een gegeven moment was Marina van haar stoel opgestaan en wankelend tussen de tafels door gelopen, waarna ze zich met een verfomfaaid gezicht en verwarde haren naar hem toe draaide. 'Kom met me mee.'

En ja, dat zou wel voorgoed in zijn geheugen geprent blijven staan.

Hij had haar een arm gegeven en haar ondersteund naar het toilet, eentje maar, voor mannen en vrouwen. Hij had tegen de wasbak staan leunen, terwijl zij de wc binnenging, de deur open liet staan, haar jurk opstroopte, haar slipje liet zakken en met haar armen gespreid om steun te zoeken tegen de muren probeerde te plassen, net als tien jaar geleden achter de omgehakte stronk van een berkenboom, op het feest van Camandona. 'Het komt niet,' zei ze met opgeheven hoofd.

Hij stond met zijn armen over elkaar.

'Schiet op, ik wil niet dat dat mens komt kijken wat we aan het doen zijn.'

'Ach wat, waar maak je je druk om...'

Het deed hem niets om haar zo te zien, met haar benen wijd, zonder slipje. Haar jurk was helemaal gekreukt, net als haar spijkerjasje. Ze leek net een illegale immigrant, iemand die net aan boord van een open vissersboot de zee is overgestoken, geslagen door het leven, door de wind. Het had niet het effect op hem dat het op elke andere man zou hebben gehad, Marina half dronken, met uitgesmeerde lippenstift rond haar mond.

Het had een heel ander effect op hem, veel heftiger.

'Er is geen wc-papier.'

Andrea scheurde een stuk papier van de rol bij de wasbak en gaf het haar aan.

'Je bent een echte gentleman,' grapte ze.

'Ik wil een kind, Mari. Ik wil dat we nu naar huis gaan. Ik zal overal voor zorgen, vanaf morgen. Ik zal jou en hem onderhouden. We zullen een huis hebben, of nee, wel twee. Een voor de winter en een voor de zomer.' Hij was dronken, ze bevonden zich op de plee van de uitspanning TRE STELLE – CAFÉ MET KEUKEN. Ermanno en Sarah hadden al besloten welke naam ze zijn neefje zouden geven: Aaron. 'Een gezin, Mari, ons gezin. Als je wilt gaan we trouwen, ik wil met je trouwen. Voor de gemeente, voor de kerk, wat jij maar wilt. Maar ik wil een kind van jou. Meteen. Zonder nog meer tijd te verliezen.'

Marina keek hem aan, fronste allebei haar wenkbrauwen.

'Kinderen? Ik?' Ze veegde zich af, spoelde door. 'Jij bent hartstikke gek, Caucino. Nu is het officieel, je bent doorgedraaid.'

Ze boog zich over de wasbak, sloeg haar haren naar één kant van haar hoofd, draaide de kraan open en waste haar gezicht met het ijskoude water.

'Zo, nu kan ik weer rijden.'

Andrea hield haar tegen bij de deur: 'Denk erover, wat ik net zei.'

'Ja,' lachte ze, 'we zien nog wel. Maar nu wil ik eerst gaan dansen. Ik weet zeker dat de Zanzibar op woensdag open is.'

Andrea had niets anders verwacht, maar hij was wel oprecht geweest. Overdreven, onnozel, pathetisch, wat je maar wilt; maar wel oprecht. En nu kon hij wel door de grond zakken.

De oude vrouw zat nog steeds te lezen. Andrea rekende af en stapte bij Marina in de auto. Hij was zevenentwintig, hij was een man. Nu pas dacht hij aan Sebastiano en Luca.

Het was halftwaalf 's avonds. 'Mijn vrienden hebben me vast al als vermist opgegeven,' zei hij, en hij zocht in zijn binnenzak naar zijn mobiel, die hij uit had staan.

'Bel ze maar,' zei Marina terwijl ze startte, 'dan halen we ze op en nemen we ze mee. Misschien wordt het eens tijd dat je me voorstelt...'

Hij had haar altijd verborgen gehouden, voor iedereen. Hij had in het bijzijn van anderen zelfs nooit over haar gesproken.

'Waar zit jij goddomme, eikel?!' brulde Sebastiano in zijn oor na één keer overgaan. 'We hebben hier drie uur op je zitten wachten, klootzak. Mirella heeft me laten zitten vanavond, maar goed...'

'We komen jullie ophalen,' zei Andrea, 'zijn jullie thuis?'

'Wie zijn *we*?'

'Kom op,' zei Marina lachend, 'zeg maar dat je met je vriendin bent...'

'Ik ben met een vriendin van me,' antwoordde Andrea. Zijn stem klonk rauw, zo rauw als maar zijn kon.

'Ja, we zitten bij mij.'

'Oké, over een kwartier zijn we er.'

Hij hing op en zei dat ze naar Pralungo moest rijden. Zij gedroeg zich beledigd, als een klein kind: 'Waarom zei je niet dat ik je vriendin ben? Dat is toch zo... Ook al is het maar tot morgen.'

Andrea keek de andere kant op, door het raampje: de nacht bezaaid met spookdorpjes, de troosteloosheid van de bergen die hem zo dierbaar waren. Hij was stom geweest om al die dingen tegen haar te zeggen, voor hem telde morgen meer dan nu, daar kon hij niets aan doen. Ze arriveerden voor het huis van Sebastiano. Andrea stapte uit, zei in de intercom dat ze naar beneden moesten komen. Marina zat op de motorkap te wachten met het brutale gezicht en de uitdagende blik van iemand die altijd in oorlog is en die nooit, om geen enkele reden, haar wapens zou laten zakken. Toen Sebastiano en Luca haar zagen, stonden ze perplex. Andrea schudde geërgerd zijn hoofd. Hij wees naar haar: 'Marina.' Vervolgens wees hij zijn vrienden aan: 'Sebastiano, Luca.' De jongens knikten.

Zij staarde hen met een minachtend lachje aan.

'Ze wil naar de Zanzibar,' zei Andrea.

Ze stapten alle vier in Marina's auto en zodra ze met z'n allen in die kleine ruimte zaten was de spanning om te snijden. Het was een spanning die zij had opgewekt, het was helemaal haar werk: ongefundeerd, gemeen; en wat er onderweg allemaal gezegd werd en wat er later bij de Zanzibar gebeurde, daar wilde Andrea de rest van zijn leven liever niet meer aan denken.

Ze kwamen in Cerrione aan, betaalden de twintig euro entree. Marina wierp zich onmiddellijk in het gedrang, alles bij elkaar een man of twintig, en besteedde geen aandacht meer aan Andrea en de andere twee. Het was een eighties-avond. De dj draaide nummers van Madonna. 'La Isla Bonita' en 'Like a Virgin'. Andrea en zijn vrienden liepen naar de bar en bestelden drie mojito's.

'Hoor eens,' zei Sebastiano meteen tegen hem, 'ik heb nu door wie ze is. Je moet haar laten schieten.'

Ze keken hoe ze stond te kronkelen op de dansvloer. Andrea was laveloos, maar hij bleef drinken, steeds somberder, steeds grimmiger. Ze waren dik een halfuur aan die bar blijven hangen, af en toe een blik op haar werpend. Ze danste met iedereen. Ze was euforisch. Zij drieën daarentegen waren een stelletje zwijgende, roerloze beren in een discotheek voor mensen van middelbare leeftijd, helemaal in Cerrione, half leeg op een woensdagavond.

'Ze heeft iets gehad met een jongen die ik ken,' voegde Sebastiano er even later aan toe, 'ik weet haast zeker dat ze iets gehad heeft met die Bianchi uit Occhieppo, nog geen twee maanden geleden. Zeker weten.'

Luca knikte zwijgend. Zij stond zich nog steeds uit te leven op de dansvloer. Het was duidelijk dat Sebastiano gelijk had.

'Die heeft het zo'n beetje met de hele vallei gedaan. Die zangeres, toch? Ik heb haar herkend. Ze is de dochter van die Bellezza... Ja, dat is echt een enorme slet.'

Andrea keek naar Marina daarginder, in de armen van een minstens veertigjarige man, en het was duidelijk dat Sebastiano gelijk had. Zo'n gelijk dat hij ineens een waas voor zijn ogen kreeg en zich zo radeloos voelde dat hij blind en doof werd. Hij voelde een onhoudbaar protest in zijn lijf opkomen, het begon in zijn buik, vervolgens barstte het los in zijn borstkas en voordat hij het tegen kon houden, voordat hij wist wat hij deed, sloeg hij Sebastiano met zijn vuist in zijn gezicht. Zijn beste vriend. Een hele serie vuistslagen recht op zijn neus.

Veel mensen stopten met dansen, Marina ook. De uitsmijter was om een verklaring komen vragen. Luca was geschokt, hij had Andrea nog nooit van zijn leven iemand zien slaan. Sebastiano had de klappen geïncasseerd zonder zich te verdedigen, met een enorme verbijstering op zijn gezwollen gezicht, met een stroompje bloed uit zijn neus.

'Niks aan de hand,' had Sebastiano tegen de uitsmijter gezegd. Kalm, bijna onverstoorbaar. Toen had hij Andrea aangekeken zonder een kik te geven – diezelfde machteloze blik, ongelovig maar zonder enig verwijt, die hij had gezien bij het hert dat ze hadden aangereden – en was vertrokken.

Luca was achter hem aan gegaan. Andrea was daar blijven staan, alleen en geschrokken van zijn eigen agressie. Pas dagen later zou hij vernemen hoe zijn twee vrienden, de enigen die hem nooit hadden verraden, die nacht waren thuisgekomen, helemaal vanuit de vlakte van Cerrione, vanuit die klotediscotheek.

Hij had zich zo laf gevoeld dat hij zich niet eens kon verroeren. Een gigantisch schuldgevoel had zich als een verstikkende klimplant door zijn hele lichaam vertakt, en op dat moment was hij er echt van overtuigd geraakt dat Marina een afgrond was, een vloek.

Hij was haar van de dansvloer gaan oppikken: 'Kom, we gaan naar huis,' had hij haar toegeschreeuwd, boven de muziek uit, terwijl hij aan haar arm trok.

'Wat is er gebeurd?' had zij gevraagd. 'Waarom heb je hem geslagen?'

Ze glimlachte. Het leek of ze alles al wist.

'Omdat hij de waarheid zei.'

Ze liepen weg uit het gedrang.

'Toe nou,' protesteerde ze, 'kom met me dansen!'

Hij sleepte haar mee naar de deur, waar de muziek kaal en treurig klonk.

'Ik vind het niks hoe jij je gedraagt, ik vind het niks hoe jij geworden bent.'

'Eerst wil je met me trouwen, dan zeg je dat je me niks vindt... Man, wat is het nou?!'

Hij pakte allebei haar armen en hield haar stevig vast. Hij was nu nijdig, en ernstig: 'Nu meen ik het serieus. Ik heb drie jaar op je gewacht, ik was ervan overtuigd dat je zou terugkomen, maar ik had het mis. Jij bent geen leuk iemand, Marina, jij bent iemand die stikt van de problemen. Dat ben je. En ik hoef dat gezeik van jou niet. Ik vond het niks hoe je met mijn vrienden omging. Ik vind het niks wat jij met je leven wilt doen. En ik vind het niks hoe jij bent als mens. Duidelijk?'

Hij had niet geschreeuwd. Hij had het rustig en duidelijk gezegd, bij de uitgang van discotheek Zanzibar in Cerrione, provincie Biella, tussen twee rijen flikkerende gokkasten. Hij had niet gelogen, integendeel. Hij had haar precies gezegd waar het op stond. De enige waarheid.

Marina was ontdaan, ze zag lijkbleek. Er was niets over van haar bravoure, haar zelfvertrouwen.

'Maar ik ben...' begon ze zich te verdedigen.

'Het boeit me niet meer wat jij bent. Je zei zelf dat je mijn vrienden wilde leren kennen. En vervolgens behandel je ze als oud vuil. Het komt alleen door jou dat ik heb gevochten met... Het is te erg voor woorden! Ik heb je vanavond een serieus voorstel gedaan, maar jij hebt me alleen maar voor de gek gehouden. Ik wil naar huis. En ik wil je nooit meer zien.'

Hij was er helemaal klaar mee. Ze hoefde nu niet meer aan te komen met smoesjes en gezeur. Hij wilde alleen maar in die auto stappen, gaan slapen en proberen alles uit zijn hoofd te zetten. In zijn hoofd was nu alleen nog Sebastiano, de manier waarop hij hem had aangekeken voordat hij wegging. Niet kwaad, maar ontgoocheld. Bijna medelijdend. Dieper had hij niet kunnen zinken.

Kennelijk las Marina zijn gedachten, want ze waagde het niet een kik te geven. Ze liep naar de auto, struikelend op haar hakken. Toen bleef ze ineens staan, als door de bliksem getroffen. Een meter of twintig verderop stond een Maserati – geen zwarte meer, maar een rode – waaruit twee vrouwen stapten, een man die ze nooit eerder had gezien, en van achter het stuur, met een sigaar in zijn mond, Raimondo Bellezza.

Marina keek hem na over de parkeerplaats. Toen hij eenmaal naar binnen was, rende ze achter hem aan. Andrea was woedend buiten blijven staan. Dit was wel het laatste waar hij op zat te wachten. Dit ging echt te ver. Hij wilde naar huis, godsamme, hij had helemaal geen zin meer in die problemen van haar!

Die oplichter van een Raimondo Bellezza, dat mankeerde er nog aan.

Een minuut of twintig bleef hij staan wachten, tot hij haar eindelijk weer uit de discotheek zag komen. Ze liep haastig, zonder aandacht aan hem te besteden langs hem heen, met haar ogen vol tranen. Ze stapten in de auto. Andrea zat stokstijf, onbeweeglijk op zijn stoel. Zij huilde zachtjes. Ze huilde onder het rijden, en hij probeerde niet naar haar te kijken. Hij wilde een hekel aan haar hebben, en zij huilde.

Voor de vierde keer reden ze door de provinciehoofdstad. Hij wilde haar niets vragen, hij wilde niets weten. De tranen stroomden over haar wangen, druppelden van haar kin, maar ze snikte niet. Het was een zwijgend, discreet huilen.

Daar verscheen het bestrate parkeerterrein van de Burcina. Andrea zag zijn auto al staan. Marina parkeerde de hare ernaast en zette de motor af. Dit was het ergste moment. Want er was geen enkele manier waarop hij afscheid van haar kon nemen.

'Ik wou nog iets tegen je zeggen,' zei ze, terwijl ze hem aankeek.

Ze had dezelfde uitdrukking als de kalfjes in hun kooi op de vrachtwagen, die niet kunnen weten dat ze op weg zijn naar het slachthuis, maar het toch beter weten dan wie ook, al van voordat er überhaupt slachthuizen bestonden.

'Ik wou je zeggen dat jij er uiteindelijk altijd voor me bent geweest. En dat heb ik nooit als vanzelfsprekend beschouwd, geloof me.'

'Kom op, Mari...' Andrea maakte geërgerd zijn gordel los. 'Alsjeblieft zeg.'

'Nee, ik wil je de waarheid zeggen. Namelijk dat ik weet dat je er altijd voor me bent geweest, en ook al leek het alsof ik dat als vanzelfsprekend beschouwde, dat was niet zo. Dat was het, ik wou gewoon dat je dat wist, meer niet.'

Ze snoof.

Andrea deed het portier open. 'Oké,' zei hij, en hij stapte uit.

'Oké,' zei Marina.

Zodra hij in zijn eigen auto zat, startte hij de motor.

Hij nam geen minuut om na te denken. Hij had al te veel nagedacht, hij had zichzelf al genoeg voor gek gezet: tegenover haar, tegenover zijn vrienden, tegenover iedereen. Als iets niet gaat, dan is het blijkbaar ook niet de bedoeling dat het gaat. Dan heeft het geen zin om je erin vast te bijten. Maar het was wel frappant dat het voor Ermanno allemaal vanzelf ging. Die was na de middelbare school in Cambridge toegelaten. Vervolgens was hij, nog voordat hij was afgestudeerd, gevraagd door het experimenteel laboratorium in de astrofysica van de NASA, aan de universiteit van Arizona in Tucson. En eenmaal aangekomen in Tucson had hij meteen een collega leren kennen. Een serieuze, ontwikkelde vrouw, een zekere Sarah met een melkachtige huid, met wie Andrea nooit kennis had willen maken. Ze waren verliefd geworden en negen maanden later waren ze getrouwd. Vervolgens was zij zwanger geworden en nu ging ze bijna bevallen.

Alles liep op rolletjes, helemaal volgens het boekje. Bestaan er dan werkelijk zulke volmaakte levens? Blijkbaar wel. Op negentien uur vliegen, in de wijk waar Ermanno woonde, daar kon het leven geweldig verlopen, zonder tegenslagen, zonder oplichterij. Maar hier, waar Andrea zo koppig bleef wonen, was het een regelrechte ramp.

Ze had hem gezien. Ze was hem stiekem, zonder zich te vertonen, gevolgd naar de vip-ruimte waar hij en zijn vrienden een tafel hadden gereserveerd. Hij was alweer terug uit Monte Carlo en hij had haar niets laten weten. Het laatste wat er in hem opkwam, was haar even te bellen.

Ze was twintig minuten achter een bankje verstopt blijven zitten, vanuit de verte toekijkend hoe hij proostte, lachte en grapjes maakte met zijn gezelschap van elegante, goedgeklede, relaxte mensen. Een gezelschap dat blijkbaar veel belangrijker was dan zijn dochter. Ook het meisje van afgelopen keer was erbij, die Nadia, die misschien hooguit, in het gunstigste geval, even oud was als zij. De bedrijfsleider van de discotheek vroeg hun voortdurend of alles naar wens was, hij behandelde hen met alle egards, bracht de hele tijd nieuwe flessen bubbels in een ijsemmer, alsof ze Abramovich waren of een stel Arabische sjeiks.

Marina had zich niet afgevraagd wat haar vader in Cerrione deed, op een woensdagavond, in zo'n halflege discotheek in een buitenwijk, waar het merendeel van de mannen en vrouwen niet danste, maar zat vastgeklonken aan de knoppen van de gokautomaten bij de ingang. Ze had zich alleen maar afgevraagd wat zij had misdaan, waaraan ze schuldig was dat ze zo uit haar vaders leven werd verbannen. Een leven dat, vanaf die afstand, gezien door haar ogen, het meest begerenswaardige en verblindende leven was dat je kon hebben.

Na twintig minuten, toen ze al haar toenaderingsstrategieën een voor een had verworpen – tevoorschijn komen, hem groeten, hem omhelzen, hem in het gezicht schreeuwen dat hij een klootzak was –, was ze teruggegaan naar Andrea. Naar Andrea die al die verschrikkelijke dingen tegen haar had gezegd, die tot drie jaar geleden nooit een concert van haar had overgeslagen, die haar altijd had toegejuicht, aangemoedigd, geadviseerd. En zij had alles kapotgemaakt. Hij had helemaal gelijk, op alle fronten. Nu verlangde Marina naar haar moeder. Ze voelde een enorme behoefte aan Paola.

Daarom was ze, nadat ze Andrea had afgezet bij zijn auto bij de Burcina, nadat ze hem zonder aarzeling en zonder mededogen had zien wegscheuren, eenmaal terug op de SP100 – de weg van de Valle del Cervo – niet doorgereden naar huis, maar eerst nog langsgegaan in Andorno, bij Bar Sirena. In de hoop daar haar moeder aan te treffen.

Het was twee uur 's nachts. Ze was binnengelopen in die bar waar ze zo'n hartgrondige hekel aan had. Maar dit was haar rijk, dit was haar thuis. Andorno, haar dorp.

Paola was er niet. D'n Giangi evenmin. Ze zou nooit de slaap kunnen vatten die nacht. Als je alle regels overboord hebt gegooid, kom je uiteindelijk altijd op dat punt aan, zo vrij dat het lijkt of er geen uitweg is, geen beweging. Een dood punt, als het oog van een cycloon. Ooit zou Marina beroemd worden. Maar nu wist ze zich totaal geen raad. Over drie maanden, in een ander leven, zou ze *Cinderella Rock* winnen. Maar in dit leven hier, dat stonk naar rook en drank, was ze zo eenzaam als een hond, kapot en overstuur.

Ze ging zitten en bestelde een flesje abrikozensap.

'Wat is er met jou gebeurd?' vroeg Ivano, de eigenaar.

'Niks,' antwoordde Marina.

'Je moeder is net een halfuur geleden weggegaan.'

'Dan is het maar goed dat ik haar niet ben tegengekomen, anders was ik pissig geworden.'

'Je moet er iets van zeggen.'

'Ik weet het.'

'Ik heb vanavond geweigerd haar nog drank te geven.'

'Goed gedaan.'

'Je moet voor haar zorgen.'

'Ik weet het. Geef me nu alsjeblieft mijn vruchtensap.'

De weinige klanten die op dat late tijdstip nog in het café waren keken op van hun partijtje poker of blackjack en bleven naar haar zitten staren. Ze kenden die meid wel. Ze kenden haar ouders. Ze wisten hoe het gaat in de wereld, namelijk dat de zonden van de vaders altijd overgaan op de kinderen, al sinds het begin der tijden. Vervolgens richtten ze hun blik weer op hun kaarten.

Andrea arriveerde in Andorno, parkeerde voor zijn huis. Klaar ermee, het was voorbij.

Hij liep de trap op, deed de deur van zijn appartement open en bleef op de mat staan luisteren naar de stilte, het doffe, onmetelijke achtergrondgeluid van de stilte dat opsteeg uit zijn zolderruimte.

Hij had nu al spijt dat hij al die dingen tegen haar had gezegd, daar in Salvei. Hij had spijt van alles wat hij die avond had gezegd en gedaan. Hij plofte op de bank neer, liet zijn hoofd op de rugleuning rusten en zette de tv aan.

De volgende dag zou hij die makelaar bellen en dan zou hij zich door niemand meer laten tegenhouden, ook niet door zijn vader. Morgen. Maar intussen lag hij roerloos in het blauwige schijnsel van de tv en kon hij geen kant op. Hij zou nooit de slaap kunnen vatten. Niemand zou ooit wakker moeten blijven tot dit nachtelijke tijdstip. Zijn grootvader was altijd om zeven uur 's avonds naar bed gegaan en om vijf uur 's ochtends opgestaan, driehonderdvijfenzestig dagen per jaar, elk jaar van zijn leven, zonder er ooit van af te wijken, zonder zich ooit te onttrekken aan de draaiing van de wereldbol rond zijn as, aan de wenteling van de aarde rond de zon. Hij zou nooit de slaap kunnen vatten. Dus stond hij op van de bank, deed de tv uit en ging de zwarte nacht in.

Hij reed wat rond in zijn auto, doelloos, gewoon om benzine te verbruiken. Toen parkeerde hij voor de Sirena, want een andere plek om zich op zo'n nacht als deze te verschansen was er niet. Met zijn blik op de grond gericht alsof hij zich schaamde, ging hij naar binnen en nam plaats aan een van de uiteindes van de toog. Hij bestelde een Jack Daniel's. Hij hoopte Sebastiano hier aan te treffen. Hij hoopte dat hij, als hij om zich heen zou kijken, aan een tafeltje zijn twee vrienden zou herkennen en hun zijn excuses kon aanbieden. Hij dacht terug aan het hert in de kofferbak. 'Dit vergeten we nooit meer,' had Sebastiano gezegd. Andrea keek op, richtte zijn blik naar links, en toen zag hij Marina.

Marina die op haar beurt naar hem zat te staren, nadat ze had opgekeken om te zien wie er binnenkwam.

Een paar tellen lang keken ze elkaar zwijgend aan, dood van vermoeidheid. En alsof hun gezichten twee spiegels waren, alsof het hun absoluut niet beviel wat ze in dat andere weerspiegeld zagen, wendden ze hun blik af en richtten die weer op hun glas. Ze negeerden elkaar bewust.

Ze waren nog steeds bij elkaar, al sinds vier uur de vorige middag. In minder dan twaalf uur hadden ze kans gezien om elkaar terug te vinden, uit elkaar te gaan, elkaar weer terug te vinden en opnieuw uit elkaar te gaan, en nu hadden ze het echt helemaal gehad.

Ze kenden elkaar al hun hele leven, ze waren samen opgegroeid, toen waren ze elk een andere kant op gegaan, zoals het ook hoorde, en nu was er niets meer aan toe te voegen. Volwassen worden betekent verschil maken tussen je verlangen en de werkelijkheid, bedacht Andrea; als het nodig is, moet je je verlangen opzij kunnen zetten. Het kunnen benoemen, in de juiste proporties zien. Van achter uit de kroeg maakte zich een mannenstem los uit het geroezemoes: 'Dat zijn wel een lekker stel benen, meisje, ik zou wel weten wat ik ermee moest, met zo'n stel benen.'

Verlangen hoort bij het leven, net als agressie.

Volwassen worden betekent kunnen omgaan met verlangen en agressie.

Maar agressie is aangeboren, getuige het moment waarop ze meerdere malen met de bagageklep op de kop van het hert hadden gebeukt, of die keer dat hij, op zijn negende, had geprobeerd zijn broer te verzuipen in het riviertje de Cervo ter hoogte van het gehucht Balma. Agressie is een natuurkracht, een wetteloze oerkracht. Na dat ongelukje waren ze uit elkaar gehaald. Zijn ouders hadden hem opgepakt en de kamer uit gebonjourd die hij tot dan toe met Ermanno had gedeeld.

Ik zou wel weten wat ik ermee moest, met zo'n stel benen. Die zin bleef door zijn hoofd zeuren als een soort carillon, als het deuntje van 'Eye of the Tiger' wanneer je op het knopje drukte dat in de buik van de koala verborgen zat – die knuffel die hij had gewonnen bij de schiettent in Camandona, de enige keer dat hij Ermanno had verslagen.

Marina had zich niet eens naar die smeerlap omgedraaid. Ze wist dat die woorden voor haar bedoeld waren, maar ze was te moe om om te kijken. Ze waren voor de zoveelste keer alleen en samen in een vijandige wereld, vol gevaren en teleurstellingen.

Opnieuw was Andrea blind en doof, net als een paar uur eerder aan de toog van de Zanzibar. Met dit verschil dat hij nu vond dat hij gelijk had, en geen ongelijk.

Geen regels, had Marina aan het begin van de avond gezegd. Prima.

Hij stond op van zijn kruk, liep recht naar de achterkant van de kroeg, bereikte de oorsprong van die stem, en voor de tweede keer die nacht reageerde hij alle agressie in zijn lijf af op het lijf van een ander.

Alleen incasseerde hij deze keer vooral zelf de klappen. Ivano moest tussenbeide komen om hen uit elkaar te halen. Marina snelde meteen toe. In de hoek vol stof en verfrommelde krasloten waar hij op de grond was gevallen boog ze zich over hem heen, streelde ze zijn opgezwollen ogen. Iemand zei dat de carabinieri niet gebeld hoefden te worden, dat dat niet nodig was, *we zijn dorpsgenoten onder elkaar, we zijn vrienden.* Zij bleef hem maar strelen, en fluisteren dat hij dat niet had hoeven doen, dat het toch geen zin had. Na een kwartier was alles weer normaal, alleen had Andrea nog de nasmaak van bloed in zijn mond.

'Ivano, heb je een fles champagne?' vroeg Andrea aan het eind van zijn krachten toen de kroeg verder leeg was.

'Waar denk je dat je bent, Caucino?' vroeg de eigenaar. 'Ik heb hier de echte Dom Pérignon, wat dacht jij? En ik zal je nog eens wat zeggen: die krijgen jullie van mij. Maar dan moet jij je vader wel laten beloven dat hij zich nooit van zijn leven meer kandidaat zal stellen.'

Andrea begon te lachen. 'Dat zweer ik je.'

Ook Marina moest nu lachen.

'Hier, kijk eens even. Ik geef jullie ook nog kristallen glazen, ook al verdienen jullie die eigenlijk niet.'

Andrea en Marina zeiden niets meer tegen elkaar. Samen dronken ze de fles leeg.

Ze wachtten tot sluitingstijd, toen stonden ze op en liepen de verlaten nacht in. Het was alsof ze het Kanaal hadden overgezwommen, of de Monte Rosa hadden beklommen. Andrea stapte in zijn Punto en duwde het portier aan de passagierskant open.

'Kom, nu gaan we naar huis.'

Marina maakte geen bezwaar, daar had ze de energie niet voor.

Ze bereikten de Via Pezzia. Ze liep achter hem aan de trap op naar zijn zolder. Ze was daar nog nooit geweest. Het was de eerste keer dat ze elkaar zagen, en hij woonde alleen, en zij woonde alleen, en ze hoefden aan niemand rekenschap af te leggen. Bijna op haar tenen sloop ze Andrea's tweekamerflat binnen en keek verwonderd om zich heen.

'Deze kant op,' zei hij.

In feite waren er ook niet veel kanten die je op kon gaan. Er was een keuken die tevens als woonkamer diende. Een half openstaande deur, waarachter badkamertegels te zien waren. En verder een gesloten deur die Andrea nu opengooide, en die toegang verschafte tot de slaapkamer. In het halfduister zag Marina overal stapels boeken, over de stoelen hangende vuile kleren, lege flessen in de hoeken.

Ze ploften allebei op het bed neer, dat eigenlijk niet meer was dan een matras op een spiraalbodem. Een tijdje lagen ze zwijgend naar het plafond te staren. Toen barstten ze op hetzelfde moment in lachen uit. Een onbedwingbare slappe lach, zoals kleuters die hun buik vasthouden om niet te huilen van het lachen, alleen omdat iemand 'tieten' of 'kont' heeft gezegd, of in zijn broek heeft geplast.

Ineens waren ze weer stil; ze waren allang geen kleuters meer.

Andrea draaide zich op zijn zij, streelde haar hoofd.

'Weet je wat ik wil?'

Marina ging ook op haar zij liggen om hem aan te kijken.

'Je bent de eerste aan wie ik het vertel, weet je.'

Ze lagen languit naast elkaar, in het midden van het tweepersoonsbed, met hun elleboog gebogen, hun hoofd steunend op hun handpalm.

'Ik wil vijftien koeien kopen, vijftien roodbonte Oropa-koeien of Tiroler grijsvee-koeien, en die wil ik dan gaan houden bij Riabella, op de boerderij van mijn opa.'

Hij praatte zachtjes, alsof hij bang was dat iemand hen afluisterde.

Er verscheen een prachtige glimlach op zijn gezicht.

'Er is daarboven genoeg weiland om verder geen grond te hoeven pachten. Dat geldt dan voor de zomer uiteraard. Nu moet ik alleen nog een boerderij in het laagland zien te vinden voor de winter, en misschien weet ik er al een. Vijftien koeien is niet zoveel, maar ik ga de veestapel langzaam maar zeker uitbreiden. Ik wil tot aan de vijftig komen. En ik ga kaas maken. Toma, maccagno, ricotta. Die verkoop ik dan rechtstreeks aan de consument, zonder tussenkomst van een zuivelfabriek. Ik moet alleen nog de vestigingsaanvraag voor jonge landbouwers invullen, en de subsidie van veertigduizend euro van de Europese Unie aanvragen. En daarnaast heb ik een lening nodig van de bank, want veertigduizend is niet genoeg. Maar dat gaat me wel lukken. Nu weet ik dat het me echt gaat lukken.'

Marina keek hem met glanzende ogen aan, ze was bijna ontroerd.

'Wil je bij mij komen wonen, Marina Bellezza? Wil je elke ochtend om vijf uur opstaan om vijftien koeien te melken, stuk voor stuk? En nooit een dag vakantie hebben, en mest ruimen, en gras maaien? Wil je de kalfjes geboren zien worden? Wil je dat, samen met mij?'

Marina duwde hem achterover op het matras en ging boven op hem liggen, met een wang op zijn borst.

'Ik heb overal aan gedacht, weet je? Ik heb ook al een boerderij voor de winter op het oog, verderop in Massazza, met een heleboel grond eromheen, waar ze weinig pacht voor vragen.'

Zij glimlachte, ging boven op hem zitten. En ze begon hem uit te kleden.

'De roodbonte Oropa-koe is een beschermd ras, daarvan krijg ik van de Europese Unie tweehonderd euro per stuk. Het zal wel heel zwaar worden, vooral in het begin.'

Zij trok zijn overhemd uit, toen zijn schoenen, toen zijn spijkerbroek.

'Herinner je je nog dat veld vol narcissen op de Monte Cucco?'

Marina knikte en begon zichzelf ook uit te kleden, geknield

189

op het bed, terwijl ze haar haren opzij van haar gezicht liet hangen. De stilte daarbuiten was uitgestrekt en volkomen, de nacht zo kaal.

'Ik wil best voor de kerk trouwen, maar dan alleen in het kerkje van Piedicavallo.'

Het was inmiddels vijf uur 's ochtends. Ze boog zich over hem heen, begon elk stukje van zijn lichaam te bewerken zoals kleine dieren doen – eekhoorns, dassen, hermelijnen – wanneer ze onverschrokken hun hol bouwen en hun pootjes in de aarde duwen, die ze nat maken met hun bek, met hun speeksel. Ze waren uitgeput, hun lichamen waren zwaar als stenen, bekend en onbekend als de uitlopers in de vallei, als de sparren en de kastanjebomen, als de boomstammen en de schors, neergestort in een donker struikgewas zonder geschiedenis, een en al instinct, gevaar, schrikreactie.

Uitgeput vielen ze in slaap, in de vochtige, naar stro geurende warmte die hun lichamen hadden voortgebracht terwijl ze de liefde bedreven.

11

Waar het stoffige brede wegdek van de SP100 eindigde, achter een handvol huisjes van keien en omheinde moestuinen bij het gehucht Riabella, in de gemeente San Paolo Cervo, begon een onverhard pad onder een afdak van bomen, en opende zich een dichte stilte, nauwelijks bewogen door de wind, ondoordringbaar voor het lawaai van het verkeer.

Wanneer je die grens overschreed, was het alsof je in een magische cirkel stapte. Het licht drong maar moeizaam door het gebladerte heen, je voetstappen kraakten op de gevallen takken. Het bos was een rijk waar absolute wetten heersten, waar woorden elke betekenis verloren en de tijd slechts werd bepaald volgens de stand van de zon ten opzichte van de aarde.

Naarmate het pad hoger over de oostelijke helling van de Monte Cucco voerde, werd het steeds smaller en verdween het onder varens en struikgewas. Af en toe werd het schemerduister opengescheurd door een open plek waar een stukje hemel te zien was: heel dichtbij, kraakhelder. Tussen de takken klonk alleen het geritsel van vleugels, de liefdevolle roep van de zwarte spechten, je eigen ademhaling vermengd met de wind, en verder niets.

Andrea berekende de tijd aan de hand van het licht, en de afstand die hij had afgelegd door op de helling van het terrein te letten. Zijn stok was noodzakelijk voor het geval hij een herdershond zou tegenkomen: die beesten luisterden naar niets en niemand, behalve naar de stem van de sterkste. Hij had al vijf kilometer te voet afgelegd, hij had Andorno, Sagliano, de beschaving achter zich gelaten. In zijn rugzak droeg hij water, twee lange broeken, twee truien, een touw, een katapult en zijn Zwitserse zakmes, dat op deze hoogtes onmisbaar was. Hij liep stevig door over het ezelpad dat naar de top van de Monte Cucco voerde, zonder maar even om te kijken. Niemand zou hem op andere gedachten kunnen brengen. Het bos was zijn thuis. De vossen, de gemzen, de hazen waren zijn vrienden. Het was 20 juni 1993 en hij was nu definitief van huis weggelopen.

Als jongen van acht kun je al best een man zijn. Hij was in elk geval al een man.

Hij wist zeker dat hij overal in het beukenbos vuurstenen zou vinden, dat hij zo nodig vuur zou kunnen maken voor de nacht. En wat hij vooral ook zeker wist was dat zijn moeder nooit van hem had gehouden. En als hij nu geen man was geweest, had hij daar zeker weten verdriet van gehad.

Vandaag was het *hun* verjaardag.

Door een wrede speling van het lot, die mettertijd steeds wreder zou blijken te zijn, waren ze op dezelfde dag geboren, net als een tweeling; maar dan een jaar na elkaar, dus ze waren geen tweeling. Ook omdat de oudste een bewuste keuze en heel gewild was geweest, terwijl de tweede werkelijk *het laatste was wat ik had verwacht, drie maanden na de bevalling, terwijl ik borstvoeding gaf... Nou ja, het laatste waar we op zaten te wachten.*

Maar de held wordt altijd met een achterstand geboren, wat zou het anders voor held zijn? Dat besefte Andrea heel goed. Mama zei altijd dat ze niet zo van het moederschap had kunnen genieten vanwege die tweede zwangerschap. Dat vertrouwde ze toe aan haar vriendinnen als die op bezoek kwamen, in de overtuiging dat hij haar toch niet zou horen en zeker niet zou begrijpen. Maar Andrea had alles allang door, nog voordat hij leerde praten. En hij had zijn lot gedragen, hij had de moed niet opgegeven, hij had zelfs gevochten – voor haar.

Rond zijn zesde, zevende jaar was hij begonnen om net als een kat alles naar zijn moeder te brengen wat hij in de tuin had gevonden of dood had gemaakt. Hagedissen, spinnen doorboord met een speld, een keer zelfs een duif die hij met zijn katapult had geraakt.

Hij wilde haar trots zijn. Maar het had niets opgeleverd.

Het punt was dat zijn moeder onderscheid maakte. Dat gaf ze niet toe, ze ontkende het. Maar Ermanno werd langduriger gestreeld, werd altijd en overal tegenover iedereen geprezen – vanwege zijn schoolcijfers, vanwege zijn volwassen gedrag – en die middag was de situatie ontploft.

Het licht was fel, helder, de schors van de bomen donker, het water klaterde tussen de rotsen door, sleet ze uit en verspreidde dampen van zilverachtig vocht. Andrea liep in zijn eentje over het oostelijke ezelpad met in zijn hand zijn stok, waarmee hij op de grond sloeg, dwars door het struikgewas dat wemelde van de insecten. Hij rekende erop dat hij voor de avond op de plaats van bestemming zou aankomen, en in zijn hoofd repeteerde hij het smoesje dat hij zou vertellen wanneer hij daar aankwam.

Niet dat hij er spijt van had, integendeel. Hij kreeg het alleen af en toe te kwaad.

Vuurstenen liggen overal, hield hij zichzelf voor, je hoeft ze alleen maar op te rapen en tegen elkaar aan te tikken om een vuurtje te stoken.

En trouwens: de held doet weleens iets onrechtvaardigs, maar alleen als hij niet anders kan.

Het enige beeld dat hem voortdurend bleef kwellen was het gezicht van zijn moeder anderhalf uur eerder, toen ze het deurtje van de wasmachine had geopend. Voor de rest kon niets of niemand hem iets schelen: zijn vader niet, zijn broer niet en Clint al helemaal niet. Dat zijn geen beesten, zei hij bij zichzelf, dat zijn knuffels. Een echte hond is een bastaard die op zijn instinct de bergen doorkruist, die gromt naar de eerste de beste onbekende voorbijganger en hem desnoods een kuit afbijt, die onvermoeibaar van 's ochtends vroeg tot 's avonds laat de kudde bewaakt.

De held keert nooit op zijn schreden terug.

De Monte Cucco was zachtmoedig die dag, weelderig begroeid en druk bevolkt met hitsige hazen, steenmarters en wezels. Hij zou blij moeten zijn: hij had deze vlucht al weken, zo niet maanden voorbereid. Maar nu liep hij heel snel door om niet te hoeven nadenken, af en toe rende hij zelfs. Eerlijk gezegd had hij een hekel aan zijn verjaardag. Omdat het ook de verjaardag van iemand anders was, omdat hij de kaarsjes moest uitblazen die al door die ander waren uitgeblazen. En omdat hij als cadeau een paar zwemvliezen, een duikbril en een snorkel had gekregen, terwijl die ander een golden retriever-puppy kreeg – levend en kwispelend.

En ook al had mama er vervolgens bij gezegd dat ze er allebei voor moesten zorgen, het was toch het cadeau van Ermanno, het was *zijn* hondje, en hij had ook zijn naam bedacht: Clint, naar Clint Eastwood. Andrea voelde zijn hart breken, zijn neus druipen. Hij zag zijn broer dolgelukkig met het hondje spelen en hem aaien, en toen wilde hij hem de puppy aangeven: 'Kijk eens, Clint is echt schattig', waarop Andrea had geantwoord: 'Het is alleen maar een smerige hond.'

In werkelijkheid brandde hij van verlangen om het te aaien, dat beestje van drie maanden oud, zacht en blond als graan. Maar hij had het zichzelf streng verboden. Hij had zijn neus opgehaald, zijn tranen onderdrukt, en had de kleine Clint vol woede bekeken, hij haatte hem uit alle macht, terwijl Ermanno stralend en lachend met hem speelde in de keuken. Toen kon Andrea er niet meer tegen. Hij had zijn snorkelset aan de kant gesmeten – die zou hij nooit van zijn leven gebruiken – en was in een hoekje op de grond gaan zitten, in afwachting van het geschikte moment.

Hij weigerde zelfs aan tafel te komen voor de lunch.

'Jezus christus, Andrea! Doe toch niet zo vervelend!'

'Als hij niet wil eten, dan eet hij maar niet.'

Zijn vader en moeder waren nietsvermoedend aan tafel gegaan. Zijn broer ook. Het hondje dribbelde onhandig, onschuldig tussen de stoelen en tafelpoten door. Andrea verloor het beestje geen moment uit het oog. Na de lunch weigerde hij de kaarsjes uit te blazen en hij wilde ook geen taart.

'Wat heb je nu weer?' Mama was kwaad geworden. 'Ik zei toch dat jullie samen voor hem moeten zorgen!'

'Als jij ook met een fatsoenlijk rapport thuiskomt, krijg je ook een eigen hondje,' zei advocaat Caucino, kauwend op een tandenstoker.

Ermanno keek naar hem omlaag vanaf zijn stoel, een beetje verdwaasd, alsof hij zich op een andere planeet bevond. Terwijl hij daar ineengedoken tussen de koelkast en de wasmachine zat, in kleermakerszit op de vloer, en naar die golden retriever staarde alsof de golden retriever de oorzaak was van alle misère op aarde.

Ze lieten een afgedekt bord agnolotti voor hem op tafel staan, plus een stuk taart en kaarsjes *voor als je ze toch nog wilt aansteken*. Er verstreek een kwartier, een halfuur. Papa ging boven een dutje doen. Mama sloot zich op in de badkamer. Ermanno stopte een videoband in de recorder in de woonkamer en vroeg of ze samen een film zouden kijken. Andrea schudde zijn hoofd. Hij bleef daar zitten, klaar voor de aanval. De golden retriever scharrelde onwetend rond door de kamers; stom als alle raspuppy's, als alle knuffels.

Toen het huis in stilte gehuld was en vanuit de woonkamer alleen nog de soundtrack van Ennio Morricone klonk, precies op het moment dat het hondje naar Andrea toe kwam om aan hem te snuffelen, en zijn snuitje ophief om hem met zijn heldere oogjes vol vertrouwen aan te kijken, toen bedacht Andrea zich geen moment. Hij greep de hond bij zijn snuit en hield zijn kaken stevig op elkaar, zodat hij geen kik kon geven. Het lijden van dieren – maar dat zou hij pas leren toen hij ouder werd – is in bepaalde opzichten het meest hartverscheurende wat er bestaat. Want dieren praten niet, ze kunnen de dingen die ze voelen niet in taal uitdrukken. Als ze maar iets zouden kunnen zeggen, wat dan ook, dan zou hun pijn een naam hebben, en daarmee een maat.

De golden retriever-puppy keek hem nu ongelovig aan, het beestje voorvoelde de pijn, het beleefde de pijn nog voordat het die kende, terwijl hij het met beide handen stilhield. Maar het leek niet bang of overstuur. Het keek hem alleen maar aan. Andrea deed het deurtje van de wasmachine open en propte het hondje naar binnen. Hij zag hoe het een pootje tegen het glazen raampje drukte. Hij keek er nog eens naar zonder een krimp te geven. Toen stelde hij het wasprogramma voor de witte was op 90 graden in. Hij liep naar zijn kamer, pakte zijn rugzak in en liep weg van huis.

Het gezicht van zijn moeder, het afgrijzen in haar ogen toen ze het deurtje van de wasmachine opende, het lijkje van de hond aantrof en een kreet slaakte, had hij nooit gezien. Maar hij maakte er zich zo'n levendige voorstelling van dat die uitdrukking werkelijkheid werd. Terwijl hij zich door de bossen haastte en met zijn stok over de grond zwaaide, terwijl hij probeerde het te verdrijven, veranderde dat fantasiebeeld juist in een herinnering, een deel van zijn leven: het levensechte portret van schuld en ontgoocheling.

Toen hij bij de boerderij aankwam, was het bijna donker. Zijn grootvader was net klaar met melken en zat met zijn enorme krulsnor en zijn lange baard aan tafel voor een kom polenta en melk.

'Wat doe jij hier om deze tijd? Waar is de rest?'

Andrea ging op een stoel zitten, zette zijn rugzak en de stok op de grond.

'Opa,' zei hij, 'ik kom bij jou wonen.'

Zijn grootvader vertrok geen spier. Hij at rustig verder.

Andrea had een heel verhaal voorbereid, maar dat was hij nu vergeten.

'Ik wil hier blijven, ik wil leren melken en de koeien naar de weide brengen. Je zult geen last van me hebben.'

Zijn grootvader luisterde zonder iets te zeggen. Hij at zijn polenta op. Hij was een grote, stevige man, met een door kou en zon verweerde huid. Hij was net een rotspunt die al eeuwenlang aan weer en wind was blootgesteld. Hij pakte nog een bord uit de kast, schepte er de overgebleven polenta op en zette het voor zijn kleinzoon neer.

Toen stond hij op, trok een jas aan en ging de deur uit.

Andrea roerde het eten niet aan. Zijn maag zat op slot en hij had een enorm brok in zijn keel. Er was geen telefoon daarboven op de berg, en ook geen stroom in de uit keien opgetrokken boerderij. Een petroleumlamp verspreidde een zwak licht door het enige vertrek, dat dienstdeed als slaapkamer en keuken tegelijk. Naast die ruimte was de stal, waar vijftig Tiroler grijsveekoeien rustten in de met sterren bezaaide stilte.

Zijn grootvader was altijd alleen, daarom praatte hij zo weinig.

De enige manier om af te dalen naar het dorp was te voet. En dat was wat zijn grootvader die avond deed. Dat had Andrea ook al door voordat hij hem laat op de avond zag terugkomen, samen met mama, papa en Ermanno, die koste wat het kost mee had gewild.

Ze troffen hem aan in de stal, waar hij op een krukje naar de slapende vaarskalveren zat te kijken. Zijn ouders en broer waren bekaf. Zijn grootvader was buiten gebleven en rookte zijn pijp. Mama was totaal van slag. Zijn vader was zo woest dat hij geen woord kon uitbrengen. Alleen Ermanno was met kleine stapjes naar hem toe gekomen, zijn brillenglazen beslagen. Hij was voor hem komen staan en had hem aangekeken.

'Als het om Clint gaat, dat maakt niks uit, hoor.'

Andrea weigerde op te kijken naar zijn broer.

Hij wist nu al hoeveel slaag hij naderhand zou krijgen. Hij wist dat hij geen recht van spreken had, dat hij zijn mond niet open hoefde te doen, want het was niet zoals in de film, dat uiteindelijk de bedrijfsadvocaat komt om de gedetineerde te verdedigen.

Zijn vaders handen jeukten, hij kon zich maar nauwelijks bedwingen. Zijn moeder was de stal uit gelopen met tranen in haar ogen. Tranen van de zenuwen, van woede, van vermoeidheid. Maar niet van genegenheid: dat wist Andrea zeker. Toen had Ermanno zijn hand uitgestoken en met twee vingers zijn schouder aangeraakt.

'Je moet mee naar huis komen. Echt waar, die hond maakt niet uit. Maar je moet mee naar huis komen, want wat moet ik anders?'

Daarop keken ze elkaar aan, Ermanno en hij.

Een lange, zwijgende blik die een heleboel dingen wilde zeggen die ze hun hele leven nooit meer zouden uitspreken. Die ze naarmate ze groter werden zouden verloochenen, ontkennen, zelfs voor zichzelf zouden verhullen. Maar die nacht, die nacht in 1993 toen Andrea van huis was weggelopen, helemaal de berg op naar het huis van zijn grootvader tussen de koeien, hadden Andrea en Ermanno elkaar met die stille, ferme blik – waarmee zelfs volwassenen elkaar niet durven aan te kijken – het essentiële verteld, met open vizier, terwijl Ermanno's hand op Andrea's schouder lag, in die zo eenvoudige en basale fysieke aanraking, die toch zo moeilijk vast te houden en dan toch los te laten was.

Toen had zijn vader zijn geduld verloren, hij was tussenbeide gekomen. Hij had hem bij zijn oor gegrepen en hem vloekend en tierend naar buiten gesleept, omlaag over het door hun zaklampen verlichte ezelpad, zonder maar even zijn greep te laten verslappen, zonder zijn grootvader te groeten, zonder enig mededogen, tot aan de in Riabella geparkeerde auto.

12

Ze zouden elkaar nooit meer terugzien, dat was de afspraak. Maar het eerste wat Andrea zag toen op donderdagochtend om halfacht de wekker ging en hij zijn ogen opendeed, was het slapende gezicht van Marina in de holte van zijn arm.

Ze lag helemaal tegen hem aan gekropen. Terwijl het al licht werd had hij gemerkt hoe ze aan de andere kant van het bed lag te woelen, naar hem te zoeken. Hoe ze dichterbij kwam, trapte, met haar voeten langs de zijne wreef, zich tegen zijn rug aan klemde. En nu hij wakker was, maar nog steeds versuft door zijn verwarde dromen en de paar uur slaap, realiseerde hij zich dat hij haar in zijn armen hield.

Het was alsof hij ineens, zonder dat hij er ooit echt op had durven hopen, precies op de plek was waar hij altijd had willen zijn. *In het goede van het leven*, zoals een gedicht luidde, *in het kunstwerk van de wereld*. En dat kunstwerk was wel heel kwetsbaar en kreukelig, het rook muf, zweterig, en het snurkte zachtjes, er liep zelfs een sliertje speeksel uit de rechtermondhoek.

Het daglicht filterde door de iets openstaande luiken. Andrea voelde een bonkende band in zijn hoofd, zijn mond was droog van de drank. Hij was nu alweer als de dood dat hij haar zou kwijtraken. Bang dat ze zich, zodra ze haar ogen opendeed en besefte waar ze was, als een gek zou aankleden en voorgoed uit zijn leven zou verdwijnen.

Daarom deed hij zijn uiterste best om stil te blijven liggen en haar niet wakker te maken. Omdat hij dit bijzondere, opzichzelfstaande moment zo lang mogelijk wilde rekken. Voordat de herinneringen boven zouden komen: alles wat ze die nacht tegen elkaar hadden gezegd en niet hadden moeten zeggen; alles wat ze hadden gedaan, inclusief samen slapen, inclusief met hun laatste krachten in elkaars lichaam wegzinken en daar weerloos beschutting zoeken.

Hij keek hoe ze ademhaalde, hij keek hoe ze eenvoudig bestond, daar, in zijn bed, in deze kamer vol stof en troep. Wie zou zo'n wezentje ooit wakker kunnen maken? Het journaal dat de radiowekker ineens de kamer in schalde had een hels kabaal gemaakt, maar zij had geen vin verroerd. Het was de eerste keer dat hij zo lang naar haar keek terwijl ze lag te slapen, en de eerste keer dat hij wakker werd met haar naast zich. Nu begon hem iets duidelijk te worden van wat een volwassen liefde wilde zeggen.

Als je haar ontspannen, rustige gezicht zo zag, kon je nauwelijks vermoeden dat er in die slaap allerlei tegenstellingen, onzekerheden en woede kolkten. Het leek juist een toonbeeld van kalmte, van perfectie. Hij zou er niets aan veranderen, ook niet aan het rommelhok om hen heen. Vanaf de straat onder hen klonken slechts zachte geluiden: een blikje dat wegrolde, de kat van de buren die tegen een andere kat blies. Het was zo'n ochtend waar iedereen van droomde. Alleen moest hij over een uur naar zijn werk.

'Mari,' fluisterde hij, 'ik moet zo de bibliotheek opendoen.'

Zij mompelde iets en duwde haar gezicht nog dichter tegen zijn oksel.

'Ik moet gaan.'

Andrea wilde voorzichtig zijn arm onder haar rug vandaan halen en uit bed stappen, maar ze hield hem tegen en trok hem nog steviger tegen zich aan.

'Mari,' zei hij teder, 'je hebt je auto bij de Sirena laten staan. Maar je kunt hier gerust verder slapen, als je wilt.'

'Wanneer kom je terug?' vroeg ze, haar stem verstikt door de dekens.

'Om twee uur.'

Marina strekte haar armen en haar rug, en deed toen langzaam haar ogen open. Half versuft en verbaasd keek ze hem aan: 'Hoe laat is het nu dan?'

'Het is kwart voor negen, en ik moet ook nog douchen.'

Andrea liep de kamer uit. Hij ging naar de badkamer, trok zijn onderbroek en zijn sokken uit en stapte onder de douche, want hij stonk verschrikkelijk, net als vroeger op school, als ze een sportdag hadden gehad.

Intussen was Marina ook opgestaan, ze had de luiken geopend om lucht en licht binnen te laten. Toen keek ze om zich heen en barstte in lachen uit: 'Mijn God, wat een puinhoop hier...' Ze had een shirt van Andrea van een stoel gepakt en had dat aangetrokken, zodat ze in elk geval iets aanhad. Vervolgens begon ze blootsvoets, oppassend om niet op de rondslingerende flessen en aanstekers te trappen, door de dertig vierkante meter van de zolderverdieping te lopen, terwijl ze haar ogen uitkeek op de primitieve chaos die daar heerste, steeds meer geamuseerd.

Ze hoorde het stromende water vanuit de badkamer en bedacht dat ze dan rustig een beetje kon rondsnuffelen in de keukenkast. Er was koffie, en er was ook suiker. Een aangebroken pak koekjes dat daar al wie weet hoe lang lag, en een fles melk die gelukkig nog onaangeroerd was. Kortom: het was te doen. De caffettiera lag op zijn kant in de gootsteen naast een hele stapel vuile vaat. Kopjes en lepeltjes ook, allemaal te vies om aan te pakken.

Toen Andrea aangekleed uit de badkamer kwam, klaar om naar zijn werk te gaan, had Marina het ontbijt klaarstaan op de gedekte tafel. Andrea reageerde bijna beschaamd. Hij keek naar de tafel, hij keek naar Marina die naar hem lachte, gehuld in een shirt dat beslist niet schoon was, en hij kon zijn ogen niet geloven.

'Een goed teken...' zei Marina, terwijl ze nog een blik om zich heen wierp. 'Dat wil zeggen dat je nooit een andere vrouw hier mee naartoe hebt genomen.'

Ze schonk een kopje koffie voor hem in. Andrea ging lomp en onhandig als een beer aan tafel zitten. Hij deed suiker in zijn koffie. Hij was doodsbang dat het allemaal echt was, want hij was doodsbang dat het niet kon voortduren.

'Hoe doe je het nu met je auto?' vroeg hij.

Marina nam een hap van een koekje, maar spuugde die meteen weer uit. 'Het smaakt naar kurk!'

Toen schonk ze ook voor zichzelf koffie in. 'Hoezo? Kun je niet wachten tot ik weg ben? Ik ga wel lopen, zo ver is de Sirena niet... dat komt wel goed.'

Andrea dronk zijn kopje leeg en stak een Lucky Strike op.

'Je had best nog wat langer kunnen blijven liggen, als je tenminste niets te doen hebt...'

'Het punt is dat het hier in huis een puinhoop is,' zei ze lachend. 'Hier is dringend ingrijpen van Marina Bellezza vereist.'

Hij zat bedrukt op zijn stoel, met zijn ogen op de punt van de tafel gericht. Zij stond op en ging schrijlings bij hem op schoot zitten, terwijl ze met beide handen zijn gezicht beetpakte en hem dwong haar aan te kijken.

'Ik heb toch niks te doen vandaag.'

Ze streelde zijn haren.

'Dat hoeft helemaal niet,' stamelde hij.

'Ja, dat hoeft wel.'

Hij dwong zichzelf om haar aan te kijken, hij was moe, ongelovig, en angstig. 'Mari, echt waar, ik wil niet dat je...'

'Wat wil je niet? Dat ik hier blijf?' Ze bleef hem strelen en praatte nog steeds op die lieve, bijna moederlijke toon. 'Dat ik boodschappen voor je doe? Dat ik die keet hier voor je opruim? Wat wil je niet, zeg het maar.'

Andrea wreef met beide handen in zijn ogen.

'Ik wil niet dat je weggaat,' gaf hij toe.

'Ik ga ook niet weg.'

'Ik meen het serieus.'

'Ik ook.'

'Nee, jij meent het niet serieus, Marina. Je bent nooit serieus geweest wat mij betreft. Maar dit is niet het moment...' hij keek op de klok. 'Luister, je kunt de deur gewoon achter je dichttrekken, als je weggaat.'

Marina streelde hem niet meer. Ze stond op en begon af te ruimen.

'Voordat we naar Piedicavallo gaan om te trouwen, kunnen we toch beter een beetje oefenen... of niet? Eerst zeg je het een, en dan doe je het tegenovergestelde.'

'Dat moet jij nodig zeggen!' Andrea begon te lachen en liep naar de slaapkamer om zijn jas en zijn autosleutels te pakken.

'Laat wat geld voor me achter, dan ga ik boodschappen doen,' hoorde hij haar roepen.

Andrea liep terug naar de keuken, pakte haar bij haar heupen, tilde haar op tafel, kuste haar, deed haar shirt uit en kuste haar opnieuw. Toen legde hij een briefje van vijftig euro voor haar naast de caffettiera.

'Ik ga.'

'Ga maar.'

Hij liep naar de deur. Deed hem open. Liep terug. Kuste haar nog een keer. Hij dacht aan de huissleutels en gaf die aan haar.

'De afvoer loopt niet goed door, dan weet je dat als je gaat douchen.'

'Oké.'

'We zien elkaar om twee uur,' zei Andrea, treuzelend in de deuropening.

'Oké.'

Marina zwaaide hem uit. Toen trok ze het shirt weer aan en rende naar het raam om hem na te kijken terwijl hij in zijn Punto de straat uit reed. In de zes jaar dat ze vroeger verkering hadden gehad was het nooit eerder voorgekomen dat ze een heel huis tot hun beschikking hadden, voor hen alleen.

Ze ging op zoek naar haar mobiel tussen de kleren die ze de vorige avond had afgegooid, en zette hem aan. Ze schreef een sms'je: 'Ik ben ziek, tot maandag bij de repetitie', en stuurde het naar de productie van *Cinderella Rock*, waarna ze haar mobiel meteen weer uitzette, zonder de berichten en de gemiste oproepen te bekijken.

Zo doen sterren dat toch? Die doen precies wat ze willen. En wat Marina wilde, op dat moment, was zorgen dat Andrea's huis een metamorfose onderging; ze zou het zo schoon en netjes maken dat hij paf stond, ze zou spelen dat ze zijn vrouw was, ze wilde eventjes echt zijn vrouw zijn, ook al was het nep, voordat en haar carrière, en haar leven, en haar bekendheid allemaal tegelijk van start zouden gaan, op weg naar Milaan of Rome.

Het eerste wat ze nodig had waren van die grote zwarte vuilniszakken: ze moest al die rondslingerende lege bierflessen wegwerken. Ten tweede moest ze kleren, lakens en keukenlinnen bij elkaar rapen en alles in de wasmachine proppen. Ten derde de afwas doen, de ramen en de vloeren schoonmaken. Daarna zou ze wel verder zien.

Ze pakte het briefje van vijftig euro van de tafel, streek het glad tussen haar vingers. En wat zal ik hiermee doen? vroeg ze zich af.

Als ze haar mobiel weer had aangezet en even rustig de berichten op haar voicemail had afgeluisterd, zou ze er een hebben aangetroffen van een zekere Bianchi uit Occhieppo, van de vorige avond: 'Waar hang je goddomme uit, Bellezza?!'; een van haar moeder, eveneens van gisteravond, waarin alleen voetstappen door een drukke straat te horen waren; en een van BiellaTV 2000 van die ochtend om halfnegen, op dringende toon: 'Marina, goeiemorgen, je promo op YouTube heeft in achtenveertig uur tienduizend views gehad... We worden nu bedolven onder de verzoeken, niet normaal meer! De marketingafdeling zoekt je om interviews in te plannen, bel ons zodra je kunt.'

'Oké, het is nu kwart over negen,' dacht ze hardop. 'Ik heb vijf uur de tijd om die zwijnenstal om te turnen tot een huis.'

Extreme uitdagingen waren een kolfje naar haar hand. Ze zou elk hoekje aanpakken; elke kast, elke la. Ze zou korte metten maken met elk spoor van iedere andere vrouw die ooit per ongeluk hier mocht zijn beland. Andrea was van haar, altijd geweest. Zij was de enige die gerechtigd was zijn wettige echtgenote te zijn. Dat idee maakte haar vrolijk, het maakte haar aan het lachen, alsof ze weer een klein kind was.

Ze bond haar haren bijeen, trok een paar schone sokken van Andrea aan. Er was geen stofzuiger, het had geen zin om ernaar te zoeken. Ze moest zich tevredenstellen met een bezem en een zwabber aan een verroeste steel. Marina ging meteen aan de slag. Ze begon bij de slaapkamer; ze verzamelde al het afval in een hoek, haalde het bed af, gooide de kast open om de kleren te laten luchten. Er hing er niet één netjes aan een haakje. De broeken vouwde ze een voor een dubbel en hing ze over de kleerhangers, ze selecteerde de overhemden die gestreken moesten worden en legde die apart, in het nachtkastje vond ze een pakje condooms en gooide het weg: 'Die heb je voortaan niet meer nodig.'

Ze gebruikte een hele fles antikalk om de wasbak, het bidet en alle voegen tussen de tegels in de badkamer schoon te schrobben. Ze kon absoluut niet vermoeden dat daarbuiten, zonder dat zij het wist, haar carrière, haar leven en haar bekendheid onverwachts al van start waren gegaan.

Het douchegordijn was beschimmeld: dat kon weg. Ze moest twee wassen na elkaar draaien en alles ophangen aan een paar waslijnen die bij de ramen aan de achterkant waren gespannen. Toen ze door een van die ramen keek zag ze dat er achter het huis een verwaarloosde moestuin vol bloeiende hortensia's lag, en dat er tussen het puin en de resten van een oud kippenhok onverstoorbaar chrysanten groeiden.

Even bekroop haar de gedachte dat dit een perfect leven was. Dat zij tenslotte hier was geboren en opgegroeid, en dat ook haar kinderen hier geboren zouden worden en opgroeien. Dat zij als kind, wanneer ze de kuddes voor hun huis langs zag trekken, spontaan begon te klappen voor dat spektakel: de hele straat vol met koeien die het verkeer ophielden en iedereen naar de ramen lokten. Het sloeg allemaal nergens op, maar het had te maken met haar kindertijd.

Ze ging naar de keuken, waar ze flink huishield. Ze desinfecteerde zelfs de kastjes vanbinnen met alcohol. Waste de vuile borden af en ook de pannen die schoon leken. Schrobde het aangekoekte fornuis schoon. Er zijn gordijnen nodig, en kleedjes, besloot ze. Ze raapte alle boeken van de grond, rangschikte ze op de lege planken boven de bank. Toen zette ze de tv aan, zodat het ochtendprogramma *Uno Mattina* haar gezelschap kon houden terwijl zij de kussens herschikte en alles afstofte.

Er was niet één meubelstuk dat niet gammel was of aangevreten door de houtworm. Overal doken boeken, sokken en verfrommelde sigarettenpakjes op.

Op een gegeven moment ging ze overeind staan, kletsnat van het zweet, en staarde voor zich uit.

Is hij nou werkelijk van plan om vijftien koeien te kopen en een leven als veehoeder te leiden?

Ze dacht het alleen maar, ze durfde de vraag niet hardop uit te spreken.

Hoe liet de radio- en tv-carrière van een succesvolle zangeres die voortdurend op tournee was door Italië zich verenigen met het leven van iemand die van 's ochtends tot 's avonds een mestlucht om zich heen had hangen? En wat zouden de kranten schrijven? Marina Bellezza, de meest veelbelovende vrouwelijke stem aan het nationale firmament, heeft een relatie met een vee-hoeder? Kom nou toch... Wel een origineel verhaal, ja; een en-keling zou er wel door geraakt worden, maar de fans zouden er niet in trappen.

Het sloeg nergens op.

Hoeveel kost een koe?

Met een glimlach bekeek Andrea de prijslijsten van de laatste veilingen op internet. Hij was kapot, afgepeigerd, maar toch zo vol energie dat hij de hele wereld aan zou kunnen. De biblio-theek was op dit tijdstip bijna leeg, zodat hij rustig de nieuwste prijzen in een opschrijfboekje kon noteren, en wat kon naden-ken over een aantal van de besluiten die hij al had genomen.

Een Holstein-Friesian levert tussen de veertig en vijftig liter melk per dag, de prijs varieert tussen de 1400 en 2000 euro. De levensduur is echter relatief kort en ze kan maximaal drie keer kalven. Dat zijn allemaal parameters om rekening mee te hou-den. De Holstein-Friesian is de meest productieve koe die er bestaat, maar het is een dier voor de vlakte, voor de intensieve veehouderij, niet geschikt voor bergweiden. De Tiroler grijsvee-koe daarentegen komt oorspronkelijk uit Trentino, die heeft de bergen in haar DNA zitten. Ze levert twintig liter melk per dag, maar kan wel zestien, zeventien jaar oud worden en is bijzonder vruchtbaar. Nog afgezien van het feit dat ze stukken goedkoper is.

Ten slotte heb je de roodbonte Oropa-koe, daarmee zak je niet alleen in prijs – drie-, vierhonderd euro per vaars –, maar ontvang je ook nog eens subsidie van de Europese Unie. Ook al moet je vervolgens, met vijftien liter melk per dag, de kaaspro-ductie wel aanzienlijk beperken.

Andrea dacht over al die dingen na, hij rekende en herberekende. Het idee om een met uitsterven bedreigd autochtoon ras te fokken trok hem wel aan, maar praktisch gezien was het beter om voor Tiroler grijsvee-koeien te kiezen en in het voetspoor van zijn opa te treden, die altijd de deugden van die beesten had bezongen – hun robuustheid, hun lange levensverwachting, hun gezondheid.

Hij was er gewoon nog niet uit. Hij moest een kostenplan opstellen voor het landbouwbedrijf. In elk geval de grootste uitgaven eens op een rijtje zetten: 1) Pacht boerderij in het dal + grond voor de winter; 2) Aanschaf boerderij in Riabella + weidegrond voor de zomer; 3) Vijftien voor het eerst drachtige Tiroler grijsvee-vaarzen; 4) Melkmachine; 5) Koperen ketel; 6) Tractor + maaimachine; 7) De kosten voor die verdomde melkquota.

Af en toe kwam er iemand binnen om een boek in te leveren of te lenen, en vanochtend was Andrea vriendelijker en vrolijker dan normaal. Over twee weken, hooguit een maand, zou hij ontslag nemen. Hij zag het al voor zich, hij verheugde zich al op het gevoel van verlossing. Sommigen zouden hem voor gek verklaren natuurlijk. Daar had hij al rekening mee gehouden: zijn ouders zouden hem onterven, zijn dorpsgenoten zouden hem uitlachen – *veehoeder is een vak voor veehoeders, een burgemeesterszoon houdt dat leven hooguit een week vol, als het meezit.* En misschien had Marina dat ook wel gedacht gisteravond, want ze had hem alleen glimlachend aangekeken zonder iets te zeggen. Maar hij was heus niet gek, integendeel juist.

Het werd af en toe ook al in de kranten en op tv beweerd: de toekomst is een terugkeer. De crisis had alles ter discussie gesteld, het feest was afgelopen. Dat had Andrea allang door, en zijn redenering stond als een huis.

De maccagno is een kaas uit de Alpen bij Maccagno, die alleen vanaf een bepaalde hoogte kan worden geproduceerd, boven in de bergen waar je geen stroom hebt, geen zomervakantie of kerstvakantie, waar een levensstijl heerst waarvan bioscoop, pizzeria's, uitgaansgelegenheden en carrière maken categorisch zijn uitgesloten. Maar de maccagno is een DOP-kaas, het is een van de weinige producten die succesvol zouden kunnen zijn op de markt.

Er was een fatsoenlijke website nodig, en een goed verhaal om zijn bedrijf van de grond te krijgen. Je moest een held zijn, een gek, een dromer, om de markt te veroveren in tijden van crisis.

Er zijn processen die niet geautomatiseerd kunnen worden: de verplaatsing van het vee van het dal naar boven in de bergen en andersom, de uren op de bergweide om de grazende koeien in de gaten te houden. Dat vergt geduld, kracht en ballen. Maar de toekomst is een onverharde weg die je niet had verwacht.

Zuivelhoeve Caucino-Bellezza: zo zou hij het bedrijf noemen, hoe dan ook; als ze akkoord ging, maar ook als hij haar bij zijn thuiskomst om twee uur niet meer zou aantreffen.

Hij was van plan om vanmiddag een serieus gesprek met haar te voeren. Een wezenlijk belangrijk gesprek: Marina, nu moet je echt even naar me luisteren. Niemand zegt dat je moet stoppen met zingen. Je bent fantastisch, je bent geweldig, je hebt een ongelooflijk talent en dat weet ik beter dan wie ook. Maar luister naar me: die wereld daar, waar jij koste wat het kost bij wilt horen, die is oud. Die staat voor een land waarin de mensen nog wel konden geloven in de jaren tachtig, in de jaren negentig, maar nu niet meer. Die wereld daar, die jij zo interessant vindt, die zal je gebruiken en je vervolgens na een paar maanden alweer dumpen. Je zult erdoor teleurgesteld worden, verveeld raken, en je zult het niet lang volhouden in Rome of Milaan of waar je ook naartoe wilt. Als je in plaats daarvan besluit een veehouderij op te zetten en DOP-kazen te maken, hier in de Valle Cervo, met alles erop en eraan, dan is dat een geweldige keuze om je leven in te vullen. En dat niet alleen, het is ook een rationele keuze. Ik geef niks om geld, dat is waar. Maar ik weet dat jij er wel om geeft, dus ik beloof je: we gaan het maken. Jij houdt je bezig met de marketing, met de reclame en de website. En ook 's zomers, als we daarboven in Riabella zitten, kun je zo vaak je wilt afdalen naar de vallei. Jij bezoekt de beurzen; regionale, landelijke en internationale. Jij wordt het gezicht en de woordvoerder van ons bedrijf. Ik hou me bezig met het vee en de kazen. Ik zal de mest wel scheppen. Dit heb ik altijd willen doen, al sinds ik vijf was. Maar het gaat nu niet alleen om mij, om wat ik in mijn bloed heb. Ik weet dat dit de juiste weg is. Dit is de toekomst. Ik weet dat de wereld rondom ons kan instorten, maar ik zweer je dat wij veilig zullen zijn.

Er was geen speld tussen te krijgen: Andrea was een kampioen in het oefenen van hypothetische toespraken, in de stilte van zijn hoofd. Zuivelhoeve Caucino-Bellezza. Het was geen droom, het was zijn concrete project. Zijn toekomst. Zijn leven. En hij wist wat hem te wachten stond: een hele hoop bureaucratie, vergunningen, formulieren, paperassen, gedoe. Hij wist dat hij ruzie zou krijgen met de andere herders, en dat waren lui die geen proces aanspanden, maar je meteen het ziekenhuis in sloegen. Hij wist dat de gezondheidsdienst je het leven zuur kon maken met hun al dan niet terechte controles en al moeilijk deed over het soort schoonmaakmiddel dat je gebruikte om de vloer van je boerderij te schrobben. Hij wist dat je, voordat je in de grotten waar de kaas moest rijpen de juiste temperatuur en vochtigheidsgraad te pakken had, hele ladingen toma- en maccagno-kazen kon weggooien.

Maar goed, hij was hoe dan ook een man die in de vallei thuishoorde. Net als zijn opa. Keihard. En hij zou aan iedereen bewijzen, ook aan zijn vader, en aan zijn broer, dat hij, Andrea, op het slechtste moment in de geschiedenis van de afgelopen zestig jaar hier, in het jaar dat honderdduizend bedrijven hun deuren hadden gesloten, wel in staat was een concurrerend bedrijf op poten te zetten. En dat hij om dat te bereiken in tegenstelling tot hen niet zijn ziel zou hoeven verkopen, niet zijn vrijheid zou hoeven opgeven voor zijn carrière.

Op vijftienhonderd meter hoogte bestaat geen carrière.

Hij zou altijd weten waar de hemel is, en waar de aarde, en hoe dun de scheidslijn tussen die twee werelden kan zijn op bepaalde uren van de dageraad, in het veld vol narcissen op de Monte Cucco.

Aan het eind van de geschiedenis volgt er een sprong in het duister.

En dan moet je de sprong wagen.

Andrea stond op van achter de balie. Het was inmiddels vijf voor twee.

Hij zette de titels die die ochtend waren teruggebracht op hun plek, ordende de kaartenbak, en besefte toen ineens dat hij bang was. Ontzettend, wanhopig bang dat hij haar niet aan zou treffen thuis. Hij deed het licht uit, sloot de bibliotheek af en liep moedeloos naar zijn auto.

Hij reed een rondje door het dorp, puur om wat tijd te rekken. Het liefst zou hij even naar Pralungo rijden, bij Sebastiano aanbellen. Of bij Luca langsgaan in de garage en hem als eerste zijn excuses aanbieden. Naar Biella gaan, wachten tot Makelaardij Mucrone openging, bij het provinciehuis langslopen om het aanvraagformulier voor de eu-subsidie op te halen. Maar zij was er.

Zij, met dat verdomde *Cinderella Rock* van haar, *vanaf 13 oktober elke zaterdag op primetime*, dat als een zwaard van Damocles boven zijn hoofd hing. Zij, met haar torenhoge hakken en haar decolleté als een stripteasedanseres.

Natuurlijk was ze allang weg.

En hij kon nu even niets anders dan doelloos rondrijden door de straten van Andorno, als een dolende ziel, terwijl hij moed verzamelde en zichzelf voorhield dat hij er geen drama van moest maken als hij thuiskwam en de zolderverdieping leeg aantrof. Dan zou hij genoegen nemen met de nacht die ze samen hadden doorgebracht en hoe ze uiteindelijk hadden gevreeën, als twee mensen die voor elkaar waren geboren, die met elkaar zullen sterven en die zonder elkaar nooit rust zullen vinden.

Hij wist zeker dat hij haar niet meer zou aantreffen. Hij wist immers met wie hij van doen had. Zo was Marina: een valstrik, een illusie.

Hij sloeg de Via Pezzia in en remde af, vond een parkeerplaats en maakte nog een stuk of vijftien volkomen overbodige manoeuvres voordat hij de kracht vond om de motor af te zetten, het portier open te doen en uit te stappen.

Er klonk keiharde dansmuziek en toen hij omhoogkeek en goed luisterde, drong het tot hem door: het was zo'n onnozel nummer dat alleen zij mooi kon vinden, en het klonk uit de wijd openstaande ramen van zijn zolderverdieping.

'Ik geloof mijn ogen niet,' was zijn eerste opmerking toen hij de deur opendeed en in de deuropening naar haar bleef kijken.

Er sloeg een golf van geluk door hem heen, zo intens dat hij zin kreeg om grapjes te maken. Terwijl hij bijna nooit grapjes maakte.

'Wacht even,' zei hij hardop, 'ik probeer het nog een keer.'

Hij deed de deur dicht, wachtte een paar tellen en deed hem toen opnieuw open.

Hetzelfde tafereel. De vloertegels waren van een onbestemd zwartgrijs veranderd in stralend groen en ook het tapijt, en zelfs het licht had nu een andere kleur. De kast in de keuken leek wel splinternieuw. De tafel was gedekt voor twee, met een rood tafelkleed dat hij nog nooit had gezien. Op de salontafel bij de bank waren geen sigarettenpeuken en verkreukelde kranten meer te bekennen. En ten slotte, in het midden van de kamer, stond zij. Schaars gekleed in wit kanten lingerie, met hoge hakken en loshangend haar. Fris en glimlachend stond ze een overhemd van hem te strijken.

'En? Wat vind je ervan?'

Andrea ging naar binnen, zette een paar stappen in de tot leven gewekte kamer. Hij zag de geordende boeken op de planken, de pan met kokend water op het vuur. 'Ik heb het idee dat ik in een Barilla-reclame ben gestapt. Ik weet niet wat ik moet zeggen.'

'Ga maar eens in de badkamer kijken, ik wed dat je die niet meer herkent.'

Er lagen schone handdoeken, netjes opgevouwen, en de keramieken wasbak glansde. 'Ik moet hier voortaan een zonnebril opzetten!'

Marina lachte. Op de televisie die op MTV stond afgestemd was de Zuid-Koreaanse rapper Psy in een razend tempo aan het zingen en dansen, terwijl zij het strijkijzer liet stomen.

Andrea ging in de slaapkamer kijken.

'Doe de kasten open!' gilde Marina hem toe.

Zijn spijkerbroeken waren allemaal opgehangen, de truien lagen netjes opgevouwen op stapeltjes in de laden. Ze had een wereld voor hem geschapen, ze had hem weer teruggeleid naar de beschaving. Hij had nooit gedacht dat zoiets hem zo diep zou kunnen raken. Hij liep terug naar haar zonder acht te slaan op haar tenue.

'Je hoeft geen dankjewel te zeggen en zorg maar dat je er niet te veel aan gewend raakt.'

Andrea bleef maar om zich heen kijken, hij raakte de voorwerpen aan die van hem waren geweest en die vandaag volkomen nieuw leken, nooit eerder gezien. Het water kookte. Zij stond dansend te strijken. Andrea was gewoon versuft van blijdschap, en tegelijkertijd gegeneerd. Hij liep naar haar toe, pakte het strijkijzer uit haar handen.

'O ja, ik krijg nog tachtig euro van je,' zei Marina. 'Ik heb boodschappen voor je gedaan, ik ben naar de ijzerwinkel geweest en naar de fournituurenzaak, en toen ik toch bezig was heb ik dit ook maar gekocht.' Ze streek over het wit kanten lijfje. 'Daar liggen de bonnetjes.'

'Je krijgt wel vijfhonderd euro van me, je krijgt alles wat je wilt.'

'Ik wil vanmiddag naar de bouwmarkt, de luiken van de slaapkamer sluiten niet goed meer dus die moeten gerepareerd worden, en ik wil er een nieuw douchegordijn kopen.'

'En hoe wou je dan naar de bouwmarkt gaan, in je beha?'

Ze speelden het gelukkige stelletje, het gezin dat ze nooit hadden gekend. Ze waren zich ervan bewust, maar wilden er toch graag in geloven

'O, fuck, ik moet toch echt naar huis om wat kleren op te halen.'

'Ben je van plan om hier te blijven?'

'Misschien.'

Andrea kon zich niet meer bedwingen. Hij draaide het gas uit, trok de stekker van het strijkijzer uit het stopcontact. Hij deed zijn jas uit, zette de tv af, pakte Marina bij haar armen en sleepte haar mee naar de slaapkamer. Nu was hij helder, hij was in de kracht van zijn leven, zijn project kon elk moment van start gaan, hij was een volwassen man, hij was als een getrouwde man die bezig was met zijn beeldschone, halfnaakte vrouw.

Marina begon te lachen, ze ging languit op bed liggen.

'Inderdaad, je hebt nog drie jaar van me te goed.'

'Mond dicht, alsjeblieft,' zei Andrea, terwijl hij haar omhelsde.

'Trouwens, ik heb vandaag een doosje condooms weggegooid.'

'Wat?'

'Die vieze dingen heb je niet meer nodig.' Marina bleef lachen en rolde over het bed. 'Dat zijn dingen voor buiten het huwelijk... en je had sowieso niet moeten vreemdgaan.'

'Breek me de bek niet open... Ik wil er niet aan denken wat jij allemaal hebt uitgespookt.'

En hij deed alsof hij haar wilde wurgen.

'Ik heb me keurig gedragen, echt waar!'

Ze was zó leugenachtig als de maartse hemel. Leugenachtig als de warme seizoenen, de wateren, de bossen.

Andrea was helemaal gek, door het dolle heen, ontwapend. Ze waren als twee spelende kinderen die elkaar plagen, maar te groot zijn om zich er echt door te laten raken.

'Weet je, ik hoef morgen niet te werken. Dan neem ik je mee naar de Bessa om goud te zoeken.'

'Hou op, we hebben hier nog een heleboel te doen morgen, en overmorgen, en trouwens... Ik wil nooit meer uit dit bed opstaan.'

Een idylle kan per definitie niet lang duren. Maar het komt wel voor.

Andrea haakte het lijfje los, dat razend ingewikkeld was om los te haken, hij stroopte de string af die hij haar ongeweten cadeau had gedaan en die hij zelf nooit zou hebben uitgekozen. Zij kleedde hem helemaal uit. Ze verschansten zich onder de dekens, die ze later van zich af gooiden.

Later zouden ze lunchen, Marina zou gauw even langs haar huis gaan om kleren te halen, en nachtcrème, dagcrème, make-up. Daarna zouden ze naar Biella rijden, ze zouden even langs de bouwmarkt gaan om siliconenkit, schroeven, inbussleutels en verf te kopen, terwijl hij het karretje duwde en zij op de schappen klom. In de avond zouden ze weer thuiskomen, ze zouden met een bord op schoot voor het journaal eten en uitgeput gaan slapen, en de volgende dag zouden ze uitslapen tot twaalf uur.

Maar voorlopig wilden ze alleen maar bij elkaar zijn nu, zonder zich druk te maken om wat er was geweest en wat er nog zou komen. En Marina had de ongelooflijke eigenschap dat ze, zodra ze zich uitkleedde en begon te vrijen, niet meer deed alsof

en niet meer provoceerde. Dan werd ze op slag plooibaar, meegaand, kalm. Soms, vooral 's middags als het zonlicht binnenviel, vond ze het fijn om een nieuwe houding uit te proberen,
van plaats te wisselen, ze vond het leuk om te lachen terwijl ze
het deed, ze vond het leuk om te praten. Andrea daarentegen
was somber, bezitterig en bruusk. Het was alsof zij de wereld
voor hem opensperde en ontdeed van alle troep, van al het
kwaad. Alleen als ze de liefde bedreef was ze zo, alleen met hem
– wilde Andrea graag denken; dan was er niets ordinairs meer
aan haar, was er niets duisters meer in haar lijf, en werd ze gul,
helder, ze kwam gemakkelijk klaar, er was niks voor nodig, en
daarna wilde ze opnieuw klaarkomen, en ze was zoals elke man
wilde dat de moeder van zijn kinderen zou zijn, een wezen dat
speciaal was gemaakt om borstvoeding te geven, om te wiegen,
om een ander lichaam te verwarmen en te beschermen.

De idylle duurde tot zondag. Daarna stortte de wereld in.

DEEL TWEE

Cowboy vs. Assepoester

13

Achter in de studio stond Elsa, die haar tas en haar rugzak met spullen voor haar vasthield.

Ze voelde zich ongemakkelijk en lette goed op dat ze de cameralieden niet aanstootte, dat ze niet op de overal over de vloer slingerende kabels stapte, en vooral ook dat ze niet hoestte, dat ze geen geluid maakte nu de uitzending op het punt stond te beginnen. Ze keek naar haar, zoals ze daar stond in het kruispunt van drie spots. Ze vroeg zich af hoe Marina zo kalm kon blijven, relaxed zelfs, terwijl ze daar midden in de schijnwerpers stond; hoe ze zich zo ongedwongen kon overgeven aan de handen van de visagiste die het poeder op haar neus en haar voorhoofd bijwerkte.

Iemand zei: *Vijf minuten!*

Op dat moment kwam de journalist die haar zou interviewen binnen, hij groette zijn collega's op luchtige toon, strooiend met grapjes. Toen liep hij naar haar toe, gaf haar een hand en nam plaats op de stoel tegenover haar. Op een monitor bij haar in de buurt kon Elsa de proefopnames van de cameralieden zien: close-up van de journalist die zijn script zat door te nemen, medium close-up, long shot. Daarna dezelfde procedure bij Marina: de camera zoomde eerst duizelingwekkend op haar in, zoals de satelliet van Google Earth deed, om vervolgens snel uit te zoomen en te blijven hangen op een onderarm, een hand, zelfs op een donkerblauw gelakte nagel.

Ze hadden tegen haar gezegd dat ze wel mocht gaan zitten als ze wilde, maar dat hoefde Elsa niet. Het was de eerste keer dat ze in een tv-studio was, dat ze de coulissen zag, de werkelijke afmetingen: veel kleiner dan je thuis zou denken. Het was alsof ze in een chaotisch rommelhok stond met hoge plafonds en zonder ramen, gehuld in een stoffige duisternis, vol spots, kabels, genummerde objectieven, met alleen een klein eilandje licht.

Ze had besloten met Marina mee te gaan toen het duidelijk was geworden dat haar moeder niet meer zou komen. Het was een gewaagde beslissing geweest, dat realiseerde ze zich nu wel, en ze had ook behoorlijk moeten aandringen om Marina ervan te overtuigen dat zij beter kon rijden. Ze kon dan ook niet echt zeggen dat ze 'vriendinnen' waren, ze had eigenlijk geen enkele reden om hier zo te staan en haar rugzak vast te houden. Daarbij kreeg ze door deze hele situatie heel erg het gevoel dat ze een buitenstaander was, bijna een indringer die een ander in al zijn intimiteit begluurt.

Het punt was dat ze na de lunch met Marina te doen had gehad toen ze haar zo zag staan, klaar om te gaan, met de autosleutels al in haar hand, en voor de zoveelste keer haar moeder opbellend zonder dat er werd opgenomen.

Het punt was dat er de afgelopen dagen te veel rare dingen waren gebeurd: eerst was Marina woensdagnacht niet thuisgekomen, vervolgens was ze donderdagmiddag haastig binnen komen rennen met een dromerige uitdrukking die Elsa nooit eerder bij haar gezien had. Ze was meteen naar boven geholt, was daar al met al een minuut of twintig gebleven en toen met een rugzak om naar beneden gekomen, waarna ze afscheid had genomen met de woorden dat ze nog niet wist wanneer ze zou terugkomen. Toen was ze voor de tweede keer weggebleven, deze keer veel langer, zo lang dat Elsa zich echt zorgen begon te maken. Marina was vier dagen lang onbereikbaar geweest, ook op haar mobiel. Totdat ze in de nacht van zondag op maandag om één uur 's nachts was komen aanzetten en zo hard de voordeur had dichtgeknald dat Elsa er wakker van was geworden; en verschanst in haar bed had ze gewoon hartkloppingen gekregen toen ze Marina keihard in de telefoon hoorde schreeuwen.

Ten slotte was hun huis vanaf maandagmiddag ineens platgelopen door fotografen en verslaggevers van de *Eco di Biella*, de *Biellese* en de *Nuova Provincia*, die om beurten aan hun keukentafel hadden plaatsgenomen met een draaiende recorder. De telefoons stonden roodgloeiend. En toen het Elsa duidelijk was geworden dat er niemand zou komen om haar huisgenote een handje te helpen, om haar wat moed in te spreken in de razende orkaan die haar van de sokken blies, kon ze het niet over haar hart verkrijgen om haar aan haar lot over te laten.

Nu bekeek ze haar vanuit het donker, heimelijk, en probeerde ze te doorgronden hoe Marina zich nu zou voelen, zo plotseling in het middelpunt van de aandacht; in één sprong van niets naar alles. En ze zat in de zenuwen om haar, om het interview en om wat er daarna zou gebeuren.

Maar het was helemaal nergens voor nodig dat zij in de zenuwen zat.

Marina zat helemaal niet in de zenuwen. Integendeel.

Zij zat met haar benen over elkaar op de doorzichtige stoel midden in het decor en had totaal geen behoefte aan een begeleider of ondersteuner of wat dan ook.

Ze was lichtjaren van enige aardse bekommernis verwijderd, ze controleerde haar nagels en knabbelde er een uitstekend puntje af. Ze schitterde, blootgesteld aan de withete spots, afgetekend in haar volmaakte eenzaamheid.

Zij, en niemand anders, zij was het middelpunt, de kern, de as waarom de aarde op dit moment even draaide. Er zijn periodes geweest in de geschiedenis waarin de mens het doel had de wereld te ontdekken, te verkennen, de weidsheid en het mysterie ervan te doorgronden. Maar deze tijd, het tweede decennium van de eenentwintigste eeuw, was het tijdperk waarin het doel er niet langer in bestond in de wereld op te gaan, maar de wereld te zijn, te vervangen, de wereld helemaal in je op te nemen. Het was een oorlog tussen pioniers van de zichtbaarheid in plaats van het mysterie. Een bloedige strijd om de meeste ruimte te veroveren in de media, in plaats van op aarde.

Een Wilde Westen dat weliswaar virtueel was, maar daarom niet minder wreed. Marina was een kind van haar tijd, van spelshows als *Prijzenslag* en bladen vol popcultuur en shownieuws. Maar ze bezat ook die zweem van barbaarsheid, die heftige competitiedrang, die enorme, arrogante onwetendheid die een kenmerk was van de Hunnen, van figuren als Attila en Xerxes.

Een zweem van meedogenloze, tijdloze honger.

'Goedenavond, welkom bij ons wekelijkse programma *BiellaTV 2000 Special*, waarin we actuele onderwerpen uitdiepen die ons publiek interesseren. Vandaag zijn we hier om te praten over een zeer originele, om niet te zeggen revolutionaire show, die vanaf zaterdag 13 oktober op primetime wordt uitgezonden op deze zender.'

Alberto Serra, beroemd journalist van vijftig jaar, al zou niemand hem die geven, met een oranje brilmontuur, keek met uitgestoken wijsvinger recht in de tv-camera. 'Een programma dat al ongelooflijk veel belangstelling heeft gewekt op internet en in de pers, zo vernieuwend dat onze site al twee weken voor de start letterlijk is bestormd.' Serra werd schuin van opzij gefilmd: hij bladerde door het stapeltje papieren dat hij op schoot had en deed zijn bril af. 'We hebben het over *Cinderella Rock*, de talentenshow alleen voor vrouwen en made in Biella die op zoek gaat naar de nieuwe belofte, de nieuwe Assepoester van de Italiaanse muziek. En dat gaat hier gebeuren, in onze eigen stad, met de ondernemingslust en de moed die de kijkers kennen van BiellaTV 2000. We praten erover met een speciale gast... Blijf kijken. Reclame, dan de begintune.'

Er viel een stilte in de studio. Een stilte waarin iedereen op zijn gemak leek te zijn, behalve Elsa. Op de monitors die verspreid tussen de kabels en de verrijdbare statieven met camera's hingen, verschenen beelden van Worstmakerij Bianchi, de beste geitenworsten van de hele provincie Biella, van Kantoorboekhandel Elfo Felice en van restaurant L'Incontro, ook op zondagmiddag geopend, die elkaar opvolgden zonder dat iemand ernaar keek. Alle aandacht was gericht op de timer die de minuten en de seconden aftikte.

De begintune klonk, het geluid ging weer aan. Terwijl Marina daarginds nog steeds haar nagels zat te bestuderen alsof ze in haar eentje op de badkamer was en niets beters te doen had.

'Welkom terug.'

In deze verstikkende ruimte leek de tijd elk menselijk aspect te hebben verloren en te zijn veranderd in een op hol geslagen dier, dat met vaste hand diende te worden bereden. Serra zag eruit als een man die iedereen aankon. Hij legde snel uit hoe *Cinderella Rock* zou verlopen: tien afleveringen, twaalf deelneemsters, een jury bestaande uit lokale bekendheden – conservatoriumdocenten, de directeur van een beroemd winkelcentrum, collega-journalisten, dans- en zangleraren aan de beste scholen in de omgeving (*en natuurlijk u: ons publiek, het belangrijkste van allemaal! U mag stemmen, denk erom! Voor maar één euro helpt u uw favoriete kandidate naar de overwinning!*) – en elke aflevering zou er iemand weggestemd worden en zou er een beroemde gast komen – *grote namen, meer mag ik niet verklappen...* – en dan op 15 december de finale: dan zouden de derde plaats, de tweede plaats en de absolute winnares bekend worden gemaakt.

'Het moment is gekomen om u te onthullen wie onze gast in de studio is...' Serra sprak op hogere toon en grijnsde. 'Velen kennen haar al langer, anderen hebben haar nu pas leren kennen... Hoe dan ook, haar promotiefilmpje was een enorm succes en heeft in nog geen vier dagen het recordaantal van tweeëntwintigduizend views gehaald. De filmpjes van haar optredens hebben veel meer interesse gewekt op internet dan die van de andere deelneemsters. Goed, ze is geboren in Biella, ze is piepjong en ze is nu al een fenomeen. En ze heeft een achternaam die je niet meer vergeet...'

Een verwachtingsvolle stilte.

Voelbare spanning in de studio.

'Marinaaa Bellezzaaa!'

Op dat moment werd er een remix van een oud disconummer opgezet. De camera zwenkte naar Marina, gleed van haar tenen omhoog naar het detail van een gouden oorbel in haar linkeroor. Toen werd ze helemaal in beeld gebracht. Elsa stond roerloos, met gespannen zenuwen voor de monitor en keek met grote ogen toe. Marina was nog steeds Marina, natuurlijk. Maar toch was ze via het scherm ineens niet meer zichzelf, als door een soort optische illusie.

Wat Elsa op dat moment zag, en wat alle andere kijkers zagen die op dinsdag 25 september om zeven uur 's avonds hun tv hadden afgestemd op BiellaTV 2000, was het volgende. Een zittend blond meisje met over elkaar geslagen benen, een elleboog op de armleuning, het haar over haar schouders waaierend. Een soort Grace Kelly met het ondeugende van Belén Rodríguez. Een soort etherische madonna, maar dan met een kinderlijke uitstraling. Ze droeg zwarte kniehoge laarzen, een spijkerbroek vol scheuren en bleekvlekken en een topje met gouden en zilveren strassteentjes. Zware make-up, maar alleen rond haar zwart omrande ogen. Ze glimlachte naar de camera alsof ze het vriendinnetje van heel Italië was, en tegelijkertijd als een tijgerin.

'Oké, Marina, hoe voel je je? We kunnen elkaar wel tutoyeren, hè?'

'Goed, vol energie...'

'Geweldig,' zei Serra.

Ze moesten het ijs zien te breken en daar deden ze hun best voor. De spanning steeg, de presentator en zijn gast bestudeerden elkaar. Er kwam een technicus op die Serra enkele toevoegingen op het script gaf; de presentator wierp er een blik op en gooide het blaadje op de grond. Ook dat is het mooie van live-tv, zoals ze zeggen.

'Ik weet niet of je het weet, maar *BiellaTV 2000 Special* is een programma dat discussie wil uitlokken. Mijn interviews zijn altijd een beetje boosaardig... Anders is er natuurlijk niks aan.'

Terwijl ze onverstoorbaar bleef glimlachen draaide Marina zich naar haar gespreksgenoot en keek hem uitdagend aan. De camera nam hen nu allebei in beeld. Serra zette zijn bril weer op, vouwde het script dat hij nog op zijn schoot had liggen dubbel.

'Goed, hoe vind je het om plotseling zo beroemd te zijn? Dat je meedoet aan de eerste editie van een show waar iedereen naar uitkijkt, en nu al als favoriet wordt bestempeld? Stijgt het succes je dan niet naar het hoofd?'

Marina bestudeerde nogmaals haar nagels, liet haar vingers door haar haar glijden.

'Ik heb nog helemaal niet gewonnen,' zei ze, 'dus het is nog te vroeg om te juichen.'

Serra keek op en wierp haar een aandachtige blik toe.

'Het enige wat ik graag wil zeggen,' voegde Marina eraan toe, 'is dat ik iedereen bedank die me op Facebook heeft geschreven om me succes te wensen. Ik zal mijn best doen, dat kan ik jullie verzekeren.'

'Goed, je klinkt behoorlijk vastberaden. En dat zal ook wel nodig zijn, want de andere deelneemsters, die we in de komende afleveringen zullen leren kennen, zijn ook strijdlustig en zeer talentvol... Hebben jullie vriendschap gesloten?'

Marina begon te lachen. 'Natuurlijk niet! Er is geen ruimte

voor vriendschap als het om een concurrentiestrijd gaat... Het zou hypocriet zijn als ik het tegendeel beweerde.' Toen, op een arrogant toontje: 'Misschien later, na afloop van het programma, wie weet...'

'Nou,' zei Alberto Serra met zijn gezicht naar de camera, 'dat belooft een openhartig interview te worden vandaag...' Hij wendde zich weer tot haar. 'Marina, er zijn critici die in de kranten hebben geschreven dat nieuwe zangers en zangeressen alleen nog maar voortkomen uit talentenshows, en dat is niet zo best... Wat vind jij daarvan?'

Dat was een gemene vraag. 'De tijden veranderen,' flapte ze eruit. 'Het heeft geen zin om erover te zeuren of het vroeger beter was of niet.' Ze dacht er nog even over na. 'Ik wilde een kans, en die krijg ik van de tv. Ik krijg die kans net als een heleboel andere mensen. De tv is democratisch,' weidde ze uit. 'Wat is daar mis mee?'

'Niks, inderdaad, helemaal niks. Ik denk er net zo over als jij, Marina. Maar weet je, er zijn toch altijd mensen die kritiek hebben, en wat dat aangaat... Het aantal fans op je Facebook-pagina neemt enorm toe, maar er zijn ook heel veel negatieve commentaren. Je voormalige schoolgenoten zeggen dat jij als kind helemaal niet dik was, in tegenstelling tot wat je in je promo hebt verteld...'

'Jaloezie is iets heel akeligs,' viel ze hem verhit in de rede. 'Ze kunnen van alles van me zeggen, maar niet dat ik een leugenaar ben, integendeel... Ik heb een moeilijke kindertijd gehad vanwege mijn uiterlijk. En ik hoef me voor niemand te verantwoorden. Wie als kind heeft geleden, net als ik, die begrijpt dat. En wie het niet begrijpt, pech gehad.'

Serra leek steeds meer geïnteresseerd in het meisje, hij boog zich naar haar toe en deed voor de zoveelste keer zijn bril af.

'Ik hou van eerlijke mensen,' zei hij opnieuw in de camera tegen de mensen thuis. 'Dit meisje is oprecht. Maar nu zegt de regie dat we klaar zijn om het bewuste promofilmpje van Marina te laten zien... Mocht iemand het nog niet hebben gezien.'

Elsa had het inderdaad nog niet gezien. Het filmpje waarin Marina vertelde hoe ze als kind werd buitengesloten, en over haar vader die haar er voor zijn vertrek naar de Verenigde Staten van overtuigde dat ze in haar stem moest geloven. Ook de filmpjes van haar optredens die nu over het scherm gleden had ze nog niet gezien: Marina die zong op een dorpsfeest, in een discotheek, in een sportzaaltje en als laatste, in wat zo te zien een amateuropname was, in een badkuip vol schuim.

In eerste instantie was ze ervan onder de indruk. Ze moest het toegeven: behalve haar stem bezat Marina nog een zeldzaam talent. Het talent om de aandacht te krijgen, om contact te maken. Ook Elsa trapte erin, ze geloofde dat Marina oprecht was, ze slikte het hele verhaal over die vader en dat overgewicht.

'Oké, nu hebben we je gezien,' hervatte Serra toen het filmpje was afgelopen, 'in al je pracht.' Hij glimlachte. 'Het mag dan zo zijn dat je vroeger een lelijk ding was, maar nu...'

Onderdrukt gelach van het studiopersoneel.

'Ha, zelfs hier in de studio wordt er gelachen! Maar nu weer terug naar een serieuzer onderwerp. Hoe belangrijk is iemands uiterlijk om carrière te maken, op een schaal van één tot tien?'

Marina, steeds meer op voet van oorlog, sloeg langzaam haar benen andersom over elkaar. 'Laten we er niet omheen draaien,' haar stem klonk ferm, 'uiterlijk is echt belangrijk. En als een vrouw mooi is, komt iedereen op je af... Maar als ik zing, ben ik een man. Uiteindelijk is het publiek alleen maar dol op je als je talent hebt, en als je alles hebt gegeven, bloed, zweet en tranen. Anders hou je het niet vol, dan word je afgemaakt.'

'Tjongejonge, Bellezza... wat vindt je vriendje eigenlijk van je temperament?'

'Ik heb geen vriendje. Zo zijn we in Biella, hè: het werk gaat voor.'

De temperatuur in de studio was een paar graden gestegen. De leden van de redactie keken opgewonden naar de monitoren, terwijl ze elkaar enthousiaste blikken toewierpen en zich dan weer hierheen of daarheen haastten. Elsa daarentegen bleef roerloos staan, afzijdig, en vroeg zich af wat voor spelletje Marina speelde, en of ze wel doorhad wat hier gebeurde.

'We hebben nog een paar minuten, en dan willen we je graag horen zingen.'

Serra zei het op een toon alsof hij bedoelde: we zullen jou eens even op de proef stellen, wat denk je wel? We geloven er geen bal van.

'We gaan snel door met de laatste vragen, korte antwoorden, het eerste wat er in je opkomt... Goed, wat vind je van de politiek?'

Marina had geen flauw idee wie er in de regering zat.

'Niks,' zei ze.

'En hoe sta je tegenover religie?'

'Ik ga elke zondag naar de mis in Oropa, ik ben heel gelovig.'

Elsa trok haar wenkbrauwen op: O ja? Sinds wanneer dan?

De timer snelde halsoverkop naar de volle twintig minuten.

'Hoezeer voel je je verbonden met je geboortestreek?'

'Heel erg, ik hoop dat ik hier altijd zal blijven.'

'En hoe belangrijk is je familie voor je?'

'Je familie is alles.'

'Ten slotte, hoe zie je jezelf in de nabije toekomst?'

'Met een platina plaat in de hand.'

'Mooi, laat maar eens zien dan.'

Serra wees naar de microfoonstandaard die een technicus achter hen aan het installeren was, midden in de studio. Er werd meteen een camera op gericht.

'Laat maar eens zien of je die platina plaat verdient.'

Marina gaf geen krimp. Ze stond op, liep naar de microfoon, zette hem bedreven op de goede hoogte. Het licht om haar heen ging uit, er bleef maar één spot aan: haar favoriete spot, die voor haar ogen explodeerde, waardoor ze werd verblind en loskwam van de rest van de wereld. De orkestband van 'I Will Always Love You' werd gestart. Dit was het beroemdste en lastigste nummer van Whitney Houston: dat had ze expres gekozen om degenen die nog hun bedenkingen hadden, zoals Serra, de mond te snoeren. Ze zou er voor eens en voor altijd een eind aan maken, bedacht ze voordat ze begon te zingen. Ze zou ze vloeren, verstommen, afmaken. Ze was op haar best als ze onder druk stond. Ze had keihard gewerkt, ze had talent. En haar talent was een oorlogsverklaring. Haar talent, ontwikkeld en verfijnd tijdens jarenlange, eindeloze stemoefeningen, was de dolksteek voor degenen die haar bekritiseerden en onheus bejegenden. Het kan me niet schelen dat jullie jaloers zijn, leek ze te zeggen, terwijl ze haar blik recht in de camera boorde. Wees maar lekker jaloers. Ik ben er trots op.

Ik zal jullie eens een poepie laten ruiken.

Ze zong weer geweldig, ze betoverde Serra, de crew en Elsa, verloren tussen de elektriciteitskabels en de verrijdbare statieven. Ze zong alsof ze nooit anders gedaan had, de hoge noten kon ze net zo lang aanhouden als Whitney Houston zelf, en ze lachte naar de kijkers: de oma's en de tantes die thuis naar haar zaten te kijken, en zelfs naar de mensen die haar uitscholden op Facebook, ze sloot haar ogen en op het laatst raakte ze heel lichtjes de microfoon aan, in een onafgemaakte streling vol vergiffenis, vol begrip, maar ook vol vastberadenheid.

Toen ze klaar was scheelde het weinig of er werd champagne ontkurkt. Serra nam ontroerd afscheid van de kijkers thuis en nodigde hen uit om de volgende dag weer te kijken, zelfde tijd, zelfde zender. En terwijl hij zijn bril afzette, voegde hij eraan toe: 'We zijn getuige geweest van een wonder, beste mensen.'

Na afloop van de uitzending stormde iedereen op Marina af om haar te omhelzen, haar de hand te drukken, haar compli-

229

mentjes te maken: *Jij bent geboren voor de tv, jongedame. Ik kreeg er kippenvel van. Je hebt een absolute stem.* En Marina deinsde achteruit, was een en al valse bescheidenheid. Voor haar was het vanzelfsprekend dat iedereen nu onder de indruk was en toegaf dat zij de nummer één was.

Elsa stond met een flesje water in haar hand onthutst toe te kijken. Ze zag duidelijk haar kracht, haar schoonheid, haar wreedheid.

Toen kwam Marina naar haar toe en pakte haar bij haar arm.

'Kom, laten we snel wegwezen hier, anders blijven ze me lastigvallen.'

Elsa liep met haar mee naar het toilet.

'Heb je een sigaret?'

Ze gaf haar er een en keek toe terwijl ze rookte.

'Nou? Hoe vond je me?'

'Volgens mij wel goed,' zei Elsa, 'je kwam echt heel relaxed over...'

'Nou ja, het was ook geen Canale 5 of zo, hè?' Marina inhaleerde langzaam. 'Enne... die Serra is ook geen landelijke bekendheid, zoals Paolo Bonolis,' voegde ze eraan toe, terwijl ze de rook wegblies en in de spiegel keek.

Het was Elsa niet duidelijk of ze dit nu serieus meende. Ze keek toe hoe ze de sigaret doofde onder de kraan, de make-up van haar gezicht waste en vervolgens een van de wc-hokjes in ging om zich om te kleden. Gewoon, heel ongedwongen. Alsof het niets bijzonders was om interviews te geven en 'I Will Always Love You' te zingen op tv.

En terwijl Marina zich omkleedde, voelde Elsa zich ineens weer heel alleen. Alleen met haar flesje water in haar hand.

14

De foto die in een houten lijst op zijn werkkamer aan de muur hing, onder zijn universitair diploma, was een afbeelding van zijn twee zoons.

Ze waren allebei nog kinderen op die foto, ze zaten in scoutinguniform naast elkaar op een groot overhangend rotsblok boven het riviertje de Cervo. De een keek door zijn brillenglazen recht in de lens en glimlachte rustig in het heldere zomerlicht; de ander glimlachte helemaal niet, integendeel, hij keek met een geërgerd gezicht de andere kant op. Wat had hij, Maurizio Caucino, nou verkeerd gedaan dat ze zo verschillend, zo elkaars tegendeel waren geworden?

De advocaat wendde zijn blik van de foto af en keek naar het nog onaangeroerde dossier op zijn bureau. Zo bleef hij een minuut of tien zitten, niet in staat het open te slaan, ook al had hij de volgende ochtend een hoorzitting bij de rechtbank. Af en toe wierp hij een blik op de telefoon en raakte hem zelfs even aan. Maar dan bedacht hij zich weer, trok zijn hand terug en staarde weer naar de blaadjes voor zich, al kon hij het nog steeds niet opbrengen ze door te bladeren.

Hij verkeerde in tweestrijd. Al sinds een week verwaarloosde hij zijn werk en kwelde hij zijn ziel. Om precies te zijn sinds het moment dat zijn zoon Andrea plompverloren thuis was komen

aanzetten en dat belachelijke verhaal over de boerderij had opgehangen.

Het had hem heel wat gekost, die klap.

Je eigen kinderen slaan is iets om je voor te schamen, vooral
wanneer ze al volwassen zijn. Maar Andrea was eigenlijk helemaal niet volwassen, integendeel. Iemand die zich zo gedraagt,
die zijn studie niet afmaakt en iedere keer met van die idiote
ideeën aan komt zetten, die is onvolwassen, onverantwoorde-
lijk. Hij was nog steeds hetzelfde kind dat Ermanno's hondje
had vermoord in de wasmachine.

De advocaat zat inwendig te schreeuwen om zichzelf ervan te
overtuigen dat hij gelijk had.

Hij keek naar de telefoon, toen weer naar de foto, toen naar
het dossier, toen naar de takken van de spar in de tuin die tegen
het raam aan groeiden, en hij kon het maar niet loslaten. Die
klap, inderdaad: dat had hij niet moeten doen. Maar wat hem
het meest kwelde, wat hem werkelijk uit zijn slaap hield 's nachts,
dat was de zin die Andrea had gezegd voordat hij het huis verliet
en de deur achter zich dichtknalde. Zou zijn zoon echt in staat
zijn een bank te overvallen? Of om het even wat voor roekeloze
daad te begaan?

Voor zover hij hem kende, en dat was niet zo heel goed, zag
hij hem er wel voor aan. In tegenstelling tot de oudste was zijn
tweede zoon voor hem altijd een mysterie geweest, en tegelijkertijd een kruis.

En wat zouden de mensen dan wel niet denken? De zoon van
de advocaat, de zoon van de vroegere burgemeester van Biella
die zoals iedereen weet geld zat heeft, die in aanraking komt
met justitie, die een postkantoor overvalt als de eerste de beste
misdadiger, als een junk, een mislukkeling...

Als hij er alleen al aan dacht, voelde Maurizio een steek in zijn
hart. Zijn naam, de naam van zijn familie, door het slijk gehaald
door een zoon die hij net zo had opgevoed als de andere, pre-

cies hetzelfde. Hoe was het dan mogelijk dat Ermanno op zijn achtentwintigste werkte aan de universiteit van Arizona voor de NASA, terwijl die andere op zijn zevenentwintigste nog helemaal niets had bereikt?

Hij sloeg het dossier open en begon te lezen. Hij hield van hem, natuurlijk. Hij was zijn vader. Maar wat wilde Andrea dan beginnen met die boerderij?

De vorige middag had hij een telefoontje van de makelaar ontvangen waar het cynisme vanaf droop: 'Er is hier zojuist een jongeman langs geweest die zegt dat hij u kent, hij heeft een bod van twintigduizend euro gedaan waar niet over te onderhandelen valt...'

Jezus, hij meende het serieus!

Hij smeet zijn pen op het bureau en schoof het dossier van zich af. Toen hij had gezegd dat hij maar contact moest opnemen met de makelaar, was dat eigenlijk alleen maar om hem af te schrikken, om te zorgen dat hij dat ongetwijfeld stompzinnige idee uit zijn hoofd zou zetten. En wat moest hij nu doen? Zou hij het echt aandurven dit nu door te zetten: die boerderij, toch een familiebezit, te verkopen aan zijn eigen zoon die geen cent te makken had?

Maurizio was een van die 'keiharde types uit Biella': hij had nooit iets cadeau gekregen en zich met heel veel ellebogenwerk, woede en koppigheid omhooggewerkt: afgestudeerd in de rechten, juridische carrière, politieke carrière, de juiste aanstellingen.

Hij was met niks begonnen. Sterker nog, met minder dan niks. Opgroeien tussen de koeien, de stank van mest, uitgemaakt worden voor 'herdersjong', dat zijn geen leuke dingen voor een kind. Beseffen dat je vader zich nooit wast, horen dat hij nauwelijks honderd woorden Italiaans kent, en dag in dag uit voor de gek worden gehouden door je klasgenoten, het was allemaal niet gemakkelijk geweest.

Kort na zijn twaalfde verjaardag was zijn moeder overleden en had zijn vader zich teruggetrokken in een ondoordringbaar stilzwijgen dat Maurizio hem nog altijd kwalijk nam. Hij hoorde hem praten met de beesten, hij zag hem de beesten aaien, leven als de beesten, en het enige wat hij kreeg was geld.

Hij gaf hem het geld handje contantje en zei: 'Doe je best op school.'

Verder had hij geen herinneringen aan zijn vader. Nooit een gesprek, nooit ook maar een wandelingetje samen. Toen hij was overleden, zes jaar geleden, had hij er geen verdriet om gehad. Hij had een mooie begrafenis voor hem betaald – zodat er niet werd rondverteld dat de burgemeester krenterig was – en in een paar dagen tijd had hij alle bureaucratische rompslomp afgehandeld. Het enige wat hij echt belangrijk vond, was van die vervloekte beesten af te komen: zo snel mogelijk. Die stomme, stinkende koeien die zijn hele jeugd hadden verpest. Allemaal in de verkoop, naar de slachter ermee, *föra dai bale*.

Alleen de boerderij had hij niet meteen te koop durven zetten, godweet waarom. Hoe dan ook, daar ging het nu niet om. Wat kon hem die bouwval eigenlijk schelen? Niks.

Het punt was dat hij met zijn zoons niet dezelfde fout wilde maken als zijn vader met hem had gemaakt. Dat stilzwijgen mocht hij niet herhalen. Hij werd ouder, hij had niet meer zo'n vaste hand als vroeger. En bovenal kon hij het zich niet veroorloven om gelijkenis te vertonen met de man die zelfs op het kerkhof nooit een bloem van hem had gekregen.

Hij moest zich dwingen om de dialoog te openen. Alleen was het heel gemakkelijk om met Ermanno te praten: die luisterde naar je, hij klonk altijd vrolijk, hartelijk, en ook op gespannen momenten nodigde hij uit tot kalmte en diplomatie. Maar Andrea – godsamme! – die zou je het liefst nog wurgen voor hij zijn mond had opengedaan. Alleen al van de manier waarop hij 'hallo' zei kreeg je de kriebels.

Maar goed, hij was ook zijn zoon.

De advocaat gaf het op, hij pakte de hoorn van de telefoon en koos het nummer.

Nadat de telefoon een keer of tien was overgegaan nam Andrea op, zoals altijd met kille, afstandelijke stem: 'Pa.'

De advocaat slikte: 'Andrea.'

Hij pakte zijn pen en begon wat op een blaadje te krabbelen.

'Luister, ik heb er nog eens over nagedacht.'

Aan de andere kant van de lijn alleen maar een ijzige stilte.

'De boerderij... bedoel ik.' Pauze, zucht. 'Nou, ik heb er goed over nagedacht. Ik weet dat je gisteren bij de makelaar bent geweest. Nou, luister, ik heb dit besloten: wil je die boerderij hebben?'

'Ja.'

'Goed dan', hij slikte weer, legde de pen neer. 'Als je maar geen stommiteiten uithaalt, geen gekke dingen in je hoofd haalt. Ik zal je wat zeggen, je krijgt hem in bruikleen. Op voorwaarde dat je hierheen komt...' hij sloeg zijn agenda open, bladerde er snel doorheen, 'bijvoorbeeld zaterdag, aanstaande zaterdag, dan heb ik geen afspraken, en dan hebben we het erover.'

'Oké.'

'Kom maar met de lunch, dan is je moeder ook blij.'

'Tot zaterdag dan.'

Kijk, ze waren al klaar. Voor één keer waren ze het eens en viel er niemand iets te verwijten. Maar Maurizio wilde nog niet meteen ophangen.

'Alles goed met je?'

'Ja.'

'...' hij treuzelde nog steeds. 'O ja, luister, wat ik nog zeggen wou... Denk er nog eens over, over Tucson. Als tien dagen voor jou te lang is, kunnen we je ticket veranderen, zodat je eerder terug kunt...'

'Ik zal erover nadenken,' antwoordde Andrea.

235

'Dan zal ik tegen je moeder zeggen dat je zaterdag komt.'

Voordat hij de hoorn neerlegde en een zucht van verlichting slaakte, zonder dat hij ook maar enig idee had wat Andrea van plan was met die boerderij – hij dacht dat hij er wilde gaan wonen of een verblijf voor agriturismo wilde openen, wat misschien nog niet eens zo'n slecht idee was –, hoorde Maurizio hem heel snel zeggen, bijna fluisteren, alsof hij het zich per ongeluk liet ontvallen: 'Bedankt.'

Toen voelde hij een kleine barst vanbinnen, zoals bij een eierschaal die openbreekt. Hij werd echt oud, soms had hij zijn emoties niet in de hand. Vooral niet als hij zoals nu alleen in zijn werkkamer zat, achter zijn bureau, met een blaadje vol krabbels voor zich en de ingelijste foto van Andrea en Ermanno als kind aan de muur, in hun scoutinguniform ergens op een rotsblok boven de Cervo. Met de een die glimlachend door zijn brillenlenglazen in de lens keek, en de ander die niet glimlachte en de andere kant op keek. Met een chagrijnig gezicht, warrig haar, sombere blik. Als een kind dat niet gelukkig is.

Andrea zakte tegen de rugleuning van zijn stoel aan, zette zich met zijn voeten af tegen het bureau en rolde met stoel en al weg, tot hij tegen een boekenkast van de bibliotheek aan botste. Dit had hij niet verwacht.

Dit was nou wat je noemt een geschenk uit de hemel!

Want nu hij dat geld voor Riabella uitspaarde, kon hij het hele subsidiebedrag in de winterstal steken, in de pacht van het weiland in het dal, en dan hoefde hij helemaal niet meer naar de bank voor een lening.

Een verlossing. En ook al vond hij het irritant om iets van zijn vader aan te nemen, op dit moment was zijn trots wel zijn laatste zorg. De boerderij was tenslotte van zijn opa geweest, het was terecht dat hij die nu kreeg. Hij kon die krappe vijfduizend euro die hij opzij had gelegd gebruiken voor een tweedehands tractor, of een maaimachine. Hij kon morgen al ontslag nemen, het formulier invullen dat hij zijn studie neerlegde en dat naar de universiteit van Turijn faxen. Zijn revolutie was in volle gang, het proces was nu gestart. Andrea voelde zijn hart bonzen, hij voelde zich als Agamemnon op weg naar de Trojaanse oorlog.

Haastig sloot hij de bibliotheek af. Het was al na tweeën.

Het was echt een goeie zet geweest dat hij gisteren vastberaden naar Makelaardij Mucrone was gegaan. Die ouwe had de schrik te pakken gekregen, hij had begrepen dat het hem menens was. En dat was ook zo. Hij was nog nooit van zijn leven zo vastbesloten geweest.

Na de heftige ruzie met Marina zondagavond was hij maandagochtend wakker geworden met een gevoel als een soldaat in de loopgraaf. Hij had de hele dag keihard doorgewerkt, alsof er de avond ervoor niets gebeurd was. Hij was geen moment gestopt om na te denken, geen seconde. Het enige wat hij in zijn hoofd had waren de weidegronden van de Monte Cucco, en de Tiroler grijsvee-koeien van zevenhonderd euro per stuk. En nu was het dinsdag, een dag later, en was hij nog strijdlustiger. Verdriet openbaart zich vaak niet op het moment zelf, maar pas dagen later. Ons lichaam is zelfs in staat het om te vormen tot het tegenovergestelde: tot zorgeloosheid, euforie.

En zo voelde Andrea zich nu: euforisch.

Het was hem gelukt zijn vader op de knieën te krijgen. En zaterdag bij de lunch zou hij hem knock-out slaan. Hij zag het al voor zich.

Hij deed de deur van de bibliotheek dicht, liep naar zijn auto, stapte in en stak de sleutel in het contact.

En ineens was de euforie verdwenen.

Er was iets wat hij eerst moest doen, voordat hij wat dan ook kon ondernemen. Hij voelde zich ontzettend schuldig en dat moest eerst worden opgelost. Hij kon het niet langer uitstellen.

Wat had hij eraan om de start van zijn plannen in zijn eentje te vieren, zonder iemand erbij, zonder die twee? Hij moest hen zijn excuses gaan aanbieden, en wel meteen.

Als een gek scheurde hij naar Pralungo. Vijf minuten later was hij er al. Hij droeg al drie dagen dezelfde kleren en had een baard van zowat een week. Maar daar stond hij niet bij stil. Hij leek wel in trance. Hij stapte uit, liep naar het huis en drukte op de bel met het plakband, waarop met pen s. TRIVELLATO was geschreven.

'Ik ben het.'

Een lange stilte klonk aan de andere kant van de intercom.

'Alsjeblieft,' zei hij, 'laat me erin.'

De stilte duurde nog bijna een minuut. Toen klikte de deur open en Andrea dook naar binnen. Hij rende door het donkere trappenhuis drie verdiepingen omhoog en toen hij boven aankwam, stond Sebastiano al in de deuropening, met een onbewogen gezicht en een ijzige blik.

Andrea wist niet wat hij moest zeggen, hoe hij moest beginnen. Maar hij was er nu, en dat was het belangrijkste. Ze stonden tegenover elkaar, als twee vijanden voor het beslissende duel. Alleen stond de een met beide voeten stevig op de deurmat, tot de tanden gewapend, terwijl de ander aarzelend boven aan de trap stond met te weinig munitie.

De deur ging nog een stukje verder open en daar verscheen Luca. Zijn uitdrukking maar net een tikje menselijker dan die van Sebastiano. Maar dat was ook terecht, hij verdiende niet beter. Het was zijn straf, want hij had hen verraden.

Andrea staarde hen langdurig aan, machteloos, beschaamd. Hij hield zijn handen in zijn zakken, zette een stap naar achteren, toen een naar voren, en hij was zo oprecht, zo wanhopig dat zelfs een beul medelijden met hem zou krijgen. Laat staan iemand die jarenlang elke avond samen met hem had gegeten.

'Kom binnen,' zei Sebastiano ten slotte.

Langzaam, met zware bewegingen stapte Andrea over de

drempel, deed de deur achter zich dicht en ging zitten op een stoel tegenover de bank waar zij tweeën zaten.

Sebastiano stak een sigaret op en begon zwijgend te roken. Luca volgde zijn voorbeeld. Daarop haastte ook Andrea zich om een Lucky Strike uit het pakje te tikken, die hij met trillende hand opstak.

Ze rookten. Om beurten keken ze elkaar aan en sloegen dan hun blik weer neer.

Andrea ging kapot van die stilte. Hij bad dat ze hem zouden uitschelden, dat ze iets tegen hem zouden zeggen, wat dan ook, als ze maar opschoten.

Er verstreken enkele minuten zonder dat er iets gebeurde. Ze pakten alle drie een tweede sigaret, rookten die op, drukten hem uit. Toen strekte Sebastiano zijn benen uit over het kleed, boog zijn armen achter zijn hoofd en ging lekker achteroverliggen tegen de rugleuning van de bank.

'Waar het dus op neerkomt,' begon hij, 'is dat we vanaf die klotediscotheek zijn gaan liften, en dat we zijn meegenomen door twee zatlappen van in de zestig met een Duitse herder in de kofferbak die als een gek zat te blaffen.' Stilte, Sebastiano krabde aan zijn hoofd. 'Toen hebben die twee klootzakken ons gewoon in Biella gedumpt, bij het station, als een stel vuilniszakken. En toen konden we helemaal naar huis lopen.'

Andrea hield zijn ogen omlaag gericht en luisterde zwijgend.

'De volgende dag had ik zo'n pijn aan mijn neus dat ik naar de eerste hulp moest. En uiteraard moest ik ook het vaste tarief van 25 euro betalen, omdat ik natuurlijk niet in levensgevaar was. En toen hebben ze dus ontdekt dat jij, met die slappe armpjes van je, zowat mijn neustussenschot hebt gebroken.'

Andrea wreef over zijn gezicht, alsof hij het wilde schoonvegen, of alsof hij wilde verdwijnen. Luca hield zijn mond en speelde met zijn mobiel.

'Niks ernstigs, zoals je ziet. Ik ben alweer beter... mij krijgen ze echt niet dood.' En er ontglipte hem een lachje. Een bitter lachje, heel bitter.

'En, 'ns zien, wat is het vandaag voor dag? Dinsdag toch, Luca?' Luca knikte.

'Ja, dinsdag. En heb jij van afgelopen woensdag tot vandaag nog iets van die klootzak gehoord?' vroeg Sebastiano, nog altijd tot Luca gewend.

'Nee.'

'Heb je hem de afgelopen dagen bij de Sirena gezien, of ergens anders in Andorno? Hij was nergens te bekennen. Dus eigenlijk kunnen we het zo samenvatten: hij slaat je in elkaar, hij laat je 's nachts doodleuk ergens midden tussen de rijstvelden achter, en dan verdwijnt hij.'

Sebastiano stond op, trok de koelkast open, pakte drie flesjes bier en zette ze op de salontafel. Door het feit dat het er drie waren en niet twee, voelde Andrea zich nog schuldiger.

Ze maakten de biertjes open, terwijl Andrea nog meer begon te trillen dan eerst; hij kon zijn hand niet stilhouden. Ze dronken een slok.

'En waar hebben we dat allemaal aan te danken?' vroeg Sebastiano zich hardop af. Hij was niet kwaad, nee; het leek eerder of hij bezig was aan een cabaret-act. Maar jawel, kwaad was hij ook.

'Waarvoor zou een vriend, die jij als je broer ziet, je een uur langs de rijksweg laten staan met je duim omhoog als een idioot, in de hoop dat er eindelijk iemand komt die hem en zijn maat wil meenemen, met een gebroken neus en een blauw oog?'

Andrea bleef maar met twee handen over zijn gezicht wrijven.

'Voor een of andere sloerie!' schreeuwde Sebastiano. 'Voor die sloerie heb jij je schandalig laten vollopen, weet je dat? Schandalig! En toen ben je ook nog eens de hele tijd bij haar gebleven, zonder je er ook maar ene reet van aan te trekken hoe het intussen met die twee eikels was gegaan, met ons dus... En toen heeft die griet je gedumpt, ze heeft je de zak gegeven, ze heeft je als een sukkel in je hempie laten staan, en nu kom je dus weer bij ons aankakken om uit te janken bij je oude vrienden. Heb ik gelijk?'

Met een iel stemmetje, nog steeds met zijn hoofd tussen zijn handen, gaf Andrea toe: 'Je hebt gelijk.'

'Ik heb een ex-vrouw, beste vriend, die me helemaal kapot heeft gemaakt omdat ik half was vreemdgegaan, maar niet eens helemaal, en omdat ik half was veroordeeld voor dealen, waar ook al helemaal niks van aan was. Door haar ben ik m'n salaris kwijtgeraakt, m'n baan kwijtgeraakt, m'n kind kwijtgeraakt. Is dat duidelijk? En dan denk jij dat ik niet weet... Moet je kijken hoe je erbij zit! Je ziet er niet uit, man!'

'Toe nou,' kwam Luca tussenbeide. 'Hou op. Nu weten we het wel.'

'Nee,' zei Sebastiano, terwijl hij opstond, 'ik wil dat die eikel hier heel goed in z'n hersens print hoe bepaalde vrouwen zijn... Van die retegeile wijven, van die oogverblindende slangen die speciaal lijken te zijn geschapen en bedacht om je hele leven kapot te maken!'

Andrea sprong ineens op en omhelsde hem.

In eerste instantie duwde Sebastiano hem van zich af, toen pakte hij hem weer vast, deed alsof hij hem wilde slaan, schold hem teder uit. Luca glimlachte.

Ze gingen weer zitten.

'Jongens, ik moet jullie iets vertellen. Iets belangrijks,' begon Andrea.

Sebastiano en Luca keken hem geschrokken aan.

'Nee, rustig maar. Het heeft niks te maken met...' Hij kon het persoonlijk voornaamwoord 'haar' niet eens over zijn lippen krijgen. 'Het gaat over de boerderij. Hou je goed vast... Die heeft mijn vader aan mij overgedaan! Ik mag hem hebben!'

Een explosie van blijdschap. Sebastiano ging gauw nieuw bier halen. Hij kwam terug met een sixpack van het lokale merk Birra Menabrea.

'Dit moeten we vieren!'

'Ter nagedachtenis aan Kadaffi!' bracht Luca een toost uit.

'Zijn ziel ruste in vrede! Hij heeft ons geluk gebracht.'

Toen ze hadden geproost, keek Andrea hen ernstig aan: 'Ik wil geen tijd meer verliezen, ik heb al veel te veel tijd verdaan.' Hij zette zijn flesje neer en stond op. 'Gaan jullie mee naar het provinciehuis, nu meteen? Ze sluiten om vier uur.'

Ze lieten de biertjes en de sigaretten en alles voor wat ze waren, stapten meteen in de auto en reden naar Biella.

Het provinciehuis bevond zich op de Via Quintino Sella 12, in het indrukwekkende zeventiende-eeuwse gebouw waar vroeger het armenhuis gevestigd was geweest. Toen hij daar naar binnen liep, voelde Andrea zich net zoals graaf d'Artagnan zich moest hebben gevoeld bij zijn eerste bezoek aan het hof van koning Lodewijk XIII. Een nummertje trekken, in de rij gaan staan voor het loket Agrarisch Beleid: handelingen die zo bijzonder waren, zo moedig dat je adem ervan stokte.

2012: het slechtste jaar van het naoorlogse tijdperk.

Andrea nam de formulieren uit handen van de loketbediende in ontvangst. Voor de zekerheid liet hij haar nog een keer uitleggen hoe het zat met het POP, het plattelandsontwikkelingsprogramma.

Het centrale punt was de grond. De grond bestaande uit de aardkluiten die we onder onze voeten hebben. Je kunt geen stal, geen vee, geen bedrijf hebben als je niet de benodigde grond hebt om de hele zaak te voeden. Zonder grond is er niets, dat is de kern. Dat geldt voor de Europese Unie en dat geldt voor je hele leven. Je moet altijd ergens kunnen neervallen.

'Dus ik moet het aantal hectares berekenen op basis van het aantal koeien?'

'Precies.'

'En als ik voor het weiden in de bergen gebruikmaak van de bergweiden van Valle Cervo, kom ik in aanmerking voor de compensatieregeling?'

'Juist.'

'Mooi, wilt u het alstublieft nog één keertje herhalen?'

'Goed, als eerste zorgt u voor een inschrijving bij de Kamer van Koophandel, nu meteen, zo snel mogelijk. Vervolgens moet u een btw-nummer aanvragen en toetreden tot een brancheorganisatie. U vult het formulier in voor de vestigingsaanvraag dat ik u heb gegeven, u wacht op het besluit of u in aanmerking komt voor subsidie, en ten slotte koopt of pacht u een stal die voldoet aan de normen die daar op de laatste bladzijden staan vermeld.' De beambte wees naar de blaadjes die Andrea in zijn handen had. 'Denk erom: energiezuinig, dierenwelzijn... Ga nou niet een of andere bouwval aanschaffen die niet aan de regels voldoet, anders moet u die alweer sluiten voordat u begonnen bent.'

Een berg aan bureaucratie, dat was het. Een uitputtende Mount Everest aan papieren, wachttijden, vergunningen, controles, heffingen. Het was iets waar iedereen zich door zou laten ontmoedigen, maar Andrea niet. Hij was zo opgetogen als een kind. Zonder angst. Hij had zijn vrienden naast zich, hij voelde hun schouderklopjes, hij kon rekenen op hun genegenheid, op hun steun. Hij was vastbesloten. Hij was trots op zichzelf. Hij zou morgen meteen naar Massazza gaan om te onderhandelen over de pacht van de winterboerderij. Hij kon de hele wereld aan. Hij kon die hele wereld missen als kiespijn.

Terwijl ze het provinciehuis verlieten, terwijl ze over de SP100 terugreden naar Bar Sirena, of welke bar dan ook waar ze het konden vieren, zei Andrea haar stilletjes, in zijn hoofd, waar het op stond.

Luid en duidelijk, ook zonder het hardop uit te spreken.

Dus je vindt mij een sukkel, een dromer, een mislukkeling? Goed. Dus je zei dat ik het leven van een kluizenaar zal leiden? Prima. Jij kunt alleen maar schreeuwen, jij, dingen kapotmaken, alle banden verbreken. Maar ik ben niet zoals jij. Verkoop jij je ziel maar. Verkoop jij je hele hebben en houden maar voor een beetje armzalige bekendheid, stoot je kop maar, loop jezelf maar stuk, vertel de mensen maar een hoop flauwekul. De mensen zijn je zo weer vergeten, de mensen geven helemaal niks om jou. Eerst kopen ze je platen en klappen ze voor je, en daarna klappen ze voor iemand anders. En jij gaat voorbij, zoals alles voorbijgaat. En mij raak je kwijt, je bent me al kwijtgeraakt.

De groeten, Marina, jij bent wel de allergrootste illusie, de allergrootste teleurstelling van mijn leven geweest.

De volgende dag had Marina alle kranten gehaald.

Andrea stond om zeven uur 's ochtends bij de kiosk. Hij kocht een exemplaar van elke lokale uitgave. Hij had gehoopt dat er niets was gepubliceerd, maar zoals hij al had verwacht was juist alles gepubliceerd.

Voordat hij naar zijn werk ging om daar zijn ontslag in te dienen, reed hij helemaal naar Riabella, bijna tot aan de huizen en de moestuinen die aan het bos grensden, daar waar hij negentien jaar geleden zijn toevlucht had gezocht toen hij van huis was weggelopen; daar waar hij ooit zou terugkeren – hij hoopte de volgende zomer al – om zijn Tiroler grijsvee-koeien naar de bergweide te leiden zoals zijn opa altijd had gedaan.

Nu voelde hij de pijn heel goed, heel duidelijk. Ineens was die losgebarsten, zodra hij wakker was geworden en zich herinnerde wat voor dag het was. Zijn euforie had iets meer dan achtenveertig uur geduurd.

Hij dacht terug aan Ermanno, aan het feit dat Marina hem bijna had weten over te halen om naar Tucson te gaan. Vier dagen geleden: in een vorig leven.

Hij plofte op een bankje neer. Rustig nam hij ze een voor een door: de *Biellese*, de *Eco di Biella*, de *Nuova Provincia*, de *Gazzettino del Cervo*.

Elk artikel over het programma wijdde op z'n minst twee kolommen aan Marina Bellezza, 'met de mentaliteit van een militair op missie, en de hemelse stem van een engel', en amper een halve kolom aan de overige elf kandidaten. Hij las ze nog een keer. Toen vouwde hij de kranten zorgvuldig dicht en pakte een sigaret. Rookte de sigaret op. Sloeg de kranten nogmaals open en las de artikelen opnieuw. Toen liet hij ze daar liggen, wapperend in de wind. Hij stond op, zette een paar stappen naar zijn auto. En barstte in huilen uit.

15

Is dit nou Milaan? Het lijkt amper groter dan Carisio.

Een prachtige ochtend eind september. Het licht dat vanuit het oosten kwam, zette de vlakte in vuur en vlam. De ss230 voerde dwars door de rijstvelden, een heldere rechte lijn zoals Route 66, en veranderde dat stukje wereld tussen Biella en Carisio, bezaaid met verroeste silo's, afgelegen boerenbedrijven, al jaren te koop staande loodsen en enorme reclameborden langs de weg, in een episch, bijna Amerikaans landschap.

Marina reed er neuriënd doorheen. Ze liet de bergen achter zich. Ze kon nog niet vermoeden dat deze dag een verrassing voor haar in petto had. Ze voelde zich onkwetsbaar, gelukkig. Ze zag niet dat haar provincie instortte, ze zag niets. De stapel kranten met haar voor- en achternaam hield haar gezelschap op de passagiersstoel.

Ze reed over de rand van de verrezen wereld, en ze had die in haar hand.

Geraamtes van textielfabrieken, magazijnen die nooit waren afgebouwd, discountwinkels, boerenhoeves, wegens faillissement gesloten meubelzaken, allemaal tot stilstand gekomen aan de voet van de Alpen, ten prooi aan het licht en de wind, op drift. En Marina floot, met één hand op het stuur en met de andere een sms'je tikkend. Aan de horizon tekenden zich voor haar de contouren af van een nieuw continent. In de lichte nevel, nu niet meer zo heel ver weg, boven de uitgestrekte vergulde film van de vlakte, zweefde de luister van de Italiaanse droom.

Zichtbaar worden, beroemd worden.

Toen ze pas na twaalf uur, met een zonnebril op, een leren jack aan en een vertraging van veertig minuten de studio van BiellaTV 2000 binnenkwam, kende inmiddels iedereen haar. Ze kwamen haar tegemoet, vroegen of ze koffie wilde, of ze iets nodig had. En zij lachte naar links en naar rechts terwijl ze met zekere tred, haar hakken tikkend op de vloer, door de lange gang naar studio B liep, die bijna zo groot was als een schouwburg. Het was inmiddels iedereen duidelijk dat zij in haar eentje de grootste portie reclame voor het programma verzorgde. Met haar filmpjes, opgenomen met een mobiel, met haar gewaagde kleding, haar arrogante gezicht.

En zij was zich ervan bewust, was er trots op. Je moest zorgen dat je altijd in de plus stond in het leven. Net zo veel pluspunten verzamelen tot je een positie hebt bereikt waar iedereen jaloers op is: de positie van degene die de winst binnenhaalt, van degene die de anderen in zijn greep heeft.

In studio B waren ze nog aan het repeteren. Marina bleef in de deuropening staan toekijken. Een ontwerper uit Ivrea richtte het decor in met glimmende fuchsia en roze panelen; boven het podium ontstond langzaam maar zeker in enorme letters het woord CINDERELLA. En Claudia uit Reggio Emilia spande zich in om de hoogste noot van het nummer 'Almeno tu nell'universo' te halen.

Marina bleef nog even staan. Ze hoorde de andere kandidate een valse noot uitbrengen, en een stem van beneden die riep: 'Nee, nee, nee!' Ze glimlachte voldaan.

Pas toen stapte ze naar binnen, ze maakte haar entree in de halfduistere ruimte. Tussen twee rijen stoelen door liep ze naar de productiemanager.

'Aha! Daar ben je!' zei hij. 'Waar zat je? Dit is geen spelletje, dit is werk. En op je werk kom je op tijd.'

Marina beet op haar lip om hem niet in zijn gezicht uit te lachen; ze zette bedaard haar zonnebril af en deed vervolgens haar leren jack uit.

'Weet je al wat je tijdens het concert wilt zingen? Je bent de enige die nog niks heeft opgegeven.'

'Ja, rustig aan...' snoof Marina. Ze maakte het zich gemakkelijk op de voorste rij en beantwoordde een sms'je dat ze net had binnengekregen.

De andere deelneemsters wierpen haar van een paar meter afstand scheve blikken toe, met een mengeling van nieuwsgierigheid en irritatie. Ook de tekstschrijvers en de regisseur keken naar haar. Er was vooral een heel lange jongeman achter in de zaal die zijn ogen niet van haar af kon houden.

'Ik heb drie opties,' zei Marina tegen de productiemanager. 'Ik zal ze je laten horen. Maar laat me dan meteen oefenen.'

'Meteen! Natuurlijk... maar zie je dan niet dat Claudia nu bezig is?'

Als er één ding was wat Marina niet had, was het geduld. En waar ze ook niet tegen kon, was als een schoolkind te worden behandeld. Ze wachtte lijdzaam op haar medekandidate, die voor de tweede keer vergeefs probeerde Mia Martini te imiteren. Terwijl Claudia stond te zingen, zat zij te sms'en en te lachen. De geheimzinnige lange slungel achter in de studio bleef in de duisternis zitten. Hij kwam over als een ongenode gast op een feest, maar ook als een ernstige professional die pas op het laatst tevoorschijn komt.

Vanaf een veilige afstand bestudeerde hij haar aandachtig. Hij zag hoe ze glimlachte, hoe ze de productiemanager schoffeerde. Hij herkende haar recalcitrantie, haar divagedrag, haar brutaliteit. Hij zag hoe ze zich een kop koffie liet brengen, opstond om naar de wc te gaan, terugkwam, haar lipgloss opnieuw opdeed.

'Oké!' riep de productiemanager zodra Claudia klaar was. 'Nu is de beurt aan Marina, die eindelijk zo goed is geweest te verschijnen.'

Er klonken boze opmerkingen en gesmiespel in de hoek van de deelneemsters. *Zij krijgt altijd voorrang...* Marina wierp een paar van die grietjes een vernietigende blik toe. Toen beklom ze het podium, dat pas half was ingericht. Ze gebaarde naar de regiecabine, zette de microfoon aan: 'Een, twee, drie, test... Ik begin met "Umbrella", start de band.'

Die jongedame wist waar ze mee bezig was. Ze was beslist geen katje om zonder handschoenen aan te pakken. Nu moest hij alleen nog inschatten of ze wel echt de moeite waard was: dat ging er door het hoofd van de lange slungel. Hij stond op van de achterste rij en liep een paar meter naar voren. Hij droeg een zwarte, bewust kreukelige broek van Tom Ford, een lichtbruin kasjmieren vest, een half openhangend sportief overhemd, en had een stalen Rolex – een echte – om zijn pols.

Hij keek naar Marina, maar onopvallend. Hij vroeg zich af wat dat meisje wilde bereiken, hoe vastberaden ze was. Hij zou de gok wel durven wagen met haar, maar dan wilde hij haar eerst live horen zingen.

Hij was niet zomaar iemand. Hij was Donatello, Donatello Ferrari. Iemand die op zijn manier, in zijn wereld, wist waar hij mee bezig was.

Hij had halflang haar, zorgvuldig ongekamd. Groene ogen. Baardje van een paar dagen. Jammer genoeg liep hij door zijn twee meter lengte een beetje krom, maar verder was hij beslist een knappe man. Zodra de redactieleden hem die ochtend in de studio hadden gezien, wisten ze al wat zijn bedoeling was.

Intussen stond Marina zich vreselijk aan te stellen op het podium. Er mankeerde iets aan de microfoon. En de standaard was te kort. En de spots waren niet goed op haar gericht... De andere deelneemsters stonden jaloers te smiespelen. De productiemanager begon langzamerhand zijn geduld kwijt te raken. Maar de rest van de crew en de redactie kwam zonder een kik te geven aan haar grillen tegemoet. Hij moest alleen nog zien te achterhalen waartoe ze werkelijk in staat was. Of ze alleen maar een spelletje speelde, of dat ze echt alles in huis had om een ster te worden. Hij had in zijn carrière al tientallen meisjes gezien die showgirl, zangeres of actrice wilden worden: hij wist hoe ze – stuk voor stuk – na een jaar of twee eindigden. En hij was absoluut niet van plan om zijn tijd te verdoen.

Ze kreeg een andere microfoon, een andere standaard, andere spots. Nu leek ze tevreden. Ze testte het geluid. We kunnen, dacht Donatello.

Maar voordat ze begon, in de zware stilte die inmiddels over de studio was neergedaald, ving Marina nog net op wat twee deelneemsters tegen elkaar mompelden, alsof iemand het in haar oor had gefluisterd: 'Ze is met Alberto Serra naar bed geweest, daarom heeft hij haar gisteravond geïnterviewd.'

Donatello had het ook gehoord, en hij richtte zijn blik op Marina.

Hij zag haar gezicht veranderen: eerst betrok het, toen toverde ze een meedogenloze glimlach tevoorschijn daar boven op het podium.

Nog voor hij zich kon afvragen hoe ze zou reageren, wees Marina naar de duisternis, precies naar de plek waar die zin was uitgesproken. Ze tikte een paar keer op de microfoon om zich ervan te verzekeren dat het volume hoog genoeg stond.

'Jullie twee,' zei ze.

De akoestiek liet niets te wensen over: helder en galmend alsof ze boven in de Dolomieten stond.

'Jullie twee, met je onzinnige praatjes.'

Donatello hield zijn adem in.

'Luister goed naar me, en schrijf het dan op Facebook. Ik doe het met wie ik wil, wanneer ik wil. Maar er is één ding dat ik, Marina Bellezza, totaal niet nodig heb, en dat is wel om gunsten te vragen, om iemands kont te likken. Dat heb ik niet nodig, omdat ik de beste ben. Vinden jullie dat vervelend? Jammer voor jullie.'

Donatello stond *als versteend.*

Van achter in de studio klonk applaus en enthousiast gejuich. De productie, de technici, het studiopersoneel, iedereen stond achter haar. Alleen de productiemanager, iemand van de oude stempel, schudde zijn hoofd. En zij schitterde onverstoorbaar, triomfantelijk, in de schijnwerpers.

'Dan kunnen we nu beginnen.'

Maar inmiddels hoefde Donatello haar al niet meer te horen. Wat hem betrof kon ze net zo goed hartstikke vals zingen. Hij had zijn besluit al genomen. Hij wist welke aspecten belangrijk waren om veel aandacht te krijgen, om sponsors binnen te slepen en de mond-tot-mondreclame zijn werk te laten doen.

Marina zong 'Umbrella' van Rihanna, 'Poker Face' van Lady Gaga, en ten slotte een must voor haar: 'You Drive Me Crazy' van Britney Spears. Bijna iedereen was bij haar repetitie aanwezig: niet alleen degenen die bij *Cinderella Rock* betrokken waren, maar ook de mensen van *A tutto sport*, en die van *Il Biellese in diretta.* Het was Donatello nu helemaal duidelijk: die meid had het helemaal.

Toen Marina klaar was met zingen, besteedde ze geen aandacht aan de aanwijzingen van de geluidstechnici, of aan de suggesties van de regisseur, of aan de complimentjes van de productie. Ze verliet het podium en liep meteen naar de gang, naar de automaat met snacks en drankjes. Ze nam een zakje chips en drukte op de knop voor warme chocolademelk.

Toen keek ze op en zag ze Donatello voor haar staan.

Een volslagen onbekende. Maar de manier waarop hij gekleed was kon haar niet onverschillig laten. Hij zag eruit alsof hij regelrecht uit de hippe discotheek Twiga in Forte dei Marmi kwam. Hij schonk haar een vriendelijk, wat ontwijkend lachje en haalde zijn hand door zijn haar met zijn stalen Rolex duidelijk in het zicht.

Marina reageerde echter helemaal niet op zijn glimlach. Ze

staarde hem onverstoorbaar aan. Hij boog zich voorover om iets tegen haar te zeggen, waardoor hij de wat lachwekkende houding aannam van te lange mensen die proberen zich op het niveau van hun gesprekgenoot te plaatsen. Hij vroeg of ze vijf minuutjes tijd voor hem had.

Marina bukte zich om haar bekertje uit de automaat te pakken. Ze nam een bloedhete slok, waardoor ze een chocolade-snorretje kreeg. Met de rug van haar hand veegde ze haar mond schoon. Ze keek hem opnieuw aan.

'Kunnen we even naar buiten gaan?' vroeg hij.

Zij dacht er even over na en zei toen op verveelde toon: 'Wacht even, dan pak ik mijn spullen.'

Buiten stond de zon hoog aan de hemel en de wind waaide krachtig vanuit de bergen, waardoor er dorre blaadjes, papier-tjes, een plastic zak over het asfalt van de parkeerplaats rolden. De reclameborden van *Cinderella Rock* klapperden tegen de muren van het gebouw, de auto-antennes trilden en maakten vreemde geluiden. Er hing een sfeer alsof het einde der we-reld nabij was; de wolken trokken met vijftig kilometer per uur voorbij. Over de provinciale weg reed enkel een tractor. Marina, met haar jack om haar middel geknoopt en haar zonnebril op, at van haar chips en keek hem aan.

'Ik zal me even voorstellen,' zei hij terwijl hij zijn hand uitstak. 'Donatello Ferrari, talentscout en artiestenmanager. Ik zag je gisteren bij Serra en ik was onder de indruk.'

Ze nam zijn hand met haar eigen vette chipshand aan.

'Ik zou even een praatje met je willen maken, kijken of we iets voor elkaar kunnen betekenen. Wat wil je doen, wat zijn je plan-nen... Kortom, ik ben benieuwd of we in de toekomst misschien kunnen samenwerken.'

Marina bleef hem aanstaren, met een blik die het midden hield tussen cynisme en onverschilligheid. Alsof de scouts en artiestenmanagers elke dag in de rij stonden voor haar deur. In werkelijkheid was ze door het dolle heen. Alleen wilde ze hem dat niet laten merken.

'En met wie werk je zoal?'

'Nou,' zei Donatello, terwijl hij deed alsof hij op zijn hoofd krabde, 'Telecupole, Sky, Mediaset, het hangt ervan af... Ik heb actrices in mijn stal, en tv-sterren, maar ik ben vooral geïnteresseerd in zangeressen.'

'Zoals?'

'Zoals jij.'

Marina verfrommelde het lege chipszakje en gooide het op de grond.

'Zullen we even koffie gaan drinken, dan kan ik het je uitleggen, of wat gaan eten, ik zie dat het lunchtijd is.' Donatello keek naar het eind van de parkeerplaats. 'Dat is mijn auto... Vertrouw je me?' grapte hij.

Marina wierp een blik op de enige suv die daar geparkeerd stond. Blinkend wit, met lichtmetalen velgen en getinte ramen. In werkelijkheid was het een model van Renault, een Koleos, op afbetaling gekocht.

Ze liep met hem mee naar de auto, op haar hoede.

'Ik heb niet veel tijd,' zei ze. 'Waar wou je koffie gaan drinken?'

Donatello klikte de centrale deurvergrendeling open. De glimlach verdween niet van zijn gezicht. Hij stond op het punt zijn troefkaart te spelen, en dat wilde hij doen zoals het hoort. Dus zette hij zijn zonnebril op: een spiegelende Ray-Ban. Hij hield het portier aan de passagierskant voor haar open en nodigde haar uit in te stappen.

'Ik dacht aan Santa Fe in Milaan,' zei hij nonchalant.

Marina barstte in lachen uit: 'Dat meen je niet!'

'Even heen en weer... Over een paar uurtjes ben je weer in Biella.'

Feit was dat Marina nog nooit in Milaan was geweest. Feit was dat zij die Donatello helemaal niet kende. Niettemin stapte ze in

de Koleos, en na een paar minuten overschreed ze de gedenkwaardige grens van Carisio.

Het huis zag er perfect uit, zoals zij het had achtergelaten.

Nieuwe gordijnen, overhemden gestreken in de kast. Het rook
nog schoon, de vloer weerspiegelde de vormen van de meubels.
Maar als je wat beter keek, was de werkelijkheid anders.

Er lagen scherven van een bord in de hoek tussen de voorraadkast en de koelkast: het bord dat zij afgelopen zondag had
kapotgesmeten. En dan de andere borden: die van hun laatste
avondmaaltijd samen, die al drie dagen vuil in de gootsteen ge-
stapeld stonden. Op de wastafelplank in de badkamer stond een
halfleeg potje Nivea van haar, dat ze in de haast om te vertrekken was vergeten.

En dan was er het stof dat bijna onmerkbaar weer begon neer
te dalen; een paar sokken op een stoel, de volle asbakken, de
chaos en de eenzaamheid die langzaamaan weer binnendron-
gen en alles aantastten.

Andrea zou de hele middag op die bank zijn blijven liggen,
zwijgend, als een in de steek gelaten kat die jarenlang op zijn
baasje blijft wachten, toekijkend hoe de wanorde zich om hem
heen nestelde. Maar op een gegeven moment ging de telefoon
en werd hij uit zijn lethargie gewekt.

Zaterdag waren ze naar de Bessa geweest om goud te zoeken.
Ze waren eerst langs een sportviswinkel gegaan om rubberen
lieslaarzen en een zeef te kopen, en vervolgens waren ze door
de Elvo gewaad. Zij lachte en maakte grapjes, het was net een
uitstapje met school. Op een gegeven moment hadden ze de
zeef aan de kant gegooid – ze waren het beu om steeds alleen
maar stenen over te houden – en waren ze elkaar gaan natspet-
teren, ze waren doorweekt geraakt en toen maar in het riviertje
geplonsd. Hij had haar beloofd dat hij haar daar mee naartoe
zou nemen: naar het Eldorado, als de goudzoekers in het oude

Wilde Westen. Ze hadden daar in de buitenlucht gevreeën, tussen de keien. Later waren ze weer naar huis gegaan en hadden ze samen gekookt. Ze hadden een film van Brian De Palma gehuurd. En nu kon hij maar niet geloven dat dat allemaal had bestaan, en dat het nu alweer voorbij was.

Hij kon niet eens zijn arm bewegen. Het enige wat hij kon opbrengen was herinneringen ophalen: aan de donderdag, de vrijdag, de zaterdag en de zondag tot etenstijd. Verder niet. Verder wilde hij zich niet eens afvragen waar Marina op dit moment was, en met wie. Hij kon het niet opbrengen de woorden te herhalen die zij hem in het gezicht had geschreeuwd zondagavond, of de woorden die hij haar in het gezicht had geschreeuwd nadat hij haar zo schaamteloos had zien liegen in dat zielige filmpje van haar. Ze waren elkaar bijna te lijf gegaan. Ze was vertrokken en had de deur achter zich dichtgesmeten, en haar laatste zin was geweest: *Jij mag de naam van mijn vader niet eens in je mond nemen.*

Op dat punt was de telefoon begonnen te rinkelen. Andrea schrok op uit zijn herinneringen en kwam weer bij zijn positieven. En zijn eerste – krankzinnige, totaal krankzinnige – gedachte was: zij is het! Hij ging haastig op zoek naar zijn mobiel, die hij tussen de kussens van de bank opdook. Maar toen hij op het display keek, zag hij niet Marina's nummer oplichten, maar een ander mobiel nummer dat begon met 328. Teleurgesteld gooide hij zijn telefoon weer aan de kant. Meteen daarna bedacht hij dat het misschien wel die man uit Massazza was, de eigenaar van de winterstal. Hij bedacht zich en met uiterste krachtsinspanning nam hij op.

'Hallo.'

'Hallo...' aan de andere kant van de lijn klonk een vrouwenstem, een stem die hem vaag bekend voorkwam, hakkelend van gêne. 'Andrea, ben jij dat?... Je spreekt met Elsa.'

Elsa? Wat deed Elsa in godsnaam aan de andere kant van zijn telefoon?

Hij had niet eens de puf om daarover na te denken.

Na een paar tellen stilte wist hij niets anders uit te brengen dan: 'Hoi.'

'Sorry dat ik je stoor. Ik ben net bij de bibliotheek langs geweest om Mandelstam terug te brengen, maar jij was er niet. Je collega zei dat je daar niet meer werkt, dat je ontslag hebt genomen...'

Inderdaad, een geweldig idee was dat geweest.

'Ik heb hem je nummer gevraagd, want ik vond het jammer als ik je niet meer zou zien. Ik wilde je gewoon even gedag zeggen.'

'Oké.'

'Ik heb Mandelstam gelezen... Heel erg mooi.'

'Oké.'

'Luister, als je een dezer dagen een keer tijd hebt, dan kunnen we misschien even wat gaan drinken, zomaar, even kletsen...'

Andrea staarde naar het stof, het kapotte bord, de leegte.

Hij was wanhopig. Hij was kapot. Hij kon niet weten dat Marina op datzelfde moment bij een onbekende man in de auto zat, op de A4 richting Milaan. Maar toch was het alsof hij het wel wist. Hij stond op het punt een nieuw leven te beginnen, hij stond op het punt een sprong in het duister te maken van de allerhoogste springplank, en hij was eenzaam als een hond.

'Nu,' antwoordde hij met iele stem.

'Wat?'

'Ik heb nu tijd!'

Ze spraken af dat ze elkaar een kwartier later zouden treffen bij Bar Sirena. Dat was de meest voor de hand liggende plek, de meest logische plek, waar alle gebroken levens eindigden.

Andrea verscheen in deplorabele toestand: hij had zich al dagen niet meer gewassen. Toen Elsa hem op haar af zag komen, zag welke ellende die jongen met zich meesleepte, had ze met hem te doen.

Ze gingen naar binnen. Zij was veel netter gekleed dan normaal, al kon Andrea dat niet weten. Ze droeg een paar pumps met hakjes die pijn deden aan haar voeten, en ze had zich zelfs opgemaakt.

Ze namen plaats aan een tafeltje apart. Ivano vroeg wat ze wilden drinken. Ze bestelden twee biertjes en daarna begon de ongemakkelijkheid.

Wat deden twee voormalige klasgenoten op hun zevenentwintigste tegenover elkaar in Andorno Micca, in die bar vol oude mannen?

Elsa keek verloren om zich heen. Ze liet haar blik eerst rusten op een partijtje jokeren een tafel verderop, vervolgens op de rug van een vrouw die aan de bar zat in gezelschap van een man die zijn haar achterover over zijn kale kruin had gekamd. Die vrouw trof haar, ze wist ook niet waarom: misschien vanwege de cowboylaarzen die ze over haar spijkerbroek droeg. Elsa kon uiteraard niet weten wie die vrouw was. Andrea daarentegen kende haar goed, maar hij had de aanwezigheid van Paola – goddank – nog niet opgemerkt.

'Dus je hebt ontslag genomen,' begon Elsa.

Ze had er minstens vijf minuten over nagedacht, voordat ze die zin uitsprak. Ze wilde goed beginnen, maar ze kon niets anders bedenken. Andrea richtte zijn blik op haar, midden op haar gezicht. Maar hij keek haar niet aan; hij zag eruit als iemand met geheugenverlies.

'Klopt,' zei hij.

'En waarom?' vervolgde ze, terwijl ze onder tafel aan een vingernagel zat te pulken. 'Vond je het geen leuk werk bij de bieb?'

Andrea schudde zijn hoofd: 'Nee, het is niet dat ik het geen leuk werk vond...' Hij pakte zijn glas, nam een slok bier. 'Het had alleen geen zin. Het is vernederend om op projectbasis te werken... echt een ramp, zo'n tijdelijk contract.'

Elsa knikte: 'Je bent niet de enige die er zo over denkt.' Ze schonk wat bier in haar glas en haar hand trilde van schaamte, van spanning, van opwinding dat ze hier met hem zat.

'Maar dat is niet het enige waar het om gaat.' Andrea praatte alsof hij alleen was. 'Het interesseert me niet om carrière te maken, om steeds meer geld te verdienen, net als mijn vader. Dat is niet mijn wereld. Ik kon gewoon niet stilzitten achter een bureau.'

'Nou,' waagde Elsa, 'ik denk dat zo'n soort leven niet eens meer mogelijk is, anders was ik misschien ook niet meer hier komen wonen. En trouwens, Luigi Cosimi en Marco Ramella zijn ook teruggekomen, die wonen nu in Quittengo.'

Andrea dronk zijn glas leeg. Hij wenkte Ivano en bestelde een tweede. Hij kon zich Luigi Cosimi en Marco Ramella nog maar nauwelijks voor de geest halen, hij had ze sinds het eindexamen nooit meer gezien.

'Dieren voelen het aan,' vervolgde zij, 'als er een zonsverduistering komt, of een aardbeving. Al dagen van tevoren rennen ze weg en verstoppen ze zich. Ik denk dat wij net zo zijn. We hebben de zonsverduistering aangevoeld en we zijn naar een hogere plek gegaan.'

Andrea keek haar nu voor het eerst echt aan: 'Ben je weleens op de top van de Monte Cucco geweest?'

Nee, daar was ze nooit geweest. Ze zou hem willen vertellen dat ze zich zijn opstel nog herinnerde, dat over die koeien dat hij in de vijfde van het lyceum had voorgelezen, maar dat durfde ze niet. En trouwens, het zou ook een beetje raar overkomen.

'Dat is wat ik wil zien, zes maanden lang, elk jaar weer.' Hij maakte twee knopen van zijn overhemd open, wreef met zijn hand door zijn vette haar. 'Ik wil precies zien waar de hemel begint, en waar de aarde eindigt. Ik wil de vrijheid om me heen voelen, de geur van het gras ruiken. Als ik dat tegen mijn vader zeg,' glimlachte hij, 'krijgt-ie een hartaanval.'

Elsa glimlachte ook, alleen omdat ze hem zag glimlachen.

'Of je gaat weg,' zei Andrea, 'zoals mijn broer heeft gedaan, die is in Amerika gaan wonen. Of, als je aan je geboortegrond gehecht bent, dan blijf je om te vechten.'

'Nou,' zei Elsa, 'dan zijn we dus met z'n tweeën.'

Andrea begon zich geleidelijk aan bewust te worden van het feit dat zij bestond. En ze was dan misschien niet aantrekkelijk, en niet mooi, en niets bijzonders, maar ze was ook niet lelijk, en ze was hier, en ze luisterde naar hem.

'Je hebt me nog steeds niet verteld wat je de rest van je leven van plan bent daar in Piedicavallo.'

Elsa bloosde. Ze schonk nog wat bier in haar glas, haar hand trilde nog steeds. 'Ik weet niet, je zult me wel voor gek verklaren. Ik ben nu nog met mijn doctoraat bezig, ik moet eerst promoveren. Daarna zou ik wel willen lesgeven, maar ik weet dat dat haast niet te doen is tegenwoordig, dus ik heb een plan B bedacht dat nog veel idioter is...'

Nu was Andrea degene die een en al oor was.

'Als de normale weg niet meer bereikbaar is,' vervolgde ze, 'dan kun je net zo goed iets heel waanzinnigs bedenken.'

Andrea begon het effect van de alcohol te voelen en bestelde twee bitters. 'Precies, vertel verder.'

'En dus dacht ik...' zei Elsa aarzelend, maar het bier was een flinke steun in de rug. 'Ik zou weleens een lokale partij op willen richten. Ik weet dat het misschien belachelijk klinkt, maar dat is mijn stille droom: een lokale partij voor de Valle Cervo. Om te zorgen dat de vallei weer bevolkt wordt, om de leegstaande textielfabrieken weer op gang te brengen, en de boerderijen, alles wat we maar kunnen bedenken hier in de streek...'

'Jij bent echt niet goed wijs,' flapte Andrea eruit.

De bitters werden gebracht. Ze hadden nu allebei een heel andere gezichtsuitdrukking.

'Maar ik zou misschien wel op je stemmen,' zei hij lachend.

Als je hen zo zag waren het net twee samenzwerende Carbo-

nari, of twee Mazzini-aanhangers, stiekem bijeengekomen in een
taveerne in de tijd dat Italië nog een pre-industrieel, pre-unitair,
prerepublikeins schiereiland was, een tijd waarin de wereld nog
helemaal moest worden ingericht. Alleen was die wereld nu
voorbij, de industrieën waren inmiddels verrezen en alweer ingestort. Daarom wilde een van hen nu terugkeren naar het landle-
ven en de boerderij van zijn opa opknappen, terwijl de ander de
vervallen gebouwen in ere wilde herstellen om er kindercentra,
werkplaatsen, hotels en kleine bedrijfjes in te vestigen van leeftijdgenoten die niets meer te verliezen hadden.

Andrea vertelde haar over zijn project. Elsa reageerde enthousiast, ze zei dat dit de weg naar de toekomst was. Ze merkten dat
ze het over de hele linie eens waren, ze overtuigden elkaar van
hun revolutionaire ideeën en Elsa, inmiddels niet meer zo heel
helder, waagde het zelfs even zijn hand te strelen op de ruwe
tafel van Bar Sirena, het laatste tafeltje achterin, terwijl de lucht
buiten verkleurde naarmate de uren verstreken.

'Ik had nooit gedacht dat ik nog eens met jou over dit soort
dingen zou zitten te praten,' bekende Andrea haar bij de derde
bitter. 'Echt waar, je verrast me.'

Elsa was knalrood, haar hart bonsde en de glimlach was niet
van haar gezicht te branden; haar ogen waren zo groot en stralend dat ze zichzelf bijna zou verraden.

'Ja, dat had ik ook nooit gedacht.'

In de Koleos die met honderdtachtig over de middelste rijbaan
van de A4 raasde, waren Marina Bellezza en Donatello Ferrari
inmiddels de plaatsjes Balocco, Greggio en Biandrate gepas-
seerd, en nu scheurden ze verder in de richting van de tolhokjes
van Milaan.

Uit de autoradio schalde 'Dance Again' van Jennifer Lopez.
Marina keek door het raampje: de grauwe vlakte, de hogesnel-
heidslijn die al jaren in aanbouw was, de wegwerkzaamheden

op elk stukje van de autoweg, en ze was verrukt.

Rechts en links werden ze ingehaald door een razendsnelle Mercedes, een Porsche en een hoge, woeste suv zoals die waar zij in zat.

Ze stelde zich voor dat haar vader aan het stuur van een van die auto's zat, ze stelde zich voor hoe trots hij zou zijn als hij haar nu zag. Door de getinte ramen voelde ze zich ineens belangrijk, alsof ze al zo beroemd was dat ze behoefte aan bescherming, ontzag en privacy had.

Donatello vertelde haar intussen over zichzelf en over al die mensen die hij kende: hij was gisteravond toevallig nog wezen eten met iemand van de organisatie van *X Factor*, showgirl Flavia Vento was een goede vriendin van hem, hij hoefde *nooit* in de rij te staan bij de hippe tenten aan de Corso Como.

Maar in plaats van naar hem te luisteren zat Marina naar de nagel van zijn rechterpink te staren: een monsterlijk lange, keurig verzorgde nagel waarmee hij op het stuur zat te tikken. Ze dacht: hoe kan ik vertrouwen hebben in iemand met zo'n pinknagel? En dan had hij ook nog eens een lijf van twee meter lang, zijn hoofd raakte het dak van de auto...

'En waar woon je?' vroeg ze hem ineens.

Donatello moest ineens nodig een andere zender opzetten en moest toen zijn tolkaartje zoeken. 'In Zubiena,' bekende hij vervolgens. 'Maar daar kom ik alleen om te slapen.'

Zubiena: een dorpje met 1264 zielen hoog in de Valle Elvo, dat Marina heel goed kende.

'O.'

Ze kwamen langs Rho en Arluno. Er verdrongen zich steeds meer auto's op alle drie de rijbanen.

'Wat is jouw doel? Wat wil je echt bereiken?'

Marina trok de zonneklep omlaag en controleerde haar make-up in het spiegeltje.

'Ik wil naar het Festival van San Remo.'

'Perfect,' zei Donatello, 'dat moet lukken.'

'Na *Cinderella*,' vervolgde Marina, 'wil ik mijn single uitbrengen en dan wil ik meedoen aan het Festival van San Remo, categorie Big.'

'Hm, tussen de gevestigde artiesten zal lastig worden. Maar we kunnen het wel proberen in de categorie Jongeren, dat zeker. Eerlijk gezegd, als je je carrière aan mij zou toevertrouwen, dan zou ik gaan voor *X Factor 2013*. Je moet zorgen dat je bekendheid krijgt, dat je in de huiskamer komt bij de mensen.'

Ze waren nu bijna bij de tolhokjes van Milaan. Een lange reeks automatische tolpoortjes, en wegenborden voor de richtingen Ancona, Venetië, Bologna: hier begonnen alle routes naar heel Italië.

Marina dacht: iemand met zo'n pinknagel zal me nooit de overwinning bezorgen in San Remo.

'En hoeveel vraag je eigenlijk, vertel.'

'Vijftien procent, dat is echt weinig. Maar ik kan ervoor zorgen dat je goed verdient, heel goed. Lokale tv-stations zijn geweldig als springplank, maar als je het echt wilt maken, moet je de weg weten. Jij hebt het in je, dat zie je meteen.'

'Dank je.'

'Maar je hebt iemand nodig die je kan promoten, vertrouw mij maar.'

Marina wist niet of ze hem moest vertrouwen of niet. Het idee om die lange slungel, die tenslotte ook maar een jongen uit de bergen was, vijftien procent van haar toekomstige inkomsten te geven beviel haar voor geen meter.

'Oké, we zullen zien.' Ze zette haar zonnebril weer op. 'Maar hoe zit dat nou, leg eens uit, je kent al die mensen, maar je woont toch nog steeds in Zubiena?'

Hij remde abrupt af bij de tolautomaat.

Hij draaide zich naar haar toe, keek haar recht aan.

'Ik ben gehecht aan mijn geboortegrond,' zei hij. 'Dat meen ik serieus.'

Marina kon het niet laten om nog een keer naar die pinknagel te staren, en het was haar meteen duidelijk dat hij loog; glashard, net als zij.

Misschien dat ze hem daarom al wat sympathieker begon te vinden. Hij was tenslotte een knappe jongen, hij was vijftien jaar ouder dan zij. Marina strekte haar benen onder het dashboard en sloeg ze vervolgens met haar gebruikelijke, uitputtende traagheid over elkaar. Ze deed de rits van haar jack open, trok haar beha recht onder haar shirtje.

'Maar vijftien procent is wel heel veel...' zei ze glimlachend.

Donatello klemde zijn handen om het stuur, onthutst door haar handelingen. Hij moest oppassen: die meid was slim, ze was een hyena. Hij deed zijn best om niet naar haar languit onder het dashboard gestoken benen te kijken, en naar de rest.

Hij maakte het haar meteen duidelijk: 'Marina, als jij en ik gaan samenwerken, dan is de eerste regel dat je me niet bedondert.'

Ze snoof en begon te lachen.

'Nee, ik maak geen grapje. Dat wereldje daar stikt van de haaien, van de meedogenloze types die maar al te graag misbruik van je maken. Jij mag van geluk spreken dat je mij hebt getroffen.'

'Rustig aan,' onderbrak ze hem, 'ik heb nog niet besloten of ik je aanneem ja of nee.'

Engelengeduld hebben, dat was het enige wat erop zat voor hem.

Donatello reed de ringweg op en nam de afslag Viale Certosa. Marina zag het witte bord met de naam MILAAN en ging op slag netjes rechtop zitten. Ze begon met grote ogen om zich heen te kijken, en volgde met haar neus omhoog de contouren van de hoge gebouwen.

'Is dit nou Milaan? Het lijkt amper groter dan Carisio.'

Donatello draaide zich verbluft naar haar toe: 'Maak je nou een grapje?'

'Pff.'

Marina pakte haar mobiel, keek niet langer naar de aaneenrijging van flats uit de jaren zestig, de tankstations, de verkleurde reclameborden, de tunnels, en begon godweet wat op te zoeken op internet.

'Dit is de hoofdstad van de showbizz! Wacht maar tot je een keer in Santa Fe of in het restaurant van hotel Principe di Savoia komt,' zei Donatello. 'Voor je het weet loop je daar Belén Rodríguez tegen het lijf, of die ene zanger die ik laatst tegenkwam, die de eerste editie van *X Factor* heeft gewonnen... Hoe heet-ie ook alweer?'

'Wie?'

'Kom nou! Het ligt op het puntje van mijn tong... Wacht... Ach, kom nou toch! Die ene...' Hij knipte met zijn vingers. '...Mirko Sabbatini!'

'Mirko wie?'

'Jawel, Sabbatini... Ocharm, die heeft inderdaad niet zo heel veel meer bereikt daarna. Maar zo meteen zijn we er, dan zul je zien wat een heksenketel dat is!'

Het zal wel, dacht Marina. Maar voorlopig zag ze niets anders dan zomaar een buitenwijk van zomaar een stad, en ze vond er nu al niets meer aan.

Donatello gaf haar spontaan een rondrit door de stad en wees lukraak de beroemde uitgaansgelegenheden aan. In Marina's hoofd was Milaan altijd een grote verlokking geweest, leeg als een dansvloer om vijf uur 's middags. En nu ze er voor het eerst echt doorheen reed en de hoge Pirelli-toren zag, het Centraal Station, en vervolgens de Corso Buenos Aires volgeplempt met franchisezaken en merkwinkels, dezelfde als in elke andere stad ter wereld, liet het haar volstrekt koud.

Zij nam geen genoegen met Milaan. Ze was net als Tony Montana: ze wilde de wereld, met alles erop en eraan.

Marina had het bloed van de Cervo in haar aderen.

Na afloop van de sightseeingtour stalde Donatello de Koleos ergens in de Via Vittor Pisani, waar een parkeerverbod gold. Een eindje verderop stond een rij Ferrari's, Lamborghini's en Porsches met knipperende alarmlichten te glinsteren in de zon. Sommige mensen bleven staan om er een foto van te maken. Op dat moment werd Marina wakker, en ze zocht meteen haar make-upspullen in haar tas.

Toen ze binnenkwamen in restaurant Santa Fe was het half-vier 's middags en waren er inderdaad nog wel wat restjes van de showbizz aanwezig. Ze zaten her en der verspreid en staarden met begerige ogen naar de assistent van een of andere late night show, maar natuurlijk zonder het te laten merken. Marina kende er niemand, maar toch gedroeg ze zich al alsof ze er kind aan huis was. Niemand kon om haar heen: ze groette de uitsmijter alsof hij een oude vriend was, liep de rij wachtenden gewoon voorbij, leunde met haar ellebogen op de bar om zelf iets te pakken, wierp de andere vrouwen uitdagende blikken toe die niets te raden overlieten en streek met een theatraal gebaar door haar haren. Donatello moest zijn best doen om haar in bedwang te houden en siste haar voortdurend toe dat ze zich moest gedragen. Marina was een echt podiumdier, met het lef van een debutante.

'Zie je die kerel daar?' fluisterde Donatello in haar oor. 'Die blonde aan de tafel links van je?'

Marina draaide zich opzichtig om.

'Gezien? Heb je hem herkend?'

Opgewonden keek Marina Donatello weer aan. Ze boog zich veel dichter naar hem toe dan eigenlijk wenselijk was. Ze had nu een samenzweerderig gevoel en kon niet wachten tot ze aan iemand werd voorgesteld. En tegelijkertijd wilde ze niets anders dan haar ouders laten weten dat zij hier zat, bij Santa Fe in Milaan, nippend van een mojito aan een tafeltje midden in de zaal, duidelijk in het zicht.

Kijk maar goed naar me, dacht ze, over een paar maanden ben ik iedereen de baas.

Toen Andrea opstond om te gaan afrekenen en per se niet wilde dat zij meebetaalde, was Elsa al hartstikke dronken.

'Bedankt,' zei ze met dikke tong. 'Dan ga ik even een luchtje scheppen, ik wacht buiten op je.'

Andrea liep naar de bar, bleef bij de kassa staan en pakte zijn portemonnee. Hij was blij met deze middag, met deze onverwachte ontmoeting die uiteindelijk heel aangenaam was gebleken. Hij was zijn ellende zelfs bijna vergeten. Toen keek hij opzij en zag haar vlak naast hem zitten.

Hij was als verlamd. In eerste instantie had hij niet door wie ze was. Maar ondanks zijn twijfel herkende hij haar instinctief meteen. En zijn hart sloeg over.

Nogmaals vroeg hij zich af of ze het echt was. Want als ze het was, was ze wel heel erg veranderd. Ze zat kromgebogen op haar barkruk, druk bezig met een mobieltje... Het leek of ze geen flauw idee had hoe ze ermee om moest gaan. De laatste keer dat hij haar had gezien, drie jaar geleden, rende ze op haar pantoffels door de straat als een geestverschijning, maar toen had ze in elk geval nog niet zo'n grijze haarinplant en zo'n vermoeid gezicht.

Andrea bleef nog een paar tellen als versteend staan. Hij hoopte van harte dat hij zich vergiste. Toen voelde de vrouw dat ze werd bekeken en draaide zich naar hem om. Ze keek hem recht aan.

Op dat moment was er geen twijfel meer, geen hoop meer.

'Andrea!' riep Paola in slow motion, verbaasd en versuft tegelijk. 'Ben jij het echt? Wat ben je groot geworden!'

Andrea schrok zich rot en er sloeg een golf van pijn door hem heen.

Zuivere, kristalheldere pijn.

'Mevrouw Bellezza... Goedemiddag.'

'O, noem me niet zo alsjeblieft! Ik ben trouwens ook gescheiden... Maar zeg toch gewoon je.'

Ze was in het gezelschap van een half slapende vijftiger die met zijn gebogen hoofd recht boven een glas hing. Zij stonk naar drank. Andrea stond als versteend voor de kassa, hij kreeg nauwelijks lucht. Dit was de moeder van Marina, zijn Marina. Hij had nooit gedacht dat hij haar in zo'n toestand zou kunnen aantreffen.

'Wat doe jij tegenwoordig?'

'Ik heb net ontslag genomen,' zei Andrea.

'Mooi, dat heb je goed gedaan.' Paola was duidelijk niet helemaal helder. 'En heb je nog weleens contact met Marina?'

Andrea had zulke hevige hartkloppingen dat hij bang was dat hij doodging.

'Ik heb haar een paar dagen geleden teruggezien...' wist hij uit te brengen.

Paola's gezicht klaarde op: 'Nee maar! Wat leuk om te horen! Weet je dat ze me toevallig net een berichtje heeft gestuurd? Kijk...' Ze hield hem haar mobiel voor.

'Ik weet niet hoe die verdomde dingen werken... Net zag ik het, maar nu kan ik het niet meer vinden... Kun jij het misschien even voor me terughalen?'

'Wat?' vroeg Andrea, bleek weggetrokken.

'Het berichtje van mijn dochter, weet jij waar ik dat kan lezen?'

Met brandend hart pakte Andrea het mobieltje van Paola aan. Hij tikte op het icoontje van de berichten en als bij toverslag verscheen daar een sms van Marina, verzonden om 16.15 uur, dat luidde: 'Mama, ik ben in Milaan! Bij Santa Fe! En Mirko Sabbatini is er ook, die winnaar van *X Factor*!!!' Daarop volgde een hele reeks smileys. De blije smiley, de verblufte smiley, de smiley die een kusje geeft, de smiley met ogen in de vorm van hartjes...

'Hier is het, mevrouw...'

Andrea was kapot.

'Dank je wel,' zei Paola terwijl ze zich over het schermpje boog. 'Je bent echt een goeie jongen. Weet je, Marina heeft me een tijdje geleden gevraagd of ik eens kwam lunchen, en nu ben ik nog steeds niet geweest... ik moet haar echt eens bellen, vind je niet?'

Toen, met haar ogen ineens vol tranen, voegde ze eraan toe: 'Het lukt me geloof ik niet meer om een goede moeder te zijn.'

Andrea keek nergens naar, dacht nergens aan, hij legde een briefje van twintig op de balie en rende ervandoor.

16

'Dag schat, met mama spreek je.'

Marina had net haar haren gewassen, ze had er een handdoek als een tulband omheen gedraaid en zat in de keuken koffie te drinken, in haar pyjama, met aan haar voeten twee enorme sloffen in de vorm van een kat.

Ze antwoordde met haar gebruikelijke onverschilligheid: 'Wat wil je?'

'Komt het uit als we vanmiddag komen lunchen? Je hoeft niks te regelen.' Paola's stem klonk onzeker en liefdevol. 'We maken gewoon een pastaatje, iets simpels, en wij brengen gebak mee voor toe.'

'Wie zijn wij?'

'Wij...'

'Je had een week geleden moeten komen, mama. Je bent dinsdag niet eens met me mee geweest naar Serra. Ik heb je gisteren een sms gestuurd waar je niet op hebt gereageerd. Waarvoor heb ik je nou die mobiel gegeven, die me een rib uit m'n lijf heeft gekost?'

Elsa zat aan de andere kant van de tafel achter haar laptop en deed haar best om niet mee te luisteren. Ze sloot haar ogen en probeerde zich te concentreren op het hoofdstuk van haar proefschrift waar ze nu mee bezig was.

'Liefje, het spijt me... Maar vind je het toch goed als we vandaag langskomen? Al is het alleen maar voor een kop koffie, wat vind je? We zullen je niet lang lastigvallen.'

'Die eikel laat je maar in de kroeg.'

'Mari...'

'Nee, die schooier neem je niet mee naar mijn huis!'

'Maar schat, het is niet netjes om mensen alleen te laten...'

Marina schopte tegen de tafelpoot. Ze had zin om haar moeder te zien, ze had er behoefte aan; maar ze zou haar ook wel levend kunnen villen. Ze zette haar kopje neer, pakte een vijl uit haar tasje en begon een nagel bij te werken, terwijl ze haar mobiel tussen haar schouder en haar oor geklemd hield.

'O ja! Weet je wie ik gisteren gezien heb? Ik zou het bijna vergeten...'

Marina ging argeloos door met haar manicure. 'Wie dan?'

'Andrea! Die jongen van Caucino!'

Elsa zag dat Marina verbleekte, en ineens ophield met vijlen.

'Hij vertelde dat jullie elkaar gezien hadden... Echt een leuke verrassing! Wat is hij groot geworden! Wat een mooie jongen is hij geworden!'

Marina zat roerloos met de vijl in haar hand en staarde voor zich uit, plotseling heel ernstig.

'Waar? Waar heb je hem gezien?'

Paola aarzelde even en bekende toen: 'Bij de Sirena.'

'En met wie was hij daar?'

'Dat weet ik niet...'

'Hoezo weet je dat niet!' Ze verhief haar stem. 'Met wie was hij daar? Met zijn vrienden? Met een meisje?' Dat laatste woord kwam trillend over haar lippen.

Elsa wilde het niet, maar ze kon niet anders dan Marina afluisteren en bespieden. Ze zag hoe haar gezicht vertrok, hoe ze verstijfde, de nagelvijl op de grond smeet.

'Liefje, ik zweer je dat ik het niet weet. Ik zag hem pas toen hij

ging afrekenen bij de kassa, ik had het idee dat hij alleen was...
Wat kan ik zeggen? We hebben elkaar twee minuten gesproken,
en toen ging hij ervandoor.'

'Toen ging hij ervandoor,' herhaalde Marina.

'Nou, kunnen we vandaag komen? Om halfeen bijvoorbeeld,
komt dat uit?'

Marina zag het voor zich: haar moeder die ladderzat als een
vod over de toog hing bij de Sirena, en Andrea die haar nauwelijks herkende, en zag hoe ze eraan toe was, en met haar te doen
had, en beschaamd was vertrokken... Een dikke, compacte brok
gal steeg op vanuit haar maag, haar slokdarm, haar keel.

'Doe maar wat je wilt,' besloot ze. En ze beëindigde het gesprek.

Op dat moment kon Elsa het niet laten om het scherm van
haar laptop omlaag te klappen en Marina aan te kijken, weifelend of ze iets zou zeggen of niet. Marina was stil blijven zitten
met die tulband om haar hoofd, met een woedende blik op de
mobiel in haar trillende hand. Bijna een minuut lang hield ze
haar mond, en toen ontplofte ze.

'Kut!' schreeuwde ze. 'Waarom moet ze me toch altijd zo pissig maken!'

Bezorgd verschoof Elsa haar etui over de tafel, en een pen, een
gum.

'Alles goed?' wist ze uit te brengen.

'Nee!'

Marina smeet haar mobiel ergens op het dressoir en stond op.
Ze gooide haar hoofd voorover en begon haar haren droog te
wrijven met de handdoek. Die waterval van gouden haren waar
Elsa al sinds de eerste dag jaloers op was.

'Kan ik iets doen om je te helpen?'

'Ja,' zei ze, nog steeds met haar hoofd omlaag, 'je zou me kunnen helpen om een fatsoenlijke lunch klaar te maken voor mijn
moeder en die... Laten we het daar maar niet over hebben.'

Ze zweeg even en voegde eraan toe: 'O ja, en geen wijn.'

Elsa had niet door waar die laatste zin op sloeg. De regel was altijd geweest: als je iemand uitnodigt om te komen eten, moet je dat minstens een dag van tevoren zeggen. Maar regels hadden geen enkele betekenis voor Marina. Elsa twijfelde of ze kwaad moest worden of een oogje dicht moest knijpen, aangezien het om haar moeder ging.

'Hoe laat komen ze?'

Marina keek met een ruk op en liet de vochtige bos haar over haar schouders en haar gezicht vallen. Ze keek bezorgd.

'Ze zei om halfeen.' Ze gooide de handdoek op een stoel, trok de koelkast open en inspecteerde de inhoud: 'We moeten iets verzinnen, we hebben niks in huis.'

Elsa dreigde een kostbare studieochtend kwijt te raken; de volgende dag moest ze het derde hoofdstuk van haar proefschrift inleveren.

'Weet je, Mari,' zei ze voorzichtig, 'ik moet eigenlijk wel studeren...'

Marina gooide de koelkastdeur met geweld dicht.

'Nou, studeer dan maar! Wat kan mij dat verdommen!'

Ze stampte de trap op met die enorme kattensloffen van haar. Elsa zag haar boven aan de trap verdwijnen en keek toen naar de cursor van Word die halverwege een zin stond te knipperen.

Haar aantekening over het cesarisme van Gramsci was halverwege blijven steken, onbeslist en ongewraakt: 'Wanneer de progressieve kracht A strijdt tegen de regressieve kracht B, kan het niet alleen gebeuren dat A van B wint of dat B van A wint, maar kan het ook gebeuren dat noch A noch B wint, doordat ze elkaar wederzijds uitputten...' Het had geen zin om nu te proberen haar concentratie terug te krijgen: voor vandaag kon ze het wel vergeten.

Ze gaf het op en zette haar laptop uit. Nu was het aan haar om iets te bedenken voor de lunch. Ze kende Marina inmiddels goed: die kon schreeuwen, met de deuren slaan, maar vervolgens stak ze geen vinger uit. Elsa had geen flauw idee wie Marina's ouders waren, ze had alleen wel begrepen dat ze niet meer bij elkaar waren. Ze moest de hele tijd aan Andrea denken; de samenzweerderigheid waarmee ze elkaar in vertrouwen hadden genomen, hun knieën die onder tafel af en toe tegen elkaar aan kwamen, de verbazing dat ze elkaar nu ineens hadden gevonden, als volwassenen, en zo op dezelfde golflengte zaten. En ook al was hij er op het laatst ineens heel snel vandoor gegaan, met het excuus dat hij een dringende afspraak had, ze hadden wel een hele middag zitten praten en de uren waren omgevlogen alsof het minuten waren, en op een gegeven moment had hij zich blootgegeven: hij had haar verteld over zijn ambitieuze plannen, alsof zij daar ooit in de toekomst misschien deel van zou kunnen uitmaken.

Met dromerige blik stond Elsa op van tafel. Ze ruimde haar laptop en haar boeken op. Ze voelde zich ruimhartig, ze voelde zich geduldig.

Sinds Marina beroemd aan het worden was, merkte Elsa dat ze zich op de een of andere rare manier zorgen maakte om haar. En nu stond ze op het punt boodschappen te gaan halen, haar ook dit plezier te doen, zonder te vermoeden dat ze daarmee haar grootste, onoverwinnelijke vijand een handje hielp.

Piedicavallo ligt op 1035 meter boven zeeniveau.

Het is een dorp van keien aan de rand van de wereld, verscholen in een gleuf tussen de bergen waar de 'stenen legendes' beginnen: half verscholen paden tussen de rotsen die al sinds de nacht der tijden worden gebruikt om het vee in de zomer naar de hoger gelegen bergweiden te brengen in de zomer, en voor de koude maanden weer omlaag.

Toen Elsa de voordeur opendeed – een blauw geverfd houten deurtje, zoals in het huisje van de heks van Hans en Grietje –

bleef ze even voor het huis staan kijken. De rotsen, de beekjes, het donkergroen van de omringende naald- en beukenbossen: de enige drie elementen waaruit deze plek was gekneed. Geen asfalt, geen geluiden, behalve het kabbelende water. Verder alleen, hangend aan de balkons en de vensterbanken, de windgongen die klingelden in de wind en een irreëel geluid gaven, zoals dat voorafgaat aan een apocalyps.

Het gemeentehuis, de katholieke kerk en de klokkentoren staken tussen de bomen uit, boven de nauwe steegjes die hele dagen in schaduw gehuld waren. De met keien beklinkerde weggetjes klommen omhoog tegen de steile hellingen, langs dichte, vijandige bossen. Midden in het dorp stond een tweede kerk, de Waldenzenkerk, met de tekst GOD IS LIEFDE in een fresco boven de ingang. De huizen gebouwd met de stenen uit het riviertje hingen tegen elkaar aan, zwijgend, door weer en wind aangetast alsof ze daar al sinds mensenheugenis stonden, en bij de meeste deurbellen stond geen naam. Woorden schoten tekort bij het zien van zo veel schoonheid, door de kracht ervan.

Terwijl Elsa omlaagliep door de Via Marconi, een van de weinige straatjes van het dorp, kwam ze welgeteld één ander tegen: een meisje van een jaar of vier, vijf dat in haar eentje rondliep, in joggingpak, met een kleurig windmolentje in haar hand.

Er dwaalden katten rond, er groeiden varens en mossen tussen de straatklinkers waar geen verkeer kon komen. Voor de ramen hingen gehaakte gordijntjes, de kozijnen waren van bewerkt hout. En verder, op een klein pleintje bij een beeld van de Madonna, een telefooncel: de enige openbare telefoon van het dorp, die het nog perfect deed. Hij had alle veranderingen doorstaan en stond er nog steeds; een zwakke verbindingslijn met de rest van de wereld.

Elsa hoorde haar voetstappen weerklinken op de keien; de ijskoude wind sneed in haar gezicht. De minimarket, die tevens dienstdeed als café, restaurant en souvenirshop, had die ochtend de rolluiken omlaaggetrokken. Het minuscule postkantoortje – een deur en een raam op de begane grond van een oud gebouw – was maar drie dagen per week geopend, van 10.00 tot 13.00 uur, en vandaag was het gesloten. Elk huis had een moestuin waar in de vorstvrije maanden amper wat bieten en kroppen sla in groeiden. Een kleine poster op het aanplakbord van de gemeente verzocht de inwoners deel te nemen aan het Grote Bonenfeest. En boven op de hoogste muur, tegenover de grote kerk, stond het trotse beeld van een hert dat waakte over de algehele roerloosheid.

Elsa was verknocht aan deze plek; zoals je verknocht bent aan een schuilplaats in de stortregen, een caravan in twee meter diepe sneeuw, een hut verwarmd door een houtkachel midden in het bos. Voor haar had schoonheid te maken met het verscholene, het ontoegankelijke, het onbereikbare. Ze moest toegeven dat de indruk van die bergen, van die hoogtes, ook terug te vinden was in Marina, in haar hoekige, maar toch zachte gezicht. Ze waren allebei dochters van de Valle Cervo, waar maar zelden een buitenstaander kwam, en misschien was dat iets wat hen heimelijk bond.

Hotel La Rosa Bianca aan het begin van het dorp, dat er al sinds 1856 stond, leek op een herberg uit een sprookje, waar de helden uitrustten na een lange reis, in een tijdloos land waar warmte en hartelijkheid samengaan met het gevoel ergens geworteld te zijn. Daar was Elsa naar op weg, in de hoop er iets te kunnen krijgen voor de lunch, zodat ze niet de auto hoefde te nemen om helemaal naar Biella te rijden. Hoewel het dorp een onbewoonde indruk maakte, was het razend druk in het restaurant van het hotel, waar tevens kranten en tabakswaren werden verkocht.

In het stille hart van de vallei bracht het leven zichzelf in veiligheid, en ging het door.

Wat Elsa daar ervoer, in dat zaaltje waar het ochtendlicht binnenscheen, verwarmd door de oude mannen die zaten te kaarten, door de vrouwen die rustig aan het koken waren, was het gevoel dat ze hier thuishoorde. Voor haar had het iets heel natuurlijks en vanzelfsprekends om je leven af te stemmen op de zon en de draaiing van de aarde. Gelukkig wist ze een paar aubergines, wat polenta en maccagno-kaas te bemachtigen.

Ze vroeg zich af hoe het zou zijn om samen met Andrea daarboven te wonen, om de partner van een veehoeder te zijn. 's Winters sneeuw scheppen, zwijgend bij de kachel zitten, en 's zomers eindelijk weer de was buiten kunnen hangen, filosofie studeren in een wereld die was buitengesloten van de geschiedenis, van dichtbij kijken naar de man die naast je in bed ligt te slapen.

Het was al na enen toen het bezoek zich aandiende.

Marina had met de ingrediënten die Elsa had meegebracht een *melanzane alla parmigiana* in elkaar geflanst, alleen dan niet met parmigiano, maar met maccagno. Het tv-journaal waarschuwde dat er geen betere tijden werden verwacht, in elk geval voorlopig niet. De overgangsregering deed al het mogelijke om Italië te redden, maar gezien vanuit de bergen daar was Italië een denkbeeldig oord, lichtjaren ver weg.

Op dat moment werd er aangeklopt. Marina was net de schaal in de oven aan het controleren. Ze zei: 'Doe jij even open, als je wilt.'

Elsa ging opendoen en had geen idee wat ze kon verwachten. Ze verwachtte eerlijk gezegd van alles, behalve wat ze zag toen ze de deur opende.

De vrouw schonk haar een glimlach vol rotte tanden, die in dat nog zo jonge gezicht de uitwerking hadden van een maagstoot. Elsa had het idee dat ze haar al eens eerder had gezien, maar wist niet meer waar. De vrouw had wat vettig haar, met een grijze uitgroei bij de haarinplant. Haar doffe ogen stonden heel vriendelijk en haar blik leek vergiffenis te vragen voor het feit dat ze daar überhaupt stond.

'Hallo,' zei ze, 'eindelijk maak ik dan kennis met de huisgenote van mijn dochter.' Ze gaf haar een hand. 'Bedankt voor de gastvrijheid.'

Elsa glimlachte geforceerd terug en deed een stap opzij: 'Kom binnen, alstublieft, het genoegen is geheel aan mijn kant.'

Achter de vrouw stond een mannetje met een ondefinieerbare gelaatskleur, ergens tussen geel en muisgrijs, en met touwachtig, kastanjebruin haar, een ongelooflijk mager mannetje – met uitzondering van een opbolling ter hoogte van zijn buik, benadrukt door zijn overhemd dat er strak omheen spande – en hij stapte naar voren met een doos gebak in zijn hand. Ook hij gaf Elsa een hand, bedremmeld, beschaamd, maar wel glimlachend, blij met de uitnodiging.

'Gianfranco, zeg maar Giangi.'

Ze stonken allebei: naar alcohol, maar ook naar iets anders. Die soort van aardachtige zweem, van stof en zweet, die je ruikt bij mensen met een ongeregeld bestaan die zich gevaarlijk ver op dood spoor hebben gewaagd.

Marina liet een onpersoonlijk 'hoi' horen zonder zich om te draaien.

Ze bleef aandachtig het auberginegerecht in de oven bestuderen, alsof ze het moment dat ze zich moest omdraaien en haar gasten moest aankijken zo lang mogelijk wilde uitstellen. Toen ze dat eindelijk deed, zag ze die twee schaapachtig lachend bij de tafel staan zonder dat ze durfden te gaan zitten. Paola in haar gebruikelijke flanellen houthakkershemd, hij met de doos gebak in zijn hand. Toen ving ze Elsa's blik op en las daarin een weifelachtig medelijden, wat ze niet kon uitstaan.

'Nou, ga zitten. Wat staan jullie daar nou!?'

Paola en d'n Giangi namen plaats.

'Mooi is het hier,' zei haar moeder.

'Ja, het is echt heerlijk wonen,' zei Elsa haastig, om haar ongemak te verbergen of om haar schuldgevoel te verlichten, of gewoon omdat het onverdraaglijk zou zijn als er nu een stilte viel. 'Vooral 's zomers, dan is het hier heel koel.'

Marina registreerde en ontcijferde elke afzonderlijke beweging van de andere drie en zette intussen de laatste spullen op de tafel, die al vanaf twaalf uur was gedekt.

'Als jullie nog tien minuten later waren gekomen, had ik de *parmigiana* in m'n eentje opgegeten.'

'Mari, doe niet zo flauw. Het is één uur: dat is toch etenstijd?'

'Mmm,' zei d'n Giangi, 'dat ruikt goed...'

Elsa zette het volume van de tv zachter zodat er een gesprek mogelijk was, maar ze deed hem niet uit om te voorkomen dat er een doodse stilte zou vallen. Ze nam de gebakjes over van die arme drommel die er nog steeds mee op schoot zat, en zette ze in de koelkast.

Marina schepte intussen de borden vol en straalde een tastbare spanning uit. 'Eet smakelijk,' zei ze ten slotte, terwijl ze aan het hoofd van de tafel ging zitten.

Elsa zat in haar eentje aan één kant van de tafel, Paola en d'n Giangi aan de andere kant. Vanaf haar plek aan het hoofdeinde kon Marina hen alle drie in haar greep houden, ook al durfde ze hen geen van allen aan te kijken.

Ze zeiden alle drie dat het heerlijk was, en ze overlaadden haar met complimentjes.

Je hoorde het bestek tegen de borden tikken.

Elsa zocht naar een gespreksonderwerp en begon de voordelen van hun huis en van Piedicavallo op te noemen, terwijl Paola en d'n Giangi knikten en 'ja, ja' zeiden.

'Wat een gezeik.'

Iedereen verstijfde toen Marina haar mond opendeed.

'Dit huis is een krot, dat ziet zelfs een hond. Volgend jaar koop ik een fatsoenlijk appartement, en zeker niet hier.'

Elsa schonk een glas water in.

'Goed zo, schat. Dat heb je wel verdiend, een mooi nieuw

huis...' Sussend, mild, alsof ze niet had gehoord op wat voor toon haar dochter tegen haar sprak, probeerde Paola haar tegemoet te komen: 'Trouwens, wanneer begint dat programma?'

'Ik ben het zat om je dat iedere keer opnieuw te vertellen, mama.'

D'n Giangi zat diep over zijn bord gebogen, alsof hij probeerde te verdwijnen.

'Waarom doe je toch altijd zo chagrijnig? Het was maar een vraag. Ik kan niet wachten tot het begint, tot ik je op tv kan zien.'

'Gelul.'

'Nee, echt waar!' Door de stem van die vrouw, en door haar gezicht dat een al tederheid, begrip en wanhoop uitstraalde, kreeg Elsa het bijna te kwaad, terwijl ze de parmigiana op haar bord in steeds kleinere stukjes sneed, omdat ze die amper weg kreeg.

'Je moest eens weten hoe trots ik op je ben, hoe trots we *allebei* zijn... Toch, Giangi? Ik weet zeker dat jij gaat winnen, ik durf er mijn hand voor in het vuur te steken.'

'Ik weet nu al dat je alle afleveringen zult missen. Je weet straks niet eens meer wanneer je de tv aan moet zetten.' En Marina bauwde haar na: 'Toch, Giangi?'

Die hief zijn blik op en keek haar een paar tellen aan. Daarna boog hij zich weer over zijn bord.

'Ik moet het nog zien, of je mij gaat volgen in dat programma, dat moet ik echt nog zien!'

'Mari,' zei Elsa, want ze kon er niet meer tegen, 'we gaan je allemaal volgen, van begin tot eind.'

Marina wierp haar een woedende blik toe, alsof ze wilde zeggen: waar bemoei jij je mee?

Paola veegde haar mond af aan het servet. Ze keek verward en onrustig om zich heen.

'Wat zoek je, hè? Zeg op, wat zoek je!' schreeuwde Marina. 'Wil je wijn? Er is geen wijn! Niks geen wijn hier in huis!'

Paola legde haar vork op haar servet: 'Wat ben jij gemeen.'

'*Jij* bent gemeen! Jij! Je interesseert je geen zak voor mij! Je gaat met hem daar, en jullie zetten me hartstikke voor schut! Wat zullen mijn fans wel niet zeggen als ze daar achter komen? Zeg op! Zeg op, wat zullen ze wel niet denken als ze erachter komen dat mijn moeder een alcoholist is en...' Ze schopte tegen een tafelpoot. Haar stem brak, en toen viel ze uit: 'Wat zullen ze van me denken, als ze erachter komen wat jij drie jaar geleden hebt geflikt?'

Paola barstte in huilen uit.

Ze had gedacht dat ze al haar tranen al had opgebruikt. Maar nee, ze waren onuitputtelijk. Ook vandaag, net nu ze wat tijd had willen doorbrengen met haar dochter, meer niet, en de dingen een beetje wilde gladstrijken... Ze snikte met haar handen voor haar gezicht, haar lichaam zag er zo broos uit op die stoel, zo weerloos.

Marina sprong op en rende naar boven.

Misschien was zij ook aan het huilen, dat wist Elsa niet zeker.

Zij bleef daar achter met die ontroostbare vrouw en die zwijgzame man, en zuchtend stak ze een sigaret op.

Toen ze zag dat Paola zonder ophouden bleef snikken, legde ze een hand op haar schouder. 'Maak u geen zorgen, het komt heus wel weer goed...'

Een gelegenheidsfrase, op een moment dat de gelegenheid al veel te groot was geworden voor de betekenis van welke frase dan ook. Deze twee mensen waren helemaal kapot, vernederd. Elsa kon niet weten wat er drie jaar eerder was voorgevallen, wat voor man Marina's vader was. Ze schonk voor beide gasten een glaasje water in en haalde de borden weg; de lunch was inmiddels ten einde. Ze hoorde de man tegen de vrouw fluisteren: 'Het is mijn schuld, ik had niet mee moeten komen.'

Dat bezorgde haar een steek in haar hart.

Ze doofde haar peuk.

'Wees gerust,' zei ze, 'ik weet zeker dat alles zo weer in orde is.'
Ze liep de trap op: 'En we hebben ook nog het gebak!'

In een wip was ze boven. Ze stormde Marina's kamer binnen.
Ze deed wat ze nooit eerder had gedaan: zomaar de deur van
andermans kamer opengooien. Zij, enig kind, opgevoed met de
boodschap dat ze nooit de privacy van een ander mocht ver-
storen. Maar ook Marina was enig kind, en zij was gewend om
altijd haar zin te krijgen.

Ze trof haar aan op het bed, ineengerold met haar handen
voor haar gezicht. Als een kind dat zich aanstelt, bedacht Elsa.
Zij dook op haar af, greep haar bij een oor. 'Stomme trut, dit is
ook mijn huis. En ik wil niet hebben dat er iemand in mijn huis
op zo'n manier wordt behandeld. Ik pik het niet dat een moeder
op zo'n manier wordt behandeld, en die arme man... Jij komt nu
mee naar beneden en je biedt je excuses aan.'

Ze brulde het gewoon. Met een agressie en een vastberadenheid die je nooit zou verwachten van zo'n zwak, schuchter meisje dat gewend was zich afzijdig te houden.

Marina haalde haar handen weg van haar gezicht. Haar ogen,
rood en nat van de tranen, werden groot van verbazing. Elsa had
haar weten te verrassen, had haar wakker geschud. Elsa stond op
van het bed: 'Vooruit, opschieten!'

Marina zei geen woord. Ze veegde haar ogen droog. Als een
klein kind dat een pak slaag had gehad, liep ze met gebogen
hoofd achter haar aan de trap af.

De rest van de middag was geen makkie, maar het ergste was
achter de rug.

Ze aten de gebakjes, de momenten van stilte afwisselend met
op goed geluk een paar woorden, lukraak, puur om de spanning te verlichten. Toen sneed Elsa het onderwerp politiek aan,
en dat was voldoende om d'n Giangi warm te krijgen, die een
behoorlijke spreker bleek te zijn. Ze ontdekten dat hij een verleden had als activist, eerst voor de Communistische Partij pc

en daarna voor de DS, de Linkse Democraten. Later had hij zich gedesillusioneerd en verraden gevoeld en had hij zijn stembiljet verscheurd. Hij was zijn hele leven timmerman geweest, in de zagerij in Andorno. Hij bewerkte tafels en repareerde luiken, hij schaafde en zaagde – wanneer hij niet dronk, maar dat zei hij er niet bij. En zijn ware passie was de Italiaanse band Pooh. Daarop toverde Paola weer een lachje tevoorschijn. Marina werkte wel een stuk of twaalf slagroomsoesjes weg.

Daarna zeiden ze dat het al laat was geworden en dat ze hun niet langer tot last wilden zijn. Elsa antwoordde dat ze van harte welkom waren en dat ze konden terugkomen wanneer ze maar wilden. Sterker nog, de volgende keer zou zij zelf iets lekkers voor hen koken.

Toen ze bij de deur stonden, wierp Marina zich ineens in haar moeders armen, ze duwde haar gezicht tussen haar borsten, zoals ze als kind deed, en hield haar wel tien minuten vast, terwijl ze met verstikte stem woorden zei die alleen Paola kon verstaan.

Marina was nooit volwassen geworden. Vanbinnen was ze er nooit in geslaagd los te komen van die eenheid die zij en haar moeder samen vormden, naast elkaar wachtend voor het raam tot haar vader thuis zou komen.

Later, toen ze weer aan het studeren was, zat Elsa zich langdurig het hoofd te breken over die omhelzing.

Terwijl het zonlicht wegebde achter de laatste zuidoostelijke laag van de Penninische Alpen, en het enige geluid dat buiten klonk de onophoudelijke erosie van het riviertje was, zag ze Marina meerdere keren de keuken binnenkomen met het smoesje dat ze een glas water kwam halen, of iets zocht wat ze niet kon vinden.

Misschien zocht ze contact. Misschien had die uitbrander van vanmiddag het ijs tussen hen gebroken en had Marina nu pas door wat voor iemand zij was, wel heel meegaand en aardig, maar zeker niet gek. Toen hoorde Elsa haar een uur lang aan de telefoon praten met een zekere Donatello, die zij soms *Tello* en soms *Dona'* noemde en die misschien wel haar vriendje was, bedacht Elsa. Ze hoorde haar luidkeels tekeergaan over een of ander concert, over kapsels en kleding die speciaal voor de gelegenheid moest worden aangeschaft.

De eerste keer dat ze elkaar hadden ontmoet, toen ze bij een makelaarskantoor toevallig allebei naar dezelfde huuradvertentie stonden te kijken, was Elsa getroffen door de buitengewone schoonheid van dat meisje met haar zonnebril, ballerina's en een trenchcoat om haar middel geknoopt, door haar mysterieuze uitstraling leek ze zo uit een roman van Flaubert te zijn gestapt.

Misschien hadden ze elkaar die dag verkeerd beoordeeld.

Ze hadden elkaar onderschat. Ze hadden alleen maar bedacht dat ze er allebei voordeel bij hadden om samen een woning te nemen: dan konden ze de rekeningen delen en elkaar beschermen in zo'n groot, afgelegen huis. Elsa was destijds getroffen geweest door dat lieve gezicht, door het lange blonde haar dat tot halverwege haar rug reikte en door haar lichte glimlach, in harmonie met de wereld. Maar nu wist ze dat die schoonheid een duistere, besmeurde oorsprong had.

Vanaf vandaag had haar ongrijpbaarheid een geschiedenis.

17

Foto van een veranderend Italië (...)
Volgens een door landbouworganisatie Coldiretti
uitgevoerde steekproef onder de leeftijdsgroep
18 tot 34 jaar vindt 40 procent een leven op het
land te verkiezen boven een grauw bestaan achter
een bureau.

TV-JOURNAAL

Op zaterdag 29 september, vlak voor het middaguur, besloot
Andrea de trap af te lopen om de lunch met zijn ouders te trotseren.

Toen hij beneden in de hal kwam zag hij dat er iets in zijn
brievenbus zat. Weer een rekening, dacht hij. Hij stak de sleutel
erin, maakte het metalen deurtje open en trof een ansichtkaart
aan.

Die had hij in geen vijftien jaar meer ontvangen.

TOMBSTONE.

Een afbeelding van een postkoets, een cactus, en op de achtergrond de woestijn.

Toen hij de kaart vastpakte, voelde hij als eerste reactie alle vezels in zijn lijf langzaam bevriezen.

Hij staarde langdurig naar de afbeelding en herkende de Sonorawoestijn aan de Mexicaanse grens, roerloos in zijn dorheid; de woestijn uit de film *My Darling Clementine*, die ze tientallen keren samen hadden gezien.

Hij hoefde de kaart niet om te draaien om te weten wie de afzender was. Sterker nog, hij was helemaal niet van plan om de tekst te lezen. Hij liep de deur uit, stapte in zijn auto en gooide de kaart op het dashboard.

Al waren er in Andorno Micca geen cactussen of postkoetsen, het dorp was op dit tijdstip wel gehuld in een herfstig licht, onbestendig, verlaten; niet zo heel anders dan Tombstone. Het enige verschil was dat hier nooit iemand een film had opgenomen, dat er nooit een epische schietpartij tussen cowboys had plaatsgevonden in de Valle Cervo. Onder het rijden moest Andrea onwillekeurig glimlachen: het was wel behoorlijk lef hebben om hem zo'n kaart te sturen. Maar zijn broer had altijd via zinspelingen gecommuniceerd. Hij was een man van weinig woorden.

Het laatste bericht dat hij van Ermanno had ontvangen dateerde van vijf maanden geleden.

Een mailtje van één regel: 'Sarah is zwanger.'

Kijk, dat was typisch zijn broer. Drie woorden en een punt.

Onderweg naar de villa dacht Andrea terug aan de begrafenis van zijn opa, toen de kist in de grafnis was geschoven, waarna die met bakstenen was dichtgemetseld en hij had moeten huilen als een kind. Dat was de enige keer geweest, na dat voorval met de golden retriever, dat Ermanno naar hem toe was gekomen en een hand op zijn schouder had gelegd. Een poging tot toenadering; onhandig, aarzelend.

Nu, zes jaar later, begreep Andrea hem wel: Ermanno was de enige die wist wat er door hem heen ging, maar ook de laatste die in staat was hem te helpen. Als ze aan Andrea zouden vragen:

'Wat is het nou precies dat je je broer maar niet kunt vergeven?', dan zou hij niets hebben geantwoord, of anders: 'Alles.' Hij zou hebben gezegd: 'Zelfs mijn verjaardag heeft hij ingepikt, bij elke wedstrijd en competitie was hij veruit de beste, en vervolgens is hij vertrokken en heeft hij mij hier alleen achtergelaten, met twee ouders die ik niet kan uitstaan en die oud aan het worden zijn.'

Vanaf een bepaald moment in zijn leven had Andrea zijn leven gedeeld met geesten. Die had hij altijd met zich meegesleept. Aan de ene kant zijn broer, aan de andere kant Marina. Geliefd en gehaat. Twee constante afwezigheden die voor hem de stilte vulden, de nachten voordat hij in slaap viel. En er was geen enkele manier om ze te verslaan, zich van hen te ontdoen.

Hij parkeerde op de oprijlaan van zijn ouders, in de tuin waar de hortensia's zich opmaakten voor hun laatste bloeiperiode van het jaar. Toen zijn moeder de deur opendeed, had ze zoals altijd weer iets aan te merken op zijn kleren, op zijn lange baard en zijn warrige haar. Het was haar manier om 'ik geef om je' te zeggen en hij was er inmiddels aan gewend. Zijn vader voegde zich bij hen in de keuken. Ze zagen er allebei broos en weerloos uit in het middaglicht dat binnenviel in de ruimte waar de wasmachine draaide en het fornuis brandde.

Andrea ging aan tafel zitten. Zijn moeder roerde in de koperen pan door de polenta *moja*, de lokale specialiteit, met haar schort voor en haar haren stijf van de lak. Advocaat Caucino deed alsof hij de krant las. De tv stond uit. Het enige geluid was afkomstig van de draaiende wasmachine.

'Goed,' zei zijn vader terwijl hij de krant dichtvouwde en zijn bril erbovenop legde, 'morgen is het ook nog de hele dag mooi weer.'

Andrea knabbelde op een soepstengel, speelde met zijn vork en staarde naar de nieuwe, hightech wasmachine, de zoveelste opvolger van die ene, heel wat primitievere, waarin Clint was vermoord.

'Maar maandag gaat het regenen,' besloot zijn vader.

Meer was er niet te zeggen voorlopig. Het gesprek bleef steken op de dreigende regen aan de horizon en op de korte periode van zon die nog het hele weekend zou voortduren. Maar Andrea was hier voor de ommekeer in zijn leven, niet voor het weerbericht. Hij wachtte nog een paar minuten.

Toen zei hij: 'Ik heb besloten mee te gaan naar Tucson.'

Zijn moeder draaide zich onmiddellijk naar hem toe, met de houten pollepel in de hand en een onzekere lach die elk moment in huilen kon uitmonden. Het gezicht van zijn vader werd op slag een stuk vriendelijker. Sinds wanneer was zijn haar zo grijs? Hij leek nu op opa.

Andrea had zijn eerste bom gedropt en kon nu van het effect genieten.

'O God! Dat is geweldig!' ontplofte Clelia.

'Mooi zo,' zei Maurizio, 'daar ben ik blij om.' En hij voegde eraan toe: 'Denk erom dat je minstens twee uur van tevoren op het vliegveld moet zijn, en je moet ook het ESTA-formulier invullen. Heb je je paspoort gecontroleerd? Zorg ervoor dat het niet verlopen is.'

Hij praatte maar door zoals gewoonlijk, hij verschanste zich achter de lijst met dingen die moesten gebeuren, maar je kon zien dat hij ontroerd was.

'Mijn paspoort is in orde,' stelde Andrea hem gerust.

Zijn moeder schepte de polenta op hun borden en toen zij ook zat, begonnen ze te eten.

Ze praatten over de Verenigde Staten. Andrea hield zijn mond, hij at alleen maar. Hij luisterde naar de opmerkingen van zijn ouders over het al dan niet huren van een zware auto als ze eenmaal daar waren, over de voedingsgewoontes in Arizona, over de kleine Aaron die blijkbaar popelde om geboren te worden, en over Sarah die zo'n geweldige meid was.

Andrea kauwde en slikte. *De kleine Aaron.* Op een gegeven

moment vroeg zijn moeder of hij het niet heel bijzonder vond dat hij oom werd, en hij antwoordde met volle mond: 'Ja, tuurlijk.'

Zorgvuldig meden ze het onderwerp 'boerderij' en weidden daarentegen extra lang uit over allerlei weetjes die ze hadden gevonden tijdens het uitpluizen van de reisgidsen voor de west-kust van Amerika die ze speciaal voor de gelegenheid hadden aangeschaft.

Na de polenta moja kwam de hertenstoof op tafel.

'Wist je dat Tucson waarschijnlijk de oudste bewoonde plek is van de hele Verenigde Staten?'

Andrea schudde zijn hoofd.

'Het was het gebied van de Apachen voordat de Spanjaarden er in de zeventiende eeuw belandden,' vervolgde de advocaat. 'Alleen is het moeilijk om de geschiedenis ervan te reconstru-eren: alle gidsen die we hebben gekocht wijden maar een halve bladzijde aan Tucson.'

'Nou ja,' zei Andrea, 'dat is net zoiets als dat Biella besproken zou worden in een reisgids van Italië...'

'O nee!' viel Clelia hem in de rede. 'Je hebt daar echte canyons, en al die filmsets waar ze die westerns hebben opgenomen, het is heel wat anders dan Biella.'

'Het is net zoiets als Biella,' besloot Andrea, 'alleen ligt het in Amerika.'

'Toch een heel verschil...' bromde zijn vader.

Dat was ook zo. Maar hij vond het irritant om zichzelf en zijn ouders te moeten toegeven dat Ermanno precies woonde op de plek waar hij van droomde.

Daar kwam ook het nagerecht: 'Een zelfgemaakte *bonet*,' zei zijn moeder, terwijl ze de typisch Piemontese pudding op tafel zette. De sfeer in de keuken was kalm, en vol licht. Een zater-dag in het ouderlijk huis met de verloren zoon. De oude ouders die zich opmaken om hun riemen uit het water te halen en het roer over te geven aan hun zoons. De aanwezige en de afwezige.

De vierde stoel, die al jaren leegstond, verwees naar de overkant van de oceaan en praatte inmiddels Amerikaans.

Toen hij zijn stuk bonet op had, legde Andrea het lepeltje neer, veegde zijn mond af aan het servet, keek op en zei: 'Ik heb ontslag genomen.'

Dat was de tweede bom. Een napalmbom. De voltreffer.

Maurizio en Clelia kregen een schok.

'Wat?!'

'Ik heb mijn baan in de bibliotheek opgezegd en begin binnenkort met iets nieuws. Het werk dat ik altijd heb willen doen.' Andrea sprak de woorden duidelijk uit: 'Ik heb besloten voor mezelf te beginnen, en ik vind dat jullie dat moeten weten.'

Zijn ouders vervielen van een toestand van serene formaliteit in een staat van dreigend gevaar, en ze keken hem vragend aan.

'En je studie dan?' vroeg Clelia met onvaste stem.

'Daar ben ik ook mee gestopt.'

Maurizio verstijfde. Hij keek naar de tafel en begon zorgvuldig zijn servet op te vouwen. Hij vouwde het op en weer open.

'Ik heb besloten...' Andrea maakte het zich gemakkelijk tegen de rugleuning van zijn stoel, 'om vijftien koeien te kopen, vijftien Tiroler grijsvee-koeien net zoals opa had, en om een fokkerij te beginnen.'

Zijn ouders zaten nu onbeweeglijk.

'Ik heb al subsidie en vergunningen aangevraagd. Alles is geregeld. 's Winters woon ik dan in Massazza, en 's zomers in Riabella. Ik leid het vee omhoog de bergen in en omlaag naar de vlakte, net als opa vroeger.'

Zijn ouders waren lijkbleek, ze ademden niet meer. Hun gezichten leken uit steen gehouwen.

'Ik ga kaas maken en die verkoop ik dan rechtstreeks aan de consument. Vijftien koeien is niet veel, dat weet ik, maar ik reken erop dat ik er tegen de zomer al dertig heb.'

Clelia stond van tafel op, keerde hem de rug toe en greep zich met beide handen vast aan het fornuis.

Haar stilte was eindeloos en werd enkel onderbroken door het geluid van de centrifuge op de achtergrond.

Maurizio stond niet van tafel op. Zijn gezicht bleef onveranderd. Het leek alsof hij met zijn ogen open zat te dromen. En dat was ook zo. Maurizio zag van heel dichtbij een brede koeiensnuit voor zich, met vliegen die rond de neusgaten gonsden. Maar het was niet zomaar een koe: het was de koe die hem had aangevallen toen hij klein was, waarna zijn vader tegen hem tekeer was gegaan in plaats van tegen dat beest.

'Vijftien koeien,' zei de advocaat. Op een toon alsof hij zojuist een krachtige dosis kalmeringsmiddel ingespoten had gekregen.

Hij praatte niet tegen Andrea. Hij praatte tegen niemand.

'Vijftien,' herhaalde hij nogmaals, afwezig.

'Ja,' antwoordde Andrea trots, 'maar dat is pas het begin.'

'Natuurlijk...'

Blijkbaar trok er net op dat moment een dikke laag onweerswolken over de villa van de familie Caucino, want ineens werd het halfdonker in de keuken. Het weerbericht had gelijk gehad: maandag zou het gaan regenen. Of het zou gaan sneeuwen. Of er zou een alles vernietigende brand uitbreken, een zandstorm, het einde van de wereld.

'BESEF JE GODDOMME WEL WAT JE ZEGT?!'

Hij was ontploft.

Hij, de Vader, was met een ruk van tafel opgestaan, met een knalrood gezicht, en stond nu als een gek te schreeuwen: 'Jij bent niet goed wijs! Je wilt me zeker dood hebben! Een stuk of vijftien koeien!? Zei je EEN STUK OF VIJFTIEN KOEIEN?! Jij bent hartstikke GEK!' Hij hield een hand op zijn borst, alsof hij een hartaanval voelde aankomen. Hij riep zijn vrouw: 'Clelia! Godallemachtig!'

Clelia was als verlamd bij het fornuis blijven staan, met haar rug naar hen toe, voorovergebogen.

'Hoor je nou wat *jouw* zoon daar zegt? Heb je dat gehoord,

godverdegodver?! Ik kan het gewoon niet geloven! Ik wil niet geloven dat *mijn* zoon nu, in het jaar 2012, in *mijn* huis aan komt zetten en zegt...' hij ging weer zitten, omdat hij kortademig werd, 'dat hij een stuk of vijftien KOEIEN wil kopen!'

Andrea hield zijn mond, hij gaf geen krimp.

Teruggetrokken, afstandelijk. Hij deed alsof hij alleen maar van het spektakel genoot, maar zijn hart bloedde.

'Weet je wel wat dat wil zeggen? Weet je wat voor types dat zijn? Die lui trouwen met elkaar om maar geen stuk stal te hoeven verdelen, een stuk stal, godverdomme... Weet je hoeveel stront je zult moeten scheppen?' Hij was buiten zichzelf van woede, hij schreeuwde het hele huis bij elkaar. 'En hoeveel denk je te gaan verdienen, laat horen. Drie, vier euro per maand? Want dat staat je namelijk te wachten: pure ARMOEDE!'

'Ik wil niet rijk worden,' zei Andrea.

'O nee? O neeee! Gelijk heb je.' De advocaat barstte in lachen uit. 'Het is juist heerlijk om als een neanderthaler te leven, zonder je ooit te wassen, zonder stroom. Ja, dat is echt geweldig! Dat kan ik je verzekeren! De hele economie staat op instorten, we staan aan de afgrond.' Hij veegde over zijn bezwete voorhoofd. 'En nu wil hij hier koeien gaan kopen...'

Andrea waagde: 'Daarom juist.'

'Alsjeblieft, geen geintjes... Geen geintjes alsjeblieft! Ik ben burgemeester van Biella geweest. Ik heb een reputatie. Ik ben advocaat!'

Clelia stond te huilen.

Maurizio was rood aangelopen.

Andrea was bleek, maar hij bleef weerstand bieden.

'Vergeet het maar. Je mag die boerderij hebben, maar de verbouwing regel je zelf maar. Als je tot je nek in de stront zit kun je je vader gerust vergeten. Dus je wilt veehoeder worden?' Maurizio stak zijn hand uit, wees naar de gang. 'Daar is de deur.'

Had Andrea werkelijk een andere reactie verwacht? Begrip,

een dialoog, hulp van zijn ouders? Nee. Dus wat maakte het uit?

Toen zijn vader zei: 'Ermanno zou nooit...' zonder zijn zin af te maken, stond Andrea op.

Verjaagd. Vernederd, en alleen.

Terwijl hij door de lange marmeren gang liep, bedacht hij dat het hem niets kon schelen, dat hij hun weleens wat zou laten zien. Zijn vader stond in de keuken nog steeds als een gek te schreeuwen. Andrea bezwoer zichzelf dat hij van niemand goedkeuring nodig had. Pas toen hij bij de voordeur kwam en hoorde dat zijn moeder hem huilend riep, merkte hij dat zijn hart brak. Hij voelde de neiging om zich om te draaien en naar haar toe te gaan. Om haar te omhelzen.

Maar dat deed hij allemaal niet. Hij verliet het huis, stapte in zijn auto, startte. Hij wist nog niet dat deze zaterdag nog veel ergere verrassingen voor hem in petto had. Hij was ervan overtuigd dat dit het ergste was en dat hij er wel overheen zou komen. Hij reed tien rondjes door het dorp. Hij keek geen moment, niet één keer, naar de ansichtkaart op het dashboard.

Toen parkeerde hij bij een tankstation dat werd afgebroken. Hij pakte zijn mobiel. Hij had behoefte om met iemand te praten. Hij had een wanhopige, verdomde behoefte aan Marina. Maar Marina was er niet. Hij had haar al bijna een week niet gezien of gesproken. Het enige nieuws dat hem bereikte, was dat van haar publieke, ontaarde versie, in minirok en netkousen, van de foto die in alle lokale kranten prijkte, en op de stomste websites. Marina had min of meer dezelfde dingen tegen hem geschreeuwd als zijn vader net tegen hem had geschreeuwd.

Andrea zocht het nummer van Elsa in zijn contactenlijst en belde haar op.

Toen Elsa het schermpje van haar mobiel zag oplichten en de naam van Andrea in beeld zag verschijnen, sloeg haar hart over.

Ook zij kon niet weten dat dit een van de ergste dagen van haar leven zou worden. Ze wachtte een paar tellen en nam toen op.

'Hallo...'

Aan de andere kant van de lijn klonk verwrongen Andrea's stem. Ze hoorde hem beginnen met een reeks *hallo, sorry, ik weet eigenlijk niet waarom ik je bel*. Toen hoorde ze hem losbarsten in een onsamenhangend verhaal over het weerbericht, zijn ouders, de koeien, waar ze geen touw aan vast kon knopen. Hij leek wel dronken, of misschien was er iets met hem gebeurd. Andrea gaf haar niet de kans om iets te zeggen. Hij raaskalde maar door, als een idioot. Toen zweeg hij en vroeg wat ze aan het doen was.

'Niks.'

'Dus je hebt tijd?'

'Ja,' antwoordde Elsa. 'Ik ben alleen thuis *vandaag*...'

Andrea stond niet stil bij de betekenis van haar woorden. Het kwam in de verste verte niet bij hem op dat 'alleen thuis vandaag' maar één ding kon betekenen, en wel dat Elsa normaal gesproken *niet* alleen was in haar huis in Piedicavallo. Hij legde geen link met wat Marina hem verteld had, dat ze samen met een ander meisje in een huis woonde, eveneens in Piedicavallo. Een huisgenote die filosofie studeerde, ook nog eens.

Andrea had een onbedwingbare behoefte om met iemand te praten, iemand die hem begreep, zoals Elsa. Hij had behoefte aan een vrouw, misschien ook wel om met haar naar bed te gaan. Hij was buiten zinnen. *Drie, vier euro per maand...* Zijn vader was echt een monster.

'Als je zin hebt om langs te komen,' zei Elsa, even onwetend als hij, 'ik woon in de Via Marconi 23, het allerlaatste huis. Met een blauwe voordeur.'

Andrea antwoordde: 'Ik kom eraan.'

En hij scheurde naar Piedicavallo.

Elsa was bloednerveus terwijl ze op hem wachtte. Ze had nooit gedacht dat ze hem zo snel al zou terugzien. Ze rende telkens de trap op en af, haastte zich naar de badkamer om haar haren goed te doen. Andrea reed als een gek omhoog over de haarspeld-bochten van de SP100, de weg die hij op zijn duimpje kende, de enige weg die hij kon afleggen in zijn leven. En intussen bracht Elsa het huis zo goed en zo kwaad als het ging op orde, ze ruim-de de boeken op, veegde de kruimels onder de tafel weg.

Andrea haatte Marina, hij haatte haar nog meer dan zijn va-der, nog meer dan zijn broer. Want het was uiteindelijk allemaal haar schuld. En vandaag zou hij zich op haar wreken met een ander. Dit was echt het dieptepunt.

Elsa deed haar joggingpak uit, trok een spijkerbroek en een leuk shirtje aan.

Ze waren bezig hun eigen graf te graven. Ze liepen met open ogen het hol van de leeuw in. En ook al houdt de leeuw zich ver-scholen, hij is er altijd. Hij is overal, weggedoken in het struikge-was, onzichtbaar in het gebladerte, nooit afgeleid, met zijn gele ogen, die als een radar zo gevoelig elke beweging opvangen die er plaatsvindt in het territorium waarvan hij de alleenheerser is.

Toen Elsa de deur voor hem opendeed – tenger, niet echt moe-ders mooiste met dat rode, stugge pagekapsel van haar, en zicht-baar opgewonden – knalde Andrea ineens tegen de realiteit op. En de realiteit luidde: Elsa was niet Marina, en hij zou nooit met haar naar bed kunnen gaan. Hij zou het niet kunnen opbren-gen. En hij moest iets drinken.

'Zeg, heb je misschien een biertje?'

Het was het eerste wat hij zei.

'Sorry, ik heb echt heel erge dorst,' voegde hij er gegeneerd aan toe. Er zat zo veel woede en wrok samengeperst in zijn lijf, als hij daar geen uitweg voor vond, zou hij nog ontploffen.

Elsa keek in de koelkast: 'Ik heb wel wijn.'

'Ook best, alles is best.'

Er viel Andrea niets op. Hij zag niet de half kapotte cd-doos-jes van Lady Gaga die rondslingerden op de grond bij de stereo, hij zag niet de witte sok met zwarte zool die tussen de kussens van de bank lag. Hij las niet de verschillend gekleurde post-its op de koelkastdeur waarop stond geschreven: 'dins generale repetitie', 'Tello belle na lunch', 'maskara + rooie lippestift kope'. Hij wierp alleen een blik op het plafond, op de pelletkachel, op het raam met uitzicht op de oostzijde van de Monte Cresto.

Elsa haalde twee wijnglazen uit de kast en ontkurkte de wijn. Het was drie uur 's middags.

'Je ziet er overstuur uit.'

'Ik heb net ruzie gehad met mijn vader.'

'O.'

In een moment van helderheid vroeg Andrea zich af: wat doe ik hier in godsnaam met Elsa Buratti, bij haar thuis?

'Ik kan me voorstellen dat hij je keuze niet echt kon waarderen.'

'Nee, hij heeft het niet eens geprobeerd. Maar daar wil ik nu niet aan denken.'

Woorden waren niet genoeg om zijn woede af te reageren, het zou helemaal geen zin hebben om te praten. Andrea dronk een glas wijn leeg en stond toen op. Hij liep naar een plank met boeken en bekeek de titels.

'Je hebt alle romans van Flaubert, mooi.'

'Ja,' zei Elsa terwijl ze dichterbij kwam, 'hij is misschien wel mijn favoriete schrijver.'

Voorwerpen die overduidelijk niet van Elsa waren, lagen her en der verspreid op het dressoir, op de kapstok bij de deur waaraan een fuchsia stola met strassteentjes hing, en op de bank – een vochtinbrengende bodycrème met frambozen. Maar Andrea was blind, en doof.

Hij luisterde niet eens naar Elsa, terwijl ze hem vertelde over de boeken die ze las, over haar doctoraat. Ze deed haar uiterste best om hem af te leiden en zijn aandacht te vangen. Maar Andrea leek afwezig, mijlenver weg. Ze had zich leuk aangekleed, ze had zich opgemaakt, ze had haar haar goed gedaan. En hij zag het niet eens.

Hij dronk, bladerde door de boeken, knikte af en toe.

Waarom was hij eigenlijk naar haar toe gekomen? vroeg Elsa zich af.

'Ik krijg heel veel tijd om te lezen,' zei Andrea. 'Als ik daarboven op de bergweiden zit, heb ik zeeën van tijd om te lezen.'

'Ben je al naar Massazza geweest?'

'Nog niet.'

'Als je wilt ga ik met je mee, ik ben wel benieuwd hoe zo'n stal eruitziet. Volgens mij ben ik er nog nooit in geweest...'

Het sloeg helemaal nergens op dat hij hier was met Elsa Buratti. Andrea was zich ervan bewust, maar hij had verder geen andere vrouwen die hij kon bellen.

Sebastiano en Luca zouden zeggen dat hij schijt moest hebben aan zijn ouders, dat hij gewoon door moest gaan. Maar hij kon geen schijt aan ze hebben, dat lukte hem niet!

Als Marina aan zijn zijde had gestaan, had hij zijn vader in het gezicht uitgelachen. Dat was een feit. Je kunt zo'n leven niet in je eentje leiden, zonder vrouw, zes maanden per jaar boven op een berg en de overige zes maanden gehuld in de mist op de vlakte. De eenzaamheid vreet aan je, tast je aan. Hij zou geen cent verdienen, hij zou niets hebben om de pacht te betalen. Het was een absurd, onzinnig plan.

'Elsa,' eindelijk draaide Andrea zich naar haar toe, 'misschien is het een onzinnig plan.'

Hij zei het met ogen vol wanhoop, op een toon van overgave.

'Nee, dat is niet waar,' antwoordde zij met klem.

'Je hebt geen idee.' Andrea streek met zijn hand door zijn haar, deed even zijn ogen dicht. 'Het is een zooi daar, echt waar. Er zijn miljoenen dingen die gedaan moeten worden, en dat red ik niet in mijn eentje... Het is niet realistisch, ik ben gewoon een sukkel.'

'Dat moet je niet zeggen, niet eens voor de grap. Je mag het nu niet opgeven.'

Andrea keek verdwaasd om zich heen, in deze kamer die hij niet kende. Hij vroeg zich af of hij in het beukenbos dat hij door het raam zag de plek zou kunnen terugvinden waar ze het hert hadden begraven: het moest ergens daarboven zijn.

'Wij gaan morgen naar Massazza, ik ga met je mee.'

Elsa was nu vastberaden. Vastberaden om hem te veroveren.

Ze praatte als Anita Garibaldi tegen haar nationalistische echtgenoot aan de vooravond van de Eerste Italiaanse Onafhankelijkheidsoorlog, als de grote vrouw die achter elke grote man staat: 'Je mag het niet bij het eerste obstakel meteen opgeven. Je mag niet denken dat je vader je zou moeten begrijpen. Hij behoort tot een generatie die zich schaamt voor boeren. Wij behoren tot een generatie die zich schaamt voor hen.'

Andrea wendde zijn blik af.

'Oké,' antwoordde hij, 'dan neem ik je mee om naar die stal te gaan kijken.'

'Eén gevecht per keer, zo win je een oorlog.'

Wat nou oorlog, dacht Andrea. Hij ging zich nog wat wijn inschenken. 'Maar nu een ander onderwerp graag,' zei hij somber.

Hij was een sukkel, dat was hij.

De kleine Aaron, ja ja. En hoe zou hij ooit een kleine Aaron moeten onderhouden?

Elsa zag dat hij zichzelf bleef kwellen, met zijn glas in de hand liep te ijsberen, en ze voelde zich machteloos. Ze had gehoopt dat ze weer net zo'n gezellige middag met hem zou hebben als afgelopen woensdag, maar nu kwam hij alleen maar afwezig en onbenaderbaar over. Ze vroeg zich af wat hem zo dwarszat, of het alleen om die ruzie met zijn ouders ging of dat er meer was. Hij was altijd een binnenvetter geweest, en zij ook. Twee binnenvetters die om gespreksonderwerpen verlegen zitten, en die rondlopen in een keuken zonder dat ze durven stil te staan.

Bij zijn derde glas plofte Andrea op de bank neer en begon haar blikken toe te werpen. Nee, het had geen zin: ze was niet mooi. Ze had geen tieten, ze had geen heupen, ze was hoekig en mager als een lat en ze bewoog zich onhandig, zonder enige gratie. Maar hij moest het toch proberen, hield hij zichzelf voor.

Hij moest deze kwestie voor eens en voor altijd oplossen, al was het dan maar met een voormalig klasgenootje. Met zijn elleboog raakte hij Marina's sok die tussen de kussens lag, maar hij zag het niet. Elsa daarentegen zag het wel degelijk en kreeg een schok. Ze zat nu tegenover hem, op een stoel naast de tafel. Ze dronk rustig, met kleine slokjes. Ze probeerde een verhaal te improviseren over financiële marges, over de recessie, over Angela Merkel: het was duidelijk dat ze niet meer wist waar ze zich aan vast moest klampen.

Intussen luisterde hij helemaal niet naar haar; hij keek naar haar spijkerbroek, haar shirtje. Zijn woede veranderde geleidelijk aan in pure lust zonder specifiek op iemand gericht te zijn.

En die lust veranderde in agressie.

'Heb je een vriend?' viel hij haar abrupt in de rede.

Elsa, die het over iets heel anders had, raakte van haar stuk door zijn vraag en zijn plotseling omgeslagen stemming.

'Nee,' antwoordde ze even later.

'De verkiezingen kunnen me geen zak schelen, Elsa,' zei Andrea op harde toon. 'Vertel me liever iets over jezelf. Heb je broers en zussen? Wat doen je ouders?' Dreigend, vijandig, hij staarde haar ongeduldig aan.

'Ik ben enig kind. Mijn vader zit in de verzekeringen, mijn moeder werkt bij de gemeente.'

'En je hebt geen verkering.'

'Nee, dat heb ik eerlijk gezegd nog nooit gehad.' Toen zei ze er vlug achteraan: 'Officiële verkering, bedoel ik.'

Mooi zo, dacht Andrea, haar eerlijkheid sprak in haar voordeel.

Hij stond op en ging nog een glas wijn inschenken. Toen liep hij weer terug naar de bank. Hij spreidde zijn armen uit over de rugleuning, strekte zijn benen en sloeg zijn voeten over elkaar. Hij leek net een bandiet die zojuist uit de gevangenis is ontsnapt en die popelt om zich te wreken.

'Ik heb heel lang iets gehad met een ontzettend kutwijf.'

Hij bleef haar aanstaren.

Waarom zei hij al die dingen tegen haar? Hij wist het zelf niet.

Elsa staarde hem op haar beurt ook aan, met bonzend hart.

'Een griet die me alleen maar ellende heeft bezorgd, van begin tot eind. Een zangeres...'

Bij het woord zangeres kreeg Elsa een soort voorgevoel.

'Ik heb negen jaar achter haar aan gelopen, kun je nagaan. Maar nu gooi ik het roer om. Als mijn ouders me niet begrijpen, dan maar niet. Die zijn hun hele leven alleen maar bezig geweest om geld te vergaren, geld en nog eens geld. Ik geef geen ene flikker om geld.'

'Je ouders zullen het heus wel begrijpen,' zei Elsa tactvol. Op de rest ging ze niet in, en ook dat sprak in haar voordeel. 'Je moet ze gewoon de tijd gunnen en laten zien dat je het serieus gaat doen.' Ze sprak op volwassen, diplomatieke, begripvolle toon.

Ze deed hem denken aan Ermanno.

'Ik wil niet rijk worden, ik wil niet beroemd worden, ik wil niet leven met de kwelling dat ik meer of minder ben dan een ander!' Eindelijk kwam de uitbarsting. 'Zo'n leven is een hel, dat heb ik gezien toen mijn vader burgemeester werd, toen kwamen al die journalisten bij ons in huis... Dat boeit mij niet. Mijn broer schrijft in vakbladen over luchtvaarttechniek.' Hij glimlachte. 'Zijn artikelen worden gepubliceerd met zijn naam eronder, flink groot, alsof hij Obama zelf is... Ik wil onzichtbaar zijn, snap je? Ik wil geen sporen achterlaten, ik wil alleen maar 's ochtends wakker worden en me goed voelen!' Hij schreeuwde. 'Ik wil me daar niet schuldig om voelen. Ik wil mijn leven niet verkwanselen. Mijn opa moest huilen als er een kalfje doodging, als hij er een geboren zag worden... Hij was een gelukkig mens!'

'Ik denk er net zo over als jij,' zei Elsa teder.

'Dat weet ik,' antwoordde Andrea.

Ze keken elkaar aan.

'Ik herinner me een opstel dat jij een keer in de klas hebt voorgelezen in de vijfde van het lyceum... Volgens mij was je gewoon je tijd ver vooruit.'

Andrea was getroffen door dat detail. Elsa herinnerde zich een opstel van hem in de vijfde... Er was dus wel iemand die hem had opgemerkt in die tijd. Iemand die hem begreep. Hoezeer iemand er ook naar verlangt om zonder getuigen te leven, zonder getuigen gaat het niet.

Hij stond op van de bank, zette een paar stappen in Elsa's richting.

Zij bleef aan haar stoel gekluisterd zitten; ze had zich klein gemaakt, heel klein. Ze hield haar blik recht in zijn ogen gericht. Een weifelende, vragende blik. Andrea kwam nog dichterbij. Hij boog zich over haar heen, met de slechtste bedoelingen.

Elsa kon niet geloven dat dit echt gebeurde. De stilte was eindeloos, grandioos. Andrea had een hand op de rand van de tafel gelegd, de andere bracht hij naar haar gezicht. Hoe lang wachtte ze al op dit moment? Twaalf, dertien jaar? En hoe lang wachtte Andrea al op een woord, eentje maar, van aanmoediging, van begrip?

Maar op dat moment werd er in de voordeur een sleutel omgedraaid. Ze hoorden het allebei en schrokken op, verbaasd keken ze naar de deur.

De leeuw kwam net op tijd thuis. Net als de held, verheven boven gewone stervelingen. Met priemende ogen, een kille, afstandelijke blik. Lang blond haar. Een blote schouder. Kniehoge laarzen. Een bloesje dat net ver genoeg was dichtgeknoopt.

De onverstoorbare uitdrukking van iemand die altijd en overal, ook in de meest onthutsende, meest onwaarschijnlijke, meest krankzinnige situaties nog de macht heeft over het leven of de dood van anderen. En die zich daarvan bewust is.

Marina verscheen in de deuropening, liet haar sleutels een paar tellen in het slot hangen. Ze nam het tafereel in zich op: haar stom geslagen huisgenote, bijna op heterdaad betrapt met haar even stom geslagen ex, twee lege wijnglazen en een geopende fles, haar ex bij haar thuis, Andrea bij haar thuis, Elsa hevig gegeneerd, als in zo'n droom waarin je in je onderbroek door een drukke straat loopt.

Ze haalde haar sleutel uit het slot.

Deed de deur achter zich dicht.

Liep rustig naar binnen.

En Andrea begreep wat hij tot op dat moment niet had begrepen. En toen Elsa Andrea's asgrauwe gezicht zag, begreep ze eindelijk ook wat ze daarnet instinctief had aangevoeld. Namelijk dat Marina die *zangeres* was.

Marina gooide haar tas op de bank zonder haar blik van hen af te wenden.

'Goh,' zei ze, 'wie had dat ooit gedacht.'

Ze liet zich bewust een klein lachje ontglippen.

En dat lachje was sluw, cynisch, het was een en al minachting.

Ze trok haar laarzen uit en smeet ze op de grond, ze maakte ook de laatste knoopjes van dat niksige bloesje los, alsof het bloedheet was.

Toen trok ze de koelkast open, pakte een blikje Fanta, zocht in een la naar een rietje. Ze ging languit op de bank liggen. Zette de tv aan.

'Sorry hoor', ze glimlachte weer, '*Teen Mom* gaat zo beginnen.'

18

Hels duel

Teen Mom: daar zaten Elsa en Andrea ineens naar te kijken in
de onder hoogspanning staande keuken daar in Piedicavallo, op
1035 meter boven zeeniveau. Een realitysoap van MTV America
waarin in de meest afgelegen uithoeken van Michigan of Wyo-
ming werd gezocht naar tienermoeders in een meestal rampzalige familiesituatie, die dan stap voor stap werden gevolgd
tijdens het verschonen van de luiers en tijdens de hevige ruzies
met de onverantwoordelijke vader van hun baby.

Ze staarden naar de beelden die voorbijgleden op de tv, de
beelden die Marina hun had opgedrongen, omdat ze op dat moment het gevoel hadden dat ze in de val zaten en geen kant meer
op konden.

Andrea had meteen moeten opstaan en vertrekken. Dat realiseerde hij zich, maar toch kon hij het niet. Hij staarde naar
de tv om Marina's scheve blikken niet te hoeven zien. Ook Elsa
durfde hij niet aan te kijken. De wijn was op. Er was nog maar
één uitweg en die viel samen met de voordeur, maar om de paar
meter af te leggen die hem van de redding scheidden, dat was
voor hem op dit moment als de oceaan oversteken in een kano.

Elsa gaf geen kik, want ze had alles begrepen. Zonder dat er
woorden voor nodig waren geweest. Elsa had zich zojuist gerealiseerd dat die twee een relatie hadden gehad, en kon dat niet

accepteren. Die keren tijdens het eerste jaar aan de universiteit, wanneer ze uit college kwamen en zij hoopte dat Andrea haar zou vragen om samen te lunchen, terwijl hij alleen maar aan de telefoon stond te ruziën met zijn meisje, nou: dat meisje was Marina.

Er waren drie, misschien vier minuten verstreken sinds zij was binnengekomen en de hel had meegebracht. Elsa staarde naar haar, ten prooi aan emoties van haat, onrechtvaardigheid en jaloezie, waarvan ze nooit had gedacht dat ze die zo sterk kon voelen.

Intussen hield Marina hen in haar greep. Languit op de bank, door het rietje lurkend aan de sinas, keek ze aandachtig naar de tv, en ze leek het meest relaxte wezen op de wereld. Ze was benieuwd wat ze nu zouden gaan doen. Ze was klaar om hen bij de eerste misstap te verslinden, en met name Elsa: die jongedame stond vanaf vandaag wel kilometers diep bij haar in het krijt, met torenhoge rente.

Ze zag kans om hun allebei een schuldgevoel te bezorgen, bedacht Andrea. Ze hield hen als een stelletje sukkels gevangen op die stoelen, en zij waren zo sukkelig om het spelletje mee te spelen. Ze was een belachelijke onvolwassen pop, wispelturig, verwend, maar hij stond niet op. Hij kon het niet. Alsof zijn benen van lood waren, alsof zijn longen en zijn hart van lood waren. Twee vrouwen konden elkaar wel villen voor hem, maar Andrea had het niet in de gaten. Hij zag alleen maar, vaag, aan de rand van zijn blikveld, de enige vrouw in zijn leven, die langzaam maar zeker het toppunt van haar cynisme bereikte.

En Marina sleep haar wapens.

Alleen al de gedachte dat er iets zou kunnen zijn tussen Andrea en haar huisgenote, maakte haar bloed aan het koken van woede.

Maar ook Elsa sleep haar wapens.

Zoals alle onbevangen types was ze iemand van de stille wateren, diepe gronden. Ze hield haar klauwen zorgvuldig verborgen onder haar laagje beschaving.

Ze waren allebei dochters van de vallei, primitieve strijdsters, twee opportunistische steenmarters.

In de vijfde minuut was de O.K. Corral niets meer vergeleken bij die keuken. Zoals bij elk duel ging het maar om één ding: kijken wie er als eerste zou schieten.

'Ik moet gaan,' zei Andrea.

Hij wilde opstaan.

'Nee, blijf,' zei Elsa nadrukkelijk. 'Alsjeblieft.'

Andrea bleef waar hij was, half zittend en half staand, besluiteloos. Want hij kon Marina niet zo verlaten, hij moest het lef vinden om haar voor eens en voor altijd te zeggen waar het op stond. Maar Elsa was hem voor. Ze kwam overeind, ging de koelkast opendoen en haalde een tweede fles wijn tevoorschijn.

'Marina, wil jij ook?' vroeg ze. Uiterlijk kalm.

'Nee, *dank je*,' antwoordde Marina. Doodkalm.

Met haar ogen aan het scherm gekluisterd, terwijl ze luidruchtig door het rietje aan de Fanta bleef slurpen die bijna op was.

Elsa opende de fles, schonk de twee glazen in. Vervolgens gaf ze, steeds met trage bewegingen, een van de glazen aan Andrea, die weer was gaan zitten.

De zesde minuut verstreek. Elsa beefde. Marina krabde aan haar knie. Andrea pijnigde zijn hersens wat hij moest zeggen. Intussen golfde vanuit de tv het huilen van een baby door de keuken, het knalde ontroostbaar tegen de muren aan. Een zwaar opgemaakt meisje schreeuwde luidkeels dat ze wilde uitgaan, dat ze haar vriendinnen wilde zien, en liet het kind bij de oma achter, terwijl zij de deur achter zich dichtsmeet.

'Wat een treurigheid,' merkte Elsa op, en ze zette haar glas neer. Ze praatte op de toon die ze meestal voor mondelinge tentamens gebruikte. 'Wat een hel als je op die leeftijd van school af moet en van een uitkering moet leven.'

Marina zette haar lege blikje op de grond en hield het rietje in haar mond om op te kauwen. 'Hoezo uitkering,' zei ze met een half lachje. Ze streek met haar vingers door haar haren en schoof ze naar één kant van haar gezicht. 'Die grieten krijgen een hoop geld. Dat zijn supersterren in Amerika, ze hebben een manager, ze staan op de covers van de bladen. Je hebt er duidelijk totaal geen verstand van.'

Ze praatte op zachte maar tegelijkertijd stekelige toon. Elsa stijf op haar stoel, de ander languit op de bank als een zonaanbidster.

'Nee, ik heb er ook geen verstand van. Jij bent degene die er altijd naar kijkt, ik niet.'

De woorden hadden een dubbele lading. Het waren net van die bundeltjes die je in films ziet, van die opgerolde dekentjes waar dan een pistool in blijkt te zitten.

Marina strekte haar benen uit, legde ze op de armleuning en rekte haar rug.

'Dat meisje daar, Maci,' zei ze, 'die heeft anderhalf miljoen volgers op Twitter.' Ze draaide zich op haar zij om hen aan te kijken. 'Niet gek, hè?' glimlachte ze.

Ze droeg een donkerblauwe kanten beha die duidelijk door haar bloesje heen scheen, en haar navel was zichtbaar boven haar laag uitgesneden spijkerbroek die een en al scheuren was, alsof ze helemaal geen broek aanhad. Haar haren hingen half over haar gezicht. Ze was van een angstaanjagende schoonheid. En Andrea zou haar nu het liefst in brand hebben gestoken, hij zou haar levend willen verbranden.

Elsa zag het, hoe hij naar Marina keek. Elsa merkte het op, hoe die twee naar elkaar keken. Met een stilzwijgende samenzweerderigheid waarvan zij werd buitengesloten.

Ze klemde het glas in haar handen, alsof ze zich eraan wilde vastklampen. Ze was bleek en ze trilde. Door Marina's schoonheid en arrogantie raakte Elsa al haar remmingen kwijt. Intelligentie is één ding, dacht ze, schoonheid is iets anders. En het doet er niet toe hoe vluchtig en tijdelijk die is, hoe verraderlijk en onverdiend. Sterker nog, juist vanwege die kenmerken – juist vanwege het feit dat schoonheid alleen aan de natuur toebehoort, aan de primitieve staat van de zintuigen en de macht – gaat er een aantrekkingskracht van uit die ideeën en woorden nooit zullen hebben.

'Een kind krijgen om beroemd te worden,' zei ze grimmig, 'dat is wel het laagste van het laagste.'

Ze had er nog bij willen zeggen: Jij zou ertoe in staat zijn. Maar ze hield zich in.

'Als je het zo'n kutprogramma vindt,' zei Marina onschuldig, 'waarom kijk je er dan naar?'

Het was een ongelijke strijd, maar Elsa was absoluut niet van plan om terug te krabbelen. Ze had zich al veel te vaak gewonnen gegeven. Uiteindelijk was zij altijd degene die naar het postkantoor ging om de rekeningen te betalen. Ze was zelfs met haar mee geweest naar de studio's van BiellaTV 2000. Ze had zich door die hyena laten vermurwen. Maar nu was het genoeg geweest.

Ze wilde net haar mond opendoen om iets doorslaggevends te zeggen, toen ineens de elektronische ringtone van Marina's mobiel klonk en zij vlug opnam, blij verrast.

'Ha, Tello,' zei ze geamuseerd, 'ben je er al achter wanneer de audities van *X Factor* beginnen?'

Ze praatte gewoon waar zij bij waren, alsof ze niet bestonden.

'En het Festival van San Remo? Weet je daar al iets meer van?'

Andrea en Elsa gaven geen kik. Op een gegeven moment keken ze elkaar aan, spiegelden ze zich in het gezicht van de ander en herkenden ze wat ze waren geworden: twee gijzelaars.

'Oké,' besloot Marina, 'tot dinsdag dan, schat.'

Marina staarde Andrea recht in de ogen terwijl ze het woord 'schat' uitsprak. Toen liet ze haar mobiel tussen de kussens vallen.

'Waar hadden we het ook alweer over? O ja, waarom gaan jullie niet naar boven als jullie geen tv willen kijken? Op de slaapkamer van Elsa staat een heel lekker bed.'

Andrea stond op, hij had er genoeg van.

Hij zocht in zijn zakken naar zijn autosleutels.

Elsa voelde de grond onder haar voeten wegzakken.

'Jij hebt wel veel verstand van al die ordinaire programma's,' zei ze tegen Marina.

'O, daar hebben we de filosofe! Opgepast...'

'Jij hebt voor niets of niemand enig respect. Het enige wat je kunt is mensen gebruiken!' Nu stond Elsa te schreeuwen, alle opgekropte wrok kwam eruit. 'O ja, jij zou je eigen kind zo verkopen om op de cover te komen!'

'Het zijn gewoon moeders met kinderen, wat is daar zo ordinair aan?' Marina verhief haar stem. 'Wat weet jij daar goddomme van? Ze staan er helemaal alleen voor, ze proberen wat geld te verdienen, wat is daar mis mee? Mijn moeder heeft mij op haar zeventiende gekregen, ik weet waar ze doorheen is gegaan! Het zijn gewoon moeders met hun kinderen,' herhaalde ze. 'Ze zijn beroemd, ja, nou en? Ga jij maar eens meedoen in een realityshow als je durft!'

Andrea liep naar de deur.

'Die kinderen worden op een dag volwassen,' zei Elsa. Ze zag dat Andrea zijn hand op de klink legde, en ging nog harder schreeuwen. 'En dan beseffen ze dat ze zijn gebruikt voor een beetje roem dat misschien zo weer voorbij is... en dat zullen ze hun moeder nooit vergeven, dat verzeker ik je. Word wakker, Marina, kijk in de spiegel.'

Marina ging rechtop zitten: 'Wat weet jij daar in godsnaam van?'

Andrea raakte steeds meer verstijfd daar bij de deur, hij moest hem open zien te krijgen. En wel nu meteen.

'Wat weet jij goddomme van die dingen? Geef antwoord!'

gromde Marina. 'Ik heb nooit iemand gebruikt.'

'O nee?' gilde Elsa woest. 'Jij walst over iedereen heen die je om je heen hebt. Ik heb gezien hoe je met je moeder omging! En dan kijk je naar *Teen Mom*... Het slaat nergens op. Ik vind het niet gek dat ze alcoholist is! Ja, ga nou maar weer gauw naar je realityshow kijken, goed zo.'

Ineens viel er een ijzige kilte over de keuken.

Marina's gezicht vertrok. Het verloor al die brutaliteit, al die prachtige sluwheid. Het stond op onweer.

Dit was een stoot onder de gordel, een laffe aanval. Elsa realiseerde het zich, maar het was al te laat.

Marina pakte de afstandsbediening en zette de tv uit.

Andrea liet de klink los en keek geschrokken naar haar om. Toen keek hij vol ongeloof naar Elsa. Hoe kun je? zeiden zijn ogen.

Toen Elsa de walgende blik van Andrea zag, en de ondoorgrondelijke van Marina, stierf ze duizend doden. Ze had gewonnen, ja, maar tot welke prijs?

Andrea zette een paar stappen naar het midden van de kamer. De stilte was om te snijden. Marina zat nog steeds naar haar te staren met lege ogen, volkomen leeg. Ze bleef op de rand van de bank zitten, de armen slap op haar knieën, met de abstracte uitdrukking van een renaissance-madonna.

'Sorry, dat was niet de bedoeling,' zei Elsa. Haar kin trilde. 'Echt waar, ik wilde niet...'

Marina kwam overeind.

Andrea, die haar maar al te goed kende, liep op haar af en wilde haar tegenhouden.

Maar Marina was nu een furie. Ze duwde hem woest van zich af. Ze liep recht op Elsa toe, ging tegenover haar staan met tussen hen in de tafel. Die pakte ze vervolgens met beide handen vast en gooide hem tegen haar aan.

Elsa gilde van schrik. De tafel viel op zijn kant, samen met de glazen, de fles wijn en alles wat erop stond. Elsa kon maar net op tijd aan de kant springen.

'Het was niet mijn bedoeling,' herhaalde ze beschaamd.

Marina staarde haar vol haat aan.

'Ik walg van je.'

'Ik zweer het je,' zei Elsa met tranen in haar ogen, 'ik bied mijn excuses aan. Vergeet wat ik heb gezegd. Ik zweer je dat ik het niet meende.'

Andrea liep naar Marina toe, legde een hand op haar hoofd om haar tot bedaren te brengen. Hij wist wat ze voelde, want hij voelde hetzelfde. En deze keer duwde Marina hem niet weg. Ze liet zich strelen, rechtop in de kamer staand, vlak bij Elsa en de omgegooide tafel. Andrea kende dat gevoel van onmacht, van zich gewonnen geven, tegenover een familie die je op de wereld heeft gezet maar ook je hele leven heeft verpest. En jij kunt daar helemaal niets aan doen, maar toch ben je schuldig.

Andrea pakte haar gezicht tussen zijn handen. Zonder een woord te zeggen kuste hij haar voorhoofd. Een handeling zo vol liefde, vol van begrip, vol van de negen levensjaren die ze samen of apart hadden gedeeld, dat Elsa zich nu nog dommer, nog gemener, nog kleiner voelde.

Nu omhelsde Andrea Marina en zij liet zich omhelzen.

'Rustig maar,' zei hij, 'er is niks gebeurd.'

Toen maakte Marina zich van hem los. Ze keek nergens naar. Ze pakte haar autosleutels en rende naar buiten.

Voordat hij achter haar aan ging, draaide Andrea zich nog een laatste keer naar Elsa om. Hij wierp haar een blik toe van eindeloze verachting, of misschien was het alleen maar medelijden. Het leek of hij wilde zeggen: *Hoe heb je het in je hoofd gehaald om je ermee te bemoeien? Hoe heb je kunnen denken dat ik aan jouw kant stond en niet aan de hare?*

Toen zag Elsa hem door de deur verdwijnen. Ze was hem kwijt.

Maar dat vond ze nog niet eens het allerergste. Alleen achtergebleven bukte ze zich om de scherven van de glazen en de fles op te rapen. Wat haar op dit moment het meest raakte, wat ze zo erg vond dat ze niet eens kon huilen, was de ontdekking dat ze in staat was iemand pijn te doen, iemand zo veel pijn te doen.

Andrea rende door het geplaveide straatje dat uitkwam in de bossen. Hij zag meteen dat Marina's Peugeot onder een met klimop begroeid afdak stond geparkeerd, en dat betekende dat ze hier nog ergens moest zijn. Hij rende omlaag naar de kerk, wierp een blik naar het onderste gedeelte van het dorp waar het hotel stond. Maar nee, daar kon Marina niet zijn, dus rende hij de andere kant op.

God, wat hield hij veel van haar. Hij kon er niet tegen dat iemand haar ook maar per ongeluk zou kwetsen. Hij zou haar tegen iedereen, tegen de hele wereld beschermen. Hij zou haar niet meer alleen laten, nog voor geen dag. En intussen rende hij als een bezetene rond, hij keek in elk steegje, in elke moestuin. Hij zwoer bij zichzelf dat hij voor haar zou zorgen; hij dacht terug aan Paola, dronken aan de toog bij de Sirena, en hij dacht aan al die keren dat Raimondo Bellezza niet naar haar optredens was gegaan. Van nu af aan zou hij haar familie zijn. Hij zwoer het bij God. Voortaan was het hij en zij tegen de rest, zoals het altijd was geweest.

Hij zou haar meenemen naar Riabella, ver weg van alles. Naar hun paradijsje, naar hun Eldorado.

Hij liet de huizen, de omheiningen, de moestuintjes achter zich. Hij liep omhoog over het E50-pad, het pad dat naar de Colle en het Lago della Vecchia voerde. Een ezelpad langs de afgrond boven het riviertje, moeilijk begaanbaar tussen de varens en de keien.

Hij liet het asfalt, de taal, de beschaving achter zich. Hij had geen goede schoenen aan, hij gleed een paar keer uit over het vochtige oppervlak van de stenen. Hij had geen jas aan en het was koud nu. Maar hij moest haar vinden.

Op die hoogte, ver van de bewoonde wereld, werd de lucht ijzig, de stilte angstaanjagend. Andrea holde over het pad naar boven. Dit was het pad waarlangs ze het hert hadden begraven, nu wist hij het weer. Dit was het pad waarover ze het beest uit alle macht omhoog hadden gesleept.

Op ongeveer een halve kilometer van het dorp zag hij ineens een blonde schim tussen de bomen opduiken.

Andrea hield zijn pas in.

Marina zat op een grote witte kei, broos in de harde wind. Misschien had ze hem horen aankomen, misschien wist ze al dat hij het was. Maar ze had zich niet omgedraaid.

Een paar meter van haar af bleef Andrea staan om op adem te komen.

Marina zat onbeweeglijk naar de rivier onder zich te staren.

Er waren geen getuigen daarboven. Alleen rotsen en bomen.

Andrea liep uitgeput naar haar toe. Hij ging voor haar staan, maar ze wilde hem niet aankijken. De sparren, de beuken, de kastanjebomen wuifden in de kille bries rondom hen. Ze hield haar bloesje met beide handen dicht, het riviertje stortte zich in de richting van de vallei en holde zo de oevers uit.

'Wat was je met haar aan het doen?' vroeg ze op afstandelijke toon.

'Niks, wat zou ik aan het doen moeten zijn...'

'Dat weet ik niet. Vertel jij het maar.'

Andrea bukte en raapte een tak op die hij doormidden brak.

'Je moet stoppen met dat programma,' zei hij.

Marina keek hem nog steeds niet aan, onverstoorbaar. Ze maakte deel uit van de vijandige, verlaten wereld om haar heen.

'Je bent mijn moeder tegengekomen, hè?'

'Ja, ik ben haar tegengekomen.'

'En wat dacht je toen?'

311

'Ik dacht niks,' zei Andrea. Hij had nu glanzende ogen, zijn handen zaten diep in zijn zakken. 'Ik dacht dat ze je moeder was, meer niet.'

Marina zweeg. Haar ogen weerspiegelden de bomen, de top van de Monte Cresto, de hemel waar lage, donkergrijze regenwolken doorheen sliertten.

Het zou gaan regenen, veel eerder dan het weerbericht had voorspeld. De regen zou hen overvallen, op die afgrond aan de rand van de onbewoonde wereld.

Andrea ging naast haar zitten. Zo teder mogelijk schoof hij de haren uit haar gezicht. Zij verroerde zich niet. Ze waren alleen op de wereld, dat waren ze altijd geweest. En dit was niet zomaar een wereld, maar een steile, uitgestorven grens, waar geen zekerheden bestonden, waar de toekomst onvoorstelbaar was. Andrea pakte haar bij de schouders en dwong haar zich om te draaien.

Ze keken elkaar aan.

Ze zagen elkaar zoals ze waren, zoals ze waren geweest. Op het dorpsfeest van Camandona. Op de besneeuwde weide van het Prato delle Oche. In het Burcinapark. In de Bessa om goud te zoeken.

Er was niets wat hij tegen haar kon zeggen daarboven, niets wat niet onbenullig en onbelangrijk was. Maar het moest toch gezegd worden. Want woorden bestaan, net zoals de bergen, zoals hemel en aarde bestaan. Woorden bestaan om te worden gebruikt, om fouten mee te maken, om over te struikelen. Zij was het enige wat hij had.

'Marina,' zei hij, 'ik hou van jou. Dat kan niet veranderen.'

Zijn stem klonk vastberaden, volwassen. *Hij* was een volwassene.

'En ik hou niet meer van je zoals ik drie jaar geleden van je hield, want inmiddels ben ik ook in staat zonder jou te leven. Nu hou ik van je op een andere manier, die niet meer alleen ons tweeën aangaat, maar iets anders.' Hij wendde zijn blik af, staarde langdurig naar de grenslijn van de Alpen. 'Ik wil je vragen om met me te trouwen. En niet over een of twee jaar... Maar vandaag, zonder dat we weten wat ons te wachten staat. Ik wil je vragen om met mij samen te leven, tot elke prijs en op elke voorwaarde. Ik wil je vragen om met dat programma te stoppen, om niet meer te zingen, en dat durf ik je gerust te vragen, want in ruil daarvoor zal ik je alles geven.' Hij keek haar weer aan. Zijn stem trilde niet, zijn gezicht verried geen enkele aarzeling. 'Dat hebben we verdiend, Marina.'

Marina keek hem zwijgend aan.

Het was onmogelijk te raden waar ze aan dacht.

'Trouw met me,' zei Andrea, 'laten we nu meteen naar het gemeentehuis gaan.'

Marina leek afwezig. Ze bleef hem aankijken alsof ze niemand aankeek. De hemel betrok boven hen. Zware, gezwollen wolken dreven over de bossen van de Valle Cervo.

Zij was het enige wat hij had. Zij was dat lichtpuntje op het balkon aan de overkant van de straat, dat hij op zijn achttiende luidkeels Britney Spears zag zingen, waarmee ze de voorbijgangers en de hele wereld tartte, maar niet voor de grap: het was haar menens, het waren haar generale repetities, ze oefende om beroemd te worden, in de verlatenheid van de provincie waar ze waren opgegroeid.

Zij was de redding, de mogelijkheid tot een nieuw leven.

Andrea zag alle jaren die ze samen hadden gedeeld voor zijn ogen langstrekken, alle keren dat ze samen waren gevlucht voor de heftige ruzies met hun ouders, om daarna de auto te parkeren op een of ander uitzichtpunt, op een of andere afgelegen rotspunt in de vallei. Hij zag ze langstrekken zoals dat naar verluidt gebeurt bij mensen die gaan sterven. Alleen hoopte hij dat hij nooit zou sterven, op dit moment, terwijl hij afwachtte tot ze iets zou gaan zeggen.

313

'Oké,' zei Marina.

Andrea verloor ineens zijn vastberadenheid, zijn gevoel voor richting.

'Ja,' zei Marina, alsof ze ontwaakte uit een lange droom.

Ze barstte ineens in lachen uit.

'Ik zei toch dat het oké was!'

Het duurde even voordat Andrea het zich realiseerde. Hij stond op, keek verdwaasd om zich heen. Hij zette een paar stappen naar voren, tot aan de rand van de afgrond. Hij boog zich in de richting van de bergen, spreidde zijn armen alsof hij ze wilde aanraken.

Hij schreeuwde uit volle borst, een bevrijdende kreet, zonder medeklinkers en zonder klinkers.

Hij hoorde de kreet tegen de rotsen aan knallen en terugkomen, hij hoorde de echo van een donderslag en het onweer dat naderde vanuit de Alpen.

'Jij bent hartstikke gek!' Marina bleef maar lachen.

'Jij ook!' antwoordde Andrea.

Ze lachten nu allebei, als kinderen die op het punt staan kattenkwaad uit te halen, alsof de dreigende consequenties van wat ze tegen elkaar hadden gezegd hen niet konden raken, en de angst hun niet kon verhinderen om precies te doen wat ze wilden. Want het was goed wat ze wilden.

Toen hield Andrea op met lachen, en hij tilde Marina op in zijn armen. Hij droeg haar nog verder omhoog over het steile, onbegaanbare ezelpad, met dezelfde wonderbaarlijke kracht als waarmee hij het karkas van het hert omhoog had gesleept.

Hij vlijde haar neer onder de koepel van een kastanjeboom. Het regende.

'Nu kun je niet meer ontsnappen, dat je het maar weet.'

Hij trok haar bloesje uit, haar spijkerbroek, haar beha, alles. Het bos kletterde om hen heen in het constante ritme van de regen. Het was ijskoud, maar zij voelden het niet. Zij waren ergens anders op dat moment, op een plek die niet bestaat. De waterdruppels vielen op de bladeren, deden het riviertje zwellen, gleden langs de grassprieten en de stenen omlaag. Zij lagen naakt in elkaars armen, volmaakt passend. Beschut onder de takken, op een eilandje van aarde en water.

Veilig.

Toen ze zich weer hadden aangekleed zetten ze het op een rennen.

In Piedicavallo aangekomen sprongen ze in Andrea's auto.

Hij startte en reed in volle vaart de provinciale weg af.

Ze kwamen aan in Biella. Haastig renden ze tien minuten voor sluitingstijd het bureau van de Burgerlijke Stand binnen. Ze vroegen om het formulier. Ze vulden het in.

Biella, 29/09/2012. Aan de Ambtenaar van de Burgerlijke Stand van de Gemeente Biella.

betreft: huwelijksaangifte. De ondergetekenden: bruidegom: Andrea Caucino, geboren te Biella op 20/06/1985, woonachtig te Andorno Micca, ongehuwd, Italiaans staatsburger, beroep landbouwer. bruid: Marina Bellezza, geboren te Biella op 15/04/1990, woonachtig te Piedicavallo, ongehuwd, Italiaans staatsburger, beroep zangeres.

verklaren hierbij dat ze huwelijksaangifte willen doen en verzoeken dit bureau de daartoe noodzakelijke documenten te verschaffen, in de zin van artikel 18, lid ii van wet 241/1990.

Ze verklaren bovendien dat uit hun relatie geen kinderen zijn geboren.

Het huwelijk is gepland op de datum:...

'Wanneer? Wanneer gaan we trouwen?' vroeg Andrea aan Marina.

De beambte keek hen door het loket aan: 'Voorlopig is het genoeg als jullie de maand opschrijven. Het kan tot zes maanden na de aankondiging.'

'En wanneer is de aankondiging?'

'Zodra de verklaring van geen bezwaar binnen is van de gemeentes waar jullie wonen.'

Andrea zette grote ogen op. Hij had het gevoel dat hij alles zou kwijtraken als hij nog een minuut langer wachtte: 'Andorno ligt hier om de hoek, en Piedicavallo ook. Die verklaringen van geen bezwaar moeten nu meteen komen. Nu meteen!'

Marina staarde naar het formulier met haar pen in de hand. Ze had het razendsnel ingevuld en kreeg nu haar bedenkingen.

Ze keek op. 'Andrea,' zei ze, 'laten we alsjeblieft *verstandig* zijn. We hebben geen huis, we hebben niks. En ik stop pas in december met dat programma, eerder niet.'

'Jezus, Mari!' schreeuwde Andrea. 'We hadden gezegd nu meteen!'

De beambte staarde hen verbijsterd aan door het glas.

Marina's bloesje was scheef dichtgeknoopt en ze kauwde op de pen van de gemeente.

'Andre', even serieus nu. Ik laat je echt niet in de steek vanwege het programma, daar hoef je niet bang voor te zijn. Laat het me gewoon doen, toe nou...' Ze was haar hele leven nog nooit zo diplomatiek geweest, ze probeerde hem te overreden. 'We kunnen niet november opschrijven... Denk toch na!'

Andrea keek haar aan met een blik die het midden hield tussen redelijkheid en waanzin: 'En wanneer dan wel? Wanneer gaan we trouwen?'

'Mwah,' zei ze, 'in januari.'

'Goed dan,' zei Andrea gelaten, 'in januari.'

'Maar in januari sneeuwt het, dan is er niks aan!'

'Mari, alsjeblieft! Wat maakt dat nou uit?!'

'Ik ga toch niet met een winterjas over mijn bruidsjurk lopen!'

'Mari, ik begin pissig te worden.'

'Maart!' gilde Marina. 'In maart begint de lente!'

Andrea keek haar wrokkig aan: dat was ook de laatste maand

dat het mogelijk was na de aangifte. Marina leek helemaal blij bij de gedachte aan maart. Maar van nu tot maart duurde nog een eeuwigheid.

'Goed dan,' gaf hij toe.

'Luister, als jullie eenmaal getekend hebben,' kwam de beambte op ernstige toon tussenbeide, en ze zette zelfs haar bril af, 'dan is het ook echt officieel. Dan wordt alles in gang gezet en dan kunnen jullie niet meer terug.'

Andrea en Marina keken op en staarden haar aan alsof ze een buitenaards wezen was. Wat betekende de Italiaanse bureaucratie nou helemaal voor twee jonge mensen die van elkaar houden en zich totaal geen raad weten?

Ze vulden op de stippellijn 'maart 2013' in.

'Dat vind ik niet genoeg,' zei Andrea, 'ik wil een datum.'

'Dan doen we het de eerste zaterdag van maart, ik wil dat het een zaterdag is.'

Andrea vroeg om een kalender.

'De tweede,' zei hij.

'Oké.'

Ze schreven op: '2 maart 2013'.

Toen ondertekenden ze het formulier: snel, met het zweet in hun handen en een rommelig handschrift.

De beambte maakte twee kopieën, waarvan zij er allebei een opvouwden en in hun portemonnee stopten.

Het origineel zou voor altijd in de archieven blijven bewaard.

19

Diezelfde avond nam Elsa om halfacht, in de stromende regen, gegeseld door een ijzige wind, de trein naar Turijn.

Terwijl ze op het okergele stationnetje aan de Piazza San Paolo op de trein wachtte sleepte ze al rokend, met tranen in haar ogen, haar zwarte rolkoffer achter zich aan over het verlaten perron. Op dit tijdstip vertrok er niemand meer van het eilandje Biella, behalve degenen die zich vergist hadden en degenen die ervandoor gingen.

De hele reis hield ze haar ogen op het raampje gericht, verloren in de grijze vlakte die met honderd kilometer per uur langs haar heen gleed; ze ontweek de blikken van de Nigeriaanse prostituees met hun plastic zakken vol kleren die in Santhià en bij de stations vanaf Chivasso begonnen in te stappen. In de halflege wagons van de avond was melancholie de enige mogelijke emotie.

Toen ze op station Porta Nuova in Turijn was uitgestapt, haalde ze diep adem en stortte ze zich in de grote stad, in het verkeer waar ze niet meer aan gewend was; de bergen ver weg, onzichtbaar aan de horizon.

Ze bleef er bijna een hele week, ze logeerde bij een meisje dat ze kende. Het merendeel van de tijd zat ze opgesloten in de Nationale Bibliotheek om aan haar proefschrift te werken. 's Ochtends ging ze naar de universiteit voor de seminarreeks over

Gramsci. 's Middags en 's avonds at ze in haar eentje een kebab of een pizzapunt bij een of ander bedompt tentje in het centrum.

In die dagen deed ze haar best om zo min mogelijk aan Andrea, Marina en het huis in Piedicavallo te denken. Urenlang zat ze in de algehele stilte van de leeszaal geconcentreerd voor haar computer, maar dan richtte ze zich ineens op, keek om zich heen – naar de gebogen hoofden van haar medepromovendi die druk zaten te onderstrepen, aantekeningen te maken, dikke, niet meer verkrijgbare, vergeelde boeken door te bladeren – en kwamen de herinneringen naar boven.

Ze hadden zich ertoe verlaagd ruzie te maken, zogenaamd naar aanleiding van een tv-programma.

Elsa kon het zichzelf niet vergeven. Tijdens die lange Turijnse middagen dacht ze nog meer aan Marina dan aan Andrea. Aan de dingen die ze haar had toegeschreeuwd over haar moeder, en aan Marina's gezicht, verwrongen van verbijstering en haat, voordat ze die tafel tegen haar aan had gegooid.

Ze dacht terug aan Marina's tartende houding toen ze languit op die bank lag, waar ze nu meer een naïeve, kinderlijke vorm van zelfbescherming in zag, en hoe ze uiteindelijk was weggerend en zoals gewoonlijk de deur achter zich dicht had gesmeten. Ze dacht terug aan alle dagen dat ze hadden samengewoond tot die ene zaterdag. Aan de dag dat ze het huis hadden betrokken, toen ze elkaar nog helemaal niet kenden. Aan de eerste keer dat ze samen hadden gegeten, allebei op hun hoede. Nu ineens leken al die momenten – zelfs de ruzies over wie er aan de beurt was om te poetsen – haar heel dierbaar, onvergetelijk. Ze wist dat ze die momenten zou missen, meer nog dan Andrea en haar stomme obsessie voor hem. Ze zou Marina's opmerkingen missen tijdens het kijken naar *The Bold and The Beautiful*, de soap *CentoVetrine* en *Teen Mom*.

Ja, zelfs *Teen Mom*.

Ze wist dat ze na haar terugkeer een heleboel veranderingen

te verwerken zou krijgen, maar ze had nog geen idee welke. Ze zou haar terugkeer naar Piedicavallo zo lang mogelijk uitstellen, doodsbang om haar niet meer thuis aan te treffen. Ze wist dat Marina op 6 oktober een concert had in winkelcentrum Gli Orsi, maar het zou waanzin zijn om daarnaartoe te gaan.

Ze hadden niet eens de tijd gehad om vriendinnen te worden.

Marina was een bijzonder iemand, dat realiseerde ze zich nu pas. Dat was ze op haar eigen onuitstaanbare, egoïstische en stekelige manier, maar bijzonder was ze. En uiteindelijk wist ze tot in je vezels door te dringen. Marina was een persoonlijkheid die Elsa heimelijk ook zou willen zijn.

Voor haar vertrek had ze haar een brief geschreven, bijna een heel blaadje van een collegeblok, waarin ze haar fout toegaf. Een openhartige brief waarin ze alles op tafel had gelegd, ook het pijnlijkste detail, namelijk dat ze jaloers op haar was geweest. Maar jaloezie was slechts een deel van de waarheid; het andere deel was dat ze heel veel om haar gaf. Ze had de brief midden op tafel gelegd, nadat ze de keuken had opgeruimd en de scherven had opgeraapt. Ze vroeg zich af of Marina hem had gelezen; ze was bang van niet.

En daar had ze gelijk in.

Zaterdagavond, toen Marina samen met Andrea was thuisgekomen, euforisch na hun stunt van de huwelijksaangifte bij de gemeente, had ze de envelop op tafel zien liggen met het opschrift 'Voor Marina, van Elsa'; ze had hem opgepakt en schamper gelachen.

'Moet je kijken, die hyena... Die durft nogal!'

Ze had de envelop in de prullenbak gegooid zonder hem open te maken.

Later, toen Andrea had gevraagd of ze niet beter bij hem thuis konden gaan slapen, had Marina geantwoord: 'Ach, die komt voorlopig echt niet terug. En ook al komt ze terug, van mij mag ze komen. Dan kan ik haar met mijn blote handen wurgen.'

In eerste instantie probeerde Andrea haar nog te kalmeren, maar eerlijk gezegd deed hij er ook weer niet zo heel veel moeite voor: 'Ach kom, die arme meid, ze bedoelt het niet kwaad... Jij zou iedereen op zijn zenuwen werken. Ze heeft sorry gezegd, ze voelt zich vast heel rot. Wat kan jou het schelen?'

'Het kan me zoveel schelen dat ik haar wil vermoorden,' antwoordde Marina.

Daarna hadden ze het er niet meer over.

Ze vestigden zich tijdelijk in Piedicavallo. De zondag brachten ze in bed door, vrijend en pratend over hun toekomstige bruiloft.

'Je moet je broer ook uitnodigen, dat weet je toch, hè?'

'Ik peins er niet over! Ik nodig niemand uit.'

'Maar dan wordt het toch geen bruiloft?'

'Mari, denk nou eens na: wie hebben wij om uit te nodigen?'

'Niemand, dat is waar.'

'Behalve Luca en Sebastiano, die wil ik als getuigen. En jij moet je excuses nog aanbieden. Sebastiano kan je niet uitstaan.'

'Dan wil ik ook mijn vader vragen!'

'Ik de mijne in elk geval niet...'

'En ook mijn moeder, als ze nuchter is.'

'O help, de mijne gaat dood als ze erachter komt...'

Dat zeiden ze allemaal tegen elkaar, liggend in Marina's bed, in het kamertje behangen met haar portretten: posters, vergrotingen van haar, aanplakbiljetten. *Marina Bellezza, Feest van Bioglio, 27 juli 2009.*

'Die foto's hang je niet meer op in ons nieuwe huis, begrepen? Die daar in badpak, die verbrand ik, allejezus!'

En zij lachte, ze ging op bed staan en begon 'Baby One More Time' te zingen met een beha als microfoon. En Andrea werd helemaal gek van die privéoptredentjes voor hem alleen. Hij stelde zich aan: hij klapte, hij schreeuwde: 'We want more!', en dan nam hij haar in zijn armen en begonnen ze weer te vrijen.

Op maandag 1 oktober was het tegen alle verwachtingen in Marina die met hem meeging naar Massazza om het pachtcontract voor de winterboerderij te tekenen. En Andrea was zo blij als een kind.

Massazza was een kleine gemeente aan de rand van de vlakte, een piepklein dorpje met een bakker, een kiosk, een minimarket en overal in de omtrek rijstvelden, graanakkers, boerenhoeves, silo's. De boerderij bevond zich drie kilometer buiten het dorp en je kwam er via een onverharde weg vol kuilen en plassen.

Marina stapte uit de auto met een paar duizelingwekkende hakken en een zo mogelijk nog duizelingwekkender decolleté, waardoor de eigenaar, een oude boer uit de omgeving, haar een volle minuut lang stond aan te staren.

'Zij is mijn verloofde,' zei Andrea toen hij haar voorstelde. En trots voegde hij eraan toe: 'We gaan op 2 maart trouwen.'

Het was de eerste keer dat hij het tegen iemand zei, en het had een heel bijzonder effect op hem.

De boer reageerde met een tandeloze glimlach, zonder zijn ogen af te wenden van Marina, gehuld als ze was in zwart leer, opgemaakt als Marilyn Manson en met tientallen kettinkjes om haar hals. 'De jongedame zal het hier goed naar haar zin hebben,' zei hij, wijzend naar het erf waar een paar kippen rondscharrelden. 'Maar ik heb u al eens eerder gezien, dacht ik...'

Oppassend dat ze geen zand aan haar laarzen kreeg, en na een weifelende blik op de kippen antwoordde Marina achteloos: 'U zult me wel op BiellaTV 2000 hebben gezien.'

Het gezicht van de man klaarde op: 'Ja! Dat is het! Mijn vrouw kijkt daar altijd naar voor het eten.'

Ze maakten een rondje door het huis: een hoeve van twee verdiepingen met daaraan vast de stal, uitkijkend op het grote erf en de omringende akkers.

Het niets, eigenlijk.

'Zoals u ziet is alles in prima staat,' zei de eigenaar terwijl hij de voordeur openzwaaide.

Andrea hield zijn aanstaande bruid bij de hand, wees haar op de haard in de keuken, de balken in het plafond van de slaapkamer. Daarna kwamen ze in de werkplaats waar hij de kaasmakerij zou inrichten. Marina leek vooral geamuseerd, alsof het allemaal een spelletje was.

'Hoe vind je het?' vroeg Andrea haar op een gegeven moment, met stralende ogen.

'Oooo! Geweldig!' zei Marina lachend. 'Het is net het kleine huis op de prairie... Maar waar is de wc eigenlijk?'

De wc was een pas onlangs gebouwd hokje tegen de voerbak van de koeien aan. Marina liep er op haar tenen naar binnen en zette haar zonnebril op: 'Ik kan het maar beter niet te goed zien...'

Ze liepen naar de stal: er was ruimte voor dertig tot veertig koeien. De hooiopslag was enorm.

'En hier,' legde de eigenaar uit terwijl hij doorliep, 'kunnen de kazen rijpen.' Hij maakte een houten deurtje open dat toegang verschafte tot een soort kelder, of meer een grot. 'De temperatuur is ideaal voor de maccagno.'

Andrea was opgetogen. Marina had nog steeds haar zonnebril op en keek rond met een uitdrukking die het midden hield tussen euforie en afkeer.

Toen greep Andrea haar bij de schouders en dwong haar over de weidse akkers te kijken, zover het oog reikte, tot ze ver weg in de nevel verdwenen, waar andere boerderijen en andere stallen de crisistijd doorstonden.

'Zie je hoe groot het is?'

'En dat moeten wij allemaal gaan ploegen, neem ik aan.'

'Nee, wees maar niet bang, jij hoeft echt niet op een tractor te zitten. Dat regel ik allemaal.'

Het was te mooi om waar te zijn. Maar het was waar. Op de begane grond was ook nog een kleine ruimte met een gewelfd plafond, waar ze een winkeltje konden maken voor rechtstreekse verkoop aan de consument.

'En moet je dat erf zien: gigantisch,' vervolgde Andrea vol bewondering en blijdschap.

'Daar zou je een zwembad kunnen maken,' zei zij.

Trage tractoren reden over de horizon.

'En wanneer wilt u hier intrekken?' kwam de oude man tussenbeide.

Zonder Marina's hand los te laten antwoordde Andrea: 'We hoeven alleen maar onze spullen te pakken. Ik zou morgen al wat dingen kunnen brengen.'

'Natuurlijk, wanneer u wilt. En wat voor koeien gaan het nu worden?'

Op dat moment begon Andrea met de man te discussiëren over Tiroler grijsvee-koeien, melkquota en rijping. De oude baas stond ervan te kijken hoeveel die jonge zoon van de voormalige burgemeester ervan wist, hij vroeg hoe dat kon, want veehoeders zijn altijd zuinig met de geheimen van hun vak. Daarop vertelde Andrea hem trots dat zijn grootvader bergherder was geweest, en dat hij had besloten in zijn voetsporen te treden.

'Goed zo,' zei de oude man, 'er zijn er niet veel meer die nog met het vee de bergen in gaan. Maar ja, natuurlijk... Nu het crisis is moet je toch wat.'

'Nee, het is niet vanwege de crisis,' antwoordde Andrea. 'Het is echt mijn droom.'

Marina sjokte zwijgend achter hen aan zonder naar hen te luisteren. Het enige wat haar werkelijk interesseerde en waar ze aan liep te denken, was of hier misschien een goede setting in zat voor een videoclip. Een verrassende, nieuwe, opvallende setting voor de clip van het nog niet uitgebrachte nummer dat ze in San Remo zou lanceren.

Die middag begon Andrea meteen al zijn spullen in dozen te pakken om de zolderverdieping in Andorno te ontruimen; hij werkte verwoed door, alsof het einde der tijden naderde. Er stond hem een drukke week te wachten: de veeveiling, de aanschaf van alle benodigdheden om de melk te stremmen en te koken. Zolang het subsidiegeld nog niet op zijn rekening was gestort, moest hij het beetje spaargeld dat hij had maar gebruiken voor aanbetalingen en gepostdateerde cheques.

Marina hielp hem het servies te verpakken en zijn kleren op te vouwen. Ze vond het heerlijk om huisvrouwtje te spelen. Terwijl ze de glazen in krantenpapier wikkelde luisterde ze naar Andrea, die steeds grotere plannen bedacht: 'Morgen wil ik de tractor kopen, dat is het eerste wat ik moet doen. En ik wil ook kijken of ik een maaimachine kan vinden, een tweedehandse.'

'Ik heb morgen repetitie voor mijn concert,' viel zij hem in de rede, waarmee ze in één keer al zijn illusies wegveegde. 'Die mag ik niet missen.'

Hij ging op een doos zitten en keek haar aan.

'Tot zaterdag heb ik elke dag repetitie, Andre, ik kan je niet helpen. En dan begint volgende week het programma... Maar daar hoef jij je niet druk om te maken.'

'Ik maak me ook niet druk,' antwoordde hij ernstig.

'Uiteindelijk blijf ik toch gewoon hier wonen. Er verandert niks.'

'Dat weet ik.'

'Ga er nou niet moeilijk over doen, alsjeblieft. Het is mijn leven. En we hebben sowieso getekend, 2 maart staat vast, dat is afgesproken.'

'Ik vertrouw je,' zei Andrea nadrukkelijk.

Ze kwamen overeen dat Marina de komende maanden in Piedicavallo zou blijven wonen, terwijl hij de verhuizing zou regelen en het bedrijf op poten zou zetten. Dat leek hun de beste oplossing, dan zouden ze in december, als alles voorbij was, gaan samenwonen. Dat was nu eenmaal de meest logische keuze.

Andrea liet zich overtuigen, hij geloofde erin, hij wilde er uit alle macht in geloven.

Marina nam op dinsdag afscheid van hem om naar de repetitie van *Cinderella Rock* te gaan.

Stralend arriveerde ze bij de studio's. Ze had net op de radio het nieuwe nummer van Bruno Mars gehoord, 'Locked Out of Heaven', dat een dag eerder was uitgekomen, en had besloten dat te gaan zingen op het concert van 6 oktober. Ze was er niet van af te brengen. Ze gooide alle plannen van de productie en de regie in de war, ze maakte voor de zoveelste keer ruzie met de productiemanager, die het helemaal gehad had met haar gezeur de hele tijd. Ze bewoog hemel en aarde om de orkestband te vinden, om het tijdstip van de repetitie te verzetten. Het was echt een hel om met haar te moeten werken, dat vond iedereen. Maar iedereen was dol op haar, want er kwam een stroom van verzoekjes voor haar binnen op de redactie, de reclame-inkomsten stegen, op de site was het aantal berichten van fans nauwelijks bij te houden.

Terwijl Andrea Sebastiano en Luca ophaalde om samen met hen naar de veiling te gaan, waar hij de vijftien Tiroler grijsveekoeien zou kopen waar hij altijd van had gedroomd, lunchte Marina met Donatello om met hem de audities voor *X Factor* in 2013 te bespreken, en de interviews die hij buiten de marketingafdeling van BiellaTV 2000 om al voor haar had geregeld, voor de volgende zaterdag, ter gelegenheid van het concert.

'En San Remo? Daar heb je niks meer over gezegd.'

'San Remo is voorlopig echt niet reëel. Daar hebben we het wel weer over als je eenmaal door de selectie van *X Factor* bent.'

'Waarom zouden we zo lang wachten?'

'Omdat je niet kunt verlangen dat je in drie maanden tijd de overstap van Biella naar San Remo maakt! Soms heb ik echt het idee dat je dom bent. Verdomme, luister naar me als ik iets zeg!'

Marina zat zoals gewoonlijk te sms'en.

'We moeten je Facebook-pagina aanpassen, en die laten we dan beheren door iemand die er verstand van heeft. En we moeten ook een fatsoenlijke regisseur bellen en een fantastische clip opnemen.'

'Oké.'

'Marina, leg die telefoon weg, alsjeblieft, je bent in gezelschap!'

Marina hief haar ogen ten hemel en snoof geërgerd.

'Weet je dat ik ga trouwen?'

Donatello trok wit weg, zijn mond viel open.

'Wat?!'

Ze zaten te lunchen in een hip restaurantje in het centrum van Biella, een van die pretentieuze tentjes waar alleen jongelui komen die strak in het pak zitten.

'Ja, in maart.'

'Met wie dan?'

'O, dat doet er niet toe...'

'Marina, haal nou geen stommiteiten uit,' zei Donatello fel. Zo fel dat enkele gasten aan de naburige tafeltjes zich naar hem omdraaiden. 'Ik ben bezig geld in je te investeren, ik ben bezig een carrière voor je te plannen. Wie gaat die jongen betalen die je Facebook-pagina gaat beheren, denk je? En die regisseur?'

Hij moest zich inhouden om niet te gaan schreeuwen.

'Op de dertiende begint *Cinderella Rock* en je kunt je niet veroorloven om daar te verliezen. Sterker nog, als je daar niet wint, dan kun je *X Factor* sowieso vergeten, en dan laat ik je hier mooi achter om je kunstjes te vertonen op de dorpsfeesten. Ik heb nota bene op 18 oktober al een etentje voor je gepland in Milaan, met een vriend van me die bij Sky werkt en daar een dikke vinger in de pap heeft. Haal geen stommiteiten uit, begrepen?'

'Rustig maar,' antwoordde Marina glimlachend, 'alles is onder controle.'

20

De Teen Mom *uit Andorno Micca*

De ziekenhuisgang was verlaten, want het was vier uur 's nachts. Haar geschreeuw was over de hele derde verdieping te horen, ook al was de deur dicht. Het laatste decennium van de twintigste eeuw was net aangebroken, het Festival van San Remo was gewonnen door de band Pooh met het nummer 'Uomini soli'.

Het meisje dat daar lag met gespreide benen, met door haar tranen uitgelopen make-up, het meisje dat doodsbang schreeuwde: 'Ik verga van de pijn! Het gaat echt niet!', dat meisje was nog geen achttien jaar oud. En de jongen met zijn groene trainingspak en zijn tas van voetbalclub Andorno Calcio, die met zijn hoofd in zijn handen op de gang zat te wachten, die moest nog eenentwintig worden.

Op de derde verdieping van het ziekenhuis van Biella deed niemand een oog dicht die nacht. Urenlang had niemand het gezicht van het meisje goed kunnen onderscheiden, doordat ze er voortdurend haar handen voor hield, totdat een dokter haar aan haar schouder rukte: 'Kijk nou toch, ze is geboren, hoor!'

Ze waren niet getrouwd, ze waren niet volwassen, ze waren er niet aan toe om ouders te worden.

Zij binnen, persend en schreeuwend. Hij buiten, doodsbang voor de toekomst. Zij die nu, nu ze sterretjes zag van de pijn, de tijd het liefst zou terugdraaien. En hij die nu, nu hij haar hoorde krijsen, niet wist of hij van haar hield of niet. Sterker nog, op een gegeven moment schopte hij tegen zijn sporttas en wist hij zeker dat hij niet verliefd op haar was, dat hij een gigantische fout had begaan en eigenlijk niets anders wilde dan blijven voetballen, en pokeren in clandestiene goktenten, en af en toe werken als bakkersknecht, als hij helemaal geen centen meer had.

Hij wilde zijn leven als twintiger blijven leven, meer niet. Uitgaan met zijn vrienden en om het halfjaar een ander meisje. Maar nu zou dat niet meer kunnen: daarbinnen, in de verloskamer, spande een naamloos wezentje zich in om ter wereld te komen.

Het was 15 april 1990. Paola en Raimondo kenden elkaar een jaar. Drie maanden na hun eerste afspraakje was zij zwanger geraakt. Toen hij het te horen had gekregen, had hij alleen maar gelachen: 'Dat is een geintje!' En ook al was het geen geintje, hij had het wel als zodanig beschouwd.

Hij had steeds geweigerd met haar mee te gaan om de benodigde babyspullen te gaan kopen. Met zijn vrienden maakte hij grapjes als 'Kinderen zijn vrouwenzaken en geen mannenzaken.' Toen Paola's buik bolrond was geworden, begon hij haar voor de gek te houden: 'Ha, je lijkt wel een ufo!' Maar nu was het lachen hem ineens vergaan.

Hij had zojuist de realiteit onder ogen gezien. En die realiteit bestond uit angst.

Ineengedoken op een stoel, in het tl-licht, nog steeds in het polyester trainingspak van Andorno Calcio gestoken, stinkend naar zweet, moest hij zich inhouden om niet in huilen uit te barsten. En Paola, daarbinnen, was nog eenzamer dan hij. Ze schreeuwde: 'Het gaat echt niet!' en 'Ik wil mijn moeder!' Maar haar moeder was er niet, en haar vader ook niet.

Noch haar grootouders, noch andere familieleden waren bij Marina's geboorte aanwezig.

Paola en Raimondo waren alleen in dat ziekenhuis, als twee

zwerfdieren. Na tien uur weeën waren ze allebei uitgeput, ze voelden zich nu geen ouders, maar eerder kinderen. Twee aan hun lot overgelaten kinderen in een zee van verantwoordelijkheid die groter was dan zij. Maar toch was Marina geen vergissing, geen toeval, geen onoplettendheid, maar het bewuste resultaat van een hevige verliefdheid.

Paola was degene die het had gewild. Zij was het die, zonder iemand om zijn mening te vragen, op een middag toen ze voor straf op haar kamer moest blijven, voor hen drieën de toekomst had bepaald. En nu ze hier op een handdoek lag te bijten en uit alle macht perste om dat kind eruit te krijgen, had ze daar bitter spijt van, maar was ze toch ook blij. Deze baby, waarvan ze nog niet eens wist of het een jongetje of een meisje was, daar had ze bewust voor gekozen.

Naarmate de bevalling vorderde, vond ze het steeds minder erg dat ze alleen was. Het kon haar niets meer schelen dat Raimondo op de gang was gebleven, dat haar ouders al maanden niets meer tegen haar zeiden. Ze zette alles op alles om de helse pijn te overwinnen. Nu wilde ze alleen maar dat kreetje horen, dat gezichtje zien. En ze overwon alle angst, alle onzekerheid. Ze overwon haar leeftijd en haar naïviteit.

Dit was Paola Caneparo, zeventien jaar oud, om vijf uur 's ochtends. Dit was het anonieme meisje uit Andorno Micca, zo'n meisje dat opgroeit op het dorpsplein, dat met moeite de middenschool haalt en dat verder geen enkel toekomstperspectief heeft en ook nooit zal krijgen.

Maar in de verloskamer gedroeg dit meisje zich op een gegeven moment heroïsch.

'Geweldig,' zeiden de artsen in de kamer na afloop tegen haar, 'je hebt het geweldig gedaan.'

Paola, een pubermeisje zoals zovelen, de dochter van twee textielarbeiders, had altijd in een klein dorpje in de provincie gewoond, aan de rand van Italië. Een onopvallend meisje. Ze had geen bijzondere interesses. Ze bracht haar dagen door in een heen en weer gaande beweging tussen het café en de parochiejeugdclub en weer terug.

De enige gedenkwaardige gebeurtenis in haar leven had het ook meteen op z'n kop gezet op die middag eind maart 1989, toen 'il Bellezza', die sprekend op Paul Newman leek, vlak voor haar neus stilhield op zijn Gilera-motor, zonder reden en misschien gewoon voor de grap, zijn helm afzette en zei: 'Heb je zin om een eindje te rijden?'

Ze was achter hem op het zadel geklommen, had haar armen om zijn middel geslagen en had zich laten meevoeren, helemaal omhoog naar Balma, over de SP100. En vanaf dat moment had ze een doel gevonden. Vanaf dat moment was de mysterieuze aard van Paola Caneparo aan de oppervlakte gekomen.

Ze hadden een eerste afspraakje gemaakt: een ijsje op het plein en een ritje op de motor naar Piedicavallo. Zij had maar één ding dat ze hem kon geven en dat gaf ze hem, een paar dagen later, tussen de varens langs de rivier de Cervo. Toen ze was thuisgekomen, had haar vader net ontdekt dat iedereen in het dorp behalve hij op de hoogte was van iets verschrikkelijks: dat zijn dochter iets had met 'il Bellezza', van wie iedereen wist dat hij niet deugde. Hij had haar drie kwartier staan uitfoeteren, hij had een stoel tegen haar aan gesmeten en daarna had hij haar kamerarrest gegeven. En tijdens die straf had zij haar besluit genomen.

Op de dag dat ze haar maagdelijkheid had verloren en begreep dat dat offer niet zou volstaan, zag Paola ineens in dat ze een levensdoel had, en dat dat doel samenviel met het verlangen om te ontsnappen. Op de eerste plaats aan haar familie en ook aan de verveling van een leeg bestaan. Als ze een jongen als Raimondo wilde vasthouden, dan stond haar maar één ding te doen: ze moest hem erin luizen.

Het was de oudste manier, maar ook de meest riskante. Dat magere, totaal onervaren meisje van zestien wist diep in haar hart wat haar te wachten zou staan: de smaad van het hele dorp, de klappen van haar vader. Maar ze had een kans van één op honderd dat Raimondo haar niet in de steek zou laten, en die gok moest ze wagen.

Drie maanden later gaf de zwangerschapstest het antwoord. Ja, je bent zwanger.

Vier maanden later stelden haar vader en moeder haar geschokt voor de keus: 'Of je maakt het uit met hem, of je woont hier niet meer.'

Twee uur later sleepte Paola met een koffer over straat en ze zei tegen Raimondo: 'Ik krijg een kind.'

Haar stem trilde niet toen ze het zei. Dit was de afgrond, en zij was bereid erin te vallen of te winnen. Ze was al alleen, zestien en zwanger. Erger kon toch niet? Ook als hij ervandoor zou gaan, kon ze heel goed op eigen benen afdalen naar de hel.

Niemand in het dorp had er een cent voor gegeven. Maar tot ieders verbazing nam il Bellezza haar mee naar huis.

De eerste tijd woonden ze op de zolderverdieping. Hij had beloofd dat hij met haar zou trouwen en een verantwoordelijke vader zou zijn, maar desondanks ging hij elke avond uit en zette hij zijn oude leventje gewoon voort. Paola sloop op haar tenen rond in dat huis, zijn ouders gunden haar zelfs nauwelijks het brood dat ze at. Hevige ruzies waren aan de orde van de dag, maar inmiddels had Paola haar lot volledig in handen gelegd van de baby die ze verwachtte.

In de zesde maand van de zwangerschap raakte Raimondo slaags met zijn vader en werden ze allebei het huis uit gegooid. Toen ging alles ineens heel snel: hij was genoodzaakt een echte, vaste baan te zoeken bij Hoedenfabriek Cervo, en zij moest zich zien te redden op de vijfentwintig vierkante meter van een soort berghut vlak buiten Andorno, van 's ochtends tot 's avonds in haar eentje, want intussen was ze al haar vriendinnen, en haar familie, alles kwijtgeraakt.

Toch zou Paola altijd met plezier terugdenken aan die tijd, toen Raimondo haar plaagde en nooit thuis was; maar als hij er was hielden ze op hun manier van elkaar en maakten ze gekheid, lachend om onbenullige dingen, zoals de aangebrande spiegeleieren in de koekenpan of de gekko's die tegen het plafond plakten.

Nu de verloskundige haar vertelde dat het een meisje was, en de navelstreng werd doorgeknipt, had Paola haar oorlog gewonnen. Ineens was ze moeder en vrouw geworden. Terwijl haar dochtertje werd gewassen en vervolgens in haar armen werd gelegd, was ze gelukkiger dan ze ooit was geweest. Ervan overtuigd dat ze het juiste had gedaan, het enige volkomen juiste, het mooiste, het grootste.

Ze werden even alleen gelaten en toen fluisterde Paola tegen het kleintje: 'Jij bent Marina.'

Even later, toen Raimondo bevend binnenkwam en met een akelig wit gezicht naar het bed liep, lag Paola al stralend met de baby in haar armen. Ze keek hem nauwelijks aan, zo verrukt was ze van Marina. Raimondo boog zich naar voren om naar haar te kijken en op dat moment barstte hij in huilen uit.

Paola vertelde dat zij haar al een naam had gegeven. Hij kon alleen maar de kracht opbrengen om te knikken, onthutst door de piepkleine afmetingen van dat mensje dat ook van hem was, en wel op een manier waarop niets anders ooit van hem had kunnen zijn.

Hij bleef naast het bed zitten tot het licht werd. Paola wilde van geen slapen weten. Hij keek toe terwijl zij de baby voedde, en dat was zo'n bijzondere aanblik dat hij ineens besloot dat dit zijn gezin was. En dat hij alles zou doen, wat het ook was, om het te beschermen.

Een jaar later trouwden ze. Om in hun onderhoud te voorzien had Raimondo twee baantjes: overdag werkte hij in de hoedenfabriek, 's nachts als knecht in de bakkerij. Iedereen in het dorp moest het toegeven: hij was een ander mens, bijna onherkenbaar, en zij was een zorgzame moeder, verantwoordelijk als een volwassene.

Dat was de mooiste tijd van hun leven. Raimondo was kapot van het harde werken. Paola deed bijna geen oog dicht en was de hele dag bezig met schoonmaken en de baby voeden. Die paar uurtjes die ze samen waren brachten Paola en Raimondo in elkaars armen door in bed, spelend met Marina.

Ze hadden geen geld, ze hadden geen vakanties. Ze leidden hun leventje in die berghut, genegeerd door de wereld, gelukkiger dan ooit tevoren, en gelukkiger dan ze later ooit nog zouden worden. De idylle duurde vier jaar. Toen begon alles uiteen te vallen.

Er was geen directe aanleiding, er werd niets verkeerds gezegd of gedaan.

Het was gewoon zo dat Raimondo op een zomermiddag in 1994 zijn baantje bij de bakkerij opzegde en 's avonds voortaan weer naar het café ging om te kaarten. Het bloed kruipt waar het niet gaan kan, zoals ze zeggen. Langzaam maar zeker, zonder enige aanleiding, werd Raimondo weer degene die hij altijd was geweest.

Hij meldde zich weer bij de illegale goktenten om zijn geld te verwedden. Terwijl zijn dochtertje de beroemde Aiazzone-reclame opnam, zat hij in de kroeg te bluffen tijdens een partijtje poker. Af en toe zag iemand hem in het eerste ochtendlicht thuiskomen uit een of andere nachtclub in de vlakte. Hij veranderde meerdere keren van baan, hij liet zich ontslaan. Vervolgens werd hij gezien in gezelschap van verscheidene vrouwen die niet zijn echtgenote waren. En intussen groeide Marina op, werd ze het prachtige meisje waarnaar iedereen zich omdraaide op straat. Intussen hield Paola haar mond en knoopte ze de eindjes aan elkaar, terwijl ze de praatjes in het dorp en de afwezigheid van haar man dapper weerstond. Haar gezin stortte in, maar zij wilde het niet merken.

Toen Marina vijf jaar werd verhuisden ze naar het huis tegenover de villa van de familie Caucino. In Paola's ogen was dat nietszeggende flatje van zestig vierkante meter een paleis, en dit nieuwe project volstond om haar weer een paar jaar bezig te houden. Ze woonden voortaan alleen, zij en Marina. Ze begonnen gewend te raken aan die vreemde eenzaamheid. Ze werden samenzweerders, onmisbaar voor elkaar. En terwijl Raimondo ginds in Biella luxerestaurants frequenteerde, draaide zij elk dubbeltje om voor de boodschappen.

Ten slotte, toen Marina was begonnen aan de middenschool, was Paola begonnen met drinken. Ze had elf jaar lang standgehouden en een onuitputtelijke veerkracht getoond, maar nu werd het haar ook te veel, zoals ieder ander in haar plaats zou zijn overkomen.

Hun flatje was een hel geworden. Ze deden niets anders dan ruziemaken. Paola schold Raimondo de huid vol en ging zich vervolgens bezatten aan de toog van de Sirena. Als ze stomdronken thuiskwam, belde ze hem huilend op en smeekte ze hem terug te komen. Ondanks alles lukte het haar nog steeds een goede moeder te zijn. 'Kinderen zijn kinderen,' zei ze, 'er is niks mooiers dan kinderen.'

Iedereen kende haar zoals ze was: een eenvoudige vrouw, een moeder die kapot was gemaakt, maar toch nog haar verantwoordelijkheid nam; een persoon die nooit een vlieg kwaad zou doen. Vandaar ook dat het in 2009, het jaar waarin Marina haar eindexamen aan het lyceum had moeten doen, maar in plaats daarvan voortijdig kapte met school – en met Andrea, en met Andorno –, iedereen zo verbijsterde wat er te lezen stond in de misdaadrubriek van de *Eco di Biella*, op de ochtend van 15 november, op pagina 6.

En ook al werd er naderhand gezegd: *het was ook wel te ver-*

wachten, dat arme mens, in werkelijkheid had niemand ooit iets dergelijks zien aankomen. Zelfs een vrouw als Paola Caneparo, de simpele ziel van het dorp, koesterde een geheim.

Marina was het voornaamste slachtoffer van dat akelige verhaal, dat zoals ieder misdaadberichtje op papier en in het geheugen van de mensen nauwelijks indruk maakt, maar dat in het leven van de betrokkenen een enorme krater slaat.

Paola en Marina vluchtten weg uit Andorno, ze verhuisden naar Biella. Daar woonden ze bijna drie jaar bij elkaar in huis; waarna Marina, inmiddels volwassen en in de omgeving beroemd genoeg om met haar optredens in haar eigen onderhoud te voorzien, de moed had gevonden om uit huis te gaan. Of beter gezegd, om terug te keren naar de uiterste rand van de Valle Cervo.

Ze kon het niet meer opbrengen om de gaten in haar moeders geheugen te moeten opvangen; om altijd zelf te moeten koken en poetsen; om op haar lip te moeten bijten en niet te schreeuwen of te huilen of zelfs te lachen als ze Paola weer eens slapend in het bad aantrof. Terwijl ze opgroeide had ze meegemaakt hoe haar vader zonder enige reden verdween en hoe haar moeder zichzelf stukje bij beetje te gronde richtte. Misschien zou ze dat haar ouders nooit vergeven, of misschien ook wel.

Marina Bellezza, het prachtige wonderkind dat de hoofdrol had gespeeld in de reclame van Aiazzone, de ster van *Cinderella Rock* die beroemd was geworden door een paar filmpjes op YouTube, had geen verklaringen, zoals niemand ter wereld die heeft. Het had geen zin om verband te leggen tussen haar familiegeschiedenis en haar vastberadenheid om succes te hebben. Het had ook geen zin om, zoals Andrea altijd had gedaan, te proberen alle ellende goed te maken met de belofte van onvoorwaardelijke liefde.

Marina Bellezza is elders.

Ze is als het hert dat zich verbergt in het struikgewas, als het roerloze silhouet van de Monte Cresto en als de Sonorawoestijn aan de Mexicaanse grens.

Ze is het roze strikje aan de couveuse op 15 april 1990, het Tweety-servet met in blokletters haar naam erop geschreven op de kleuterschool, het kleine meisje dat bij haar moeder in de keuken presentatrice Ambra Angiolini imiteert. En de beste leerling in de zangles.

21

Jij wilt die wolf vangen, zei de oude man.
Misschien wil je de pels, zodat je wat geld kunt
verdienen.
Misschien kun je dan een paar laarzen kopen of
iets van dien aard. Dat kun je doen.
Maar waar is de wolf? De wolf is als de copo de
nieve.
De sneeuwvlok.

CORMAC MCCARTHY, *De grens*

Toen de witte SUV met getinte ramen het parkeerterrein op
reed en niet achter de andere auto's in de file hoefde te wachten,
maar meteen door de security naar de ingang voor gasten werd
geleid, was het duidelijk dat *zij* erin zat.

Het groepje fotografen en journalisten dat al meer dan een
halfuur verveeld rondhing schrok ineens op. Allemaal trokken
ze hun wapens – lenzen, microfoons, opnameapparaten, tv-
camera's, mobiele telefoons – en namen een gevechtshouding
aan. Er klonk luid geschreeuw vanaf de tweede ingang tussen
de zaken Euronics en Calzedonia, dat zich in een oogwenk naar
alle hoeken van het winkelcentrum verspreidde: naar de win-

kels, naar de binnenpleintjes en vooral ook naar het hoofdplein buiten, waar al sinds twee uur die middag meer dan duizend mensen samengepakt stonden.

Een hele horde jonge meisjes, gekleed en opgemaakt als volwassen vrouwen, dromde gillend tegen de hekken en stak schoolagenda's naar voren, geopend op de datum van vandaag. Binnen een minuut steeg de spanning ten top, de cameralieden en de pr-mensen liepen koortsachtig heen en weer, de toeschouwers stroomden en masse die kant op en verdrongen zich enkel om een glimp van haar te kunnen opvangen. En zij bleef, zoals het een echte ster betaamt, nog eventjes achter het getinte glas van de Koleos zitten, tergend lang tijd rekkend.

Donatello stapte als eerste uit de auto, hij zwaaide naar een aantal journalisten en wierp hun een blik van verstandhouding toe. Vervolgens liep hij om om het portier voor haar open te doen. De deur ging een stukje open en er verscheen een been gehuld in een superstrakke spijkerbroek, en een voet gestoken in een fuchsia All Star-gymp met sierspijkers. Het gejuich zwol zo'n dertig decibel extra aan. Zij treuzelde nog wat langer, liet de algehele spanning stijgen. Al de andere kandidates waren al een hele tijd geleden aangekomen en hadden zich backstage begeven zonder dat het eigenlijk was opgevallen, terwijl er voor haar nu al een gekte was losgebroken.

Eindelijk zwaaide het portier wijd open. Ze stapte uit met oortjes in en met een zonnebril op, naar muziek luisterend op haar iPod, net als Mario Balotelli voor een wedstrijd in de Champions League. Geconcentreerd, ernstig, afstandelijk. Het leek of ze nergens naar keek, maar in werkelijkheid zag ze alles.

De fotografen waren opgewonden, het publiek was door het dolle heen. Op zaterdag 6 oktober 2012, de dag van de grote happening, beschikte Marina Bellezza al over twee fanclubs en vier pagina's op Facebook.

Donatello begeleidde haar en hield beschermend zijn arm

om haar heen, twee mannen van de security maakten ruimte voor haar vrij tussen de fotografen, die voortdurend flitsend haar naam riepen: *Marina! Marina!* Ze keurde hun echter geen blik waardig: dit was nog niet het moment om zich te geven. De journalisten staken hun microfoons naar voren en riepen de gebruikelijke vragen: *Wat ga je zingen? Ben je zenuwachtig? Denk je dat jij uiteindelijk gaat winnen?* Marina gaf nergens antwoord op, ze draaide zich niet eens om. Geëscorteerd als de president van de republiek liep ze door die uitzinnige menigte. Ze droeg een grijze sweater met een capuchon en voorop de kop van Mickey Mouse, en vertoonde geen spoor van make-up. Haar haren in een paardenstaart, een tas met haar andere kleren aan haar schouder: ze leek gewoon het meisje van de buren op weg naar de sportschool, prachtig in haar eenvoud, backstage bij een concert gespot als in het leven van alledag.

Dat is wat het publiek verlangt: zij als een van hen.

Een heldere boodschap: *Mensen, hou van mij! Ik ben jullie.*

Ze luisterde continu naar het nummer dat ze straks zou zingen, ze zocht de juiste concentratie. Donatello hield zijn arm om haar schouder en troonde haar mee. De mensen in de menigte maakten talloze kiekjes met hun mobiele telefoon en zij liep gewoon door. Maar wel langzaam, om zich goed te laten bekijken.

Plotseling, toen niemand erop bedacht was, bleef ze ergens halverwege staan. Ze liet haar tas op de grond vallen en draaide zich naar links. Zonder haar oortjes uit te doen gunde ze de omstanders een prachtige, heerlijke glimlach, die hen allemaal ontroerde. Ze liep naar de dranghekken toe, naar de plek waar de meisjes van elf stonden met hun schoolagenda. Een van hen, het tengerste en verlegenste, gaf ze zelfs een aai over haar bol, alsof ze de paus was. Ze boog zich over de geopende agenda's en schreef in elk ervan geduldig, met grote letters, haar ronde, scheve handtekening.

'Nu is het genoeg, meisjes,' kwam Donatello tussenbeide, en hij sleepte haar weg van haar fans.

Terwijl Marina zich losmaakte, keek ze hen met eindeloze tederheid aan; alsof die meisjes enorm belangrijk voor haar waren. *Ze weet wat ze doet,* zeiden een aantal mensen van de pr, *ik kan niet anders zeggen.* Ze leek te zijn geboren voor deze menigte, in de wieg gelegd om een triomfantelijke entree te maken.

Toen ze het plein betrad en de honderden mensen zag die zich tegen het hoge podium verdrongen, en toen de mensen haar ook zagen, was het alsof ze over de drempel van het paradijs stapte. Marina bleef nog een keer staan, stak haar hand op. Toen stak ze ook haar duim in de lucht, net zoals tv-presentator Guido Angeli vroeger altijd deed in de reclamespot van Aiazzone.

Eerst proberen, dan geloven! was zijn slogan. En dat was ook haar slogan. Zij zei tegen iedereen, met één heel eenvoudig gebaar: *Kijk naar me, ik ben het levende bewijs dat al je dromen kunnen uitkomen.*

Toen verdween ze backstage, achter een wit gordijn dat daar was gespannen. Inmiddels vlogen er honderden foto's van haar in spijkerbroek en Walt Disney-sweater over internet, die overal gepost werden, in realtime werden gedeeld, met een regen van likes. En ook dat was bewust en gepland.

Er was niets wat per ongeluk gebeurde bij Marina Bellezza. Ze was hele nachten bezig om haar volgende stappen te plannen. Het was evenmin toeval dat ze een sweater van Mickey Mouse had gekozen: min of meer dezelfde als ze op haar vierde had gedragen tijdens haar allereerste tv-optreden.

Een lauwe herfstzon hing boven de buitenwijk van Biella. De uithangborden van de Coop, van Euronics, van Scarpe&Scarpe prijkten in de heldere hemel, afstekend tegen de bergen. En het hoogst van allemaal, zo hoog dat het zelfs van grote afstand te zien was, wapperde het gigantische reclamespandoek van *Cinderella Rock* – DE DROOM KOMT UIT. Waarbij de woorden 'komt uit', ten prooi aan de wind, alleen bij vlagen te lezen waren.

Het concert zou over een uur beginnen en het publiek bleef toestromen. Uit de luidsprekers klonk herhaaldelijk een opgenomen boodschap: *Vanaf 13 oktober op primetime. Alleen op BiellaTV 2000!* Nooit eerder was er in dit geïsoleerde stadje in Piemonte zo veel geestdrift, zo veel enthousiasme vertoond.

Alsof de tv in staat was iedereen voor één dag van de werkelijkheid naar het scherm te verplaatsen, van de werkelijkheid naar de droom, van de werkelijkheid naar het sprookje van een meisje dat eerst niemand was en dat zich nu opmaakte om te worden wat iedereen zou willen zijn.

In Massazza, op tien kilometer afstand van het grote winkelcentrum, in een afgelegen dorpje te midden van de akkers en in volmaakte eenzaamheid, was het beeld totaal anders.

Hier kwam internet slecht door, haalde je mobiel maar net één blokje bereik en dan alleen nog op bepaalde plekken van de boerderij. De kippen scharrelden op het erf, de nog lege stal lag loom in de middagstilte. Het was alsof je twee of drie eeuwen terugging in de tijd.

In de kleine werkplaats, in wat binnenkort een kaasmakerij moest worden, liep Andrea mopperend rond tussen de stapel dozen en kisten die zijn nieuwe leven vormden.

Hij had op eBay een elektrische karnton aangeschaft, een soort speciale centrifuge die wordt gebruikt om melk tot boter te karnen, maar hij kreeg het ding niet aan de praat. Hij had nu eenmaal nog nooit van zijn leven boter gemaakt. En over een halfuur begon Marina's optreden. Sebastiano en Luca waren hem vanochtend komen helpen, maar waren nu al vertrokken, omdat ze het concert niet wilden missen.

Andrea was gespannen als een vioolsnaar, hij begon zijn geduld te verliezen door die karnton die hij op eBay had aangeschaft. Zijn experiment met de twee liter melk uit de supermarkt ging de mist in en hij voelde een onweerstaanbare drang om het ding een flinke trap te verkopen.

Wat had hij dan gedacht? Dat hij zomaar in één keer boter, maccagno en toma zou kunnen maken? Zoiets kun je niet vanzelf, dat had hij kunnen weten. Alleen had hij met de beste wil van de wereld niet kunnen bedenken dat het zo lastig zou zijn om het vet van de melk te scheiden van het magere deel.

De komst van het vee stond gepland voor het eind van de maand. Hij had drie weken de tijd om de kaasmakerij, de stal en de hooizolder op orde te krijgen. Hij had nog een lange, lange weg te gaan. Ook de koperen ketel om de melk te verhitten had hij op eBay gekocht, en nu was hij bang dat hij twee keer genaaid was. Het erf was een onoverdekte bouwplaats, de kaasmakerij een opslagruimte van tweedehands spullen. Andrea was wanhopig, hij wist gewoon niet meer waar hij moest beginnen.

Als hij eerlijk was voelde hij het; hij had heel duidelijk het gevoel dat er vandaag iets onherstelbaar fout zou gaan en daarom wilde hij ook niet naar het concert.

Nog afgezien van het feit dat je een boerderij die gerenoveerd werd niet zomaar eventjes kon achterlaten; maar waar hij vooral de zenuwen van kreeg, was het idee om haar weer op een podium te zien staan, halfnaakt, zingend voor zo'n menigte, en dan ook nog in dat winkelcentrum.

Hij kon het niet accepteren, het zat hem gewoon vreselijk dwars dat Marina ervoor had gekozen door te gaan met dat programma, terwijl hij hier midden in de chaos zat die misschien ooit zou uitmonden in een agrarisch bedrijf, of in een totale mislukking.

Voor zijn gevoel zat er een ramp aan te komen en het enige waar hij zich in vergiste, was de tijd: hij hoefde zich niet zozeer zorgen te maken om de dag van vandaag als wel om die van morgen. Wat één ding betreft had hij echter wel gelijk: een handtekening op een gemeenteformulier was niet genoeg om

Marina te strikken. Je kunt herten, wolven en vossen niet simpelweg verjagen en dan denken dat je ze voor altijd verslagen hebt. Ook als je ze doodmaakt, opsluit in een kooi, zal hun natuur je nog ontvluchten. Hun wezen is elders.

Ineens begon de hond als een gek te blaffen.

Dat ontbrak er nog maar aan. Geërgerd, verscheurd door zijn twijfel wat hij nu het komende halfuur het best kon doen, liep Andrea naar de deur van de kaasmakerij en keek naar buiten: 'Clint! Clint! Laat die kippen met rust!'

Het was een pluizenbol van vijf maanden oud, wit als een sneeuwvlok. Een kruising tussen een berghond van de Maremmen en Abruzzen en een onbekend vuilnisbakkenras die ooit, boven op de bergweiden van de Monte Cucco, zijn rechterhand moest worden. Maar voorlopig was hij nog een regelrechte ramp. Andrea bukte zich om hem te aaien, terwijl het beestje vrolijk kwispelend tussen zijn benen stond.

Hij had niets gemeen met die andere Clint, die negentien jaar geleden was omgekomen in de trommel van de wasmachine. Deze was alert, dankzij de eeuwenoude kennis in zijn bloed wist hij een kudde te bewaken. Donderdagochtend, toen hij in het asiel op zoek ging naar de enige metgezel waarop hij in de toekomst kon rekenen, had hij hem meteen herkend tussen de tientallen honden. Die kleine herdershond had zijn ware naam in zijn ogen geschreven staan: Clint, naar Clint Eastwood.

Hij had hem meegenomen, met tranen in zijn ogen had hij hem in zijn auto geladen. En toen hij hem naderhand had vrijgelaten op het erf en hem als een dolle had zien ronddartelen, had zijn instinct het gewonnen van zijn verstand.

Hij had zijn mobiel uit zijn zak gehaald, een foto van het hondje genomen en in zijn contactenlijst het nummer van Ermanno opgezocht. Hij wilde hem schrijven: 'Dit is Clint', zonder er iets aan toe te voegen. Hij had zelfs de eerste letters al getikt. Toen realiseerde hij zich waar hij mee bezig was en had hij vlug alles gewist.

Het vertrek naar Tucson stond over zestien dagen gepland en hij had er nog steeds niet over nagedacht. Het idee om de boerderij onder de hoede van Sebastiano en Luca achter te laten beviel hem niet, en het idee om na de hevige ruzie van zaterdag zijn ouders terug te zien op de luchthaven Malpensa beviel hem nog minder. En op 30 oktober zouden de koeien komen...

Maar waar hij op dit moment vooral de koude rillingen van kreeg, was het vooruitzicht om Marina halfnaakt te zien kronkelen. Terwijl hij Clint bleef aaien, pijnigde hij zijn geest. De afgelopen dagen hadden ze elkaar door dat verdomde *Cinderella* nauwelijks gezien. Maar kon hij het maken om er niet naartoe te gaan? Kon hij haar zo teleurstellen?

Andrea zette een paar stappen op het erf en bleef toen staan. Hij trok de klep van zijn pet wat verder over zijn ogen en stak een sigaret op.

'Je hebt altijd zenuwen, uiteraard, voordat je zo'n podium op moet,' zei Marina intussen in de camera van het regionale journaal, te midden van alle drukte backstage achter het witte gordijn. 'Maar de dingen die ik doe, doe ik voor anderen, heus niet voor mezelf. Al die mensen daar vragen me erom... Ik wil ze vermaken, ik wil ze verrassen. Die mensen daar zijn het bewijs dat deze stad leeft, en behoefte heeft aan dromen... en ik ben hier voor hen.' Ook al was het haar niet aan te zien en gedroeg ze zich als iemand met haast en met heel wat belangrijker dingen aan haar hoofd, ze vond het heerlijk om interviews te geven, om te worden bestormd door microfoons, om antwoord te geven op min of meer onaardige vragen en het gesprek haar eigen kant op te sturen, en dan vervolgens af te sluiten met de afdoende zin: *Nu moet ik gaan, neem me niet kwalijk.*

De andere deelneemsters – genegeerd door de journalisten – stonden geïrriteerd te wachten: zij waren al twee uur klaar, met pijnlijke voeten in hun hooggehakte pumps en glanzende foundation op hun neus. Maar Marina, in gemakkelijke kleren en fris als een hoentje, groette hen glimlachend, ving hun vijandigheid en hun angst op; ze genoot er met volle teugen van dat de journalisten zich allemaal om haar heen verdrongen en de anderen stonden te schuimbekken van nijd.

Ze hielden haar in de gaten, ze roddelden over haar en hadden niet eens het fatsoen om het niet te laten merken. En intussen hield zij het zware geschut in haar tas nog verborgen, dat zou ze pas op het laatste moment tevoorschijn halen, jammer dan voor hen.

'Marina, ik wil je even zeggen hoe trots we op je zijn.' Ze kreeg een hand van de hoofdredacteur van een of andere krant, ze wist nu al niet meer welke. 'We willen graag een special maken voor de bijlage van zondag, een soort reportage over je dagindeling, over wie Marina Bellezza werkelijk is... Wat vind je daarvan?'

Zij bedankte hem hoofdschuddend, waardoor haar paardenstaart heen en weer zwiepte, en vertoonde een brede glimlach, een en al valse bescheidenheid. Donatello liet haar geen seconde alleen met zijn spiegelende Ray-Ban, zijn losse stropdas over een sportief overhemd, en noteerde telefoonnummers, afspraken op zijn iPad. 'Hé! Wacht even!' schreeuwde hij tegen de minder ervaren journalisten die probeerden zijn protegee te benaderen. 'Het gaat allemaal via mij. Ik ben haar agent!'

De productiemanager van *Cinderella Rock* keek met een strak gezicht en cynische blik rond backstage. De regisseur daarentegen bleef opgewonden bevelen roepen, hij gaf de laatste aanwijzingen voor de opnames, die diezelfde avond nog zouden worden uitgezonden.

Intussen begonnen verschillende deelneemsters zenuwachtig te worden, ze belden hun vader of moeder. Claudia uit Reggio Emilia kreeg een zenuwtoeval en barstte in ieders bijzijn in huilen uit.

Marina keek naar haar en lachte gelukzalig.

'Wat ben jij een heks,' zei de productiemanager terwijl hij langs haar heen liep.

De opwinding nam toe. Steeds meer crewleden wierpen even een blik langs het gordijn om te kijken naar de nog immer toestromende toeschouwers, en sommigen riepen verwonderd: 'We zijn net *X Factor*! Er staat al zeker drieduizend man!'

Het plein stond inderdaad stampvol. Op een bord boven het parkeerterrein van Gli Orsi werd gemeld dat alle plaatsen bezet waren; de rijksweg was veranderd in een lange sliert dubbel geparkeerde auto's.

De hele crew van BiellaTV 2000 was opgetogen. De winkeleigenaren van het winkelcentrum waren verrukt: zelfs in de aanloop naar Kerstmis vóór de crisis hadden ze nog nooit zo'n drukte gezien.

De menigte wachtte, at wat, kocht wat – maar niet al te veel. De kinderen renden struikelend tussen de benen van de mensen door, met in hun hand kleurige ballonnen waarop de naam van het programma stond; groepjes tieners die in een kring op de grond zaten, gaven 66 cl-flesjes Peroni aan elkaar door.

Een aantal functionarissen, de burgemeester en andere notabelen baanden zich een weg door werklozen, tijdelijk ontslagen arbeiders en zwaar onderbetaalden, die hen in andere omstandigheden maar al te graag gelyncht zouden hebben. Maar niet vandaag, niet nu: terwijl buiten die omheining de crisis als een epidemie voortwoekerde, kon men hier nog net doen alsof het leven eigenlijk één groot feest was.

Als je goed keek waren er in die bontgekleurde menigte overigens enkele meer teruggetrokken schimmen te zien, met onzekere gezichten. Achter een sierplant, een beetje afzijdig, stonden Paola en d'n Giangi verscholen, als de ongewenste verwanten bij een familiediner. Ze rookten samen een sigaret en Paola's hand trilde zo dat ze de as op haar kleren morste. Een eindje verderop, in een vergelijkbare gemoedstoestand, stond Elsa, net terug uit Turijn, met haar zwarte rolkoffer nog bij zich, angstig om zich heen kijkend bij de gedachte dat ze Andrea misschien zou tegenkomen. Toch bleef ze waar ze was, vastberaden om het hele concert over zich heen te laten komen en zo Marina's vergiffenis te krijgen.

Ook Sebastiano en Luca waren gekomen. Meer vanwege de aanwezigheid van meisjes om te versieren dan voor het optreden van de aanstaande bruid van hun vriend – toen ze dat hadden gehoord had het niet veel gescheeld of ze hadden hem in zijn gezicht geslagen. Nu dronken ze van een Red Bull en bewogen ze zich moeizaam door het gedrang, bezweet en vuil omdat ze de hele ochtend bij Andrea op de boerderij hadden gewerkt.

Ivano had Bar Sirena zelfs gesloten om erbij te kunnen zijn. Enkele familieleden van Marina, zoals haar grootouders van moederskant, stonden aarzelend, maar ook trots te wachten: een kleindochter die in de schijnwerpers komt te staan is een happening die je niet mag missen. En ook al heb je haar niet eens ooit een kaartje voor haar verjaardag gestuurd, ze blijft toch je eigen vlees en bloed. En als zij beroemd wordt, dan word jij dat ook.

Eveneens aanwezig was het echtpaar Caucino, op uitnodiging van de burgemeester in eigen persoon – anders zouden ze nooit naar zo'n kermis toe zijn gegaan. Niet op de hoogte van de bezigheden van hun jongste zoon konden ze glimlachen en geanimeerde gesprekken voeren met de huidige burgervader. Verder waren ook bijna alle voormalige schoolgenoten van Marina er: ze hadden altijd een hekel aan haar gehad, maar nu kon ze ineens geen kwaad meer doen.

Vanuit de coulissen keek zij tussen de gordijnen door en observeerde de menigte, waarin ze alle gezichten onderscheidde. Ze zag Elsa half verscholen achter een reclamebord staan. Die durft nogal, dacht ze. Toen zag ze haar moeder, die voor de gelegenheid boven haar spijkerbroek en bergschoenen een chiffon bloesje had aangedaan, en d'n Giangi, die met een blikje Tuborg in zijn hand af en toe wankelend zijn ogen sloot. Ze herkende zelfs, aan de overkant van het plein, die twee smerige oudjes die haar nooit hadden willen kennen, haar nooit een cadeautje hadden gegeven, en die haar moeder hadden laten vallen en het huis uit hadden gegooid. Nu waren ze hier, maar nu was het te laat. Ze waren gekomen om een kruimeltje van haar roem mee te pikken... Pff, haar wraak zou zoet zijn, zei ze bij zichzelf.

Toch was er één ding dat haar werkelijk opviel in die mensenmassa, één ding dat haar echt pijn deed en haar tegelijk beschaamde, en dat was de afwezigheid van haar vader. En bovendien die van Andrea. Het openlijke, laffe verraad van die twee.

Al duurde het nog een halfuur voor het concert zou beginnen en al zouden ze misschien nog komen, nu al veroorzaakten die twee lege plekken een afgrond in haar hart. Ze deden haar gemoed kolken van woede, van wrok en van de duisterste, wreedste emotie die er bestaat, het gevoel van onrecht.

Toen ze weer backstage kwam, stond haar gezicht keihard en haar ogen schoten vuur. Nu waren de journalisten weggestuurd en was de crew alleen achtergebleven met de kandidates, die stemoefeningen deden, de teksten van hun liedjes nog eens doornamen en klaagden dat het één ding was om te zingen in een tv-studio zonder publiek, maar iets heel anders om bij daglicht in de buitenlucht te moeten optreden.

Marina liep woest tussen hen door. Ze trok zich terug op een stoel in een hoekje. Donatello zocht haar en zij dook in elkaar, zodat hij haar niet zou zien.

Het was een totale chaos, en in die chaos probeerde Marina haar vader te bellen. Ze kreeg de voicemail. Ze probeerde het meteen nog een keer, haar blik op onweer, en opnieuw kreeg ze de voicemail. Toen stuurde ze een sms aan Andrea: 'Wr bn je gvd???' Met een woedende smiley erbij.

Toen Andrea dat bericht las, was hij bezig de koperen ketel

in de kaasmakerij te installeren, en tot op het bot gekweld door besluiteloosheid.

Door de diplomatieke vraag van Marina voelde hij zich zo mogelijk nog meer getergd. Hij hoorde Clint voortdurend tekeergaan, hij zat met die elektrische karnton waarvan nu wel duidelijk was dat het een miskoop was, en hij piekerde er niet over om nu naar het concert van *Cinderella Rock* in Gli Orsi te gaan. Vloekend zette hij zijn mobiel uit. Hij tilde de karnton op, liep ermee naar buiten en smeet hem midden op het erf op de grond.

'Clint!' schreeuwde hij. 'Nou is het genoeg met dat gedonder!'

Intussen probeerde Marina hem te bellen en kreeg ze niet alleen de voicemail van haar vader, maar nu ook die van haar aanstaande bruidegom.

'Stik toch allebei,' zei ze en gooide haar mobiel aan de kant.

Toen riep ze Donatello: 'Tello! Kom me helpen aankleden!'

Ze dwong hem met haar mee te gaan in de kleedkamer – eigenlijk een container – en terwijl ze mokkend in niet meer dan haar string voor hem stond, beval ze hem haar haar kostuum aan te geven en wat haakjes dicht te doen.

'Mari, sorry, hoor... maar gaat dat niet wat ver?' vroeg Donatello hoogst gegeneerd toen hij haar naakt zag staan en begreep wat ze van plan was aan te doen.

'Niks gaat te ver,' antwoordde Marina. 'Hou je kop en geef me die riem aan.'

Het zou interessant zijn geweest, op die zaterdagmiddag in oktober waarop het bijna lenteweer was, om een wandelingetje te maken door het oude centrum van de stad en de tastbare verlatenheid te ervaren, de gesloten winkels, de troosteloosheid waarin een periode onvermijdelijk ten einde liep. Het flaneren op zondag een verre herinnering. De kruidenierswinkels en de banketbakkers uit het begin van de twintigste eeuw eveneens.

De overvloed uit de tijd dat Biella de toon aangaf in de nationale textielindustrie en het eerste commerciële tv-station van heel Italië oprichtte, met Aiazzone als pionier die alles verkocht: spaanplaat, plastic en gipsplaat alsof het om goud ging – armeluiskeukens zowel als droomkeukens –, was onherroepelijk voorbij.

De stad waar beroemde personen het levenslicht hadden gezien, zoals de oorlogsheld Pietro Micca, de gebroeders en generaals Alfonso en Alessandro La Marmora, zoals minister Quintino Sella en de schrijver Giacomo Debenedetti, zweefde nu in zwijgende, verlaten schoonheid boven het oppervlak van de tijd, zonder schouwspel en zonder toeschouwers, terwijl een paar kilometer verderop, in het nieuwe winkelcentrum, het einde van de oude wereld met geweld werd weggehouden uit ieders ogen en ieders hart.

Maar weinig mensen waren in staat precies aan te voelen welke kant het op zou gaan; het aan te voelen zonder het echt te beseffen. Een van hen was Paola, die zich ongemakkelijk door de massa bewoog, arm in arm met d'n Giangi. Ze had daar met opgeheven hoofd moeten lopen – zij was immers de moeder van de ster –, maar lette juist goed op waar ze haar voeten neerzette, bedeesd en angstig, omdat ze wist dat dat niet volstond om te overleven. Dat zelfs het geschenk van een beroemd geworden dochter niet volstond om een val te voorkomen.

Ook Elsa was een van hen, trots in haar opofferingsgezindheid: Marina laten zien dat zij ondanks alles aan haar kant stond. En dat Piedicavallo de juiste plek was. Dat zij zich daarboven in veiligheid moesten brengen, samen, zodra het concert was afgelopen. Doen wat sommige anderen al hadden gedaan: zich verschansen in de bergen, in de vergeten valleien, een andere wereld stichten waarvan niets bekend was, behalve de mogelijkheid van een nieuw begin.

Intussen waarde de crisis boven de menigtes en holde de gezichten uit, die treurig hun magere buit bezagen: tien euro aan handdoeken, vijftien euro aan badschuim. De tv-camera's drongen in alle hoeken door, vingen de instortende werkelijkheid met hun waakzame zwarte oog. Toen kwam eindelijk het startsein vanuit het hoofdkwartier van BiellaTV 2000.

In Massazza keek Andrea op zijn horloge: hij moest gaan.

Uiteindelijk had hij geprobeerd met behulp van een simpele mixer boter te maken.

Hij stonk naar zweet en mest.

De blaren stonden in zijn handen en hij had spierpijn in zijn armen.

Maar hij had geen keus.

Hij deed Clint de riem om en liet alles voor wat het was.

Wat is het begin van iets? Dat is net als het einde. Het is dezelfde pijn, dezelfde onwetendheid, het gevoel dat je bent overgeleverd aan krachten die alle verbeelding te boven gaan. En bij dat alles had hij één zekerheid, eentje maar.

Marina.

Alberto Serra sprong op het podium en riep: 'Daar gaan we dan!'

Het was kwart voor vier. Toen de eerste deelneemster bij hem kwam staan, schuchter, onhandig, moedigde het publiek haar aan met een langdurig applaus. Tientallen kleurige ballonnen dreven voortgestuwd door de wind in de richting van het platteland.

Giada Bianchi uit Cuneo – haar naam verscheen in grote letters op het scherm dat boven het podium hing – zong 'Fiumi di parole' van de band Jalisse, vaak uit de maat en ontzettend vals. Maar dat scheen niemand op te vallen.

De setlist telde elf strikt Italiaanse liedjes, tot vreugde van het traditioneel ingestelde publiek – nummers van zangeressen als Raffaella Carrà, Mia Martini, Loredana Berté –, maar de grote finale was het nieuwe nummer. Het vuurwerk, de coup de theâtre, lag helemaal in handen van Marina, die het twaalfde nummer zou zingen: de Amerikaanse single die bezig was de internationale hitlijsten te beklimmen, een Engelstalig nummer, en ook nog eens gezongen door een man. De regie, de redactie en de productie waren opgewonden, maar ook wat bezorgd om dit waagstuk.

Terwijl de deelneemsters een voor een het podium op kwamen, geïntroduceerd met de onweerstaanbare kwinkslagen van Alberto Serra die hun ook zijn gênantste geintjes niet bespaarde, had Marina zich in haar kleedkamer opgesloten en riep ze tegen iedereen die op de deur klopte dat ze haar met rust moesten laten.

Ze was een ongeleid projectiel, die meid. Een lastig portret.

Intussen ging het concert door. Rosaria Mannuzzo uit Crotone gleed uit op het podium en viel languit op de grond: het publiek moedigde haar welwillend aan om overeind te krabbelen en gewoon door te gaan. Monica uit Chieti vergat een couplet van 'Gocce di memoria' en stond vijf tellen lang te hakkelen terwijl de orkestband onverstoorbaar doorliep en het publiek in haar plaats zong. De productiemanager was moedeloos en kon alleen maar hoofdschuddend toekijken. Maar de regie was tevreden: *Dit is pas het begin, het is logisch dat ze nog fouten maken. De mensen willen juist dat ze fouten maken!*

Marina zat nog steeds opgesloten in haar kleedkamer en liet alleen de kapster binnen, die grote ogen opzette toen ze Marina's outfit zag.

'Ik wil loshangend haar, mooi sluik,' beval Marina.

De kapster legde haar spullen klaar.

Donatello zat achter in de container te bellen. Marina's gezicht stond nog steeds op onweer.

Toen Donatello klaar was met bellen, stopte hij zijn mobiel in zijn zak en zei: 'Die andere meiden lopen behoorlijk te stuntelen. Dat wordt een eitje voor je.'

'Ik weet het.'

'Iedereen is hier voor jou: Telecupole, Radio Piemonte. Ze zijn hier om Marina Bellezza te interviewen... Alles loopt gesmeerd!'

Maar zij was niet blij, ze lachte niet, ze was niet opgewonden bij het idee dat ze zo op moest. Marina vroeg zich alleen maar af waar haar vader was en wat Andrea uitspookte, en ze nam zich opnieuw voor dat ze hen uit haar leven zou verbannen als ze niet kwamen opdagen.

Andrea mocht haar niet in de steek laten. Haar vader had haar uiteindelijk altijd teleurgesteld, maar Andrea nooit. En zij had haar handtekening onder dat formulier gezet, ze had het ingevuld en ze had erop geschreven: '2 maart 2013': de datum.

Ze zette haar mobiel aan en probeerde hem opnieuw te bellen; deze keer hoorde ze de oproeptoon.

Na een paar keer overgaan nam hij op.

'Ik zit in de auto, ik ben onderweg.'

'Andrea,' siste ze, 'als je nu niet meteen komt, onmiddellijk, dan is het uit.'

Andrea wachtte even voor hij iets zei. Er volgde een moment van pijnlijke stilte. Toen vatte hij moed: 'Ik zeg toch net dat ik onderweg ben. Maar je moet snappen dat ik ook mijn werk heb, ik moet een hele boerderij op orde zien te krijgen...'

'Het kan me geen ene reet schelen wat jij op orde moet krijgen,' gromde ze. 'Je bent twee uur te laat. Als je nu niet meteen komt, is het uit. Godverdomme.'

En ze hing op.

Andrea gooide zijn mobiel op het dashboard en stompte tegen het stuur. Hij had niet eens de tijd genomen om te douchen, zich om te kleden. Clint zat nog steeds te blaffen. Waarom was hij eigenlijk zo bang? Waarom was hij zo bevreesd voor dat concert en waarom vond hij het zo pijnlijk om haar op een podium te zien zingen, voor honderden of duizenden mensen?

Omdat hij dan het gevoel had dat ze haar van hem afpakten.

Dat ze haar van zijn lichaam losscheurden.

Hij had de wereld vaarwel gezegd. En nu wilde hij er niet meer naar terug. Maar intussen was hij er wel weer naar op weg. Dit is de laatste keer, nam hij zich voor.

Aangezien de berm van de rijksweg bij Gli Orsi aan beide zijden vol dubbel en zelfs driedubbel geparkeerde auto's stond, moest hij zijn auto een kilometer verderop neerzetten. Andrea had nu al schoon genoeg van deze hel.

Hij stapte uit en begon over de weg te lopen, uitkijkend dat hij niet van de sokken werd gereden door het geërgerd langs-rijdende verkeer. De muziek schalde over de rijstvelden en de omliggende loodsen, en het was niet anders: hij wilde haar zo niet meer zien. Het feest van Camandona was voor hem meer dan genoeg geweest. De openbare versie van Marina vond hij verschrikkelijk; hij zou haar het liefst met geweld naar de boer-derij van Massazza sleuren, maar dat kon nu eenmaal niet.

Toen hij met moeite het overvolle plein van het winkelcen-trum had bereikt, kondigde Alberto Serra net haar naam aan. Hij was precies op tijd. *Marina Bellezza*, zij weer. Dat verschrik-kelijke woordenpaar, dat fatale woordenpaar dat in staat was ie-dereen in vervoering te brengen.

Een paar meter verderop, bij een reclamebord van *Cinderella Rock*, was op dat moment iemand die zich naar hem omdraaide. Andrea merkte dat hij werd bekeken en draaide zich ook om. En hij herkende Elsa. Haar bleekheid, haar sproeten. Zij was de-gene die naar hem stond te kijken, met ogen vol weemoed en begrip. Ze wisten het niet van elkaar, maar ze dachten hetzelfde: dat dit alles helemaal fout was en volkomen tegen hun idealen indruiste. Ze groetten elkaar niet, ze zeiden niets. Ze bleven ie-der verbouwereerd op hun plek staan. Toen werd de orkestband gestart. Het applaus klonk steeds harder. Er kwam een gestalte met gespreide armen het toneel op huppelen.

Ze werd omhuld door witte en rode rook, waardoor er alleen een bos lichtblond haar en een zweem van schitterende glitters te zien waren.

Maar zodra de rook was opgetrokken, zodra ze helemaal zichtbaar was, verstomde de ene helft van het publiek, terwijl de andere helft uitzinnig raakte.

Marina Bellezza was in bikini.

In bikini, op 6 oktober, midden op het podium.

Andrea verloor nu ook het laatste beetje hoop dat hij nog over had. Hij balde zijn vuisten, gaf een ruk aan de riem van Clint en staarde met wijd open ogen voor zich uit zonder ergens naar te kijken.

Marina's bikini was gemaakt van een vreemd metaalachtig materiaal met schubben, zoals een slang. En die schubben weer-kaatsten de lichtjes, wierpen ontzetting en enthousiasme op alle gezichten, op elke openhangende mond. Maar dat was niet al-les: om haar heupen hing een ceintuur van nepkogels langs de flinterdunne veters van haar string omlaag, en ze droeg een paar zilverkleurige kniehoge laarzen.

De productiecrew was ontzet, de manager paars aangelopen, de redactie verlamd van schrik.

'Dit is te erg,' zei iemand.

'Nee, dit is *geniaal*.'

Er begon een reggaebeat die het publiek opzweepte, vooral het jongere gedeelte. Marina stond nog steeds te hupsen en *Oh yeah yeah* te schreeuwen, en ze moedigde iedereen aan om mee te doen, om met haar mee te dansen en te zingen. Toen werd het tempo versneld, de jongeren begonnen te juichen, de ouderen staken hun armen in de lucht en klapten in hun handen. Alle gezinnen, ook de meest terughoudende, overwonnen langzaam maar zeker hun verbijstering en lieten zich meeslepen door de macht van die bikini.

'Fuck,' liet iemand van de crew zich ontvallen, 'ze is nog goed ook!'

Zijn collega's moesten het toegeven: ja, ze was goed. Ze kende de kneepjes van het vak, ze had een goede techniek en een goede stem, in tegenstelling tot de andere deelneemsters. Ze was niet te stuiten.

Er waarde nu een Amerikaanse wind door de bergen van de provincie Biella. Marina ging helemaal los op het ritme, haar naakte lichaam kronkelde in het zonlicht. Haar bikini was te klein om nog iets aan de verbeelding over te laten, de camera's hapten gretig toe. De tienerjongens gingen uit hun dak, de meisjes waren verrukt. Haar moeder hield haar adem in. Het echtpaar Caucino was geschokt. D'n Giangi was inmiddels ingedut tegen de etalageruit van pizzeria Fratelli La Bufala, en Andrea hield Clint vast aan de riem, hij stond als versteend achter in de menigte, gevangen in zijn eigen ontzetting.

Elsa was het liefst naar hem toe gegaan, maar ze bleef waar ze was.

Toen begon Marina pas echt te zingen en kon de rest het wel vergeten. *Maak je niet druk,* leek ze te willen zeggen, *je kunt het toch nooit winnen van dit wonderkind.* Ze was ver, mijlenver boven de andere meiden verheven. *Vergeet alles wat jullie gezien en gehoord hebben, ik ben van een heel ander kaliber.*

De crew van BiellaTV 2000 volgde de opnames op de monitors met open mond en grote ogen. 'Een buitenaardse stem', 'Bellezza breekt met de opzet en zingt in het Engels', noteerden enkele verslaggevers. Anderen schreven: '18.00 uur, een theatrale uitstraling San Remo waardig, een stomp in de maag van de conservatieven'. En ook: 'Marina Bellezza veroorzaakt een orkaan op de kalme zee van onze provincie'. 'Marina Bellezza's bikini: dat is nog eens geschiedenis'.

Andrea was verpletterd, hij klemde uit alle macht de riem van Clint vast en staarde naar zijn vrouw, zijn toekomstige bruid, op dat enorme toneel, in dat winkelcentrum, in bikini voor duizenden mensen. Dat lichaam was van hem: hij was degene die het had bemind, getemd, gestreeld, gekust, nachtenlang in zijn armen had gehouden. En nu stond het daar, ten prooi aan al die ogen, vereeuwigd door honderden mobieltjes, fototoestellen, tv-camera's, in realtime gepost op talloze blogs, besmeurd, ontleed door een potentieel oneindig aantal onbekenden die nooit iets hadden mogen zien of weten.

Intussen stond Marina te zingen, stralend en wraakzuchtig als een Azteekse godin: '*Cause you make me feel like I've been locked out of heaven for too long, for too long.*' En dat was precies hoe hij zich voelde: buitengesloten uit de hemel. Weggejaagd, met geweld verdreven. Wreed verbannen. Hij haatte haar daarom, maar het ergste was dat hij ook van haar hield. Want de schoonheid van haar gezicht, de schoonheid van haar stem waren een lichtpuntje in de ondergang van de hele wereld. En hij herkende dat, net zoals alle anderen dat herkenden. Hij kon het alleen niet accepteren.

Hij voelde dat iemand zijn arm aanraakte, en wendde zijn ogen van Marina af. Elsa was bedeesd naar hem toe gekomen en riep zijn naam.

Ze keken elkaar aan zonder iets te zeggen, want er viel niets te zeggen.

'*Cause your sex takes me to paradise,*' zong Marina intussen. '*Yeah your sex takes me to paradise.*' Ze bracht het hele winkelcentrum in vervoering. '*And it shows, yeah, yeah, yeah.*' Ze raakte letterlijk met haar vinger de hemel aan.

Toen het nummer was afgelopen, was het woord ovatie wel heel zwak uitgedrukt voor de uitzinnigheid van het publiek. Zelfs de kinderen stonden te klappen, en de bejaarden. Zelfs haar grootouders: die twee afgetakelde, laffe rotzakken die haar en haar moeder hadden laten vallen op het moment dat ze hen nodig hadden, en die hier nu haar naam stonden te schreeuwen, zwaaiend om zich kenbaar te maken.

Ze zag hen, en ze keek straal langs hen heen.

Dit was haar grootste genoegdoening.

Marina Bellezza maakte een buiging.

Luidkeels gilde ze: '*I love youuuuu!*'

Het applaus duurde wel een minuut of vier, onafgebroken. Toen begon er iemand *We want more!* te roepen, en langzaam maar zeker zwol dat aan tot een groot juichend koor.

De regie gaf haar het teken dat het oké was, ook al moest het draaiboek er wel voor worden aangepast. Te midden van de algehele euforie zong Marina nog een keer 'Locked Out of Heaven' van Bruno Mars.

Donatello was buiten zinnen. De tv- en radioverslaggevers, de journalisten van de schrijvende pers waren buiten zinnen. Paola moest huilen. D'n Giangi, die wakker was geworden, moest ook huilen. Sebastiano schamperde hoofdschuddend: 'Daar gaat hij nooit mee trouwen, zeker weten van niet.'

Elsa en Andrea bleven naast elkaar staan, met stomheid geslagen achter op het plein.

Na afloop van de toegift kwam er geen eind aan het applaus. Marina keek de menigte langdurig aan, vol ontroering en dankbaarheid, ook al was haar vader niet gekomen en zou ze hem dat nooit vergeven. Toen schrok ze op, starend naar een bepaald punt: het verste punt, het bleekste, het meest verdwaasde punt. En toen ze hem herkende, wees ze hem aan. Er verscheen een prachtige glimlach op haar gezicht. In de geopende microfoon riep ze in het bijzijn van heel Biella: 'Deze is voor jou, Andrea!'

Hij stond als aan de grond genageld. Neergestoken. Verpletterd.

Iedereen draaide zich om om te kijken wie die Andrea was. De journalisten begonnen druk te gissen. De fotografen grepen meteen hun Nikon vast.

'Ik denk dat je naar haar toe moet,' zei Elsa tegen hem.

Andrea had het liefst door de grond willen zakken, maar nu liep hij zonder iets te zeggen, zonder van uitdrukking te veranderen door de menigte naar voren. In slow motion, als een robot.

Toen hij bij het podium aankwam, liet iemand hem de drang-hekken passeren. Marina sprong van het podium af en stormde op hem af, gooide haar armen om zijn hals. Een peloton fotografen haastte zich om het tafereel te vereeuwigen: een ster in bikini en een onder het vuil zittende veehoeder met een pet op, een ongeschoren baard en een opgewonden hond aan de riem.

Advocaat Caucino en zijn vrouw, die daar helemaal vooraan stonden in gezelschap van het hele ambtelijke apparaat, zagen tot hun afschuw ineens hun zoon Andrea in een wijde broek, met bretels en een houthakkersbloes, in innige omhelzing met die lellebel. Clelia sloeg een hand voor haar mond, haar adem stokte.

'We gaan,' zei de advocaat tegen haar, 'ik heb genoeg gezien.'

Andrea maakte zich van Marina los. In elke vezel van zijn lijf voelde hij het onbedwingbare instinct om ervandoor te gaan. Maar zij hield hem tegen, ze sleepte hem mee achter het gordijn en vervolgens naar de kleedkamer. 'Dank je wel dat je bent gekomen,' zei ze dankbaar toen ze eenmaal alleen waren. En hij wist niet wat hij terug moest zeggen. Hij was van de kaart.

Marina boog zich over Clint heen: 'En wie is dit? Wat een schatje!'

Ze aaide hem lachend en Clint likte haar handen.

'Ik ga alvast, dan zie ik je thuis wel,' was het enige wat Andrea wist uit te brengen.

'Nee, wacht! Blijf nog één minuutje bij me!'

Maar in dat ene minuutje kwam Donatello aanstormen, hij gooide de deur open en riep uitzinnig: 'Dit is een triomf! Een enorme TRIOMF!' Hij keurde de veehoeder die daar compleet met hond aanwezig was geen blik waardig. 'We hebben ZESTIEN interviews, zestieeeeen!'

Marina staarde hem streng aan: 'Daar heb ik nu geen zin in, ik wil even alleen zijn met mijn verloofde.' En ze smeet de deur voor zijn neus dicht.

In die paar tellen die ze samen in die container doorbrachten, terwijl buiten de hel was losgebarsten en allerlei onbekenden voortdurend probeerden binnen te komen, realiseerde Andrea zich heel duidelijk, met meedogenloze helderheid, dat hij zich nooit zou kunnen aanpassen, dat hij dit nooit zou kunnen accepteren. Maar toch zou hij ondanks alles zijn ziel verkopen voor haar. Want op dit moment, nu Marina alleen was met hem, was ze weer degene van wie hij altijd had gehouden en van wie hij voor eeuwig zou blijven houden.

'Ik laat je over aan je verplichtingen, en dan wacht ik thuis op je.'

'Goed dan,' antwoordde Marina, en ze gaf hem een kus op zijn mond.

Andrea deed de deur open en werd bestormd door de chaos. Hij wist eraan te ontkomen en maakte dat hij wegkwam.

Eenmaal op het parkeerterrein had hij het idee dat hij in de verte zijn ouders zag lopen. Hij bleef even stokstijf staan, versuft door het kabaal, door alles wat er gebeurd was. Dat kan niet, zei hij bij zichzelf, dat kunnen zij niet zijn.

De vrouw liep struikelend tussen de auto's door, tenger, verdwaasd. Ze klemde zich stevig vast aan de arm van de gedrongen man die woest liep te gebaren.

'Mamaaa!' schreeuwde hij zo hard hij kon.

Daar helemaal aan de andere kant van het parkeerterrein keek Clelia om.

Andrea zwaaide naar haar. Hij zag hoe zijn moeder terugzwaaide, en hoe zijn vader haar onverbiddelijk meesleepte. Toen trok hij zijn pet over zijn ogen en beende met grote stappen weg naar zijn auto. Weg naar de boerderij, weg naar de stal waar over nog geen maand de koeien zouden komen te staan. Hun grote donkerbruine ogen, de uitdrukking van een ander paradijs: het enig mogelijke. Mettertijd zou hij erin slagen alles te vergeten: deze middag, het winkelcentrum, het nummer dat Marina aan hem had opgedragen.

Door puur en uitsluitend de koeien te melken, de stal uit te mesten, het hooi te verdelen zou hij deze afdwaling vergeten; hij zou terugkeren tot de kern der dingen, hij zou accepteren dat wolven, herten en vossen zich niet laten vangen.

Maar nu, terwijl hij in zijn auto stapte en de motor startte, maakte hij zichzelf nog één keer wijs dat Marina hem uiteindelijk wel zou volgen.

22

Rampen komen nooit wanneer ze je verwacht, maar altijd de dag erna, wanneer je volkomen weerloos bent, sereen, kalm, wanneer het in de verste verte niet bij je opkomt dat je wereld op instorten staat.

Op zaterdagavond was Marina haar belofte nagekomen. Al was het laat, pas na middernacht, ze was wel naar Andrea in Massazza toe gekomen en ze hadden in elkaars armen geslapen op het matras dat nog op de grond lag.

Ze hadden niet gesproken over het concert of over de bruiloft of wat dan ook. Ze hadden elkaar alleen maar stevig vastgehouden terwijl ze de slaap der onschuldigen sliepen, en toen ze wakker waren geworden wachtte hun door de ramen een stralende zondagochtend, nog zonniger dan de dag ervoor.

Ze hadden samen ontbeten, ze waren om beurten heel kort onder een ijskoude douche gesprongen en daarna hadden ze een paar uur heerlijk ontspannen buiten rondgehangen, spelend met de hond.

Ze waren gewoon Marina en Andrea, een normaal stel, zonder verleden en zonder toekomst, dat genoot van het zorgeloze heden. Ze gooiden om de beurt een stok weg voor Clint, die erachteraan rende en hem vervolgens kwispelend terugbracht. Andrea was dolblij dat het gevaar was geweken: zij was hier, bij hem, en leek hier voor altijd te willen blijven. En ook Marina was blij: vanwege de welverdiende rust na haar triomf. De temperatuur was aangenaam, de lucht was zo helder dat je de verste Alpen nog kon zien. Soms zijn de tussenpozen de enige momenten in het leven waarop het je is vergund te genieten van de wereld om je heen.

Na de lunch werd Marina tot de orde geroepen door Donatello: vijf radio-interviews, vier met de geschreven pers, en nog een live tv-interview op BiellaTV 2000. Ze moest gaan.

Misschien zou ze pas laat klaar zijn, dus ze kon beter in haar eigen huis in Piedicavallo gaan slapen. Andrea deed niet moeilijk: ze zouden elkaar morgen wel weer zien. Ja, ja, *morgen*: het meest fragiele, meest bedrieglijke woord in het hele woordenboek.

Ze namen afscheid alsof er niets aan de hand was, achteloos, zorgeloos.

Andrea ging verder met zijn experimenten in de kaasmakerij, Marina reed naar de tv-studio's. Een onwaarschijnlijke combinatie wellicht, die misschien uiteindelijk toch niet zo raar zou blijken te zijn. Tenslotte had zij een baan, en hij – duimen – eveneens. En het zou allemaal goed komen, hield Andrea zichzelf die dag voor. Waarom niet? Ook Marina hield zichzelf dat voor, terwijl ze voor de ingang aan de Via Trossi parkeerde. Ze hadden het immers verdiend. Ze werkten er hard voor, het kostte heel wat doorzettingsvermogen en inspanning. Dus waarom zou het dan nog fout gaan?

Omdat het niet zo eenvoudig is. Omdat je het leven niet in de hand hebt.

En vooral omdat de misstappen van anderen, met name die van ouders, altijd en eeuwig voor rekening komen van de kinderen.

Rond elf uur 's avonds verliet Marina eindelijk de studio en stapte ze in de auto om naar huis te gaan.

Aan de zwarte hemel stak het matte oppervlak van de maan af als een knoop. De straatlantaarns die in een enkele rij die eeuwige SP100 flankeerden, verspreidden een bleek, zwak schijnsel. Door het beslagen raam gezien lag de weg er vermoeid bij.

Marina reed rustig, niet harder dan zestig kilometer per uur. Ze was uitgeput na al die interviews en begon last te krijgen van de vermoeidheid die ze tijdens het concert had opgebouwd. Na de brug van Riva verdween ook de laatste straatverlichting die de bouwvallen van de textielfabrieken bescheen, de weg begon te stijgen en werd zo donker als een tunnel in de catacomben.

Ze reed omhoog, maar had het idee dat ze de diepte in ging. De autoradio was uit. Op het display van haar mobiel, die ze op de passagiersstoel had gegooid, knipperde vergeefs een gemiste oproep van Andrea. Maar ze had nu niet de energie om hem terug te bellen. Ze wilde alleen maar in bed kruipen en slapen. Ze had hem meteen moeten terugbellen, niet pas de volgende dag. Maar in plaats daarvan reed ze langzaam verder in de stille nacht, terwijl haar ogen bijna dichtvielen.

Ook de vallei werd steeds geslotener, steeds zwarter, als een onderaards gewelf of een grot. De provinciale weg slingerde zich tussen de bossen door. Nergens een huis, een uithangbord. Deze plek was ondoordringbaar voor elke geschiedenis.

Marina was nog nooit zo moe geweest. Maar ze had wel een goed gevoel over zichzelf: ze was bezig alles te realiseren wat ze zich had voorgenomen, ze had zichzelf niets te verwijten. Haar enige zorg was nu om thuis te komen en alles te vergeten. Vandaar dat ze, toen haar telefoon weer overging, aanvankelijk niet eens opzij keek. Want misschien was het Donatello met nog meer verplichtingen voor de volgende dag.

Haar make-up uitgelopen over haar gezicht, haar blik strak op de weg gericht die vol haarspeldbochten in de richting van Andorno slingerde. Zodra ze alleen was, in het donker, zonder publiek en zonder applaus, had Marina een heel wat somberder gezicht en verbleekte haar schoonheid. Dan kreeg ze meer iets van de afgronden daarbuiten, van de dichtbegroeide rotskloven, de scheuren in de steile rotsen.

Haar telefoon bleef hardnekkig overgaan. Hij stopte en begon weer opnieuw. Toen moest ze er wel een blik op werpen.

Ze zag dat het haar vader was.

Ze trapte abrupt op de rem en zette de auto langs de vangrail. Ze knipte de alarmlichten aan en nam op, gegrepen door een plotselinge, vernietigende kracht als van een brand.

'Hallo.'

'Hé, schatje... Bel ik te laat?'

Het was halftwaalf 's avonds.

'Het concert was gisteren, meer heb ik je niet te zeggen.'

'Ik weet het, hoe zou ik dat kunnen vergeten...' loog hij, 'ik heb alles geprobeerd om tijd vrij te maken, ik zweer het je! Maar je weet toch hoe mijn leven is? Kom op, dat kun je me niet kwalijk nemen.'

De alarmlichten van de Peugeot verlichtten knipperend het waarschuwingsbord voor overstekend wild, de gestileerde tekening van een hert, die donkere, onbewoonde hoek van de provinciale weg vlak langs een afgrond. Niet één auto, niet één scooter passeerde hier op dit tijdstip.

'Je had toch op z'n minst kunnen bellen om me succes te wensen.'

'Maar schat! Ik zat in Zürich! Op een plek waar ik geen bereik had! Maar ik heb aan je gedacht, geloof me, ik heb de hele tijd aan je gedacht en vanmorgen hebben allerlei mensen me gebeld om te zeggen dat het fantastisch was, dat ze je op tv hadden gezien... Je hebt geen idee hoe trots ik op je ben.'

De woorden 'trots op je' gleden niet langs Marina heen, integendeel. Ze bleven precies in haar hart steken.

'Vergeef me, schatje. Ik had een afspraak die ik niet kon verzetten.'

'Wat voor afspraak was dat dan?' vroeg Marina sarcastisch. 'Moest je bij de Zanzibar gaan dansen met je vriendjes?'

De Zanzibar was de discotheek in Cerrione waar ze hem die nacht van 19 op 20 september in vrolijk gezelschap had betrapt, waarna ze hem van achter een bankje had zitten bespieden.

Raimondo leek ineens met de mond vol tanden te staan, hij struikelde over zijn woorden, nam ruim de tijd terwijl hij wat smoesjes stamelde, eromheen draaide, van onderwerp veranderde.

'Welnee, hoe kom je daarbij... Stel je voor, zeg...' Toen vervolgde hij op een totaal andere toon: 'Zeg, waar ben je nu? Zullen we iets afspreken? Nu meteen bedoel ik... hm?'

'Nu meteen?!'

'Ja, ik ben hier in Biella, op het station... Dan drinken we even iets samen en dan gaan we daarna naar huis. Wat denk je?'

Marina, als verstijfd in haar auto, in de kolossale eenzaamheid van die vallei, had het liefst willen antwoorden: Nee, ik moet gaan slapen, ik ben bekaf. Sterker nog, ze had moeten antwoorden: Nee, dat heb je niet verdiend.

'Toe nou, een halfuurtje,' smeekte Raimondo, 'ik moet je iets vertellen.'

'Hoezo? Wat moet ik dan zo dringend weten op dit tijdstip?'

'Het is iets belangrijks, echt waar.'

'En kun je me dat dan niet gewoon aan de telefoon vertellen?'

'Nee.'

'Wat is er?' Marina werd nerveus. 'Toe, vertel op.'

Raimondo rekte nog meer tijd, begon een heleboel zinnen die hij niet afmaakte. Toen zei hij: 'Niks, ik wil je gewoon zien.'

Sinds de laatste keer dat ze elkaar in motel Nevada hadden getroffen, had hij niet één keer de moeite genomen om haar te bellen. Het interesseerde hem niet hoe het met haar ging, hoe de voorbereidingen voor *Cinderella Rock* verliepen. Dus wat was er nu ineens zo dringend?

Maar hij was haar vader. Haar prachtige veertigjarige vader die, zonder vaste tijden en zonder zorgen, in Maserati's rondreed naar Monte Carlo, naar Zürich, blond en knap als een Hollywoodacteur, en die nu trots was op zijn dochter.

Daar kon ze niet tegenop, en ze deed het tegenovergestelde van wat ze had moeten doen.

'Goed dan,' zei ze geërgerd, 'ik ben er over een kwartier.'

'Super!' riep Raimondo. Zijn stem klonk opgelucht, alsof hij zijn hele leven nergens anders naar verlangd had.

'Ik zit in de bar van het station...'

Marina hing op, keerde haar auto en reed terug.

Biella was een klein meer van witte en oranje lichtjes op de bodem van de vallei. Boos op zichzelf trapte ze het gaspedaal in, maar tegelijkertijd was ze blij. Blij dat ze op weg was naar haar vader, voor de zoveelste keer.

Ze vroeg zich niet af waarom hij plotseling zo'n zin had om haar te zien. Ze vroeg zich niet af waarom dat verlangen altijd maar eens in de drie maanden bij hem opkwam, op de gekste tijden, en nooit met de lunch of het avondeten, zoals normaal zou zijn geweest. Andrea had haar net een sms'je gestuurd, maar dat las ze niet.

Toen ze de stationsbar binnenkwam, zag ze hem zitten aan een tafeltje achterin, bij de gokautomaten, en even twijfelde ze of hij het wel was.

Hij leek tien jaar ouder. Zijn gezicht was bleek, uitgeblust, zijn ogen waren strak op de vloer gericht. Net een dolende ziel leek hij, onherkenbaar. Maar zodra hij haar voetstappen hoorde, keek Raimondo op en trok hij een totaal ander gezicht.

Zijn kleur kwam terug en hij toverde een brede glimlach tevoorschijn. 'Marina!' riep hij hartelijk.

Ineens was hij weer de man die hij altijd was geweest, alsof die van daarnet slechts een schim of een luchtspiegeling was. Hij omhelsde haar en zei weer dat ze met de dag mooier werd.

Er waren geen andere mensen behalve hij, zij en de barman die een kruiswoordraadsel zat op te lossen achter de kassa. Marina liet zich een paar tellen lang omhelzen, vol argwaan, en maakte zich toen van hem los. Er lagen drie mobiele telefoons op het tafeltje en autosleutels, niet meer van een Maserati, maar van een BMW, en er stond een leeg whiskyglas.

'Ga zitten,' zei haar vader glimlachend, 'zeg maar wat je wilt.'

'Een ananassap,' antwoordde ze.

Raimondo liep naar de bar om te bestellen, kwam terug en ging tegenover haar zitten. 'Nu moet je me eerst eens alles vertellen over het concert. Ik heb het laten opnemen, zodra ik terugkom in het hotel, ga ik kijken... Ik heb gehoord dat het een groot succes was!'

Marina keek hem aandachtig aan. Er waren dingen die ze wilde zien en dingen die ze niet wilde zien. Haar blik bleef hangen op de snit van zijn maatpak, op zijn Rolex – misschien een originele –, op zijn gouden manchetknopen. En haar blik bleef niet hangen op zijn wat verwaarloosde baard, op de rimpels die hij rond zijn ogen had gekregen.

Hij was een stevige man, lang, elegant. En al met al bezorgde het haar een aangenaam, filmisch gevoel om hier midden in de nacht met hem in een bar te zitten.

'Ik heb een nieuw nummer gezongen dat net uit is, van Bruno Mars, een Amerikaanse zanger. Maar ik vond het heel erg dat je er niet was.'

'Schat,' zei Raimondo, 'je hebt geen idee hoe erg ik het zelf vond, nog veel erger dan jij. En ook nu voel ik me... Ik ben er kapot van, echt waar.'

Ze had moeten begrijpen dat er iets niet in orde was door de manier waarop haar vader zijn handen niet kon stilhouden en voortdurend zijn glas, de drie mobieltjes, de BMW-sleutels van tafel pakte en weer terugplaatste. Ze had het moeten horen aan de opgewonden toon waarop hij praatte.

Maar zoals altijd deed ze alsof ze niets in de gaten had.

Zoals wanneer ze haar moeder huilend aantrof omdat hij tijdens een telefoongesprek plompverloren had opgehangen, zoals alle keren dat hij 's nachts niet thuis was gekomen.

Want haar vader was geen gewone man. Haar vader was een zakenman, iemand die het gemaakt had in het leven, en nu was zij het ook aan het maken, en ze was trots dat ze hem dat kon bewijzen.

'Nu gaat het echt gebeuren,' vervolgde hij geestdriftig, 'met dat programma, bedoel ik. Ik vind het nog spannender dan jij!' En hij lachte. 'Ik kan het haast niet geloven, dat *mijn kindje* beroemd wordt! Ik heb alle kranten gekocht...' Hij verbeterde zichzelf: 'Ik bedoel, ik heb ze laten opsturen door een vriend van me... Ik was niet in de buurt, maar ik heb gehoord, weet je... Ik ben trots op je, je hebt geen idee hoe trots.'

Marina zweeg, ze dronk wat van het ananassap dat de barman haar intussen had gebracht, en nam de zinnen van haar vader een voor een in zich op, ze liet ze langzaam op zich inwerken, ze streelde ze.

'Maar je weet toch wel wat je nu moet doen, hè? Je hebt een agent nodig, iemand die je volgt. Ik ken er wel een paar en...'

'Ik heb al een agent,' onderbrak ze hem op trotse toon. 'Hij is heel goed. Donatello Ferrari heet hij.'

'Hm,' zei haar vader terwijl hij aan zijn kin krabde, 'die naam komt me inderdaad wel bekend voor, heb ik het idee.' Eerlijk gezegd had hij nog nooit van die vent gehoord, maar liegen kon hij nu eenmaal als de beste.

'Donatello Ferrari... Ja, volgens mij ken ik die. Als het degene is die ik bedoel, dan ben je in goede handen. Zeg, maar weet je dat BiellaTV 2000 tegenwoordig uitgebreid is? De programma's zijn niet alleen meer in Piemonte te zien...'

'Ook in Lombardije en in Ligurië,' zei Marina, steeds trotser. 'Zo'n beetje in heel Noord-Italië, geloof ik.'

'O, geweldig! Ik ken wel wat mensen in Milaan die bij Mediaset werken... Die kan ik weleens benaderen, als je wilt.'

'Nee,' antwoordde ze. Ze keek hem nog steeds stralend aan, maar ze bleef ook in de verdediging: ze had hem nog niet genoeg laten boeten voor zijn eeuwige afwezigheid, voor de gemiste concerten, de voicemail die ze elke keer kreeg als ze hem probeerde te bellen. 'Dat is niet nodig. Ik red het wel op eigen houtje.'

'Zo mag ik het graag horen,' zei Raimondo zelfgenoegzaam, 'vastberadenheid, lef! De wereld daarbuiten is een slangenkuil en je moet voor jezelf opkomen. Jij moet de regels dicteren, niet de anderen. Je moet altijd ballen hebben. Denk daaraan.'

Marina luisterde zwijgend. Ze was heel moe, en morgen was het maandag, dan stond haar waarschijnlijk weer een uitputtende dag te wachten.

'Ik sta klaar, ik zal er altijd voor je zijn,' zei haar vader nu. 'Als ik je een goede raad mag geven, vertrek dan meteen na dat programma naar Milaan, en ga daar naar de juiste plekken. Richt je op de nationale tv, op Canale 5. Jij kunt het gaan maken, ik geloof in je.'

Die woorden misten hun uitwerking niet, ze drongen diep tot haar door. En langzaam maar zeker ontdooide Marina, liet ze haar dekking zakken. Ze voelde dat hij trots op haar was en daardoor liet ze zich vermurwen, haar spanning ebde weg, haar hart opende zich voor dat geliefde, geïdealiseerde gezicht, waarvan de kleur en de gelaatstrekken zoveel op de hare leken.

'Ik denk dat ik volgend jaar meedoe met *X Factor*,' vertelde ze stralend.

'Hé, dat is goed nieuws! Dat is fantastisch nieuws! Ik ben het er helemaal mee eens.'

Marina overwon elk restje wrok. Als ze bij hem was, was ze na de eerste onwennigheid al heel snel in staat het hele verleden te vergeten. Die man had zo'n macht over haar, zo'n wonderbaarlijke macht. En niet alleen omdat hij haar vader was. Ook omdat hij aantrekkelijk was, elegant, en zo jong nog: zo'n vader zou iedereen wel willen hebben.

'Ik heb zin in een prosecco,' zei ze. 'Wil je er eentje voor me bestellen?'

Ze vond het heerlijk om zich te laten verwennen.

Haar vader stond op: 'Ja, we hebben wat te vieren!'

Ze zaten in de uitgestorven stationsbar, de gokautomaten draaiden onvermoeibaar door om de arme drommels uit te nodigen hun leven nog verder te verwoesten. Kranten van de vorige dag waren achtergelaten op de tafeltjes, overal slingerden krasloten rond.

'Maar vertel nu nog eens wat meer over dat programma... Hoe heet het ook alweer?' vervolgde Raimondo, toen hij terugkwam met twee flûtes. '*Cinderella* nogwat, toch? Proost!' Ze lieten de glazen klinken. 'Op *X Factor* en op het succes!'

'*Cinderella Rock* heet het. Leuke naam, hè?'

'Ja, origineel. En kun je goed met iedereen overweg? Met de andere kandidates? Ik bedoel, er zal wel behoorlijk wat onderlinge concurrentie zijn...'

Marina begon te lachen. 'Inderdaad, we kunnen elkaar niet luchten of zien.'

Inmiddels had ze haar dekking volledig laten zakken. Ze glimlachte als een blij kind tegenover de vader die omringd is met een aura van autoriteit en prestige.

En hij lachte ook. Hij tikte haar schertsend tegen haar wangen. Marina was blij dat die Nadia er niet bij was, en ook geen andere griet. Ze waren met z'n tweetjes, dat was al in geen tijden voorgekomen. Alleen zij tweeën.

Toen begon Raimondo weer te praten, wat ernstiger.

'Zeg, luister eens...' zei hij, en nu veranderde hij van toon. Niet opvallend, maar wel hoorbaar. Zijn stem klonk net ietsje lager, net ietsje rauwer. 'Nu heb je dus al die avonden gepland staan, tot aan december... toch?' Hij benaderde het omzichtig. 'Dat zijn een hoop afleveringen... En... hebben ze je al iets *betaald*?'

En juist op het moment dat je je dekking laat zakken, word je aangevallen.

Dat is een onveranderlijke regel, onbuigzaam als de natuurwetten: zodra je weerloos bent, word je in je nek gebeten.

Alleen had Marina dat nog niet in de gaten. Ze reageerde niet op dat alarmbelletje, maar negeerde het: 'Mwah, ik geloof dat ik na de eerste aflevering voor het eerst betaald krijg...'

Ze hapte toe. Ze liep het hol van de leeuw binnen. Ook omdat de leeuw in dit geval het gezicht van haar vader had.

'Maar ze betalen je wel *behoorlijk* goed, toch?' drong Raimondo aan. Zijn gezicht had intussen een andere uitdrukking aangenomen, hij boog zich over het tafeltje, liet zijn stem nog verder dalen. En Marina op de stoel tegenover hem, ontspannen, doodmoe, dankbaar zelfs voor dit halfuurtje in zijn gezelschap, had niets in de gaten. Ze had het niet door. Ze glimlachte onnozel, trots dat ze in haar eigen onderhoud kon voorzien, dat ze haar vader kon laten merken dat ze zelf ook wat voorstelde.

'Als ik win, dan ben ik binnen,' zei ze. 'De uiteindelijke winnaar krijgt vijfentwintigduizend euro, dus dan wil ik echt naar Milaan verhuizen. Donatello is nu al bezig me voor te stellen aan wat mensen die bij Sky werken.'

'Marina...' viel hij haar bruusk in de rede. Alsof hij niet langer kon wachten. Alsof er elk moment een bliksemschicht uit zijn mond kon komen. Zijn gezicht totaal veranderd. Bleek, gespannen, bijna monsterlijk.

'Marina, ik heb drieënhalfduizend euro nodig.'

Een bliksemschicht. Een bliksemschicht die inslaat op een boom en hem in een fractie van een seconde in de as legt. Een aardbeving die een scheur in de bodem trekt en alles onderuithaalt; huizen, auto's, scholen, kinderdagverblijven, kantines.

Een orkaan, krachtiger dan Sandy en Katrina, die haar vader bij de haren grijpt, hem van het voetstuk sleurt waarop zij hem had neergezet, en hem keihard op de grond smijt, telkens weer, zodat hij wordt besmeurd, heen en weer geworpen, kapotgemaakt.

Marina had geen stem meer, geen ademhaling meer, bijna geen menselijke uitdrukking meer.

'Ik heb het meteen nodig. Ik weet me geen raad. Als ik dat geld nu niet vind, dan is het een ramp...' Hij liet zijn hoofd tussen zijn handen zakken, als de eerste de beste loser. 'Ik heb geen andere keus, ik zweer het je.'

Marina was volkomen leeg, ze voelde haar hart bonken en de rest van haar verstijven, verkrampen.

'Heb jij drieënhalfduizend euro voor me, Mari?' jammerde hij bijna. 'Kun je me dat bedrag lenen? Ik betaal het terug! Over een week, op z'n laatst!'

Dus daarvoor was het, besefte Marina in een flits van helderheid. Dus daarvoor was het – *voor drieënhalfduizend euro* – dat haar vader haar meteen wilde zien, midden in de nacht, in een bar op het station.

Voor *geld*.

'Als ik het niet bij elkaar krijg, vermoorden ze me. Ze maken me af. Je hebt geen idee... Er zijn heel veel dingen waar je geen idee van hebt, maar je kunt me vertrouwen, *je kunt je vader vertrouwen!*'

Haar vader. Ja, ja. *Haar* vader.

Marina stond van tafel op. Raimondo probeerde haar tegen te houden. Hij trok een gezicht als een kwijlende hond, of als een dier dat op het punt staat geslacht te worden.

'Alsjeblieft,' smeekte hij nogmaals, 'ik heb niemand anders behalve jou.'

Aha. En wie had Marina? Op wie kon Marina rekenen?

Op niemand, op een volmaakte leegte, op Ground Zero. Want

dat was er in haar binnenste gebeurd, net zoiets als een terroristische aanval. Iets onherstelbaars, onveranderbaars, onherroepelijks.

Ze deed haar jas aan, greep haar tas. Ze was niet kwaad op hem, ze was kwaad op zichzelf. En zo kwaad als nu was ze nog nooit op zichzelf geweest. Die kerel was niet haar vader, die kerel was niemand. Ze kende hem niet. Ze wist niet wie hij was. Hij was een bedrieger.

Ze liep naar de uitgang, klaar om weg te gaan en nooit meer om te kijken naar die man die rondreed in Maserati's of BMW's, die een Rolex om zijn pols droeg en die vervolgens om geld ging bedelen bij zijn dochter. En godweet waar hij dat voor nodig had, godweet hoe diep hij zich in de nesten had gewerkt dat hij zich zo moest vernederen. Alleen leek Raimondo zich helemaal niet vernederd te voelen, hij leek zich alleen maar wanhopig te voelen.

'Marina!' Hij riep haar nog een laatste keer.

En in plaats van weg te gaan liep Marina terug.

Ze deed het bijna onwillekeurig. Als iemand haar gezicht had gezien, zou hij zich rot zijn geschrokken.

Ze kwam bij zijn tafel, maar ging niet zitten. Uit haar tas pakte ze haar portemonnee van Hello Kitty, en vervolgens het nog ongerepte chequeboekje. Ze scheurde er een cheque uit.

Onmiddellijk kreeg het gezicht van haar vader weer kleur, het klaarde op als het gezicht van een terdoodveroordeelde die op het laatst gratie krijgt. Marina had nog nooit een cheque uitgeschreven, ze had ze altijd bij zich gehad voor het geval er zich een gelegenheid zou voordoen: een nieuwe auto, een sieraad. Maar hier was dan die *gelegenheid*. Nu schreef ze er voor het eerst een uit, al na middernacht, in deze uitgestorven buitenwijk. Ze smeet de cheque voor hem op tafel.

'Ik wil jou niet op m'n geweten hebben,' zei ze.

Haar stem had niets menselijks meer. Haar gezicht evenmin. Haar blik evenmin.

'Bedankt!' zei Raimondo, blij als een kind.

Hij trok zich er niets van aan hoe zij zich misschien zou voelen toen ze hem zo zag stralen, nu hij het geld eenmaal in handen had.

'Ik betaal je terug!'

'Nee,' zei Marina, 'je betaalt me niet terug.'

Toen draaide ze zich om en ging echt weg. Ze luisterde niet naar zijn verontschuldigingen, ze luisterde niet naar zijn smoesjes en zijn praatjes. Ze stapte weer in haar auto en reed naar huis, naar het grote huis in Piedicavallo waar Elsa rustig lag te slapen nadat ze alle kamers had opgeruimd en gepoetst om Marina te laten zien hoeveel ze om haar gaf.

Maar daar merkte Marina allemaal niets van. Ze herinnerde zich niet eens meer dat haar huisgenote uit haar ballingschap was teruggekeerd. Ze liep rechtstreeks naar haar slaapkamer. Ze ging niet naar de badkamer om haar make-up te verwijderen. Dus dat was ze waard: drieënhalfduizend euro.

Ze zette de tv aan, en vervolgens een oude, stoffige videorecorder. Ze deed iets wat ze nooit eerder had gedaan. Onder in de kast zocht ze naar de vhs-band van haar eerste tv-optreden.

Ze ging in bed liggen, pakte de afstandsbediening en drukte op play.

Om welke reden ze dat deed, was niet na te gaan, sterker nog, er bestond geen reden voor.

De kamer was donker en krap als een kelderruimte, er drong vochtige lucht binnen door het raam dat op een kier stond.

Het scherm werd eerst grijs en toen wit; daarna verscheen langzaam maar zeker het korrelige beeld van een vierjarig meisje in close-up. Linksonder in de hoek stond een bibberende datum: 17 sep. 1994.

Marina staarde naar het gezicht van het meisje dat ze was geweest, ze zag haar lachen, met haar haren in twee staartjes, met oogschaduw en lipgloss als een volwassen vrouw, en ze vroeg zich niets af. Ze keek alleen maar.

De muziek start en het meisje begint te zingen. Op de achtergrond een keuken van witte en zwarte spaanplaat, compleet met koelkast en diepvries.

Kom, kom, kom naar Aiazzone, waar je zo veel meubels vindt! Kom, kom, kom naar Aiazzone, waar de inrichting van je huis begint!

Het meisje kijkt recht in de camera en glimlacht. Ze zingt uit haar hoofd wat voor haar waarschijnlijk een grappig versje is. Ze maakt geen fouten, ze zingt niet één valse noot.

Dat meisje kan gewoon geen fouten maken.

Kom, kom, kom naar Aiazzone, je zult er geen spijt van krijgen, vrind! Kom op de motor of kom met de auto, maar kom naar Biella, Biella is zó! Kom in de ochtend of 's avonds laat, want bij Aiazzone zeg je hoera! Want bij Aiazzone zeg je hoera!

Op dat moment verandert het decor. Van de spaanplaatkeuken binnen gaan we naar buiten, naar het parkeerterrein van de meubelfabriek dat uitkomt op de Corso Europa, waar nu al weer heel lang het grote warenhuis Mercatone Uno staat. Het lijkt een willekeurige buitenwijk, maar achter het bord van de fabriek verrijzen de bergen: de Mucrone, de Cresto, de twee Molognes. Het meisje zingt niet meer, maar lachen doet ze nog steeds. Ze steekt goedkeurend haar duim op, net als presentator Guido Angeli altijd deed, en zoals Marina de vorige avond nog tijdens het concert heeft gedaan. Terwijl boven in het scherm de tekst VERZENDING DOOR HEEL ITALIË, INCLUSIEF DE EILANDEN verschijnt, roept het meisje met het Walt Disney-joggingpakje, de blonde staartjes en de roze lippenstift enthousiast: *Tegen Aiazzone zegt iedereen 'ciao bella', of beter gezegd 'ciao Biella!'*

EINDE.

Het spotje had in totaal tweeëndertig seconden geduurd.

Marina zette de tv uit en haalde de videoband waar ze achttien jaar lang niet naar had willen kijken uit de recorder. Ze liep de trap af naar de keuken en gooide de band in de vuilnisbak. Toen ging ze terug naar haar kamer en pakte haar mobiel om hem uit te zetten. Intussen was het aantal gemiste oproepen van Andrea al opgelopen tot drie. Van haar vader daarentegen geen spoor.

Wat heb je aan familie?

Het was twee uur 's nachts.

Ze was zo moe dat ze zich gewoon koortsig voelde. Ze kroop onder de dekens met het zwart van het oogpotlood op haar wangen, restjes mascara aan haar wimpers, haar lippen strak op elkaar en haar tanden opeengeklemd. Dat meisje kende zij niet, ze wilde haar niet kennen. Dat meisje met haar stomme liedje verafschuwde ze. Maar dat was niet het punt. Met haar mond tegen het kussen gedrukt begon ze te snikken. Het punt was helemaal niks.

23

Vlucht AZ 7618 van 9.50 uur naar Atlanta Hartsfield. Passagiers wordt vriendelijk verzocht zich naar de gate te begeven voor boarding. Dank u.

Het woord 'boarding' knipperde indringend op de monitor, de stewardessen begonnen met het controleren van de tickets, een lange rij reizigers maakte zich op om aan boord te gaan en sleepte de handbagage achter zich aan.

Maurizio en Clelia stonden bleek en ongerust in de rij, ze keken voortdurend om, speurden de gezichten van de laatkomers af en hoopten vurig dat tussen de laatste mensen die halsoverkop kwamen aanrennen bij gate 21 van het ene op het andere moment Andrea's gezicht zou opduiken.

Maurizio klemde een stapel kranten onder zijn arm. Clelia had een roman meegenomen voor onderweg, die half uit haar tas stak. Ze lieten een paar mensen voorgaan. Ze probeerden vergeefs de tijd te vertragen, stil te zetten. Ze wisten heel goed dat het geen zin had om te hopen, maar toch bleven ze hoop houden.

De laatste keer dat Andrea had gebeld, had hij gezegd: 'Ja, we zien elkaar maandagochtend rechtstreeks op het vliegveld.'

Nu was het maandagochtend, 22 oktober, en dit was de internationale luchthaven Milaan Malpensa. Het was 9.25 uur: laat, heel laat. En toch bleef Clelia voortdurend naar de klok kijken,

379

en dan weer op haar mobiel, ze weigerde het op te geven.

Ze zette een stap opzij, liep terug en ging weer achter in de rij staan. Maurizio zuchtte en ging zitten. Hij vouwde *Il Sole 24 Ore* open en begon de krant nerveus door te bladeren, maar zonder echt te lezen. Ze leken net twee verloren zielen, en dat waren ze ook. Met een verdwaasd gezicht in de kille chaos van de grote luchthaven.

Op die leeftijd begin je er behoefte aan te krijgen om je kinderen bij je te hebben, zeker tijdens een lange reis van twintig uur naar de overkant van de oceaan. En dan gebeurt het juist dat je kinderen je in de steek laten, je verraden.

De geboorte van Aaron, hun eerste kleinkind, werd op donderdag of vrijdag die week verwacht. In de koffers die ze hadden ingecheckt zaten cadeautjes met kleertjes, schoentjes en speeltjes onder hun eigen kleren. Maar nu was Aaron niet hun eerste gedachte. Maurizio legde *Il Sole 24 Ore* aan de kant en sloeg *Il Giornale* open. Clelia kwam naast hem zitten.

'Wat zal ik doen? Zal ik hem proberen te bellen?'

'Doe maar.'

'Misschien is hij al bij de tassencontrole en komt hij er zo aan.'

'Vergeet het maar. Die zit in Massazza, wat ik je brom.'

Clelia probeerde Andrea te bellen en kreeg de voicemail. Ze liet een leeg bericht voor hem achter, waarin op de achtergrond de oproep voor de laatkomers en het geroezemoes van de omstanders klonk.

Het echtpaar Caucino zat met een somber, strak gezicht in de rij reizigers die onder de onophoudelijke aansporing van de laatste oproepen onverbiddelijk korter werd. Clelia met haar mobiel in de hand, Maurizio met de opengeslagen krant op zijn schoot, terwijl ze elkaar niet eens durfden aan te kijken.

Een gezin bijeenhouden: een onmogelijke opgave. Er was één vraag die voortdurend door Clelia's hoofd gonsde: wat heb ik fout gedaan?

Misschien hadden ze de jongens niet uit elkaar moeten halen na dat incident bij Balma. Misschien hadden ze hen gewoon bij elkaar op de kamer moeten laten slapen. Maar Andrea had geprobeerd Ermanno te verdrinken en als Maurizio niet had ingegrepen was dat ook zeker gelukt. De kinderpsycholoog had hun aangeraden de jongens een tijdje uit elkaar te houden, en dat hadden ze gedaan. Het was nu te laat om daar spijt van te hebben.

En toch had Clelia er die ochtend op de luchthaven spijt van dat ze de jongens uit elkaar hadden gehaald, ze had er spijt van dat ze Ermanno een golden retriever hadden gegeven en Andrea een duikbril met snorkel voor hun negende en achtste verjaardag.

'Ik ken hem niet,' zei ze op een gegeven moment, hardop in zichzelf pratend. 'Ik ken mijn eigen zoon niet.'

Het was zo. Ze wist helemaal niet wat voor leven hij leidde, en waar de boerderij die hij in Massazza had gepacht precies lag. De weinige gegevens die ze had weten te vergaren tijdens de zeldzame telefoongesprekken die ze hadden, en van een aantal dorpsgenoten die via via iets hadden vernomen, waren niet genoeg om een heel verhaal te vormen.

Clelia had geen flauw idee hoe Andrea zich vandaag zou kunnen voelen, twee weken na die noodlottige zondag waarop Marina hem na de lunch gedag had gezegd, glimlachend alsof er niets aan de hand was, met het gebruikelijke achteloze kusje, met de gebruikelijke luchtigheid. En daarna was ze verdwenen.

Clelia wist niets van hun tweede zoon. Maurizio evenmin. En nu ze alleen waren achtergebleven, terwijl de rij was gekrompen tot een stuk of twaalf laatkomers, was het duidelijk dat ze zonder hem zouden instappen en hem op de grond zouden laten. Ze zouden hem achterlaten, zoals het altijd was geweest.

Toen ging ineens haar telefoon.

Clelia schrok op. Ze hoopte van ganser harte dat hij het was. Ze keek op het display en zag de naam van iemand anders.

'Maurizio,' zei ze wanhopig, terwijl ze haar man bij zijn arm greep, 'het is Ermanno. Wat moet ik tegen hem zeggen?'

'De waarheid,' antwoordde de advocaat, terwijl hij opstond. 'Dat zijn broer één grote teleurstelling is.'

Clelia kwam ook overeind en liep achter Maurizio aan naar de gate. Met haar ene hand sleepte ze haar rolkoffer mee en met de andere hand beantwoordde ze de oproep, al haar moed bijeenrapend.

'Ermanno,' zei ze. 'Ha. Ja, we gaan nu aan boord, alles in orde... O ja, is het mooi weer? Heerlijk.' Ze deed haar best om haar ontzetting niet door te laten klinken in haar stem. 'En hoe is het met Sarah?... Tja, dat is normaal zo vlak voor de bevalling, zeg maar dat ze zich geen zorgen hoeft te maken.'

Ze hoopte dat hij niets over Andrea zou vragen, ze probeerde het gesprek zo veel mogelijk op Sarah te houden. Maar het was vergeefs.

'Wat? Sorry, ik hoor je niet goed...' Clelia's stem trilde en klonk met vertraging, haperend, afwezig, over de intercontinentale lijn die helemaal van Malpensa naar Tucson liep. 'Andrea, zeg je? Eh...' Clelia gaf haar ticket en paspoort aan de stewardess. 'Ermanno, sorry...' ze wist niet hoe ze het moest zeggen, ze wist niet waar ze de moed vandaan moest halen. 'Hij is niet gekomen. Hij is er niet. We hebben tot het laatst op hem gewacht.'

Aan de andere kant klonk een eindeloze stilte, die zowat de hele oceaan omvatte.

'Ik weet niet wat ik moet zeggen, hij had me verzekerd... Ik was ervan overtuigd... Het spijt me, Ermanno. Het spijt me heel erg. Maar jij moet het je vooral niet aantrekken, hoor. Denk er maar niet aan, denk liever aan je vrouw, aan je kind... Je weet hoe hij is.'

In Tucson was het midden in de nacht.

Ermanno Caucino, die onbekende, die achtentwintigjarige

Italiaan die naar de Verenigde Staten was geëmigreerd en expres wakker was gebleven om zich ervan te verzekeren dat ze allemaal aan boord waren gegaan en dat er geen problemen waren met het vliegtuig, hing op nadat hij zijn moeder een goede reis had gewenst, en haar had beloofd dat hij hen om 20.00 uur Amerikaanse tijd van het vliegveld zou komen halen.

Toen ging hij naast zijn vrouw liggen, die rustig sliep, met een trage, regelmatige ademhaling. Hij lag op zijn zij op bed en hield zijn ogen wijd open in het donker. Hij vroeg zich af waar Andrea zat, wat hij aan het doen was. Hij pijnigde zijn hersens over het waarom: waarom was het zover gekomen? Toegegeven, dat met die ansichtkaart was een beetje een onhandige poging geweest. Hij wist niet eens of die wel was aangekomen. Misschien had hij wat expliciter moeten zijn, hem moeten opbellen, rechtstreeks met hem praten. Maar hij had intussen wel de eerste stap gezet.

Hij was er echt van overtuigd geweest dat ze elkaar over iets minder dan een dag zouden terugzien, op het vliegveld van Tucson. Hij wist niet wat ze tegen elkaar zouden zeggen als ze na drie jaar weer oog in oog stonden. Of ze elkaar zouden omhelzen, of alleen maar een bedremmeld lachje en een ongemakkelijke handdruk zouden geven.

Maar goed, dat deed er nu niet meer toe.

Ermanno probeerde niet eens te slapen die nacht.

Godweet waarom hij op een gegeven moment, toen hij op de digitale wekker zag dat het 04.00 uur was, ineens aan Marina Bellezza moest denken, het buurmeisje, die ongelooflijk mooie en onbeschofte meid waar Andrea vroeger helemaal hoteldebotel van was. Hij vroeg zich af hoe het nu met haar zou zijn, of die twee nog steeds iets hadden samen. Of ze nog altijd ruziemaakten, of een soort evenwicht hadden gevonden, of elkaar uit het oog waren verloren.

Het was een leuke meid, peinsde hij. Hij herinnerde zich dat hij haar een keer op straat was tegengekomen op pumps met sleehakken en met een ultrakort minirokje aan. Ze was op haar manier altijd aardig geweest tegen hem. Het was wel een aparte. En hij had haar tegenover zijn ouders ook weleens verdedigd en de kant van Andrea gekozen, zonder dat die dat overigens ooit te weten was gekomen.

Hij had zijn leven in Italië abrupt afgebroken, weggestopt in een hoekje van zijn geheugen, stevig ingepakt en opgeborgen zodat de breekbare inhoud niet aan diggelen zou gaan als ertegen werd gestoten. Maar vannacht probeerde hij de deur van dat berghok een stukje te openen en er naar binnen te gluren. Er kwam een herinnering in hem op aan zijn opa, daarboven in Riabella op de bergweide met zijn koeien, die zijn hele leven zijn onafscheidelijke metgezellen waren geweest. Er kwam een vage, verre herinnering naar boven aan een ex van hem, die hij al heel lang niet meer gesproken had. En toen kwam de heldere, zelfs verblindende herinnering naar boven aan Andrea, op zijn dertiende, tijdens een zomeravond bij de schiettent op het dorpsfeest van Camandona, die zijn armen spreidde om de enorme pluchen knuffel in de vorm van een koala in ontvangst te nemen, de grootste prijs die je bij die kraam kon winnen.

'Ik heb gewonnen! Nu heb ík gewonnen!' schreeuwde hij met zijn armen stevig om de koala geklemd, alsof die koala godweet wat voor prijs was.

Toen hij daaraan terugdacht, begon hij te lachen in de lege nacht.

In de enorme, eindeloze nacht van Tucson met zijn woestijnen.

DEEL DRIE

Eldorado

24

Twee maanden later

Nu begonnen zijn dagen 's ochtends om halfvijf, als de wekker de ijskoude stilte van de vlakte verstoorde.

De wereld was iets wat elders was, iets wat nog moest komen, zoals in het eerste vers van Genesis: enkel een overgankelijk werkwoord, een onbestemde, vormloze duisternis.

Dat dit de eerste dag van januari was maakte geen enkel verschil. Zo'n soort leven kende geen rustmomenten, of afleiding, of pauzes.

De rijstvelden waren helemaal bevroren. De leegte zweefde over het zwarte oppervlak van de aarde en stolde in Andrea's hart, terwijl hij er vanuit zijn bed naar lag te staren. De sneeuw hoopte zich laag na laag op, wiste de kenmerken van het landschap uit. De verlaten woestenij die door het raam zichtbaar was, zou net zo goed in Michigan kunnen liggen, of in Rusland, of in Noord-Italië, in elke afgelegen, vijandige uithoek van de planeet.

Het jaar 2013 verrees wazig, onbekend, en het betekende niets.

Op die plek was een jaar gelijk aan een dag, een uur gelijk aan een maand. De akkers waren vlaktes, aangeharkt door de nacht, platte, roerloze rechthoeken. De zon zou pas om vijf voor halfacht opkomen, en zelfs als die zijn hoogste positie aan de hemel had bereikt, zou hij nog slechts een witte schijf zijn, nog witter dan de sneeuw.

Andrea stapte uit bed en stak zijn hand uit naar het lichtknopje.

In de afgelopen twee maanden waren zijn gelaatstrekken onherkenbaar veranderd. De weinige personen die getuige van zijn metamorfose waren geweest, waren ervan geschrokken, maar hadden niets durven zeggen.

Zijn gezicht verscholen onder zijn baard, zijn irissen nog zwarter dan zijn pupillen; zijn handen ruw en gebarsten van de kou, zijn stem al dagen vergeten.

Zelfs degenen die hem al sinds zijn kindertijd kenden, hadden nooit kunnen denken dat die schuchtere, introverte en in veel opzichten fragiele jongen het lef zou kunnen vinden om echt afstand te doen van alles.

Hij droeg nog de ruw wollen trui en de ribfluwelen broek van de vorige avond. Hij sliep altijd met zijn kleren aan, met twee harde, zware paardendekens over elkaar, maar toch wisten de kou en de vochtigheid nog in zijn botten door te dringen en zijn rug en ledematen te verstijven. De routine was een lange strijd tegen de vijandige omgeving, een traag gewennen.

Hij liep naar de keuken, stak de enige pelletkachel in het hele huis aan, sneed een snee brood af, smeerde er boter op en zette de koffie op het vuur.

Hij hoorde ze klaaglijk loeien van achter in de stal. Hun gejammer was het enig mogelijke geluid, samen met het sissende gas van het fornuis. De eenzaamheid was een terrein als de steppen in het oosten, als de grote prairies in Amerika, waar de wind waait zonder obstakels tegen te komen en waar de horizon luchtspiegelingen tevoorschijn tovert.

De vorige avond was hij net als anders om halfacht naar bed gegaan.

Hij had het begin van het nieuwe jaar niet afgewacht, hij had het op geen enkele manier gevierd, en niemand was hem komen opzoeken. Hij had alleen om middernacht, toen hij de knallen van het vuurwerk hoorde dat bij de omliggende boerderijen werd afgestoken, zijn ogen opengedaan en in het donker liggen luisteren.

De knallen waren een tijdje doorgegaan, zwevend in de verte; ze duurden een paar tellen en werden dan opgeslokt door de nacht. Andrea had zijn blik niet bewogen, een op een met de leegte. Hij had teruggedacht aan een aantal oudejaarsavonden van zijn leven, feestjes bij vrienden thuis waar hij nooit echt plezier in had gehad, en toen had hij ook die laatste restjes verleden uitgewist. Hij had zich op zijn zij gedraaid en was weer in slaap gevallen.

Nu dronk hij, gezeten aan de korte kant van de tafel, een kop sterke koffie en luisterde naar het voortdurende geloei van de dieren in de stilte. Hij was erin geslaagd zijn emoties glad te schuren tot het onschadelijke voorwerpen waren, vanbinnen hol, als een notendop. Hij was erin geslaagd zichzelf elke vorm van onthouding op te leggen, als een monnik of een kluizenaar. Hij had afgeleerd te praten, te verlangen.

Hij pakte een sigaret en rookte die langzaam op, terwijl hij zijn stoel dichter naar de kachel schoof.

De laatste keer dat hij had gehuild, was op een ochtend in september geweest, in Riabella, toen hij een half dozijn kranten had gelezen en die vervolgens aan de wind had overgelaten. Maar dat was in een vorig leven, de persoon die in die herinnering opging, was niet veel meer dan een schim. Hij ging zijn gezicht en zijn oksels wassen.

Hij trok zijn jas aan, zette zijn pet op en deed zijn sjaal om. Toen riep hij de hond.

Buiten sneeuwde het nog steeds. Hij moest een pad vrijmaken met de schep en zo opende hij een doorgang over het erf. Elke nacht werd het werk van de dag ervoor ongedaan gemaakt, langs de randen van het erf lagen sneeuwhopen te bevriezen. Met dit weer kon je niet verwachten dat er hier klanten zouden komen, de onverharde wegen waren helemaal bedekt.

Hij strooide zout. Riep Clint opnieuw bij zich. En samen gingen ze naar binnen in de stal.

De meest oorspronkelijke plek uit de geschiedenis van de mens.

Daar naar binnen gaan betekende het ware verschil doorgronden tussen niets en alles, terugkeren naar het begin van het begin: de overgang van de nomadische samenleving naar een sedentaire samenleving waarin aan landbouw en veeteelt werd gedaan. De temperatuur steeg naar een graad of twintig, de vochtige lucht werd hier lauw en weldadig. Het gele licht afkomstig van de tl-lampen aan het plafond verlichtte die soort van grot, die daardoor deed denken aan het hutje van een kerststal. De geur van mest, stro en melk was zo intens dat de eeuwen, de beschaving, de toekomst erdoor werden weggevaagd. Andrea was zo aan die geur gewend dat hij hem niet eens meer rook.

De dieren draaiden zich om en keken naar hem met hun grote donkerbruine ogen. Ze hieven hun snuit op, stevig blazend door hun neusgaten, en loeiden van de pijn aan hun gezwollen uiers. Andrea pakte de melkmachine en bukte zich onder de buik van een enorme Tiroler grijsvee-koe die acht maanden drachtig was.

Langdurig streelde hij haar snuit. Hij betastte haar buik om het kalfje te voelen schoppen. Hij hoopte maar dat het geen stiertje was. Hij vond het een vreselijk idee om een van zijn dieren naar het slachthuis te moeten brengen. Dat sloeg natuurlijk nergens op; het was een integraal onderdeel van zijn beroep om dieren te verkopen en te laten slachten. Maar daar was hij op dit moment nog niet aan toe.

Hij kende de koeien inmiddels uit elkaar door de vorm van hun neus, door de manier waarop ze loeiden. Van elk ervan hield hij de vruchtbare dagen bij, het verloop van hun cyclus. Voordat hij met de boerderij was begonnen, had hij zich nooit gerealiseerd dat een groot deel van de veehouderij te maken had met vrouwelijke intimiteit, en aanvankelijk had hij het maar niks gevonden. Nu stond hij er niet eens meer bij stil.

Als iemand deze man om vijf uur 's ochtends had kunnen zien, verwilderd en alleen, in een paar maanden tijd tien jaar ouder geworden, had dat een raar gevoel bij die persoon teweeggebracht, iets wat het midden hield tussen bewondering en medelijden. Als zij hem nu eens zou kunnen zien, voorovergebogen op zijn krukje...

Hij melkte ze een voor een, op zijn gemak.

Af en toe wierp hij een blik op de jongste, die net anderhalf was, omdat ze voor het eerst tochtig aan het worden was en zich onrustig gedroeg. In haar blik lag iets wat grensde aan angst, een mysterie dat Andrea alleen maar in de gaten kon houden.

Hij was hun bewaker, meer niet.

Daarom had hij geen ervan een naam gegeven: hij wilde niet hun baas zijn.

Elk had haar eigen karakter, haar eigen taal. Sommige waren zachtaardig en sociaal, andere waren agressief. En hij mocht geen verschil maken, hij kon niet meer aandacht aan de een besteden dan aan de ander. Al was het uiteindelijk wel zo, wat wel vaker voorkomt, dat zijn favoriet tevens degene was die hij het minst aaide. De achterste in de rij rechts, afgezonderd van de rest van de kudde. De koppigste, de minst tamme. Andrea had haar op de veiling als eerste gekozen en zou haar nu pas als laatste melken, zoals elke dag, ook al wist hij dat ze pijn had.

Hij wierp een blik naar buiten. Het licht begon op te stijgen van de aarde, bleek en kil. Maar het sneeuwde nu in elk geval niet meer.

Er leek geen eind te komen aan de winter. Begin november was hij al ingevallen, toen het eerste Scandinavische hogedrukgebied koude lucht over de barrière van de Alpen had gestuwd, en in de hele provincie Biella sneeuw en verderf had gezaaid. Andrea had gehoord dat er in Quittengo een aantal huizendaken onder het gewicht van de sneeuw waren ingestort, en dat de provinciale weg naar Camandona het had begeven: een halve rijbaan was afgebrokkeld en in de afgrond beland, min of meer op het stuk waar zij die ene avond in september, in een vorig leven, dat hert hadden aangereden.

Andrea hoopte dat de temperatuur zo snel mogelijk zou stijgen, dat de sneeuw zou beginnen te smelten. Hij kon niet wachten tot hij de koeien naar de bergweide kon leiden om ze daar vrij te laten grazen en de winter achter zich te laten.

Het was een moeilijke kerstperiode geweest, voor iedereen. Sebastiano had zijn zoontje alleen op tweede kerstdag een uurtje mogen zien, in een bar in Pralungo, en daarna was hij naar de boerderij gekomen om op Andrea's schouder uit te huilen. Zelf had hij noch zijn ouders, noch andere familieleden gezien. Geen kerstwensen, geen cadeautjes. Hij had zijn telefoon tijdens de feestdagen uitgezet, totdat de stilte de pijngrens had overschreden. Toen had hij zijn moeder gebeld en had hij twintig minuten zitten luisteren naar haar gesnik aan de andere kant van de lijn. Maar daar wilde hij nu niet aan denken.

Het was niet zijn schuld dat zij hem niet konden begrijpen, dat hij de koeien niet alleen kon laten: nooit, nog geen halfuur, nog geen tien minuten. En zijn ouders weigerden nu eenmaal bij hem langs te komen.

Het melken duurde alles bij elkaar een uur of twee.

Bij dageraad verliet Andrea de stal en droeg de emmers vol melk naar de kaasmakerij, goot ze leeg in de koperen ketel.

In de tussentijd ging hij naar de hooiberg, tilde een voor een de hooibalen van vijftien kilo op zijn rug die het dagrantsoen per koe vormden, en liep daarmee naar de stal om de dieren te voeren.

Dit was een van de zwaarste taken van zijn dag. De voederbakken vullen en mest ruimen.

In de stal wordt niets geschapen en niets kapotgemaakt. Alle dingen maken deel uit van een ononderbroken kringloop, zonder breuklijnen of scheuren: het hooi wordt weer mest, en de mest wordt melk. Het leven wordt leven. Dat is het ware verschil met de rest van de wereld, een van de redenen waarom hij dit beroep had gekozen: in deze kleine burcht tussen de akkers kwamen geen onomkeerbare gebeurtenissen voor. Er was niets wat echt, helemaal kon doodgaan. Het kon alleen iets anders worden.

Toen hij de voederbakken had gevuld, bleef hij even naar de koeien staan kijken. Daar was zijn leven nu afhankelijk van, en zij waren afhankelijk van hem.

Volledig, in fysiek opzicht.

Als hij daarbij stilstond, voelde hij iets van verbijstering en angst opkomen, zoals jonge ouders die hun pasgeboren kind voor het eerst mee naar huis nemen.

Clint blafte, alsof hij hem wakker wilde schudden. Hij wees hem erop dat pauzes hier niet waren toegestaan. Andrea pakte de riek en begon te mesten. Hij schepte de mest op en gooide hem in een kruiwagen. Hij had nog geen geld om een transportband te kopen, dus moest hij alles op spierkracht doen, net zoals ze in vroeger tijden deden. Hij bracht de mest naar een kuil om hem daar samen met stro te laten verteren en er in het voorjaar de grond mee te kunnen bemesten. Wachten was het geheim, de enige wet waaraan hij niet kon ontkomen. Wachten op een nieuwe geboorte, op het warme seizoen, op de verplaatsing van het vee naar boven in Riabella, te midden van de bergen waarvan zijn opa hem de namen had geleerd. Wachten op dingen die, dat wist hij, nooit werkelijkheid zouden worden.

Toen hij de stal verliet, was het al laat in de ochtend en was hij drijfnat van het zweet. Een schuchter zonnetje probeerde vergeefs de sneeuw te laten smelten. Dit was zijn Eldorado. Zijn leven, zijn doel, zijn winst. Het was de nevel die de akkers besloeg, waarin de silhouetten van de boerderijen, de silo's, de verspreide groepjes berkenbomen oplosten.

Als hij ooit een zoon kreeg, zou hij hem voordoen hoe hij een

aanloopje moest nemen en in het hooi moest duiken: er mid-
denin duiken, net als in een zwembad. En dan zou hij hem leren
hoe hij tussen de koeien door moest rennen en hun krachtige
pisstraal moest ontwijken. En als hij dan een jaar of zes, zeven
was, zou hij hem al toestaan in zijn eentje de koeien te laten grazen, want in de bergweiden bestaan geen dreigingen of gevaren.

En als hij dat zoontje nooit kreeg, wat toch het waarschijn-
lijkst was, dan vond hij het een prettige gedachte dat zijn neefje
Aaron misschien eens naar hem toe zou komen. En zoals alle
kinderen die nooit van hun leven een koe hebben gezien, zou
hij er in het begin doodsbang voor zijn, maar dan als een gek
beginnen te lachen.

Om tien uur stopte hij het karnen en verhitte hij de melk tot
veertig graden. Het was een ingewikkelde operatie, waar je heel
goed je hoofd bij moest houden. Toen de juiste verhittingsgraad
bereikt was, goot hij de melk in de mallen en liet hij de wei eruit
druppelen.

Hij wist inmiddels hoe hij maccagno moest maken. Dat deed
hij op dezelfde manier als zijn opa. Morgen zou hij de kaas naar
de kelder brengen en hem daar een week of twee, drie laten
rijpen. De wei daarentegen zou hij aan de kook brengen en er
azijn aan toevoegen, zodat hij ricotta kreeg, die hij vandaag nog
hoopte te verkopen.

In het voorjaar en de zomer, boven in de bergen, zag je dat de
kaas naarmate hij langer rijpte dezelfde kleur en zelfs dezelfde
geur als de bergweiden aannam; iets wat 's winters natuurlijk niet
voorkwam, omdat de koeien dan op stal stonden in de vlakte.

Als de kaas zo'n specifieke smaak en geur krijgt is dat een soort
wonder. Het is een van de redenen waarom iemand voor zo'n
leven kiest. De winst is niet uit te drukken in geld, je hebt geen
vakantiedagen, geen dertiende maand, je wordt er niet rijk van.
De winst zit hem in het feit dat je je klanten ziet terugkomen

omdat jouw boter, jouw toma, de producten die jij eigenhandig hebt gemaakt, lekkerder zijn dan ergens anders; de winst zit hem in wachten op de geboorte van een kalf; in leren om zelfs de kleinste ophanden zijnde weersveranderingen aan de hemel af te lezen, en het ritme van je lichaam aan te passen aan het ritme van het land, jouw vrijheid aan die van het land.

Andrea was in totaal drie uur bezig met de voorbereiding van de kazen: toma, maccagno, ricotta, primosale. Hij liet Clint los over het erf scharrelen, de stal in en uit rennen, en intussen sloot hij zichzelf op in de kaasmakerij. Hij gebruikte dezelfde methodes als de oude veehoeders van de Valle Cervo, die nergens staan opgeschreven maar die zijn opa hem had voorgedaan toen hij klein was.

Het was een uitdaging die hem boven het hoofd groeide. Want de subsidie van de Europese Unie reikte maar tot op zekere hoogte, zodat hij zich toch in de schulden had moeten steken, en dan had hij nog te maken met de bureaucratie, de bank, de vele krankzinnige wetten waar hij doodmoe van werd. Toch was het ook een rationele keus geweest. Terwijl de hele Italiaanse laars achteruitging en er op het nieuws over niets anders werd gesproken dan over koopkrachtcijfers – *een historisch dieptepunt sinds de Tweede Wereldoorlog* – en over recessie, en over bedrijven die noodgedwongen de deuren moesten sluiten – *1 op de 4, van noord tot zuid* –, keerde hij terug, pakte hij het oudste beroep weer op, dat van zijn voorvaderen, de boeren. Hij voelde aan welke kant het allemaal op zou gaan.

Het was een berekening, maar ook een gevoel.

Hier had hij zijn rijk, hij was precies waar hij wilde zijn. En als hij in mei naar boven trok, naar de alpenweiden bij Riabella, zou hij het ook nog zonder warm water, telefoon en tv moeten stellen.

Daar had hij geen moeite mee. De enige ontzegging die hij zich echt had moeten doen, was zo ingrijpend geweest dat de rest er niet meer toe deed. Daarom had hij geen verlangens meer, daarom had hij alle woorden laten varen.

Om twaalf uur hoorde hij een auto het erf op komen, daarna begon Clint te blaffen en hij ging naar buiten om te kijken wie er was.

'Hallo!' riep een man die uit een terreinwagen stapte. 'Het heeft weer behoorlijk gesneeuwd vannacht!'

Andrea knikte. Het was een klant, de eerste van het nieuwe jaar, en met dit weer was dat echt mazzel.

'Heb je wat belegen maccagno?'

Hij knikte opnieuw en liet de man plaatsnemen in het vertrek op de begane grond. Er stonden daar twee stoelen, een koelkast en een kassa, en er waren allemaal schappen die zo vol boeken stonden dat het er in eerste instantie meer een bibliotheek dan een kaaswinkel leek. Alleen de geur verried het.

'De wegen zijn een ramp,' zei de man, 'ik kom net vanuit Trivero omlaagrijden en ik heb geen sneeuwruimer gezien.'

Andrea zei niets. Zwijgend verpakte hij de maccagno en hij luisterde, terwijl zijn klant vertelde over het feestelijke diner dat ze gisteravond thuis hadden georganiseerd, met de hele familie en met vuurwerk afgestoken op de binnenplaats, ook al viel er eigenlijk weinig te vieren in deze tijd. Andrea hoorde hem vragen wat hij had gedaan, en hij antwoordde: 'Niks, ik heb geslapen.' Zijn stem was nauwelijks hoorbaar.

Hij praatte nu alleen nog als het strikt noodzakelijk was, en ook dat droeg paradoxaal genoeg bij aan zijn faam en zijn aantrekkingskracht op nieuwe klanten, die hem altijd nieuwsgierig opnamen. Vergeefs probeerden ze een gesprek op gang te brengen en zijn houding en stilzwijgen te doorgronden. Ze waren hierheen gebracht door de mond-tot-mondreclame.

De klant bestelde ook ricotta en eieren. Andrea ging ze halen, woog alles af, rekende het eindbedrag uit en nam met een handgebaar afscheid van de man.

De enige reclame die hij had gemaakt voor zijn bedrijf – *Zuivelhoeve Caucino-Bellezza* –, was beperkt gebleven tot enkele berichtjes in plaatselijke kranten en een paar stapels foldertjes die Sebastiano en Luca bij de copyshop hadden laten kopiëren en vervolgens door heel Biella en in de cafés van de omliggende dorpen hadden verspreid. Sebastiano had ook aangeboden een Facebook-pagina voor zijn bedrijf te openen, maar dat wilde Andrea niet. Die rol had iemand anders op zich moeten nemen, iemand die niet te vervangen was.

Op het foldertje had hij alleen de noodzakelijke informatie vermeld: *Productie van rauwe koemelkkaas, vers en gerijpt*. Dan volgde het lijstje kaassoorten en daaronder het adres van het verkooppunt: *Boerderij de Merel, Massazza*. Zijn telefoonnummer en dat van zijn vrienden, die zich bereid hadden verklaard om bestellingen aan te nemen. Ten slotte een tekening van een hert boven de naam van het bedrijf, de dubbele naam met een streepje ertussen.

Caucino-Bellezza. Niemand had hem ooit durven vragen wat daar de reden van was.

Evenmin had Andrea het zichzelf durven afvragen. Hij had het er gewoon uit geflapt toen hij zijn bedrijf was gaan registreren bij de Kamer van Koophandel. Zonder dat hij het had gewild, of gedacht, of besloten. Hij had het gewoon op die manier uitgesproken. En zo was het dan ook blijven heten op de folders, in de kranten, op het beukenhouten naambordje bij de ingang van de boerderij.

Later op de ochtend kwamen er nog vier klanten. Ondanks de sneeuw en het feit dat het nieuwjaarsdag was, wist Andrea die dag goed door te komen.

Ze kwamen omdat hij nu al een legende was. Die van Caucino, de zoon van de vroegere burgemeester van Biella, een jongen van zevenentwintig, die aan de universiteit had gestudeerd, die nooit gebrek had gehad aan geld en kansen, die had zich teruggetrokken van de wereld. Hij had iets gedaan waar zelfs de kinderen van de nog overgebleven herders in de streek niet aan zouden moeten denken.

Hij had vijftien koeien aangeschaft en hij zwoegde als een os.

Andrea wist wat de mensen over hem zeiden en hij liet ze maar praten. Hij had er als kind al van gedroomd om veehoeder te worden. En nu was het hem gelukt. Het had hem wel veel gekost: het contact met zijn ouders, elke mogelijkheid tot eventuele uitspattingen, reizen en andere activiteiten dan melken, mesten of maccagno maken, en de hoogst mogelijke prijs – die prijs waardoor hij nu in ieders ogen onherkenbaar was –, maar hij had het gered.

Nu verliet hij zijn boerderij bijna nooit. Alleen als het echt niet anders kon, dan belde hij Sebastiano of Luca of ze voor de koeien wilden zorgen en dan stapte hij in de auto. Hij waagde zich over de geasfalteerde straten, tussen de huizen, de winkels, de mensen in fatsoenlijke kleren, en terwijl hij dat deed, hield hij zijn adem in, bijna gedurende de hele rit; hij kon niet wachten tot hij terug kon naar zijn akkers, zijn ijskoude nachten en zijn stilte.

In Bar Sirena in Andorno werd beweerd dat hij inmiddels helemaal verwilderd was. Sommige jongens van zijn leeftijd of jonger zochten uit nieuwsgierigheid op internet naar nieuws over de zoon van de burgemeester die veehoeder was geworden, maar zonder resultaat. Andrea liet ze maar fantaseren, ze mochten hem afschilderen als een excentriekeling of als een held.

De mensen waren lichtjaren ver van hem verwijderd, ze snapten niets van zijn afscheid, zijn onnoemelijke eenzaamheid. Hij had niets meer te maken met hun beslommeringen en hun verlangens.

Als hij klaar was met kaasmaken ging hij in stilte aan het middageten. Soms zette hij de tv aan om naar het journaal te luisteren, andere keren liet hij hem uit. Dan ging hij een halfuurtje liggen, net lang genoeg om weer op krachten te komen. Rond vier uur liep hij dan weer naar de stal, melkte de koeien voor de tweede keer, ging weer naar de kaasmakerij en dan begon alles van voren af aan. Aan het eind van de dag, voor het avondeten, zocht hij een plekje in een hoek van de stal en sloeg een boek open.

In deze periode las hij Lucretius, of Augustinus. Hij vond het fijn om Latijnse teksten te lezen, om de woorden van een dode taal in zijn hoofd te laten klinken, de drang van de tijd weg te vagen.

In het weekend kwamen Sebastiano en Luca hem vaak helpen en af en toe aten ze ook bij hem. Maar vanavond niet. Andrea wist zeker dat ze zich na het bacchanaal van oudejaarsavond niet zouden vertonen.

Om halfzeven ging hij naar binnen, stak de kachel weer aan en dekte de tafel. Hij at zoals altijd aan de korte kant van de tafel en Clint scharrelde om hem heen in afwachting van de restjes.

De dagen waren zo kort dat ze eigenlijk maar een paar uur duurden. De rest was duisternis, kou en nacht.

Hij was ervan overtuigd dat er niemand zou langskomen. Maar kort na zevenen hoorde hij ineens een auto het erf op komen rijden.

Verwonderd keek hij door het raam wie dat zou kunnen zijn. Hij zag hoe er een rode Clio met sneeuwkettingen tussen twee hopen sneeuw werd geparkeerd.

Hij herkende haar nog voordat ze het portier had geopend.

Was hij blij om haar te zien? Hij wist het niet.

Hij was al heel lang niet blij meer geweest om wie dan ook te zien. Maar zijn hart begon toch een beetje sneller te kloppen.

Bij de gootsteen gooide hij een plens water in zijn gezicht om moed te vatten.

Toen liep hij de trap af om de deur voor haar open te gaan doen.

25

Elsa blies op haar handen en wreef ze tegen elkaar om ze warm te krijgen.

In feite probeerde ook zij moed te vatten.

Ze zag hem in de deuropening verschijnen, broodmager en met een zo mogelijk nog langere baard dan de laatste keer dat ze hem had opgezocht. Hij leek niet bijzonder blij om haar te zien. Hij zei amper hallo, bijna binnensmonds, en hij stapte opzij om haar binnen te laten, zijn blik neergeslagen om de hare te ontwijken.

Niet dat Elsa een andere begroeting had verwacht. Het was elke keer weer een oorlog die van voren af aan begon. Maar ja-wel, een lachje of een vriendelijk woord had er toch wel af gekund vanavond.

Zo weifelend bij de deuropening, de een binnen en de ander buiten, onhandig bewegend zonder te weten wat ze moesten doen, leken ze net twee tieners die voor het eerst verliefd waren.

Zij was net terug uit Turijn, waar ze oudejaarsavond had gevierd met een aantal medepromovendi. Ze had de hele avond in een hoek gezeten, zich ingespannen om vrolijk te lachen, om af en toe wat te vertellen over Gramsci en haar proefschrift. Maar in werkelijkheid kon ze alleen maar aan hem denken: zo heel alleen en verloren daar tussen de rijstvelden. Ze had er een lief ding voor overgehad om bij Andrea in Massazza te zijn in plaats van bij onbekenden thuis. Met hem wachten tot het twaalf uur was, met hem proosten. Daar zijn feestdagen voor: om je heel duidelijk en sterk het gemis te laten voelen van degenen om wie je geeft.

Toen ze terugkeerde naar Biella, in de regionale trein die stapvoets voortreed over de bevroren rails, had ze besloten naar hem toe te gaan en hem nu maar eens gewoon te zeggen waar het op stond.

Koste wat het kost, zei ze bij zichzelf. Ook al zou hij afstandelijk reageren, ook al zou hij haar voorgoed uit zijn leven bannen, zij had er behoefte aan om hem te zien. Behoefte om de stagnatie die hen gevangenhield te doorbreken.

Nu ze naar binnen stapte, wilde ze hem instinctief, zonder erbij na te denken een kus op zijn wang geven. Een onwillekeurige, onhandige beweging. Ze rook de mestgeur die na een dag hard werken om hem heen hing, ze kon zijn stugge baard bijna voelen. Maar op het laatste moment trok hij zich terug en draaide bruusk zijn hoofd weg.

Hij begon de trap op te lopen en zij ontdeed zich met een rood gezicht van haar donsjack en haar sjaal. Zonder iets te zeggen liep ze achter hem aan de trap op, met druppende snowboots. In de keuken aangekomen ging Andrea aan tafel zitten, op zijn vaste plek, zonder iets te zeggen. Hij vroeg niet of ze iets wilde, hij zei niet dat ze kon gaan zitten. Hij was nog introverter en schuwer geworden dan vroeger op de middelbare school. Elsa nam tegenover hem plaats en keek om zich heen: het was overal rommelig, van de gootsteen tot aan de voorraadkast.

Ze had de neiging om op te staan en wat op te ruimen, maar ze bleef zitten. Ze durfde niet zo vrij te zijn, ze wist niet hoe hij zou reageren. Ze deden alsof ze niet naar elkaar keken, alsof ze zich ergens voor schaamden.

En er was ook inderdaad iets om zich voor te schamen.

De laatste keer dat Elsa in Massazza was geweest, afgelopen donderdag, had ze hem in de kaasmakerij geholpen, en toen hadden ze zich even laten gaan en al hun terughoudendheid laten varen. Ze hadden de slappe lach gekregen omdat de primosale-kaasjes helemaal scheef waren gezakt, met een deuk in het midden.

Dat was nog heel onschuldig. Maar toen waren ze abrupt opgehouden met lachen en had zij hem aangekeken op een manier die niets te raden overliet. Andrea was ook ernstig geworden, hij had haar blik beantwoord. Hij was heel dicht bij haar komen staan, zodat hij haar bijna aanraakte. Ze hadden elkaar kunnen zoenen. Dat hadden ze moeten doen. Ze hadden het bijna gedaan. Maar het was niet gebeurd.

Hij had zich instinctief teruggetrokken, net als zojuist bij de voordeur. Hij was weer verdergegaan met zijn bezigheden en was over iets anders begonnen. En nu was het alsof hij haar dat betaald wilde zetten. Alsof ze moesten boeten voor dat moment van twijfel, dat minieme, halve kansje waar Elsa al haar hele leven op wachtte.

Ze zaten daar bij de pelletkachel en durfden niets te zeggen.

Er vergleed een volle minuut in stilte. Toen stond hij op, pakte twee glazen en een fles ratafia. Hij schonk de likeur in de glazen en gaf er een aan haar.

De tv stond uit. De koeien sliepen, verzonken in het duister, net als de kippen, de akkers, de vage silhouetten van de silo's in de verte. Het licht in Andrea's keuken was het enige licht dat in de verre omtrek te zien was.

Hij keek haar niet aan. En ook al vond ze het doodeng, Elsa was vastberaden om hem vanavond uit zijn tent te lokken. Ze had de troefkaart in handen waarmee ze hem wakker kon schudden. En ze was vast van plan om die te gebruiken.

'De wegen zijn spiegelglad,' zei ze op een gegeven moment, 'ook de weg naar Piedicavallo is gewoon een ijsplaat. Je moest eens weten wat een gedoe het was om gisteravond omlaag te rijden zo met sneeuwkettingen...'

Andrea luisterde zonder iets te zeggen. Hoe verlegen en zachtjes Elsa ook praatte, in deze peilloze stilte klonk haar stem bulderend.

'Ik had niet gedacht dat het zo zwaar zou zijn, de winter in de bergen,' vervolgde ze. 'We zijn nog maar met zes mensen over in het dorp.'

Elsa hoopte dat hij erop in zou gaan. Ze hoopte uit de grond van haar hart dat hij zou zeggen: 'Het heeft geen zin om in het donker weer naar boven te rijden met die afgebrokkelde wegen. Blijf maar hier slapen, *in elk geval* vannacht.'

Alsof hij haar gedachten had gelezen, deed Andrea eindelijk zijn mond open en veranderde haastig van onderwerp: 'Ik moet morgen de veearts bellen, de vaars is tochtig geworden.'

'O.'

'Ik hoop dat het de eerste keer raak is, dan heb ik er in mei alweer drie kalveren bij. Als het tenminste geen stiertjes worden.'

Hij praatte nergens anders over. De weinige zinnen die hij over zijn lippen kreeg, betroffen altijd uitsluitend de koeien, de kazen, de verplaatsing van het vee komend voorjaar.

Elsa beet op haar lip. Ze begon onder tafel aan haar nagels te friemelen.

Ze leek iets te willen zeggen. Andrea merkte het en even bleef hij weer stil, niet op zijn gemak, bijna hopend dat ze zou opstaan en voor eens en voor altijd uit zijn leven zou verdwijnen.

Maar in werkelijkheid werd hij verscheurd door twijfel.

Toen zijn ratafia op was, zette hij zijn glas op tafel.

Hij wilde tegen haar zeggen: 'Ik moet nu gaan slapen.'

Maar in plaats daarvan zei hij iets heel anders.

'Wat heb je gisteravond gedaan?'

De vraag galmde door de keuken.

Waarom had hij dat gevraagd? Gewoon om een praatje te maken, of omdat het hem echt interesseerde waar ze was geweest en met wie? Andrea wist het zelf niet, hij wilde het ook niet weten. En hij had nu al spijt dat hij het had gevraagd.

'Niks bijzonders,' antwoordde Elsa, 'ik ben naar Turijn geweest, naar een feest met mijn medepromovendi. Ik heb altijd gezegd: de volgende oudejaarsavond blijf ik thuis om te studeren, want ik vind oudejaarsavonden altijd vreselijk. Maar zoals gewoonlijk kon ik het op het laatste moment toch niet opbrengen.'

Er viel weer een stilte. Andrea wist nu al niet meer wat hij moest zeggen.

Hij had sinds 7 oktober 2012 geen vrouw meer aangeraakt en haar aanwezigheid bezorgde hem een ongemakkelijk gevoel. Hij was niet meer gewend aan samenzweerderigheid, aan vertrouwelijkheid, aan alleen zijn met een meisje, vooral 's avonds. En wat er een paar dagen geleden tussen hen was voorgevallen, maakte het er niet gemakkelijker op. Hij had zijn best gedaan om er niet aan te denken, om alles te verdringen: er was tenslotte niets gebeurd. Het was gewoon een kleine inzinking geweest, een schuchtere mogelijkheid, een minieme toenadering. Ze hadden elkaar niet eens aangeraakt. Maar nu hij tegenover haar zat, werd hij gekweld door die schuchtere mogelijkheid.

Elsa was behalve Luca en Sebastiano de enige die bij hem langskwam en hem af en toe kwam helpen in de kaasmakerij. Daar was hij haar dankbaar voor, maar hij wilde wel alleen blijven. Dat moest ze begrijpen. Hij moest haar duidelijk maken dat hij niet beschikbaar was, dat hij er niet toe in staat was. Dat was het: hij was er niet meer toe in staat.

'Heb je al gegeten?' vroeg hij bruusk.

'Eerlijk gezegd niet, nee.'

Andrea sneed een stuk brood en maccagno voor haar af. In dit huis was niets anders dan brood en maccagno en polenta, en een voorraad wijn en ratafia voor zes maanden.

Hij keek toe terwijl ze at. Hij wilde haar op afstand houden, maar hij moest onwillekeurig naar haar kijken.

'Je wordt steeds beter,' glimlachte ze. 'Mijn complimenten.'

'Als ik van de zomer op de Monte Cucco zit, zul je eens zien, dan krijgt de maccagno een heel andere smaak, dan wordt hij felgeel. Als zonverbrand gras.'

'Ik kan niet wachten tot het zomer is,' zei Elsa, 'ik ben zo benieuwd naar de boerderij van je opa.' Ze wist hoeveel belang Andrea daaraan hechtte, en wat hem gelukkig maakte, kon haar ook gelukkig maken. 'En ik heb het helemaal gehad met hout halen', ze begon te lachen, 'en met sneeuwkettingen omleggen. Wat een gedoe is dat.'

'Je wilde zelf in Piedicavallo gaan wonen...'

'Ik zou ook voor geen goud terug willen naar Turijn.'

Andrea schonk de glazen nog eens tot de rand toe vol.

Naarmate de alcohol in zijn bloedbaan drong en zijn lijf verwarmde, naarmate hij gewend raakte aan Elsa's ogen die hem vanaf de andere kant van de tafel aankeken, begon Andrea te ontdooien en begon hij voorzichtig, heel voorzichtig, bijna gezellig te doen.

Hij moest nodig douchen, dat was zeker, en hij moest zich ook nodig scheren. Maar Elsa had geleerd ook van zijn nieuwe geur te houden. Ze vond het leuk om hem in zijn boerenplunje te zien, met die ruwe truien en ribfluwelen broeken; zelfs die lange baard stond hem eigenlijk helemaal niet slecht.

Er waren heel andere dingen waar zij zich druk om maakte.

'Er zijn vandaag vier klanten geweest.'

Het leek of hij het gevaar had geroken en de afrekening zo lang mogelijk wilde uitstellen. 'Ik had niet gedacht dat er iemand zou komen, maar toch...'

'Je wordt steeds bekender,' zei ze toen ze klaar was met eten, 'en ik kan je verzekeren dat het een hele toer is om naar hier te komen met deze wegen.'

'Ik weet het. Ik vraag me af wanneer het ophoudt met sneeuwen. Het is niet goed als ze de hele dag binnen staan. Het is dat het gras bevroren is, anders bracht ik ze toch naar de wei.'

'Weet je...' onderbrak Elsa hem. Ze kon zo doorgaan: hem aanhoren, en de hele avond over koeien praten. Of ze kon nu meteen actie ondernemen, plompverloren.

'Ik weet eigenlijk niet of ik nog wel wil promoveren. Ik heb erover nagedacht en besloten dat ik ook werk wil zoeken. Een aanvraag indienen voor een of ander invalbaantje in het onderwijs. En misschien weggaan uit Piedicavallo om in de vallei te gaan wonen.'

Andrea keek haar aan: 'Wat ben je van plan?'

Hij was zo duidelijk geschrokken dat Elsa zich gekwetst voelde. Maar ze had A gezegd, nu moest ze ook B zeggen.

'Ik weet het nog niet,' antwoordde ze, 'maar ik wil de knoop doorhakken. Een baan zoeken, een beter bereikbare plek zoeken, dichterbij.'

Dichter bij wie? vroeg Andrea zich met een schok af. Bij mij?

'En dan wil ik me te zijner tijd kandidaat stellen in het dorp waar ik dan woon. Serieus de politiek in gaan, van onderaf beginnen. Ik wil niet meer iedere keer naar Turijn hoeven. Het leven dat ik wil, speelt zich niet af aan de universiteit.'

'Denk er goed over na,' zei Andrea met neergeslagen blik.

Elsa had hem willen vragen: Waarom? Vind je het vervelend als ik hier blijf wonen? Vind je het vervelend als we de kans krijgen om elkaar vaker te zien?

Ze hield zich in, nog even. Maar ze moest zich wel bedwingen.

Feit was dat ze er niet meer tegen kon. Het was bijna drie maanden geleden dat ze elkaar de rug toe hadden gekeerd, goddomme, en al die tijd was ze hem twee keer in de week blijven opzoeken, soms maar tien minuutjes, gewoon om te weten hoe het met hem ging.

Over die hevige ruzie van 29 september hadden ze nooit meer een woord gesproken. Er waren dingen die ze tegen elkaar konden zeggen, en er waren dingen waarnaar zelfs elke zijdelingse verwijzing absoluut verboden was.

Tussen Elsa en Andrea, op de tafel tussen hen in, waarde een spook zo groot als de Mount Everest, maar waar ze niet naar mochten kijken, dat niet mocht worden aangeroerd of op wat voor manier dan ook ter sprake mocht komen.

Elsa had zich aan dat verbond gehouden, tot nu toe. Ze was altijd bang geweest om hem kwijt te raken als ze het waagde daarover te beginnen. Maar ze kon onmogelijk zo doorgaan, dat had geen zin. Na die toenadering van donderdag, na die minieme opening van zijn kant had Elsa zich voorgenomen dat spook te bevechten. En het te vermoorden.

'Ik heb er al over nagedacht,' zei ze, 'en ik heb besloten dat ik wil blijven, en dat ik misschien ook hier in de buurt wil komen wonen.'

'Dat lijkt me niet zo'n goed idee.'

'Waarom niet?' Elsa's stem trilde.

'Omdat het geen goed idee is.'

'Maar jij was toch degene die zei dat je moet vechten, dat je koste wat het kost moet blijven?'

Die gesloten uitdrukking van hem, die neergeslagen blik, de manier waarop hij hardnekkig in zijn schulp bleef kruipen...

Hij trok het bijna uit haar mond, hij dwong haar bijna het te zeggen: dat zij als enige was overgebleven in Piedicavallo. Dat ze niet meer in haar eentje in zo'n groot, afgelegen huis wilde wonen, dat het geen zin meer had om daarboven te blijven. En dat ze er veel meer aan zou hebben om dichter bij hem te komen wonen.

Ze slikte, keek hem recht aan: 'Waar ben je bang voor, Andrea?'

Hij stond op van tafel, gaf geen antwoord.

Hij kon *nooit* haar naam noemen.

Alsof zij niet bestond. Alsof ze nooit bestaan had.

Er waren dagen, weken, maanden verstreken, en hij had zich verschanst achter die leugen: dat zij niet bestond, en wee degene die probeerde hem de ogen te openen.

Elsa had het spelletje meegespeeld, ook al wist ze dat het een wreed spel was. Ze had hem nooit iets verteld, niet dat het programma een groot succes was geweest, niet dat zij *Cinderella Rock* met grote voorsprong had gewonnen. Ze had hem geen enkele krant laten zien, ze had zich nooit ook maar het geringste nieuwtje laten ontvallen. Zelfs niet nu Marina was weggegaan en niet meer in Piedicavallo woonde; zelfs niet nu ze naar Milaan was vertrokken en blijkbaar aan *X Factor* zou gaan meedoen.

Zelfs op nieuwjaarsdag bleef ze hen nog kwellen.

Elsa had hem volledig in het ongewisse gelaten, zoals hij had geëist. Ze waren erin geslaagd zich van den domme te houden. Ze hadden gedaan alsof zij nooit deel had uitgemaakt van hun leven.

Maar ze maakte er wel degelijk deel van uit, en hoe.

Ze was in het houten naambord van zijn bedrijf gekerfd, ze bestond zo nadrukkelijk dat ze zijn leven had bevroren. Ze bestond in hem, als een vraatzuchtige houtworm die hem bleef uithollen; als een enorme berg stilte; als een innerlijke gevangenis die hem geen enkele tederheid, geen enkele menselijkheid toestond, behalve de zorg voor zijn koeien, de zelfopoffering voor zijn koeien, zich dag en nacht afbeulen in die stal.

Zij was overal. Ze was hier in de keuken, achter de kachel, beneden op de begane grond, in de kaasmakerij, in de hooiberg, op de akkers. En hoe indringender haar afwezigheid was, hoe hardnekkiger hij weigerde over haar te praten; hoe meer hij haar bestaan ontkende en alles deed om haar voor zichzelf verborgen te houden, hoe omvangrijker zij werd.

Zolang Andrea het onderwerp bleef vermijden en die vervloekte obsessie weigerde te overwinnen, had Elsa geen schijn van kans om de nacht met hem door te brengen, om hem lief te hebben, om ooit bij hem op de boerderij te gaan wonen en hem te helpen met zijn bedrijf, om samen met hem een nieuwe wereld te bouwen, een wereld die oneindig veel beter was dan de wereld die daarbuiten aan het instorten was.

Elsa kon die situatie niet meer aan.

Elsa was die avond gekomen om het spook van Marina te vermoorden.

Ze verzamelde al haar moed en zei: 'Het lijkt haast wel alsof jij wilt dat ik zo lang mogelijk in Turijn blijf.'

'Dat is niet zo.'

'Het lijkt wel of je mij op afstand wilt houden,' vervolgde ze, iets luider.

Andrea bleef met zijn rug naar haar toe staan. Hij deed zelfs alsof hij de vaat aan het opruimen was.

'Het gaat mij niet aan wat jij met je toekomst wilt doen,' antwoordde hij op neutrale toon. 'Je bent vrij om te doen wat je wilt.'

Bij die zin stolde haar bloed.

Andrea had hem uitgesproken met zijn rug naar haar toe, terwijl hij wat borden van het aanrecht naar het dressoir verplaatste.

Elsa kon er niet meer tegen en stond op.

'Het is drie maanden geleden, Andrea. Er zijn drie maanden verstreken. En ik ben het zat om op deze manier behandeld te worden. Ik ben het zat om te vechten tegen die weerstand, tegen die *spoken* van jou!'

Andrea liet het vaatwerk voor wat het was en draaide zich om. Zijn ogen schoten vuur, maar zijn gezicht was bleek, lijkbleek.

Hij wilde iets zeggen, maar hield zich in en balde zijn vuisten.

'Het is acht uur, ik moet gaan slapen.'

Nu verloor Elsa ook haar laatste restje geduld. Na al die jaren, na de afgelopen maanden...

Zij was er niet meer, ze was ervandoor gegaan! Ze had hem zomaar achtergelaten, zonder enige uitleg, eenzaam als een hond, en juist toen hij haar het hardst nodig had. Het was niet eerlijk, bedacht Elsa. Het was zo onrechtvaardig dat ze er razend van werd.

'Ik ben altijd bij je langsgekomen, ik heb je geholpen, Andrea. Ik heb nooit onder stoelen of banken gestoken wat ik voor je voel, ook al heb ik het je niet met zoveel woorden gezegd. Kijk eens naar me!' schreeuwde ze. 'Het is zo duidelijk! Ik ben hier! Ik ben er altijd voor je geweest! En de vorige keer had ik het idee dat jij ook...'

Andrea verstijfde. Zijn gezicht betrok zo dat ze er bang van werd.

'Oké,' zei Elsa, en ze keek hem recht aan, 'ik zal het onthouden. Ik zal onthouden dat je me niet meer wilt zien.'

'Dat heb ik niet gezegd.'

'Dat heb je niet gezegd, nee, maar dat maak je me wel duidelijk.'

Andrea zocht het pakje sigaretten in zijn zak, stak er een op.

'Doe wat je wilt,' besloot hij.

Daarop trok Elsa haar jas aan, deed haar sjaal om. Ze was woest, maar de woede gaf haar ook moed.

'Je beseft toch wel dat je me in dit weer naar huis stuurt, in het donker, over de gladde wegen?'

Andrea rookte onverstoorbaar. 'Er is hier geen slaapplek, dat weet je.'

'Ik ben stom geweest,' zei Elsa, terwijl ze haar tas pakte en naar de trap liep. 'Het was stom van me om hierheen te komen, om te denken dat jij iets om me gaf. Wees gerust, het zal niet meer gebeuren.'

Elsa liep de trap af. Andrea was hevig in tweestrijd.

Het was het beste voor iedereen als hij haar nu liet gaan. Hij had het druk, hij moest zo snel mogelijk de veearts bellen morgen, zich bekommeren om de drachtige koe, de boerderij in Riabella op orde brengen om het vee straks daarheen te kunnen verplaatsen. Hij had geen tijd voor die flauwekul. Ja, het was het beste zo.

Uiteindelijk liep hij ook de trap af, kwam naast haar staan bij de deur.

Hij hield haar tegen.

'Rij voorzichtig.'

Dat was het enige wat hij kon uitbrengen.

'Ja, nee, ik zal voorzichtig rijden,' antwoordde ze, terwijl ze zich omdraaide en hem toelachte met een sarcasme, een bitterheid en zelfs een wreedheid die hij niet van haar kende. 'Maar je moet wel weten dat ze is vertrokken. Ze is twee weken geleden vertrokken.'

Andrea liet prompt haar arm los.

Hij deinsde achteruit, als iemand die net midden in de nacht op een verlaten weg een wolf is tegengekomen, een beer, een geheimzinnige schim met lichtgevende ogen in de duisternis. Hij botste tegen de muur aan.

Hij bleef met zijn rug tegen die muur staan.

'Ze heeft compleet schijt aan jou, aan mij en aan de hele wereld. Ze heeft me al die tijd niet één keertje gevraagd hoe het met je ging! Ze heeft niet eens iets tegen me gezegd toen ze wegging! Het wordt tijd dat je dat weet.'

Andrea bleef voor zich uit staren in het niets. Weerloos, alsof hij er al moeite mee had om alleen maar te bestaan.

Elsa keek naar hem en hield haar tranen in. Want het deed haar vreselijk veel pijn om hem zo te zien lijden. Het was gemeen van haar geweest, dat was zo, maar hij had haar geen andere keus gegeven.

'Het is genoeg, Andrea,' fluisterde ze. 'Het is genoeg.'

Hij stond nog steeds met zijn rug tegen de muur, roerloos. Met opeengeklemde lippen, een lege blik, zijn armen slap langs zijn lijf.

'Het is afgelopen. Dat moet je accepteren. Je moet je niet langer kwellen,' probeerde ze hem op mildere toon duidelijk te maken.

Maar hij ontplofte.

Hij reageerde zijn woede af op het eerste het beste wat hij binnen zijn bereik had: een kastje. Hij gooide het om en schopte er zo hard als hij kon tegenaan, alsof hij niets liever wilde dan het aan gort trappen, alsof dat kastje de oorzaak van al zijn ellende was. De woede groeide in hem, nam de proporties aan van een orkaan die de hele wereld zou kunnen wegvagen.

Kijk: in dat opzicht leken ze op elkaar, bedacht Elsa. In hun woede-uitbarstingen, in hun onvolwassenheid, in hun overdreven reacties waren Marina en Andrea precies hetzelfde.

'Hou op!' schreeuwde ze geschrokken.

Maar hij hield niet op. Hij ging door het lint.

'Andrea, hou op! Het is een ziekte! Zij...'

'Praat niet over haar!' schreeuwde Andrea woest, met grote ogen en een monsterlijke uitdrukking. 'Het kan me geen zak schelen, begrepen? ik wil niks weten, je moet me niks meer vertellen!' Hij schopte nog een laatste keer tegen het kastje. 'En nu oprotten.'

Elsa gaf geen krimp.

Ze had er buikpijn van om hem zo te zien, ze stikte bijna. Maar ze duwde haar medelijden weg. 'Oké,' zei ze, 'dan ga ik. Maar op maandag 7 januari moet jij de tv aanzetten. Rond halftwaalf 's avonds, op Italia Uno. Je moet echt kijken, denk erom, dat zal je goed doen.'

Ze vertrok en sloeg de deur achter zich dicht.

Andrea keek op van het kastje waarop hij al zijn woede had

afgereageerd. Hij zette een paar stappen naar de trap, bleef toen staan. Hij zakte op de eerste trede neer, liet zijn hoofd in zijn handen zakken. Nee, hij huilde niet. Dat kon hij niet meer. De vrouw die op papier op 2 maart zijn bruid zou moeten worden was op 8 oktober verdwenen, drie maanden geleden, zonder ooit nog iets van zich te laten horen.

En na een week, na zeven helse dagen waarin hij niets anders had gedaan dan haar zoeken, haar bellen en haar smeken iets van zich te laten horen, had hij een sms gekregen die luidde: 'Tussen jou en Cinderella kies ik voor Cinderella. Ik wil niet trouwen, laat me met rust.' Zestien woorden en een smiley.

Zo'n vervloekt geel gezichtje, met opgetrokken wenkbrauwen en boosaardige oogjes, het toppunt van vernedering, het toppunt van valsheid, de walgelijkste teleurstelling van zijn leven, waarbij vergeleken het vertrek van zijn broer naar de Verenigde Staten niets meer voorstelde.

Hij hoorde dat Elsa haar auto startte, keerde en de weg af reed. Hij wachtte tot ze helemaal was verdwenen.

Toen liep hij de sneeuw in en nam het pad tussen de akkers.

De vlakte was leeg, een desolate uitgestrektheid van niets. De kou was zo intens dat zijn handen, zijn voeten, zijn gezicht bevroren. Maar hij voelde het niet. Hij voelde niets meer. Hij liep maar door, tot aan zijn knieën in de sneeuw. Hij liep door als een spook, als een verloren ziel door de ijskoude, verlaten nacht. En de vlakte gaf hem geen antwoord, liet zich niet horen. Er was alleen maar die immense stilte.

Tot twee uur in de nacht bleef hij lopen, toen keerde hij bevroren terug op de boerderij. Hij ging in bed liggen, sliep een paar uur. De wekker ging om halfvijf, zoals altijd. Toen kwam hij overeind, zette koffie. Hij riep de hond en ging naar de stal om de koeien te melken.

26

Het was allemaal heel snel gegaan, bijna van het ene op het andere moment. Zo hoorde het ook bij haar, bedacht Elsa, bij haar egoïstische manier van doen.

Op 15 december was de finale van *Cinderella Rock* uitgezonden. Tijdens de laatste ogenblikken was voor het oog van tweehonderdduizend tv-kijkers de envelop geopend die haar naam bevatte, was er een regen van confetti naar beneden komen dwarrelen, was de soundtrack van *Top Gun* losgebarsten en tegelijk een oorverdovend applaus. Zij, midden op het podium, had zich naar voren gebogen om de sjerp met de tekst CINDERELLA ROCK VAN HET JAAR omgehangen te krijgen, en op 19 december, amper vier dagen later, was ze voorgoed uit Piedicavallo vertrokken.

Elsa had haar die middag langdurig voor het raam zien zitten, starend naar godweet wat daarbuiten. Toen was Marina zonder een woord te zeggen begonnen schoenen, kleren, dekens, jassen, nachthemden en lakens te verzamelen. In twee uur tijd had ze haar koffers gepakt en waren al haar spullen uit de kasten, de laden en het badkamermeubel verdwenen. En toen Elsa haar vroeg: 'Wat ben je aan het doen?', had ze enkel gezegd: 'Ik ga.'

Ze had alles in de kofferbak van haar auto gepropt en was vertrokken.

Toen, een paar dagen later, had ze haar een berichtje gestuurd met haar nieuwe adres in Milaan: voor de rekeningen, had ze uitgelegd, en voor de helft van de huur die Elsa nog van haar kreeg. 'Want ik b& g1 armoedzaaier, ik betaal mn schulden af.'

Weer een paar dagen later had ze een tweede sms ontvangen: 'Mn meubels mag je houden.' Daarna niets meer.

En Elsa was in eerste instantie zo onnozel geweest dat ze erin geloofde. Ze dacht echt dat het anders zou worden nu Marina van het toneel was verdwenen: zodra Andrea het te weten kwam zou hij er definitief een streep onder zetten. De klassieke druppel die de emmer doet overlopen. Dan zou hij zich eindelijk bewust worden van haar, de persoon die hem nooit had verraden, nooit in de steek had gelaten.

Zij hield van hem, zoveel dat ze bereid was om afstand te doen van de universiteit, van haar promotie. Ze was jarenlang in de schaduw gebleven, ze had zo vaak een stapje opzij gedaan. Maar nu was haar beurt gekomen. Zij was wijs en sterk genoeg om aan zijn zijde te leven.

Maar niemand had hem durven vertellen dat Marina was vertrokken. Andrea was hetzelfde leven blijven leiden als toen zij bij hem was weggegaan: hij werkte zich kapot en deed alsof er niets aan de hand was. En toen ze die ene donderdag op het punt hadden gestaan elkaar te zoenen, had hij zich meteen weer teruggetrokken in zijn betonnen schulp.

Vandaag was het 7 januari en Elsa wist hoe de zaken ervoor stonden. Ze had net in de *Eco di Biella* het zoveelste artikel over Marina Bellezza gelezen: 'Onze plaatsgenote, onze grote trots, vanavond laat op Italia Uno.' En toch hield ze haar telefoon angstvallig op zak, binnen handbereik, en hoopte ze vurig dat hij haar zou bellen.

Intussen liep ze doelloos rond door de kamers van dat grote afgelegen huis aan de rand van Piedicavallo, terwijl ze om zich heen keek en in elke hoek, aan elke muur de sporen van Marina's aanwezigheid zag.

Er was geen enkele reden om te denken dat Andrea contact met haar zou zoeken. Ze hadden elkaar al zes dagen niet gezien of gesproken. Toch had ze een soort voorgevoel en daar klampte ze zich wanhopig aan vast.

Zelfs nu Marina buiten beeld was, zag ze kans om hun leven te vergallen. Dat vond Elsa nog het allerergste, dat zo'n dom, egocentrisch, verwend nest zo veel macht had, en zo veel succes.

Elsa ging op de drempel van Marina's oude kamer staan: dat tienerkamertje waar ze zich altijd terugtrok met keiharde muziek en waar zijzelf maar één keer binnen had durven gaan, toen Paola en d'n Giangi waren komen lunchen en zij had moeten bemiddelen, als een oudere zus.

Wat was ze stom geweest.

Maar nu kon ze hier gerust binnenstappen en rondsnuffelen tussen de spullen die er nog van haar over waren, in haar privéleven. Dus stapte ze er binnen en zakte ze neer op het bed.

Ze keek naar de randen op de wand van de weggehaalde posters, de afdruk van plakband op de muur. De kale planken, bedekt met een laagje stof. De half openhangende kast met lege kleerhangers erin. Het enige wat Marina had achtergelaten, lag op het bureau: een boek. *De druiven der gramschap* van Steinbeck. Van wie ze het ook had gekregen, het was in elk geval iemand die haar voor geen meter kende. Elsa trok de la open, gewoon zomaar. En daarin vond ze, bijeengebonden met een elastiek, een stapeltje ansichtkaarten.

Een stuk of vijftig, misschien wel meer. Het hoorde natuurlijk niet, maar ze haalde er een paar uit. Het waren foto's van Saint-Vincent, Monte Carlo, Nice. Ze las wat er achterop stond. Alle kaarten begonnen met 'Dag meisje van me' en waren getekend met 'Papa'.

Elsa vond het maar vreemd. Ze vroeg zich af waarom Marina die daar in die la had laten liggen. Ze had er spijt van dat ze in spullen had zitten snuffelen die van een ander waren en zo persoonlijk. Ze legde het stapeltje terug in de la zonder er verder over na te denken.

Het ergste was nog wel dat ze, terwijl ze wachtte op enig levensteken van Andrea, terwijl ze weer op het ingezakte matras ging zitten, gevangen tussen die twee vuren, voelde dat ze Marina miste. En dat ergerde haar. Want het sloeg nergens op dat ze die trut miste, het sloeg nergens op dat ze hier terneergeslagen rondhing tussen Marina's lege meubels.

Die drie maanden vanaf de start van het programma waren een regelrechte hel geweest. Elsa had niet alleen onmogelijk nog thuis kunnen studeren, maar ook niet kunnen slapen. Marina bouwde elke avond een feestje, ze nodigde steeds allerlei figuren uit. Een keer had ze zelfs dronken op tafel staan dansen met die Donatello, die Elsa nooit had gemogen.

Op zaterdag, de dag van de live-uitzending, werd er telkens al vroeg in de ochtend aangebeld door kappers, visagisten en koeriers met dozen vol schoenen en kleren, gratis aangeboden door bedrijven die hoopten op goede reclame. Marina paste alles aan en liet de spullen vervolgens door het hele huis slingeren, hangend aan de deuren, op de grond neergesmeten. Ze liep voortdurend te schreeuwen, te bellen, te tieren, met haar borsten bloot, het ene oog opgemaakt en het andere nog niet.

Het succes was haar compleet naar haar bol gestegen. Het was duidelijk dat dat de reden was van haar metamorfose. Ze had elke avond een ander vriendje, middelbare scholieren of volwassen mannen die zeiden dat ze fan van haar waren. Ze ging met journalisten om alsof het haar beste vrienden waren, of ze stak haar middelvinger naar hen op zoals ze Justin Bieber en andere kindsterren had zien doen op tv.

Vervolgens waren er de momenten waarop ze iedereen wegjoeg en alleen wilde zijn.

De momenten waarop ze alleen maar op de bank naar de

muur lag te staren met haar make-up uitgelopen op haar gezicht en een afwezige uitdrukking. Dan herinnerde ze zich ineens weer dat ze een huisgenote had. Ze keek haar aan en af en toe zei ze zelfs iets. 'Wat ben je aan het leren?' vroeg ze dan. Of ze zei: 'Ik heb die brief van je nooit gelezen, wat had je me eigenlijk geschreven?', 'Je hebt me toen wel kwaad gemaakt, hoor. De dingen die je zei waren echt heel gemeen.' En ook wel: 'Wat vond jij van de uitzending van gisteren?' Maar ze verwachtte geen antwoorden, voordat Elsa iets kon zeggen stond ze al op en verdween ze naar boven, waar ze zich opsloot in haar kamer en daar bleef tot diep in de nacht.

Al die anderen woonden niet bij haar in huis, die konden niet weten hoe het was.

Elsa had haar geobserveerd terwijl ze zichzelf terugzag in de opgenomen uitzendingen, zij had de denigrerende opmerkingen gehoord die Marina over de andere deelneemsters maakte. Zij was er getuige van geweest hoe ze ineens kon omslaan van grootheidswaan naar depressie, van opperste verveling naar euforie. Op de gekste momenten moest ze ineens eten, af en toe rookte ze een joint. Op haar Facebook-pagina schreef ze: 'Ik hou van jullie, ik hou van jullie allemaal'; en de volgende dag wenste ze diezelfde 'allemaal' naar de hel.

Cinderella Rock was wel het ergste geweest wat haar had kunnen overkomen, daarvan was Elsa overtuigd. Op een gegeven moment betrapte ze zich er zelfs op dat ze hoopte dat Marina zou verliezen. Maar ze had met glans gewonnen: het overgrote deel van de kijkers had op haar gestemd.

Elsa had zich afgevraagd of het puur aan die plotselinge bekendheid lag dat Marina niet lekker in haar vel zat, of dat er nog meer aan ten grondslag lag; iets heftigers, iets pijnlijkers. Want het was gewoon absurd: eerst besluiten te gaan trouwen, en je aanstaande een week later dumpen met een sms'je. Andrea dumpen, de man op wie Elsa al jaren verliefd was.

Ze had dagenlang en vervolgens maandenlang gewacht tot Marina over hem zou beginnen, zou vragen hoe het met hem ging – ze wist donders goed dat zij elkaar nog wel zagen. Maar niets. Nooit ook maar een woord. En juist dat vond Elsa onvergeeflijk: niet de rotzooi overal in huis, niet de totale onverschilligheid waarmee ze haar altijd bejegend had, maar de manier waarop ze Andrea had afgedankt, de achteloosheid waarmee ze zijn leven had verwoest.

Marina wist zeker dat hij haar nooit zou vergeten, en alleen daarom had ze hem aan Elsa overgelaten: zoals je een bot overlaat aan een hond.

Nu zat Elsa hier op het matras van haar rivale, in Marina's oude kamer, en ze keek door het raam. Piedicavallo leek kleiner in de winter, vergeten tussen de bergen en begraven onder de sneeuw. Door de ruit zag Elsa alleen de witte bergflanken, de ijzige wegen, de onbewoonde huizen, een prachtige, maar lege verlatenheid, en Marina's stem klonk er niet meer.

Elsa checkte haar mobiel en bleef zitten wachten. Ze wist dat ze gemeen was geweest tegen Andrea. Toen ze zag hoe hij zijn zelfbeheersing verloor en zijn woede koelde op dat kastje, had ze bijna spijt gehad. Maar nu gaat het gebeuren, dacht ze, het is alles of niks.

Die avond zou Marina de drempel van de nationale tv overschrijden en haar droom waarmaken. Elsa wist niet zeker wat Andrea zou doen, maar ze hield zich vast aan haar voorgevoel en gaf het niet op.

Achter in de stal lag Andrea intussen op een hooibaal, hij rookte de zoveelste sigaret van de dag en staarde naar zijn dieren.

Alleen, zwijgend, hij inhaleerde diep, met zijn pet over zijn ogen getrokken.

Toen richtte hij zijn blik op het boek dat hij op schoot had liggen, en dwong zichzelf om verder te lezen waar hij was gebleven: *inde redit rabies eadem et furor ille revisit*, maar dan keert dezelfde razernij terug en overvalt hen weer die woede, *cum sibi quod cupiant ipsi contingere quaerunt*, wanneer zij zelf niet weten wat ze verwoed proberen te bereiken, *nec reperire malum id possunt quae machina vincat*, en niet in staat zijn de oplossing te vinden die dat kwaad kan verslaan.

En niet in staat zijn de oplossing te vinden...

Andrea klapte het boek dicht en smeet het tegen de muur.

...die dat kwaad kan verslaan.

Clint sprong meteen op en stormde razendsnel op het boek af, pakte het op en bracht het terug naar Andrea.

'Nee, ik wil het niet,' zei Andrea, en hij wuifde hem weg.

Maar toen Clint hem het boek bleef aanbieden, bezweek Andrea: hij pakte *De rerum natura* uit zijn bek en gooide het nog een paar keer weg, alsof het een bal of een stok was.

Vijf dagen lang had hij zich afgebeuld om er maar niet aan te hoeven denken. Woensdag had hij eerst de meter sneeuw die gedurende de nacht was gevallen weggeschept, toen had hij de veearts gebeld, en op donderdagochtend was de vaars van anderhalf onderworpen aan haar allereerste kunstmatige inseminatie. Op vrijdag had hij een akkoord weten te sluiten waar hij al een hele tijd op hoopte: een jaarcontract met een winkel in lokale biologische producten, waardoor hij verzekerd was van een vast maandinkomen.

Niets opzienbarends, maar het was een begin.

De stal, de kaasmakerij en de hooiberg waren nog nooit zo netjes, schoon en onberispelijk geweest als in die vijf dagen.

Hij had al zijn energie aangewend om maar niet aan haar te hoeven denken. Niet in gedachten terug te keren naar haar gelaatstrekken, naar haar manier van doen. En het was hem gelukt. 's Avonds was hij zo moe dat hij met kleren en al in bed plofte, en gelukkig waren zijn dromen net zo zwart en onbewoond als de vlakte daarbuiten.

Maar nu, op maandag 7 januari om kwart over zes 's avonds, waren alle dijken die hij had opgetrokken om haar op afstand te houden doorgebroken.

Een deel van zichzelf had hij voorgoed achtergelaten in Piedicavallo, begraven in de schaduw van een grote beuk, samen met het hert; zijn andere, meest meedogenloze helft had haar niet eens dat dorre hoekje in de bossen gegund. Zij was een nederzetting die steen voor steen moest worden ontmanteld, een voorpost die moest worden gesloopt, een koloniaal fort dat geen enkel recht meer had om zijn grondgebied in te nemen.

Maar ze bestond nog wel. Dat was iets wat Andrea niet kon verkroppen: dat zij nog ergens ver van hier ademhaalde, bewoog, grapjes maakte. Zijn pogingen om zich Marina's nieuwe leven voor te stellen, waren tot mislukking gedoemd. Zijn gedachten werden in de kiem gesmoord, zijn hart begon te bonzen en zijn hele lijf verzette zich tegen de hypothese van die onbekende film: Marina's leven *zonder hem*.

Hij keek naar buiten, het was weer gaan sneeuwen.

Nu kon hij twee dingen doen: om zeven uur gaan slapen zoals altijd, of wakker blijven tot laat, de tv aanzetten en voor eens en voor altijd afrekenen met *rabies et furor*.

Hij wist niet wat hij moest. Hij wilde zijn aanstaande vrouw niet op Italia Uno zien. Want op papier was zij nog steeds zijn aanstaande vrouw. Bij het gemeentehuis was de aankondiging opgehangen: Andrea Caucino, 1985, Biella, en Marina Bellezza, 1990, Biella. De burgemeester zou op 2 maart om twaalf uur 's middags een poosje op hen wachten, in de lege trouwzaal, en pas dan zou de bureaucratie zich bij de feiten neerleggen.

Een lege trouwzaal.

Andrea stond op. Hij was helder, hoewel hij al een halve fles ratafia op had. Hij voelde nog een keer aan de buik van de bevruchte koe. Hij hoopte van ganser harte dat ze drachtig was.

Hij had niet één aflevering van *Cinderella Rock* gezien, hij had niet op internet gekeken, hij had geen kranten gelezen en geen radio aan gehad. En nu was zijn Marina zomaar een van die wannabe-sterretjes die naar Milaan waren getrokken om hun fortuin te zoeken. Een van de duizenden.

Dit is het moment om tot inkeer te komen, zei Andrea, om volwassen te worden.

Hij had zich al een maand niet geschoren, een week niet gewassen. Maar hij was een vrij man, een veehoeder die Latijnse boeken las in een verloren hoekje in het noordoosten van Italië, in het verlaten, onzichtbare hart van de wereld.

Een van de vele dingen waar hij spijt van had, was dat hij in oktober niet naar Tucson was vertrokken, dat hij niet wist hoe zijn neefje eruitzag en hoe de woestijn, de prairie, de nacht waren daar aan de andere kant van de oceaan. Waar het mogelijk was om een gezin te stichten, om gelukkig te zijn. Terwijl het hier maar constant bleef sneeuwen.

Hij ging het huis in en maakte zijn eten klaar. Het laatste wat er bij hem opkwam, nu, was Elsa bellen. Hij had niets meer te geven: niet aan haar, noch aan een ander.

Want er kon geen *ander* bestaan.

Hij zette de tv aan. Het journaal op Rai Tre maakte melding van de toegenomen diefstallen uit supermarkten; van figuren die 's nachts smeedijzeren putdeksels uit het wegdek haalden en het koper van de spoorlijn jatten. Er was een eind gekomen aan een tijdperk, nu was zelfs de overgangsregering van technocraten gevallen. En niemand kon zich een voorstelling maken van het nieuwe tijdperk dat elk moment zou aanbreken, niemand had wapens om zich te verdedigen, instrumenten om er het hoofd aan te bieden. Niemand, behalve hij.

Toen hij zijn eten ophad begon hij kalm de tafel af te ruimen en de afwas te doen. Hij nam de tijd. Hij douchte, schoor zijn baard af. Ten slotte liep hij terug naar de keuken, stak een sigaret op en deed zijn best om weerstand te bieden.

Drie maanden van stilzwijgen, drie maanden van offers en hard ploeteren hadden nergens toe gediend als een paar woorden van Elsa vervolgens al genoeg waren om alles overhoop te gooien. Hij maakte een nieuwe fles ratafia open en begon te drinken.

Hij had geleefd als een begraven bom uit de Eerste Wereldoorlog, als een explosief dat decennia lang ergens heeft gelegen en dan op een dag per ongeluk wordt aangeraakt door een kind, waardoor het ontploft en een grote krater slaat.

Zijn koeien waren er, daarbuiten in de stal. Zijn kippen waren er, zijn hond, zijn wereld. Andrea keek voor de zoveelste keer op zijn horloge, schonk nog twee glazen likeur in, ging een kijkje nemen in de kaasmakerij, waar alles keurig in orde was. Hij liep naar buiten en keek ook even bij de koeien. Hij zoog zijn longen vol in de ijskoude winteravond. Toen ging hij weer de trap op naar de keuken. De tv zond zijn blauwige licht de kamer in.

'Andre', heb je een papieren zakdoekje?' 'Ik heb vanmorgen over jou geschreven in mijn dagboek.'

Ze hadden in de zomer van 2003 samen gedanst, een mazurka. En zij droeg een blauw jurkje. Nu wist hij het weer.

'Ik wil me jou niet herinneren, kutwijf!' schreeuwde hij door de lege kamer.

Hij draaide zich om en zette de tv uit.

Camandona, de berkenbomen, de geur van gegrild vlees en chemische plees. Hij spande zich in om rustig te blijven, om niets kapot te maken.

Hij pakte de telefoon, nam met trillende handen de contactenlijst door. Hij stopte niet bij de letter E, hij ging door naar de M. Hij wilde tegen haar zeggen: *Laat me met rust, kom onmiddellijk terug, ik haat je, wat ben jij zielig, je hoeft nooit meer terug te komen, want nu ben je me voorgoed kwijt.*

'Luister...' hoorde hij zichzelf zeggen, midden in de keuken met de telefoon in zijn hand: hij die dat telefoontje pleegde, die daadwerkelijk zei: 'Kom alsjeblieft hierheen.' Hij zag zichzelf vanuit de verte, van buitenaf. In tweeën gespleten, verscheurd.

Toen hing hij op, nog voordat hij het antwoord had gehoord.

Elsa kwam pas na tien uur. Deze keer had ze zich laten bidden en hij had radeloos met zijn neus plat tegen het raam naar haar staan uitkijken.

Toen hij de deur voor haar opendeed, konden ze geen van beiden een woord uitbrengen, ze keken elkaar niet eens aan. Maar Elsa zag meteen, van onder haar oogharen, dat hij zich had gewassen en geschoren, en ze beging de vreselijke fout om te denken dat hij dat voor haar had gedaan.

Ze liepen simpelweg de trap op, net als de keer daarvoor, gingen tegenover elkaar in de keuken zitten, in die enige verlichte ruimte op het uitgestrekte platteland van de provincie Biella. Ze waren samen, midden tussen de bevroren akkers, aan het einde van een tijdperk, in het hart van de revolutie, en ze konden geen woord uitbrengen.

Hij deed alsof hij een boek las, zij begon zijn keukenkast op te ruimen. Ze leken net een oud echtpaar tijdens een gebedswake: dat was er van hen geworden door toedoen van Marina. Maar Elsa was niet van plan om het op te geven, ze was van plan om alles op alles te zetten. Ze pakte het boek uit zijn handen en dwong hem haar aan te kijken.

Onder haar kleren droeg ze noch haar gebruikelijke beha, noch haar gebruikelijke slipje. Ze durfde niet te bedenken wat er zou kunnen gebeuren, maar ze wilde dat het gebeurde. Ze streelde zijn haar, hij trok zich onmiddellijk terug.

'Waarom doe je zo?'

Andrea wist niet wat hij moest antwoorden. Zij was niet degene die hij had willen bellen, twee uur geleden, zij was niet degene die hij wilde hebben, maar dat kon hij natuurlijk niet zeggen. Hij kon nu niet meer terug.

Elsa liep weg, ze ging op de bank zitten, voor de tv, die uit stond.

Het was elf uur geweest. Ze bleef een minuut of tien zwijgend naar hem zitten kijken en aan zijn onhandige bewegingen en zijn getreuzel kon ze merken hoezeer hij gekweld werd. Andrea hield haar ook in de gaten, hij zag duidelijk haar ongeduld, haar pogingen om zich in te houden. Ze bestudeerden elkaar. Allebei rookten ze, met nerveuze vingers. Alleen was het geen tweegevecht. Het was een driegevecht, en de derde was een spook.

Andrea zag dat ze haar hand uitstak naar de afstandsbediening.

'Nee, niet aanzetten,' zei hij. Zijn stem klonk ijzig.

'Jawel,' antwoordde Elsa vastberaden, maar zonder hem aan te kijken.

'Ik zei nee, godsamme!' hoorde ze hem schreeuwen.

Toen richtte ze haar blik op hem.

Andrea's gezicht was vertrokken, zijn ogen stonden wijd open, hij was opgesprongen en staarde haar aan met een gevoel dat grensde aan haat. Elsa durfde geen stap verder te gaan, ook al zou ze dat willen. Ze liet de afstandsbediening los, kroop in een hoekje van de bank.

Andrea liep een paar keer rond door de kamer, stak zijn zoveelste Lucky Strike op.

Waarom had hij haar gebeld, als hij haar niet eens kon aankijken? Als alleen al haar aanwezigheid hem op de zenuwen werkte? Waarom had ze zich zo opgemaakt, waarom had ze een rok en dat diep uitgesneden bloesje aangetrokken, wat dacht ze wel?

Toen ging hij ook op de bank zitten.

Hij dacht niet langer aan Elsa. Hij vroeg zich af of het mogelijk was, of het menselijkerwijs mogelijk was om die vervloekte tv aan te zetten.

De minuten vergleden steeds sneller.

Ze zaten allebei aan een kant van de bank, met de afstandsbediening tussen hen in.

Allebei staarden ze naar het zwarte scherm. Elsa las zijn gedachten. Maar Andrea was haar aanwezigheid alweer vergeten. De strijd voltrok zich nu alleen nog maar tussen hem en de tv, een frontaal treffen, een duel.

Waar was hij bang voor, vroeg hij zich af, toch niet voor zo'n tv-babe? Toch niet voor een griet van tweeëntwintig die op naaldhakken in Milaan was aangekomen, bereid om de sloerie uit te hangen in alle hippe tenten, als ze maar door iemand werd opgemerkt?

Nee, dat was niet waar. Andrea wist dat Marina niet zo in elkaar zat: ze was te trots om zichzelf te verkopen, te ambitieus. Marina was veel erger.

Want die arme meiden, die een droom najoegen terwijl ze niets konden, daar had hij mee te doen. Hij had medelijden met ze. Maar met Marina kon je geen medelijden hebben. Die kon je alleen maar haten. En hij haatte haar nu. Hij zag haar weer voor zich: arrogant, zo dom als een geit en een slaaf van het conformisme. Ze was typisch iemand van de zapgeneratie en dit was dus het resultaat: een lege trouwzaal.

Elsa wist waar Andrea aan dacht. Ze keek niet naar hem, ze hoorde hem niet eens ademhalen, maar ze kon zijn gedachten lezen als een open boek. Ze zei bij zichzelf: zo wint die trut het elke keer weer; wat zou ze lachen als ze ons hier zag zitten...

Intussen vlogen de minuten meedogenloos voorbij, het was al bijna middernacht. En Andrea weigerde nog steeds de afstandsbediening aan te raken.

Zo zaten ze daar, zwevend in de stilte van de nacht, wachtend tot er iets zou gebeuren, maar er gebeurde niets. Allebei onbeweeglijk, allebei tegen hun eigen armleuning hangend, starend naar het donkere hart van het scherm, hun weerspiegeling in het glas.

Waar ben je bang voor? Kom op, Andrea: geef antwoord!

Andrea zat te koken op die bank, hij was kwaad op zichzelf,

op Elsa, op iedereen. Hij antwoordde zichzelf: Nergens ben ik bang voor. Ik ben nergens bang voor. Hij probeerde zichzelf te overtuigen, hij dwong zichzelf. Nou, kijk dan gewoon naar die Marina Bellezza, kijk dan naar de nieuwste versie van je nationaal-populaire ex-vriendin.

Elsa tikte intussen met haar voet op de grond, steeds sneller, ze kon zich nauwelijks inhouden. De klok gaf aan dat het inmiddels vijf voor twaalf was.

Kijk haar recht aan, hield Andrea zichzelf voor als een mantra. En ook al kan zij jou niet zien, dat maakt niet uit. Het zal je lukken, want het moet je lukken. 'Tussen jou en Cinderella kies ik voor Cinderella.' Een lege trouwzaal. Een volslagen vreemde griet die als een regelrechte hoer door Milaan rondstruint.

Andrea pakte de afstandsbediening. Instinctief, alsof hij een vuistslag uitdeelde. Hij drukte op een toets. De tv ging aan.

Elsa wierp verbluft een blik opzij, hij was lijkbleek. Toen keek ook zij naar het scherm.

Het was helemaal blauw, de kleur van een tv-studio. Het geluid drong de kamer binnen met een daverend applaus. Na een traag panoramashot van het publiek bleef de camera hangen op het lachende gezicht van een presentator van middelbare leeftijd: 'Oké, laat ons dan maar eens horen wat je kunt.'

De camera schoof weer verder, gleed tergend langzaam, als een martelrad, over het verrijdbare statief. Opnieuw een shot van het publiek, toen werd de naam van het programma die boven in de studio hing in beeld genomen, en toen boorde de lens zich dwars door Andrea's hart met de close-up van een blond meisje.

En dat meisje was *beeldschoon*. Er bestond geen enkele macht, waar ook ter wereld, die de vernietigende kracht van zo'n gezicht kon tegengaan. Een gezicht dat gedurende lange uren in het ochtendlicht was gekust, ingeprent, gadegeslagen terwijl het sliep, half verscholen onder de lakens.

Het meisje stond op van haar stoel. Ze droeg een mantelpakje van zwart fluweel, rode lakpumps en een kostbare enkelband van Swarovski aan haar linkerbeen. Ze liep naar het midden van de studio, verstelde het statief van de microfoon. De camera was nu strak op haar gericht. Het applaus kwam ten einde. In heel Italië, inclusief de eilanden, ging dat beeld de ether in en plantte het zich in de ogen van de kijkers.

Een man nam plaats achter de piano op de achtergrond en begon in de stilte een weemoedige melodie te spelen.

Andrea en Elsa zaten als versteend, gevangen op die bank. Ze staarden allebei naar dat blonde meisje in close-up dat haar mond naar de microfoon bracht, hem lichtjes aanraakte met haar vingers, haar ogen sloot en 'Someone Like You' van Adele begon te zingen.

Dat meisje scheen niet meer te weten wat het betekende om aan deze kant van het scherm te zitten. Zij zong, en ze behoorde tot een andere wereld.

Ver weg, volmaakt: de wereld waar de provincie van droomt.

Dat meisje leek geen idee te hebben van de macht die ze verwierf, door in het middelpunt van het scherm te staan, ze had geen idee van de gezichten van de mensen die naar haar keken, ze was voorgoed vergeten waar ze vandaan kwam, het kleine dorpje Andorno, de valleien, de kale huizen omringd door sneeuw, waar duizenden niemanden opeengepakt in de keuken of de woonkamer zaten, in het donker, in stilte, zonder getuigen.

Voor haar kijkers had dat meisje geen verleden meer, geen familie, geen geschiedenis. De wereld was in haar opgegaan. Haar familieleden, haar vrienden, alle anderen die haar kenden zagen nu niet Marina, maar een ander wezen, irreëel en zonder herinnering, goddelijk in haar vrijheid om te bestaan op hetzelfde moment dat zij niet meer bestonden.

En toch overleefden ze het, vastgekluisterd en vastgeketend aan de andere kant, waar de trieste, lege realiteit is, waar rommelige kamers zijn, fornuizen die schoongemaakt moeten worden, en waar de bewoners zich op pantoffels voortslepen, waar de kinderen in hun neus peuteren, waar rekeningen moeten worden betaald, waar vuile vaat staat. Aan deze kant: de stille, donkere kant van het land.

Haar moeder, haar grootouders, haar dorpsgenoten zaten verbijsterd te kijken, ze konden niet geloven dat zij dit echt zou kunnen zijn. Dat dat onbeschofte grietje uit Andorno en het wonderbaarlijke beeld van nu ook maar enigszins konden samenvallen. Want wat ze daar zagen was geen mens meer, maar een droom, een abstractie.

Niemand van hen kon zich voorstellen dat zij nog een innerlijk had, en gedachten; sterker nog, dat Marina op dat moment alleen maar aan haar vader dacht. Ze had er altijd van gedroomd een nummer als 'Someone Like You' aan hem op te dragen. Om vervolgens te beseffen, nu ze het eenmaal zover had geschopt, voor het oog van heel Italië, dat haar dromen vergeefs waren geweest. En het verdriet en de pijn ontploften in haar stem, maakten de klank nog rauwer en hemelser dan anders, nog dodelijker dan anders.

Niemand kon zich dat voorstellen, zelfs Andrea niet.

'*Never mind, I'll find someone like you, I wish nothing but the best for you too.*'

Terwijl ze zong ging Andrea's hart aan diggelen.

Ondanks alles, ondanks wat ze hem had aangedaan, had haar stem nog nooit zo schitterend geklonken als nu, zo zoet als nu, in staat elke stad, elke vlakte, de hele Valle Cervo het zwijgen op te leggen.

Andrea luisterde, hij keek, en zag de mooiste nacht van zijn leven aan zijn ogen voorbijtrekken. De enige nacht van zijn leven. Toen ze samen hadden gegeten in het winkelcentrum, en daarna ruzie hadden gekregen op het parkeerterrein. Hoe zij het portier opendeed en tegen hem schreeuwde: 'Weet je wat? Jij mag te voet terug naar de Burcina!' En toen dat piepkleine gehucht bij Graglia... Hoe heette het ook alweer? Salvei. Die kleine trattoria waar ze zich hadden bezat en waar hij met haar was meegegaan naar de wc, omdat ze niet meer overeind kon staan, en waar hij had gezegd dat hij een kind wilde. Het doelloos rondrijden in de auto over de provinciale wegen, het schaarse licht van de straatlantaarns langs de rand van de bossen. En toen hij haar had zien huilen op de terugweg van die discotheek in Cerrione, de klappen die hij Sebastiano had gegeven.

Hij zag alles weer voor zich, elke gebeurtenis van die nacht, helder en volmaakt afgerond in de geluidsband van dat nummer.

En hoe ze elkaar op het laatst hadden teruggevonden, in Bar Sirena, toen hij had opgekeken en haar ineens achter aan de toog had zien zitten. En toen ze naar huis waren gegaan, naar zijn oude zolderverdieping, waar ze op het bed waren neergeploft en daarna hadden gevreeën.

'*Don't forget me, I beg,*' zong Marina nu.

Elsa keek opzij naar Andrea en zag dat hij zat te huilen.

Terwijl hij naar het scherm keek druppelden de tranen op zijn trui.

Andrea wachtte tot ze klaar was met zingen, hij wachtte tot Marina haar ogen weer opende en hem dwars door het scherm aankeek. Toen dat gebeurde wist hij zeker dat zij wist dat hij daar was. Hij wist zeker dat ze niet naar de tv-kijkers lachte, maar uitsluitend naar hem.

Ze zei hem vaarwel, en hij zei haar vaarwel.

Nee: ze was geen tv-babe. Dit was haar verhaal, haar leven.

Andrea zou voor altijd van haar houden, en nu zou hij alles kapotslaan wat hij binnen handbereik kreeg, en de hele boerderij in brand steken, en de hele wereld met blote handen vernietigen.

Hij pakte de afstandsbediening, zette de tv uit.

In die keuken in Massazza keerde ineens de stilte terug, de verlatenheid, het niets.

Hij keek naar Elsa.

Hij staarde haar langdurig aan, zwijgend, roerloos. In zijn blik lag zo veel woede, zo veel wanhoop dat Elsa er bang van werd.

Maar hij gunde haar niet de tijd om weg te lopen of te praten. Hij stortte zich op haar. Hij gunde haar niet eens de tijd om het te begrijpen. Hij knoopte met één woeste, snelle beweging haar bloesje open. Toen rukte hij de rits van haar rok open en trok hem met geweld uit, hij sjorde haar panty zo hardhandig omlaag dat hij scheurde. Hij dacht dat hij er niet meer toe in staat was, maar dat was hij wel. Dat bewees hij nu.

Hij zoende haar heftig, zijn wijd open ogen gericht op iets wat er niet was en wat niet tot deze wereld behoorde. Hij klemde haar nylon panty nog steeds in zijn vuisten. Hij voelde haar tegenstribbelen, of misschien probeerde ze hem alleen te omhelzen. Hij wist het niet, het boeide hem niet. Hij hield zijn hand op haar mond, want hij wilde haar niet horen. Hij duwde haar benen uit elkaar, hij drong bij haar binnen. Hij was aan het vrijen met een ander.

Het duurde maar een paar minuten. Hij had nooit gedacht dat hij zo veel razernij en zo veel woede kon uitstorten in een ander lichaam.

Toen hij klaar was, kwam hij overeind van de bank en van Elsa, die als versteend bleef liggen, met tranen in haar ogen, haar hoofd diep weggezonken tussen de kussens. Zonder zich om te draaien bleef hij in de deuropening staan.

'Je kunt blijven slapen, als je wilt.'

Hij zag niet hoe ze, bleek en ongelovig, zich bukte om haar spullen bijeen te rapen.

Hij zag niet hoe ze langdurig naar haar kapotgescheurde panty zat te staren. Hij zag ook niet hoe ze over haar been wreef waar hij haar had geschramd, hoe ze staarde naar die schram: die enige getuigenis, het enige wat hij haar had weten te geven.

Als een dievegge probeerde Elsa de restanten te stelen die hij voor haar had achtergelaten op haar lichaam en op de grond, her en der op de bank. Ze stal het beetje dat er was, dat beetje zweet, dat stukje rode huid, dat alles behalve liefde was. En toch wilde ze het stelen. En ze bleef maar over die schram wrijven, haar kleren bijeengraaien en die van hem, ze hield ze stevig op schoot, doodsbang.

Andrea zag niets van dat alles.

Hij liep gewoon de kamer uit, poedelnaakt. Hij sprong onder de douche. Hij had er behoefte aan om zich te wassen, om die viezigheid van zich af te krijgen. Hij draaide de hete kraan open, hield zijn gezicht eronder.

Deed zijn ogen dicht en dacht nergens meer aan.

27

De nacht van de diefstallen

Die nacht, terwijl Andrea huilend onder de douche stond en Elsa zich haastte om de restanten van het gebeurde op te pakken, die paar restjes liefde verspreid door de keuken in Massazza; terwijl deze twee mensen in stilte, ergens op die ijzige vlakte in het noordwesten van Italië, probeerden de brokstukken weer aan elkaar te lijmen, stapte 664 kilometer verderop, in een lauwe nacht vol toeterende claxons, Marina net uit een Mercedes met chauffeur. Ze holde met haar roze rolkoffer over de straatkeien, stak dwars door het verkeer over en passeerde het luidruchtige plein. Verbluft, met haar neus omhoog, stapte ze over de vergulde drempel van het Bernini Bristol Hotel.

Het eerste wat ze dacht toen ze binnenkwam, toen ze de bordeauxrode livrei van de nachtportier zag en vervolgens de enorme kroonluchters van Murano-glas die in de lobby van het plafond naar beneden hingen, was: wauw!

Niettemin liep ze verveeld naar de receptie, liet haar koffer aan de piccolo over en zei alleen maar dat ze honger had.

'Het is halfeen,' probeerde de receptionist haar duidelijk te maken. 'De keuken van het restaurant is helaas gesloten, het spijt me.'

Marina liet zich niet intimideren door zijn hoffelijkheid: 'Ik wil roomservice, over een halfuur. Wat er maar is, alles is goed.'

Ze overhandigde haar identiteitsbewijs, nam de sleutel in ontvangst en liet zich in de lift naar de zevende verdieping en vervolgens naar kamer 701 begeleiden. Ze wachtte tot de piccolo, een jongen van haar leeftijd, haar koffer op het bagagerek had gelegd. Een rolkoffer van vijfentwintig euro, made in China, maar zij bezwoer hem evengoed voorzichtig aan te doen. Zodra de jongen weg was, knalde ze de deur achter hem dicht, draaide die twee keer op slot, trok haar pumps uit en keek toen ongelovig, met ingehouden adem, om zich heen in de kamer: die was gigantisch.

Ze was hevig onder de indruk van de vloerbedekking, het vuurrode behang, het kingsize bed en de enorme spiegel met bladgouden lijst.

Ze liep naar de tv, bekeek hem eens goed: flatscreen, minstens veertig inch. Als een kind in Gardaland dat van verrukking niet weet waar het moet kijken draaide ze zich om en zag de Ferrero Rocher die op het nachtkastje was gelegd. Ze raakte hem lichtjes aan, alsof hij daar niet voor haar lag en zij niet het recht had om hem op te eten.

Ook nu niemand haar kon zien, lette ze op hoe ze liep, godweet waarom. Ze struikelde over iets aan de voet van het bed, keek omlaag om te zien wat het was: een splinternieuw, in plastic verpakt paar witte badstof pantoffels. Marina zette grote ogen op, pakte ze van de grond. Als een dief die zich ineens heel alleen in een bankkluis bevindt, zonder alarm en zonder bewakers, kon ze gewoon niet geloven dat dit allemaal echt was.

Van haar, binnen handbereik.

Ze maakte de verpakking van de pantoffels niet open, ze legde ze zolang op het bed, tot ze er een besluit over had genomen. Nu rende ze naar de badkamer en daar stond ze werkelijk als aan de grond genageld: er was een badkuip! Een stuk of tien kleine flesjes badschuim en shampoo lagen in een mandje naast de wasbak. Marina maakte er een open om de geur op te snuiven, toen maakte ze er nog een open, en nog een. Ze maakte ze allemaal open. Ze keek rond. Er was zelfs een föhn met diffuser! Er lag een hele stapel handdoeken! Ze wist zelf ook niet goed wat ze met zo veel handdoeken aan moest: thuis gebruikte ze er twee, geen twintig. Ze keek ernaar, voelde eraan. Wat waren ze zacht!

Toen kwam ze ineens weer bij zinnen. En haar eerste gedachte in heldere toestand was: jatten, alles jatten. Voordat het te laat was, voordat er iemand kwam aankloppen. Alles bijeengraaien, grijpen, in haar koffer proppen.

En dat deed ze, nog geen vijf minuten nadat ze was aangekomen.

Ze pakte de kleurige miniflesjes badschuim, de nog in plastic verpakte pantoffels, de handdoeken – maar alleen de bidetdoekjes, want voor de andere had ze geen plaats. Ze maakte haar koffer open, haalde al haar spullen eruit, gooide de buit erin en legde haar kleren eroverheen. Nee, ze handelde niet zonder nadenken. Ze wist precies wat ze deed. Wanneer krijg je ooit weer zo'n kans? hield ze zichzelf voor. De wereld is gierig, de wereld daarbuiten is een jakhals, die geeft je nooit iets cadeau. Daarom moest ze zich haasten en haar kans niet laten schieten.

Ze keek opnieuw om zich heen. Wat had ze nog gemist?

Eigenlijk wist ze niet wat je mocht meenemen en wat niet. Ze had nog nooit van haar leven in een hotel overnacht, laat staat in een met vijf sterren.

Ze zag een asbak en ook al rookte ze zelden, ze stopte hem in haar koffer. De badjas liet ze hangen: die was veel te groot, zover durfde ze niet te gaan. Er lag een agendaatje: dat pakte ze. Een potlood: dat pakte ze ook. Alles onder in haar koffertje uit China gepropt.

Toen bleef ze staan om op adem te komen. De handdoekendievegge had dorst.

Ze keek rond of ze de minibar zag: zo een als in de film. Onder het tv-toestel ontwaarde ze iets dergelijks. Ze liep ernaartoe, maakte het deurtje open. Al het mogelijke en denkbare lag daar, klaar om te worden geplunderd. Marina wist niet meer hoe ze het had.

Ze koos het flesje champagne van 25 cl, ervan uitgaand dat het gratis was. Maar ook al was het niet gratis, het werd toch allemaal door Mediaset betaald. Ze pakte een glas en schonk het tot de rand toe vol. Daarna ging ze op het bed tussen de kussens liggen en proostte met zichzelf. Ze barstte in lachen uit. Het was niet te geloven, ze kon het niet geloven! Ze voelde zich net Lady Gaga.

Als iemand haar zo had gezien terwijl ze die champagne dronk en vervolgens als een klein kind over dat bed rolde, dan had hij een haarscherp beeld gekregen van een ordinaire griet die plotseling succes heeft geboekt, maar had hij ook eindeloos veel medelijden met haar gehad.

Na een minuut of tien hield ze op met die aanstellerij en ging ze overeind zitten.

Het grote raam tegenover haar was dicht en ze kreeg een onbedwingbaar verlangen om het open te doen.

Ze stond op, liep ernaartoe en gooide het raam wijd open. Een heerlijke frisse lucht, die niets winters had, streelde haar gezicht en bracht haar haren in de war. Het was januari, maar het leek wel april. Ze boog zich voorover en keek naar buiten, en haar adem stokte.

Rome lag stralend voor haar, als een sterrenhemel.

Vanaf de zevende verdieping kon ze de hele stad in één blik vangen, van de koepel van de Sint-Pieter tot de pijnbomen van Villa Borghese tot aan het Pantheon, allemaal plekken die ze niet kende en waarvan ze die middag voor het eerst een glimp had opgevangen, door het raampje van de Mercedes met chauffeur die speciaal voor haar naar het station was gekomen. Miljoenen lichtjes schitterden tegen de gevels van de eeuwenoude palazzi, langs de drukke wegen. De hemel was rood in plaats van zwart. De nacht was uitgestrekt en druk bevolkt. En tegenover haar, recht voor haar raam, prijkte de Fontana del Tritone van Bernini, sprookjesachtig verlicht midden op het plein, sprankelend, als het ware speciaal voor haar gebeeldhouwd.

Natuurlijk wist Marina niet dat die figuur een triton was, en ze had ook geen idee dat er ooit een Gian Lorenzo Bernini had bestaan. Voor haar was het gewoon een fontein met een standbeeld in het midden, en ook al zag ze wel dat die opvallend mooi was, voor haar had dat beeld geen andere functie dan haar te vermaken en te verrassen. Haar te onthullen, in deze epische nacht, dat het universum van haar was.

In de Via Veneto nam het verkeer intussen niet af, hoewel het al na enen was. Ze had nog nooit zoiets gezien. De eeuwige stad ademde in haar gezicht, heette haar welkom. Marina leunde verrukt glimlachend met haar ellebogen op de vensterbank en had het idee dat ze door een grote regisseur werd opgenomen, dat dit een film was, *haar* film.

Toen werd er op de deur geklopt en moest ze weer terugkeren in het heden. Ze deed open en trof een bediende met een dienblad aan. Ze stierf van de honger. Ze nam het blad aan en deed de deur weer dicht, waarna ze op bed ging liggen, de tv aanzette en alles verorberde wat er was. Al zappend, op haar buik liggend met haar benen over elkaar, dineerde ze met buffelmozzarella en Ferrari Brut.

Ze trok zich nu van niemand iets aan. Ze dacht niet aan degenen die ze tussen de bergen van Biella had achtergelaten, aan het huis in Piedicavallo. Sterker nog, ze vroeg zich af hoe ze het ooit tweeëntwintig jaar had kunnen volhouden daarginds, opgesloten in die prehistorie.

Morgen zou ze samen met haar moeder de stad gaan bezichtigen, en ze popelde van verlangen. Om twaalf uur zou ze haar van het station gaan ophalen, en dan zouden ze een hele middag de toerist uithangen. De toerist: een onbekend woord voor hen. Ook haar moeder was nog nooit in de hoofdstad geweest; als ze binnenkwam in dit hotel zou ze flauwvallen van opwinding. Lachend stelde Marina zich het tafereel voor: zij had de treinreis voor haar moeder betaald, zodat ze met eigen ogen kon zien hoe ver haar dochter het geschopt had.

Nu hoopte ze alleen dat Donatello geen roet in het eten zou gooien met een of ander lastminutegastoptreden of interview. Al die verplichtingen begonnen haar nu al behoorlijk de keel uit te hangen. Hij logeerde niet in het Bernini, hij zat in een driesterrenhotel in de buurt van station Termini. Logisch: zij was immers de ster. Hij was alleen maar haar agent, die lange slungel uit Zubiena met die gruwelijke nagel aan zijn rechterpink. En zij zou hem zonder aarzelen dumpen zodra ze *X Factor* had gewonnen.

Dat dacht Marina, terwijl ze de minibar plunderde en vervolgens in het warme bad stapte, waar ze alle flesjes badschuim in had leeggegoten nadat ze ze weer uit haar koffer had gehaald.

Vanuit het bad kon ze evengoed de tv horen. De tv was het best denkbare gezelschap, zodat ze zich totaal niet eenzaam voelde.

Ze dacht nog steeds nergens aan. Ze vroeg zich in de verste verte niet af wat voor effect haar optreden van die avond misschien gehad zou kunnen hebben op degenen die haar kenden, op degenen die in de provincie waren achtergebleven en die haar vanuit de provincie in close-up het scherm hadden zien vullen.

Haar grootouders, haar vroegere schoolgenootjes, heel Andorno was wakker gebleven, thuis voor de buis, die al vanaf het avondeten stond afgestemd op Italia Uno. En toen ze haar zagen, waren ze sprakeloos, ademloos, ze ervoeren iets wat in de buurt kwam van wat de drieëndertig toeschouwers van de cinematograaf van de gebroeders Lumière ervoeren op de avond van 28 december 1895. Toen voor het eerst in de geschiedenis een trein een trein was, maar toch ook weer niet. Het was een levend beeld, maar niet echt; de werkelijkheid was een hallucinatie.

Welnee. Zij dacht allang niet meer aan haar wraakgevoelens, aan die keer dat ze rondreed door Andorno, naar de ramen van de huizen keek en zichzelf bezwoer: op een dag zullen ze zien wat ik in mijn mars heb.

Zij lag gewoon lekker te badderen.

Rond tien over halftwee hoorde ze haar telefoon twee piepjes geven. Ze stak haar hand uit en pakte hem. Ze dacht dat het Donatello was, of haar moeder met de zoveelste vraag omtrent de treinreis en het overstappen. Maar het was Elsa.

Elsa?! Marina zette grote ogen op. Wat wilde die in godsnaam? En nog wel op dit tijdstip.

Om haar telefoon niet nat te maken, leunde ze met haar ellebogen op de badrand en opende het bericht.

'Hoi Marina, ik wil je graag spreken, niet via de telefoon maar persoonlijk. Laat me weten wanneer ik bij je langs kan komen in Milaan.'

Nooit! dacht Marina. En dat wilde ze meteen terugschrijven, maar toen bedacht ze dat het het beste antwoord was om haar helemaal geen antwoord te geven.

Net goed, dacht ze. Wat denk je wel? Ik ben hier, niet jij. Rot op.

Zodra ze hem had verzonden, had Elsa er meteen spijt van dat ze die sms had gestuurd. Maar ze zat in de badkamer van Andrea, op de wc, met haar blik verloren in de spiegel tegenover haar, en ze kon wel huilen.

Het is niet te geloven, dacht ze onwillekeurig, hoe je op momenten van wanhoop hulp kunt vragen aan totaal de verkeerden.

Ze stond op en raakte van alles aan: een scheermesje, een stuk zeep. Ze moest zich bedwingen om niet iets te pakken en in haar tas te stoppen. Iets van Andrea, iets wat tot zijn leven behoorde. Zo liep de liefdesdievegge door die kleine, vochtige, kille badkamer, wachtend tot de handdoekendievegge in Rome haar antwoord zou geven.

Ze wist niet wat ze moest doen. Voortdurend tilde ze haar rok op om de schram op haar linkerdij te bekijken, het merkteken dat hij op haar had achtergelaten als een buitenlandse soldaat, of een verwilderde kat. Haar panty kon ze wel weggooien, maar ze wilde er nog geen afstand van doen en hield hem in haar zak.

Een ander had in haar plaats haar spullen bijeengeraapt en was van het toneel verdwenen. Maar Elsa bleef daar maar zitten, wachtend op godweet wat: tot Andrea op de deur zou kloppen? Tot hij zich ongerust zou maken om haar?

Hij lag al een uur te slapen, ze hoorde hem snurken.

Ze had kunnen weggaan zonder dat hij het merkte, maar in plaats daarvan gooide ze ijskoud water in haar gezicht en ging naast hem in bed liggen.

Ja, ze zou van het toneel verdwijnen. Maar niet nu, nog niet.

Morgen, als het licht was, zou ze de scherven van haar trots bijeenrapen. Voor nu wilde ze alleen maar hier slapen, in dit bed, op dat deel van het matras dat haar nooit zou toekomen, zoveel was haar nu wel duidelijk. Ze wilde hem horen ademen, ze wilde nog iets zien te ontfutselen aan hun laatste nacht. Zoveel hield ze van hem.

Marina stapte uit bad en trok de badjas aan.

Ze droogde haar gezicht af met een handdoek, haar haren met een andere, en haar voeten met weer een andere. Toen probeerde ze de föhn met diffuser, vijlde haar nagels met de houten vijl uit de beauty kit.

Gehuld in de badjas – die ze zo lang mogelijk wilde aanhouden – keerde ze terug in de slaapkamer, pakte daar het laatste zakje chips uit het kastje van de minibar en ging ermee op bed liggen.

Ze had zich wel iets anders voorgesteld bij de dag van haar eerste optreden op de nationale tv. Ze had gedacht dat het een grootse ontvangst zou zijn, een en al opwinding, spanning en sensatie. Maar ze had zich gewoon om zes uur bij de Mediasetstudio's in Rome gemeld, en het was eigenlijk ook weer niet zo heel bijzonder geweest om daar naar binnen te lopen. Sterker nog, de studio's van BiellaTV 2000 hadden meer indruk op haar gemaakt.

Ze was langs de visagiste en de kapster gegaan, terwijl ze aan één stuk door zat te sms'en. Op de vragen die de visagiste haar stelde, gaf ze eenlettergrepige antwoorden. Ze had de flesjes nagellak van Chanel en de lippenstiften van Dior gezien, en ze had presentatrice Alessia Marcuzzi voorbij zien lopen. Toen was de aflevering opgenomen, ze had geweldig gezongen, had een hoop complimentjes in ontvangst genomen, en was uit eten gegaan met mensen die Donatello had omschreven als 'fundamenteel voor je carrière'. Ten slotte waren ze samen in de Mercedes met getinte ramen gestapt: hij was bij station Termini uitgestapt, zij op de Piazza Barberini. Punt. Ze begon het nu al normaal te vinden.

Op kanaal 30 van de digitale tv werd een herhaling uitgezonden van een aflevering van *The Bold and the Beautiful* die zij had gemist in de chaos van haar nieuwe leven, altijd onderweg en altijd uit eten. Terwijl ze daarnaar keek, kwam ze op het idee om haar Facebook-pagina even te checken. Een paar uur na de uitzending waren er al tweeduizend likes bij gekomen, en ontelbaar veel waarderende berichtjes. *Je bent prachtig, je bent fantastisch.* Tien minuutjes op tv waren al genoeg om je hele leven te veranderen.

Marina las ook een stuk of tien scheldberichten: *Je stem klinkt nergens naar, Je bent gewoon de zoveelste tuthola die zich om-*

hoogneukt in dit failliete land. Ach ja, dat hoorde erbij, hield ze zichzelf voor. Ze had inmiddels wel door hoe het werkte. Van dat gescheld werd ze niet warm of koud. Het was zo gemakkelijk om beroemd te worden, dacht ze, het was *te* gemakkelijk.

Ze zette de tv uit, trok haar nachthemd aan en stapte onder de dekens.

Ze deed ook het licht uit en toen begon er iets af te brokkelen in haar binnenste. Zonder dat ze het wilde, dacht ze ineens aan het huis in Piedicavallo, en toen aan de basisschool in Andorno, het riviertje en het ezelpad naar het Lago della Vecchia. Ze had ineens hevig behoefte aan haar moeder naast haar. Ze kon niet wachten om haar te omhelzen morgen op het station, en misschien ook nog om ergens vergiffenis voor te vragen.

Nu de gigantische kamer van daarnet eenmaal in het donker gehuld was, kon het elke willekeurige plek zijn: een berghok, een kelderruimte. De stilte had iets dreigends, en af en toe hoorde ze geluiden van andere mensen – een wc die werd doorgetrokken, een hoestbui, de dialogen van een film op laag volume – die haar eraan herinnerden dat dit geen huis was.

Marina lag de hele nacht te woelen. Om de haverklap stond ze op om wat te drinken of om te plassen. Ze probeerde uit alle macht in slaap te vallen, maar ze kwam niet verder dan een rusteloze, geagiteerde halfslaap.

Om vier uur in de ochtend sperde ze haar ogen wijd open en vroeg het zich nadrukkelijk af: of *hij* haar een paar uur eerder had gezien en had gehoord hoe ze 'Someone Like You' zong, zo fantastisch, voor heel Italië. En daarbij verwees 'hij' dan naar Raimondo Bellezza, haar vader. Ze had hem niet meer gezien of gesproken na die nacht in de stationsbar van Biella. Misschien was het hem wel ontgaan dat zijn dochter op Italia Uno zou komen.

En wat had het dan voor zin? Om in Rome te zijn, om voet te hebben gezet in de studio aan de Piazza SS. Giovanni e Paolo 8, als hij vervolgens niet eens de tv had aangezet? Hij, die verrader, om wie Marina toch heel veel gaf, vooral midden in de nacht. Ze kon hem niet veranderen, ze kon niet net doen alsof hij niet bestond, want al zou de hele wereld instorten, die man zou hoe dan ook altijd haar vader blijven.

Ze had dat nummer voor hem gezongen, voor het oog van het hele land. En ook al had ze het niet expliciet aan hem opgedragen, vanbinnen had ze dat wel degelijk gedaan. Ze had woord gehouden. Zij was iemand die haar beloften nakwam. En nu, hier in die donkere, vreemde kamer, had ze het gevoel dat ze helemaal geen familie meer had.

Op datzelfde moment, terwijl zij rusteloos lag te woelen in het bed van het Bernini Bristol, stapte Andrea naar buiten in de ijskoude, besneeuwde nacht van Massazza; hij pakte de sneeuwschep om een pad vrij te maken, en ook hij was rusteloos. Zij dacht geen moment aan Andrea: ze was in staat zichzelf enorme offers op te leggen en die vervolgens zonder morren te dragen.

Maar toen ze tegen zes uur 's ochtends in slaap viel, tijdens die verwarde overgang van gedachten die dromen worden, gunde Marina zichzelf een heel kleine inzinking. Ze zag hem lopen over het grindpad door het Burcinapark, ze zag hem van achteren een sigaret roken zoals die ene middag in september. En om hen heen was het een en al bloeiende bomen en rododendrons, een en al ritselende bladeren. Toen ze bij het uitzichtpunt aankwamen, draaide Andrea zich naar haar om. Hij lachte naar haar zoals hij altijd deed, zonder zijn tanden te ontbloten, enkel zijn lippen lichtjes buigend. En dat lachje betekende: alles komt goed, wat er ook gebeurt. Ik zweer je dat alles goed komt.

En terwijl zij van hem lag te dromen, zat Andrea met twee dikke truien aan op een krukje de onrustigste koe te melken en dacht hij aan zijn Marina, onherroepelijk verloren.

Elsa was uiteindelijk toch blijven slapen. Hij had haar niet aangeraakt, zelfs niet per ongeluk. Hij was zonder om te kijken uit bed gestapt en koffie gaan zetten, zoals altijd.

Nu was hij hier in de lauwwarme stal bezig de emmers met melk te vullen, en als er op deze wereld geluk bestond, dan ervoer hij dat op dit moment. Dit waren zijn koeien, dit was de grootste vrijheid die een mens kon hebben. Hij was geboren in 1985, hij was vier jaar toen de Berlijnse Muur was gevallen, daar herinnerde hij zich niets van. Van de geschiedenis had hij alleen het einde meegemaakt. En dit hier was een begin. Een uitdaging.

Terwijl hij de emmers naar de kaasmakerij bracht om de melk in de karnton te gieten, besefte hij dat Marina nooit meer zou terugkomen. En terwijl hij zich een klein lachje liet ontglippen, besloot hij diep in zijn hart dat hij het ook wel best vond zo.

28

Stipt om twaalf uur stond Marina op perron 12 van station Termini, en ze trappelde van ongeduld. De hogesnelheidstrein Frecciarossa had tien minuten vertraging, maar zij bleef de rails af
turen om de neus van de trein aan de horizon te zien verschijnen.

Elke nare gedachte die ze tijdens de nacht had gehad, was verdwenen.

Ze was opgemaakt, mooi aangekleed en blij als een kind, want
haar moeder zou zo meteen uit rijtuig 7 stappen. Eindelijk zouden ze een middag kunnen beleven waarvan ze altijd hadden
gedroomd: zij tweeën zorgeloos in de straten van een grote stad,
lekker shoppen en foto's maken, en dan samen overnachten in
het chique hotel, plezier maken zoals ze nooit hadden gekund
in dat keukentje in Andorno, zonder geld, zonder idee hoe je
een vakantie besteedt.

Zij wilde het in haar eentje goed maken voor hen beiden. Het
verleden moest uitsluitend nog een nare herinnering zijn.

Ze hadden twee dagen voor hen alleen: moeder en dochter,
en verder niemand. En jammer dan voor die opdracht in de Sox
vanavond; die ging ze gewoon afzeggen, dat kon ze zich inmiddels wel permitteren. Of misschien kon ze Paola er ook mee
naartoe nemen, dan kon ze zien wat het betekent om beroemd te
worden, om tweeduizend euro te verdienen door alleen de gas-

ten in een discotheek te begroeten en een half liedje te zingen.

Ze zouden door de Villa Borghese wandelen en daarna zouden ze in de Via Condotti voor elke etalage blijven staan en zou Marina iets krankzinnigs voor haar kopen: een sjaal van Prada, een paar pumps. Ze was vastbesloten om haar moeder gelukkig te maken, om haar toch nog een stukje te bieden van het leven dat haar toekwam.

De luidspreker kondigde aan dat de Frecciarossa 9516 binnen enkele minuten zou aankomen, en zij begon vlug over het perron te lopen. Ze liep de trein tegemoet, net als in de film. Ze zag hem aan het eind van de rails verschijnen op die zonnige dag in Rome, en haar hart stond op springen van blijdschap.

Terwijl de trein steeds dichterbij kwam, begon zij te rennen. Ze liep precies naar het midden, waar rijtuig 7 volgens de planning zou stilhouden.

Opgewonden wachtte ze tot de deuren opengingen. Toen zag ze een hele stroom mensen die zich verdrongen om uit te stappen, en in die stroom zocht ze reikhalzend naar haar moeder. Ze zag haar al voor zich: verdwaasd tussen al die anderen, gedesoriënteerd op dat grote station. Maar zij was speciaal gekomen om haar bij de arm te nemen en haar naar buiten te leiden, op naar de Piazza Navona en de Trevi-fontein, giechelend als twee hartsvriendinnen.

Ze had het idee dat ze alleen al hiervoor had gevochten. Dat dit het enige was waar ze werkelijk naar verlangde. Haar moeder het gevoel geven dat ze een dame was, het gezin weer op poten zetten. Alleen bleven de reizigers maar uitstappen, rijtuig 7 liep praktisch leeg, maar van Paola was geen spoor te bekennen.

Ze zit natuurlijk in het verkeerde rijtuig, bedacht ze.

Toen iedereen was uitgestapt en door de raampjes alleen nog lege stoelen te zien waren, speurde ze het perron af, waarover de laatste passagiers wegliepen met hun rolkoffers.

Ze keek naar allebei de kanten: niets. Ze ging in de andere rijtuigen kijken, ze stapte zelfs in de Frecciarossa, maar niets. Toen haalde ze haar mobiel uit haar tas en zag dat er een gemiste oproep was. Een oproep van Paola van tien minuten geleden, die ze in het kabaal niet had gehoord.

Zou ze de aansluiting in Milaan hebben gemist? Zou ze in de verkeerde trein zijn gestapt?

Van een alcoholiste kon je alles verwachten.

Marina klemde de telefoon in haar handen. Terwijl ze haar woede in bedwang hield, belde ze haar moeder terug. Ze had nu alweer alles verpest, ze was niet eens in staat een trein te nemen. Ze hoorde de telefoon langdurig overgaan. Toen klonk eindelijk de stem van haar moeder, als van een andere planeet. Het klonk bijna alsof ze haar best deed om niet te huilen.

'Mama. Waar ben je?'

Paola's stem hakkelde en nu hoorde ze haar duidelijk huilen.

'Mama, ik sta op het station. Op het perron, godverdomme!' schreeuwde ze woest. 'Zeg waar je bent!'

'In het ziekenhuis, d'n Giangi is vanmorgen opgenomen.' Paola kon bijna niet praten van het snikken. 'Ze zeggen dat het ernstig is,' jammerde ze, 'ze zeggen dat hij misschien levercirrose heeft.'

Marina, roerloos in het midden van perron 12, hield haar mobiel tegen haar oor geklemd en wilde het niet geloven, ze weigerde het te geloven.

'Je zou vandaag komen. Je had hier al moeten zijn!' schreeuwde ze terwijl ze haar tas door de lucht liet zwiepen. 'Ik heb als een idioot op je staan wachten! We zouden samen Rome in gaan! Hoe bestaat het dat je me elke keer weer teleur weet te stellen?'

'Alsjeblieft, Mari, begin jij nu niet ook... Ik zeg toch dat ik in het ziekenhuis ben, dat d'n Giangi ziek is.'

Marina was buiten zinnen. 'Het kan me geen zak schelen hoe die vent eraan toe is! Je had gewoon moeten komen, punt! Ik ben je dochter! We hebben elkaar een maand niet gezien!'

Aan de andere kant van de lijn klonk alleen maar onderdrukt gesnik.

'D'n Giangi...' begon haar moeder.

Marina liet haar niet uitpraten: 'Waarom zoek je toch altijd zulke mislukkelingen op, hè? Waarom vind je nou nooit eens een fatsoenlijke vent, leg me dat eens uit!'

Er viel niets uit te leggen. Paola zat doodongerust in het ziekenhuis in Biella, en Marina stond woedend in haar eentje op station Termini.

'Jij bent pas tevreden als je me pissig kunt maken.'

Aan de andere kant van de lijn schrok Paola op: 'Er komt een dokter aan, ik moet gaan.'

'Goed zo, ga maar naar je leverpatiëntje, ga maar!'

Maar haar moeder had al opgehangen.

Marina bleef met haar mobiel in de hand staan. Ze voelde geen kruimel medelijden met die man, en evenmin met haar moeder, die al tien jaar haar eigen leven ondermijnde, zonder ook maar enig zicht op verbetering. Het verleden was heden. Marina kon zo veel *Cinderella Rocks* en *X Factors* winnen als ze wilde; maar ook haar moeder zou ooit in het ziekenhuis belanden en dan was haar vader er niet. Die zou er niet zijn.

Wat zou ze hem nu graag willen bellen, wat zou ze nu graag willen dat hij meteen naar haar toe kwam.

Maar helaas. Helaas stond zij hier in haar eentje, terwijl er een nieuwe trein werd omgeroepen en de reizigers zich al verdrongen op perron 12 met hun koffers achter zich aan, langs haar heen lopend alsof er niets aan de hand was, alsof ze niet eens bestond.

Marina haastte zich het station uit en stapte in de eerste de beste taxi.

Ze belde Donatello foeterend, zonder zich iets aan te trekken van het feit dat de chauffeur meeluisterde: 'Ik wil terug naar Milaan! Het kan me niet schelen wat we moeten doen. Ik ga naar het hotel om mijn koffers te pakken, regel een treinticket voor me. Ik vertrek.'

Donatello bleef langdurig stil. Hij kon niet met zijn handen in het haar gaan zitten omdat hij zijn telefoon in zijn rechterhand had en een cappuccino in de linker. Hij kon haar niet wurgen, omdat ze niet bij hem was. Maar als hij haar toch binnen handbereik had gehad, als hij haar toch aan haar haren had kunnen vastgrijpen... Ze begon onhandelbaar te worden. Wie dacht ze wel dat ze was, Rihanna?

Ze wilde door iedereen op haar wenken bediend worden. Ze had geen idee dat ze nog een hele weg voor zich had, dat ze niet zo hoog van de toren moest blazen. Donatello bedacht dat hij geen ster te pakken had, maar zich een hoop ellende op de hals had gehaald. Die griet zou hem alleen maar onkosten in plaats van winst opleveren.

'Jij gaat helemaal nergens naartoe,' zei hij op besliste toon. 'We hebben een optreden in Latina en dat ga jij doen, als je dat maar weet.'

'Ik doe helemaal geen zak!' hoorde hij haar schreeuwen.

'Marina,' Donatello verloor zijn geduld, 'ik zet je zo aan de dijk, begrepen? Wat mij betreft kun je terug naar Piedicavallo en dan kun je daar wegrotten, tussen de bergen en de veehoeders. Jij doet dat fucking optreden vanavond, en verder wil ik er niks meer over horen. Ik kom je over een halfuur ophalen.'

'Nee!'

'Nee? Neeee???' Donatello sprong uit zijn vel. 'Je weet toch wel dat je niemand bent, hè? Dat je *X Factor* zonder mij hoogstens vanaf de bank te zien krijgt, door een verrekijker, of 's nachts in je dromen? Ik betaal je treinreizen niet meer, hoor je! Ik zet je inkomen stop, ik stuur je terug naar Biella als je zo doorgaat. Je bent gewaarschuwd.'

De taxichauffeur observeerde Marina in zijn achteruitkijkspiegel.

Haar uitdrukking was om bang van te worden. Hij zag hoe ze haar telefoon op de bank smeet en wegkroop in een hoekje, ze verschool zich achter haar zonnebril en zei de hele rest van de rit geen boe of bah.

Toen Donatello twintig minuten later in het Bernini aankwam, trof hij haar onderuitgezakt op een bankje in de lobby met haar voeten op haar koffer.

Hij ging tegenover haar zitten, zette zijn spiegelende Ray-Ban af, legde hem midden op de salontafel tussen hen in en staarde haar woest aan.

'Zet die bril af,' beval hij.

Op een toon die geen tegenspraak duldde.

'Ik zei: zet die fucking bril af.'

Marina snoof en deed traag wat hij zei.

'Kijk me aan,' zei hij.

Zij sloeg nauwelijks haar blik op. Haar gezicht stond op onweer.

'Zie je dit voorhoofd?' vervolgde Donatello. 'Staat er soms "sukkel" op dit voorhoofd geschreven? Heb je het idee dat je dat hier ergens kunt lezen?'

Marina boog haar hoofd weer en zocht in haar tas naar kauwgom.

Hij zat wijdbeens, met zijn ellebogen op zijn knieën geleund, het bankje was te laag voor iemand van zijn lengte. Hij staarde haar aan zoals een jaguar een zwakke, weerloze gazelle aanstaart. Hij zag eruit alsof hij ontzettend veel zin had om haar een klap te verkopen en zich nauwelijks kon inhouden.

'Nou, laat ik even kort samenvatten hoe de zaken ervoor staan. Gisteren ben je bij Mediaset vertrokken zonder iemand te bedanken of iemand te groeten. Iets wat zelfs Tiziano Ferro nooit zou doen. Als je Tiziano leert kennen, zul je zien dat hij tegen iedereen aardig is, ook tegen nieuwkomers. En jij bént

450

een nieuwkomer en je neemt niet eens de moeite om de directeur een hand te geven. Daarna zijn we uit eten gegaan met onder anderen Giorgio Magri, een hoge pief die al tien jaar bij Italia Uno werkt, tien jaar! Die heeft de macht om jou een kans te
geven op primetime, en jij hebt niet alleen geen woord gezegd,
geen enkel woord, maar op een gegeven moment zat je gewoon
te slapen. Ik heb je gezien.'

Marina zat kauwgom te kauwen en hield nog steeds haar benen
uitgestrekt op haar koffer. Ze spreidde een dodelijke verveling
tentoon, het leek haast of ze niet eens luisterde. Maar ze had niet
het lef om hem aan te kijken. Ze gedroeg zich als een snotneus
die erop is betrapt dat hij iets jatte, zo eentje die elk bewijs doodleuk ontkent, zodat je hem wel kunt wurgen. Deze keer zou ze er
niet zo gemakkelijk van afkomen, zei Donatello bij zichzelf, deze
keer niet. En hij staarde haar woedend aan. Hij pakte zijn bril,
speelde ermee in zijn handen en legde hem weer op het tafeltje.

'Meisje,' zei hij, 'jij bent niemand, onthoud dat. Jij hebt een
prutserige talentenjacht op BiellaTV 2000 gewonnen. Er zijn
mensen met twintig jaar ervaring, mensen die optreden in San
Siro en dan zit het hele stadion vol. En wie ben jij, hm? Leg eens
uit. Jij komt in Rome aan, je bent er één dag en je meent al meteen dat je de koningin bent. Wat denk je wel? Dat de hele wereld
op jou zit te wachten nu je tien minuutjes op tv bent geweest?
Marinaaa!!' Hij imiteerde een denkbeeldige juichende menigte. 'Jongens, let op! Die Marina uit Piedicavallo is hier! Wauw,
moet je kijken! Daar is het bergmeisje, let op!'

'Schei uit,' mompelde Marina binnensmonds.

'O nee, lieve schat! Ik schei goddomme helemaal niet uit. Ik
heb nu ernstige bedenkingen over jou en ik begin er spijt van te
krijgen dat ik je heb opgepikt in die flutstudio tussen de rijstvelden. Ik wil nu luid en duidelijk van je horen wat je plannen zijn.
Want ik ben niet het kantoor van de spoorwegen of een fucking
reisbureau dat je kunt bellen: *regel een treinticket voor me, ik wil*

vertrekken!' Hij imiteerde haar meedogenloos. 'Dat is een mis-verstand, ik ben niet je butler. Ik heet Donatello Ferrari, ik ben een scout en agent voor artiesten. Ik investeer geld in mensen die talent hebben, niet in ordinaire tutjes uit de provincie. Dus nu leg jij mij uit wat je verdomme van plan bent, en als je zo graag terug wilt naar Milaan, dan trek je lekker je eigen porte-monnee, je gaat naar de kaartautomaat en je koopt lekker je ei-gen kaartje.'

Marina haalde haar benen van de koffer af en ging rechtop zit-ten. Ze was groen weggetrokken. Het was duidelijk dat ze hem graag naar de hel zou wensen, maar omdat ze daarvoor niet in de positie was, beet ze op haar tong.

Donatello bleef haar nijdig aanstaren. Met zijn voet op de grond tikkend wachtte hij op een reactie. Er liepen gasten door de lobby van het hotel en bedienden in livrei wierpen steelse blikken op die twee op de bankjes bij dat tafeltje achteraan, die nog steeds niets hadden besteld.

'Ik wil *X Factor* winnen,' zei Marina op een gegeven moment, 'en ik wil meedoen aan San Remo. Maar ik wil niet meer van die kloteoptredens in discotheken doen!' protesteerde ze. 'Die vind ik doodsaai.'

'O, die vind je saai.'

'Ja,' vervolgde ze klaaglijk, 'het is niet eerlijk...' Nu klonk ze net als zo'n eigenwijs kind dat weet dat het fout zit, maar toch speelt dat het gelijk heeft. En dat nog slecht speelt ook. 'Ook al die in-terviews die ik van je moet doen, en al die avonden dat ik ergens moet opdraven... Ik bedoel, wat heeft dat voor nut? Ik moet van jou altijd werken, elke dag, en of dat nou zoveel oplevert, weet ik niet... Die single die je me hebt gegeven is toch om te kotsen.'

'O, die vind je om te kotsen.'

'Ja, alleen al dat onbenullige refrein: *Je bent een eindeloze zon die maar blijft geven, je bent gewoon mijn hele leven...* Kom op, zeg! Ik schaam me gewoon om die shit te zingen. Ik wil met echte artiesten samenwerken, niet met Mirko Sabbatini! En gisteravond ook, ja, leuk hoor: Italia Uno en zo, maar ik moest als laatste op en ze hebben me amper drie vragen gesteld.'

Nu hing ze ook nog het slachtoffer uit.

'Ja, ja,' viel Donatello haar in de rede, 'en hoeveel vragen had je dan verwacht? Duizend? Marina Bellezza, geen hond die haar kent buiten Biella, weet je hoeveel kijkers er waren gisteravond op Italia Uno... Wat denk jij, goddomme!' schreeuwde hij, en hij sloeg met zijn vuist op de salontafel. 'Je zou m'n voeten moeten kussen dat ik het voor elkaar heb gekregen om jou ertussen te krijgen in dat programma! Je zou naar de kerk moeten gaan om een kaarsje op te steken! Maar goed, genoeg.' Hij stond op. 'Ik heb het helemaal gehad.' Hij zette zijn zonnebril weer op. 'Bel maar een taxi en hoepel op naar Biella.'

Hij liep weg. Marina dacht dat hij deed alsof, om haar bang te maken. Maar hij vertrok daadwerkelijk. Toen ze eindelijk omkeek, zag ze dat hij er niet meer was. De lobby was nu uitgestorven. En zij zat daar met haar roze koffer met daarin de gestolen handdoeken, en ze voelde zich verloren. Ineens was ze totaal alleen hier in die grote, vreemde stad.

Toen trok ze haar jas aan, greep het handvat van haar koffer en begon te rennen.

Ze stormde naar buiten. Iedereen liet haar in de steek: haar vader, haar moeder en nu ook nog Donatello. Ze zocht hem bij de uitgang, maar ze vond hem niet.

Ze zocht hem bij de bar aan de overkant en bij de bioscoop. Eindelijk zag ze aan de overkant van het plein een zwarte figuur weglopen. Een lange gestalte die verdween over de Via del Tritone. Marina sprong pardoes de straat op tussen de auto's. Ze rende het plein over en schreeuwde: 'Tellooo! Tellooo!' Maar hij hoorde haar niet.

Op haar hoge hakken en met haar koffer achter zich aan was ze niet zo snel. Dus trok ze haar pumps uit en rende blootsvoets die statige straat af, die haar nu geen bal meer interesseerde. Nu wilde ze alleen nog Donatello inhalen.

De mensen keken naar haar door de raampjes van de auto's die in de file stonden, door de etalageruiten. Ze schreeuwde nog eens: 'Tellooo! Tello, waaaaacht!' Eindelijk had ze hem ingehaald en moest hij zich noodgedwongen omdraaien.

In het centrum van Rome, op het vuile trottoir waaraan tientallen eeuwenoude palazzi stonden, op een steenworp afstand van de Via Veneto en de hele geschiedenis wierp zij haar armen om zijn hals. Als een verliefde, als in de eindscène van een van de slechtste romantische komedies. Ze greep hem vast, ze duwde haar gezicht tegen zijn jas. Ze smeekte hem om haar niet alleen te laten.

En zo zat hij opnieuw opgescheept met dat onhandelbare, onuitstaanbare wicht, dat zich vastklampte aan zijn lijf en hem niet wilde loslaten en voortdurend sorry zei, en ondanks alles kon hij niet anders dan zijn armen ook om haar heen slaan. Omdat hij menselijk was, of misschien omdat zij duivels was. En ook al was hij echt niet dom en wist hij donders goed dat ze loog, hij kon er niets aan doen.

'Kom,' zei hij terwijl hij zich losmaakte, 'zo hebben we wel genoeg drama gehad.'

'Oké,' knikte Marina glimlachend met ietwat glimmende ogen, zoals iemand die probeert er krokodillentranen uit te persen zonder dat het lukt.

Ze was nu ineens heel gedwee, poeslief. Wat was ze toch een slijmerd, jezusmina! Zo vals als Judas. Donatello pakte haar arm vast, nam haar mee naar een bar en daar aten ze een broodje.

'Beloof me dan wel dat je je vanaf nu gedraagt.'

'Ja! Dat beloof ik!' zei ze met volle mond, zittend op een kruk, terwijl ze met haar voeten tegen de toog aan schopte. Ze had nog steeds een hand op zijn arm liggen en aaide hem zachtjes. 'Ik zweer het je!'

Donatello geloofde haar niet, maar hij wilde haar wel geloven. 'Dit is de allerlaatste kans die ik je geef,' besloot hij, 'zorg dat je die niet verpest. Daarna kun je janken wat je wilt, maar dan kom ik niet meer terug. Denk daaraan.'

Die middag vertrokken ze met een regionale trein naar Latina: Donatello wilde zijn protegee stevig met beide benen op de grond terugbrengen.

Toen ze op de plaats van bestemming waren aangekomen, bestelde hij echter een BMW met chauffeur, zodat ze in stijl bij discotheek Sox zouden arriveren.

's Avonds deed ze haar optreden en ze zong geweldig, zoals altijd; ze zweepte het publiek op door iets te veel haar benen te ontbloten. Donatello stond naar haar te kijken vanuit de vip-ruimte, waar hij de ene mojito na de andere achteroversloeg, zodat hij bijna dronken werd.

Ze functioneerde, hij kon niet anders zeggen.

Marina functioneerde hoe dan ook, al gedroeg ze zich van-avond misschien overdreven uitdagend en hing ze iets te dicht tegen de dj aan... Maar het had geen zin, bedacht Donatello: zet haar voor een tv-camera, zet haar voor een publiek, en ze veran-dert totaal.

De bedrijfsleider van de Sox was uiterst tevreden, de zaak was stampvol. Marina had alles in zich om echt door te breken. Het probleem was het andere, *al* het andere. En Donatello voelde zich een beetje als een voetbaltrainer die moet omgaan met een Cassano of een Balotelli. Hoe moet je zulke types in de hand houden? Pff, daar zou hij nog een zware dobber aan hebben.

Maar hij was een man van zijn woord: hij had haar een laatste kans beloofd, en hoe sceptisch hij ook was, die wilde hij haar wel echt geven.

Diep in de nacht arriveerden ze in het hotel. Heel anders dan in Rome was dit een driesterrenhotel dat er maar net mee door kon, vlak langs een provinciale weg. Marina was een beetje opgefokt, deels doordat ze gedronken had en deels doordat ruzies dit effect op haar hadden. Misschien voelde ze zich schuldig, misschien wilde ze het goedmaken, maar ze deed heel aardig tegen hem, zo had hij haar nog nooit meegemaakt. Ze liepen samen de trap op, zij wankelend. Toen ze door de gang met de kamers liepen, lachte ze als een gek. Ze plaagde hem, probeerde hem aan te vallen en dan kietelde ze hem.

'Toe nou, we moeten morgen al vroeg op de trein,' zei hij ernstig. Hij draaide zich om, zocht in zijn zak naar de sleutels van zijn eigen kamer. 'Ga maar gauw slapen.'

Maar ze liet hem niet los, ze omhelsde hem. 'Sorry voor vanmorgen,' zei ze telkens weer. Ze streelde zijn haren, lachte hem poeslief toe. En op dat moment beging Donatello een stommiteit: hij liet zich verleiden.

Hij liet zich overhalen om 'heel eventjes maar' mee te gaan naar haar kamer. Toen liet hij zich vermurwen door haar onschuldige smeekbede: 'Laat me niet alleen slapen! Blijf bij me, alsjeblieft!'

Het was zeer onprofessioneel gedrag van zijn kant, natuurlijk, maar hoe had hij haar kunnen weerstaan?

Het was volledig haar initiatief, hij hapte alleen maar toe. Hij maakte zich kwetsbaar, hij ontblootte zijn achilleshiel voor haar, zodat ze hem later, wanneer het haar uitkwam, alles voor de voeten kon werpen en tegen hem kon gebruiken. Maar hoe kon hij dat op dit moment beseffen?

Zij was sluw, en ze was een stoot. Moeilijk om dan ongevoelig te blijven. Bovendien kwam hij uit Zubiena, en zij uit Andorno Micca. Ze waren praktisch dorpsgenoten. En een kleine uitzondering op de regel moest kunnen.

Ze hadden een hoop plezier, die nacht. Donatello ontdekte dat Marina ook in dat opzicht leuk kon zijn, heel fantasievol. Het was vooral een spelletje. Maar later, toen ze klaar waren en

Donatello haar naakt uit bed zag stappen om naar de badkamer te gaan, toen hij alleen achterbleef in die hotelkamer, tussen de naar bleekmiddel ruikende lakens, toen sloeg hij zijn handen voor zijn gezicht en dacht bij zichzelf: wat heb ik gedaan?

Daarna zag hij haar volkomen relaxed terugkomen.

Hij zag haar in haar koffer rommelen.

'Zal ik eens laten zien wat ik gejat heb?' vroeg ze lachend.

Hij zag de handdoeken, de asbak, het agendaatje dat ze had meegesmokkeld uit het Bernini Bristol. Opgetogen liet ze het hem zien, trots op haar miezerige buit. Daarop barstte Donatello in lachen uit, hij vergat zijn benauwdheid en zijn schuldgevoel dat hij met haar naar bed was geweest, en ging zelf ook naar de badkamer. Toen hij terugkwam, was het licht uit. Hij ging aan zijn kant van het bed liggen, op zekere afstand van Marina, die al lag te slapen of deed alsof. Maar ze leek zo ontspannen, zo argeloos, alsof niets haar van haar stuk kon brengen: zelfs niet om naast een vreemde te slapen, naast haar agent.

Hij zorgde ervoor dat hij haar niet aanraakte, met geen enkel deel van zijn lichaam. Hij was dankbaar dat ze niet op hem had gewacht, dat ze niets tegen hem had gezegd: geen welterusten, en geen tot morgen. Hij hoorde haar een paar centimeter van hem af ademhalen, en het duurde een hele tijd voor hij zelf in slaap viel. Hij lag nog lang wakker, met zijn ogen dicht, luisterend naar haar bewegingen wanneer ze op haar zij ging liggen, haar kussen wegschoof, iets onverstaanbaars mompelde. Hij wist eigenlijk niets van Marina Bellezza en had liever niet zo dicht bij haar willen zijn nu. Hij stond een paar keer op om wat te drinken, hopend dat hij haar niet wakker zou maken. Hij controleerde nogmaals de dienstregeling van de treinen op zijn iPad. Toen lukte het hem ook eindelijk om in te dommelen.

Toen de wekker ging, was die nacht verstreken zonder sporen achter te laten, alsof hij nooit had bestaan, en er hoefde verder niets meer over gezegd te worden. Geen ongemak tussen hen:

ze waren samenzweerders en ze hadden een hele wereld te veroveren. Het was werk, gewoon werk.

Diezelfde ochtend keerden ze terug naar Milaan. Bij aankomst
gunde Donatello haar geen moment de tijd om bij te komen of
zich om te kleden. Hij nam haar meteen mee naar de repetitie-
ruimte. Daar namen ze haar eerste single op: 'Sole infinito'. Hij
maakte een afspraak met de platenmaatschappij om de promotie
te bespreken.

Marina protesteerde niet, ze deed alles wat hij zei. Ze leek haar
lesje te hebben geleerd. Blijkbaar was die uitbrander in Rome
ergens goed voor geweest. En daar was Donatello heel blij mee.
Hij had het eigenlijk niet voor mogelijk gehouden toen hij haar
die tweede kans had gegeven, maar tegen alle verwachtingen in
stelde Marina zich nu heel meegaand op.

In de daaropvolgende dagen en weken bleven de resultaten dan
ook niet uit. Marina gedroeg zich goed: nooit chagrijnig, nooit
grillig. Tijdens etentjes voor het werk kletste ze en wist ze de
juiste personen voor zich te winnen. Op repetities kwam ze altijd
stipt op tijd. Ze schikte zich naar alle avondjes in discotheken die
hij voor haar regelde, naar alle gastoptredens op lokale tv-zen-
ders. Toen wist Donatello een belangrijk optreden van meer dan
een uur te regelen op MTV, en ineens begon Marina's carrière ook
op landelijk niveau van de grond te komen.

Tegen eind januari werd haar single al op de radio gedraaid
en verschenen de eerste recensies – positief, negatief, wat maakte het uit? Alles ging goed, geweldig zelfs. *Je bent een eindeloze
zon die maar blijft geven, je bent gewoon mijn hele leven...* Het
was misschien een onbenullig nummer, maar het werkte fantastisch. Ze werd door MTV gebeld voor een tweede gastoptreden,
ze veroverde de jeugd. Donatello was apetrots. Hij zag het geld
binnenstromen en kon een zucht van verlichting slaken.

Maar hij had beter alert kunnen blijven. Hij had de eerste tekenen van verzet moeten opmerken. Hij zag ze niet.

In Milaan werd er inmiddels over hen gepraat. Op de plekken die ertoe doen zag men hen op een gegeven moment altijd verschijnen: glimlachend, elke avond nog eleganter en zelfverzekerder. Hij liet de stoelen van zijn Koleos opnieuw bekleden en er andere velgen op zetten: het allernieuwste model. Zij leerde met de pers omgaan, stond op vertrouwelijke voet met fotografen, en er waren al meisjes die haar op straat herkenden. In de lunchpauze liep ze als het even kon op en neer door de Via Montenapoleone en de Via della Spiga, ze gluurde vanuit de verte naar de vips en had het gevoel dat ze een van hen was. Ze werkte tien, twaalf uur per dag. En ze gaf geen enkel waarschuwingssignaal.

Zo verliep de maand januari rustig, als een normale werkmaand die veel voldoening schenkt en het beste doet hopen. Marina had nu ook een officiële pagina op Wikipedia, haar Facebook-pagina overschreed de drempel van veertigduizend fans. Toen brak februari aan, de cruciale maand waarin haar cd zou uitkomen. Een cd die simpelweg *Marina Bellezza* zou gaan heten.

De kalmte duurde vijf weken, en in die tijd waande iedereen zich in veiligheid. Vooral Donatello dacht echt dat dit de ommekeer in zijn leven was, dat hij Zubiena voorgoed kon verlaten en zich voortaan een fatsoenlijke woning in Milaan zou kunnen permitteren. Hij was ervan overtuigd dat hij tegelijk met Marina's bliksemcarrière zelf ook een nieuwe start had gemaakt.

Maar het was juist het begin van het einde.

29

'Blijf waar jullie zijn,' leek ze te zeggen, 'jullie
treurigen, ellendigen.
Dat wat ik bezit, zullen jullie nooit leren kennen!'

ELSA MORANTE, *Menzogna e sortilegio*

Het weeralarm werd op vrijdag 15 februari om zeven uur 's avonds
afgegeven voor de hele provincie Biella. Terwijl de voorlaatste
avond van het Festival van San Remo op het punt stond te worden uitgezonden, werden Piedicavallo, Quittengo en Oriomosso
geëvacueerd.

Hetzelfde lot was de kleine bergdorpjes in de Valle Sessera
beschoren: gezinnen met kinderen, bejaarden, alleenstaande
vrouwen werden door de burgerbescherming naar de stad gebracht en ondergebracht in de gymzalen van de scholen.

Er werd in het weekend tot twee meter sneeuw verwacht, een
sneeuwstorm afkomstig uit Siberië was met honderd kilometer
per uur onderweg naar het noordwesten van Italië. De enigen
die weigerden hun woning, en vooral ook hun dieren te verlaten, waren de veehouders op de vlakte. Onder wie Andrea Caucino.

Die avond werd er op het nieuws gesproken over uitzonder-

lijke sneeuwval en dreigende rampen, 'vooral voor onze landbouw'. Er werd gevreesd dat complete landelijke gebieden ge-
isoleerd zouden raken en dagenlang zonder stroom kwamen te
zitten; het werd dringend afgeraden de weg op te gaan. Andrea
zette de tv uit en bereidde zich voor op de sneeuwstorm. Hij zou
vierentwintig uur in afzondering zitten, misschien wel achtenveertig uur, maar hij was vast van plan om zich erdoorheen te
slaan.

Hij had genoeg hooi voor de koeien en eten voor zichzelf,
voldoende pellets voor de kachel, drank en sigaretten om het
maandenlang vol te houden, laat staan een paar dagen. Toen
de burgerbescherming hem belde antwoordde hij: 'Nee, ik heb
niets nodig. Maar maandag moet ik een bestelling leveren, dus
dan moet de weg worden vrijgemaakt hier.' Hij weigerde te luisteren naar de vrijwilligers die hem probeerden duidelijk te maken dat alle winkels maandag gesloten zouden blijven, dat hij
werkelijk riskeerde volledig afgesneden te raken van de rest van
de wereld.

Hij wilde er niet van horen en hing op.

Als eerste trok hij zijn laarzen en zijn wanten aan, deed zijn
sjaal om en ging naar buiten in die stormachtige nacht. Zijn
enige zorg was de levering die hij moest doen, de rest maakte
hem niet uit. Hij had net nieuwe contracten afgesloten met nog
twee winkels in Biella, hij had net een nieuwe koe gekocht. Hij
liet zich echt niet afschrikken door een beetje sneeuw.

Een uur later leek het of de hemel omlaagkwam. De wind
beukte ijskoud en meedogenloos neer, boog de boomtoppen
om, bracht de silo's aan het wankelen. Andrea omwikkelde alle
leidingen, zowel de gas- als de waterbuizen, met wollen truien,
dekens, lappen, om te voorkomen dat ze zouden springen. Vervolgens stopte hij de kieren in de kelder dicht, bracht hooi naar
de kaasmakerij om de vormen met maccagno en toma te bedekken. Hij gaf de kippen voor twee dagen voer. Ten slotte sjouwde

hij de pelletkachel naar de stal en bracht er ook een slaapzak, eten en water naartoe. Hij liet Clint er naar binnen, sloeg zijn kamp op in een hoekje. Hij sloot de deuren, de luiken, dichtte de spleten met houten balken en barricadeerde zich daarbinnen met zijn dieren.

Dit was een strijd tussen hem en de wereld, en die moest hij winnen. Strak voor zich uit starend ging hij op een hooibaal zitten – hij hoorde de wind gieren – en beloofde zichzelf dat het allemaal goed zou komen.

Om negen uur ging zijn telefoon: het was zijn vader, die hij al maanden niet meer had gezien of gesproken. Hij nam niet op. Toen was het de beurt aan zijn moeder: ze smeekte hem in tranen om thuis te komen, want het was gekkenwerk om daarginds te blijven. Hij antwoordde dat de boerderij inmiddels zijn enige thuis was en dat hij zijn koeien voor geen goud in de steek zou laten.

Die nacht deed hij geen oog dicht. In zijn hoofd bleef hij maar uitrekenen hoeveel schade de storm hem zou opleveren, en wat hij kon doen om die te beperken. Hij hoorde de wind, de krakende balken, maar hij wilde de moed niet verliezen.

Zoals elk dier dat gevaar ruikt hield hij al zijn zintuigen gespitst, en in zijn binnenste voelde hij de wonderbaarlijke kracht die koste wat het kost wil overleven.

Hij stond voortdurend op om bij de koeien te gaan kijken, vooral bij het dier dat hoogdrachtig was. 'Je mag nu echt niet gaan kalven, hoor,' zei hij terwijl hij het over de snuit aaide, 'alsjeblieft, niet gaan kalven in die sneeuwstorm.' Toen hij later eindelijk de slaap kon vatten, droomde hij over Riabella.

Hij zag zichzelf te voet over de sp100 omhooggaan, aan het eind van de stoet koeien zoals zijn opa vroeger deed: met een dikke tak bij wijze van wandelstok, zonder zich iets aan te trekken van de verkeersopstopping. Hij zag zichzelf langzaam in de buurt van de oostflank van de Monte Cucco komen. De gouden kleur van de weiden, in brand gezet door de zon, de alpenweiden vol bloeiende narcissen: daar vocht hij voor, voor een soort vage, eeuwenoude vrijheid. Hij rook de lucht, zwanger van het licht op die hoogte: zijn loon, zijn bestemming. Hij zag zichzelf zitten op hetzelfde rotsblok als waar zijn opa altijd hele dagen zwijgend zat, als een standbeeld, een onvermoeibare schildwacht van zijn kudde – in een stille, constante bewondering voor de bergen waartoe hij behoorde. Het silhouet van het heiligdom van Oropa lonkte tussen het groen in de verte; dat van San Giovanni in het noorden, in de schaduw van de Monte Cresto. De koeien staken hun snuit in het gras, vrij om te grazen, hun bellen rinkelden met regelmaat tot in elk beukenbos in de omgeving.

Om vijf uur in de ochtend schrok Andrea wakker en sperde zijn ogen wijd open. Tussen droom en werkelijkheid was het even een hel. De hond blafte uitzinnig, de koeien stonden onrustig tegen elkaar aan te dringen. Het was zaterdag 16 februari, de dag van het isolement, van het verzet, van de oorlog. Andrea liep naar de deur, deed hem een stukje open en keek de razernij van de winter recht in het gezicht.

Het leek of alle sneeuw van de wereld zich op zijn boerderij had gestort. En het sneeuwde nog steeds: onverschillig, onverstoorbaar, in grote, zware vlokken als vuisten vol rijst. Andrea sloeg zijn hand tegen zijn voorhoofd: hij besefte dat er die maandag niets zou worden geleverd. De buitenthermometer stond op min tien, de hemel was kleurloos, niet te onderscheiden van de aarde. Alles was wit, alles was leeg. Maar zolang de leidingen het hielden, zolang de karnton het bleef doen, zou hij het niet opgeven.

Hij ging niet eens eerst ontbijten, maar begon meteen met melken.

Intussen zaten zijn ouders vol angst aan de tv gekluisterd. Sebastiano en Luca probeerden hem verschillende keren te bellen, zwaar ongerust, maar er werd niet opgenomen. De nieuwsberichten verslechterden met het uur. De journaals spraken, voor wie ze nog kon ontvangen, over een sneeuwstorm vergelijkbaar met die van 1985, waardoor Piemonte ineens wel klein Siberië leek; waardoor er met name op de vlakte veel vermisten en gewonden waren; en waardoor de toch al tot het uiterste getergde economie nu volledig door de knieën ging.

Toen de advocaat en zijn vrouw al die berichten hoorden, voelden ze zich schuldig, ook al zeiden ze het niet hardop. Ze waren hem nooit gaan opzoeken, ze hadden hem nooit geholpen, in materiële noch in andere zin, en nu zat Andrea daarginds, in gevaar, in zijn eentje. Ze hadden zelfs Ermanno opgebeld, alsof hij vanaf de andere kant van de oceaan iets kon ondernemen.

Ook Elsa, die zich in Turijn had teruggetrokken bij een vriendin, sloeg geen enkele journaaluitzending over. Ze had Andrea sinds die ene nacht niet meer gezien, en nu kreeg ze maar geen rust bij het idee dat hem iets kon overkomen. Zelfs Marina, die laat op de zaterdagochtend zat te zappen en toevallig de beelden van zijn vlakte voorbij zag komen vergezeld van het onderschrift: 'Vermisten en gewonden in de provincies Biella en Vercelli', sloeg een hand voor haar mond en dacht aan hem: de man met wie ze op 2 maart zou trouwen en die ze met een sms'je had gedumpt.

Er waren twee vrouwen die in de rats zaten om hem, maar zelf dacht hij aan geen van beiden.

Badend in het zweet schepte hij de mest op met de riek, gooide alles in de kruiwagen en kiepte die om in de kuil. Tot het middaguur ging hij zo door, afgesneden van de wereld, mest scheppen, wegrijden, mengen met het stro. Op het laatst had hij zichzelf helemaal uitgewist, hij voelde zijn armen en schouders niet meer, hij kon de geur van de mest niet meer van die van de sneeuw onderscheiden, hij had het bloed in zijn handen staan zonder de pijn te voelen. En toen hij eindelijk neerplofte op een hooibaal, versuft, met kapotte knokkels, voelde hij zich heel erg naakt en levend; alsof hij net was geboren.

Hij voelde zich goed. Hij bood helemaal in zijn eentje het hoofd aan een sneeuwstorm, zonder hulp en zonder getuigen. Als zijn opa hem op dit moment had kunnen zien, in de stal gebarricadeerd tegen de greep van de kou, dan was hij trots op hem geweest. Misschien was hij zelfs wel ontroerd geweest. Want zijn opa had altijd een voorkeur voor hem gehad, had altijd meer om hem gegeven dan om Ermanno.

Toen stond hij weer op. Hij keek naar buiten: de natuur ging als een razende tekeer tegen zijn boerderij, het dak zou nog bezwijken onder het gewicht van de sneeuw als die storm nog vierentwintig uur zo doorging. Maar hij moest het karnen onderbreken, zijn oorlog voortzetten. Hij droogde zijn zweet af, kleedde zich weer aan, sloeg een kruisteken. Hij ging naar buiten en beende over het erf, tot aan zijn knieën in de sneeuw, zijn gezicht beschermend tegen de harde, scherpe vlokken.

Hij deed er een kwartier over om de kaasmakerij te bereiken. Als hij het wilde redden, moest hij blijven werken; zich er niet om bekommeren dat alles om hem heen instortte. Zonder zich iets aan te trekken van zijn vader, van zijn broer, van heel Italië, had hij zijn fort in de woestijn weten op te bouwen en hij zou het met zijn leven verdedigen.

Als je het Eldorado wilt, moet je er wat voor doen.

Hij bracht de melk aan de kook. Zette het karnen stil. De hele zaterdag gaf Andrea het niet op. Hij bleef zich afbeulen, de hooibalen op zijn rug laden, zijn handen verzorgen en ze in het stremsel dopen. Hij had er geen idee van hoe ongerust zijn ouders, zijn vrienden, Elsa en zelfs Marina zich maakten om hem. Hij had er geen idee van dat zij de afgelopen vijf weken zo beroemd was geworden dat ze op de cover van *Pop Italia* had gestaan en door de pers werd bejubeld als 'de muzikale openbaring van het jaar'.

Hij wist niets meer van haar; niet dat haar single 'Sole infinito' dag en nacht op alle radiozenders werd gedraaid, niet dat maandag haar eerste album zou uitkomen. Hij dacht helemaal niet meer aan Marina. Hij was ermee opgehouden op haar te wachten, aan haar te denken, naar haar te verlangen.

Alleen heel af en toe, wanneer hij door vermoeidheid werd overmand en even moest bijkomen, alleen dan kon het gebeuren dat hij in stilte haar naam prevelde, als een soort mantra. *Marina*, scandeerde hij dan langzaam in zijn hoofd. Dat was alles wat hem restte van haar: een naam, een lege klank. *Marina*, zei hij bij zichzelf. Dan keek hij naar buiten, het sneeuwde nog steeds.

Marina – hier was geen zee, hier was niets wat deed denken aan de zee.

Intussen viel er in Milaan een lichte sneeuw, die de auto's slechts fijntjes bepoederde en al smolt voor de vlokjes de grond raakten. Het was maar een heel slap aftreksel van de razernij die over Massazza woedde. Het was een gewone zaterdag, evenveel verkeer als anders, evenveel parapluventers op straat.

Om zes uur parkeerde Donatello in de Corso Buenos Aires bij Marina voor de deur. Toen zij instapte, was hij aan het bellen.

'Luister, ik ben haar manager, niet haar biechtvader. Ik kan toch niet weten wat ze allemaal voor avontuurtjes heeft? Ik hou me bezig met haar optredens, haar carrière. Ik ben een professional.' En hij brak het gesprek abrupt af.

Marina wierp hem een steelse blik toe. 'Wie was dat?'

Donatello zat over zijn iPad gebogen en keek haar niet aan. Voor hem bestond er sinds een paar weken nog maar één ding: de hitlijst. 'Je bent in drie dagen tien plaatsen gestegen, je staat nu op negenenveertig,' hij liet zijn vinger over het scherm glijden, 'negenenveertig op iTunes, dat is te gek!'

'Ja, maar wie was dat?'

'Iemand van *Amore&Scoop*, een sukkel,' zei hij, terwijl hij startte. 'Het gaat allemaal *grandioos*.'

'Wat wilde die dan?'

'Hij wilde weten met wie je naar bed gaat,' antwoordde Donatello lachend, terwijl hij met grote snelheid wegreed uit de Corso Buenos Aires en roekeloos rechts inhaalde op de drukke weg. 'Ik zei het je toch, het gaat allemaal *fantastisch*.'

'Met jou,' zei Marina koeltjes. Ze klapte de zonneklep omlaag, werkte in het spiegeltje het potloodlijntje rond haar ogen bij. 'De laatste met wie ik naar bed ben geweest was jij, de grote, serieuze professional.'

Ze wilde hem de mond snoeren en dat was haar *grandioos* gelukt. Dit was de eerste waarschuwing die ze hem gaf.

Feit was dat ze hem niet meer kon verdragen, en vanavond was ze nerveus. Misschien vanwege de persconferentie van komende maandag, misschien vanwege het gastoptreden in het middagprogramma *La vita in diretta* dat bijna geregeld was. Of misschien maakte ze zich druk om iets anders, iets wat ze niet wilde en niet kon toegeven. Donatello gaf de rest van de rit geen kik. Hij reed nog steeds als een gek, over busbanen en door rood, want dit was *zijn* avond, *zijn* moment, en zelfs Marina's steken onder water konden zijn humeur niet verpesten. Overmorgen zou de cd uitkomen: een gegarandeerd succes. Vier nieuwe nummers, drie covers; een beetje in elkaar geflanst misschien, maar wat maakte het uit? Voor vanavond had hij het groots aangepakt: hij had Mirko Sabbatini, Monica Salerno en nog een stuk of tien bekende Italianen uitgenodigd. Hij had zelfs een tafel gereserveerd in het restaurant van hotel Principe di Savoia, en dat allemaal om Marina's debuut te vieren, de waanzinnige triomf van zijn creatie. En ook al zat ze nu zwijgend op de passagiersstoel, met haar armen over elkaar geslagen en een chagrijnige kop, er kon nu niets meer misgaan.

'Geen geintjes, begrepen?' waarschuwde hij haar toen ze er waren. Hij greep haar bij haar arm, voordat ze uit de Koleos kon stappen. 'Weg met dat kwaaie gezicht en doe een beetje aardig, ja?'

Marina snoof en trok zich los, zwaaide het portier open en liep in haar eentje weg, zonder op hem te wachten. Ze had een vaag, onheilspellend voorgevoel dat haar waarschuwde voor het dreigende gevaar. Een piepklein deeltje van haar gedachten was daar achtergebleven; vastgehaakt aan de vlakte van Massazza, aan de sneeuwstorm, aan de boerderij van Andrea. Maar nu was zij de ster, punt.

Ze stapte bij het Principe di Savoia naar binnen, heel elegant in haar zowel van voren als op de rug diep uitgesneden avondjurk, op naaldhakken en met een halssnoer van nepdiamanten. Ze maakte haar spectaculaire, zegevierende entree, dodelijk verveeld. Als Rita Hayworth, met hetzelfde effect op de aanwezigen. Zij was Gilda, ze was Private Ryan, Jean d'Arc en het meisje uit de Aiazzone-reclame. Ze gaf haar mantel aan een ober af, terwijl ze gewoon door bleef lopen. Onbeleefd, chagrijnig en treurig. Ze nam plaats op een van de fluwelen stoelen aan de gereserveerde tafel.

De genodigden zaten er al een hele tijd, ze wachtten alleen nog op haar. Marina groette hen amper, zonder zelfs maar de moeite te nemen om te glimlachen of sympathiek over te komen. En toen Donatello aan kwam lopen, had hij al van veraf door dat het niet goed zat.

Even kreeg hij zin om haar apart te nemen en haar nog een preek te geven. Maar ze waren in het Principe di Savoia: het hoogst bereikbare; hij was onder de indruk van de hoge plafonds, de grote ramen, en hij wilde het gewoon niet zien, het verzet van zijn pupil. Hij had dit diner helemaal zelf georganiseerd en hij zou de avond door niets of niemand laten verpesten.

Mirko Sabbatini had zijn hondje meegebracht, een Welsh corgi cardigan, een gedrongen ras met heel korte pootjes en enorme oren. Hij hield het voortdurend op schoot en aaide het. Naast hem zat zijn manager, voortdurend waakzaam en alert. Monica Salerno zat druk te lachen en te gebaren, met veel vertoon van haar zwartgelakte nagels. Zij waren overblijfselen uit een wereld die niet meer bestond, omringd door Chinese, Moskovische, Arabische en Indiase toeristen. De eerste keer dat ze hier kwam was Marina helemaal door het dolle heen geweest, maar nu deed het haar allemaal niets meer, de kroonluchters, noch de marmeren vloer in de hal, noch het zilveren bestek. Ze was inmiddels overal aan gewend.

Ze stond een paar keer op om naar het toilet te gaan en even tussen de tafels door te flaneren. Ze greep een stuk of tien canapés, die ze met open mond verorberde. Ze dronk een paar flûtes leeg en toostte verschillende keren, waardoor ze moest denken aan een andere flûte – van plastic – en een andere toost: ver weg, inmiddels vervaagd, in het zaaltje van motel Nevada.

Als haar vader haar nu eens zou zien en als haar moeder hier was geweest, dan zou ze niet meer zo chagrijnig en verveeld zijn. Maar ze waren er niet. Ze waren er nooit geweest. Haar vader had de cheque geïnd en was sindsdien in rook opgegaan. Haar moeder was nog altijd dronken of zat bij die sukkel van een Giangi aan het bed.

Donatello zat intussen zijn grootse plannen te schetsen voor het komende jaar: een promotietour voor de cd, een gastoptreden in *X Factor*... maar je bent nu toch al beroemd, dat hebben we helemaal niet meer nodig! Dus dan misschien een realityshow, waarom niet? Hij wierp dodelijke blikken op de hijgende corgi van Mirko Sabbatini. Ze hadden het over royalty's, over opties, over geld, en het kon haar allemaal geen zak schelen. Nu het nieuwtje eraf was, was ook de lol eraf.

Donatello wierp haar voortdurend fronsende blikken toe. Aan het einde van een zin wendde hij zich tot haar: '...nietwaar, Marina?' zoals een leraar doet bij een leerling die niet zit op te letten. 'Je komt toch in *La vita in diretta*, hè? Je staat toch in het voorprogramma van Movida?' En zij zat maar afwezig te knikken. Nu al die denkbeeldige interviews die ze thuis in de badkamer had geoefend werkelijkheid aan het worden waren, had ze er al geen zin meer in.

De genodigden volgden Donatello's grote verhalen met tussenpozen. Mirko zat af en toe in zijn neus te peuteren. Een andere tafelgenoot had nog niet één keer opgekeken van zijn iPad. Ze zaten daar maar te zuipen en te vreten, dacht Marina. Ze waren helemaal niet echt, zei ze bij zichzelf, die lui hier waren hartstikke nep. Maar wat haar nog het meest dwarszat, was dat zij hier uiteindelijk ook zat te loungen, samen met die lui. Ook zij zat te vreten, te zuipen, te liegen. En loungen was uiteindelijk ook weer niet zo erg.

Maar terwijl ze daar op haar stoel zat, ging een deel van haar gedachten terug naar het grote huis in Piedicavallo, naar de tijd dat ze met Elsa samenwoonde, en haar sportschool Pettinengo Gym in Pavignano, waar ze ging trainen tijdens de lege middaguren in de vallei. Misschien had ze al een voorgevoel dat ze nooit op die persconferentie van aanstaande maandag zou verschijnen. Misschien wist ze al dat dit haar laatste avond zou zijn.

Ergens kon ze zich niet losmaken van de beelden die ze op tv had gezien, van het onderschrift 'Vermisten en gewonden in de provincies Biella en Vercelli'. Nu ze eraan terugdacht, besefte ze dat ze niets meer van hem wist: niet hoe hij zijn dagen doorbracht, niet of hij alleen was of een vriendin had, Elsa misschien, misschien hadden die twee nu wel een relatie... Ze zag zijn gezicht voor zich, zijn baard; hoe hij haar om vijf uur in de ochtend, na een krankzinnige nacht, had gevraagd: 'Wil je de kalfjes geboren zien worden?'

En in dat schitterende kabaal waarin ze was ondergedompeld, in die helverlichte zaal waarin haar feestje werd gevierd, prevelde ze heel even Andrea's naam. Fluisterend, alsof ze hem om hulp wilde vragen. Hem, de enige persoon die haar nooit had verraden. Even zag Marina haar toekomst heel duidelijk voor zich, zoals een dier dat alles aanvoelt. Zoals tijdens haar verjaardagsfeestjes op de lagere school, als haar moeder hapjes en mini-pizza's had klaargemaakt, Fanta en Coca-Cola had klaargezet, en haar klasgenootjes door hun ouders werden gebracht, met staartjes in de haren en plooirokjes aan; als ze daar allemaal waren voor haar en tegen haar riepen dat ze de kaarsjes moest uitblazen, en zij werd overvallen door een eindeloze droefheid, zodat haar adem in haar keel stokte en het haar nooit lukte ze allemaal in één keer uit te blazen.

Marina voelde zonder het te weten, op deze zaterdag 16 februari, dat haar wereld op instorten stond. Dus riep ze stilletjes om Andrea en bood ze haar excuses aan voor wat ze hem had aangedaan. Toen kwam ze weer bij haar positieven en richtte ze haar blik op de aanwezigen. Ze glimlachte tegen Donatello, die net zei: 'En in 2014 ga je meedoen aan San Remo, hè?' En zonder de minste aarzeling antwoordde ze: 'Ja, tuurlijk. En ik ga winnen ook.'

Intussen bereidde Andrea zich voor op zijn tweede nacht onder belegering. Het noodweer daarbuiten ging nog net zo hard tekeer, de koeien waren nerveus, de hond zat voortdurend te janken. Hij kon alleen maar hopen dat het dak niet zou bezwijken onder het gewicht van de sneeuw, en dat hij niet genoodzaakt zou zijn talloze liters melk weg te gooien.

Bij wijze van avondeten at hij koude polenta en oudbakken brood. Hij dronk bijna een hele fles wijn om warm te worden. Toen ondernam hij de laatste expeditie naar het huis, tot aan zijn riem door de sneeuw wadend. Aangezien hij de tv niet mee kon nemen, pakte hij zijn laptop en de internetstick, en eenmaal terug in de stal probeerde hij verbinding te krijgen om ergens het nieuws te zien.

Hij raadpleegde elk weerbericht. Er werd een kleine verbetering verwacht, misschien al de volgende dag, en Andrea hoopte uit alle macht dat het waar was. Hij wist dat de stal het niet lang meer zou houden: het gebouw was te oud, het dak te zwak. Diep vanbinnen begon hij bang te worden, voelde hij de angst dat de muren het zouden begeven en dat hij en zijn koeien bedolven zouden worden.

Maar hij wilde het niet opgeven, hij weigerde degenen die hem voor gek hadden verklaard gelijk te geven. Drie winkels verkochten zijn producten: dat was echt wonderbaarlijk voor een bedrijf dat pas vier maanden bestond. Zijn ouders hadden altijd op hem neergekeken, de andere veehoeders eveneens. Ze hadden hem onderschat, dat was het hem. En nu zouden ze genoodzaakt zijn hem gelijk te geven, te erkennen dat hij de winnaar was. De ouderwetse veehoeders verkochten hun melk nog steeds voor een grijpstuiver aan de grote zuivelfabrikanten en moesten lijdzaam aanzien hoe de markt door Roemeense producenten werd ingepikt, terwijl hij, de nieuwkomer, de zoon van de vroegere burgemeester van Biella, juist doordat hij rechtstreeks leverde aan de consument, het wel wist te redden in een instortend Italië. Als hij tenminste deze nacht nog doorkwam.

Uitgeput kroop hij in zijn slaapzak, de kachel liet hij branden. Hij deed zijn ogen dicht en voor het eerst van zijn leven voelde hij zich een held. Hij voelde zich net Clint Eastwood in *The Good, the Bad and the Ugly*.

Andrea, altijd en eeuwig verslagen door zijn broer die naar de vs was geëmigreerd, was deze keer nu eens bijna beter dan hij. En het deed er niet toe dat Ermanno ruimtesondes ontwierp die op Mars konden landen, dat hij experimenten uitvoerde waar staatsgeheim op rustte: hij was tenminste niet weggegaan, hij had de moed gevonden om te blijven. En nu stond hij aan het hoofd van een leger van zestien koeien en bood hij weerstand aan Siberië.

Ineens bedacht hij dat hij hem dat eigenlijk wel wilde laten weten. Hij zou hem willen opbellen en hem alles vertellen wat hij eigenhandig had opgebouwd. Maar Ermanno zat inmiddels aan de andere kant van de wereld. In Tucson, Arizona, waar het nu lunchtijd was en waar de zon scheen.

Hij vroeg zich af of ze elkaar ooit nog in de ogen zouden kunnen kijken, de wapens konden neergooien. Hij vroeg zich af wat ze zouden zeggen op die dag, als ze tegenover elkaar stonden. Toen stak hij zijn hand uit om de zaklamp te pakken. Hij kroop uit zijn slaapzak en zette de laptop weer aan.

De koeien lagen er nu rustig bij, en de hond ook. De sneeuw bleef nog steeds neerdalen, onverschrokken, onherroepelijk, waardoor de vlakte wegzakte in een andere wereld, ijskoud, vaag. De accu van de laptop had nog maar één blokje over, de internetstick had maar net genoeg ontvangst. Andrea opende Google Earth, tikte voor de duizendste keer 'Tucson' in. Weer zag hij 'Catalina Foothills' en 'Rita Ranch' op zijn scherm verschijnen, en diezelfde verschroeide ondergrond, okerbruin en goudgroen, die in zijn hoofd stond geprent zonder dat hij er ooit was geweest.

Toen tikte hij 'Riabella', zag de planeet honderdtachtig graden draaien, de satelliet van Arizona naar Piemonte schieten, terechtkomen in een verloren hoekje tussen de Alpen. Hij vroeg zich af of die afstand te overbruggen was, of Riabella en Tucson misschien op een bepaald onzichtbaar, geheim punt iets met elkaar gemeen hadden.

Om tien uur 's avonds, in die stal bedolven onder de ijzige kou, deed hij iets wat hij nooit eerder had gedaan. Iets krankzinnigs, gewaagds, verbodens: hij googelde 'Ermanno Caucino'.

Er verscheen een adres van de University of Arizona, dat hij maar liever negeerde, en een Facebook-pagina, die hij wel opendeed. Hij had zich godweet wat voorgesteld, godweet hoeveel vrienden, maar tot zijn verbazing, bijna onthutst, zag hij dat de tijdlijn van zijn broer vrijwel leeg was, en dat zijn profiel maar een paar gegevens vermeldde.

'35 friends, married to Sarah Walsh, lives in Tucson.'

Hij was teleurgesteld. Hij had op z'n minst een foto van zijn neefje willen zien, maar het profiel bevatte geen fotoalbums. Er waren geen berichten, geen reacties, niets. Toen zag hij nog meer gegevens die hem daarnet niet waren opgevallen, vier woorden onder aan een summier biografietje: 'Born in Biella (Italy)'. En dat zo vluchtige, zo solitaire 'Biella (Italy)' bezorgde hem een steek in zijn hart. Maar het detail waarvan hij echt tranen in zijn ogen kreeg, was het fotootje links bovenin, de enige foto die er te zien was en die hij eerst niet had willen zien.

Ermanno had grijs haar.

In de drie jaar nadat ze elkaar voor het laatst hadden gezien, was zijn broer helemaal grijs geworden.

Andrea zette de laptop uit. Hij streelde nogmaals de snuit van de hoogdrachtige koe, smeekte haar opnieuw, met rode ogen, niet uitgerekend nu te gaan kalven, niet in de sneeuwstorm. Hij kroop weer in zijn slaapzak, sloot zijn ogen en deed zijn best om in slaap te vallen. Maar het lukte niet. Binnen in hem woedde een oorlog, nog heviger dan de oorlog die daarbuiten gaande was.

Hij zag de cowboy en de indiaan weer voor zich, die in de tuin speelden en elkaar te lijf gingen. De bebrilde en de rebel, de winnaar en de verslagene. Hij zag Ermanno weer blauw aangelopen voor zich, bewusteloos, op een brancard bij de eerste hulp, en nu, achttien jaar later, realiseerde hij zich waar hij mee bezig was geweest toen hij hem de keel dichtkneep en hem omlaagduwde, zijn hoofd onder water hield in de ijskoude rivier de Cervo.

Ze zouden oud worden zonder ooit nog met elkaar te praten, hij zou zijn neefje Aaron nooit leren kennen. Hij keerde in gedachten terug naar die foto, naar het gezicht van zijn broer met grijs haar. Het was een teken van kwetsbaarheid, van zwakheid, dat hij nooit met zijn broer zou hebben geassocieerd. Had hij die foto maar nooit gezien, had hij maar niet geweten dat Ermanno niet meer dan 35 friends had.

En terwijl hij in slaap viel met die gedachte in zijn hoofd – dat hij die dag niet Ermanno, maar zichzelf had willen verdrinken –, daalde alle sneeuw van de hele wereld neer op Carisio, op Massazza, op Biella.

Toen ze haar mantel liet brengen, een sigaret bietste en naar buiten ging met het excuus dat ze ging roken, had ze nog geen idee dat ze haar ondergang tegemoet ging. Ze bemerkte wel iets, maar wilde niet luisteren naar die sombere gewaarwording die we 'voorgevoel' noemen. Ze bleef staan bij de ingang van het hotel, bij de koperen asbak. Ze bedacht dat Elsa en Andrea nu misschien wel een relatie hadden, dat hij misschien wel gelukkig was met Elsa. Maar ook al zou dat zo zijn, wat kon haar dat dan schelen?

Ze vroeg de portier om een vuurtje. Het was rond het vriespunt. Zij stond daar op de rode loper te roken en te bibberen van de kou. Grote auto's reden af en aan op het parkeerterrein, in een komen en gaan van hoge hakken, Rolexen en beroemdheden. De wereld waar ze altijd over had gefantaseerd, kijkend naar de ansichtkaarten die haar vader haar stuurde, was nu van haar.

Het ging allemaal *fantastisch*, dat was het enige wat ze in gedachten moest houden. Er stond ook een auto van de carabinieri een eindje verderop, godweet wat die daar deed. Maar zij zag het amper, haar blik gleed eroverheen.

Niemand kan ontkomen aan zijn eigen geschiedenis, niemand kan werkelijk denken daaruit te kunnen ontsnappen. Maar Marina probeerde zichzelf van het tegendeel te overtuigen. Maandag zou haar cd uitkomen: dit was de grote sprong voorwaarts waar ze altijd naar had verlangd, die ze verdiende, die haar rechtmatig toekwam. Want zover kom je niet als je er niet heel erg naar hunkert, als je niet je ziel en zaligheid hebt gegeven. Dat is de wet van het succes. En dat wist Marina. Ze had het gered dankzij haar onuitputtelijke bron van wrok, maar nu was het klaar.

De tijden van *Cinderella Rock* lagen ver achter haar, dood en begraven. Nu was ze hier, in het Principe di Savoia, het chicste hotel van Milaan, ze droeg een jurk van Yves Saint Laurent van vierduizend euro en ze kon zich superieur voelen aan de dames in bontjassen van de City. Daar was het haar toch om te doen geweest? Daarvoor had ze toch haar strijd gestreden? Om beroemder, mooier, beter en straks zelfs ook rijker te zijn dan zij. Om het hun allemaal betaald te zetten, en vooral die vrouwen die op de juiste plek waren geboren, voor wie de weg al geplaveid was, die vrouwen die precies het tegenovergestelde waren van haar moeder. En het gaat er niet om waar je vandaan komt, maar wat je weet te bereiken. Dat hield Marina zichzelf voor, terwijl ze de as aftikte op de rode loper.

Er stapten twee carabinieri uit de politieauto, ze begonnen over het trottoir in haar richting te lopen. Het viel haar op dat een van hen haar vanuit de verte bekend voorkwam. Maar dat was niet meer dan een indruk en ze besteedde er geen aandacht aan.

Ze tikte de as af, onwetend, en nam weer een trek. Ze rookte zo zelden dat ze met een sigaret in de hand net een actrice leek. En zo voelde ze zich ook: alsof ze zich op de set van *Evita* bevond. Zij in plaats van Madonna, van Angelina Jolie, van Kristen Stewart, hoger dan al die sterren bij elkaar. Moet je kijken hoe ver ik ben gekomen, zei ze bij zichzelf... Wat kun je nog meer willen op deze wereld? Welk alternatief zou er nog zijn? Welk Eldorado?

Ze had haar sigaret half op toen de twee carabinieri een meter of tien van haar af met elkaar bleven staan praten.

Nu dacht ze niet meer aan Andrea bedolven onder de sneeuw, in gevaar, misschien wel vermist. Ze dacht ook niet meer aan haar vader, die haar eerst al die ansichtkaarten uit Nice, Saint-Vincent, Monte Carlo had gestuurd, en haar vervolgens had verraden. Noch aan Paola, die niet één keer haar liedje op de radio had gehoord en die voor die alcoholist had gekozen in plaats van voor haar. Hoe was het toch mogelijk dat al die lui niet zagen wat zij voor elkaar had gekregen? Hoeveel succes ze had, hoe hoog de top was die ze had bereikt? En het maakt niet uit waar je vandaan komt, wat je hebt meegemaakt, doorstaan, geslikt. Het enige wat telt zijn de schijnwerpers, het heden: hier en nu leven, in het centrum van de wereld... Toen keek ze een van die twee carabinieri in het gezicht, degene die haar nu stond aan te staren. Ze zag hem, ze herkende hem.

En de sigaret viel uit haar hand.

Ze bleven elkaar ongelovig aan staan kijken.

De lange, jonge carabiniere met de enorme moedervlek. En Marina.

Even hoopte ze dat zich vergiste, ze smeekte dat het niet waar mocht zijn.

Het Principe di Savoia was verdwenen, samen met het komen en gaan van al die elegante mensen. Hij droeg nog hetzelfde uniform als toen, maar er waren duizenden van die uniformen.

Niettemin bleef ze hem staan aanstaren, alsof ze niet anders kon. Alsof ze diep vanbinnen altijd had geweten dat dit vroeg of laat zou gebeuren.

Daardoor begreep hij dat zij hem had herkend.

Marina had het gevoel dat ze in de val zat.

De carabiniere zei iets tegen zijn collega, iets als: 'Wacht, ik ga even iemand gedag zeggen.' En terwijl hij het zei, met nog steeds die tien meter afstand tussen hen die haar mogelijk hadden kunnen redden, dacht Marina maar één woord, het dreunde in haar buik, het drukte haar longen samen: nee.

De carabiniere kwam haar kant op lopen.

Zij bleef waar ze was. Ik ken jou niet, schreeuwde ze in zichzelf, ik heb jou nog nooit gezien. Intussen kwam hij met grote stappen op haar af, hij glimlachte haar toe alsof er niets aan de hand was. Marina stak haar handen in de mouwen van haar mantel, draaide zich om om te ontsnappen. Maar dat kon niet: er was geen plek op aarde waar zij zich zou kunnen verstoppen. En hij werd steeds duidelijker, kwam steeds dichterbij. Hij was als een kat die een muis besluipt. Hij was gespierd, had brede schouders.

Hij was het, hij was dezelfde persoon.

Hij was helemaal naar hier gekomen om haar uit haar hol te verdrijven: helemaal naar de plek die zij had weten te bereiken.

'Marina,' zei hij toen hij voor haar stond en haar het zicht benam. 'Niet te geloven, ik had nooit gedacht dat ik jou nog eens zou tegenkomen...'

Marina keek star voor zich uit.

'Hoe gaat het met je?' Hij bleef maar glimlachen. 'Ik ben sinds twee maanden overgeplaatst naar Milaan...' Hij stak zelfs zijn hand uit om haar schouder aan te raken.

Hetzelfde gebaar, dezelfde glimlach als op 14 november 2009.

'Hé.' Zijn glimlach verdween toen hij merkte dat ze beefde. 'Gaat het wel goed met je?'

Zorgzaam, ook nu weer.

'Ja,' wist ze met moeite uit te brengen.

'Heb je het koud? Je trilt helemaal...'

'Nee,' zei ze met een iel stemmetje.

En ook al bleef ze hem aanstaren, in werkelijkheid zag ze hem helemaal niet. Ze zag de keuken bij haar thuis, die waarin ze als klein meisje het telefoonspelletje uit de tv-show *Non è la Rai* speelde. Ze zag haar vader drie jaar geleden, toen hij het bovenkastje opentrok, er een voor een de borden uit greep en ze keihard tegen de muur aan smeet.

'Ik heb gehoord dat je beroemd bent geworden...'

Maar zij luisterde niet. Zij luisterde naar de borden die aan gruzelementen gingen tegen de muur.

Ze zag de opgezwollen halsaderen van haar vader, en haar moeder die zat te snikken op een stoel, met haar hoofd tussen haar handen, schokkend bij elk bord dat aan diggelen sloeg.

En waar was zij zelf op dat moment? Van waaraf stond zij daarnaar te kijken? Ze had zich achter de deurpost verstopt, zoals meisjes doen.

'Ik heb je nummer op de radio gehoord. Gefeliciteerd.'

De carabiniere keek omhoog naar het indrukwekkende gebouw waarin het Principe di Savoia gevestigd was, naar de prestigieuze bestemming die Marina had bereikt. Toen keek hij weer naar haar, zag dat ze nog steeds stond te trillen.

'Ik ben echt blij voor je,' zei hij. *'Na alles...'*

Marina staarde hem aan alsof hij een monster was. Alsof het zijn schuld was.

Ze kon niets uitbrengen. Ze kon niets doen, niets denken.

Haar herinnering bleef steken op een moment vlak ervoor, het moment dat haar vader alle borden kapot had gegooid en tegen Paola schreeuwde: 'Ik laat mijn leven niet door jou verpesten!' Toen had haar moeder hem aangekeken, twee ogen waarin alle woede van de wereld lag. En zij had niets gedaan om hen tegen te houden. Ze had zich niet verroerd. Ze was blijven toekijken. Toen waren de carabinieri gekomen, toen het al te laat was. Ze hadden de deur opengebroken. En een van hen had gezegd, tegen de man die nu voor haar stond: 'Zorg jij voor het meisje.' En dat meisje was zij.

'Ik heb gehoord *dat je ouders...*'

Marina liet hem zijn zin niet afmaken. Ze keek naar de weg die omboog tussen de bomen, een taxistandplaats verderop, en nam halsoverkop de benen.

Ze stortte zich op de motorkap van een taxi die net kwam aanrijden, trok het portier open. Donatello zou haar urenlang proberen te bereiken die nacht, per telefoon, bij haar thuis, terwijl hij steeds woester in haar voicemail riep: Waar zit je godverdomme? Neem op!

Marina liet zich naar de Corso Buenos Aires brengen. Met trillende handen betaalde ze de taxichauffeur zonder het geld te tellen. Vervolgens ging ze niet omhoog naar haar appartement, maar omlaag naar de parkeergarage. Ze ging zich niet omkleden, hield gewoon aan wat ze droeg: die naaldhakken en die satijnen jurk die ze nu het liefst van haar lijf zou scheuren.

Ze stapte in haar auto, gooide haar pochette in het dashboardkastje en startte. Ze reed uit de parkeerkelder naar boven en waagde zich in het grote nachtelijke Milaan.

Ze reed op goed geluk door de stad, zonder dat ze enig idee had wat ze deed. Ze wist de weg niet. Ze besteedde geen aandacht aan de bewegwijzering, de verkeerslichten, de claxons van de auto's die moesten uitwijken toen zij eraan kwam. Ze wist niet waar ze naartoe ging, ze wilde zich niets herinneren. Het was tien uur 's avonds toen ze de ringweg West bereikte. Ze passeerde het tolpoortje en nam de A4 richting Turijn.

Het wordt dringend afgeraden dit weekend de weg op te gaan. Ze hadden het wel duizend keer herhaald op het journaal. Maar zij realiseerde zich slechts bij vlagen wat ze deed. Slechts heel af en toe drong het rode bord van een Autogrill-wegrestaurant of de verlichting van een tankstation door de dikke mistlaag heen.

De vlakte lag bevroren aan weerszijden van de autoweg. Een afwezig, monotoon oppervlak, onbewoond in de spookachtige uitgestrektheid van de nacht.

Het was gemakkelijk om beroemd te worden, te gemakkelijk. Maar het was vooral ook *nutteloos.*

Ze reed langs Rho, Arluno, Novara; haar reis naar de vrijheid in omgekeerde richting. Nu wist ze het: er zou geen debuut komen, geen album getiteld *Marina Bellezza.* Want zij was het meisje dat nooit alle kaarsjes kon uitblazen op die treurige verjaardag van haar, het meisje dat niets verdiende.

En dus scheurde ze met honderddertig kilometer per uur door het verlaten gebied tussen Vicolungo en Greggio, naamloze dorpen, kilometers en kilometers lang niets.

Feit was dat ze het hun nooit had kunnen vergeven.

Door wegwerkzaamheden waren twee van de drie rijbanen afgesloten. Op dit tijdstip, met dit weer, was niemand zo idioot om de weg op te gaan. Ze had langzamer moeten gaan rijden, maar ze kon het niet. Dit was haar weg, haar nacht. Terwijl de laatste avond van het Festival van San Remo ook via Eurovisie in andere landen werd uitgezonden, waarmee het aantal kijkers, het succes en het applaus een hoogtepunt bereikten, reed zij in haar Peugeot 206 door de woestijn, in de zwartste duisternis, over de A4 Milaan-Turijn.

En hoe verder ze kwam, hoe dunner de mist werd en plaatsmaakte voor sneeuw. De strooiwagens reden langzaam over de enige begaanbare rijbaan, over de enige weg die ze nu nog te gaan had. Elektronische informatieborden waarschuwden voor het gevaar, wezen op de verplichting van sneeuwkettingen en winterbanden.

Maar in wezen had zij het altijd al geweten, haar verhaal had nooit een successtory kunnen worden. Want haar verhaal was er een van ellende, punt. Een verhaal uit de provincie zoals talloze andere, over misère op zestig vierkante meter die zich jarenlang voortsleept. Over schande.

In Balocco stopte ze om te tanken. De sneeuw striemde door de wind.

Met haar mantel over haar hoofd getrokken holde ze naar de ingang van de Autogrill. Binnen zaten twee vrachtwagenchauffeurs en een kassajuffrouw, die haar van top tot teen opnamen. Ze droeg nog steeds die jurk van Yves Saint Laurent, die allang geen enkel nut meer had. Nadat ze had betaald, liep ze naar de kelderverdieping en betrad de dames-wc. Ze draaide een kraan open, liet het water stromen. Ze klemde de rand van de wasbak met twee handen vast.

Ze hield van hen, van haar ouders. Van die twee armoedzaaiers die alleen waren getrouwd omdat haar moeder zwanger was geraakt, in dat dorpje van drieduizendvierhonderd zielen dat Andorno Micca was, in dat verloren gat tussen de bergen.

Ze bleef staan kijken naar het water dat in de wasbak stroomde. Het is niet waar dat het er alleen maar om gaat wat je weet te bereiken. Het is juist andersom: het gaat er alleen maar om waar je vandaan komt.

Ze dwong zichzelf terug te denken aan de keuken bij haar thuis, waarin ze was opgegroeid. De zeshoekige tegels, wit en bruin. De spaanplaten meubels van Aiazzone die voor de helft van de prijs in de opruiming waren gekocht. Dát hadden ze op Wikipedia moeten zetten. Niet dat ze *Cinderella Rock* had gewonnen, maar dat de kastdeurtjes niet goed sloten, dat de tafel wiebelde; de eeuwige geur van strijkijzer en pasta in bouillon die er op die paar vierkante meter hing. *Marina Bellezza, geboren te Biella op 15 april 1990. Uit onnozelheid, vanwege de wanhopige, pathetische, idiote gedachtegang van een zestienjarig meisje dat haar leven zin wilde geven.*

Marina boog zich over de wasbak en begon te kotsen.

Want in 2009 had Raimondo weer eens een minnares, de zoveelste, en deze keer pikte haar moeder het niet meer. Raimondo was die middag thuisgekomen in de gebruikelijke walm van sigaar en eau de toilette. En Paola was zoals altijd dronken. Ze begonnen te schreeuwen. Elkaar over en weer te beschuldigen, te slaan, uit te schelden. Elkaar te verwijten dat de ander hun leven had verpest: een derderangsleven, een en al vernedering en afgunst, in Andorno Micca in de provincie Biella.

'Jij bent geen vent, je bent een lafbek.' Paola, die nauwelijks op haar benen kon blijven staan, wilde hem te lijf gaan. Raimondo duwde haar van zich af, zodat ze tegen de muur viel. 'Je stinkt naar de alcohol.' Zij lag op de grond. 'Ik ben hier weg.' Raimondo ging naar de slaapkamer om zijn koffers te pakken. Paola strompelde naar de keuken en ging op een stoel voor zich uit zitten staren. 'Ik ben hier weg,' herhaalde Raimondo terwijl hij in de deuropening verscheen. Paola bleef zwijgend in het niets staren. Toen had hij de kast opengetrokken, was hij met de borden gaan smijten. 'Moet je jezelf zien, je bent een wrak...'

Paola was haar moeder, dat was het probleem. En die man die

helemaal door het lint ging en de borden, de kopjes, de glazen kapotsmeet: dat was haar vader. 'Ik laat mijn leven niet door jou verpesten!' Het spotje van Aiazzone, de eindejaarsuitvoeringen, de castings, de audities, de fotosessies: het was allemaal nergens goed voor geweest. 'Jij mag mijn leven niet verpesten!' Op dat moment keek haar moeder niet meer naar de grond, maar richtte ze haar blik op Raimondo. En die blik had niets menselijks meer. Marina voelde dat er iets zou gaan gebeuren, iets onherroepelijks dat haar leven zou verwoesten. Maar ze was daar blijven staan, toekijkend van achter de deurpost.

Paola sprong overeind, liep naar de tweede la van links en trok die open. Marina deed niets om haar tegen te houden.

Paola pakte een mes, een gewoon keukenmes.

Deze vrouw was niet meer haar moeder. Deze dronken vrouw op versleten pantoffels, die naar haar vader toe liep en het mes in zijn buik stak, een keer, twee keer, net zolang tot ze hem op de grond zag neerzijgen, die vrouw kon niet haar moeder zijn. En die foto op de voorpagina van de *Eco di Biella*, en dat bericht in het regionale journaal. Niets daarvan kon werkelijk zijn gebeurd.

Marina stond nog steeds te kotsen, over de wasbak gebogen.

Dat waren niet haar ouders, en dat negentienjarige meisje in joggingpak en op badslippers, dat was geholpen door die lange, gespierde, vriendelijke carabiniere, dat kon zij niet zijn. Anderhalve maand later zou haar vader uit het ziekenhuis worden ontslagen en zou hij weer van hot naar haar trekken met zijn minnaressen, in zijn krijtstreeppakken van Armani, naar Monte Carlo, Saint-Vincent, Campione d'Italia. Haar moeder zou na haar verplichte behandeling weer hangend aan de bar in slaap vallen. En de enige ware schuldige, de enige die hier nu stond te kotsen op de plee van de Autogrill bij Balocco, was zij.

Toen ze haar reis hervatte en bij de tolhokjes van Carisio aankwam, waren de wegen in sneeuwrivieren veranderd. De slagboom ging omhoog en liet haar door. Haar bergen waren er nog steeds, roerloos en eeuwig. Ook al waren ze nu niet te zien, niets zou ze ooit kunnen verplaatsen, opschuiven, in brand steken.

Ze reed de rijksweg 230 op. De vlakte was verdwenen. Verdwenen waren de hoeves, de silo's, de boerderijen, de richtingborden. Ze reed tot aan Biella, met twintig kilometer per uur, terwijl haar banden af en toe slipten. Haar koplampen waren de enige die er te zien waren in de nacht, samen met die van de hulpdiensten en de strooiwagens.

Ze parkeerde voor het huis, belde aan via de intercom. Ze had tachtig kilometer door de sneeuwstorm gereden, alleen hiervoor. Ze had het Principe di Savoia, haar nieuwe leven, haar carrière achtergelaten, alleen om deze handeling te kunnen verrichten.

Ze belde nog een paar keer aan. Het was al na middernacht en als ze thuis was lag ze vast en zeker te slapen. Ze belde nog vaker, net zolang tot ze wakker werd. Toen de voordeur eindelijk openklikte en Marina over de trappen omhoogliep, had ze geen idee waarom ze was gekomen, welke prijs ze haar moeder zou laten betalen, omdat ze haar leven had verpest.

Op de overloop stond de deur op een kier, een rechthoek licht viel op de vloer. Paola stond haar slaperig aan te kijken, haar ogen wijd open.

'Wat is er gebeurd?' vroeg ze. 'Hoe laat is het?'

Ze droeg een peignoir vol vlekken, misschien van koffie, en haar gezicht leek twintig jaar ouder te zijn geworden.

Marina bleef in het halfduister naar haar staan kijken.

Alles zweeg om hen heen, alles bevroor.

'Wat kom je hier doen? Wat is er met je?' Paola was doodsbang, haar stem trilde.

Marina gaf geen antwoord. Ze bleef stil staan, zwijgend, terwijl ze haar met grote ogen aanstaarde.

Ze staarde naar haar moeder, de vrouw die haar kleren had gewassen, die haar naar de audities voor de Aiazzone-reclame had gebracht, die gedwee het telefoonspelletje van *Non è la Rai* had meegespeeld terwijl het buiten winter was en sneeuwde, zoals nu. Die verwoeste, trillende, weerloze vrouw. Die had geprobeerd haar man te vermoorden.

Marina zette een paar stappen naar haar toe en bleef toen weer staan.

De *Teen Mom* van Andorno, inmiddels in de veertig, met die vlekkerige flanellen peignoir en met grijze uitgroei; en het meisje van tweeëntwintig, met een elegante jurk van blauw satijn en uitgelopen make-up op haar gezicht, het meisje dat misschien een ster had kunnen worden, maar dat nu hier was om de scherven op te rapen.

Niemand, behalve zij tweeën, had het ooit kunnen weten.

Marina bleef een paar minuten roerloos staan, zonder iets te doen of te zeggen. Ze kon haar ogen maar niet afhouden van dat uitgemergelde lijf, die bleke schim van de persoon die haar moeder was geweest. Daarbuiten bleef de sneeuw maar vallen, terwijl niets nog enige betekenis had. Winnen niet, en verliezen niet. Misschien alleen, voor eens en voor altijd, werkelijk volwassen worden.

Toen gaf ze zich over, na meer dan drie jaar, ze omhelsde haar en wist haar eindelijk te vergeven.

Toen Andrea op zondagochtend wakker werd en door de staldeur naar buiten keek, sneeuwde het niet meer.

Buiten was het helemaal wit, een onbeweeglijk, eenvormig terrein waaruit nog net de toppen van de silo's en de boomtakken omhoogstaken. Hij bleef als betoverd naar het schouwspel staan kijken, alsof de wereld herboren was. In een hoek van de hemel dreef het wolkendek uiteen, zodat er een dun sliertje licht op de vlakte viel, op het erf, op alles wat het had gered.

Hij wist niet dat Marina de hele nacht met haar auto daarginds aan het begin van Massazza op de ss230 had gestaan, met draaiende motor en de verwarming aan, tot een paar uur geleden bijna de zon opkwam. En dat ze had geprobeerd met haar blik dat geïsoleerde, afgelegen plekje te vinden, en dat ze wellicht, als de sneeuwhopen niet alles onmogelijk hadden gemaakt, over de onverharde weg zou zijn gereden om bij hem aan te kloppen. Maar dat zou Andrea nooit te weten komen.

Het dak was niet bezweken, dat was het enige wat telde.

Hij leefde nog, en zijn koeien leefden nog.

Andrea ervoer een immense blijdschap. Er was weliswaar een hele berg sneeuw te ruimen, maar vandaag of morgen zouden ze de weg komen vrijmaken en dan zou hij zonder al te veel vertraging alsnog zijn bestelling kunnen afleveren, hij zou de melk en de kaas niet hoeven weggooien. Hij had het nog niet gedacht, hij had zich nog niet verheugd over het zonlicht dat op het erf scheen, over het geweken gevaar, over de voldoening dat hij het op eigen kracht had gered, of hij zag vanuit zijn ooghoeken iets vreemds.

Een van de koeien, de hoogdrachtige, gedroeg zich ongewoon onrustig. Ze stapte achteruit, alsof ze zich wilde afzonderen van de andere koeien. Andrea voelde zijn bloed stollen. Hij voelde het traag en zwaar door zijn aderen stromen. God, zei hij bij zichzelf, zorg dat dit niet is wat ik denk dat het is.

Met het hart in zijn keel liep hij ernaartoe, bekeek het dier aandachtig. De uiers waren veel meer gezwollen dan normaal, de aanzet van de staart was zichtbaar gedaald en alsof die tekenen nog niet voor zich spraken, sijpelde er een doorzichtige vloeistof uit de schede, wat er ondubbelzinnig op duidde dat het kalf onderweg was.

Jezus. Andrea zat met zijn handen in het haar. Jezus christus!

Hij kon nu onmogelijk de veearts bellen, hij kon onmogelijk wie dan ook bellen: de weg was bedolven, niemand zou het wagen nu hierheen te komen.

Zijn hart bonsde. Dit mocht echt niet gebeuren. Hij stond als versteend achter de koe, verstijfd van angst.

Hij had een sneeuwstorm doorstaan, maar dit was iets heel anders. Dit was een noodgeval dat hij niet in zijn eentje aankon. Hij had niet de kracht, de kennis en de moed om dit karwei in zijn eentje te klaren.

Ze was al wijder, godallemachtig. Hij voelde aan de staart, merkte dat die zacht was, en toen begon hij te foeteren: 'Tering!' Hij schopte tegen een hooibaal. 'Allemachtig, nee! Godverdomme!'

Het was één ding om een kalfje geboren te zien worden – en dat had hij tientallen keren gezien, als kind, op de boerderij van zijn opa –, maar het was iets heel anders om hier nu te zijn, moederziel alleen, terwijl de adrenaline door zijn lijf gierde, en eigenhandig, voor het allereerst, zonder enige ervaring een koe te moeten helpen met kalven. Andrea schopte tegen de deur aan.

Toen pakte hij zijn telefoon en belde de veearts. Antwoordapparaat. Hij probeerde zijn laptop op te starten om het nummer van andere dierenartsen te vinden, maar de accu was nu helemaal leeg en de oplader lag nog binnen, aan de overkant van het erf, achter een muur van sneeuw. Hij probeerde het licht aan te doen: de stroom lag eruit. Waar was hij bang voor, vroeg hij zich af, wat kon er voor ergs gebeuren? Het kalf zou onder zijn handen kunnen doodgaan. Bij die gedachte stokte zijn adem.

Hij sleepte de koe naar de hoek waar hij zijn kamp had opgeslagen, zonderde haar van de andere koeien af en zorgde dat ze op het hooi ging liggen, boven op zijn slaapzak. De baarmoederhals werd steeds wijder, de weeën begonnen al. Hij herinnerde zich dat de uitdrijving vier tot zes uur kon duren en zijn handen trilden. De koe kreunde niet, ze gaf geen enkel geluid. Haar zwarte ogen leken verzonken in angst en die angst was ook de zijne.

Een kalme oerangst was het.

Maar intussen moest hij de andere koeien melken, hij moest zich van haar losmaken. Andrea pakte de melkmachine en ging aan het werk. Hij voelde zich als een onvoorbereide vader die niet in de verloskamer mag komen.

Vijf uur lang dwong hij zichzelf te melken en te mesten, zoals elke ochtend, terwijl hij haar voortdurend in de gaten hield en om de vijf minuten bij haar ging kijken. Hij aaide haar, zei wel duizend keer dat ze rustig moest blijven. En zij staarde hem aan zonder te klagen, zonder om hulp te vragen, vanuit de diepte van haar mysterie.

Toen er vijf uur waren verstreken, namen de weeën toe. Andrea liet de riek en de melkemmers in de steek en ging naast haar zitten. Hij had nog nooit van zijn leven gebeden, maar nu begon hij te bidden. Hij bad dat het kalf een vrouwtje was, dat het er vanzelf uit zou komen en vooral dat het er op de juiste manier uit zou komen: met de voorpootjes eerst, niet met de achterpootjes, want dan bestond het risico dat het zou stikken.

En als het kalf stikte, zou hij echt instorten.

Hij stond op en probeerde voor de zoveelste keer de veearts te bellen: opnieuw het antwoordapparaat. Hij overwoog Sebastiano te bellen, hij bedacht dat die misschien naar de praktijk kon gaan om de veearts te waarschuwen. Hij keek nog een keer naar buiten: er lag twee meter sneeuw. Hoe moest de veearts, Sebastiano of wie dan ook daar ooit doorheen zien te komen?

Hij liep terug naar de koe. Ze lag nog steeds in stilte te lijden, op haar zij, zonder zich te verzetten tegen de pijn. Andrea vond het verschrikkelijk om haar zo te zien. Hij wist wat hij eigenlijk zou moeten doen: hij had het in de handboeken bestudeerd, hij had het zijn opa tientallen keren zien doen. Hij wist het, maar hij kon het niet opbrengen.

Er verstreken minuten, uren. Andrea streelde haar snuit, herhaalde telkens weer dat ze rustig moest blijven, maar hij was zelf helemaal niet rustig. Hij moest nu eigenlijk een hand in haar baarmoeder steken en het kalf naar buiten trekken, maar in plaats daarvan zat hij hier te bidden tot God en alle heiligen;

toen stond hij op en gaf weer een schop tegen de deur.

De koe protesteerde niet. Ze lag daar machteloos en probeerde te persen. Zo ging ze urenlang door, zwijgend persend terwijl Andrea toekeek, en hij voelde zich als een kind dat in zijn broek heeft geplast, alleen, verslagen, laf en stom, totdat de vliezen braken.

Daarop kwam er iets in hem in beweging.

Iets van opstandigheid. Iets barbaars, iets absoluuts. Hij had dit leven toch gewild? Hij had het toch al die tijd volgehouden? Nou dan; hij duwde zijn angst weg en vervloekte zijn vader, Marina, Ermanno en iedereen die zijn leven verpest had. Ze konden allemaal de pot op.

Hij stroopte zijn mouwen op, stak een hand in de schede van de koe, steeds verder, bijna tot zijn elleboog, tandenknarsend, op zijn lippen bijtend. Hij voelde de warmte daarbinnen, de glibberige massa van de placenta, en ging bijna over zijn nek. Maar hij hield zich in, graaide met zijn vingers, met zijn hele hand, tot hij eindelijk de pootjes voelde. Godzijdank, laten het alsjeblieft de voorpootjes zijn. Hij voelde nog iets dieper, zijn walging onderdrukkend en vurig biddend, tot hij ook het kopje voelde.

Hij schreeuwde opgelucht: 'Yes, goddomme! Yes!' Als een Attila in het heetst van de strijd. Het kalfje lag goed, en nu moest het eruit.

De koe perste. Andrea, met zijn arm tot aan de elleboog in haar lijf, greep de pootjes van het kalf vast, zocht met zijn andere hand steun op de grond en begon voorzichtig te trekken. De vaars was voor het eerst drachtig; ook voor haar was het de eerste keer.

Andrea trok nog harder en de koe begon te jammeren. Ze schudde met haar kop, sperde haar ogen wijd open. Andrea trok, luid scheldend, tot hij de poten van het kalf zag verschijnen: twee kleine hoefjes, volmaakt gevormd. Het vruchtwater droop ononderbroken op zijn spijkerbroek en zijn schoenen, zijn armen zaten er al onder, maar inmiddels was hij nergens meer vies van. Hij ging op zijn knieën zitten en begon te trekken zo hard hij kon.

Hij had geen tijd meer om na te denken, geen heiligen om aan te roepen. Hij trok en trok, maar het kalf bleef zitten waar het zat. Toch mocht het kopje niet zo lang meer binnen blijven. Als het kalf stierf, zou Andrea ook sterven, en met hen de hele wereld.

Hij rende weg om een stok te pakken, bond er in het midden een touw omheen, knoopte het andere uiteinde om de potjes van het kalf en begon weer te trekken. Het was een gigantische, onmenselijke inspanning. Hij trok als een bezetene en schreeuwde: 'Kom eruit, goddomme!' De koe lag daar maar te lijden, te persen, ze redde het niet. Het waren rampzalige minuten, onoverkomelijke minuten.

Andrea vervloekte nogmaals zijn vader, vervloekte zijn broer, vervloekte Marina, en wenste ze allemaal naar de hel, omdat zij hier niet waren in zijn plaats, onder het vruchtwater en het bloed, omdat zij hier niet waren om hem te helpen en te ondersteunen, maar al was het het laatste wat hij in zijn leven zou doen, hij moest en zou dat kalf op de wereld helpen.

Eindelijk kwam het kopje eruit. Het was drijfnat, de oogjes zaten dicht en het hing slap als de kop van een lappenpop. Het was onduidelijk of het kalf dood was of leefde, of het ademhaalde of niet. In een wanhopige opwelling trok Andrea nog een keer uit alle macht aan de stok, met alle wanhoop, alle woede, alle wrok die hij in zijn zevenentwintig jaar had opgebouwd. Het touw stond strak gespannen en ineens verscheen het kalf helemaal en plofte het als dood gewicht in het hooi.

Andrea was knalrood aangelopen, zijn halsaderen waren opgebold, zijn ogen stonden wijd open. 'Alsjeblieft, leef!' riep hij. 'Leef, goddomme! Leef!' Zo snel hij kon, haalde hij het touw van de pootjes en maakte hij de neusgaatjes schoon. Hij pakte het kalf bij de achterpootjes vast, tilde het op en schudde het door elkaar, totdat het al het vruchtwater dat het had ingeslikt had uitgespuugd. Hij zag het spugen, hij zag het ademen.

Het leefde.

Daar stond Andrea met dat pasgeboren wezentje dat nu al zo volmaakt was, zo wonderbaarlijk af tot in de kleinste details – van de hoefjes tot de staart tot de oortjes van kraakbeen –, dat wezentje dat hij zelf, met zijn eigen handen, op de wereld had geholpen, hij hield het aan zijn pootjes vast en er kwam een ongekend gevoel van geluk over hem heen. Het geluk van iemand die vlees, spieren en bloed is van de wereld waartoe hij behoort.

En terwijl daarginds, aan de grens, waar de vlakte plaatsmaakte voor de stad en de autowegen, het land instortte, verarmde, leegliep, was hij hier onoverwinnelijk. Hij stond met een pasgeboren kalfje van veertig kilo in zijn armen. Hij hield het stevig tegen zich aan gedrukt, smerig als hij was, als een vader die zijn kind vasthoudt.

Hij kuste het kalfje op de snuit, op de neusgaten, op de kleine dichtgeknepen oogjes. Hij zag dat het een vrouwtje was, en een prachtig mooi diertje. Hij bracht het naar de moeder en legde het bij haar neer. De moeder begon het meteen te likken, van al het vruchtwater te ontdoen. Het kalfje had met de oogjes nog dicht meteen een speen te pakken, en begon te drinken. Toen kon hij eindelijk aan *haar* denken.

Marina, zei hij tegen haar, mijn God, jij hebt wat gemist.

Toen de vrijwilligers van de burgerbescherming een paar uur later kwamen, troffen ze hem zo aan: in kleermakerszit, met rode ogen toekijkend hoe de moeder haar jong liet drinken, en hij weigerde overeind te komen.

Ze kwam aanrijden over de Corso Buenos Aires, als een spookschip dat plotseling opdoemt uit zee. Met een gedeukte motorkap reed ze stapvoets door de halflege straat, en de bumper schuurde over het asfalt. Ze zette de auto dwars op een plek waar een parkeerverbod gold.

Ze gooide het portier open en zette een hak op het trottoir, zoals een fragiele vlag op een beloofd land wordt geplant.

De ochtend brak ijskoud, onverschillig aan. Haar jurk van gisteravond was verfomfaaid, van haar rechterpump was de hak afgebroken. Ze sloeg het portier dicht en liep over het trottoir, waar alle rolluiken van de winkels nog waren gesloten.

Een rozenventer die de hele nacht had doorwaakt, kwam naar haar toe: 'Mooi vrouw, mooi vrouw... Drie rozen een euro!' Zij had zo'n verkoper nog nooit een blik waardig gekeurd, maar nu bleef ze staan. Door de donkere glazen van haar zonnebril keek ze hem aan: hij was jong, hij had een mooie lach en hij wendde zijn blik niet af tegenover haar, die hem qua lengte en charme de baas was, maar die nu, wankelend op haar gebroken hak, een veel dramatischer verhaal leek te hebben. Ze pakte haar portemonnee uit haar pochette, haalde er een briefje van vijftig uit en gaf het aan hem. Toen liep ze zwijgend door, zonder rozen.

Hinkend bereikte ze de hoek met de Via Spallanzani, waar ze op een stoepje ging zitten en wachtte tot de Unes-supermarkt openging. In de tussentijd stak ze een sigaret op en rookte met haar hoofd achterover, haar benen over elkaar geslagen op het asfalt. Ze keek hoe Milaan verrees, hoe het verkeer in de hoofdstraten toenam. Haar ogen vielen haast dicht, maar ze hield vol.

Toen de supermarkt openging, liep ze tegelijk met een groep timmerlieden en twee bejaarde dames met boodschappenkarretjes naar binnen. Ze pakte een winkelwagen en liep tussen de schappen door naar de afdeling met alcoholische dranken. Iedereen keek naar haar. De loshangende zoom van haar rok bungelde als een vod omlaag. Ze bukte zich om de etiketten van de wijnen te bestuderen en vond het merk dat ze zocht. Ze riep een werknemer van de winkel en zei dat ze drie dozen van die wijn wilde, waarna ze in de rij ging staan en afrekende met haar nieuwe creditcard.

Ze duwde de winkelwagen naar haar voordeur en liet hem

daar staan. Ze trok haar pumps uit en liet die ook achter. Ze zette de dozen boven op elkaar op het trottoir. De voorbijgangers draaiden zich naar haar om en wendden meteen hun blik weer af. Ze probeerde de dozen alle drie tegelijk op te tillen. Het lukte niet, ze kreeg ze nog geen millimeter omhoog. Toen sleepte ze ze een voor een over de vloer van de voordeur naar de lift. Ze zweette en hijgde, het was een absurde inspanning. Maar als alles moest eindigen, dan moest het maar eindigen op haar manier, volgens haar regels.

Ze opende de deur van het tweekamerappartement met uitzicht op de straat en de gebouwen aan de overkant. Duizend euro per maand om *bijna* in het centrum van Milaan te wonen, *bijna* in het centrum van alles. Ze trok haar mantel uit, liet hem op de grond vallen. Toen deed ze de stereo aan en zette één nummer op repeat: 'Dreams' van de Cranberries. Het nummer dat ze in september had gezongen op het feest van Camandona, het nummer dat *hij* haar voor het eerst had laten horen.

De gordijnen waren niet gesloten, maar dat kon haar niet schelen. Ze trok uit wat er over was van de satijnen jurk en vertoonde zich zoals ze was, met alleen haar string aan en haar zonnebril op, aan de tandarts in de praktijk aan de overkant. Ze had zo weinig geleefd in dit appartement, ze kwam er altijd alleen maar om te slapen. Ze sleepte de drie dozen opnieuw een voor een over de vloer naar de badkamer. Ze herinnerde zich dat ze haar pumps buiten voor de deur had achtergelaten. Maar die waren toch rijp voor de vuilnisbak. Alles was rijp voor de vuilnisbak inmiddels.

Ze deed haar string uit en was nu helemaal naakt. Daarbuiten was de stad ontwaakt, de mensen haastten zich naar de metro. Ze maakte de dozen open, pakte er een fles uit: Moët & Chandon. Ze glimlachte. Niet de beste, maar, zoals haar vader zou zeggen, het ging er maar om dat het Frans was.

Ze ontkurkte de fles, dronk er een slok uit en veegde haar

mond af met de rug van haar hand. Toen goot ze de inhoud in de badkuip, nadat ze de stop erin had gedaan, en deed hetzelfde met de andere vijf flessen. Ze liet de kurken knallen en ze rolden tussen het bidet en de toiletpot, onder de wasbak, met 'Dreams' van de Cranberries dat maar bleef spelen, met 'Dreams' dat haar eraan herinnerde hoe ver weg en nutteloos de wereld daarbuiten inmiddels was.

Het zonlicht filterde door de ramen heen, in dat huis dat ze nooit had bewoond, nooit gepoetst, dat niets betekende. Ze goot nog eens elf flessen een voor een leeg in het bad. En pas toen ze daarmee bezig was, besefte ze dat het er niet genoeg waren. Ze ontkurkte een fles, goot hem leeg, maar het niveau kwam nauwelijks omhoog. Terwijl ze de laatste fles leeggoot realiseerde ze zich pas hoe dom ze was geweest.

Al die liters waren maar net genoeg voor een voetenbad, de bodem van het bad was maar net gevuld. Tja, dat had ze kunnen weten. Er is nooit genoeg champagne in het leven, zou haar vader zeggen. Ze zette haar zonnebril af en keek naar dat plasje. Haar benen begaven het bijna, de tranen prikten. Maar toen bedacht ze dat het niet uitmaakte, dat het maar een nietszeggend detail was. En ze besloot de waterkraan open te draaien.

Terwijl het gebouw om haar heen tot leven kwam, stapte zij in de aangelengde champagne. Ze glimlachte. Als een idioot, met haar armen op de rand van het bad. Ze had het gered, eindelijk. Ze had gewonnen. Nu was ze net Paris Hilton, of Dita Von Teese, of zoals al die Amerikaanse erfgenames, die Hollywoodsterren, die bevoorrechten van deze aarde. Zij was de beste, de nummer één.

Ze had haar leven opgepakt en ze had het in één enkele nacht verwoest.

Haar ogen vielen dicht, en ze glimlachte nog steeds. Denkend aan Paris Hilton, aan Dita Von Teese en aan Marina Bellezza, die zojuist, in de badkamer van haar Milanese tweekamerappartement, een van hen was geworden, viel ze bijna in slaap in die badkuip die net als in de film was gevuld met achttien flessen Moët & Chandon, aangelengd met water.

Maar voordat ze in slaap viel, met de uitgelopen make-up van de vorige avond nog om haar ogen, stak ze een hand uit naar haar pochette, die ze naast het bad op de grond had gegooid. Ze stak weer een sigaret op, inhaleerde traag. Ze staarde naar een exact punt tussen het bidet en de wc, de plek vanwaar een denkbeeldige tv-camera haar filmde. Ze staarde recht in de lens, wierp een laatste glimlach naar haar kijkers.

Toen doofde ze de sigaret, deed haar ogen dicht en ging op haar zij liggen. Als een kat die wegkruipt om te sterven. Zondag 17 februari, tien uur 's ochtends. De wonderbaarlijke carrière van Marina Bellezza was zojuist ten einde gekomen.

Ze moesten de deur forceren om binnen te komen.

Om negen uur 's avonds was Donatello, overmand door paniek, genoodzaakt de brandweer te bellen. En eenmaal binnen, toen hij haar naakt in dat naar alcohol stinkende bad aantrof, toen hij haar eruit haalde en haar afdroogde en een badjas aantrok, kon hij zich er geen voorstelling van maken wat er was gebeurd. Marina gaf geen antwoord op zijn vragen, ze leek half bewusteloos, koortsig, en ze kon nauwelijks op haar benen staan. Maar ze leefde nog.

Donatello zei tegen de brandweerlieden dat hij alles onder controle had, dat ze wel konden gaan. Maar daar wilden ze niet van horen, ze wilden *zeker* weten dat alles in orde was. Toen raakte hij buiten zinnen: 'Natuurlijk is alles in orde! Dat zie je toch? Het gaat geweldig!' En hij stuurde hen weg, duwde hen door de opengebroken deur naar buiten. Toen nam hij Marina in zijn armen, legde haar op bed en deed de luiken dicht. Ten slotte ging hij naar de woonkamer, schraapte al zijn moed bij elkaar en beantwoordde alle oproepen.

Hij annuleerde de afspraken, de persconferentie van de volgende ochtend, hij verzon onwaarschijnlijke smoesjes, absurde rechtvaardigingen voor die kleine ster uit Piedicavallo die over een paar uur haar album had moeten lanceren, een plaat met simpelweg de titel *Marina Bellezza*, maar die in plaats daarvan diep lag te slapen in de aangrenzende kamer.

Hij liep ijsberend door de woonkamer met de voortdurend rinkelende telefoon in zijn hand. Toen had hij het helemaal gehad en zette hij zijn telefoon uit. Hij ging voor het raam staan dat uitzag op de Corso Buenos Aires, keek naar de weinige voorbijgangers, de auto's, de verlichte etalages van de gesloten winkels, en eindelijk drong het tot hem door dat dit meisje nooit iemand zou worden. Hij begreep dat hij op het verkeerde paard had gewed, dat hij er helemaal naast had gezeten.

Maar het deed er niet toe wat Donatello dacht, en evenmin wat de kranten de volgende dag schreven. Er was maar één ding dat ertoe deed: dat berichtje links onderaan, op pagina 16 van de *Gazzettino del Cervo*. Een kort stukje dat bijna niemand las en dat niet over Marina ging, maar over iets heel anders: 'Andrea Caucino, tweede zoon van de voormalige burgemeester van Biella, heeft de sneeuwstorm dapper doorstaan in zijn volledig geïsoleerde boerderij in Massazza. De vrijwilligers vertelden ons gisteren dat de jonge veehoeder inmiddels zonder water en zonder stroom zat, maar niettemin een kalf ter wereld had geholpen. We hebben telefonisch contact met hem opgenomen om hem enkele vragen te stellen, maar hij wilde niet reageren.'

30

Een week later zette de dooi in.

Wat overbleef, waren vuile sneeuwhopen langs de rand van de weg, afgebroken boomtakken, en kapotte dakplaten en pleisterwerk op de grond bij de verlaten huizen langs de SP100. Wat overbleef waren diepe scheuren in het asfalt, hier en daar nog een gehucht zonder stroom, maar intussen verwarmde het zonlicht de berghellingen, de dorpjes in de Valle Cervo, de hoofdstad en het platteland, zodat ze stukje bij beetje weer tevoorschijn kwamen.

Overal klonk voortdurend het geluid van water, vanaf de daken, door de goten, door de steegjes en vanaf de balkons. Geleidelijk aan smolt de sneeuw weg en doken de bankjes, de plantsoenen, de trottoirs weer op; de provinciale wegen kwamen opnieuw tot leven. De hemel, ontdaan van de bewolking van de afgelopen dagen, nodigde de mensen uit om naar buiten te komen, om hun binnenplaats schoon te scheppen, om hun auto te bevrijden. Net op tijd voor de eerste dag van de verkiezingen.

Meneer en mevrouw Caucino waren de eerste twee die in Andorno gingen stemmen. Buiten het stemlokaal treuzelden de oudjes in de gangen van de school om te praten, vooral over de hoeveelheid sneeuw die er was gevallen, of ze gleden met hun vinger langs de lijst met kandidaten, van wie ze er niet één kenden. Ze liepen naar binnen, verdwenen in het hokje; en dan gingen ze weer naar het café om te kaarten. De jongeren daarentegen liepen sneller naar binnen. Zij wisten wat hun te doen stond: ze wilden het potlood vastpakken en zich wreken.

Sebastiano was die ochtend vroeg opgestaan. Op allebei de stembiljetten, zowel dat voor de Kamer als dat voor de Senaat, had hij geschreven: 'Ik ben een gescheiden vader, ik heb geen baan, ik heb geen huis, ik heb geen ene flikker. Is dat alleen mijn eigen schuld? Klootzakken.' En hij had ondertekend met zijn voor- en achternaam. Toen had hij met de beschikking van de rechter in zijn hand aangebeld bij de intercom van zijn ex-vrouw: 'Ik ben het, stuur hem naar beneden.' En na twee maanden had hij eindelijk zijn zoontje weer te zien gekregen.

Toen ze eraan kwamen was Andrea de laatste sneeuw aan het ruimen. Hij keek op, herkende Mathias, die uit de Volvo stormde en meteen naar de tractor rende, terwijl Sebastiano rustig uitstapte en met veel kabaal het portier dichtgooide.

'Heb je hem nou nog niet laten repareren?' riep Andrea, terwijl hij hem tegemoet liep met de sneeuwschep in zijn hand en de pet op zijn hoofd.

Sebastiano begon te lachen: 'Weet je hoeveel Mario vraagt voor dat lampje?'

Voor de zoveelste keer bestudeerden ze samen de ingedeukte motorkap, de kapotte koplamp zonder glas, met hun handen in de zij en een strenge blik, alsof ze een belangrijke beslissing moesten nemen.

'Ik ben eraan gehecht,' zei Sebastiano, 'het is een herinnering aan Kadaffi... Die kan ik toch zeker niet zomaar uitwissen, alsof het niks is?'

Andrea glimlachte: 'Daar heb je gelijk in.'

'En het was toch al een wrak, een deuk meer of minder...'

Rondom hen was de vlakte in stilte aan het smelten, waardoor er weer zicht kwam op de dunne berkentakken, de silo's, strepen groen langs de irrigatiekanalen.

De hemel was wijd en helder. Samen keken ze hoe de dooi hun het land teruggaf waar ze waren geboren en waar ze nooit afstand van zouden kunnen doen. De Mucrone, de Barone, de twee Molognes: daar stonden ze allemaal, de hoogste grens aangevend, de duistere aantrekkingskracht van hun rotssteen uitoefenend.

Ineens hoorden ze Mathias schreeuwen: 'Ik wil sturen! Ik wil hem sturen!' Toen ze zich omdraaiden, zagen ze hem als een kat op die tractor klauteren, die hij alleen op tv van zo dichtbij had gezien.

'Dat kan nu niet,' antwoordde Andrea, 'in april mag jij sturen.'

'Kom, laat hem de koeien zien, dat vindt hij prachtig...'

Andrea nam de kleine mee naar de stal. Daar stonden de zestien Tiroler grijsvee-koeien rustig te herkauwen. Eerst was Mathias heel stil, argwanend en zelfs een beetje bang. Hij kroop weg achter de benen van zijn vader.

'Stel je niet aan,' zei Sebastiano, 'het zijn gewoon koeien.'

Maar intussen hield hij hem bij zijn jasje vast, bang dat hij zich ergens aan bezeerde.

Mathias raakte langzaam maar zeker op zijn gemak, hij begon er lol in te krijgen om ze te horen loeien en met hun staart te zien zwiepen. Hij wrong zich los en rende lachend tegen een van de koeienbuiken aan.

'Hé hé, het is geen boksbal!' grapte Sebastiano, terwijl hij hem weer bij zijn arm pakte. En Andrea dacht onwillekeurig aan Aaron, en of die hetzelfde spelletje zou doen als hij ooit bij hem op bezoek kwam.

'Goed, dan ga ik nu stemmen,' zei hij.

'Doe maar rustig aan, ik hou de boel wel in de gaten.'

Andrea stapte in de Punto, gewoon zoals hij was – bezweet, met rubberlaarzen en zijn houthakkershemd aan; hij startte en ging op weg om zijn burgerplicht uit te oefenen. Tijdens de rit luisterde hij naar de radio en dacht aan zijn vriend, hoe onhandig en tegelijkertijd hoe blij hij was met zijn zoontje. Hij vroeg zich af hoe hij het zelf zou vinden om echt verantwoordelijk te zijn voor iemand anders.

Hij arriveerde in Cossato, waar zijn stemlokaal was, ging in de rij staan en zag dat de mensen nieuwsgierig naar hem omkeken. Hij kon er niets aan doen, maar zodra hij een paar kilometer bij de boerderij uit de buurt kwam, voelde hij zich ongemakkelijk. Hoe lang was hij al niet meer in Biella geweest? Vijf maanden, en hij miste het totaal niet.

Na een uur was hij alweer terug. Terwijl hij langzaam over de zandweg reed, een sigaret opstak en probeerde te achterhalen wat dat voor gekraak was dat hij hoorde, keek hij in gedachten verzonken op en zag vier auto's geparkeerd staan. Hij dacht dat het klanten waren, de eerste na al die sneeuw, en hij voelde zich opgelucht. Hij kwam nog dichterbij en reed het erf op.

Toen zag hij ze. Allemaal tegelijk.

Het waren helemaal geen onbekenden, het waren geen klanten.

Het waren zijn vader, zijn moeder, Elsa, Luca en Sebastiano met Mathias.

Een onmogelijk tafereel, krankzinnig.

Mathias die achter de hond aan rende, Sebastiano die hem in de gaten hield, leunend tegen de stalmuur. Luca die zijn auto waste met de tuinslang. Elsa die de krant las. En dan waren er nog zijn ouders.

Clelia en Maurizio stonden voor de deur. Hij in jasje en dasje, zij in een gesteven jurkje met haar tas in de hand. Als verlamd, totaal ontheemd.

Andrea wist werkelijk niet wat hij zag. Hij parkeerde zijn auto, trok de handrem aan en voelde zich net zo als die keer dat hij als kind zijn eerste communie had gedaan in de kerk; de enige keer dat hij in het middelpunt van de belangstelling had gestaan. Hij was blij en verward door die aanblik, die eigenlijk heel gewoon, bijna vanzelfsprekend had moeten zijn: in elke normale familie komen de mensen op zondag bij elkaar. Maar in zijn geval was er niets vanzelfsprekends aan, sterker nog, het was nog nooit voorgekomen. En nu waren ze ineens allemaal daar en niemand praatte met een ander. Zijn vader keek op zijn horloge, terwijl Sebastiano de man een steelse, afkeurende blik toewierp. Zijn moeder stond daar maar met haar tas in de hand; Elsa vouwde langzaam de krant dicht.

Andrea wist niet waarom ze vandaag ineens allemaal hier waren en hem opwachtten, hij had geen idee hoe ongerust ze zich om hem hadden gemaakt. Maar ook al voelde hij zich wat opgelaten, hij was er wel blij mee. Alleen constateerde hij onwillekeurig dat er tussen die gezichten, hoe dan ook toch de belangrijkste in zijn leven, twee essentiële ontbraken.

Toen hij uit de auto stapte, was iedereen stil.

Elsa zwaaide naar hem, hij liep naar haar toe. Maar hij wist niet wat hij tegen haar moest zeggen.

Hij zette een paar stappen naar het midden van het erf, bleef staan en bukte zich om Clint te aaien, die kwispelend tussen zijn benen stond.

In feite wilde hij gewoon tijd rekken en probeerde hij orde te scheppen in allerlei tegenstrijdige gevoelens die hij niet aankon. Toen richtte hij zijn blik op zijn ouders. Een heldere, standvastige blik. Sebastiano en Luca hielden hem voortdurend in het oog, ze verwachtten godweet wat voor reactie, godweet wat voor gemene opmerking.

Maar Andrea glimlachte.

Hij had een heleboel dingen kunnen zeggen om wraak te nemen en eindelijk de genoegdoening te krijgen die hij verdiende. Niet zozeer tegenover die schuchter lachende vrouw, met diepe rimpels rond haar ogen en een nieuwe haarkleur die haar niet stond, maar tegenover de man die daar maar aan zijn horloge stond te friemelen en wie het duidelijk veel moeite had gekost om hierheen te komen. Het was nu te laat.

Ze hadden allemaal te veel verkeerd gedaan.

Toch ervoer Andrea geen woede nu hij naar hen keek, geen enkele haat jegens die twee schuldbewuste, kleumende en ook wel een beetje zielige mensen.

'Ik heb niet op Berlusconi gestemd, pa,' zei hij, terwijl hij de hond bleef aaien. 'Het spijt me, maar ik ben niet veranderd!'

De advocaat vertoonde een klein lachje: 'Daar twijfelde ik niet aan...'

'Ik heb ook niet op hem gestemd, meneer de burgemeester,' riep Sebastiano, die zich dat genoegen niet wilde laten ontnemen.

'Ik ook niet,' echode Elsa geamuseerd.

'En ik ook niet!' besloot Luca terwijl hij de kraan dichtdraaide.

Op dat moment staakte Maurizio het gefriemel aan zijn horloge. Hij keek naar Andrea en zijn vrienden, die hem zojuist openlijk hadden uitgedaagd, en toen naar die boerderij, die hem zozeer aan die van zijn vader deed denken, die hij nooit had kunnen accepteren noch had kunnen vergeten.

Hij besloot er het beste van te maken. 'Rustig aan, jongelui,' zei hij opnieuw glimlachend, deze keer zelfverzekerder. 'Wacht eerst maar eens tot de uitslag bekend wordt morgen, voordat jullie victorie kraaien... Ooit zijn jullie aan de beurt, maar je moet niet zo'n haast hebben.'

'Wie?' riep Sebastiano uit. 'Wie heeft er haast? Kijk dan: daar is de sneeuwschep, daar is de mesthoop, we hebben zelfs koeien... We hebben het helemaal voor elkaar. Wie heeft het beter dan wij? Trouwens, als u wilt meedoen...'

De advocaat stond even perplex.

Elsa keek net op tijd op van haar mobieltje. 'Laat maar zitten,' zei ze, 'de opkomst is ontzettend laag.' Toen keek ze naar Andrea, en Andrea begreep dat ze hem weer eens een keer had gered.

Clelia keek gauw of haar man zich kon beheersen. Gerustgesteld zocht ze de ogen van haar zoon. 'Het ziet er goed uit hier,' waagde ze, 'je hebt het mooi voor elkaar.' En ze voegde eraan toe: 'Kom, laat me het huis eens zien.'

Maurizio ging er niet in mee, dat zou te veel gevraagd zijn voor hem. Hij was niet iemand die ooit toegaf. Nooit, om geen enkele reden. Maar intussen keek hij nieuwsgierig rond op het erf, rondwandelend met zijn handen op de rug. Hij leek zorgvuldig in te schatten hoe Andrea de hooiberg had ingericht, hoe hij het bedrijf had georganiseerd. Hij hield zich in, hij bedwong zijn teleurstelling vanwege die zoon die hem nooit gehoorzaamde, maar die nu allang volwassen was.

Bij de stal durfde hij niet eens in de buurt te komen.

Andrea leidde zijn moeder rond door het huis en toonde haar ook de kelder, de kaasmakerij en het winkeltje, dat haar trof, omdat het net een bibliotheek leek. Het was duidelijk dat ze onthutst was, maar tegelijkertijd ontroerd. Hij legde haar uit – trots en beschaamd tegelijk – wat de voornaamste aspecten van zijn werk waren, hoe hij de kazen maakte, hoe lang ze moesten rijpen, en zij knikte voortdurend.

Intussen had Maurizio, die op het erf was gebleven, een gesprek aangeknoopt met Elsa, Luca en Sebastiano. Ze hadden het erover wie de verkiezingen zou winnen, of er een meerderheid zou komen die een regering kon vormen. Het maakte indruk op Andrea om zijn vader zo te zien, vanuit de verte, terwijl hij buiten de tijdslimiet nog een onsamenhangend verkiezingsverhaal stond te houden, en probeerde degenen die hij altijd als 'desperado's' had aangeduid van zijn standpunt te overtuigen, plus Elsa, burgemeesterskandidaat in Piedicavallo, die echter wel aan hem gewaagd was: 'Dit is het einde van een tijdperk, advocaat...' En Sebastiano maar foeteren: 'Toen ik in de gevangenis zat, hadden jullie zoveel kunnen doen, maar jullie hebben helemaal niks gedaan!' en Luca die hem zat te jennen, maar die ook naar hem luisterde, geamuseerd omdat de voormalige burgemeester van Biella, de ontzagwekkende vader van zijn beste vriend, hier samen met hen op dat bemodderde erf stond, waar de kippen tussen de sneeuwhopen door scharrelden en Mathias er maar niet genoeg van kreeg om op de tractor te klimmen. Het maakte indruk op Andrea om te zien hoe oud die man was geworden.

Toen hij samen met zijn moeder bij hen kwam staan op het erf, wendde Elsa zich tot hem en schonk hem een lach die boekdelen sprak: ze had hem vergeven. En ook al voelde hij zich nog steeds schuldig vanwege die ene nacht, deze keer beantwoordde hij haar glimlach.

Ze bleven daar staan praten over politiek, net als op een normale zondag. Op dat erf hadden nog nooit zo veel stemmen geklonken, hadden nog nooit zo veel auto's achter elkaar gestaan.

'Zeg, krijgen we dat kalfje nou nog te zien of hoe zit dat?' vroeg Sebastiano.

Andrea voelde zich overvallen en aarzelde.

'Kom op! Het is het beroemdste kalf van de hele provincie!'

'Goed dan, maar wel snel, want ik moet zo gaan melken.'

Het was bijna vijf uur, het begon al donker te worden. Ze liepen met hem mee naar de stal. Alleen zijn vader bleef buiten. Andrea liep voor hen uit naar een afgescheiden hoekje waar het kalfje van net een week oud hen met grote ogen aankeek, net als een baby zou doen. Allemaal wilden ze het aaien, allemaal bogen ze zich eroverheen, en het was een aparte gewaarwording voor Andrea om met deze mensen het wezentje te delen dat het duidelijkst weergaf waarom hij voor dit leven had gekozen.

Daarna gingen ze een voor een weg, zoals na afloop van een kerstlunch of een verjaardagsfeest. Alleen zijn vader bleef nog even staan treuzelen voor hij in de auto stapte.

'Ik heb er even naar gekeken,' zei hij, wijzend naar de stal. 'Het zijn Tiroler grijsvee-koeien, net als die van je opa...' Zijn stem brak, het kostte hem zichtbaar moeite om de woorden over zijn lippen te krijgen: 'Dat is het beste ras.'

Andrea keek naar zijn vader, die nu een hand op het portier had gelegd en met zijn blik elders was, alsof hij meteen al spijt had van die minieme, aarzelende goedkeuring. Nee, hij kon het hem niet vergeven. Hij zou altijd de tweederangszoon blijven, altijd minder dan Ermanno. Maar hij besefte nu wel hoe ongerust zijn vader zich over hem had gemaakt. Het lukte hem bijna te accepteren dat deze man zijn vader was. En hij stond er zelf van te kijken toen hij een hand op zijn schouder legde en zei: 'Oké, we bellen wel.'

Hij stond er zelf van te kijken dat hij hem niet meer kon haten.

Toen hij uiteindelijk na het melken naar binnen ging, nog vermoeider dan anders en verbouwereerd van alles wat er was gebeurd, probeerde hij zichzelf ervan te overtuigen dat het eigenlijk ook weer niet zo bijzonder was geweest. Zijn ouders en zijn vrienden waren na de ergste sneeuwstorm van de afgelopen dertig jaar bij hem langsgekomen om te kijken hoe het met hem ging. Hij hield zichzelf voor dat het eigenlijk de normaalste zaak van de wereld was. Maar toch, juist omdat het dat was, leek het hem zo uitzonderlijk, zo onverwacht dat hij zich bijna weerloos voelde, en naakt.

Hij maakte zijn eten klaar en ging zoals altijd zitten eten bij het regionale tv-journaal, zonder veel aandacht te schenken aan de berichten. Toen ruimde hij af, deed de afwas. Hij had vrede met de wereld, voor het eerst in zevenentwintig jaar.

Misschien was het maar tijdelijk, maar het was een heerlijk gevoel. En hij had het verdiend, met bloed, zweet en tranen, hij had het volledig verdiend.

Hij ging op de bank liggen en begon te lezen in boek VI van

de *Ilias*, de uitwisseling van geschenken tussen Glaucus en Diomedes. Hij was blij dat Elsa was gekomen. Op een gegeven moment had hij bijna gehoopt dat ze zou blijven, om haar zijn excuses aan te bieden, om haar te zeggen dat hij nu een beter mens was geworden, mede dankzij haar.

Hij besloot haar op te bellen. Hij stond op van de bank, pakte zijn mobiel en zocht haar nummer in zijn contactenlijst, en toen hoorde hij ineens dat er op de deur werd geklopt.

Hij liep de trap af om open te doen. En terwijl hij naar beneden ging, hoopte hij dat het Elsa was: misschien had zij hetzelfde idee gehad, hetzelfde verlangen om het uit te praten en weer vrienden te worden. Hij was vrolijk, hij voelde zich blij, ervan overtuigd dat het hem gelukt was het verleden achter zich te laten.

Maar toen deed hij de deur open en stond *zij* voor zijn neus.

Zij, zwak verlicht door de buitenlamp waar een zwerm wintermotten tegenaan botste. Als een standbeeld, maar ook echt, in de zwijgende nacht die zich uitstrekte over kilometers en kilometers leegte.

Met haar gescheurde spijkerbroek, een fuchsia donsjack, zo kort dat haar navel te zien was, en haar lange blonde haar tot over de schouders.

Zij, precies zoals ze op dat podium had gestaan op het feest van Camandona. Met lipgloss en glitteroogschaduw op. Ze bleef daar staan zonder iets te zeggen, voor zijn deur, tegenover hem, die verstijfde, naar adem snakte en het gevoel had dat hij doodging, bij vijf graden vorst, terwijl de nevel van de aarde opsteeg en boven de vlakte zweefde. En zij daar op haar roze gymschoenen.

Roerloos, in al haar één meter vijfenzeventig nutteloze schoonheid.

Deze keer waren er geen getuigen. Alleen zij was er, met een rolkoffer, het elastiek van haar string dat boven haar broek uit stak, en een hand in haar zij. Een pose als op een kalender, een outfit als in de najaar/winter-catalogus.

Met haar gebruikelijke vurige blik en haar eeuwige uitdagende gezicht. Zij, hier, levend en van een eindeloze arrogantie.

Kauwgom kauwend staarde ze hem aan.

'Hoi,' zei ze.

En hij dacht echt dat hij doodging: door de haat die hij voelde, door het krankzinnige, verscheurende verlangen dat ze nooit bestaan had.

Zij bleef kauwgom kauwen met haar mond half open, expres smakkend, met dat kleine, dubbelzinnige lachje als van een naïef sterretje op BiellaTV 2000.

Hoi, had ze gezegd. Alsof ze elkaar net hadden leren kennen. Alsof ze elkaar voor het eerst zagen en zij niet tien jaar lang zijn leven had verpest. Alleen maar hoi: alsof dit een film was en zij de hoofdpersoon. Zij de Bonnie die net een lekke band heeft gekregen op de rijksweg en bij de dichtstbijzijnde boerderij aanklopt om hulp te zoeken, om een krik te vragen, om een spontane roofoverval te plegen of gewoon een beetje lol te trappen.

Hij zou haar wel in brand willen steken.

Hij zou haar levend kunnen verbranden.

Andrea voelde een warme scheut bloed naar zijn hoofd stijgen, zijn aderen verstoppen, zijn zicht benevelen. Hij greep de deurklink beet en smeet de deur uit alle macht dicht.

'Doe open!' hoorde hij haar roepen. 'André, ik moet met je praten!'

Hij dacht dat hij haar had vergeven. Hij dacht dat hij haar had verdrongen, weggeduwd, verslagen. Maar hij had haar helemaal niets vergeven en de haat die hij voelde, was zo intens dat hij geen adem meer kreeg.

'André, doe open!' hield ze vol. Ze bonsde, sloeg met haar vuisten op de deur. En hij bleef daar staan, tegen de muur van de hal, met het hoofd in zijn handen en het hart in zijn keel. Hij had nooit gedacht dat het zo'n wreed, dodelijk effect op hem zou hebben wanneer hij haar terugzag. Hij voelde de woede door zijn aderen stromen, hij voelde de maandenlange stilte en de opoffering zo opstuwen dat hij bijna ontplofte. De onweerstaanbare drang om naar buiten te gaan en haar net zo veel pijn te doen als zij hem had bezorgd.

'Hé! Ik zeg toch dat ik met je moet praten!'

Andrea staarde naar de deur waar zij nu tegenaan stond te schoppen. En hij herhaalde in zijn hoofd als een mantra, terwijl hij zijn best deed om zich te beheersen: het is genoeg geweest, doe net of je gek bent. Loop de trap op, ga in bed liggen. Alsof ze niet bestaat, alsof ze daar niet is.

Haar negeren, dat moest hij doen: zichzelf bewijzen dat hij sterker was dan zij.

'Andre, doe open! Ik ga toch niet weg, hoor!'

Maar ze bestond wel, en hij kon niet rustig blijven. Zijn handen beefden, zijn benen trilden, en hoe meer hij haar hoorde schreeuwen en tegen de deur hoorde trappen, hoe meer hij zijn helderheid en beheersing begon te verliezen. Hij deed zijn best om adem te halen, zijn middenrif te gebruiken. Hij herinnerde zich de tekst van het sms'je dat ze hem had gestuurd, de manier waarop ze was vertrokken, nadat hij haar had gevraagd om voortaan zijn leven te delen, om samen voor de koeien te zorgen, om samen kinderen te krijgen en samen vrij te zijn, samen volwassen te zijn, samen oud te worden en samen te sterven.

'Ik ga niet weg! Heb je dat gehoord? Ik blijf net zolang hier tot je de deur opendoet!'

In een opwelling rukte Andrea de deur open. Met bloeddoorlopen ogen.

Marina zweeg en keek nu heel anders.

'Zeg wat je te zeggen hebt en dan oprotten,' gromde hij verbeten.

Ze deinsde een stap achteruit; bleek, geschrokken, want zo woest had ze hem nog nooit gezien.

'Mag ik dan niet binnenkomen?' waagde ze zachtjes.

'Nee, je mag niet binnenkomen. Wat heb je me goddomme te zeggen, schiet op!'

Hij was onherkenbaar. Zijn lange, onverzorgde baard bedekte zijn hals, de huid van zijn gezicht was verweerd door de kou. Hij was vies, lelijker, ouder geworden. Alsof dat op de een of andere manier haar schuld was.

Het leek of hij haar zo intens haatte dat hij haar iets aan zou kunnen doen. En Marina kon haast niet geloven in die totale metamorfose, ze voelde iets wat ze bij hem nog nooit had gevoeld: angst.

Maar ze gaf niet op.

'Serieus, ik moet echt met je praten.'

Andrea staarde haar met ogen vol wrok en woede aan.

'Ik wil dat we echt even gaan zitten en dat je naar me luistert,' vervolgde ze, bang maar vastberaden. En ze voegde eraan toe: 'Alsjeblieft.'

Dat laatste woord dreef hem tot waanzin. Hij raakte volledig buiten zinnen.

'PRAAT DAN!' brulde hij razend. 'Praat, godverdegodver! Ik laat je niet binnen, begrepen?! Zie je dit hier?' Hij gebaarde in het rond, naar de boerderij in de nevel. 'Dit heb ik zelf opgebouwd. IK, zonder JOU! En ik wil jou hier nu niet meer zien!'

Marina vond de moed om haar blik niet neer te slaan voor hem, die nu wel een monster leek. Een valse kopie van de man die ze ondanks alles had liefgehad.

'Ik ben teruggekomen,' zei ze.

Andrea hield zijn mond, alsof hij de betekenis van dat werkwoord niet kon doorgronden.

'Ik ben gekomen om bij jou te blijven.' Ze legde een hand op de rolkoffer om te laten zien dat het echt waar was.

Andrea begon zo hysterisch te lachen dat het net zo goed het begin van een huilbui kon zijn. Hij sloeg een hand voor zijn ogen. Schudde zijn hoofd.

Toen zei hij met een ernstig, kil gezicht: 'Marina, luister goed.' Zijn stem klonk afstandelijk en hij hield zich in, deed zijn best om kalm te blijven. 'Het interesseert me niet wat jij je allemaal in je hoofd haalt, wat je voor problemen hebt, of je hersens hebt of niet. Jouw problemen zijn niet mijn zaak, jij hebt het uitgemaakt met mij. Dus ik ga nu slapen, en jij pakt die koffer en maakt dat je wegkomt.'

'Nee,' antwoordde zij brutaal, 'ik blijf net zolang hier tot je me binnenlaat.'

Hij bleef haar aankijken, bleek, met gebalde vuisten. En Marina weerstond zijn blik, vastberaden, of misschien alleen maar wanhopig.

'We gaan toch trouwen op 2 maart,' zei ze.

Op dat moment ontplofte Andrea. Dit was wel het allerlaatste wat ze tegen hem moest zeggen. Hij schopte zo hard tegen de deur dat er een gat in kwam. Toen keek hij haar weer aan, zijn ogen zwart van woede.

'Rot op,' herhaalde hij ijzig.

Zij staarde naar het gat in de deur.

'Het is over minder dan een week, aanstaande zaterdag is het al 2 maart.'

Maar Andrea kon die datum niet meer horen. Die datum maakte hem woest.

'Als je nu niet weggaat zweer ik je dat ik naar buiten kom en je een klap verkoop.'

'Nou, sla me dan!' riep Marina. Ze werd weer het grillige, egocentrische meisje dat ze altijd was geweest. 'Vooruit, kom op! Sla me dan!' Met haar uitdagende gezicht.

'Marina, alsjeblieft, dwing me niet om je pijn te doen.'

'Jij moet luisteren, want ik wil je wat uitleggen!' protesteerde ze. 'Want je weet helemaal niks! Jij denkt altijd dat je alles weet, maar je hebt nooit iets geweten! Ik ben teruggekomen, ik hou me altijd aan mijn beloften. Want ik heb ballen!' gilde ze in zijn gezicht. 'En daarom ben ik hier.'

Andrea deed de gehavende deur achter zich dicht. Hij beende naar het midden van het erf. Hij wist zelf niet waar hij heen ging, wat hij precies deed.

Hij raapte het eerste het beste voorwerp dat hij tegenkwam van de grond, de sneeuwschep, en smeet het met geweld tegen een hooibaal aan. De hond schrok op en begon te blaffen binnen in huis. Andrea had alles in vijf minuten kunnen vernietigen, hij kon een jerrycan benzine pakken en de boerderij, de stal, de koeien in de fik steken.

'Jij trekt je nergens ook maar ene reet van aan!' schreeuwde hij over zijn toeren. 'Van niemand!' Hij stortte zich op de andere hooibalen en schopte ertegenaan. 'Jij komt hier na vijf maanden aanzetten en dan denk je dat ik je kan vergeven... maar ik vergeef je niet!' En terwijl hij dat zei, voelde hij zich goed, bijna blij dat hij het eindelijk allemaal over haar uit kon storten, al die haat die hij in zijn lijf had. 'Weet je wat jij bent? Hè? Weet je dat? Jij bent een grote, enorme *loser*!'

Zij bleef waar ze was, zonder een stap te verzetten. Als een soldaat die zich niet overgeeft, in de koude, mistige nacht. Ongenaakbaar als een standbeeld. Andrea keek naar het silhouet van die vrouw in het halfduister, hij worstelde met zichzelf om van haar los te komen. En zij ging maar niet weg.

Toen liep hij terug, kwam bij haar staan, greep haar zo hard bij haar pols dat het pijn deed. 'Luister goed naar me,' gromde hij haar toe, 'ik wil jou niet in mijn leven.'

'O nee?' reageerde ze op uitdagende toon. 'En waarom staat mijn naam daar dan?' Ze wees naar het bord met de tekst ZUI-VELHOEVE CAUCINO-BELLEZZA.

Andrea kneep nog harder in haar pols en zij liet het gebeuren.

Hij stond nu zo dicht bij haar dat hij haar geur duidelijk kon herkennen.

'Omdat jij een zielig geval bent, Marina. Ik zie nu precies wat jij bent. Ik heb mijn keus gemaakt, jij de jouwe. Ga maar gauw terug naar Milaan, ga je maar gauw weer lopen aanstellen op tv. Ik heb gewoon met je te doen.' Hij spuugde op de grond.

Marina trok zich los, trots en gekwetst.

Ze keek hem minachtend aan: 'Ik had je *een beetje redelijker* ingeschat... Intelligenter. Ik snap best dat je kwaad op me bent, maar je had je mening al klaar en wou niet eens naar me luisteren, dus je bent nog dommer als ik.'

Ze kende de grammaticaregels niet eens, die vervloekte egoïstische trut kende geen ene reet van de wereld. Ze stonden midden op het donkere erf, tussen de hopen hard geworden sneeuw, verlicht door de lamp waar nog steeds tientallen grijze motjes tegenaan vlogen. Voor de zoveelste keer tegenover elkaar.

Maar dit was de allerlaatste keer, bezwoer Andrea zichzelf.

'Pak die verdomde koffer en hoepel op.'

Ze bleef staan.

'Mijn geduld is op, ik waarschuw je.'

Ze verroerde zich niet.

Nu ging Andrea die koffer zelf pakken. Hij greep hem woest vast, sleepte hem naar de Peugeot 206 die bij de hooiberg geparkeerd stond, opende de kofferbak en smeet hem erin.

'Je hebt zeker iets met Elsa, hè?' schreeuwde ze, terwijl ze nog steeds koppig bleef staan.

Andrea liep naar haar toe, rukte aan haar arm en begon haar met geweld naar haar auto te sleuren. Zij verzette zich uit alle macht, net zoals dat hert die nacht; maar hij gaf het niet op en bleef aan haar trekken.

'Jullie hebben iets samen, daarom doe je zo!' Ze gilde 'Laat me los!' terwijl hij haar bleef voortslepen. 'Laat me los en zeg of het waar is!'

'Je verdient geen antwoord,' zei hij, terwijl hij haar tegen de auto aan duwde. 'Jij verdient helemaal niks.' Hij deed het portier voor haar open: 'Schiet op, instappen.'

'Nee!' schreeuwde Marina.

'Instappen!' schreeuwde Andrea, hijgend van inspanning.

Marina boorde haar ogen in de zijne.

'Ik kan nergens naartoe,' zei ze.

Andrea zweeg, tot het uiterste getergd, blind, zonder een greintje medelijden. Maar hij kon zijn blik niet losmaken van de hare.

'Ik heb het huis in Milaan opgezegd. Ik heb mijn werk opgezegd, de promotie van de plaat die maandag is uitgekomen, ik heb alles laten vallen. En weet je waarom?'

'Het boeit me niet.'

'Omdat het me geen bal interesseerde om beroemd te zijn,' antwoordde Marina evengoed woest, 'ik had er niks aan om beroemd te zijn.'

En terwijl de tranen over haar wangen begonnen te stromen, voegde ze eraan toe: 'Jij weet niet wat dat betekent.'

'Je bent pathetisch, rot op.'

'Jij weet niet wat dat betekent,' herhaalde Marina.

En ook al bleef Andrea zich stug verzetten, ook al haatte hij haar erger dan ooit tevoren, die tranen wisten hem toch nog te raken. Alsof hij zelf op dat moment stond te huilen.

'Jij bent niet volwassen,' zei hij, 'dat zul je nooit worden ook.'

Marina bleef geluidloos huilen, trots, geknakt.

Als iemand die een aardbeving heeft overleefd en voor de puinhopen van haar huis zit.

'Jij weet niet wat het wil zeggen om op te groeien zoals ik ben opgegroeid, altijd maar op je vader wachten die nooit thuiskomt, de kots van je moeder opruimen, en dan uiteindelijk op een dag toekijken hoe zij in de keuken een mes pakt om je vader te vermoorden. Dat heb jij niet voor je ogen zien gebeuren.'

Ze had het gezegd. Niet tegen zichzelf, maar tegen hem. Voor de eerste keer had ze het hardop aan iemand anders verteld, en op dat moment hield ze op met huilen. Ze veegde haar tranen weg, samen met de uitgelopen make-up, en bleef hem recht in de ogen kijken.

'Misschien was het niet mijn schuld,' zei ze, 'maar het is wel gebeurd.'

Toen zag hij dat meisje van tweeëntwintig jaar, dat nog steeds een vijftienjarige uit een buitenwijk leek, de vijftienjarige die ze altijd was geweest: de aanvoerster van de groep als ze op zaterdag door de stad flaneerden, het meisje dat op het plein stond te schreeuwen om aandacht te krijgen, het meisje met het diepste en uitdagendste decolleté als ze 's middags rondhingen voor de enige ijszaak van Andorno. Hij zag haar voor zich, onherstelbaar beschadigd.

En hij voelde dat hij op instorten stond, want het was ook zijn schuld.

'Je bent kwaad op mij omdat ik ben weggegaan, omdat ik die dingen aan je heb geschreven. Maar dat stelt toch geen moer voor, Andre. Je bent kwaad op je broer, op de hele wereld, terwijl het allemaal geen moer voorstelt. Je hebt die koeien aangeschaft, je hebt je bedrijf opgezet. Maar je bent niks beter als ik, als je dat maar weet.'

Ze draaide zich om en stapte in haar auto.

'Het was stom van me om hierheen te komen.'

Op dat moment voelde Andrea zijn hart op springen staan.

'Wacht,' zei hij.

Marina legde een hand op het stuur, maar trok het portier nog niet dicht.

'Waar ga je naartoe?'

'Ik weet het niet,' glimlachte Marina, 'de pot op waarschijnlijk.'

'Ga je naar je moeder?'

'Daar ben ik al geweest. Maar ik ben niet meer van plan om haar kots van de wc-bril te poetsen, het spijt me.' Ze richtte haar ogen op Andrea: rode ogen, verslagen, maar op de een of andere manier ook sereen. 'Als ik nu vertrek, ben ik over drie uur in Monte Carlo. Ik kan naar Amerika gaan, naar Zwitserland, naar Parijs. Ik kan gaan waar ik wil. Wat ik je te zeggen had, heb ik gezegd.'

Ze trok het portier dicht, startte de motor.

Andrea zag haar schakelen, de auto in de achteruit zetten. En toen, voordat hij wat dan ook kon denken, voordat hij besefte wat hij deed, trok hij het portier open, dook boven op haar en zette de motor uit. Hij omhelsde haar zo stevig als hij kon.

'Ik kan het niet,' zei hij, met zijn gezicht in haar haren, 'het lukt me niet.' En zij duwde hem niet weg. Ze bleef gewoon daar zitten, waar ze thuishoorde.

Toen hief Andrea zijn hoofd op en keek haar met betraande ogen aan. Ook Marina had tranen in haar ogen. Op die twee stoelen, midden op het erf waar geen enkel geluid meer te horen was, en waar alleen de buitenlamp wat licht verspreidde in de verlatenheid van de nacht.

Ze keken elkaar zwijgend aan en realiseerden zich nu pas hoeveel ze allebei veranderd waren. Zij vond Andrea harder, verwilderd, vermoeid. En hij vond Marina, voor het allereerst, niet meer mooi. Ze was een slap aftreksel van het meisje waarop hij in een vorig leven verliefd was geworden, op het feest van Camandona, terwijl ze een mazurka dansten op de dansvloer in die tent, terwijl de bejaarde stellen langzaam ronddraaiden en de lichten om hen heen werden gedempt, toen ze nog gewoon twee tieners uit Andorno Micca waren.

Hij streelde haar gezicht met de rug van zijn hand. Ze was echt minder mooi geworden, breekbaar, bezoedeld. Alsof het verdriet dat naar de oppervlakte was gekomen, haar gezichtslijnen, haar huid, haar blik had vertroebeld. Maar toch, nu hij haar zag zoals

ze was, in haar zwakheid en ellende, in wat er in haar onherroepelijk was kapotgegaan en misschien wel voorgoed vervlogen,
realiseerde hij zich dat hij tot op dit moment nog nooit echt van
haar had gehouden.

'Wij zijn een en hetzelfde,' zei hij tegen haar, terwijl hij haar
intens aankeek en haar hoofd streelde met eindeloze tederheid.
'Jij en ik zijn werkelijk een en hetzelfde.'

31

Vijf dagen later trouwden ze, in het gemeentehuis van Biella.

Sebastiano en Luca waren bereid gevonden om als getuigen op te treden, voor de rest was de trouwzaal leeg. De ceremonie nam een minuut of twintig in beslag, om halfeen was het allemaal al achter de rug. Ze stapten weer in de Punto en reden meteen terug naar Massazza, waar de koeien meer dan een uur alleen waren geweest, enkel onder de hoede van de hond.

Andrea reed zwijgend, hij rookte de ene sigaret na de andere. Hij droeg hetzelfde jasje, hetzelfde overhemd en ook dezelfde spijkerbroek als tijdens hun afspraakje bij de Burcina, een halfjaar geleden. Intussen zat zij met haar hoofd tegen de rugleuning iets te neuriën, terwijl ze met haar knokkels tegen het raam tikte. Ze keek hoe het platteland aan de rijksweg langsgleed, hoe de horizon oploste in de nevel. Tijdens de rit raakten ze elkaar niet aan, zochten ze geen contact.

Eenmaal thuis kleedde Andrea zich om en ging naar de kaasmakerij, waar de melk van die ochtend nog stond te wachten om te worden gekarnd. Marina zette een oude verroeste ligstoel midden op het erf en ging in haar witte jurk in de zon liggen, met haar donsjack om haar schouders als bescherming tegen de kou. Ze luisterde naar muziek op haar koptelefoon zonder iets te doen, tot de zon achter de toppen van de Mucrone en de Cresto verdween.

Behalve de getuigen, de burgemeester en de ambtenaar van de burgerlijke stand was niemand op de hoogte van hun huwelijk. Het was bedoeld als een exclusief verbond tussen hen tweeën, iets wat alleen hun geschiedenis aanging, hun bloed, hun verzet; verder niets. Maar nu, een paar uur nadat ze hun handtekening hadden gezet, probeerde Andrea er niet aan te denken. Hij was zoals elke dag bezig het vet van de wei te scheiden en het in de karnton tot boter te verwerken.

Marina strekte haar benen uit op de ligstoel, speelde met haar eveneens witte lakpumps. Af en toe keek ze op en tuurde naar de bergen daarginds, waar wolkenslierten omheen hingen. Haar bruidsjurk, die wapperde in de wind en het stof, was het enige concrete bewijs dat er iets ongewoons had plaatsgevonden, terwijl de uren traag vergleden in de winterse roerloosheid.

Ze had alles gedeactiveerd: haar mobiele nummer, haar mailadres, haar Facebook-pagina: ze was nu al tien dagen lang onvindbaar. Zelfs haar ouders wisten niet waar ze zich bevond, zelfs Donatello niet.

Volgens de meeste internetsites was Marina Bellezza ergens ondergedoken, godweet waar en godweet waarom, terwijl haar plaat ook zonder haar de wereld in ging, uitgezonden door de radiozenders en door MTV. Een enkeling had zelfs geopperd dat het gewoon een reclamestunt was: spoorloos verdwijnen, niemand iets laten weten. In werkelijkheid dacht Marina er geen moment meer aan. Ze lag daar gewoon lekker in het zonnetje, in volmaakte anonimiteit. Soms keek ze naar de kippen die op de grond liepen te pikken en probeerde ze ze bang te maken door een schoen naar ze toe te gooien, of ze verveelde zich gewoon, punt. Ze keek naar de akkers die elkaar opvolgden zover het oog reikte, en ze zong zachtjes een nummer van Rihanna.

Onmogelijk te raden wat er in haar hoofd omging.

Andrea wilde het trouwens ook niet weten, dat had hij opgegeven. Een deel van hem had zich die ochtend, in het bijzijn van de burgemeester met de driekleurige sjerp over zijn borst, en van zijn vrienden die naar de grond keken, werkelijk overgegeven.

Toen hij uit de kaasmakerij kwam, bleef hij alleen staan om van veraf naar haar te kijken. Zonder naar haar toe te lopen, zonder haar te roepen. Hij liet haar waar ze was: *zijn echtgenote*, in haar tulen rok onder het stof, de sleep bewogen door de wind, afgezonderd op die atol van middagzon, midden op het erf, verveeld en onbereikbaar.

Marina voelde zijn blik, maar gaf geen sjoege.

Wat er ook mocht gebeuren, ze hadden nu een verbond gesloten, ze hadden trouwringen uitgewisseld: een fragiele vastigheid die nooit langer dan een maand, een week, een dag kon duren. Dat wisten ze allebei. Daarom bleven ze om die stilte heen draaien als twee mensen die elkaar niets meer te zeggen hebben. Marina sloeg haar blik neer, Andrea liep door en verdween in de stal. Ze hadden geen idee wat er zou gebeuren. Ze hadden niets geregeld, niets gepland.

Ze waren gewoon getrouwd, punt.

Zomaar, als twee tieners, of twee radelozen.

Andrea begreep, terwijl hij de melkmachine aan de uier van een koe bevestigde, dat hij haar echt niets meer te zeggen had. Zij lag daar maar naar haar schoenen te staren. Ze zou zich er nooit toe verlagen om daadwerkelijk voor dit leven te kiezen, ze zou niet met hem meegaan naar Riabella, waar geen stroom en geen riolering was. Dat wist hij, maar toch was hij met haar getrouwd.

Op een gegeven moment onderbrak hij het melken en keek hij naar zijn trouwring. Hij dwong zichzelf om er goed naar te kijken. Hij wist het, dat het niet kon standhouden. Dat het nergens op sloeg. Dat het waanzin was.

Hij had Marina maandenlang bestudeerd, toen hij jonger was en twee, soms wel drie uur lang naar haar optredens keek, terwijl zij zich met onbegrijpelijke vastberadenheid stond uit te sloven op het balkon aan de overkant van de straat. Hij had zich jarenlang laten kwellen, hij ging haar ophalen van school, wachtte tot haar ouders het huis verlieten. Hij had haar op de achterbank van een klein autootje ontmaagd en haar in ruil daarvoor zijn leven gegeven. Zonder aarzeling, zonder bedenkingen, zoals geen ander ooit zou willen doen.

Hij had altijd op haar gewacht, hij had zich laten vernederen. Hij had geprobeerd haar te redden, maar tevergeefs. Het was een nutteloze, doelloze strijd. Ze was twee keer bij hem weggegaan, de tweede keer voor een tv-optreden: *Cinderella Rock* op BiellaTV 2000. Ze was ervandoor gegaan naar Milaan en plotseling weer verschenen; en al na vijf dagen waren ze zonder zekerheden en zonder nadenken naar het gemeentehuis gegaan om te trouwen. En nu, terwijl hij onder het melken naar zijn trouwring keek, voelde Andrea zich een ontzettende sukkel, een idioot en een gek.

Over niet al te lange tijd zou zij op een ochtend weer haar koffer pakken en voor de zoveelste keer vertrekken. En misschien zou ze daarna weer een keer terugkomen om vervolgens opnieuw te verdwijnen, alsof ze verstoppertje deed. Mensen veranderen niet, want ze kunnen niet veranderen. Mensen als Marina horen bij niemand, want het lukt hun niet eens bij zichzelf te horen.

Hij streek met zijn hand over zijn ogen om zijn tranen te drogen. Veegde het zweet van zijn voorhoofd. Hij vroeg zich af hoe ze zo ontzettend dom hadden kunnen zijn. Hoe ze het in godsnaam hadden kunnen doen.

Toen ging hij weer verder met melken.

Hij hoorde haar niet toen ze, tegen vijf uur, naar binnen ging en de trap op liep naar de slaapkamer. Buiten was het al donker, de temperatuur was gezakt tot onder nul. Marina haakte haar satijnen lijfje los, trok haar jurk uit en hing hem aan de kast. Ze bleef er vol ontgoocheling naar staan kijken: bij een warenhuis aan de rijksweg Trossi had ze hem gekocht. En niet eens in haar eigen maat. Toen trok ze haar joggingpak en gymschoenen aan, bond haar haren in een staartje en ging zonder iets tegen hem te zeggen hardlopen over de velden.

Langs de irrigatiekanalen, over de stapstenen tussen de rijstvelden, waar de sneeuw zich had teruggetrokken en had plaatsgemaakt voor plukken vergeeld gras, legde ze bijna zeven kilometer af aan de kant van de weg. Ze was hier tientallen keren overheen gereden, heen en terug naar de studio's van BiellaTV 2000, een eindje verderop waren de kunstmatige meertjes waar ze als kind soms met haar ouders ging vissen: een verbrokkeld gebied vol herinneringen en verlatenheid dat haar vader die ene avond als een *niemandsland* had omschreven.

Ze kwam bij de kruising tussen Fornace Crocicchio en Carisio en stond daar stil om op adem te komen. Ze ging zitten op de restanten van een houten hek om een boerderij. Ze keek naar de auto's die in beide richtingen over de ss230 reden, naar een reclamebord van worstmakerij Pria, net zo een als dat van *Cinderella Rock* destijds, terwijl de avond zich stil uitspreidde over Massazza, Carisio en Biella.

Ze zocht in de verte, tussen de bomen en de dichter wordende nevel, het neonbord van motel Nevada. Ze probeerde te gissen waar de tolhokjes van de snelweg zich bevonden, en waar haar vader op dat moment was. Want ze miste hem; ze had hem willen vertellen dat ze was getrouwd, ze had hem willen omhelzen en ook hem willen vergeven, maar dat kon niet. Ze dacht terug aan de avond van het Pop Gala, toen ze had afgeremd voordat ze dit kruispunt overstak, bang om te verdwalen, bang om te laat te komen en hem niet meer aan te treffen. Hier, waar alles was begonnen, op 16 september van het afgelopen jaar.

Nu zag ook zij de verlaten loodsen, de ontmantelde textielfabrieken en de bouwplaatsen waar al jaren niets meer werd gedaan. Eindelijk werd ze zich ervan bewust hoe dood, verroest en uitgedoofd alles was vergeleken met haar kindertijd. Een bulldozer die al wie weet hoeveel maanden met zijn schuif in de modder stond, het restaurant op de hoek met dichtgetimmerde ramen. En toch was dit geen niemandsland: het was *haar* land. De enige plek ter wereld waarnaar ze altijd kon terugkeren.

Ooit zou ze misschien kinderen krijgen en dan zou ze met hen gaan vissen in een van de kunstmatige meertjes een paar kilometer verderop, of gaan picknicken op de oever van de Sesia. Misschien wilde ze dat, of misschien ook niet. Voor het eerst sinds ze was gevlucht begreep Marina pas echt, met meedogenloze helderheid, daar op dat kruispunt van Carisio, in het licht van vier dunne straatlantaarns, tegenover een gesloten restaurant en een gestrande bulldozer, dat ze haar leven had weggegooid.

Ze had het opgepakt en weggegooid, net als die vhs-band met de Aiazzone-reclame erop.

Ze had het tot Milaan, tot Rome gebracht. Ze had kunnen winnen: een carrière opbouwen, iemand worden. Het was allemaal al geregeld, allemaal al in gang gezet: de plaat, de promotie, de tour. Maar zij had op de valreep afgehaakt. Ze was teruggegaan. Ze had een toekomst van succes, vrijheid en geld ingeruild voor de willekeurige toekomst van een willekeurige vrouw die nog nooit buiten de provincie Biella is geweest.

Over een paar jaar zou niemand zich nog haar achternaam herinneren en haar door de zwangerschappen uitgezakte lijf zou dik en rimpelig worden. Ze zou haar hele leven lang alleen maar ruziemaken met haar man, strijken, poetsen en koeien melken. Die straf zou ze zichzelf opleggen, en in naam van wat? Waarom in godsnaam?

Wat heb je verdomme gedaan, Marina?

Dat vroeg ze zich af en ze moest er bijna van huilen.

Ze moest denken aan de vrouwen in de Valle Cervo, een heel

bestaan begraven tussen de rotsen, diep in de grond als de wortels van de beuken en de kastanjebomen. Altijd op dezelfde plek, op dezelfde dag, die zich tientallen jaren lang op dezelfde manier herhaalde. Een verweerd gezicht, de schorre stem van iemand die niet meer gewend is er gebruik van te maken.

Zij was uiteindelijk een van die vrouwen geworden. Zij die de mooiste stem ter wereld bezat, die op tv was geweest, die iets van de wereld had gezien, zij bereidde zich nu voor om hetzelfde leven te leiden als haar overgrootmoeders.

Ze stond op van het hek en begon weer te rennen.

Ze rende de zeven kilometer vol harde sneeuw en dorre aarde terug met overal die angst in haar lijf, een en al zweet en razernij.

Niemand keek naar haar, niemand zou haar vanaf nu ooit nog op straat herkennen, geen enkele presentator zou haar ooit nog aankondigen in een wolk van rook begeleid door de soundtrack van *Top Gun*. En er was een deel van haar dat nu rende en dat een stekende pijn in haar buik en borst ervoer: dat deel van haar dat behoefte had aan publiek, aan op haar gerichte schijnwerpers en aan daverend applaus. Maar er was ook een ander deel van haar: gedoemd om voor altijd onbekend te blijven, en terwijl ze hier door de rijstvelden en de mist rende, voelde ze zich er al bijna van verlost, ze ervoer een duistere gelukzaligheid in deze donkere leegte, waar haar voeten wegzakten in de aarde en zij luidkeels schreeuwde in het niets.

Onzichtbaar, totaal mislukt.

Ze dacht: vannacht ga ik ervandoor.

Toen ze terugkwam op de boerderij was het al acht uur geweest. Ze zag Andrea nergens en ging hem niet zoeken. Ze liep de trap op en sloot zich op in de badkamer. Een hele tijd bleef ze onder de douche staan, voelde het hete water over haar gezicht stromen en alle aanslag van de dag wegwassen. Ze bleef zo lang mogelijk treuzelen op die twee vierkante meter, aarzelend wat ze moest doen, welke beslissing ze moest nemen.

Ze kon zonder dat hij het merkte al haar spullen in haar koffer proppen, en dan kon ze om middernacht al in Milaan zijn. Ze kon in het Holiday Inn aan de autoweg overnachten en morgen na de lunch in Rome aankomen. Op dat plein, met die prachtige fontein in de vorm van een zeemeerman. Ze wikkelde een handdoek om haar haren en liep bloot de badkamer uit. Voordat ze de slaapkamer in liep had ze maar één idee in haar hoofd: direct wegwezen, nu meteen.

Toen deed ze de deur open en trof hem daar aan, *haar echtgenoot.*

Hij zat op het bed met de rug naar haar toe. Roerloos, zwijgend, starend naar haar trouwjurk die aan de kast hing.

'Wil je nu alweer weggaan?' vroeg hij zonder om te kijken.

Zijn stem klonk kalm; geen boosheid, geen verwijt.

Hij had zijn handen op zijn schoot liggen, zijn schouders waren gebogen. Als van een oude man, van een man die niet meer kan.

'Ik word er heus niet boos om, hoor,' voegde hij eraan toe. 'Maar deze keer moet je het wel tegen me zeggen.'

Marina bleef als aan de grond genageld in de deuropening staan. Dit had ze niet verwacht, en even voelde ze zich betrapt, ontmaskerd. Ze pakte het eerste het beste kledingstuk dat ze zag en trok het aan. Toen ging ze op een stoel zitten, een eindje van hem af. Ze zat daar zwijgend, met haar benen over elkaar, weifelend. Ze wachtte tot Andrea zich zou omdraaien.

Maar hij verroerde zich niet, keek haar niet aan. Hij bleef maar naar die bruidsjurk staren die aan de half openstaande kastdeur hing, haveloos en modderig. Een jurk van vierhonderd euro, in allerijl bij de outlet aangeschaft, in de vorm van een schuimpje, een maat te groot in de uitverkoop.

'Waarom zeg je zoiets?' waagde ze het op een gegeven moment te vragen.

Ze wilde elke verdenking van zich afwentelen, daar in dat scheef dichtgeknoopte overhemd van hem.

'Omdat ik je ken.' Andrea wees naar de jurk en glimlachte bitter.

Hij keek haar nog steeds niet aan. 'Je bent getrouwd,' zei hij, 'zover ben je gegaan... Maar je zult het nog geen week volhouden, nog geen dag. Dat ligt niet aan jou', hij wreef met allebei zijn handen over zijn gezicht, hij leek vermoeid, 'maar ik heb er wel genoeg van. Het enige wat ik wil is dat je het tegen me zegt als je weggaat.'

Marina was overvallen, ze stond op van de stoel, trok de handdoek van haar haren en begon ze droog te wrijven, met haar hoofd naar beneden hangend. Ze liet een paar minuten verstrijken en kwam toen naast hem op het bed zitten.

Maar zonder hem aan te raken.

'Ik heb dit niet gewild.' Andrea wees nogmaals naar de jurk. 'Ik wist het, vanmorgen, ik was me ervan bewust... Maar ik ben toch met je getrouwd.' Het leek alsof hij niet met haar praatte, maar met zichzelf. 'Het heeft geen zin om elkaar voor de gek te houden, of dat jij hier de hele dag blijft zitten niksen...'

'Weet je wat ik denk?' onderbrak Marina hem bozig. 'Ik denk dat *jij* doodsbang bent.'

Andrea keek haar nu eindelijk aan en zag dat ze halfnaakt was. Hij zag haar witte, dunne voeten met de roodgelakte teennagels, het vochtige haar dat over haar schouders golfde, het scheef dichtgeknoopte houthakkershemd, waarachter haar borst zichtbaar was.

'Dat denk ik van jou,' vervolgde Marina, 'dat je geen ballen hebt.'

Half achteroverliggend op de kussens, met haar benen uit elkaar en haar ogen vol woede, in die afgelegen, koude slaapkamer omringd door de winter. Andrea keek naar dat lichaam, waarvan hij jarenlang een slaaf was geweest.

'We hebben iets ontzettend stoms gedaan,' zei hij grijnzend. Toen streelde hij haar enkel, want hij kon het niet laten.

Hij beroerde haar zoals je iets beroert wat je gaat achterlaten.

Maar zij trok meteen haar voet weg: 'Je bent een lafbek.'

Ze kamde nerveus met haar vingers door haar haren. En intussen bleef ze hem recht aankijken, alsof zij het gelijk aan haar kant had.

'Je hebt vijf dagen de tijd gehad om me terug te sturen naar Milaan, om nee tegen me te zeggen en alles af te blazen. Waarom heb je dat niet gedaan? Omdat je een sukkel bent!'

Andrea stond op, strekte zijn rug die na de zoveelste zware werkdag een en al spierpijn was. 'Wat zou dat voor zin hebben gehad?' vroeg hij met een blik op het raam. 'Ik kom toch nooit van jou af. Jij wilde iets nieuws doen, iets aparts, iets totaal anders...' Een klein lachje. 'En ik heb je je gang laten gaan. Misschien vond je het een leuk idee om een echtgenoot te hebben, iemand die wettelijk verplicht is om altijd op je te wachten, om je telkens weer te vergeven... Het idee om halsoverkop te trouwen, en dan met een veehoeder. Iets wat geen van je collega-sterretjes ooit zou hebben gedaan...' Hij praatte rustig, kijkend naar de zwarte nacht daarbuiten. 'Jij schiet van het ene uiterste in het andere, Marina. Je speelt voortdurend spelletjes...' Hij zweeg en keek haar aan. Met vaste stem besloot hij: 'En nu kun je maar beter gaan.'

'Jij bent gewoon hartstikke bang!' schreeuwde Marina, terwijl ze netjes ging zitten. 'Jij bent de lafaard, niet ik!' Ze trilde.

'Kan zijn,' antwoordde hij, terwijl hij weer op het bed neerplofte, als iemand die het allang heeft opgegeven, die eindelijk kan ophouden met vechten. 'Kom nou.' Hij lachte om niet te hoeven huilen. 'Je bent vies van de koeien, je blijft er mijlenver uit de buurt... Over twee dagen bel je die Donatello of hoe die figuur ook mag heten, om te vragen of hij je komt ophalen... Sterker nog, over een uur zit je daar al, vastgekluisterd aan de tv, en alles waar je dan nog aan denkt is dat jij iedereen verslaat, dat je de beste bent. Ik ken jou net zo goed als mezelf, Mari. Je hoeft geen toneelstukje te spelen, je zit nu alweer te popelen om terug te gaan.'

'Niet waar!' protesteerde Marina.

Andrea sloeg zijn armen over elkaar en keek naar het plafond: 'Zo doe jij de dingen: omdat je er zin in hebt. Je trekt je niks aan van de gevolgen, je trekt je niks aan van een ander...'

'En jij praat alleen maar onzin!' Marina verloor haar geduld, haar kalmte, haar zelfbeheersing. Ze stortte zich op hem. Ze ging boven op hem zitten en keek hem recht aan: 'Als je slim was, zou je je niet constant druk maken om niks, maar had je me allang gevraagd om me met het bedrijf te bemoeien, om een website op te zetten, om te doen waar ik goed in ben... Als je slim was, maar dat ben je niet. Jij leeft in een wereld vol hersenschimmen, vol waanbeelden... In plaats van aan geld te denken denk je aan allerlei onzin.'

Andrea barstte in lachen uit, streelde haar heupen.

'Raak me niet aan!' schreeuwde ze. 'Waag het niet om me aan te raken!'

Maar ze zat daar wel boven op hem, schuldbewust en geïrriteerd.

'Hoe kun je nou verlangen dat ik jou geloof?' Hij streelde haar heupen, haar benen, de lijnen van dat lichaam dat nog steeds een enorme macht over hem uitoefende, en zij ging niet van hem af, ze bleef op zijn buik zitten, pisnijdig, woedend, maar volkomen schuldig.

'Zeg dan dat je het niet van plan was,' zei Andrea. 'Zweer dan op je moeder dat je vijf minuten geleden niet van plan was om je koffers te pakken.'

Marina gaf geen antwoord. Ook al draaide ze er haar hand niet voor om om een valse eed op haar moeder te zweren, of op wie of wat dan ook.

Andrea keek haar hoofdschuddend aan, geamuseerd en wanhopig tegelijk: 'We zijn allebei knettergek, Marina, allebei niet goed snik... Jij weet niet wat je doet, maar ik ben me er wel bewust van.'

'Ho even!' antwoordde Marina. En nu werd ze ernstig: 'Ik weet wel wat ik doe. Ik heb nu een hele hoop geld. Ik zou de winst kunnen verdubbelen, ik zou morgenochtend je leven kunnen veranderen... Stel me maar op de proef! Dan regel ik de *marketing*.' Dat woord uit haar mond, de manier waarop ze het uitsprak: het was zo lachwekkend dat Andrea een onbedwingbare zin kreeg om haar te kussen. 'Ik heb er verstand van. Ik heb mezelf al weet ik hoe lang gepromoot, en je ziet toch hoe ver ik het heb geschopt?' Heel trots. 'Als je mij reclame laat maken op Facebook, dan word jij nog rijker dan je pa.'

Andrea bleef naar haar kijken en merkte dat zijn hoofd op hol sloeg.

'Jij liegt dat het gedrukt staat,' zei hij terwijl hij zijn armen om haar heen sloeg, 'jij liegt tegen jezelf, tegen iedereen', hij lachte, duwde zijn hoofd tegen haar borst aan, alsof hij haar wilde platdrukken. 'Als iets maar nieuw is, vind je het leuk, en na drie dagen ben je het alweer beu. Wat wil je nu doen? Een website maken? Je weet niet eens hoe een maccagno-kaas gemaakt wordt... Die hele maccagno interesseert je geen zak, Mari.'

Zij probeerde zich los te wurmen en sloeg hem. Hij ving de klappen lachend op. Zij timmerde hem met haar vuisten op zijn hals en zijn wangen, maar het deed hem geen pijn. Ze kon ook niet echt kwaad worden, want in wezen wist ze wel dat hij gelijk had.

'Voor jou is alles een grap, maar mijn boerderij is nu eenmaal geen grap.'

'Laat mij nou de publiciteit maar doen, dan zien we daarna wel verder,' drong ze aan. 'Laat mij de braderieën organiseren... Jij maakt van die treurige foldertjes, maar kom op zeg! Ik weet hoe de wereld daarbuiten werkt.'

'Ik vind het gewoon sneu voor die Donatello, godweet wat die man heeft moeten doormaken met jou...'

'Ik ga geen koeien melken, maar ik kan wel je manager zijn!'

Zijn manager... Er was hier niets meer dan een stal, zestien Tiroler grijsvee-koeien, een pasgeboren kalfje en de leegte om hem heen. Hij vond het vertederend hoe ze praatte, hoe ze hem sloeg.

'Weet je hoe het zit?' zei hij ten slotte, terwijl hij haar achterover op het bed gooide en zelf boven op haar ging zitten. Hij hield haar stevig vast en keek haar recht aan. 'Jij weet niks, Marina, echt helemaal niks... Je weet niet wat de wet inhoudt, wat je keuzes met zich meebrengen, wat het betekent om een bedrijf te hebben in dit failliete land. Feit is dat wij vanmorgen een stommiteit hebben uitgehaald en dat we er nu al spijt van hebben, en als we de tijd terug konden draaien, zouden we het niet nog eens doen. Omdat we helemaal geen toekomst hebben, geen enkele kans om bij elkaar te blijven, en ik hou van jou, Marina. Ik hou zoveel van je dat het nog eens mijn dood wordt.'

Ze kusten elkaar. Andrea schoof haar naar het midden van het bed, trok zijn overhemd uit en zijn hemd, deed zijn riem af, en ondertussen bleef hij haar kussen; zich vastklampend aan haar gezicht, aan haar mond. Overwonnen, bang, gelukkig. Hij kuste haar en maakte zich dan van haar los om naar haar te kijken. Ze was mooi, punt uit. En behalve dat was er niets, er was niets anders overgebleven dat de moeite waard was om voor te vechten en zijn leven te verpesten. Niets, behalve haar schoonheid.

Marina trok zijn spijkerbroek uit, ze deed niet het licht uit, want dat deed ze nooit.

Ze speelde met het elastiek van zijn onderbroek, trok toen ook die uit en schonk hem dat gebruikelijke schalkse lachje van haar. Toen zei ze ineens: 'Nou, wat heb je met Elsa gedaan? Dat moet je me vertellen, ik wil het gewoon weten...' Andrea kuste haar knieën, toen haar benen, haar liezen, hij lag naakt naar haar te kijken terwijl hij haar streelde. 'Niks,' antwoordde hij, 'niks wat ook maar in de verste verte hierbij in de buurt komt.'

Marina glimlachte tevreden, legde haar hoofd achterover en ontspande alle spieren van haar lichaam in zijn armen. 'Dat zal Elsa nog duur komen te staan,' zei ze. 'Elsa gaat eraan, omdat ze je alleen al heeft aangeraakt...' Andrea liet haar niet uitpraten, hij legde zijn hand op haar mond en Marina duwde haar gezicht tegen hem aan, greep zich aan hem vast en deed haar ogen dicht.

Een huwelijk is nergens voor nodig en het lost niets op. Dat hadden ze wel door. Maar ze waren aan het vrijen en voor het eerst niet op de oever van de Cervo, niet op de neergelaten stoelen van een auto, niet stiekem, niet voor de gein, niet om uit elkaar te gaan of om te vechten. Deze keer was het voor iets anders, iets wat ze niet kenden, wat niet binnen hun macht lag en wat niets meer te maken had met hun oorlog of hun fouten, met Italië of met de geschiedenis, die allebei lichtjaren van hen verwijderd waren.

Toen ze ophielden, was het diep in de nacht. Ze lieten zich naast elkaar op het bed vallen, hun hart op springen, hun lichaam uitgeput. Ze bleven met hun armen en benen wijd liggen, hun voeten en handen raakten elkaar, en hijgend staarden ze naar het plafond.

Op dat moment hadden ze dezelfde, exact dezelfde gedachte.

En het was eigenlijk geen heldere gedachte, meer een vaag beeld, of eigenlijk alleen de weerschijn van een vaag beeld: iets als een enorme vlakte met een hoge hemel, iets als een zinloze, uitzinnige vrijheid, waarvan ze allebei voelden dat ze die wilden ervaren. Alleen durfde Andrea het niet hardop te zeggen. Maar Marina wel.

Ze stond ineens op van het bed, trok een trui aan.

Toen bleef ze midden in de kamer staan, vastberaden. Geestdriftig zelfs.

Ze keek hem aan, stak haar wijsvinger naar hem uit en zei: 'Jij gaat nu Sebastiano bellen, of je vader, of wie je maar wilt, en je zegt dat wij ertussenuit gaan.'

Andrea ging in kleermakerszit op het bed zitten, tussen de overhoopgehaalde dekens. Hij zat daar als verlamd naar haar te staren. Hij wist heel goed wat ze wilde zeggen, wat ze wilde doen. Maar toch kon hij er niet eens aan denken, hij kon het zich niet eens voorstellen. En hij vergat adem te halen.

'Een weekje, Andre, meer niet. Gewoon even op en neer. De koeien kunnen best een weekje zonder ons. We betalen iemand, die rare vriend van je die toch geen werk heeft... En we zijn weg.'

'Nee,' zei Andrea zachtjes, helemaal van slag, 'dat kan ik niet doen.'

Maar Marina luisterde niet naar hem, ze duldde geen tegenspraak: 'Ik heb het geld, ik beslis. Ik wil die hele vijfentwintigduizend euro van *Cinderella Rock* erdoorheen jagen, tot de laatste cent.' Ze leek net een tornado, ze had de kast al opengegooid en was bezig haar kleren eruit te halen. 'Ik wil meteen weg, pak je koffer in.'

'Nee,' herhaalde Andrea, nu hardop.

En hij vond de moed om eraan toe te voegen, ook al was het nutteloos en kende hij het antwoord al: 'Waar wil je dan heen?'

Marina draaide zich naar hem toe. Ze scherpte haar blik, haar mond, haar stem.

Ze zei het.

En toen hij het zo hoorde zeggen, trof het hem als een vuistslag in zijn gezicht.

'Dat kan ik niet,' herhaalde hij, en hij kon niet geloven dat ze het er echt over hadden.

'Als ik dit leven kan leiden,' zei ze, 'dan kun jij ook in dat klotevliegtuig stappen.'

'Het is twintig uur vliegen... Je hebt geen idee. Het is aan de andere kant van de wereld.'

'Al was het *vijftig* uur vliegen, dat boeit me niet. Wil je dat ik in mei meega naar de berg, wil je dat ik meega naar dat krot op twee uur lopen van Riabella dat nog erger is dan dit? Nou, dan wil ik eerst naar Amerika! Ik wil er echt heen.'

'Marina...' stamelde Andrea, en hij bleef haar met grote ogen aanstaren; zijn handen trilden.

'Nee!' protesteerde zij, nog voordat hij iets had kunnen zeggen. 'Ik wil Ermanno terugzien.'

Die naam bezorgde hem een schok.

'Hij is nu niet meer alleen jouw broer, hij is ook mijn zwager. En ik wil mijn zwager opzoeken, ik wil hem vertellen dat we getrouwd zijn. En ik wil zien waar hij woont, hoe het daar is aan de andere kant van de wereld. Je hoeft niet zo'n gezicht te trekken, want je wilt het zelf ook.'

Andrea sprong ineens overeind, lijkbleek.

'Dat doe ik never nooit niet.'

'Jawel, dat doe je wel, want ik ga maandag de tickets kopen. Ik wil in een vliegtuig stappen, ik wil vliegen, ik wil uit het raampje kijken, en dat wil ik met alles erop en eraan. Businessclass.'

Ze hadden inderdaad geen van beiden ooit gevlogen.

Zodra ze zag hoeveel businessclass kostte, zou Marina van gedachten veranderen en voor de economyclass van de gewone stervelingen gaan.

'Oké. We gaan overal naartoe waar jij wilt,' zei hij uiteindelijk. En grimmig voegde hij eraan toe: 'Overal, maar niet naar Tucson.'

Ze spreidde haar armen: 'Waar zouden we anders naartoe moeten?'

Andrea's ogen puilden uit, zijn hart bonsde, want er was niets wat hij zo graag wilde en waar hij tegelijkertijd zo bang voor was.

En hij wilde het zo ontzettend graag dat hij het wel zou kunnen uitschreeuwen en alles kort en klein zou kunnen slaan. Maar hij kon het echt niet doen. Het was hemelsbreed 9409 kilometer. Het was krankzinnig, nog krankzinniger dan wat ze die ochtend hadden gedaan.

Shit, zomaar weggaan. Een week, zo ver mogelijk weg van Andorno, van Biella, van Italië en van alles wat hier nu lag te zieltogen. De canyons, de Sonorawoestijn aan de grens met Mexico.

'Het kan gewoon niet,' was zijn definitieve antwoord. 'Ik laat de koeien niet aan iemand anders over, nog geen dag. Ik wil het er niet meer over hebben.'

'Andrea,' besloot Marina, terwijl ze naar hem toe kwam, op een centimeter van hem af bleef staan en hem openlijk uitdaagde, met een onverzettelijke, explosieve vastberadenheid in haar ogen, 'ik zeg het je voor de laatste keer: hou op met die smoesjes. Laat zien dat je ballen hebt.'

32

I'm very very famous!

Een maand later vertrokken ze tegen de ochtend uit Massazza, dat in een koude, roerloze duisternis was gehuld. Langzaam reden ze door de mistige vlakte naar Santhià. Ze parkeerden de Punto langs het spoor, stapten uit en liepen met hun bagage naar het station. Samen met een stuk of tien pendelaars stapten ze in de regionale trein naar Milaan. Later, om halftwaalf die ochtend, lieten ze luchthaven Linate en Italië achter zich.

Ze maakten een eerste tussenstop in Londen, een tweede in Los Angeles. In de intercontinentale Boeing van American Airlines deden ze geen oog dicht tijdens de twaalf uur durende oversteek van Europa naar de Verenigde Staten. Ze speelden een potje kaart, briscola en tressette; ze probeerden te lezen: Marina de *Amore&Scoop*, waarin binnenkort ook een stukje over haar zou verschijnen, en Andrea *Canada* van Richard Ford.

Honderden mensen zaten dicht tegen elkaar aan op de krappe vliegtuigstoelen, spraken verschillende talen en kwamen uit verre landen; er waren Chinezen, Arabieren, Zweden, en ze leken allemaal gewend om te reizen. Allemaal behalve zij tweeën. Ze zaten achterin, op de vierde rij van achteren, op de middelste plekken, de meest onhandige; zij met z'n tweetjes uit de Valle Cervo, en ze wisten niet eens hoe ze zich moesten bewegen.

Geen van de beschikbare films was in het Italiaans en daarom keken ze maar naar de voortgang van de reis op het scherm aan de rugleuning van de stoel voor hen: hoeveel kilometer het nog was tot de aankomst, de snelheid, het verwachte tijdstip van landing, en daartussenin een tijdsverschil van acht uur. Ze praatten heel weinig, alsof ze op terugreis waren in plaats van op heenreis. Alsof ze na de landing uit elkaar zouden gaan en afscheid moesten nemen. Star, onbewogen volgde Andrea aandachtig de route over de Atlantische Oceaan en keek hoe de staten geleidelijk aan vorm kregen: New York, Ohio, Kansas. Die namen hadden een klank, maar geen enkele samenhang. Ze klonken totaal anders dan Quittengo, Riabella, Piedicavallo. Misschien wilden ze eigenlijk alleen maar vluchten, vergeten waar ze waren geboren.

In Los Angeles werden ze gefouilleerd, hun koffers werden voor de zoveelste keer binnenstebuiten gekeerd, waarna ze met een stempel in hun paspoort werden toegelaten. Marina, hollend op zoek naar de gate met pijnlijke voeten in haar hooggehakte pumps, raakte geïrriteerd; Andrea met in zijn hand de sporttas van Andorno Calcio waarin precies genoeg shirts, sokken en onderbroeken zaten, keek speurend om zich heen. Andrea als een geest van zichzelf, als het kind dat in de zomer van 1993 van huis was weggelopen. Hijgend van het rennen wisten ze net op tijd het kleine vliegtuig naar Tucson te halen. Nu nog een vlucht van anderhalf uur, de laatste.

Marina viel voorovergebogen, met bungelend hoofd, in slaap. Andrea bleef onverstoorbaar door het raampje kijken naar de zwarte hemel, die gewoon zwart was, net als overal ter wereld. Hij luisterde de hele tijd naar een paar mannen met een cowboyhoed op die samen zaten te geinen, al verstond hij er geen woord van. Eindelijk bereikten ze om 21.00 uur plaatselijke tijd vuil, bezweet en met vermoeide benen de plaats van bestemming.

Toen ze het vliegveld verlieten, stonden ze voor twee hoge parkeergarages, een rij vergeelde palmbomen en een cactus. In de verte straalden in het donker de neonborden van de hotels.

En hier, voor de deur van de aankomsthal, kwamen de familieleden van de reizigers aanrijden om hen op te halen, ze zwaaiden het portier van hun auto open en schreeuwden: 'Hi!'

Marina en Andrea bleven stokstijf staan, beiden opgesloten in hun eigen gedachten, starend naar die scènes van familiehereniging. Met hun koffer en hun sporttas, met hun gezicht getekend door vermoeidheid, voelden ze zich totaal ontheemd. Zij hadden hier ook een familielid, dat evenwel niets van hun aankomst wist. Andrea stak een sigaret op, inhaleerde diep. Dit was de hemel, dit was de geur, dit was het beton en de nacht van de plek waar zijn broer had besloten te gaan wonen. Zonder hem.

Ze liepen naar de Car Rental. Ze hadden geen idee wat voor auto's ze konden huren. De vrouw achter de balie opende een brochure en gaf hun in voor hen onverstaanbaar Engels uitleg over de verschillende modellen en de bijbehorende prijzen. Marina nam snel de opties in de sectie 'economy' door en bij de laatste foto op de pagina's van de sectie 'exclusive' begon ze te stralen. Ze wees naar de foto en zei: 'Yes.'

De baliemedewerkster keek haar argwanend aan, zei een heleboel dingen die Marina niet verstond en die haar ook helemaal niets konden schelen. Ten slotte vroeg de vrouw haar nog een laatste keer, de woorden nadrukkelijk uitsprekend: '*Are you sure?*'

En Marina: '*I want this.*' Zonder de minste aarzeling.

Ze legde haar creditcard op de balie, nam de sleutels in ontvangst. Het was een volslagen absurde, enorme blauwgroene pick-uptruck van General Motors, zes meter lang en twee meter breed. Marina riep meteen dat zij wilde rijden, ze was ineens weer helemaal wakker geschud van enthousiasme en trapte het gaspedaal in alsof ze zich nu pas ten volle realiseerde dat ze in Amerika was.

Ze nam de oprit van de Interstate richting El Paso, zonder dat ze enig idee had waar ze was. Ze scheurde als een gek, terwijl

Andrea zijn blik over het landschap liet glijden, bekaf, totaal versuft: 'We moeten een hotel vinden, en iets te eten.' Marina luisterde niet eens naar hem. Dit was Amerika, volgens haar: het land waar alles kon.

Een kwartier lang, zo'n tien mijl, reed ze uitgelaten door, steeds harder, iedereen inhalend. Totdat ze ineens een sirene door de lucht hoorden schallen. Ze keken in de achteruitkijkspiegel: het was een patrouilleauto van de Highway Patrol.

De blauwe, rode en oranje lichten zwaaiden door de nacht.

Ze werden achtervolgd.

Maar voordat de marshall uit zou stappen en zich bij haar raampje zou opstellen, voordat hun bizarre, nutteloze tocht naar New Mexico zou beginnen en voordat ze weer in Tucson beland-den, voor het witte eengezinshuis aan Bighorn Avenue met een rechthoekige tuin waarin de Amerikaanse vlag geplant stond, was er iets anders gebeurd.

Het was een onbeduidend voorval dat de vorige dag vlak voor hun vertrek had plaatsgevonden. Een voorval waarvan Andrea nooit iets te weten zou komen.

Ze moest nog even bij haar moeder langs, ze wilde haar in elk geval gedag zeggen. Dat zei ze tenminste terwijl ze om de hoek keek in de stal, klaar voor vertrek.

Het was twee uur 's middags, het was eerste paasdag. Andrea deed Luca en Sebastiano voor de zoveelste keer voor hoe ze tij-dens zijn afwezigheid de koe met uierontsteking moesten mel-ken: met de hand, heel behoedzaam. Marina zei hem gedag en voegde eraan toe dat ze voor het avondeten terug zou zijn. Ze stapte in haar Peugeot, startte en verdween aan het eind van het zandpad.

Ze was natuurlijk helemaal niet op weg naar haar moeder. Ze reed opnieuw de rijksweg 230 af, langs de Mercatone Uno, langs de McDonald's, langs winkelcentrum Gli Orsi: de plek waar ze op 6 oktober in bikini 'Locked Out of Heaven' had gezongen. Het deed haar helemaal niets om daaraan terug te denken.

Maar de radio liet ze uit: ze wilde niet het risico lopen om zichzelf te horen: *Je bent een eindeloze zon, je bent de hel en de hemel*, of erger nog, erachter komen dat ze nu al niet meer werd gedraaid. Intussen reed ze ongezien door de hoofdstad, met haar zonnebril en een honkbalpetje op om niet herkend te worden. Ze had wekenlang vermeden haar eigen naam te googelen, naar MTV te kijken, langs een krantenkiosk te lopen of zelfs Donatello even te bellen om te vragen hoe de plaat het deed, of hij de tour en de interviews en alles had afgezegd. Ze zou er zonder meer toe in staat zijn geweest om naar een bar te gaan en de hoorn van een openbare telefoon te pakken: *Ha Tello, met Marina. Hoeveel platen hebben we al verkocht?* Ze had het ook wel overwogen, maar ze had er nu geen zin in.

Ze reed omlaag door de Via Cernaia, stak de brug van Chiavazza over, sloeg toen linksaf en reed langs de rij vervallen textielfabrieken aan de rivier; de scherven van de kapotte ramen glinsterden in de zon. Wat ze ging doen was eigenlijk een beetje onzinnig, maar toch was ze vastbesloten. Sterker nog, ze was speciaal daarvoor de deur uit gegaan.

Heel duidelijk zag ze het bord SP100 aan de kant van de weg: het was al haar hele leven hetzelfde bord. Voor zover zij wist, had haar oma in een van die ontmantelde fabrieken gewerkt. En ook haar moeder zou daar terecht zijn gekomen, als ze niet op haar zestiende zwanger was geraakt. En ook al had zij dan niet haar moeders voorbeeld gevolgd, ze had zich in feite wel net zo gedragen; ze had haar leven opgepakt en ze had het verwoest.

Zonder af te remmen scheurde ze door de bochten, de weinige auto's die er reden haalde ze in, rakelings langs de boven de vangrail uitstekende rotsen schietend met haar raampje omlaag en de wind in haar gezicht. Ze realiseerde zich dat ze geen werk meer had, geen doel in haar leven en niets meer te doen. Maar het was uiteindelijk ook een aangenaam besef om niks meer te hebben; gewoon rijden, meer niet.

Ze reed door Andorno, langs de begraafplaats, langs Bar Sirena. Op een gegeven moment dacht ze aan haar vader: die oplichter. Ze hield waanzinnig veel van haar vader. Ze wist zeker dat ze elkaar vroeg of laat zouden terugzien, weer op zo'n plek als motel Nevada of de stationsbar. Ze zouden elkaar terugzien en elkaar de gebruikelijke leugens vertellen zonder iets op te lossen of elkaar iets te vergeven.

Ze reed door Balma, San Paolo Cervo, Rosazza. Er viel niets op te lossen in het leven. Er restte haar niets anders dan toegeven dat ze om hem gaf, en genoegen nemen met die soort van zekerheid. Leren leven met zijn afwezigheid, zoals ze altijd had gedaan, en met het beeld dat ze van hem had overgehouden aan hun laatste ontmoeting: hoe hij haar cheque oppakte en in zijn zak stopte.

Hij had geen contact meer met haar gezocht na die nacht.

Aangekomen in Piedicavallo minderde ze vaart, reed de Via Marconi door tot aan nummer 23 en parkeerde voor haar oude huis. Geen enkele weemoed: ook dit was maar een bouwval. Ze zag de hortensia's weer, de klimop die intussen door iemand was gesnoeid. Ze klopte op de deur en wachtte.

'Ik wist dat je een keer zou komen.'

Vanuit de deuropening lachte Elsa haar toe, zichtbaar blij. Alsof ze al tijden op dit bezoek wachtte.

Marina liep onverstoorbaar naar binnen, zonder te groeten en zonder om zich heen te kijken.

Ze deed haar zonnebril en de honkbalpet af en gooide ze op de bank. Toen ging ze aan tafel zitten en legde haar linkerhand op het tafelblad, de vingers gespreid, de trouwring duidelijk in het zicht.

Elsa ging tegenover haar zitten en liet haar blik langdurig op die ring rusten.

'Zal ik koffie zetten?' vroeg ze.

Haar gezicht was bleek weggetrokken, ze lachte niet meer.

'Ja, doe maar.'

Elsa stond op, vulde de caffettiera en zette hem op het vuur. Zo had ze zich hun ontmoeting beslist niet voorgesteld.

Ze ging weer tegenover Marina zitten, die haar recht aanstaarde.

Ze zwegen. Elsa richtte haar blik omlaag, naar die gespreide hand midden op tafel, en Marina bleef haar aan zitten staren. Elsa had het mis gehad, besefte ze nu pas. Ze waren nooit echt vriendinnen geweest, ze hadden alleen negen maanden lang bij elkaar in huis gewoond. Elsa kon de teleurstelling nauwelijks verwerken. De stilte duurde voort, zonder uitweg. Vanaf die allereerste dag bij het makelaarskantoor was er tussen hen een gebrek aan vertrouwen geweest. En intussen hadden de misstappen, de nare herinneringen, de gemene streken zich opgestapeld. Elsa bezweek niet onder de spanning. Ze incasseerde dat huwelijk, die onmogelijke verbintenis.

Marina's trouwring was van goud, eenvoudig, traditioneel.

Toen ze de koffie hoorden pruttelen, ging Elsa het gas uitdraaien en schonk hem in de kopjes.

'Ik heb gewonnen,' zei Marina luid.

Elsa stond met de rug naar haar toe, ze wilde net de suikerpot pakken. Ze liet hem staan en greep zich vast aan de rand van de gootsteen.

'Je hebt geprobeerd hem van me af te pakken,' vervolgde Marina, op dezelfde kalme, heldere toon, 'maar dat is je mooi niet gelukt. Je bent altijd jaloers op me geweest, dat is de waarheid, zeg het maar eerlijk.'

Ja, dacht Elsa, ze was jaloers op haar geweest. Maar dat was slechts een deel van de waarheid.

Ze draaide zich naar haar om, maar bleef waar ze was. Staand aan het aanrecht, in joggingpak, volkomen weerloos.

'Ik geef veel om jou, meer dan jij denkt,' antwoordde ze.

'En ik geef juist helemaal niks om jou.'

Elsa werd nog bleker. Met dat warrige pagekopje van stug rood haar en die asymmetrische sproeten op haar neus en wangen leek ze net het meisje met de zwavelstokjes, nog magerder en hoekiger dan ze altijd al was geweest. Ze snapte niet waar die overbodige wreedheid van de ander vandaan kwam.

'Je hebt hier een stapeltje ansichtkaarten laten liggen,' zei ze.

'Dat weet ik, daar kom ik ook voor, om die op te halen.'

'Nee, daar kom je helemaal niet voor,' antwoordde Elsa.

Marina trok haar hand terug, die ze tot dan toe als een verklaring, als de definitieve verklaring gespreid op tafel had laten liggen.

Hun gezichten, deels beschenen door de schuine streep zonlicht die door het raam viel, hadden even iets van elkaar weg. Ze verrieden een onderhuidse, onvermoede verwantschap. Hetzelfde talent om een stille oorlog te voeren, dezelfde volharding in ontoegankelijke, vijandige gebieden. Het merkteken van het graniet en de onbeweeglijke rotsen daarbuiten.

'Weet je wat mij uiteindelijk duidelijk is geworden?' Marina verbrak opnieuw het stilzwijgen. 'Dat je niet beter wordt door de ellende die je meemaakt, integendeel. Je wordt er alleen maar slechter door. Het is flauwekul dat je groeit als je lijdt. Als je lijdt, word je pissig en dan krijg je zin om wraak te nemen, punt.' Ze zweeg even, wierp een blik door het raam op de donkere wand van de Monte Cresto. 'Andrea heeft me verteld wat er tussen jullie twee is voorgevallen,' grijnsde ze. 'Je hebt geprobeerd hem te versieren, je dacht dat *jij* iets met hem kon beginnen.'

Ze maakte haar haren los.

'Maar jij bent niet *mij*.'

Elsa bleef als verstijfd bij het aanrecht staan. Ze staarde naar al dat blonde haar dat over haar schouders golfde en dat alleen al voldoende was om haar autoriteit en macht te verlenen. Een onverdiende, atavistische, primitieve macht waartegen elk verzet zinloos was. Of misschien had zij er gewoon de moed niet voor.

'Toen je mijn moeder erbij betrok, toen snapte ik wat voor type jij bent. Toen je zei dat ze een alcoholist was en mij daarvan de schuld wilde geven. Je hebt gewacht tot ik naar Milaan was vertrokken om je slag te slaan.' Ze grijnsde opnieuw minachtend. 'Maar ik laat aan niemand iets over. Ik laat nooit iets wat van mij is aan een ander over.'

De kopjes stonden nog op het aanrecht, de koffie werd koud. Elsa had kunnen tegensputteren of zich kunnen verdedigen, maar ze hield haar mond. Marina stond op, ging haar pet en haar zonnebril van de bank pakken. Ze was alleen gekomen om haar dit te vertellen: dat ze had gewonnen. De rest interesseerde haar niet.

Maar nu ze toch hier was, liep ze de trap op naar haar oude kamer en pakte de ansichtkaarten van haar vader. Die foto's van Saint-Vincent, Venetië, Monte Carlo, waarover ze haar hele leven vergeefs had gefantaseerd. Toen ze zich omdraaide, stond Elsa achter haar in de deuropening. Onbeweeglijk als een standbeeld.

Ze had pantoffels aan en leunde met haar hoofd tegen de deurstijl, ze leek niet kwaad. Ze zag er niet eens uit alsof ze haar iets kwalijk nam. Ze zag er alleen maar te breekbaar uit, en te dun, en niet mooi.

'Als ik er niet over was begonnen, had je niet eens aan die ansichtkaarten gedacht,' zei ze. 'Jullie vertrekken morgen, dat weet ik. Andrea heeft me gebeld om het te vertellen.'

'Wat zou dat?' zei Marina. 'Vind je het nodig om me te vertellen dat hij je gebeld heeft? Denk je dat ik me daar druk om maak? Hij is *mijn man*.'

Het schonk haar grote voldoening om dat hardop te zeggen.

Elsa maakte zich van de deurstijl los, keek om zich heen in die kamer die nog steeds onbewoond was en waar ze voorlopig ook niemand anders voor zou vinden. Met moeite bracht ze een glimlach op.

'Uiteindelijk ben ik toch blij dat je bent gekomen. Ik ben blij dat we een tijdje samen in dit huis hebben gewoond...' Ze wilde zich volwassen gedragen, iets zeggen wat waar was, wat belangrijk was: 'Jij redeneert altijd in termen van winnen of verliezen, voor jou is het altijd een wedstrijd wie er eerste wordt. Maar in werkelijkheid is het nooit zo simpel. Het gaat er niet om of je eerste of laatste wordt.' Ze keek haar aan en vervolgde: 'Het leven zit anders in elkaar.'

'Kan zijn.' Marina zette haar zonnebril weer op. 'Maar ik zal je dit zeggen: het interesseert me geen zak hoe het leven in elkaar zit.'

Elsa deed haar mond open, maar ook meteen weer dicht. Nee, het had geen zin om door te gaan. Ze ging aan de kant om haar erlangs te laten, en toen vertrok Marina uit dat huis, deze keer zonder met de deuren te slaan en zonder lawaai te maken; ze verdween eenvoudigweg tussen de beukenbossen die wuifden in de wind, in die harde stilte van rotsen en kreupelhout, die alleen maar stilte was, meer niet.

Het was de laatste keer dat ze elkaar spraken. Iemand als Marina kon geen vriendinnen hebben, dacht Elsa later, terwijl ze de kopjes omspoelde. Iemand als Marina kon alleen maar alles verwoesten, inclusief zichzelf. Zij wilde juist opbouwen. Ze wilde de ruïnes, de oude huizen van keien, de verlaten textielfabrieken renoveren en er nieuw leven in blazen. Een nieuwe weg inslaan. Zij wilde de dingen herstellen.

Ze deed het raam open en keek uit over de door een kalm, helder licht overgoten bossen, met strakke blik, zoals de vrouwen van vroeger deden. Op één punt had Marina gelijk gehad: uiteindelijk was zij degene die met hem getrouwd was. Maar misschien, dacht Elsa kijkend naar het kolkende water van de Cervo dat zich in de richting van de vallei stortte, was de waarheid wel dat ze allebei hadden verloren.

Twee dagen later in Arizona, op zo'n tien mijl van Tucson International Airport, stapte de marshall uit zijn patrouillewagen, liep langzaam naar hun pick-up en bleef recht voor het raampje staan.

Ze lieten het raampje zakken. Ze waren net aangekomen.

'*Too fast*,' verklaarde hij kort en bondig.

Hij droeg een breedgerande hoed en een stervormige badge op zijn borst. Hij nam hen op, maar leek tegelijkertijd niets te zien. De kaak gespannen, de handen in de zij. Een scène die ze in honderden Hollywoodfilms hadden gezien; alleen was dit geen film, en bovenal was dit niet Hollywood.

Een eindje verderop, rechts van de Interstate, lag eenzaam een tankstation van Texaco, omgeven door een bleek eiland van licht. Verder was er niets, behalve een verlaten, desolate nacht. De blauwe, rode en oranje zwaailichten van de Highway Patrol-auto die een paar meter verderop geparkeerd stond. En die marshall naast hen, met beide benen op de grond.

Hij vroeg op militaire toon om rijbewijs en autopapieren. Andrea boog zich beduusd over het dashboard en zocht naar de documenten, bleek en verstijfd van schrik. Hij vond ze en overhandigde ze aan de man, die geen krimp gaf, een oude sheriff uit Pima County. Marina bleef met haar handen op het stuur zitten en hield haar adem in.

'*Where are you from?*' vroeg hij op een gegeven moment, ongeïnteresseerd, terwijl hij een blik wierp op de papieren en op Marina's rijbewijs.

'*Italy,*' antwoordden ze tegelijk, alsof dat woord hen kon redden.

'*Too fast,*' herhaalde de marshall.

Het was donker. Ze konden er niet eens iets van zien, van Amerika.

Ze wisten niet waar ze zouden overnachten, wanneer ze zouden eten, wat ze hier eigenlijk kwamen doen. Als ze nu werden gearresteerd, bedacht Andrea, zou hij Ermanno kunnen opbellen. Of iets kunnen zeggen als: *My brother works at University of Arizona.*

De marshall verdween met de documenten, liep naar de patrouillewagen, overlegde met de collega die was blijven zitten, en liet hen met z'n tweetjes zo'n tien minuten spartelen, minuten waarin Marina en Andrea fluisterend ruziemaakten en continu angstige blikken in de achteruitkijkspiegel wierpen.

Toen kwam de marshall terug, kalm en onverstoorbaar. Hij zei een paar zinnen tegen hen die zouden kunnen duiden op een boete, een nacht in de gevangenis, wat dan ook. Ten slotte richtte hij een strakke, strenge blik op haar. *'Twenty two,'* oordeelde hij. *'Too young to drive this car.'*

Hij schudde zijn hoofd. *'Not good.'*

Marina was ontzet. Ze was ineens alert, hij had een gevoelige plek geraakt. Wie was er te jong? Ze ritste haar jack open, stak haar borst vooruit en staarde hem aan. Maar eerlijk gezegd zag ze er deerniswekkend uit: na vierentwintig uur reizen met een bezweet hemdje, vette haren.

Ze riep trots: *'I'm Marina Bellezza! I'm famous!'*

Ze probeerde indruk op hem te maken: *'I'm a singer!'*

Ze pakte haar mobiel, zocht de foto van toen ze *Cinderella Rock* had gewonnen en liet die aan hem zien, alsof dat iets wilde zeggen. Fronsend wierp de man een vluchtige blik op het schermpje. Toen liet ze zich helemaal gaan en smeekte hem met handen en voeten om haar niet te arresteren, om haar geen boete te geven, om hen te laten gaan, omdat ze pas waren aangekomen, omdat ze pas waren getrouwd.

Andrea zat machteloos naar haar te kijken, ineengedoken van schaamte. Voor de zoveelste keer voelde hij zich het kleine broertje, het zwarte schaap: degene die de Alleanza Nazionalevestiging met stenen bekogelt, degene die zich na een kwartiertje op de snelweg al door de politie laat aanhouden, terwijl

Ermanno op datzelfde moment vast en zeker in de keuken van zijn mooie huis zat te eten met zijn vrouw en zijn zoontje, na een inspirerend college over satellieten.

Andrea zag haar druk gebaren. Hij hoorde haar maar praten en herhalen: '*I'm famous! I'm very very famous!*' En toen, aangezien die man nog steeds niet reageerde, gaf ze toe: '*In Italy, I'm famous...*'

Op dat moment glimlachte de marshall. Het klassieke strakke, ironische lachje van iemand die medelijden met je heeft, omdat jij niets, echt helemaal niets weet.

Hij schreef iets in zijn boekje, vroeg een handtekening aan *the famous Italian girl* en gebaarde toen dat ze konden doorrijden: daarheen ergens, waar niets anders te zien was dan dat tankstation van Texaco.

33

In de strijd tussen jou en de wereld,
ondersteun de wereld

FRANZ KAFKA, *Die Acht Oktavhefte*

Ze reden op kruissnelheid, in die pick-up van General Motors
die hun het gevoel gaf dat ze op een schip zaten, terwijl ze werden ingehaald door gigantische vrachtwagens en andere ter-
reinwagens die dezelfde kant op gingen. Het was dinsdag 2 april
en al het andere om hen heen was roerloos en onbewoond.

Ze reden al uren over een kaarsrecht stuk asfalt waarover in
het midden een gele streep liep, met Pink als soundtrack en Marina die luidkeels 'Try' meezong, met haar blote voeten op het
dashboard, in bermuda, met ongewassen haren en haar eeuwige zonnebril op.

Zij zong Pink en hij reed zonder iets te zeggen, zijn ogen strak
op de weg gericht. Om hen heen enkel dorre, zonverschroeide
prairies waarop heel in de verte zwarte kuddes graasden. Er
waren geen dorpen, geen bomen. Alleen maar aarde, droge
struiken, een enkele verroeste silo in de verte, en *trailer parks*:
houten hutten op wielen, nomadenkampen voor Amerikanen.
Er waren horizonnen van rotsachtige bergen, er waren enorme

afstanden. En een hoge hemel, volkomen leeg.

Ze hadden een korte, slechte nacht gehad in een Motel 6, twintig mijl ten oosten van Tucson. Een piepkleine, kale kamer op de begane grond met een parkeerplaats voor de deur. Andrea had willen vrijen, maar hij had er geen energie meer voor en was op bed neergeploft, terwijl Marina weer eens een hoop heisa had gemaakt omdat de badkamer volgens haar niet schoon was, ze durfde niet eens op de wc te gaan zitten. Toen was ze naar bed gegaan zonder te douchen, ze had zich met kleren en al op bed laten vallen, tegen Andrea, die al lag te snurken, aan, en ze had haar hoofd in de holte tussen zijn schouder en zijn hals gelegd.

Ze waren vroeg wakker geworden en waren meteen weer op pad gegaan.

Ze hadden onderweg ontbeten, even vlug bij een tankstation. Ze hadden de kaart van het westen van de Verenigde Staten bekeken en terwijl hij die dichtvouwde, had Andrea gezegd dat hij het Chiricahua National Monument wilde bezoeken. Marina wist niet wat dat was, ze had niets met nationale parken, maar ze was zonder zeuren in de auto gestapt: die pick-up was het enige wat haar echt interesseerde. Want hij was enorm, totaal iets anders dan de Koleos van Donatello.

Nu keken ze naar de auto's. De Hummers, de Dodges, de Chevrolets: suv's van ongekende afmetingen die zich eenzaam in de richting van New Mexico spoedden.

Ze keken naar de mensen die hun hele huis meesleepten, woonwagens, trailers die achter een pick-up hingen, figuren die zich voortdurend verplaatsten en blijkbaar nooit stilhielden, nooit in een stad aankwamen, nooit een doel bereikten.

Ze waren alleen maar onderweg.

'Er is hier niks,' zei Andrea op een gegeven moment.

'Ik zie het,' antwoordde Marina.

Andrea zat eigenlijk aan zijn broer te denken. Ze waren in Tucson aangekomen en er meteen weer vandoor gegaan. Hij keek naar de schaarse benzinestations waarvan de borden vijf of zes meter hoog tegen de hemel afstaken, zodat ze goed opvielen in al die leegte. Af en toe prijkte er langs de weg een donkerbruin bord met de tekst *Historic*. Ze zagen verschillende van die borden, die wezen op een mijn, een grot, een oude filmstudio of een haciënda uit het begin van de twintigste eeuw. Alles was *Historic* daar, ook al was het nog geen honderd jaar oud. Ook al was er helemaal geen geschiedenis, alleen maar ruimte, alleen maar mensen die onderweg waren en hun hele leven achter zich aan sleepten, en van wie het leek alsof ze altijd onderweg zouden blijven, zonder bestemming, zonder verleden.

Net zoals zij tweeën nu, los van alles.

Tegen tien uur verlieten ze de Interstate en namen ze de Route 191 South. Recht voor hen, zo'n tien mijl verderop, was de grens en daarachter lag Mexico. Het licht was verblindend, de grens was leeg, er woei een droge, warme wind die op geen enkel obstakel stuitte.

Andrea stopte even om in de berm te pissen en stak een sigaret op. Toen hij zich omdraaide, zat Marina boven op de blauwgroene motorkap naar hem te kijken.

Hij had er zo vaak van gedroomd om samen met haar aan de andere kant van de oceaan te zijn, dat hij nu geen woord kon uitbrengen. Hij voelde een intense droefheid, maar tegelijkertijd voelde hij overal in zijn lijf de adrenaline stromen, een stil verlangen naar geweld.

'Halt, cowboy!' grapte ze, terwijl Andrea naar haar toe liep.

Het was alsof ze nu voor het eerst echt vrij waren. Alsof niemand hen kon vinden, veroordelen of ook maar hun aanwezigheid kon opmerken.

'Ik ben geen cowboy meer,' zei hij, terwijl hij zijn peuk op het asfalt gooide, 'ik ben nu Geronimo.'

Italië ging ten onder aan de andere kant van de oceaan, maar een piepklein landje tussen al die andere. Hier was alles al voorbij. De pioniers waren hier een eeuw geleden doorheen getrokken, hadden een spoor van bloed achtergelaten en waren toch niet gestopt. Andrea keek naar het oosten, naar het einde van de prairie. De Chiricahua Mountains waar Geronimo had geleefd, waren niet ver weg. Hij voelde zich gefrustreerd door het feit dat hij even ver verwijderd was van zijn broer als van zichzelf.

Hij liep naar Marina toe, die nog steeds op de motorkap zat, langs die verlaten secundaire weg parallel aan de spoorlijn. Ze had haar zonnebril afgedaan, haar ogen waren licht en helder in het felle zonlicht. Ze was nu één met deze prairie, net zoals ze één was geweest met de donkere beukenbossen in hun vallei: maar ze had ook altijd iets verborgens in haar blik. Net als het hert.

Hij pakte haar bij haar heupen vast, trok haar van de motorkap af. Niemand zou hen kunnen zien. De energie die hem de vorige nacht had ontbroken voelde hij nu bonken in zijn liezen, in zijn slapen, terwijl zij haar bermuda en haar slipje liet zakken, leunend tegen het portier van de auto.

Ze waren alleen op de wereld, dat was de waarheid. Ze waren te volwassen om anderen de schuld te geven. Staand, om halfelf 's ochtends, in de berm van de 191 South, knoopte hij zijn spijkerbroek open, deed haar benen uit elkaar en terwijl hij haar kuste, ontlaadde hij al die woede, al die herinneringen, zonder ergens aan te denken. Als twee mensen die elkaar niet kennen en die instinctief besluiten zich af te zonderen. Ze waren niet langer de twee tieners uit Andorno, ze waren iets anders geworden, iets wat ze pas na verloop van tijd zouden begrijpen.

Twintig minuten later stuitten ze op het eerste dorpje.

Het zag er onbewoond uit.

Een roestig bord vermeldde: DESERT INN – FAMILY UNITS. Daaronder lagen de restanten van het gesloopte hotel, een hoop puin met een afrastering eromheen en twee verschroeide palmbomen.

'Nou moe,' zei Marina, 'dit is nu echt wat je noemt het middelpunt van de wereld.'

Andrea minderde vaart, keek verdwaasd om zich heen. Hij wilde iets zeggen, hij had de neiging om af te remmen en om te keren. Maar hij hield zijn mond en reed verder.

Stapvoets reden ze over wegen waar geen sterveling te zien was, geen winkels, geen restaurants, geen cafés. Alleen maar woonwagens en naast elkaar neergezette gammele houten huisjes die al jaren leeg leken te staan. Maar blijkbaar woonde er toch iemand: er waren satellietschotels, er stonden ingeklapte buggy's in de hoek en er slingerde ook plastic kinderspeelgoed voor de deuren en op de veranda's rond.

Een doodse stilte. Het enige wat ze duidelijk hoorden was het geluid van hun auto terwijl ze ongelovig, met de raampjes omlaag, naar dat rijtje krotten staarden, van een hartverscheurende treurigheid, waarvan je je kon voorstellen dat de bewoners er alleen maar bezig waren te overleven. Op een gegeven moment zagen ze een hond van een erf komen en de weg oversteken. Ze zagen twee kerken, vierkante gebouwen van bescheiden afmetingen. Een garage met neergelaten rolluik. Alleen lantaarnpalen.

Was dit het Eldorado waar Andrea tientallen jaren van had gedroomd: deze troosteloosheid, deze angstaanjagende schoonheid? Fietswielen, uitlaten en andere auto-onderdelen, stoelen, radiateurs, met stof bedekte banden, allemaal gewoon neergesmeten, in de buitenlucht, in de verdorde tuintjes tussen twee huizen.

Een grasmaaier, een tuinslang: het was niet duidelijk of het afval was of dat het nog dienst kon doen. Er was niemand, net als in Piedicavallo, in Riabella, in Quittengo. Alleen was hier ook geen verleden, iets wat kon doorgaan voor een geschiedenis. Het leek allemaal tamelijk recent, maar het was allemaal oud. Andrea had nooit gedacht dat wat hem vijf dagen later op Bighorn Avenue te wachten stond ook weer niet zo heel erg anders zou zijn.

'Kom op, weg hier,' zei Marina.

Een reis van 9409 kilometer, oftewel 5842 mijl, alleen om een vuilstort te vinden; niet slecht.

'We blijven hier overnachten,' zei Andrea.

'Dat is zeker een geintje?'

'Nee.'

'Ben je gek?' protesteerde Marina. 'Ze schieten ons hier zo neer, het is hier smerig!'

Ze kwamen bij de spoorwegovergang. Hier hield het stadje alweer op.

'We komen vanavond hier terug,' herhaalde Andrea.

Er was een bord waarop stond: WELCOME TO WILLCOX. Naast die woorden stond een gestileerde cowboylaars. Het Wilde Westen honderd jaar later. De waarheid van al die films waar hij en Ermanno als kind samen naar hadden gekeken, in kleermakerszit op het vloerkleed in de woonkamer. De waarheid van hun spelletjes in de tuin, wanneer ze elkaar aanvielen, met elkaar op de vuist gingen. Dit wilde hij zien: de puinhopen van zijn kindertijd, die zich niet in Andorno bevonden, maar hier waar Ermanno woonde. Waar Ermanno al zijn kinderdromen naartoe had gebracht en ze had gedood, gesloopt, gecentrifugeerd, zoals Andrea met zijn hondje had gedaan.

De spoorwegovergang ging dicht. Er kwam een trein aan. Ze bleven staan kijken naar dat enorme levende ding dat voorbijdenderde en afgelegen plekken met elkaar verbond. Het was de Union Pacific Railroad, het kabaal van de voortrazende wagons was angstaanjagend. *Building America* stond er op de locomotief; geen enkele passagier, alleen maar goederen. Honderden containers op weg naar El Paso. Geen enkele stop, alleen maar enorme afstanden die moesten worden afgelegd.

Toen de spoorboom weer omhoogging, trapte Andrea het gaspedaal in en reed flink door in de richting van de Chiricahua Mountains, de plek waar de Apachen het felst en het langst weerstand hadden geboden. Er lagen nu eenentachtig mijl tussen hem en Ermanno in Tucson, maar toch maakte hij de afstand voor de zoveelste keer groter.

Overnachten waar niets was, op een plek als Willcox, zo groot als Andorno: drie regeltjes in de reisgids. Dat was hij van plan.

Hij zou hier geen tweede keer meer komen, hij zou zichzelf geen tweede kans geven. Hij had zelfs al een grensgebied, de plek waar hij zijn tent zou opslaan en zijn koeien zou laten grazen: boven Riabella, in de Biellese Alpen. Hij had er geen behoefte aan om nog meer grenzen te veroveren: deze hier was slechts het nutteloze evenbeeld van die andere. Net zoals hij altijd het nutteloze evenbeeld van zijn broer was geweest; degene die later was geboren, degene die misschien niet eens gewenst was. Rondom dat 'misschien' had zijn hele leven gedraaid.

Halverwege stopte hij een keer om naar de boerderij te bellen en te vragen of alles goed ging. Hij vroeg aan Sebastiano wat voor weer het was in Massazza en of ze de koeien die ochtend naar de wei hadden gebracht. Hij drukte hem nogmaals op het hart dat hij de procedure voor de maccagno nauwkeurig moest volgen, de aanwijzingen die hij op een blaadje had geschreven en op de koperen ketel had geplakt. Toen reden ze weer verder en in stilte bereikten ze de bergen.

De ingang had niets indrukwekkends: een houten hokje waarin één vriendelijke kaartjesverkoopster zat. In het park slingerde de weg langzaam omhoog tussen bomen en rotsen. Andrea lette goed op dat hij zich aan de snelheidslimiet hield, en Marina bestudeerde de nagellak op haar tenen. Ze had geen oog voor het Chiricahua National Monument.

De tufsteenformaties torenden aan weerszijden van het pad omhoog, in die canyon van zowat vijfduizend hectare. Rode, brokkelige pinakels die recht de hemel in staken. Het waren de overblijfselen van een gigantische vulkaanuitbarsting die, aldus de reisgids, het landschap voorgoed had veranderd. Er waren niet veel andere bezoekers. Ze kwamen alleen een bejaard echtpaar tegen in een Hummer met een kenteken van Kentucky, en een gezin met twee kinderen dat aan een picknicktafel zat te eten.

Ze parkeerden de auto boven aan de weg, op het hoogste punt, waar op een donkerbruin bord het Massai Point stond aangegeven. Over een pad van uitgehakte treden in de rots liepen ze omlaag, hij met wandelschoenen aan, zij op teenslippers. Ze bereikten het uitzichtpunt waar een verrekijker met muntinworp stond, en gingen daar zitten, terwijl de wind langs hen heen streek, op tweeduizend meter hoogte, in diezelfde onpeilbare stilte die Amerika leek te verbinden met de Valle Cervo, Arizona met Piedicavallo. Zwijgend keken ze uit over de uitgestrektheid van dat aardoppervlak, waardoor ze zich ver weg en onbeduidend voelden.

'Jij bent alles wat ik heb,' zei hij op een gegeven moment, zonder haar aan te kijken.

Marina hield haar ogen strak op de canyon gericht, die naar het oosten uitliep, in de richting van New Mexico: een poel van licht en zand in de verte. Een havik zweefde met gespreide vleugels door de lucht en liet zich dragen door de wind.

'Want ik ben nu wel hierheen gekomen, maar hier is niks.'

'Je broer is hier,' zei Marina.

Het was koud, maar ze voelden het niet.

Massai was een krijger geweest die aan de zijde van Geronimo strijd voerde tegen de kolonisten. Nu was er enkel nog een zwijgende vlakte vol steenformaties, zonder kruizen. Noch de twee bejaarden noch de kinderen kwamen naar het uitzichtpunt toe om zich te verdringen voor de verrekijker, om plaats te nemen op hun plek. Alsof dit helemaal geen nationaal monument was, maar iets onbekends, iets vreemds, dat was gedoemd dat ook te blijven. In werkelijkheid was het een begraafplaats van verslagen, vergeten mensen.

'Weet je wat ik denk?' Marina deed haar slippers uit en trok haar knieën op tot aan haar borst, sloeg haar armen eromheen. 'Dat jij altijd bang bent.'

'Ik ben bang om jou kwijt te raken,' zei Andrea. 'Ik ben bang om kwijt te raken wat ik heb opgebouwd, mijn boerderij. Ik ben bang dat ik Riabella nooit zal bereiken. Ik ben altijd bang geweest om te verliezen, want uiteindelijk heb ik ook altijd verloren.'

Ze zaten op een terras van vulkaanrots, zwevend boven een canyon van zevenentwintig miljoen jaar oud.

Marina keek hem aan, glimlachte: 'Dat is niet het enige waar je bang voor bent.'

'Waar dan nog meer voor?' Ook Andrea glimlachte, omdat hij niet anders kon. Omdat hij zo ver weg was en opging in het landschap om hen heen. De wind speelde met hun haren.

'We lijken niet op elkaar, hij en ik, we hebben elkaar niets te vertellen. We hebben alleen dezelfde ouders gehad, maar ook dat is eigenlijk niet waar. Want de ouders die hij heeft gehad, waren altijd trots, vol begrip, ruimhartig... En dat zijn mijn ouders nooit geweest.'

Marina zat stil in de zon, ze had haar benen uitgestrekt over het stenen muurtje.

'Er is iets wat ik nog nooit tegen iemand heb gezegd,' zei ze op een andere toon. Ook haar gezicht was veranderd. Ineens.

'Ik heb mijn eigen theorie over wat vrijheid is,' vervolgde ze, en ze keek op.

Die zin klonk vreemd uit haar mond, als iets onbenulligs, of iets wat nergens op sloeg.

'Dat komt doordat ik het zelf ervaren heb. En als ik het niet zelf had meegemaakt, dan zat ik hier nu niet met jou, dan was ik niet met je getrouwd. Dan was ik in Milaan gebleven en dan stond ik nu misschien wel boven aan de hitlijst van iTunes.' Ze wendde haar blik af. 'Vrijheid is niet iets positiefs, het is iets wat

555

ontzettend pijn doet. Maar uiteindelijk moet je er toch doorheen, dat kan niet anders.'

Het was nooit eerder voorgekomen dat Marina over zulke dingen praatte, met zo veel ernst, op zo'n toon. Andrea keek verrast
opzij en voelde zich tegelijkertijd ongemakkelijk. Hij had haar
nooit kunnen zien als een volwassen, zelfstandige persoon van
bijna drieëntwintig, maar nu zag hij haar wel zo.

'Ik heb aan iedereen een hoop onzin verteld. Dat ik dik was als
kind, dat mijn vader in Amerika werkte... Ik heb ook aan mezelf
een hoop bullshit verteld. Toen ik klein was, voelde ik me niet
ongelukkig. Mijn moeder dronk, mijn vader verdween weken
achter elkaar, maar ik voelde me niet ongelukkig, want ze waren
er in elk geval wel. Ze ruzieden alleen maar. Ze sloegen elkaar in
mijn bijzijn en ze trokken zich er niks van aan dat ik er ook nog
was...'

Als er een tv-camera was geweest, daar ergens, zou ze volmaakt
zijn geweest. Maar er was geen lens, geen enkele toeschouwer,
behalve Andrea, en die wist niet wat hij ermee aan moest.

'Maar ik hield van ze. En zij hielden ook van mij. Op hun manier dan natuurlijk, waar ook van alles aan mankeerde... Per slot
van rekening is mijn moeder als piepjong meisje zwanger geraakt, haar ouders hebben haar het huis uit gezet: niemand kan
twee perfecte ouders eisen. En ik schiet er niks mee op om hun
van alles kwalijk te nemen.'

De havik cirkelde hoog boven hen, naast hen tweeën het enige levende wezen. Ze keken elkaar niet aan. Hij luisterde en begreep dat zij nu *haar verhaal* vertelde. Het verhaal dat ze jarenlang had opgekropt en waar ze hoe dan ook nooit van verlost
zou raken, ook al gooide ze het er nu uit.

'*Ze waren er wel*,' herhaalde Marina. 'Als ik thuiskwam, wist
ik dat mijn moeder in de keuken was en dat mijn vader vroeg
of laat zou terugkomen van zijn reizen. Hij stuurde me ansichtkaarten uit Saint-Vincent, uit Monte Carlo... Die heb ik altijd

allemaal bewaard. Ik dacht dat hij daar godweet wat ging doen, dat hij ons in de steek liet om een goede reden. Voor een grandioos leven. Nou ja, dat het de moeite waard was... Nu zou ik hem eigenlijk een ansichtkaart moeten sturen.' Ze glimlachte. 'Dan zou ik schrijven: "Ik stuur je drieduizendvijfhonderd kussen."' Ze moest lachen, maar was toen meteen weer stil.

Andrea zat recht, met zijn handen op schoot, en nu keek hij naar haar. Alsof hij niet luisterde naar haar verklaring, of haar biecht, of wat het ook was wat ze ging zeggen. Maar alsof hij een onbekende naast zich had, van wie hij zich haar verleden, haar gedachten, haar leven niet kon voorstellen.

'En toen, op een middag: *boem!*' Marina klapte in haar handen. 'Toen waren ze er niet meer. Ze *besloten* er niet meer te zijn, en mij alleen te laten. Want dat is wat er *werkelijk* gebeurde. De carabinieri kwamen mijn moeder weghalen, de ambulance kwam mijn vader weghalen. En ik bleef alleen achter in huis. Met de vraag waarom die twee mensen mijn ouders waren, waarom ik hun dochter was. De keuken lag bezaaid met kapotte borden, er lag een bloedvlek op de vloer. En ik pakte een zwabber en maakte alles schoon.'

Andrea voelde zijn hart breken. Hij zag die *zwabber* heel duidelijk voor zich.

'Ik maakte het huis aan kant en ging slapen, dat deed ik. Ik schreeuwde, ik schopte tegen het bed aan, en toen ging ik slapen. En ik wist dat zij niet in hun slaapkamer waren. Ik wist dat mijn leven voorgoed was verwoest. Maar', ze keek hem met grote ogen aan, 'weet je wat die avond mijn enige heldere gedachte was? Weet je wat ik echt dacht voordat ik in slaap viel?'

Ze sperde haar ogen nog steeds wijd open, alsof ze zich die gedachte nu pas herinnerde, alsof ze verbaasd was dat die nu in haar herinnering opkwam. 'Ik dacht: *oké, nu kan ik van school af gaan.* Ik wist niet of mijn vader het zou overleven, of mijn moeder nog zou terugkomen. Maar toch dacht ik: nu kan ik mijn eindexamen gewoon laten schieten. Ik kon weggaan van jou, van het lyceum, uit Andorno. Wakker worden, schijt hebben aan alles en naar de sportschool gaan. En dat heb ik toen ook gedaan.'

Andrea keek haar geschokt aan, hij ging dood vanbinnen. Want als hij had gekund, als hij de macht had gehad, dan had hij nooit laten gebeuren dat Marina, *juist haar*, zoiets overkwam.

'Ik heb het nooit aan iemand verteld. Ik voelde me zo rot dat ik wel zelfmoord had kunnen plegen, en daar heb ik ook aan gedacht. Maar ik kreeg ook een soort euforisch gevoel van die ervaring: dat ik alles kon doen, en dat niemand me zou tegenhouden. Misschien dat ik daarom altijd alles kapotmaak. Omdat ik het kan,' zei ze, en ze keek hem aan met een glinstering van trots in haar blik, 'omdat ik niet bang ben om de grond onder mijn voeten te verliezen, omdat ik toch nooit genoegdoening zal krijgen voor wat ik heb doorstaan. Ik heb het overleefd.' Ze glimlachte. 'Ik weet wat vrijheid is. En dat is iets waar jij bang voor bent, Andrea.' Haar ogen waren nu diepzwart. 'Om vrij te zijn en geen genoegdoening te krijgen.'

Andrea sloeg zijn blik neer.

Tijdens de stilte die volgde had hij niet eens de moed om haar aan te raken.

Marina stond op en liep naar het pad. Hij kwam achter haar aan. Samen beklommen ze de treden die in de rots waren uitgehakt. Andrea bleef wat achter. Hij zocht een manier om die leegte op te vullen. Maar het lukte hem niet. Toen bleef hij een paar minuten staan kijken naar de canyon waar de indianen en de kolonisten elkaar jarenlang naar het leven hadden gestaan. De haviken zweefden nog steeds in grote cirkels boven hem, als zwijgende bewakers. Toen hij bij de parkeerplaats kwam, zag hij dat ze kalm op hem wachtte, terwijl ze stretchoefeningen deed tegen de motorkap van de auto.

In de daaropvolgende dagen zouden ze naar oost en west, naar noord en zuid zwerven in Pima County, telkens met Tucson als middelpunt, zonder dat ze er in de buurt kwamen.

Per toeval zouden ze een reclamebord tegenkomen met de tekst: VISIT TOMBSTONE, en daarnaast een cowboy die zijn pistool op de kijker richt. Lachend zouden ze de aanwijzingen volgen en zo zouden ze ineens in de ansichtkaart belanden die Ermanno een halfjaar eerder aan Andrea had gestuurd. Derderangsacteurs die klaarstonden om de toeristen voor tien dollar neer te schieten en hen uit te dagen voor een duel. De saloon waar een countryband speelde, terwijl de kinderen verkleed als pioniers werden gefotografeerd door een neppe bordeelhoudster. Ze zouden twee cowboyhoeden, Texaanse laarzen en leren riemen kopen en zouden daarmee de rest van de tijd rondlopen. Daarna zouden ze, terwijl ze door Santa Cruz County reden, in Nogales belanden: de laatste stad aan de Mexicaanse grens, doormidden gedeeld door een huizenhoge muur van geoxideerd staal. Onneembaar. Zonder erover na te denken zouden ze de grens over lopen zonder een spoor achter te laten: niemand zou naar hun documenten vragen, de Mexicaanse bewakers zouden enkel met een handgebaar wenken dat ze konden doorlopen. Eenmaal aan de andere kant zouden ze aan den lijve ondervinden wat het verschil is tussen geboren worden aan deze of gene zijde van een grens.

Ze zouden een hele straat aantreffen met uitsluitend illegale apotheekjes, waar doosjes Viagra 3x2 werden verkocht, Cialys, steroïden, alles. Bezwete mannen met een lege blik, zonder enig vooruitzicht, zouden hen achternalopen om hen te dwingen iets te kopen. Marina zou de angst door haar lijf voelen gieren; Andrea zou haar vastpakken, zelf zogenaamd wel kalm, en haar wegvoeren. Na tien minuten zouden ze alweer teruggaan en zich aansluiten bij de rij mannen, vrouwen en kinderen met volgepakte koffers, en Amerikaanse jongeren die wankelend stonden te wachten na even de grens te zijn overgestoken om drugs te gebruiken en goedkope sigaretten in te slaan; een van hen had BORN TO LOSE in zijn nek getatoeëerd staan en een veel te mooi gezicht om op deze manier te eindigen. Iedereen stond zwijgend te wachten om in Amerika te worden toegelaten door militairen met een mitrailleur in de aanslag. Amerika was geen droom, maar alleen een plek waar overleving mogelijk was.

Elke avond zouden ze terugkeren naar Willcox, hun uitvalsbasis, en ze zouden telkens in Motel 6 overnachten, tussen een afslag van de autosnelweg en een Family Dollar-supermarkt.

Maar voordat hun week voorbij was, toen ze die dinsdag om een uur of zes terugkeerden uit het Chiricahua National Park, terwijl het licht steeds schuiner inviel en de desolate prairie in vuur en vlam zette, stopten ze ineens weer zomaar langs de weg, in de middle of nowhere. Alleen om uit de pick-up te stappen en dat verloren stukje wereld in het gezicht te kijken.

Ze hadden de auto in de berm geparkeerd en de portieren wijd open laten staan. Er kwam niemand meer voorbij op de 186 Highway. Andrea begon over de gele onderbroken middenstreep te lopen die de twee rijbanen scheidde en aan de horizon vervaagde. Hij liep een meter of tien, ging toen midden op de weg zitten, op het asfalt, in kleermakerszit.

Marina had de cd opgezet die ze speciaal voor de reis had gebrand, met Pink, Justin Bieber, Britney Spears. De muziek speelde door, werd door de wind meegevoerd over de prairie. Enkel kreupelhout, enkel een enorme leegte. Daar waren ze dus beland. Marina begon te lachen, toen ze hem daar zo zag zitten midden op de weg. Als er nu een auto kwam, werd hij aangereden. Hij moest zelf ook lachen om de pure zinloosheid ervan.

Toen klonk 'Diamonds' van Rihanna uit de boxen. Marina ging meteen het geluid harder zetten. Ze draaide de volumeknop helemaal open. Het nummer steeg op in de lucht, verspreidde zich met het stof. Zo'n podium zou ze nooit meer krijgen. Zo'n uitgestrektheid. Een pick-up van General Motors die heel Milaan zou doen verbleken, heel het Principe di Savoia, talentenshows als *Amici* en *X Factor*, tv-persoonlijkheden als Piero Chiambretti en Mara Venier.

Ze klauterde dan ook op de motorkap, klom op het dak van de auto en richtte zich op.

Als het Vrijheidsbeeld. Als de triton van Bernini.

Andrea keek naar haar vanaf de weg. Hij was inmiddels haar hele publiek. Er was niemand behalve zij tweeën in Arizona. Marina begon te zingen: '*Find light in the beautiful sea, I choose to be happy*', alsof ze werd uitgezonden op Italia Uno, met dezelfde overtuiging, '*You and I, you and I, We're like diamonds in the sky*', en ze danste midden in de woestijn, alsof ze op het houten podium van Camandona stond, en ze begon te strippen, ze gooide haar bermuda, haar slippers en haar hemdje op straat. Alleen voor hem, zonder zich iets aan te trekken van al het andere. In Amerika, tussen de Chiricahua Mountains en Willcox, met al haar talent.

Hij zat onbeweeglijk naar haar te kijken, verrukt. Zoals hij honderden keren had gedaan door het raam tegenover haar huis, in Andorno. Glimlachend, klappend, haar aanmoedigend om door te gaan. Want ze was goed, ja, ze was de beste van de wereld. En zij ging onverstoorbaar door, ernstig, geconcentreerd, met die stem van haar die het zou verdienen om succes te hebben, die het echt zou verdienen. Toen had Marina alleen nog haar slipje en beha aan, en was het nummer afgelopen. En begonnen ze allebei te lachen, als twee idioten.

Zij had het niet meer nodig om aan hem te vragen of ze goed was, en hij had het niet meer nodig om haar overal naartoe te volgen. Want zij waren sterker. Zij in haar slipje boven op de pick-uptruck en hij midden op straat zittend. Sterker dan Italië dat in de afgrond stortte, sterker dan hun ouders die niet in staat waren geweest hen gelukkig of volwassen te maken. Sterker dan

Biella, dan hun geschiedenis, dan alles waardoor ze waren verraden. Ze hadden het overleefd. Ze wisten overeind te blijven, zelfs in een vervallen, verlaten, geplunderde wereld. Ze waren twee helden.

Vijf dagen later reden ze Tucson binnen.

Over achtenveertig uur was hun terugvlucht naar Italië. De bestemming die ze op de TomTom hadden ingetoetst, was Bighorn Avenue 24.

Ze reden over een lange, boomloze zesbaansweg, waarlangs een Pizza Hut, een Family Dollar, een niet nader benoemde 'Dentist' en een autowasserette verrezen, ongeveer zoals langs de ss230 van Carisio naar Biella.

Het stadscentrum lag achter hen, met enkele hoge gebouwen van glas en staal en nog meer enorme parkeergarages van meerdere verdiepingen. Aan de horizon liepen de kale silhouetten van de bergen in het zuidwesten uit in de Sonorawoestijn en in het oosten in de prairies.

Het stratenplan was monotoon, kaarsrecht en plat. Gegoede wijken werden afgewisseld met wat bescheidener buurten, waar Mexicaanse tentjes en uithangborden in het Spaans verschenen. Maar geen van beiden had oog voor de stad die zich tientallen mijlen om hen heen uitstrekte. Andrea volgde ingespannen de aanwijzingen van de TomTom, zijn handen om het stuur geklemd, al zijn moed bijeenrapend, en hij leek zich verder nergens van bewust. Marina voelde zijn spanning, zoog die op. Ze begon zich al af te vragen wat ze met haar leven zou besluiten te doen als ze weer terug waren in Italië.

Andrea reed langzaam, zijn gedachten waren leeg. Vanaf Euclid Avenue was het duidelijk dat ze in het gebied rond de universiteit waren. UNIVERSITY OF ARIZONA stond er uitgehakt in een stenen plaat voor een gebouw in rode baksteen. Daarna volgden – geordend, met regelmaat – de vestigingen van de verschillende faculteiten, van geneeskunde tot rechten, afgewisseld door rijen palmbomen, minstens vijftien meter hoge solitaire cactussen en zo op zondag uitgestorven voetgangersgebieden.

Andrea keek maar af en toe rond, een korte blik om te kijken waar ze waren, om het niet bestaande verkeer in de gaten te houden, om zich ervan te vergewissen dat alles in orde was.

In werkelijkheid was er helemaal niets in orde. En hij sloeg meteen weer zijn ogen neer, hield ze verankerd aan de voorruit, aan het schermpje van de TomTom, die hen naar een onbekende bestemming voerde die niettemin in tijd en ruimte steeds reëler werd. Marina keek afwezig uit het raam en bedacht dat zij op zo'n campus – imponerend, splinternieuw – misschien ook wel had willen studeren.

De campus verbreedde zich geleidelijk in pleinen en recreatieterreinen alvorens op te gaan in een vlakte van felgroene grasvelden, tennisbanen, basketbalvelden, rugbyvelden en nog meer hoge parkeergarages, helder en schoon tegen de intens blauwe hemel, als een pas gebouwd olympisch dorp.

Overal spandoeken die trots reclame maakten voor de Arizona Wildcats, de naam van de achttien sportclubs van de universiteit en van de staat. De gestileerde kop van een lynx keek hen trots en dreigend aan. Toen lieten ze de sportvelden achter zich en begonnen er weer nieuwe monotone blokken van huizen, tuinen en lantaarnpalen.

Andrea dacht niets. Hij reed alleen maar. Hij was ervan overtuigd dat hij geen enkele emotie ervoer. Het enige wat zijn zintuigen opvingen was het geronk van de motor, de robotachtige stem van de TomTom en de vage gewaarwording van gemis onder in zijn maag. Een wrede, subtiele misselijkheid. Het was een heldere, roerloze dag in de hoofdstad van Pima County.

Niemand op straat. Het zonlicht viel vrij en ongehinderd op Cherry Avenue, op Martin Avenue, op Norris Avenue, gevangen in hun anonimiteit. Andrea minderde gaandeweg vaart, de hemel was van zo'n absoluut blauw dat hij het nooit meer zou vergeten. Net zomin als hij al dat zonlicht zou vergeten dat alle kanten op scheen, zonder de schaduw ook maar een schijn van kans te geven. Hij ging nog langzamer rijden. De volgende straat zou Bighorn Avenue zijn.

Ga rechtsaf, ga rechtsaf. Maar Andrea stond net iets eerder stil, hij sloeg niet af, hij parkeerde de auto tussen Grant Road en de zijweg die erop uitkwam, voor een afvalcontainer. Hij zette de TomTom uit, die maar bleef herhalen: *Ga rechtsaf, ga rechtsaf.* Vergeefs. Ook het geluid van die monotone stem zou hij niet meer vergeten.

'Wacht hier op mij,' zei hij tegen Marina, terwijl hij zijn portier opende.

Dit was iets wat hij alleen moest doen.

Ook al wist hij niet wat hij precies zou gaan doen.

Hij zette een voet op het asfalt en keek om naar zijn vrouw, onderuitgezakt op de passagiersstoel, die terugkeek zonder iets te zeggen.

Andrea gooide het portier dicht en liep Bighorn Avenue in, in de verlaten stilte van de zondagochtend. Marina zag hem via de zijspiegel de hoek om verdwijnen. Ze bleef zitten wachten, als de handlanger van een overvaller voor de deur van een bank.

Andrea liep aarzelend, met langzame stappen, zwetend onder de zon die het asfalt deed smelten. Hij bleef op het trottoir aan de kant met de oneven nummers, op veilige afstand van de even nummers. Die zag hij aflopen van 78 naar 66 naar 52, en hoe verder hij kwam, hoe langzamer hij ging lopen, hoe meer tijd hij ervoor nam, hoe meer de tijd zich achter hem terugtrok.

Elk huis was voorzien van een Amerikaanse vlag en had een Chevrolet of een Dodge of een Ford naast de veranda geparkeerd staan. Hij had zich godweet wat voorgesteld, godweet wat voor pracht en praal, wat voor indrukwekkends, maar hij zag alleen maar witte prefab huisjes, allemaal eender, met de ramen

dicht, de luxaflex omlaag, alsof er daarbinnen niemand woonde.

Bij nummer 44 stond hij stil, ging op de stoeprand zitten en
stak een sigaret op. De leegte die hij onder in zijn maag voelde,
begon zich langzaamaan uit te breiden. Het was allemaal een
grote fantasie geweest.

Het Amerikaanse leven van Ermanno hoorde zich niet hier af
te spelen, in zo'n bescheiden straat, in zo'n buitenwijk, in de laatste straten van de wijk achter de campus. De tuinen waren rechthoeken dor gras, niet anders dan die in Willcox. Af en toe stond
er tussen twee huizen een caravan met vergeelde gordijntjes en
verroeste velgen. Overal slingerden spullen rond, alsof niets het
echt waard was om te worden weggegooid, en alles nog een tweede leven zou kunnen krijgen. En dat was niet zo, bedacht Andrea.

Hij hield zichzelf voor dat het er aan het eind van de straat
misschien wel anders uit zou zien. Hij hield zich voor dat hij op
nummer 24 een mooie stenen villa zou aantreffen, goed onderhouden, sierlijk, waaraan hij duidelijk de redenen zou kunnen
aflezen waarom zijn broer was weggegaan. Redenen die te maken hadden met een mooie veranda, met bloeiende bloemperken, rijkdom en een sociale positie, dingen die een Italiaan in
het buitenland op eigen titel, op eigen kracht kon verwerven.

Hij stond op en liep weer verder. Onwillekeurig begon zijn
hart sneller te slaan. Er bestond een woord om uitdrukking te
geven aan wat er door hem heen ging bij het zien van de af-
gebladderde verf van die huisjes, en de rondslingerende auto-
banden op het erf, en de verschoten Amerikaanse vlaggen die
zwaar in de windstille lucht hingen, dat woord bestond en het
was er maar één, maar hij slaagde er niet in het te denken of bij
zichzelf te zeggen.

Op een gegeven moment kwam er een vrouw uit een caravan,
die op het trapje ervoor bleef staan kijken naar de lege straat. Ze
was veel te dik, ze had een vettige paardenstaart en at uit een zak

chips. Andrea wendde zijn blik van haar af en liep vastberaden door.

Hij voelde zich week en zwak in zijn benen, hij had een haast onbedwingbare neiging om terug te lopen en nooit bij nummer 24 aan te komen. Zou hij aankloppen? Of zou hij bellen? En wie zou er opendoen? Sarah Walsh in haar pyjama? Sarah Walsh met het kind op de arm en een fronsend voorhoofd tegenover die volslagen vreemde die in werkelijkheid haar zwager was?

Of zou Ermanno opendoen? Met wat voor gezicht? Met het haar dat hij zich herinnerde, of met dat grijze haar van zijn profielfoto op Facebook? Misschien waren ze net pas wakker, bedacht hij. Misschien hadden ze gasten voor de lunch, waren ze aan het koken. Allemaal praktische kwesties die hem nu pas te binnen schoten. Hij had hem beter kunnen bellen, hem waarschuwen, hem vragen wanneer hij het best kon komen. Dat zou beslist beter zijn geweest dan na bijna vier jaar stilzwijgen zomaar onverwachts binnenvallen op een zondagochtend in april. En wat zou hij dan zeggen?

Het leek of er geen einde kwam aan die straat, terwijl hij onder de middagzon liep, terwijl de vragen door zijn hoofd tolden en zijn shirt aan zijn rug plakte. Hij bleef nog een keer staan, niet om op adem te komen, maar om lucht te krijgen. Ineens waren zijn gedachten helder, duidelijk, voor de hand liggend geworden. Het was zondag, misschien waren ze een rondje gaan wandelen. Misschien waren ze omringd door vrienden, collega's van Ermanno, en zaten ze allemaal samen om een tafel in de tuin. En hij, de vreemde, hoe zou hij zijn aanwezigheid verklaren? Met wat voor gezicht zou hij zomaar binnendringen in een rustig, sereen leven, met zijn baard en zijn angst, met trillende handen?

Toch zag het er niet naar uit dat er feestjes of zondagse lunches aan de gang waren. De straat was uitgestorven, er was geen sterveling te bekennen, het was allemaal even armoedig.

Hij vroeg zich af hoe Ermanno hun bergen had kunnen ver-
ruilen voor deze buitenwijk. Maar hij hield zich voor dat hij op
nummer 24 de villa zou aantreffen die hij zich altijd had voorgesteld. En hij hield zichzelf ook voor dat de deurbel niet te hard
zou klinken. En dat Ermanno wel zou weten wat hij moest doen
en zeggen. Hij was immers de oudste en de wijste, degene met
de meeste levenservaring?

Ze konden elkaar niet hun hele leven blijven negeren. Volwassen worden betekent de dingen accepteren, de dingen zien zoals
ze zijn, ontdaan van alle vage fantasieën. Alleen dat wat er bestaat, verder niets. En dat wat er bestond, nu, was een straatje dat
onvindbaar was op Google Earth; een anoniem, treurig Amerikaans straatje.

Hij dacht aan de ansichtkaart die zijn broer hem vanuit Tombstone had gestuurd, en hij kreeg een steek in zijn maag. Die had
hij niet eens gelezen. Hij was niet naar de bruiloft gegaan, hij was
er niet bij geweest toen zijn zoontje was geboren. Hij herinnerde
zich Ermanno's gezichtsuitdrukking negentien jaar eerder, toen
hij in de stal van hun opa naar hem toe was gekomen om hem
over te halen mee naar huis te gaan. Toen had hij gezegd dat het
hem niet om die golden retriever ging, maar om hem. Hij herinnerde zich de aanraking van zijn hand op zijn schouder.

Hij draaide zijn hoofd opzij en zag nummer 24.

Hij zag het huis, niet zoals je de dingen in het echte leven ziet,
in samenhang met de rest van de wereld. Meer als een losse foto
die uit een album is gehaald, zo een die niet goed gelukt is, die
herinnert aan pijnlijke of treurige momenten, zo een die je het
liefst zou verstoppen, maar die wel een onderdeel van je is en
die je op meedogenloze wijze neerzet.

Het was niet alleen net zo'n huis als alle andere: een prefab woning van één verdieping met muren van houten balken waarvan
het pleisterwerk op meerdere plekken afbladderde. Het was zo
mogelijk nog kleiner, nog treuriger, nog bescheidener dan al die

andere bij elkaar. Misschien leek dat zo omdat er op die plaats een villa had moeten staan, nog groter, mooier en luxeuzer dan die waarin zij waren opgegroeid in Andorno, in de Via Dante. Of misschien was het ook echt zo.

Tegen de hoek naast de glazen deur een ingeklapte buggy. Op de veranda een plastic tafel met twee stoelen. Op een kaal stuk grond stond een Skoda geparkeerd met een opgerolde tuinslang ernaast om hem te wassen. De Amerikaanse vlag hing als een vod aan een ijzeren paal die in de grond was gestoken tussen twee dorre bloemperken waar niets in bloeide. De luxaflex voor de ramen waren verschoten. Andrea voelde zich niet goed.

Wat hadden zijn ouders gezien? vroeg hij zich af. Wat hadden zij gezien dat ze zo trots konden zijn op hun oudste zoon, op het genie dat was geëmigreerd naar de vs, op de geweldige researcher die voor de NASA werkte? Hij woonde hier niet, was zijn antwoord. Hij was verhuisd, dat was de enige oplossing. Hij weigerde te geloven dat hij hier recht voor zijn neus werkelijk Ermanno's lot zag, en de reden waarvoor hij Andorno, de Valle Cervo en hem de rug toe had gekeerd, hem moederziel alleen had achtergelaten, om jarenlang met zijn spook te leven. Hij bedacht dat hij evengoed moest aankloppen, al was het maar om de nieuwe bewoners te vragen of ze het adres van de vorige eigenaar hadden. Een Italiaan van achtentwintig jaar, zou hij zeggen. Waarbij hij hun uitlegde dat het zijn broer was, of misschien zou hij dat gegeven weglaten.

Zijn ogen bleven maar staren naar die buggy, die duidelijk de buggy van Aaron was, maar het toch echt niet kon zijn. Marina was in de auto op hem blijven wachten, straks werd ze nog ongerust. Misschien kon hij maar beter teruggaan. Hij had geen idee hoeveel tijd er was verstreken sinds hij uit de pick-up was gestapt en lopend de Bighorn Avenue in een buitenwijk van Tucson in was gegaan.

Hij moest eigenlijk hoe dan ook aankloppen. Hij moest eigenlijk de weg oversteken en naar die deur lopen. De kwestie voor eens en voor altijd oplossen.

Maar hij bleef als aan de grond genageld aan de overkant op de stoep staan.

Hij zou het hem niet langer kwalijk moeten nemen dat hij de meest geliefde, meest intelligente, meest fantastische zoon was geweest. De favoriete zoon, de voorgetrokken zoon, de beste zoon. Hij zou moeten toegeven dat dat niet Ermanno's schuld kon zijn. Hij had kunnen besluiten hem niet te haten. Want dat moest hij in feite doen, en daarvoor was hij gekomen. Om hen beiden te verlossen van een ongelijkheid waar zij niet voor hadden gekozen. Van een oorlog die niet de hunne was.

Want zij hadden elkaar niet gekozen, niet uitgezocht, niet gewenst. Maar ze waren wel broers.

Hij zei bij zichzelf: doe wat goed is. Wie er ook zou opendoen, hij moest gewoon aankloppen. Hij zei bij zichzelf: het is genoeg geweest, Andrea. Over een maand zou hij omhoogtrekken naar de alpenweiden van de Monte Cucco, dan zou hij de koeien laten grazen op de velden vol bloeiende narcissen, dan zou hij hebben wat hij wilde, dan zou hij de cirkel van zijn leven rond maken. Hij kon het verleden niet met zich mee blijven slepen, hij wilde het niet meezeulen naar de berg als een last, als een kadaver, als een offer dat hij moest brengen. Hij wilde net van de stoep af stappen, toen de glazen deur ineens openging en er een lange, magere man naar buiten kwam, met grijs haar, die een zwarte vuilniszak in zijn hand hield.

Andrea deinsde achteruit, draaide zich instinctief om en dook vlug weg achter de Dodge van het huis waar hij voor stond. Hij voelde zijn hart tekeergaan en zijn benen trillen, alsof hij in een loopgraaf stond. Hij voelde het zweet langs zijn slapen druipen, zijn adem stokken in zijn keel. Langzaam keek hij op. Hij zat weggedoken tegen het portier van de Dodge, geknield op de grond. Steels gluurde hij door de autoraampjes heen en zag die man op badslippers naar het eind van de straat sloffen, waar de afvalcontainers stonden. Hij zag die man in zijn korte broek, met zijn shirt half ingestopt en er half overheen hangend. Met bleke, kromme benen, terwijl hij midden over de lege straat liep met de vuilniszak in de hand. En die man was *hij*.

Die man die van hem af liep, onwetend, in de doodse stilte op de weg, was Ermanno Caucino, zijn broer. Andrea begluurde hem van achter de auto van de overburen, als een jochie dat verstoppertje speelt, als een lafaard vol schaamte en angst, die er nu eindelijk in slaagde het woord te zeggen dat hij in zijn hart had bewaard vanaf het moment dat hij een halfuur geleden Bighorn Avenue in was gelopen: ontgoocheling.

Een immense ontgoocheling, omdat het zinloos was geweest om hem te haten.

En hem vergeven was onmogelijk. En er was niets wat kon worden opgelost, want zijn broer had grijs haar. Want hij liep op badslippers. Want hij had op zijn veertiende de Wiskunde Olympiade gewonnen, en cum laude zijn diploma gehaald, en was afgestudeerd in Cambridge, en had alles gekregen wat hij maar van het leven kon wensen, alles wat hijzelf tekort was gekomen, en nu bevonden ze zich allebei in Tucson, onder een gigantische hemel, in een vreemd gebied dat veel weg had van Carisio, van Massazza, en dat krot daar was zijn huis.

Toen de man de vuilniszak had weggegooid, zich omdraaide en lusteloos terug kwam lopen, toen Andrea zijn gezicht zag en die rechthoekige bril met het metalen montuur herkende, dezelfde als toen hij vertrokken was, toen begaf zijn hart het zowat.

Ik kan het niet, zei hij bij zichzelf, hij balde zijn vuisten, beet op zijn lip en voelde zijn maag samenknijpen. Hij maakte zich los van de auto waarachter hij zich verstopt had, keek nog een laatste keer door de raampjes naar zijn broer die terug kwam lopen. En toen begon hij te rennen.

Te rennen, uit alle macht, zo hard hij kon. Ermanno zou alleen maar een jongen zien die er als een dief vandoor ging, midden op straat, zonder dat hij hem herkende, zonder dat hij enig idee had. Misschien zou hij hem niet eens zien. Andrea rende als een gek, als een overvaller, als een totale mislukkeling. Honderd, tweehonderd meter. Alsof hij een aanloop moest nemen om van een brug af te springen, om te sterven, om te pletter te storten.

Bij de vijfhonderdste stap hield hij ineens in, bleef hij hijgend staan. Hij keek omhoog naar de hemel. Hij had behoefte om te schreeuwen. Hij draaide zich om. Zijn broer was een puntje aan het einde van de weg. Andrea begon weer te rennen, opnieuw, als iemand die niets meer te verliezen heeft. Maar die zich toch niet gewonnen wil geven. Hij rende opnieuw, maar nu de andere kant op. Hij rende terug, terug naar de plek die de meeste pijn deed. Toen hij weer voor zijn huis stond, zag hij hem op het trapje van de veranda zitten, in gedachten verzonken, terwijl hij een sigaret rookte.

Hij *rookte*, hij die altijd zo'n gezondheidsfreak was geweest. Hij inhaleerde, blies de rook weg met zijn rug tegen de balustrade, zijn benen languit over het trapje; hij staarde naar de Skoda die stond geparkeerd op het kale stuk grond.

Met starre blik, met een rood aangelopen gezicht, hijgend van inspanning en van woede en van de hevige schaamte die hij voelde, schreeuwde Andrea midden op die lege straat: 'Ermanno!'

Hij schreeuwde het keihard, alsof hij die straat moest slopen.

De man met het grijze haar draaide zich om. Niet meteen, maar heel, heel langzaam, eerst behoedzaam zijn schouders omdraaiend, toen pas zijn gezicht.

Hij keek voor zich, terwijl hij de bril op zijn neus rechtzette, naar de plek vanwaar iemand zijn naam had geroepen, geschreeuwd, met een stem die hij altijd had gekend, maar die hij nu misschien niet meer herkende.

Het duurde even voor hij het doorhad, het duurde een tijd-spanne van misschien een seconde, of een eeuw, of een jaar, voor-dat hij besefte dat die bezwete jongen met dat knalrode gezicht, die halve lach, die zwarte, uitdagende ogen daar onder de hemel van Tucson, midden op Bighorn Avenue, voor zijn huis, heel veel leek op die foto in de krant, op de jongen die de Alleanza Nazio-nale-vestiging had bekogeld, dat het zijn broer Andrea was.

Toen het tot hem doordrong, fronste hij eerst zijn voorhoofd, alsof hij nog niet overtuigd was, en kneep hij zijn bijziende ogen nog meer tot spleetjes, tot ze helemaal achter zijn brillenglazen verdwenen. Toen liet hij de sigaret uit zijn hand glippen, vie-len zijn armen slap langs zijn lijf. Een trage, hartverscheurende glimlach tekende zich af op zijn gezicht. In die glimlach lag geen verbazing, geen blijdschap, geen woede. Alleen maar verdriet, zwijgend, bedaard verdriet.

De ochtend hing roerloos om hen heen, tussen hen lag een afstand van tien meter. Er waren de Amerikaanse vlaggen, de auto's, de veranda's, de eindeloze schoonheid van Tucson, dat nu precies hetzelfde was als Biella, en als Andorno Micca, als Sagliano, als Riabella, toen hij van huis was weggelopen en zijn broer hem had overgehaald terug te komen.

Ermanno zat daar op het trapje voor zijn huis, kijkend naar die jongen die nog steeds hijgend voor hem stond. Ook hij daar, onbeweeglijk. Alsof zijn lijf had wortel geschoten in het asfalt, als de pleger van een zelfmoordaanslag die zichzelf elk moment kon opblazen. Die 5842 mijl had overbrugd om hier nu te zijn, voor hem, om hem te bewijzen dat ze nog steeds broers waren. Want dat was iets wat ze niet konden veranderen. Wat niet hun schuld was. Wat niemands schuld was.

En geen van beiden verroerde zich, ze wachtten allebei tot de ander de eerste zet zou doen, iets zou zeggen. Ermanno had glanzende ogen, zijn kin trilde. Hij was niet meer de kampioen van vroeger, hij was vermagerd. Ook Andrea was vermagerd, hij had een lange baard en hij leek jaren ouder. Wat hadden ze kunnen doen? Elkaar omhelzen? Samen lunchen? Naar een wedstrijd van de Wildcats gaan in het stadion? God, wat was alles duidelijk, en eenvoudig, en mogelijk. Wat hield hij veel van die persoon die zijn leven had verwoest. Maar hoeveel kon Ermanno van hem houden, in hoeverre kon hij hem vergeven?

Ineens kwam er een gespierde vrouw de veranda op, met brede schouders als een wedstrijdzwemster en met een baby op haar arm. Ze kwam eens even kijken, zei hardop iets in het Engels tegen haar man. Die vrouw had niets te maken met hun verleden, met hun familie, met de tuin waarin ze cowboy-en-indiaantje speelden. Haar man kwam overeind, totaal verdwaasd, hij kon nauwelijks op die magere beentjes van hem blijven staan en draaide zich een ogenblik naar haar toe. Hij draaide zich maar één tel naar haar toe en kon geen woord tegen haar zeggen.

Maar ineens was hij haar man. Hij had een nieuw leven weten op te bouwen, wat het dan ook voor leven was. Andrea veegde met zijn onderarm het zweet van zijn voorhoofd, haalde diep adem. Toen draaide hij zich om en begon te lopen. Met zijn armen langs zijn lijf, zijn gezicht naar de hemel gericht. Hij liep uitgeput weg, met vlugge stappen, maar zonder te rennen.

'Andrea!' hoorde hij roepen.

Hij kon zich niet meer omdraaien.

'Andrea!' hoorde hij weer roepen.

Hij kon niet teruggaan. Hij had geprobeerd hem te vermoorden, hem te verdrinken. Hij had elke verjaardag van zijn leven maar half gevierd, omdat de andere helft van Ermanno was. Hij had zijn hondje vermoord. Hij had die wit-met-grijze koala voor zijn neus weggekaapt op het feest van Camandona, die als je op zijn buik drukte 'Eye of the Tiger' speelde, de soundtrack van *Rocky III*.

Wie zegt dat er altijd een oplossing bestaat? Wie zegt dat je per se moet winnen? En wat dan winnen? Wat dan bereiken?

Hij wist dat zijn broer nu op straat stond en hem nakeek, terwijl hij steeds kleiner werd aan het eind van Bighorn Avenue. Hij wist dat hij stond te huilen.

Maar toch draaide hij zich niet om, ging hij niet terug. Hij legde geen hand op zijn schouder, stelde zich niet voor aan zijn schoonzus, nam zijn neefje niet in zijn armen. Hij deed niets van dat alles. Geen wedstrijd van de Wildcats vanavond. Hij ging gewoon weg, terwijl hij naar die intens blauwe hemel bleef staren en er twee tranen over zijn wangen biggelden, met een wanhopige glimlach op zijn gezicht. Het was niet hun schuld, maar dat was om het even. Het maakte geen verschil.

Ermanno bleef midden op de weg staan kijken hoe zijn broer wegliep, totdat hij helemaal was verdwenen. Toen veegde hij zijn ogen droog, voordat hij weer naar binnen ging en antwoord gaf aan zijn vrouw, die maar bleef vragen wie die figuur was die was weggelopen, en wat die hier moest.

Andrea kwam bij de auto aan waar Marina op hem wachtte. In plaats van in te stappen liep hij nog een meter of tien door. Toen bleef hij staan, spreidde zijn armen en slaakte een kreet. Luid, bevrijdend, verslagen. Eentje maar.

34

Toen ze uit de Peugeot 206 stapte was het maandag 15 april, tien uur 's ochtends. Het trapveldje was leeg, de haveloze doelnetten aan weerszijden wapperden als een paar spandoeken die nog over waren van de laatste wedstrijd. De begraafplaats lag omsloten door zijn muren in de schaduw van de bergen. Voor haar hing het sputterende neonbord van Bar Sirena, het gestreepte zonnescherm bolde telkens op en zakte dan weer in. Het was een winderige dag, rond de top van de Mucrone pakten zwarte regenwolken zich samen.

Marina stak de weg over. Zodra ze aan kwam lopen, keken ze allemaal naar haar op, de mannen die aan de tafeltjes zaten of op de veranda van houten balken met drie verschrompelde geraniums aan de balustrade; ze staarden haar verwonderd aan, floten en bedolven haar onder de complimentjes. Op dit tijdstip zaten ze er allemaal al aan de ratafia, ze bladerden in *La Nuova Provincia* of speelden een potje tressette.

Zij wierp hun een onverschillige blik toe, zonder te groeten, ook al kende ze hen. Ze zag de zoon van d'n Marra, de broer van d'n Bongio, d'n Pasta. Ze paradeerde langzaam tussen de tafeltjes door, zodat ze haar goed konden bekijken. Met haar naaldhakken, haar minirok, het strakke leren jack dat om haar boezem spande. De perfecte diva uit de provincie: dat was ze in hart en nieren. Ze liep het café binnen en zag meteen dat haar moeder er niet was. Ivano wreef met een doek over de toog, waaraan niemand zat.

'Ha, Bellezza,' zei hij opkijkend, 'hoe staat-ie?'

Marina ging op een barkruk zitten, sloeg haar benen over elkaar. Ze was zwaar opgemaakt, alsof ze in een tv-uitzending zat. 'Doe maar een ice tea.'

Ivano stak de doek in de zak van zijn schort en zette zijn handen in de zij. 'Zeg, zing jij niet meer?' vroeg hij. 'Ze kwamen hier laatst naar je vragen... Twee man van *Il Gazzettino*.'

'Ik zing *altijd*,' antwoordde Marina stug. 'Hoe komen jullie erbij?'

'Mij maakt het niet uit, hoor,' zei Ivano, terwijl hij een glas en een blikje voor haar neerzette, 'ik verdien er geen cent meer of minder om.'

Marina draaide haar haren in een knotje en zette ze vast met een potlood dat ze op de toog had gevonden. Toen trok ze het lipje van het blikje open en nam een slok. Ze keek verveeld om zich heen.

'En wat heb je tegen die journalisten gezegd?'

'Niks, wat zou ik moeten zeggen?'

Er hing een hele trits krasloten achter de bar, naast de sigaretten. De vloer kon wel een dweilbeurt gebruiken. Zolang ze zich kon herinneren was het hier altijd zo geweest: hetzelfde toevluchtsoord voor verloren zielen die behoefte hadden aan gezelschap. Het was een dorpskroeg die al sinds de jaren zeventig bestond. De enige die het had volgehouden.

Even later zei Ivano: 'D'n Giangi is ziek.'

Hij vervolgde: 'Ze kwamen gisteren hier, hij en je moeder. Hij raakte geen druppel drank aan. Ik mag doodvallen als het niet waar is, ik heb hem er geeneens aan zien ruiken. Zijn lever is er slecht aan toe, maar volgens mij gaat hij het wel redden... Hij moet het redden. Hij zei dat hij is geboren om te mislukken...'

'Nou, ik niet,' antwoordde Marina kortaf om het onderwerp af te kappen.

Toen draaide ze zich om, de tijd voor prietpraat was voorbij. 'Hé, heb je een telefoon?'

'Achter het biljart hangt nog de openbare telefoon. Die komen ze volgende week weghalen. Maar volgens mij wordt niemand geboren om te mislukken.'

Marina stapte van de kruk af: 'Hoe werkt die? Nog steeds met een telefoonkaart?'

Ivano pakte een oude kaart die niemand meer gebruikte en gaf hem aan haar.

Achter in de zaak hing een stoffige duisternis, het stonk er naar rook. Het biljart stond er verlaten bij. Een zwerfkat die van Ivano altijd te eten kreeg lag prinsheerlijk midden op het verschoten groene vilt, terwijl de gekleurde ballen al godweet hoe lang her en der verspreid lagen. Marina pakte de hoorn van de telefoon, stak de kaart in het toestel en tikte het nummer in dat ze uit haar hoofd had geleerd voordat ze de deur uit ging. Ze hoorde de telefoon meer dan een minuut vergeefs overgaan, toen antwoordde er een slaperige stem.

'Hoi,' zei ze, 'met *mij*.'

Aan de andere kant klonk een doodse stilte.

Het café achter haar was leeg, iedereen zat buiten te kaarten. Ze hoorde alleen de borden en kopjes rammelen in de vaatwasser.

'Ik was benieuwd hoeveel platen we hebben verkocht,' zei ze.

Geen antwoord.

Nog steeds een onpeilbare stilte, waarin ze echter wel, op de achtergrond, een zware, onregelmatige ademhaling opving.

Marina stond tegen de muur geleund met de hoorn tussen haar schouder en haar oor geklemd. Ze speelde met de rits van haar jack en wachtte.

'Je hebt de tour zeker al geannuleerd,' vervolgde ze.

Degene aan de andere kant van de lijn leek afwezig, of dood, of het was iemand die zich uit alle macht probeerde te beheersen, probeerde zijn woede in bedwang te houden en zijn telefoon niet keihard weg te smijten.

'Waar zit je?' vroeg hij na een lange stilte. Zijn stem klonk angstaanjagend. Schor, alsof hij net wakker was geworden. Of erger. En nu was zij degene die niets zei.

'Zeg goddomme waar je zit!' schreeuwde Donatello aan de andere kant van de lijn.

Marina liet de rits met rust, maakte zich los van de muur en pakte de hoorn in haar hand. 'Misschien kom ik er toch op terug,' zei ze.

Ze hoorde dat hij zijn hand voor de telefoon hield en iets onverstaanbaars schreeuwde dat klonk als een vloek. Toen zei hij tegen haar, na een diepe zucht: 'Ik kom je ophalen.'

Het was geen vraag, het was een mededeling.

'Nee,' zei Marina instinctief, 'ik kan niet, ik zit in de problemen.'

Wat voor problemen? Dat wist ze niet, maar dat zou ze nog wel verzinnen.

'Zeg nou toch waar je zit, dan kom ik je ophalen!' brulde Donatello. Toen probeerde hij zich weer te bedwingen: 'Jij beseft niet, je hebt geen idee... Ik kom je over twintig minuten ophalen.'

'Ik weet het niet...' Marina keek om naar de twee mannen uit Andorno die het café waren binnengekomen. 'Waar zit jij? Dan kom ik wel...'

'Ik zit in Zubiena, godskolere!' Donatello begon weer te schreeuwen.

'Wat heb je verdomme geflikt, hè? Ben je getrouwd? Dat wordt nu ook nog verteld, ik snap niet wat jij je in je hersens haalt! Na twee maanden bel je me op. Na TWEE MAANDEN!' Nu vloekte hij zonder de hoorn te bedekken. 'Je hebt alles verkloot. Zeg goddomme waar je zit!'

'Het is nu zeker te laat?' liet Marina zich peinzend ontvallen, starend naar het logo van Telecom Italia op een van de laatst overgebleven openbare telefoons, in dat gangetje dat naar de plees en naar de opslagruimte leidde.

'Natuurlijk is het te laat! Je bent onbetrouwbaar, je bent incapabel, je bent de grootste loser uit de geschiedenis! Je denkt toch niet dat er nu nog iemand een euro in jou wil investeren? Die lui van Universal konden je levend villen, snap je dat wel? Ik heb alles moeten afzeggen, ALLES!'

'Oké, ik kom naar Zubiena,' viel ze hem in de rede.

'Wat wil je dan komen doen?'

'M'n telefoonkaart is bijna leeg...'

'Marina! Tering!'

Zij stond daar twijfelend in dat donkere, bedompte hoekje van Bar Sirena. Ze luisterde naar Donatello's stem, ze herinnerde zich heel duidelijk zijn nagel, die van zijn rechterpink, zo lang, zo verontrustend, en hoe hij met zijn hoofd tegen het dak van de auto stootte, en hoe hij altijd met gebogen rug stond, en zich elke keer moest bukken als hij met iemand praatte.

'Maar doet de plaat het nou goed of niet?'

Donatello begon zijn geduld te verliezen: 'Twee maanden! Na twee maanden laat je wat van je horen, godsamme! Ik wil nu meteen afspreken!'

'Ach,' zei ze, 'we zien wel.'

'Nee, niks we zien wel!'

'Luister, ik ben in Andorno, in een café, en er komen mensen binnen... Ik moet erover nadenken, oké?'

'Ik verwacht je over een halfuur, bij het tankstation net voor Zubiena. Als je niet komt, kom ik jou zoeken en ik zweer je op mijn moeder dat ik je zal vinden en dan sla ik je helemaal verrot.'

'Ik kom eraan,' zei Marina, '*kus*.'

En ze hing op.

De bron ligt op 1858 meter boven zeeniveau, op de Monte Cresto, en is vanuit Piedicavallo via een eeuwenoud ezelpad in twee uur stevig wandelen bereikbaar. De bron heet Lago della Vecchia en bestaat door de grote diepte ervan uit een zwarte spiegel, omringd door een krans van kale, scherpe rotsen. De legende wil dat een vrouw op haar trouwdag op haar bruidegom had gewacht, die kort daarvoor was vermoord, en zich toen daarboven terugtrok om eeuwig op hem te wachten, tevergeefs, zonder zich ooit bij de feiten te willen neerleggen.

Daar ontspringt de rivier de Cervo, die in de loop van de tijd de gelijknamige vallei uitholde, en langs de oevers verrezen Piedicavallo, Rosazza, San Paolo Cervo, Balma, Sagliano Micca, Andorno Micca, Biella. En verder de textielfabrieken, waar in de negentiende eeuw vooral vrouwen werkten, de zogenoemde *lanine*, die in tegenstelling tot hun mannen hun geboortestreek nooit hebben verlaten. De loop van de rivier gaat verder voorbij Biella, komt langs Cossato en Castelletto Cervo, steekt de vlakte over, ontvangt bijrivieren waaronder de Oropa en de Elvo, verbreedt zich en vertraagt, tot hij uitmondt in de Sesia, waar hij sterft.

In een opstel dat ze in de vierde klas lagere van de school had geschreven, had Marina verteld over de wandelingen die ze op zomerse middagen met haar moeder maakte langs de rechteroever van de rivier die zij 'de Po' noemde en zo een stuk breder en voller maakte. Want een kind dat in de vallei is geboren, leert de wereld op te bouwen rond de stroomversnellingen, het voelt meteen de oorspronkelijke kracht, het vormende aspect van de rivier, en het weet dat zonder de Cervo al het andere niet zou hebben bestaan.

Marina Bellezza had het grootste deel van de zomers in haar jeugd doorgebracht in Balma, waar ze zwom in de ijskoude rivier, dronk van het ijzerhoudende water, probeerde forellen te vangen met eenvoudige hengels zonder molentje. En ze had het grootste deel van haar herfsten, op vrije dagen, doorgebracht met kastanjes rapen samen met Paola, en paddenstoelen zoeken samen met Raimondo.

Op zo'n plek wordt het dagritme nog door de seizoenen bepaald en niet door de tijd. Mei is de maand waarin het vee naar boven wordt gebracht, oktober is de maand dat het weer wordt teruggevoerd naar de vlakte. De kuddes lopen door de vallei omhoog, door de straatjes van de dorpen, en lokken met hun klingelende bellen de weinige bewoners naar de ramen. Na de zomer lopen ze dezelfde weg weer terug. Het is een cyclus, elk jaar weer.

Iedereen die langs de steile hellingen van de rivier wordt geboren neemt er onwillekeurig de stilte van over, de roerloosheid, de verlatenheid. Iedereen die zoals Marina Bellezza is opgegroeid tussen Andorno en Piedicavallo, in een smalle spleet uitgehold tussen de rotsen, geïsoleerd van de rest van de wereld, maakt zich die geslotenheid eigen, die op de eerste plaats een oorsprong is, en daarnaast een vorm van bescherming, en ten slotte een gewoonte om tegen elke situatie bestand te zijn; om zich aan te passen aan het onvolmaakte leven.

In juni 1994 was Marina vier jaar, haar moeder eenentwintig en haar vader vierentwintig. Ze waren een gezin. Paola en Raimondo waren twee jongelui, te jong om al vader en moeder te zijn, maar ze vormden hoe dan ook een gezin.

Op een zondag tegen het eind van de maand namen ze Marina mee naar Balma om te zwemmen. Haar vader had zijn baantje als knecht bij de bakkerij nog niet opgezegd om terug te keren naar de illegale goktenten, haar moeder was nog niet gaan drinken, zij was nog niet tijdens de audities voor de Aiazzonereclame geselecteerd. Het was een zonnige, breekbare zondagochtend. Vlak voordat hun leven op drift zou raken. Raimondo was wakker geworden met het idee om te gaan vissen, Paola had broodjes klaargemaakt, ze waren naar de kelder gegaan om de vouwstoelen en het kampeertafeltje te pakken, ze hadden alles in de kofferbak van de Ritmo geladen en waren een paar kilometer over de sp100 omhooggereden om zich vervolgens te installeren op de linkeroever, tegenover hotel Asmara.

Hier en daar zaten een paar andere badgasten en vissers op de witte keien van de Cervo, het geluid van het stromende water overstemde alles, het was helder en zonnig. Er bestaan geen foto's van die dag. Maar haar moeder droeg een gebloemde bikini, wit met groen, die Marina nooit zou vergeten. Paola was een mooie meid, niet heel opvallend, maar slank, met een lichte huid. Ze geurde naar zonnebrandcrème en droeg een zonnebril met grote glazen. Raimondo droeg een blauw shirt, een rode bermuda en een honkbalpetje. Hij had een plekje gezocht bij een dieper gedeelte in de rivier waar het volgens hem stikte van de forel, en daar was hij de hele tijd met zijn vishengel blijven zitten; af en toe slaakte hij een kreet, af en toe riep hij luidkeels 'zijn meisjes' om een grapje te maken of iets te zeggen.

Marina droeg een roze badpakje met strikjes op de schouderbandjes. Ze bleef in de buurt van haar moeder, die haar in het water liet poedelen. Paola rookte destijds niet omdat ze eraan verslaafd was, maar voor haar plezier, alleen superlichte sigaretten, Muratti Ultra. Ze vond het leuk om een pose aan te nemen met een sigaret tussen haar vingers. Marina keek vol bewondering naar haar, en vervolgens keek ze hoe haar vader zat te vissen. De andere badgasten daarentegen keken naar haar, want ze was een *heel mooi kindje*, blond als een Duitse, ogen in dezelfde veranderlijke kleur als het Lago della Vecchia, en ze complimenteerden haar ouders, die schouderophalend reageerden, een beetje gegeneerd.

Er gebeurde niets bijzonders die dag, waar geen datum van is, geen enkele concrete getuigenis, afgezien van een heldere, nauwkeurige herinnering in Marina's geheugen. Ze lunchten op de oever, waar het tafeltje en de stoelen wiebelden op de keien en ze voortdurend de wespen moesten verjagen die rond hun broodjes en slabakjes zoemden. Raimondo lachte, hij vertelde een mop of iets dergelijks. Paola lachte ook. Ze begonnen er allebei al een beetje spijt van te krijgen dat ze waren getrouwd, dat ze zo vroeg een kind hadden gekregen. Paola had al zo haar vermoedens dat hij haar bedroog, dat hij 's avonds weer rondhing in louche gelegenheden en met gevaarlijke figuren. En hij had steeds meer het gevoel dat hij gevangenzat in dat zogenaamde normale leven, zonder een rooie cent, zonder enig vooruitzicht. Maar ze waren er wel, met z'n drietjes. Het was een mooie dag, het water was ijskoud en doorzichtig zo aan het begin van de zomer.

In de jaren daarna zouden ze minder vaak naar Balma gaan, of naar de oevers van de Sesia, of naar Baraggia. En het zondagse uitstapje zou steeds vaker uitmonden in knallende ruzies om dingen van niks: omdat de kleine huilde doordat ze bang was voor de mieren, omdat het weer verslechterde, omdat Paola klaagde over de hitte of omdat Raimondo erdoorheen zat en om het minste of geringste kwaad werd. Omdat er geen vissen waren, omdat er een bekeuring onder de ruitenwisser zat, want de onvolmaaktheid van het leven is juist de kern van het leven, die uitholt en onverstoorbaar wroet van binnenuit, die zich tussen ons en onze wil in wringt, die verslindt zoals de rivier.

Maar op die dag in juni 1994, in de eerste duidelijke herinnering van Marina's leven, waren zij een gezin. En haar moeder was echt charmant in die bikini, en haar vader maakte hen allebei aan het lachen. Hij ving een forel, die ze diezelfde avond nog in boter bakten. Toen ze thuiskwamen stopte Paola de kleren en de handdoeken in de wasmachine. Ze gingen samen onder de douche, zij en haar moeder. Het leven is ook tot volmaakte dingen in staat; weinig, zelden. Soms schenkt het er maar één.

Een dag waarop niets bijzonders gebeurt, waarop je ouders gelukkige mensen lijken – de plek waar je bent geboren baadt in het licht, de lucht geurt naar wild en ijzer, en alle dingen zijn nauwkeurig en eindeloos goed. En het maakt niet uit wat er daarna zal gebeuren, of wat er daarvoor al is gebeurd. Het maakt niet uit hoeveel pijn, hoeveel inspanning, hoeveel verraad er nog te dragen zal zijn. Uiteindelijk is het de moeite waard. Voor die ene volmaakte dag, op je vierde, in Balma met je ouders, is het de moeite waard.

Daaraan dacht Marina nu, op haar verjaardag, terwijl ze vanaf de provinciale weg neerkeek op de stenige bocht langs de rivier waar ze die dag hadden gepicknickt, negentien jaar geleden. Om naar Zubiena te gaan had ze moeten afdalen naar Biella, door Occhieppo Inferiore en Mongrando moeten rijden; ze had er binnen een halfuur kunnen zijn, als ze had gewild. Maar in plaats daarvan was ze de andere kant op gereden, omhoog over de haardspeldbochten van de vallei.

Ze had haar auto dwars langs de afgrond gezet en had zich over de vangrail gebogen, boven de oever tegenover hotel Asmara. De rivier stroomde snel, krachtig, geselend en schurend tegen de grote rotsen die van godweet welke hoogte omlaag waren gerold. Haar vader en moeder hadden haar geen van beiden gebeld om haar te feliciteren. Hoe hadden ze dat trouwens ook gekund? Ze hadden geen adres en geen mobiel nummer meer van haar. Ze vroeg zich af of ze eraan gedacht hadden wat voor dag het was. Ze vroeg zich af wat voor mensen ze zouden zijn geweest, alle drie, als het niet was gegaan zoals het was gegaan. En of zij ook nog af en toe dachten aan de zeldzame uitstapjes die ze 's zomers hadden gemaakt, jaren en jaren geleden.

Ze liep naar de brug, alleen, in de wind die vanaf de Cresto en de Bo omlaagkwam en donkere wolkenmassa's en kou meevoerde.

Andrea was met Luca naar Riabella gegaan om de boerderij klaar te maken voor het vee dat zou komen. Over twee weken zou hij door de vallei lopen, zoals zijn grootvader vele jaren voor hem had gedaan, met een pet op en een stok in zijn hand, terwijl hij de kleine stoet van zijn koeien sloot en zijn hond heen en weer rende om ze bij elkaar te houden, het verkeer dat stokte, de bestuurders die stilstonden om te kijken en toeterden. En dan, als ze eenmaal boven waren, zou er niets anders meer zijn dan de dageraad en de zonsondergang, twee uur lopen om levensmiddelen, kaas en gereedschap heen en weer te sjouwen.

Marina liep de brug op en bleef daar een tijdje staan, starend naar de stroomversnellingen die in de richting van de vlakte snelden, het schuim en de draaikolken tussen de keien. Een paar bejaarden zaten wat te drinken op het terras van hotel Asmara, het oude toevluchtsoord voor de pioniers van de vallei, het stond daar al sinds 1886 de wacht te houden over dat plekje, stilgezet in de tijd. Ook de oudjes keken zwijgend naar de rivier, de steile hellingen, de beukenbossen, de kastanjebomen, de schim van een hert of een ree tussen de bomen.

Ze had zich altijd afgevraagd wat voor buitenlanders hier nu kwamen overnachten. Aan de bar zag ze altijd alleen maar mensen uit de omgeving, de kaartende mannen die zo'n markant beeld vormden uit haar jeugd. In wezen wilde ook zij deze plekken voor zichzelf houden. Ook zij wilde hier geen toeristen of andere bemoeiallen hebben die kwamen kijken naar dit privéschouwspel dat hen niet aanging, dat ze toch niet konden begrijpen, omdat deze rivier en die barse granieten rotswanden en de weinige lichtere open plekken tussen de Monte Cucco en de Cresto alleen aan haar toebehoorden, en aan degenen die hier waren geboren.

Het kon haar niet schelen dat de huizen inmiddels verlaten waren, dat de boerengehuchten op instorten stonden. Ze wist niet of ze hier zou blijven of over een maand haar biezen zou pakken. Ze wist alleen dat ze uiteindelijk altijd weer zou terugkeren: hier, precies naar de plek waar ze nu stond, kijkend naar de leegte die de plaats had ingenomen van haar enige volmaakte dag.

Het begon te regenen. Marina bedacht dat het geen zin had om de dingen anders voor te stellen dan ze in werkelijkheid waren. De vrouwen van de vallei hadden zich nooit beklaagd. Ze hadden het altijd gedaan met de korte dagen, met de eindeloze winters, met een gebied dat hun weinig of niets te bieden had, behalve stenen om te houwen, eenzaamheid en stilte. De vrouwen uit de vallei waren nooit in verzet gekomen, want je kunt je niet verzetten tegen het leven.

Marina richtte haar blik naar de overkant van de brug en zag tussen de bomen iets bewegen. Een lange, spitse snuit en twee donkerbruine, glanzende ogen stonden van achter een boom geluidloos naar haar te kijken, de blik ongrijpbaar en razendsnel in het opvangen van nabije gevaren.

Ze verroerde zich niet, en ook het hert bleef roerloos staan. Toen, na een paar tellen, draaiden ze zich allebei om en verdwenen tussen de beschaduwde bergruggen, in de dieptes vol sparren, tussen de vervallen dorpjes, allebei overgeleverd aan zichzelf, aan de ondoorgrondelijke aard van hun instinct.

Ze verdwenen, elk hun eigen geheime kant op, terwijl hun sporen werden uitgewist door de dunne motregen van de ochtend, aan die woeste, vergeten grens van de provincie.

Vaarwel, Marina Bellezza.

Bologna, 31 mei 2013

NOOT VAN DE

AUTEUR

De Valle Cervo bestaat echt. Het is de streek waar mijn grootouders hun leven hebben doorgebracht, waar mijn moeder is geboren en waar ik zelf ben opgegroeid. Maar het is ook de streek waarnaar de afgelopen jaren verschillende van mijn leeftijdgenoten zijn teruggekeerd, naar de dorpjes op de steile hellingen langs de provinciale weg SP100. Aan de hand van die twee richtlijnen, het verleden van mijn familie en de toekomst van mijn generatie, heb ik de plattegrond van die streek opnieuw getekend.

Ergens thuishoren en ergens weggaan, het grensgevoel en het geworteld zijn: door die filters vertel ik mijn verhaal over Piedicavallo, Andorno Micca en de Biellese Alpen, waarbij ik werkelijk bestaande elementen heb vermengd met verzonnen elementen zoals BiellaTV 2000, Bar Sirena, de boerderijen van Massazza en Riabella. Andere keren heb ik bestaande plaatsen aangepast aan de eisen van het verhaal: zo is de openbare bibliotheek van Andorno, die ik een ouderwetse uitstraling en een andere indeling heb gegeven, in werkelijkheid een actief en trots boekenbolwerk; het dorpsfeest van Camandona, waar ik als kind en als volwassene heel vaak ben geweest, heb ik willen laten zien zoals het in mijn jeugdherinneringen was.

Daarnaast heb ik een aantal historische vrijheden genomen:

het reclamespotje van meubelfabriek Aiazzone waarnaar ik verwijs, is niet uit 1994, maar van eerder datum; de sneeuwstorm waardoor de provincie Biella in februari 2013 wordt getroffen heeft nooit plaatsgevonden.

Alle personages en hun wederwaardigheden zijn uitsluitend aan mijn fantasie ontsproten. En toch had ik deze roman niet kunnen schrijven als ik niet het geluk had gehad om mannen en vrouwen van mijn leeftijd te leren kennen die hebben gekozen voor een leven als veehouder en herder. Daarom wil ik Riccardo Mazzucchetti en Roberta Mosca dan ook hartelijk bedanken: omdat ze uitvoerig hebben verteld over hun beroep, me hun agrarisch bedrijf hebben laten zien en me een werkelijk bestaand voorbeeld van volharding en moed hebben getoond.

VERANTWOORDING

VAN DE CITATEN

p. 49: uit 'Dreams' van de Cranberries, op *Everybody Else Is Doing*, Island Records, 1993

p. 118 & 127: uit het gedicht 'Nutteloos is al wat men beweert' van Osip Mandelstam, vertaling Nina Targan Mouravi, uit de bundel *Europa's tedere handen*, Azazello, 2007

p. 151: uit 'Broeders' van Giuseppe Ungaretti, vertaling Salvatore Cantore, uit *De mooiste van Ungaretti*, Lannoo, 2005

p. 154: uit *Continental Drift* van Russell Banks, vertaling citaat Manon Smits

p. 199: uit het gedicht 'Augurio' van Mario Luzi, in de bundel *Dal fondo delle campagne*, vertaling citaat Manon Smits

p. 272: uit *Quaderni del carcere*, vol. III (*Gevangenisgeschriften*) van Antonio Gramsci, vertaling citaat Manon Smits

p. 338: uit *De grens* van Cormac McCarthy, vertaling Ko Kooman, in *De grenstrilogie*; De Arbeiderspers, 2009

p. 358: uit 'Locked Out of Heaven' van Bruno Mars, op *Unorthodox Jukebox*, Atlantic, 2012

p. 429-430:   uit 'Someone Like You' van Adele, op *21*, XL Recordings, 2011
p. 460:   uit *Menzogna e sortilegio* (*Leugen en toverij*) van Elsa Morante, vertaling citaat Manon Smits
p. 547:   uit *Die Acht Oktavhefte* van Franz Kafka, vertaling citaat Manon Smits
p. 561:   uit 'Diamonds' van Rihanna, op *Unapologetic*, Defjam, 2012